FEDERHERZ
VERLAG

Sparkling CHRISTMAS Nights

Ana Skye, Caroline St. Charles,
Deria West, Julia Mayer,
Kylie Bellerose, Mila Meadow,
Ruby Meyer, Vanessa Sangue
& Ylvie Davis

Enthält sensible Themen
Eine ausführliche Auflistung befindet sich am Ende des Buches

SPARKLING CHRISTMAS NIGHTS

Bildmaterial: Shutterstock, Freepik, Rawpixel
Korrektorat: Eva Schremser

Bestellung und Vertrieb: Nova MD GmbH, Vachendorf

ISBN: 978-3-98595-954-9

Druckerei Smilkov Print Ltd
Pokrovnishko shose
2700, Blagoevgrad

Federherz Verlag
Bergmannsweg 7
31867 Lauenau
https://www.federherzshop.de/
Instagram: @federherz.verlag

Inhalt

Triggerwarnung

Liebe Leser:innen,
dieses Buch enthält Elemente, die potenziell triggern können. Eine konkrete Auflistung der Triggerthemen befindet sich im Anhang des Buches. Achtung: Diese können unter Umständen Spoiler für das gesamte Buch enthalten. Unsere Autorinnen und das gesamte Federherz Team wünschen euch viel Lesevergnügen.

RUBY MEYER

A CHRISTMAS *Fortune*

Kapitel Eins

Sanft streiche ich mit den Fingern über die verschnörkelten Zahlen an meinem rechten Handgelenk und schließe die Augen. Es dauert nur den Bruchteil einer Sekunde, ehe die vertraute Trauer mich einhüllt und mir beinahe den Atem raubt.

Seit achtzehn Jahren ist sie eine fortwährende Konstante in meinem Leben. Und das wird sie immer sein. An manchen Tagen ist sie nichts weiter als ein leises Flüstern und an anderen erhebt sie sich zu einem lauten und unerträglichen Summen. So wie heute.

Da ist sie besonders laut.

Ich zwinge mich, die Augen wieder zu öffnen und gleichmäßig zu atmen. Jedes Jahr um diese Zeit ist es dasselbe. Während um mich herum alle von Familienfesten und Geschenkideen schwafeln, kann ich nicht aufhören, an sie zu denken. Es ist unfair.

Ich halte inne und ziehe meine Finger langsam zurück. Mit zusammengepressten Lippen starre ich auf die schwarzen freigelegten Linien.

10-09-2005.

Der Todestag meiner Eltern. Ich blinzle die aufsteigenden Tränen weg und erhebe mich von der Bettkante. Damals, als es geschah, war ich erst sieben Jahre alt. Derek, mein älterer Bruder, war gerade vierzehn geworden. Unsere Tante Dorothea mütterlicherseits, wir nennen sie auch Doro, passte an dem Abend auf uns auf. Es war ein Samstag, das weiß ich noch ganz genau. Wir waren schon zu Bett gegangen, als der Anruf kam und Doro uns mit weit aufgerissenen Augen aus dem Schlaf riß. Ich wusste sofort, dass etwas nicht stimmt.

Mein Dad war mit dem Mercedes in den Gegenverkehr geraten und frontal mit einem anderen Auto kollidiert. Sowohl der junge Fahrer des anderen Fahrzeuges als auch meine Eltern waren auf der Stelle tot gewesen. Erst Jahre später hat Derek mir schließlich Fotos von dem Unfall gezeigt.

Tante Doro nahm uns damals bei sich in Shoreham auf. Zumindest so lange, bis Derek volljährig war und die Vormundschaft für mich übernehmen konnte. Danach sind wir wieder zurück in unsere Geburtsstadt nach London gezogen.

Zu Beginn bemühte Tante Doro sich sehr um uns. Sie trug dafür Sorge, dass wir zu unseren Therapiestunden erschienen, half uns bei den Hausaufgaben und fuhr uns zu Freunden und Freizeitveranstaltungen. Doch damit war es dann ganz plötzlich vorbei.

Wir waren noch zu klein, um zu verstehen, was wirklich mit ihr los war. Später kam heraus, dass Tante Doro an schweren Depressionen litt und wir ihr schlicht zu viel wurden. Zumal Derek kein einfaches Kind war. Er brauchte viel Beschäftigung und Aufmerksamkeit. Selbst heute ist er so gut wie nie zu Hause. Ich frage mich jedes Jahr aufs Neue, wie er es schafft, eine ganze Woche am Stück mit mir zu verbringen. Es muss ihm einiges abverlangen, aber er lässt es sich nie anmerken.

Ich durchquere mein Schlafzimmer und setze mich im Schneidersitz auf den flauschigen beigen Teppichboden, der im gesamten Zimmer ausgelegt ist. Die beste Entscheidung meines Lebens. Jeden Morgen und Abend fühlt es sich so an, als würde ich auf Wolken gehen.

Ich mag es hell. Deswegen sind die Wände und Vorhänge in diesem Raum in Elfenbeintönen gehalten und der Großteil meiner Möbel weiß. Lediglich eine große Palmen und einige Aquarellbilder in blassen Blautönen geben dem Raum ein bisschen Farbe. Was keinesfalls bedeutet, dass es trist oder ungemütlich ist. Im Gegenteil. Zwei große Stehlampen und Dutzende Kerzen machen mein Schlafzimmer zu einer echten Wohlfühloase.

Jetzt zu Weihnachten sind sogar zwei lange Lichterketten und ein Adventskalender dazugekommen. In weiser Voraussicht habe ich bereits alle Türchen geöffnet und deren schokoladigen Inhalt verspeist. Ich werde nämlich erst nach Weihnachten zurückkommen. Eine Tradition, die ich niemals brechen kann.

Derek und ich leben seit meinem achtzehnten Geburtstag nicht mehr unter demselben Dach, doch Weihnachten gehört noch immer nur uns beiden. Jedes Jahr verbringe ich meinen Weihnachtsurlaub mit meinem Bruderherz zusammen. Die einzige Familie, die ich habe. Tante Doro schickt uns zwar jedes Jahr eine Postkarte, aber dabei wollen wir es auch belassen.

Ich grabe meine nackten Zehen tief zwischen die weichen Teppichfasern und beuge mich zu einem der Kleiderhaufen vor, die sich rechts und links neben dem aufgeschlagenen Koffer auftürmen. Eine hinter mein Ohr geschobene weißblonde Haarsträhne löst sich und versperrt mir die Sicht. Entnervt puste ich sie weg. Ich vergöttere den Long-Bob, den meine Lieblingsfriseurin mir letzte Woche verpasst hat. Aber bei Gott ist das pflegeaufwendig. Manchmal vermisse ich meine langen Haare, die sich mit einem einfachen Pferdeschwanz bändigen ließen.

Ich beginne damit, meine wohlüberlegten Outfits in

dem silbernen Aluminiumkoffer zu verstauen und noch mal alles durchzuzählen. Das wichtigste Kleidungsstück hebe ich mir bis zum Schluss auf. Eine merkwürdige Angewohnheit. Doch so habe ich das Gefühl, dass es etwas ganz Besonderes ist und ich es in Ehren halte.

Der Stoff ist rau und kratzig, aber auf der ganzen Welt gibt es keinen schöneren Pullover als diesen. Ein roter Weihnachtspullover mit weißen Schneeflocken, die sich als Streifen über die Mitte ziehen. Er hat meiner Mum gehört. Jedes Jahr zu Heiligabend hat sie diesen Pullover getragen. Und seit ich groß genug bin, führe ich ihre Tradition fort.

Erneut spüre ich ein verräterisches Brennen in meinen Augen und kämpfe dagegen an. Es ist echt komisch. Weihnachten ist gleichzeitig eine der schönsten und der traurigsten Zeiten in meinem Leben. Und beides verdanke ich meinen Eltern. Ihr Tod schmerzt mich mehr als alles andere auf der Welt, doch die Erinnerungen an unsere gemeinsamen Feste sind die schönsten, die ich jemals machen durfte.

Seufzend lege ich den Pullover oben auf die anderen Klamotten, erhebe mich aus meinem Schneidersitz und gehe in die Hocke. Ich muss ordentlich drücken, um den Koffer zu verschließen. Dafür werde ich mir nachher sicher einen blöden Spruch von Derek anhören. Aber schließlich werde ich nicht irgendwo sein. Ich werde in London sein. Einer der schönsten Städte der Welt an Weihnachten. Derek wohnt jetzt schon so lange dort, dass er die Schönheit manchmal gar nicht mehr wahrnimmt. Sie ist für ihn zur Normalität geworden.

Ich stehe auf und schiebe den Koffer auf den Flur hinaus. Der Boden hier ist mit hellem Parkett überzogen und die Wände in einem Senfton gestrichen. Ich schaue auf die große runde Uhr über der Küchentür. Sechzehn Uhr. Der Zug kommt in einer knappen Stunde. Mein Bruderherz würde nun die Augen verdrehen, denn meine Überpünktlichkeit geht ihm ziemlich auf die Nerven. Doch sie gibt mir das Gefühl von Kontrolle und Ordnung.

Ich stelle mich vor den schmalen, hohen Spiegel und begutachte flüchtig mein Outfit. Ein langer grauer Cardigan, darunter eine weiße Bluse und schwarze Röhrenjeans. Geübt schlüpfe ich in die schwarzen Stiefel und werfe mir meinen Lieblingswollmantel über. Schal und Handschuhe stopfe ich zusammen mit meinem Schlüssel in die Handtasche. Noch ein letzter Blick in den nun dunklen Flur, dann verlasse ich die Wohnung.

Bis zum Bahnhof von Woking sind es nur wenige Minuten. Ich beschließe, zu Fuß zu gehen, und krame die Handschuhe wieder aus meiner Tasche hervor. Kalte Luft bläst mir entgegen, als ich das Haus verlasse, doch das macht mir nichts aus. Im Winter bin ich voll in meinem Element. Was gibt es Schöneres, als sich dick eingekuschelt auf dem Sofa herumzuwälzen, heiße Schokolade zu trinken oder haufenweise Waffeln zu essen?

Nichts.

Während ich den asphaltierten Fußweg entlang marschiere, sehe ich mich um. Ich blicke an den teils modernen, glasverkleideten Gebäuden oder den altmodischen Backsteinhäusern hinauf. In fast jedem Fenster sehe ich bunte oder elegante Weihnachtsbeleuchtungen. Aber das ist nichts im Vergleich zu der Straßenbeleuchtung, die sich über meinem Kopf im Zickzack von einer Seite zur anderen spannt. Riesengroße Sterne reihen sich aneinander und hüllen den Asphalt in ein goldenes Licht. Aus jedem Geschäft, an dem ich vorbeikomme, klingt Weihnachtsmusik bis auf die Straße hinaus und überall laufen Menschen mit vollen Tüten herum. An der nächsten Straßenecke warten herbe und süße Gerüche auf mich, die von Wokings kleinem Weihnachtsmark herrühren. Erst gestern habe ich hier mit meinen Arbeitskollegen Glühwein getrunken, bevor es heute für uns alle in die wohlverdienten Weihnachtsferien geht.

Ich durchquere den Weihnachtsmarkt und gehe auf das riesige Gebäude am Ende der Straße zu. Den Hauptbahnhof. Ganze Menschenmassen strömen hinein und heraus. Ich folge dem Strom in das Gebäude, in dem ein riesiger Weihnachtsbaum mit roten und goldenen Kugeln aufgestellt ist.

Auf der großen Anzeigetafel halte ich nach meinem Gleis Ausschau. Mehrmals werde ich dabei angerempelt. Das alljährliche Weihnachtschaos hat offiziell begonnen. Fast bereue ich es, Dereks Angebot, mich mit dem Auto abzuholen, nicht angenommen zu haben.

Seufzend mache ich mich auf den Weg. Gleis acht. Eng an eng stehen die Leute hier zusammen. Ich quetsche mich irgendwo dazwischen und versuche, einen Blick auf die Anzeigetafel am Gleis zu erhaschen. Ein Mann im mittleren Alter quittiert meinen missglückten Versuch mit einem amüsierten Lächeln. »Zwanzig Minuten«, erklärt er und ich nicke dankend. Schon vor Wochen habe ich einen Sitzplatz gebucht. Gott sei Dank. Jedes Jahr aufs Neue vergesse ich, wie voll es um die Weihnachtszeit an den Bahnhöfen ist.

Geduldig warte ich auf meinen Zug und atme erleichtert auf, als ich es endlich zu meinem Sitzplatz geschafft und den Koffer sicher in der Ablage über meinem Kopf verstaut habe. Fünfzig Minuten muss ich das nun aushalten. Umzingelt von Menschen und dem absoluten Chaos. Ich schlage meine Beine übereinander und vergrabe meine Hände zwischen den Oberschenkeln. Zu viele Leute auf einem Haufen machen mich nervös. Doch das hält mich nicht davon ab, mich trotzdem unter sie zu mischen. Meine Therapeutin hat mir bereits in meinen jungen Jahren beigebracht, mich immer aus meiner Komfortzone herauszubewegen. Stillstand und Rückzug sind beides keine gute Strategien.

Ich schaue aus dem Fenster und beobachte die vorbeiziehenden Lichter. Mittlerweile ist es stockdunkel draußen. Irgendwann gehe ich dazu über, in meine eigenen hellblauen Augen zu starren, die sich im Zugfenster widerspiegeln, und über meinen Bruder nachzudenken.

Derek lebt in einer WG im Herzen Londons. In Kensington. Das ist einer der teuersten Stadtteile überhaupt. Nur wer viel Geld hat, kann es sich leisten, dort zu leben. Ich habe schon immer gewusst, dass Derek es weit bringen wird. Es ist einfach seine Art. Schwer zu erklären. Derek ist *Everybody's Darling*. Es ist schlicht unmöglich, ihn nicht zu mögen. Sobald mein Bruder einen Raum betritt, zieht er alle in seinen Bann. Ich glaube, es vergeht kein Abend, an dem er nicht mindestens eine Handvoll neuer Leute kennenlernt. Gekoppelt mit seinem Sinn für Humor, der unleugbaren Intelligenz und seiner Anpassungsfähigkeit ist das eine unschlagbare Mischung. Seit ich denken kann, habe ich ihn dafür beneidet.

Ich bin ganz anders. Verschlossen und vorsichtig. Es gibt nur sehr wenige Bekanntschaften in meinem Leben und ehrlich gesagt habe ich auch nicht vor, das zu ändern. Ein einziges Mal habe ich mich gehen lassen. Letzten Sommer. Und das war der größte Fehler meines Lebens. Ich hatte einen One-Night-Stand mit einem Unbekannten aus London, der am nächsten Morgen einfach verschwunden war. Das war so unfassbar demütigend, also habe ich mir geschworen, das nicht zu wiederholen. Mein Leben gefällt mir, so wie es ist.

Ein vertrautes Piepen reißt mich aus meinen Gedanken. Verdammt. Flüchtig schaue ich mich um, aber keiner scheint sich für mich zu interessieren.

Ich greife tief in meine Manteltasche und ziehe mein Smartphone hervor. Noch bevor ich die Nachricht öffne, deaktiviere ich den Ton. Es ist Derek, der wissen will, wann ich ankomme.

ICH

In zwanzig Minuten.

DEREK

Gut. Dann lasse ich das Essen in den Ofen schieben. Ich bin am Verhungern.

ICH

Hast du neuerdings eine Köchin?

DEREK

Haha, sehr witzig. Nein. Ich habe endlich einen Mitbewohner. Du erinnerst dich?!

ICH

Stimmt! Da war ja was. Wie gefällt ihm denn seine neue Aufgabe als Hausdame?

DEREK

Wenn du so weitermachst, wirst du mir und meiner Hausdame beim Essen zusehen. Und glaub mir, du verpasst was. Ich warte unten vor dem Haupteingang auf dich.

Grinsend verstaue ich das Handy wieder in meiner Manteltasche. Ein Mitbewohner also. Der Gedanke gefällt und verstört mich zu gleichen Teilen. Für Derek ist es natürlich super. Er sucht jetzt schon seit Monaten einen Mitbewohner. Gar nicht so einfach, wenn man die Mietpreise in der Gegend bedenkt. Ich wünschte nur, er hätte mir früher Bescheid gegeben. Leise seufze ich.

Er weiß ganz genau, dass neue Personen in meinem Umfeld Stress bedeuten. Mir bleibt nur zu hoffen, dass der Typ nicht ständig um uns herumlungert. Bevor ich mir weiter den Kopf darüber zerbrechen kann, ertönt eine weibliche Stimme über die Lautsprecher. Wir fahren in den Bahnhof von London ein.

Ich verlasse den Zug und trete mit meinem Koffer auf das Gleis. Auch hier in London ist der Bahnhof brechend voll. Ich bin heilfroh, dass Derek irgendwo da unten mit seinem schwarzen Mini Cooper auf mich wartet. Allein dafür hat er schon eine Umarmung verdient.

Ich schaffe es durch die Menschenmassen zum Haupteingang und halte Ausschau nach meinem Lebensretter. Allerdings entpuppt sich das als die Suche nach der Nadel im Heuhaufen. Überall versperren mir Tannenbäume und Glühweinhütten die Sicht, ganz zu schweigen von den Leuten oder den anfahrenden Bussen. Es ist das reinste Gewusel.

Mein Handy vibriert.

DEREK

Was stehst du da so rum? Ich stehe auf dem Parkplatz. Genau vor Molly's Fries and Fish.

Wie um alles in der Welt hat er mich so schnell gefunden? Ich drehe mich einmal um die eigene Achse und entdecke tatsächlich die besagte Essensbude. Erleichtert mache ich mich auf den Weg und sehe den Mini, der ein dröhnendes Hupen von sich gibt. Ich verdrehe schmunzelnd die Augen und gehe auf den Kofferraum zu. Die Hecktür springt von allein auf, ich verstaue meinen Koffer und steige endlich ein. Noch bevor die Tür zufällt, zieht Derek mich in eine feste Umarmung.

»Schwesterherz!«, säuselt er und streicht mir über den Rücken. »Es tut gut, dich zu sehen.«

»Derek! Du erdrückst mich«, stöhne ich und schiebe ihn mit einem breiten Grinsen von mir.

»Ich freu mich halt, meine kleine Schwester wiederzusehen. Kannst du mir das verübeln?«

Ich lache leise. »Du siehst gut aus«, stelle ich fest. Und es stimmt. Derek ist fast eins achtzig groß mit einer muskulösen Statur. Der Dreitagebart und die blonden, verwuschelten Haare machen ihn noch attraktiver. Aber was die Frauenherzen wirklich höherschlagen lässt, sind die grünblauen Augen. Er ist edel gekleidet mit einem dunkelbraunen Wollcoat und einem klassischen Burberry-Schal in Rottönen.

»Das kann ich nur zurückgeben«, brummt er und strubbelt mir durch die Haare. »Wenn du mit diesem Aussehen mal nicht unsere Hausdame verrückt machst.«

»Blödmann«, sage ich lachend und schnalle mich an. Er grinst und fährt los.

Kapitel Zwei

Derek parkt den schwarzen Mini Cooper am Straßenrand vor der weißen Villa in der Kensington Avenue. Jedes Mal wenn ich hier bin, fällt mir die Kinnlade herunter. Die gesamte Gegend strotzt vor Reichtum und Sauberkeit. Ein Haus gleicht dem anderen. Beinahe unwirklich. Derek gehört die Nummer achtundzwanzig.

Ehrfürchtig fahre ich mit meiner Hand den schwarzen Zaun entlang, der den Vorgarten und die überdachte Haustür einrahmt. Grüne Buchsbäume flankieren den Eingang zu beiden Seiten. Leider gibt es nicht die leiseste Spur von Weihnachtsdekoration.

Ich folge meinem Bruder, der sich meinen Koffer geschnappt hat, die Stufen empor und bleibe unter der großen Pendelleuchte stehen. Mit einem geübten Handgriff sperrt er die Tür auf und bittet mich herein. Wir stehen mitten in einer riesigen und modernen Wohnung.

Dunkles Kirschholz im Fischgrätenmuster ziert den Boden und zieht sich über das gesamte Erdgeschoss, ein absoluter Traum in Kombination mit den stuckverzierten Decken. Eine riesige Doppeltür führt in die angrenzenden

Bereiche und eine breite Treppe mit Glasgeländer nach oben zu den Schlafzimmern.

Ich riskiere einen Blick zu der offenen, mit Glas umzogenen Galerie. Keine Spur von seinem neuen Mitbewohner. Allerdings riecht es verführerisch, woraus ich schließen kann, dass sich Dereks neue *Hausdame* in der Nähe befinden muss. Er stellt meinen Koffer sowie seine weißen Adidas neben die Eingangstür und hängt seinen Mantel an die Garderobe. Ohne Umwege steuert er auf die weiße Küchenzeile in Hochglanzoptik zu, die sich in der rechten Raumhälfte befindet. Auf der linken Seite stehen ein großes schwarzes Ledersofa und ein rustikaler Couchtisch auf einem beigen Teppich. Darüber hängt eine futuristische Lampe mit ineinandergreifenden Kreisen aus LEDs. Am allerbesten gefällt mir der große Kamin dahinter, in dem ein gemütliches Feuer prasselt.

Sorgfältig stelle ich meine Stiefel neben Dereks Schuhe, hänge meinen Mantel auf und folge ihm. »Ist das …«

»Beef Wellington«, beendet er meinen Satz, bevor ich zu Ende sprechen kann. »Und als Dessert …«

»Eton Mess?«, funke ich dazwischen. Derek lacht leise und seine Augen leuchten. Ich muss mich nicht selbst im Spiegel sehen, um zu wissen, dass meine genauso aussehen. Es tut so gut, Zeit mit meinem großen Bruder zu verbringen. Nach allem, was wir zusammen durchgemacht haben, stehen wir uns unglaublich nahe. Es gibt niemanden auf der Welt, den ich mehr liebe.

Derek wendet sich dem silbernen Kühlschrank zu und fischt drei Flaschen Fuller's heraus. Unser Lieblingsbier. Grinsend nehme ich meins entgegen und setze mich an den langen Küchentisch aus Teakholz. Ein Unikat aus Thailand. Das hat er mittlerweile schon so oft wiederholt, dass es mir zu den Ohren rauskommt.

»Alexa«, ruft er, »spiele entspannte Jazzmusik und dimme das Licht.«

Gesagt, getan. Plötzlich sind wir umgeben von softer Musik und gemütlichem Licht. Alles könnte so perfekt sein, wenn ... da nicht plötzlich Fußgetrampel über unseren Köpfen ertönen würde.

Derek schiebt sich auf den Stuhl mir gegenüber und sieht mich verschmitzt an.

»Was ist so lustig?«, will ich wissen. »Hast du etwa ein Komplott mit der Hausdame geschmiedet?«

Er schnauft belustigt und öffnet sein Bier. »Red keinen Stuss, Schwesterherz. Jason wirkte vorhin nur etwas ... nun ja ... etwas aufgeregt, dich zu treffen.«

»Mich?«, frage ich ehrlich überrascht, doch es bleibt keine Zeit mehr, darüber zu sprechen, denn Jason kommt in diesem Augenblick die Treppe herunter. Ich setze mein freundlichstes Lächeln auf, bereit, den Unbekannten zu empfangen.

Mit dem, was im nächsten Augenblick passiert, hätte ich in meinen schlimmsten Albträumen nicht gerechnet. Anstelle eines Lächelns entgleisen mir meine Gesichtszüge. Mein Herz poltert so abrupt los, dass ich beinahe vom Stuhl falle.

Aus den Augenwinkeln kann ich sehen, wie Derek sich zu mir beugt, aber mein Blick ist starr auf den neuen Mitbewohner gerichtet, der mich mit offenem Mund ansieht.

Leider Gottes besteht nicht der geringste Zweifel. Das ist er. Die eisblauen Augen und dieses markante Gesicht würde ich überall wiedererkennen.

Dereks Mitbewohner ist mein One-Night-Stand vom Sommerfest. *Mein Gott, nein.* Bitte lass mich aufwachen. Das kann nicht sein.

Doch in Jasons Blick spiegelt sich das gleiche Entsetzen.

»Honor?«, fragt Derek ziemlich laut, als hätte er bereits mehrmals nach mir gefragt. Ich zwinge mich erneut zu einem Lächeln und sehe meinen Bruder an, der mein Gesicht mit gekräuselten Brauen begutachtet.

»Geht es dir gut?«, will er wissen und greift nach meiner Hand, die sich wie ein Schraubstock um die Bierflasche gelegt hat.

»Alles bestens«, sage ich und schlucke. Natürlich ist nicht alles bestens. Derek weiß das so gut wie ich. Aus der Nummer komme ich nicht mehr raus. Trotzdem werde ich es ihm garantiert nicht erklären. Ich hoffe, seine neue Hausdame hat vielleicht eine Erklärung parat.

Beschämt und mit einem Hauch von unterschwelliger Wut im Bauch schaue ich wieder zu Jason hinüber, der nun auf uns zukommt und sich mit der Hand durch das pechschwarze Haar fährt. Er ist mindestens so groß wie Derek und steht ihm im Körperbau in nichts nach. Wenn ich ehrlich bin, gefällt mir das sehr. Aber das tut jetzt nichts zur Sache.

»Kann mir bitte jemand erklären, was hier los ist?«, fragt Derek. »Ihr seht aus, als hättet ihr einen Geist gesehen.«

Jason greift nach dem Stuhl neben mir und setzt sich. Im Ernst? Es gibt acht verfluchte Stühle an diesem Tisch und da muss er sich ausgerechnet neben mich setzen?

»Wir kennen uns aus der Schulzeit«, lügt Jason. Wenigstens eine Halbwahrheit. Schließlich kennen wir uns wirklich.

»Und weiter? Das kann doch nicht alles sein. Soll ich ein Video von euren Gesichtern machen?«

Abgesehen von der Musik herrscht in der Küche eisige Stille. Jason und ich sind sprachlos. Offenbar sind wir beide grottenschlecht darin, uns eine kurzfristige Lüge aus dem Ärmel zu schütteln. Fieberhaft überlege ich nach einem Ausweg. Einer Ausrede.

»Ihr wisst schon, dass wir die nächsten zehn Tage zusammen verbringen werden, oder?!«, flucht Derek und nimmt einen Schluck von seinem Bier. Als noch immer niemand das Wort ergreift, schüttelt er den Kopf. »Egal, was es ist. Ich schlage vor, ihr kriegt euren Scheiß zusammen. Weihnachten ist für die Familie Brown ein heiliges Fest. Bitte versaut es nicht.«

»Einverstanden«, murmelt Jason und ich nicke zustimmend. In meinem Inneren sieht es allerdings anders aus. Mein Blut pulsiert wie flüssige Lava und mein Hirn spielt mir die Bilder unserer gemeinsamen Nacht in Dauerschleife vor. Dieser Mistkerl hat mich benutzt. Und jetzt muss ich hier neben ihm sitzen und gute Miene zum bösen Spiel machen.

»Dann wäre das ja geklärt«, sagt Derek mit einer Bestimmtheit, die keinen Widerspruch zulässt. Eine weitere Charaktereigenschaft, die ihn dahin gebracht hat, wo er heute ist.

Jasons Geruch nach Zedernholz und Shampoo steigt mir in die Nase. Warum zum Teufel sitzt er mir so nah? Als hätte er meine Frage gehört, steht er auf und geht zum Ofen. Ohne es verhindern zu können, folgen meine Augen jeder seiner Bewegungen. Wie er in die Hocke geht und sich das schwarze Hemd an seinen Schulterblättern spannt. Wie er seine starke Hand um den Ofengriff legt oder sich sein geschwungener Mund leicht öffnet.

Keine zwei Zentimeter von meinem Gesicht entfernt, lässt Derek seine Finger schnipsen und ich zucke zusammen. Ich habe gar nicht bemerkt, dass er mich unablässig beobachtet. Eine skeptische Falte zieht sich über seine Stirn.

Ich ignoriere das und halte ihm mein Bier unter die Nase. Sobald der Kronkorken fällt, setze ich die Flasche an und trinke sie komplett leer. Anders halte ich diesen Abend nicht aus. Und anstatt mich zurechtzuweisen, steht Derek auf und holt mir Nachschub. Er hat, weiß Gott, so viel Scheiße in seinem Leben gebaut, dass er sich eine Belehrung spart.

Dankend nehme ich die neue Flasche entgegen und

lehne mich zurück, während Derek seinem Mitbewohner zur Hand geht. Eigentlich sollte ich den beiden helfen, aber ich fühle mich wie betäubt. Der Schock über Jasons Auftauchen sitzt tief. Ich muss mir eingestehen, dass mich die Sache nicht nur ziemlich verletzt, sondern auch an meinem Selbstwertgefühl kratzt. Es hat Wochen gedauert, diese eine Nacht mit Jason zu vergessen. Und jetzt stehe ich wieder ganz am Anfang.

»Honor, große oder kleine Portion?«, will Derek wissen und hält einen Teller hoch.

»Mittel«, murmle ich abgelenkt. Dereks Beef Wellington ist unschlagbar. Es ist das Originalrezept unserer Mum und keiner kann es so gut nachkochen wie Derek. Wenn seine Karriere als Kommunikationsspezialist jemals ins Stocken geraten sollte, kann er sich immer noch als Koch versuchen. Mein Bruder hat Talent, das muss ich ihm lassen.

Jason hat sich zurück auf seinen Platz, keine Ellbogenbreite von mir entfernt, gesetzt. Ab und zu wirft er mir verstohlene Seitenblicke zu, wenn er denkt, ich würde es nicht mitbekommen.

Das Abendessen verläuft wie erwartet. Schweigsam und angespannt. Lediglich Derek berichtet von seiner Arbeit und gibt ein paar lustige Anekdoten zum Besten, die wir mit einem halbherzigen Lachen beantworten. Einmal erzählt auch Jason eine kurze Geschichte von seinem Job. Er ist Informatiker. Das habe ich bis heute nicht gewusst. Dazu hat er mir keine Chance gegeben, als er sich damals einfach aus dem Motel geschlichen und mich nackt im Bett zurückgelassen hat. Danach habe ich ihn bis heute nicht wiedergesehen.

Nach dem *Eton Mess* ist die Stimmung so mies, dass wir den Abend beenden. Ich mache mir keine Illusionen. Die Hauptschuld trifft mich. Ich habe noch nicht mal versucht, mich zusammenzureißen. Was mir im Nachhinein leidtut.

Für Derek.

Morgen ist ein neuer Tag. Ein neuer Tag, an dem ich unsere Weihnachtstradition ehren und Jasons Anwesenheit vergessen werde.

Kapitel Drei

Am nächsten Morgen wache ich vor dem Sonnenaufgang auf. Blind taste ich nach meinem Handy, welches ich unter das andere Kopfkissen auf meinem Bett geschoben habe.

Derek hat mich im Gästezimmer einquartiert. Bei normalen Leuten rechnet man hier mit dem Nötigsten. Ein Bett zum Schlafen und vielleicht noch eine Kommode für die Klamotten. Bei Derek allerdings sprechen wir von einem Masterschlafzimmer mit Kingsizebett und eigenem Badezimmer.

Ich finde, wonach ich getastet habe, und kneife die Augen zusammen. Es ist sieben Uhr dreißig und ich bin hellwach. Denn Jasons Gesicht hat sich in mein Hirn gebrannt.

Ich habe von diesem Scheißkerl geträumt. Von uns. Von seinen Händen und seinen Küssen auf mir.

Energisch schalte ich die Nachttischlampe ein und schlage die Bettdecke zurück. Das Erste, was ich jetzt tun werde: duschen. Und zwar eiskalt. Was dann hoffentlich auch den letzten erotischen Gedanken an Jason wegspülen wird. Denn er verdient das nicht. Ich will meinen Weihnachtsurlaub von nun an genießen und nicht einen Gedanken mehr an den neuen Mitbewohner meines Bruders verschwenden.

Das angrenzende Bad ist mit grauen Granitfliesen und hellgrau gestrichenen Wänden versehen. Vier Wandleuchten hüllen den Raum in ein behagliches Licht. Ich schlüpfe aus meinem flauschigen Pyjama und ziehe den Vorsatz, eiskalt zu duschen, knallhart durch. Und es hilft.

Anschließend gehe ich ins Schlafzimmer zurück und stelle mich unentschlossen vor den geöffneten Kleiderschrank. Derek liebt Teppichboden ebenso sehr wie ich. Ansonsten ist dieser Raum das genaue Gegenteil von meinem Schlafzimmer. Die Holzmöbel sind allesamt schwarz und die Wände hellbraun gestrichen. Es gibt neben dem wuchtigen Kleiderschrank sogar eine Leseecke mit einem Ledersessel und einer barocken Stehlampe, deren Ständer golden glänzt. Auf dem kleinen Stehtisch daneben liegt eine Auswahl an Büchern und Zeitschriften. Die Cosmopolitan zeigt mir, dass Derek das Sortiment speziell für mich ausgesucht hat. Ich will sie mir gerade näher ansehen, als es an der Tür klopft.

»Ja?«, frage ich verwundert.

»Ich muss mit dir sprechen«, ertönt Dereks Stimme von der anderen Seite.

Stutzig runzle ich die Stirn. Was will er wohl so früh von mir? Derek weckt mich sonst nie. »Ich bin gleich unten«, rufe ich zurück, »ich muss mich noch schnell anziehen.«

»Okay, aber beeil dich«, antwortet er mir, was nicht sonderlich zu meiner Beruhigung beiträgt. Das kann nichts Gutes bedeuten. Hektisch wühle ich mich durch die wohlsortierten Kleiderhaufen. Ich werde das Gefühl nicht los, dass mir etwas Desaströses bevorsteht. Meine Finger bekommen ein ausgewaschenes graues T-Shirt und eine schwarze Jogginghose zu fassen. Schnell reibe ich mir die Haare trocken und werfe das Handtuch achtlos über den Ledersessel. Barfuß tapse ich nach unten, vernehme leise Musik und schließlich auch die Kaffeemaschine, die vor sich hin blubbert.

Ich bleibe auf der letzten Treppenstufe stehen und sehe mich um. Zuallererst entdecke ich Jason im Gammeloutfit auf der Couch. Entweder hat er mich noch nicht bemerkt oder aber er *will* mich nicht bemerken. Zumindest sieht er nicht ein einziges Mal zu mir herüber, sondern vergräbt sein Gesicht lieber hinter seinem iPad. Ich atme tief ein und straffe die Schultern. Mein Vorsatz bleibt. Ich werde mir nicht von Jason meinen Urlaub versauen lassen. Und ich bete zu Santa Claus, dass Derek das nicht gleich für Jason übernehmen wird. Wo steckt er nur?

Unschlüssig begebe ich mich in die Küche und schnappe mir eine Tasse aus dem Oberschrank. Ich schenke mir Kaffee ein und setze mich an den Küchentisch. Endlich erscheint Derek in meinem Blickfeld.

»Ich habe keine guten Neuigkeiten, Honor«, erklärt mein Bruder bedrückt und mir fällt auf, dass er Mantel und Mütze trägt. Als Nächstes werde ich auf den Koffer aufmerksam, der direkt neben ihm steht.

Ich lege meinen Kopf schräg und schiebe die Tasse von mir. Mein großer Bruder weiß ganz genau, was diese Geste bedeutet. Ich frage ihn gerade, ob er mich verdammt noch mal verarschen will!

Seufzend fährt er sich übers Gesicht und macht einen Schritt auf mich zu. Wenn ich mich recht entsinne, war *er* es, der gestern so große Töne gespuckt hat. *Weihnachten ist für die Familie Brown ein heiliges Fest.* Was soll das also? Will er ernsthaft verreisen?

»Lass es mich erklären«, sagt er niedergeschlagen. »Mein Chef hat mich gestern Abend angerufen. Du warst schon im Bett, deshalb kann ich es dir erst jetzt sagen. Es ... ich ... ich muss nach Frankreich. Er hat mir leider keine Wahl gelassen. Ich habe wirklich alles versucht, bitte glaub mir das.«

»Wie lange?«, unterbreche ich ihn. Denn das muss ein Scherz sein. Wir waren an Weihnachten noch nie getrennt. Noch nie!

»Bis Silvester«, sagt er leise, sodass ich ihn kaum mehr verstehe.

»Silvester?!«, rufe ich so laut, dass selbst Jason sich vom Sofa aufrafft und zu uns herüberblickt. Ich ignoriere ihn und schaue meinen Bruder mit entsetzten Augen an.

»Es tut mir leid, Honor«, sagt er sofort. »Wenn ich könnte, würde ich hierbleiben, aber meine Karriere hängt davon ab. Wir verlieren unseren größten Kunden, wenn ich nicht gehe.«

Ich schließe die Augen und lasse erschöpft meine Arme an den Seiten herunterbaumeln. Dereks Job ist mit viel Verantwortung und Schweißarbeit verbunden. Das weiß ich. Sein Geld kommt nicht von ungefähr. Doch der Gedanke, Weihnachten allein zu Hause zu verbringen, stimmt mich traurig. Es ist so schon schwer genug, wie soll ich das ohne ihn durchstehen?

Als ich einen leichten Druck an meinen Schultern spüre, öffne ich die Augen wieder. Derek zieht mich sanft von meinem Stuhl hoch und schließt mich in seine Arme. Seufzend lehne ich mich gegen seine Brust.

»Es tut mir leid«, flüstert er mir ins Ohr.

»Ist schon in Ordnung. Der Job geht vor, ich verstehe das.«

Er zuckt kaum merklich zusammen und ich hebe den Kopf, um ihn anzusehen. Ich bringe sogar ein schwaches Lächeln zustande. »Mach dir keine Gedanken, Derek. Wir holen das nach. Ich habe zu Hause sowieso einen Haufen an

Sachen zu erledigen ... ich könnte nach langer Zeit mal wieder richtig durchwischen und ...«

»Du willst nach Hause fahren?«, fragt er erstaunt und drückt mich leicht von sich. Ich runzle die Stirn. Was meint er? Natürlich werde ich nicht hierbleiben. Er glaubt doch nicht ...

»Auf keinen Fall möchte ich dir deinen Urlaub versauen, Honor. Das ist London. London zur Weihnachtszeit. Komm schon. Ich weiß, wie sehr du die Stadt liebst. Und sieh dich um. Ich habe genug Platz.«

»Aber ich ...«, versuche ich mich herauszuwinden, doch mein Bruder lässt nicht locker.

»Ich bestehe darauf. Bitte.«

Hilfe suchend schaue ich ausgerechnet zu Jason, der mich mit zusammengezogenen Brauen mustert. Entweder ich bilde es mir ein oder er krallt sich tatsächlich regelrecht an seinem iPad fest.

Derek folgt meinem Blick. »Du hast nichts dagegen, oder?«, fragt er an Jason gewandt, über dessen Gesicht ein merkwürdiger Ausdruck huscht. *Skepsis? Oder Verärgerung?* Im nächsten Augenblick ist er bereits verschwunden.

Jetzt lächelt der Idiot sogar. »Auf gar keinen Fall«, bestätigt er für meinen Geschmack etwas zu enthusiastisch.

Derek war schon immer der Leichtgläubigere von uns beiden.

»Dann ist es also abgemacht. Du bleibst hier«, beschließt er und lässt mich los.

»Großartig«, murmle ich mit einem Lächeln, das Jasons Konkurrenz macht.

»Okay, ich muss los«, sagt Derek und mustert mich einen Augenblick lang. Dann nickt er entschlossen und greift nach seinem Koffer. »Also dann! Bringt euch nicht gegenseitig um und meldet euch bei mir! Merry Christmas.«

Ich beiße die Zähne zusammen und presse ebenfalls ein ›Merry Christmas‹ heraus.

»Frohe Weihnachten und bis bald«, sagt Jason und setzt sich in Bewegung. Zum Abschied klopfen sich die beiden auf die Schulter.

Ein letzter Blick auf mich und mein Bruder verschwindet aus der Wohnung.

Kapitel Vier

Es fühlt sich komisch an, ohne Derek in London zu sein. Hier in seiner Wohnung, allein mit Jason. Aber anstatt mich in Mitleid zu suhlen, tue ich das, was ich jedes Jahr mache. Mich um das perfekte Weihnachtsfest kümmern.

Ich begebe mich in die Abstellkammer. Die Kiste, nach der ich suche, steht an der gleichen Stelle wie sonst auch. In großen Glitzerbuchstaben lächelt mir meine eigene Handschrift entgegen: *Weihnachtsdeko*.

Ich hieve die Kiste aus dem Pressholzregal und trage sie ins Wohnzimmer. Mit einem lauten Schnaufen stelle ich sie auf dem Teppich ab.

»Alexa«, rufe ich. »Spiele eine Weihnachtsplaylist.«

Auf Anhieb ertönt *Wham!* mit *Last Christmas*. Mein Lieblingssong.

»Lauter!« Meine Mundwinkel biegen sich automatisch nach oben. *Na, dann wollen wir doch mal sehen.* Ich beuge mich über die Kiste und ziehe die erste Lichterkette hervor. Fieberhaft überlege ich, wo wir sie letztes Jahr aufgehängt haben, komme aber einfach nicht darauf. Ich entscheide mich für die Terrassentür. Die nächste Lichterkette wandert an den Kühlschrank und zwei weitere oben an die Galerie.

Ich bin genau in dem Moment damit fertig, als ich ein Geräusch höre. Erschrocken wirble ich herum. Das hat mir gerade noch gefehlt.

Jason.

Statt des Gammeloutfits trägt er jetzt eine blaue Jeans, Sneakers und einen dunkelgrünen Rollkragenpullover. Ich erwische mich beim Starren und wende mich hastig ab. Zu gerne würde ich es leugnen, doch Jason ist nach wie vor wahnsinnig attraktiv. Er duftet nicht nur himmlisch nach Holzraspeln, sondern sieht auch unverschämt gut aus. Ich habe in meinem Leben noch nie so eisblaue Augen wie die seinen gesehen. »Willst du weg?«, frage ich und könnte mich im nächsten Augenblick dafür ohrfeigen.

»Ich wüsste zwar nicht, was es dich angeht, aber nein. Ich werde die Wohnung nicht verlassen.« Abschätzig mustert er mein Outfit.

»Ist irgendwas?«, frage ich angriffslustig.

Jetzt grinst er provokativ und verzieht den Mund. »Nein, nichts, nur ... weißt du ... ich bevorzuge es am Morgen adrett gekleidet zu sein.«

›*Bist du deswegen beim letzten Mal einfach abgehauen?*‹, würde ich ihn am liebsten fragen. Stattdessen zische ich ihm ein »Schön für dich« entgegen. Was zur Hölle habe ich damals in ihm gesehen? Er ist unausstehlich, arrogant und von allen männlichen Bewohnern Londons ist ausgerechnet *er* Dereks Mitbewohner. Womit habe ich das nur verdient?

Grazil marschiere ich schnurstracks an ihm vorbei nach unten, um mein Werk fortzusetzen. Ich will so wenig Zeit mit ihm verbringen wie möglich. Jedoch muss ich feststellen, dass er mir folgt. Er kommt allen Ernstes die Treppe herunter und stellt sich direkt neben mich und meine Weihnachtsbox. Ich weigere mich, ihn anzusehen, hole die massiven silbernen Kerzenständer hervor und stelle sie auf dem Couchtisch ab.

Zu meinem Ärgernis greift Jason ebenfalls in die Box

und schnappt sich die weiße Schneekugel, in der sich ein Weihnachtsmann befindet.

»Und Derek hat nichts dagegen?«, will er wissen und schaut angewidert auf das Objekt in seinen Händen. »Das ist …«

»Wunderschön«, unterbreche ich ihn gereizt und entreiße ihm die Kugel.

Er sieht mich nun direkt an und macht einen Schritt auf mich zu. Ich halte die Luft an. Denn obwohl ich ihn hasse, macht er dennoch Eindruck auf mich. Irgendwo tief in mir weiß ich ganz genau, wieso ich Jason damals nachgegeben habe.

»… das Hässlichste, was ich je gesehen habe«, beendet er den Satz und lässt seine Augen über mein Gesicht wandern.

Hastig drehe ich mich weg und suche einen geeigneten Platz für die Schneekugel. In einer anderen Situation hätte ich mich vermutlich für einen besseren Platz entschieden, jetzt landet sie neben den Kerzenständern auf dem Couchtisch.

Ein tiefes Lachen lässt mich herumfahren. Jason hat sich im Schneidersitz vor meiner Weihnachtskiste niedergelassen und hält einen skandinavischen Weihnachtsgnom hoch. Ich verdrehe die Augen.

»Ernsthaft?«, fragt er amüsiert und schüttelt den Kopf.

»Das war ein Geschenk.« Und ja, der ist wirklich ganz furchtbar hässlich, aber das werde ich garantiert nicht laut aussprechen.

»Oh, ein Geschenk«, spottet er und zieht eine Augenbraue hoch. Ein dümmliches Grinsen zupft dabei an seinem Mundwinkel, was ich gleichermaßen abstoßend wie anziehend finde. Verdammte Scheiße! Wieso habe ich Derek versprochen hierzubleiben?

»Warum verziehst du dich nicht wieder nach oben?«, frage ich und setze mich auf die andere Seite der Kiste. Wenn er glaubt, mir damit meine Deko-Aktion zu vermiesen, dann hat er sich geirrt. Wir liefern uns ein dreisekündiges Blickduell, ehe Jason abschätzig schnauft.

»Falls es dir noch nicht aufgefallen ist, ich wohne hier. Und du bist nur hier, weil ich Derek versichert habe, dass ich nichts dagegen habe.«

»Stimmt das?« Die Frage ist schneller heraus, als ich denken kann.

»Was glaubst du denn?!«, fragt er in scharfem Tonfall und sieht auf mich herab. Selbst im Sitzen ist er um einiges größer als ich. »Du hast Glück, Derek als Bruder zu haben. Das ist dir doch hoffentlich klar? Kein normaler Mensch hält es mit dieser dämlichen Musik«, er fuchtelt wild mit der Hand herum und *Santa Baby* dröhnt durch den Raum, »und diesem ganzen Dekozeug aus.«

Der hat gesessen. Wenn ich schlau bin, erhebe ich mich, packe meine Sachen und verlasse die Wohnung. Leider bin ich nicht schlau. Im Gegenteil.

»Was ist dein Scheißproblem, Jason? Keiner hat dich gezwungen, herunterzukommen und mir mit der Weihnachtsdeko zu helfen. Es gibt Hundert andere Dinge, die du in diesem Augenblick machen könntest. Wenn Derek jetzt hier wäre, würdest du dich bestimmt nicht so aufführen.«

»Derek ist aber nicht hier. Sondern nur du und ich.«

»Bedeutet?«

»Dass du nicht machen kannst, was du willst.«

Wütend presse ich die Lippen zusammen. Warum behandelt er mich so? Will er mich für unsere gemeinsame Nacht im Sommer bestrafen? Meine Gedanken wandern zum Sommerfest zurück. Wir haben uns an einem der Bierstände kennengelernt und zusammen getrunken. Jason war charmant, wir haben viel gelacht. Eigentlich haben wir uns den gesamten Abend hindurch unterhalten. So lange, bis die Buden dichtgemacht haben. Danach hat er mich ins Motel gefahren, in dem ich mit meinen Freundinnen abgestiegen war, und ich konnte nicht anders, als ihn mit nach oben zu nehmen.

Am nächsten Morgen war er dann spurlos verschwunden gewesen.

Der bloße Gedanke daran versetzt mir erneut einen Stich und lässt mein Blut brodeln. Ruckartig erhebe ich mich, greife nach der Kiste und schütte sie auf dem Teppichboden aus. Jason rückt ein Stück ab und öffnet den Mund. Mit diesem Ausbruch hat er definitiv nicht gerechnet. Ich funkle ihm wütend entgegen.

»Glaubst du, du kannst mich aufhalten, Jason?«, frage ich und lege eine unterschwellige Drohung in meine Worte.

Ohne zu antworten, steht er auf und zieht sein Handy aus der Hosentasche.

Ich wende den Blick ab und konzentriere mich nun vollständig auf meine Aufgabe. Die gesamte Weihnachtsdeko im Haus zu verteilen.

Die gesamte!

Das habe ich noch nie getan, aber dieses Jahr ist Jason hier. Dieses Jahr ist alles anders. Er wird es bitter bereuen, sich mit mir angelegt zu haben.

»Hey, alles klar bei dir?«, ertönt Jasons Stimme, die sich langsam entfernt. »Alles bestens ... hör mal, du musst mir einen Gefallen tun. Ihr habt doch den Lieferservice oder ... ja, ja genau ... okay, ich kann die Bestellung einfach online abgegeben und ihr kommt noch heute?«

Obwohl Mariah Careys Stimme aus den Lautsprechern strömt und ich gerade einen Pappstern zusammenfalte, höre ich mit einem Ohr zu.

»In einer Stunde?« Kurze Stille. »Danke, Mann! Dafür hast du einen gut bei mir.« Dann legt Jason auf.

Ich tue so, als hätte ich nichts von seinem Anruf mitbekommen, und fummle die Glühbirne in den Pappstern. Vielleicht bilde ich es mir ein, doch ich meine, seinen brennenden Blick auf mir zu spüren. Ein eigenartiges Gefühl überkommt mich. Was hat er vor? Ich sehe kurz zu ihm hinüber, wohl wissend, dass er mich direkt anschaut. Eisblaue Augen treffen auf meine. Ich versuche, seinen Blick zu deuten. *Triumph? Schadenfreude?* Aber worüber?

Jason setzt sich an den Küchentisch und verwehrt mir damit alle weiteren Blicke. Ich wette, er gibt die mysteriöse Bestellung ab, von der er gerade am Telefon gesprochen hat. Er wird irgendetwas Dummes tun. Meine Aussage von vorhin war eine Kriegserklärung. Und ich habe das blöde Gefühl, meinen Feind unterschätzt zu haben.

Eine Stunde später habe ich den Gedanken fast schon wieder verworfen, als es an der Haustür klingelt. Jason, der die gesamte Zeit in der Küche verbracht hat, steht so hastig auf, dass der Stuhl nach hinten kippt und mit einem lauten Donnern auf den Boden knallt. Ich zucke zusammen.

Ungeachtet des umgefallenen Stuhls hastet Jason zur Wohnungstür und reißt sie auf. Es folgt kurzes Gemurmel, ehe Jason mit einem großen braunen Karton ins Wohnzimmer zurückkommt und ihn mitten auf dem Sofa abstellt. Ich halte inne und beobachte ihn dabei, wie er die Paketbänder aufbricht. Meine Neugier ist in diesem Augenblick stärker als mein Wille.

Das diabolische Grinsen auf Jasons Gesicht lässt nichts Gutes erahnen. *Was auch immer da drin ist, es wird mir nicht gefallen.*

»Du hättest dir vorher überlegen sollen, mit wem du es hier aufnimmst, Honor.«

Honor. Es ist das erste Mal, dass er meinen Namen wieder benutzt. Ebenjenen Namen, den er mir vor vier Monaten ins Ohr gestöhnt hat. Eine Gänsehaut überzieht meine Arme und ich streiche sie hastig weg. Noch bevor die Bedeutung seiner Worte wirklich zu mir durchdringen kann, zieht er ein schwarzes Etwas aus dem Karton.

Es verschlägt mir die Sprache. Entsetzt entreiße ich ihm die Abscheulichkeit. Rote Augen funkeln mir finster aus einem weißen Santa-Gesicht entgegen, welches unter einer schwarzen Kutte liegt, die in weiten Fransen ausläuft. Ein Santa-Gespenst mit rot leuchtenden Augen.

Jason lacht bei meinem Anblick dunkel. Und wäre das nicht schon schlimm genug, kommt er mir plötzlich ganz nahe. Sofort versteife ich mich und bin unfähig, mich zu bewegen. Ich hasse diesen Mann und trotzdem schlägt mein Herz angesichts seiner Nähe wie verrückt. Was stimmt denn nicht mit mir?

»Das ist noch nicht alles«, raunt er und meine Nackenhaare stellen sich auf. Ich zucke zusammen, als sich seine Hände im nächsten Moment an die hässliche Puppe legen. Direkt neben meine. So, dass ich seine Wärme spüre. »Hier hinten gibt es einen kleinen Schalter.«

Seine Finger wandern unter den schwarzen Stoff und unmittelbar danach dringt ein höhnisches Lachen aus dem scheußlichen Ding, während die Augen rot zu blinken beginnen.

Blitzschnell ziehe ich meine Hände zurück. Ob aus Angst vor seiner Nähe oder der Puppe, wage ich nicht zu sagen. Jason jedenfalls scheint sich nicht die geringsten Gedanken zu machen. Er ist vollends auf seine grässliche Dekoration fixiert, die er beinahe liebevoll neben dem Karton ablegt. Als Nächstes zieht er eine schwarze Lichterkette mit dunkelblauen LEDs hervor. Wie gebannt schaue ich ihm beim Auspacken zu. Ich will, nein, ich muss wissen, was da auf mich zukommt. Aber diesmal halte ich den nötigen Sicherheitsabstand.

Ein weiteres Objekt wird aus der Kiste gezogen und ich stoße seufzend die Luft aus. Es ist ein Weihnachtskugelset mit den Gesichtern von Scream und Freddy Krüger. Und als ich denke, es kann nicht mehr schlimmer werden, belehrt Jason mich eines Besseren. Er zieht eine riesige Plastiktüte hervor auf der ein Bild und das Wort *aufblasbar* prangen. Das meint er jetzt nicht ernst, oder? Eine riesige aufblasbare

Gremlinfigur. Und leider ist es nicht Gizmo, sondern der böse Stripe.

Kopfschüttelnd wende ich mich ab, klaube die Weihnachtssocken vom Boden und hänge sie an den Kaminsims. Damit habe ich einen kompletten Karton an Weihnachtsdeko in Dereks Wohnung verteilt. Angesichts von Jasons Aktion verspüre ich nur leider keine Genugtuung darüber. Er hat gewonnen. Frustriert verschränke ich die Arme und lasse mich aufs Sofa fallen.

»Alexa«, ruft Jason in diesem Augenblick. »Spiel *This is Halloween* aus Tim Burtons ›*The Nightmare Before Christmas*‹.«

Schockiert muss ich dabei zusehen, wie sich Melanie Thorntons *Wonderful Dreams* in einen skurrilen und schrillen mehrstimmigen Gesang verwandelt. Jason lacht sich halb schlapp. Ich sehe sicher aus wie eine saure Tomate.

Wie alt ist er noch mal? Wenn ich mich recht erinnere achtundzwanzig. Offenbar habe ich das Kleinkind in seinem Inneren heute getriggert. Unter Umständen würde mir das hier vielleicht sogar Spaß machen, hätte ich ein Ass im Ärmel. Aber das habe ich nicht.

Stattdessen sehe ich Jason grimmig dabei zu, wie er die grässliche Weihnachtspuppe aufhängt und den Stecker des aufblasbaren Gremlins in die Steckdose befördert. Nach und nach wächst ein enormer Stripe heran. Das Teil ist größer als jeder Tannenbaum und erreicht mit seinen Ohren beinahe die Zimmerdecke.

»Und? Was sagst du?«, provoziert er mich mit engelsgleicher Stimme.

Ich kneife die Augen zusammen und verziehe meine Lippen zu einem gehässigen Lächeln.

»Wunderschön! Nichtsdestotrotz werde ich morgen einen Tannenbaum kaufen und dass eins klar ist: Deine hässlichen Kugeln werden garantiert nicht da dran kommen.«

»Dann kaufe ich mir eben einen eigenen Baum«, meint er nur und positioniert Stripe direkt neben der Couch.

Jetzt wird es mir wirklich zu bunt. Ich stehe auf, schnappe mir die leere Plastikkiste und stapfe in den Vorratsraum.

»Was denn?«, ruft er mir hinterher. »Du hast mich herausgefordert, schon vergessen?« Die nächsten Worte verschluckt die Schwingtür, als ich sie passiere.

Resigniert schiebe ich die Kiste an ihren Platz und bleibe mit geballten Fäusten stehen. Was passiert hier? Wieso ist Derek an Weihnachten nicht da und wieso um Himmelswillen bin ich nicht zurück nach Woking gefahren? Wie soll ich es eine Woche mit Jason aushalten? Er wird mir Weihnachten kaputtmachen. Jason wird jegliche Brown-Tradition brechen. Ganz sicher. Bei meinem nächsten Gedanken lache ich leise auf.

Dieses Jahr wird Weihnachten ein Horrorfest. Und das Beste? Die passende Deko hängt bereits.

Kapitel Fünf

Nach unserem kleinen weihnachtlichen Machtspiel gestern habe ich mich für den restlichen Tag in mein Zimmer verzogen. Eigentlich hatte ich noch so viel vor, doch mir war einfach nicht mehr danach zumute.

Schuld daran ist ganz klar Jason, auch wenn er eigentlich nichts dafür kann, dass die kleine Schwester seines Mitbewohners rein zufällig sein One-Night-Stand vom Sommerfest ist. Offenbar ein grausiger, denn er hat sich ohne ein Wort aus dem Staub gemacht.

Ich für meinen Teil habe seine Gesellschaft damals genossen. Sehr sogar. Doch er zeigt keinerlei Interesse an mir und ich werde das Thema garantiert nicht ansprechen. Auf keinen Fall. Das letzte bisschen Stolz werde ich mir bewahren.

Heute habe ich Jason noch nicht gesehen und bin mir beinahe sicher, dass er nicht im Haus ist. Wahrscheinlich habe ich mich deswegen endlich selbst davon überzeugen können, meine Lieblingsweihnachtsplaylist anzuschmeißen und Kekse zu backen. Die grässliche Deko kann ich zwar nicht ausblenden, aber wenigstens ist er nicht hier, um mir die Stimmung zu vermiesen. Entgegen unserer Butterplätzchen-Tradition – dieses Jahr ist ohnehin alles für den Arsch – habe ich mich dazu entschieden, Schokoplätzchen und Haselnusstaler zu backen. Die Nusstaler sind bereits im Ofen und der Teig für die Schokoplätzchen ist fast fertig. Zugegeben habe ich mich ziemlich beeilt, um zum Ende zu kommen, ehe Jason wieder da ist.

Leider löst sich diese Absicht im nächsten Moment in Luft auf, als ein Schlüssel in die Haustür geschoben wird.

Jason bleibt wie angewurzelt in der offenen Tür stehen und schnuppert in der Luft. »Das riecht nicht schlecht«, muss er widerwillig zugeben. Seine Nasenspitze sowie Wangen sind von der Kälte draußen leicht gerötet und ein Hauch kalter Winterluft weht zu mir herüber. Ich lächle knapp und wende mich erneut den Backutensilien zu. Leider habe ich einen totalen Blackout. Bei welchem Schritt war ich?

»Kann ich dir helfen?«, fragt Jason auf einmal und ich verkrampfe mich. Wie jedes Mal, wenn er im Raum ist, schlägt mein Herz schneller. Kann er mich nicht einfach in Ruhe lassen? Wo war er überhaupt? Bei einem One-Night-Stand? Vermutlich. Ich war bestimmt nur eine von vielen. Nichts Besonderes.

Ich schließe die Augen und zwinge mich, mit diesen bescheuerten Gedanken aufzuhören. Jason schuldet mir nichts. Ich wusste, worauf ich mich einlasse, als ich ihn damals in mein Motelzimmer gebeten habe. Also muss ich damit jetzt klarkommen.

»Ja oder nein?«, kommt es plötzlich von rechts. Jason hat sich die Schuhe sowie den Mantel ausgezogen und steht jetzt direkt neben mir. Ich habe ihn überhaupt nicht kommen hören.

»Wie du willst«, sage ich und sehe ihn dabei nicht an. Verbissen versuche ich, den nächsten Schritt im Rezeptbuch wiederzufinden.

»Was soll ich machen?«, fragt er und lehnt sich gegen

die Küchenzeile. Keinen Meter von mir entfernt. Fahrig streiche ich mit dem Finger über die Rezeptzeilen, bis ich die richtige Stelle erwische.

»Wir müssen das Mehl mit Backpulver und Kakao mischen und die Mandeln hacken. Such dir aus, was du machen möchtest«, erkläre ich ihm.

»Honor«, sagt er in einem so sanften Tonfall, dass ich nun doch neugierig zu ihm blicke. Seine unverwechselbaren eisblauen Augen fahren aufmerksam über mein Gesicht. Man sieht ihm an, dass er mir irgendetwas sagen möchte, doch dann entschließt er sich dagegen. »Ich übernehme die Mandeln.«

Ich nicke zögerlich und zeige auf das Schneidebrett und die bereits abgewogenen Mandeln. Sofort macht er sich ans Werk, während ich die anderen Zutaten unter den Teig rühre. Jason ist geschickter, als ich dachte, er macht das definitiv nicht zum ersten Mal. Ich könnte ihn danach fragen, ein Gespräch anfangen. Doch ich lasse es bleiben. Er reicht mir die gehackten Mandeln, die als Letztes in den Teig wandern. Zusammen formen wir anschließend mit Teelöffeln kleine Kugeln und legen sie auf das Backblech.

»Macht ihr das jedes Jahr?«, will Jason wissen.

»Plätzchen backen?«

»Auch ... ich meine das volle Weihnachtsprogramm. Dekoration, Musik, Plätzchen backen, Geschenke und den ganzen Mist.«

Ich halte in der Bewegung inne und lasse die Hände sinken. Fassungslos sehe ich ihn an. »Für uns ist das kein Mist, Jason. Wir lieben Weihnachten. Muss ich mich deswegen echt rechtfertigen?«

Eine tiefe Furche gräbt sich plötzlich in seine Stirn und ein merkwürdiger Ausdruck huscht über die blauen Augen. Ich glaube, er hat bemerkt, dass seine Frage mich verletzt hat.

»Nein, nein«, murmelt er, »das war nur eine Frage.«

Wortlos nehme ich meine Arbeit wieder auf und forme die nächste Kugel. »Also gehe ich recht in der Annahme, dass du Weihnachten nicht besonders magst?«

»Nicht besonders, nein«, gibt er offen zu und tunkt seinen Löffel in die Teigschüssel. »Du und Derek ihr seid die ersten beiden Personen, denen ich begegnet bin, die Weihnachten so abgöttisch lieben.«

»Das kann ich mir beim besten Willen nicht vorstellen«, sage ich zweifelnd. »Da draußen gibt es Millionen von Menschen, die Weihnachten lieben. Jeder kennt jemanden, der Weihnachten liebt.«

»So ist es aber«, beharrt er.

»Dann kennst du die falschen Leute«, sage ich und beobachte seine Reaktion. Jason zuckt zusammen. Sofort bereue ich meine Worte. Auch wenn ich ihn nicht ausstehen kann, liegt mir nichts ferner, als seine Gefühle zu verletzen. Was weiß ich schon über ihn? Vielleicht ist Weihnachten für ihn die schlimmste Zeit des Jahres. Womöglich hasst er seine Familie. Fieberhaft überlege ich, wie ich es wieder gutmachen kann, aber zum Glück fängt er sich von allein.

»Dann kann ich mich ja glücklich schätzen, endlich die richtigen kennengelernt zu haben«, antwortet er mir sarkastisch.

Fair enough. Trotzdem will ich nicht weiter auf das Thema eingehen. Ich kratze die Schüssel für das letzte Schokoplätzchen aus, verfrachte es auf das mittlerweile volle Blech und tausche dieses mit den fertigen Haselnusstalern aus dem Ofen. Zusammen mit Jason betrachte ich die dampfenden Plätzchen. Die Taler sind goldbraun und von knusprigen Haselnusssplittern umringt. Es duftet himmlisch.

Jason streckt seine Hand aus und zögert. Wie ein Kleinkind schaut er zu mir und ich muss lachen. Mir entgeht nicht, dass auch sein Mundwinkel verdächtig zuckt.

»Nur zu. Aber ich warne dich, die sind heiß.«

Wie nicht anders zu erwarten, ignoriert Jason meine Warnung und schnappt sich einen der Taler, den er sogleich wieder fluchend auf das Backblech zurückwirft.

»Ich habe dich gewarnt«, sage ich lachend und mache mich daran, die Küche aufzuräumen. Zu meiner Verwunderung geht Jason mir zur Hand und erträgt dabei klassische Weihnachtssongs von Frank Sinatra oder Dean Martin. Für jemanden, der Weihnachten hasst, sicherlich ein Albtraum.

»Danke«, sage ich und würge meinen Stolz herunter. Jason nickt knapp und hängt das nasse Küchentuch an den Backofengriff. Mittlerweile stehen alle sechs Backbleche zum Abkühlen auf dem Küchentisch und eins der großen Fenster in der Küche ist weit geöffnet. Meine Playlist ist inzwischen ausgelaufen und leises Autorauschen durchdringt die Stille.

Ich lehne mich an den Fenstersims, schaue nach draußen und versuche, den Himmel zu deuten. Es wurde für die nächsten Tagen Schnee vorausgesagt. Für mein Vorhaben wäre das die perfekte Stimmung.

Hinter mir vernehme ich Flaschenklirren und ein Zischen. Ich drehe mich um. Jason hat es sich mit einer Flasche Bier am Küchentisch bequem gemacht und probiert unsere Kekse. Er streckt mir seinen erhobenen Daumen entgegen.

Doch statt ihm Gesellschaft zu leisten, marschiere ich zum Sofa. Im Schneidersitz lasse ich mich neben Stripe nieder und greife zu meinem Handy. ›*Tannenbaum kaufen in London*‹ gebe ich ein und studiere die Resultate. Eigentlich ist es schon viel zu spät dafür und ich habe Sorge, dass ich um diese Zeit keinen mehr bekomme.

Normalerweise kümmert sich Derek darum. Und leider Gottes komme ich nicht auf den Namen seines Händlers und anrufen möchte ich ihn nicht. Er hat gerade sicherlich Wichtigeres zu tun.

Ich scrolle durch die Liste und öffne die Karte. Der nächstgelegene Verkäufer mit echten Bäumen befindet sich in Sutton. Verdammt. Mit der Metro ist das fast eine Stunde. Aber habe ich eine Wahl? Ich klicke auf das Telefonsymbol und drücke das Handy an mein Ohr. Nach drei Freizeichen spreche ich mit einem älteren Herren. Ich habe Glück im Unglück. Es gibt noch zwei Weihnachtsbäume, die er mir für genau eine Stunde reserviert.

Seufzend erhebe ich mich und schnappe mir meinen Mantel von der Garderobe. Aus den Augenwinkeln sehe ich, wie Jason von den Keksen aufblickt. »Wartest du bitte auf mich?«, nuschelt er und ich glaube, mich verhört zu haben.

Fehlanzeige. Mit meinen Ohren ist alles in bester Ordnung.

»Ich muss nur schnell mein Bier austrinken und kurz nach oben.«

»Aber ...«

»Wenn ich das richtig mitbekommen habe, hat Derek dich abgeholt, du hast also kein Auto, richtig?«

»Nein, aber ...«

»Na dann. Zufällig habe ich ein Auto und fahre dich. Oder willst du den Baum quer durch London schleppen?«

Ja, rein zufällig wollte ich genau das tun. Ich bin noch immer am Überlegen, was ich ihm darauf antworten soll, als Jasons Handy klingelt. Mit einem kräftigen Zug leert er sein Bier und nimmt ab. »Nein, heute kann ich nicht. Ich hab zu tun ... nein ... ich muss etwas besorgen.«

Ohne Jason aus den Augen zu lassen, löse ich mich aus meiner Starre und ziehe mir Mantel, Schal sowie eine Mütze über. ›*Ist schon in Ordnung*‹, formen meine Lippen. Ehrlich gesagt bin ich sogar erleichtert darüber, dass ich den Nachmittag nicht mit Jason verbringen muss. Auch wenn das bedeutet, dass ich den Baum nun wirklich durch halb

London ziehen muss und mich damit sicher zum Affen machen werde.

Ich will mich abwenden, als Jason plötzlich aufsteht und mit großen Schritten auf mich zukommt. Er schüttelt den Kopf und packt mich am Unterarm. Auf einmal steht er so dicht bei mir, dass ich die andere, dunkle Stimme am Telefon hören kann. »Ein anderes Mal«, sagt Jason bestimmend und verabschiedet sich von seinem Gesprächspartner.

»Jason, du musst das nicht tun.«

»Ich möchte es aber«, sagt er und blickt auf seine Hand hinunter, die noch immer meinen Arm umfasst. Stirnrunzelnd zieht er sie zurück und streicht sich eine dunkle Strähne aus den Augen. »Gib mir zwei Minuten«, sagt er und verschwindet nach oben.

Unschlüssig stehe ich auf der Stelle und versuche mit aller Macht, mein Herz zu beruhigen. Hat Jason gerade tatsächlich einen Termin abgesagt, nur um mit mir einen Tannenbaum zu kaufen? Wieso macht er das? Er hasst Weihnachten. Und er hasst mich.

Sichtlich verwirrt schlüpfe ich in meine Stiefel. Worüber soll ich jetzt bloß stundenlang mit Jason reden? Ich habe keinen blassen Schimmer, und das gefällt mir ganz und gar nicht. Damals beim Sommerfest war es so verflucht einfach. Ich musste mich nicht mal anstrengen, die Worte kamen mir automatisch über die Lippen und ich habe mich schlicht wohlgefühlt. Wo ist dieses Gefühl hin?

Jason eilt die Treppe herunter, schließt noch schnell das Fenster in der Küche und zieht sich dann seine Jacke über. Ich muss aufpassen, nicht auf dumme Gedanken zu kommen, so unglaublich gut sieht er aus.

»Wo geht es hin?«, will er wissen, schnappt sich seinen Schlüssel und schaut sich noch ein letztes Mal um.

»Sutton«, erkläre ich und folge ihm aus der Wohnung hinaus auf die Straße, wo wir den Bürgersteig entlanglaufen.

Wir bleiben schließlich vor einem schwarzen BMW stehen. Erst jetzt wird mir bewusst, dass auch Jason wahnsinnig viel Geld mit seinem Job als Informatiker machen muss. Ich mit meinem Sozialjob hingegen kann mich gerade so über Wasser halten. Für London würde mein Gehalt niemals reichen.

Wir steigen ein und schnallen uns an. Mit einem leisen Brummen erwacht das Gefährt zum Leben und es geht los. Neben Leder und Auto riecht es hier unverwechselbar nach Jason. Zedernholz und Shampoo. Ein Geruch, der vor wenigen Monaten noch überall an meinem Körper gehangen und mich in den Wahnsinn getrieben hat.

Londons Straßen sind um diese Zeit ziemlich belebt. Doch Jason schlängelt sich souverän und ohne Navi durch den Stadtverkehr. Eine Sache, die ich bei Derek noch nie gesehen habe. Bei meinem Bruder gibt es gefühlt an jeder Straßenecke Flüche und falsch angebrachte Straßenschilder. Ohne GPS ist er aufgeschmissen. Das hier ist so ganz anders.

»Hast du in Woking ein Auto?«, fragt Jason in die Stille hinein.

»Nein, ich brauche keins.« Was stimmt. Zum anderen kann ich es mir leider nicht leisten.

»Verstehe«, murmelt er und sagt nichts weiter. Wahrscheinlich ist ihm das hier genauso unangenehm wie mir. Auch wenn wir damals miteinander geschlafen haben, sind wir einander fremder als jemals zuvor.

Als wir schon fast unser Ziel erreicht haben, startet Jason den nächsten Versuch, und ich fühle mich schlecht, es nicht ebenfalls probiert zu haben.

»Und was ist das für ein Baum, den du kaufen willst? Groß oder klein? Ich meine, passt der überhaupt neben Stripe?«

Unwillkürlich muss ich grinsen. Keine Ahnung wieso. Schließlich hasse ich Stripe und die andere grässliche Weihnachtsdeko von Jason. Aber anscheinend gefällt mir sein Humor.

»Groß«, prophezeie ich ihm. Ehrlich gesagt habe ich keine Ahnung. Der Herr am Telefon hat nichts über die Größe gesagt. Jason lacht leise und setzt den Blinker. Wir sind jetzt auf direktem Weg nach Sutton. Deswegen krame ich in meiner Handtasche herum und setze die Adresse in Google Maps.

Zielsicher lotse ich uns zu Blooming Jones. Und damit zu meinen reservierten Tannenbäumen.

Wir parken vor dem Gebäude, steigen aus und gehen in Richtung der Eingangstür. Auf der Internetseite sah der Laden um ein Vielfaches größer und moderner aus. Beim Eintreten stelle ich fest, dass es sich um einen winzigen Blumenladen handelt. Geduldig stellen wir uns an den Verkaufstresen und warten. Ich sehe mich in der Zwischenzeit um.

Neben normalen Blumengestecken entdecke ich eine Menge Weihnachtskränze, kleine Wichtel und Tannengrün. Jede Ecke ist mit bunten Weihnachtskugeln und glitzerndem Kleinkram vollgestopft. Jasons Paradies auf Erden. Ich mustere ihn verstohlen und bemerke, wie er unruhig von einen Fuß auf den anderen tritt. Erneut frage ich mich, was bei ihm falsch gelaufen ist. Warum er Weihnachten so hasst. Dabei ist das die schönste Zeit im ganzen Jahr.

Meine Gedanken werden jäh unterbrochen, als ein gedrungener Mann mit einer Paddy Cap aus Twill durch eine Seitentür eintritt. Für einen Floristen ist er gut gekleidet. Seine dunklen, von Falten umzogenen Augen blicken freundlich zu uns herüber. »Kann ich Ihnen helfen?«, fragt er mit starkem Akzent und lässt einen kalten Luftzug herein. Gemäßigten Schrittes kommt er auf uns zu. Dank der Stimme kann ich sagen, dass es sich um den Herren handelt, mit dem ich vor knapp einer Stunde telefoniert habe.

»Ich bin wegen der Tannenbäume hier«, sage ich lächelnd. Der Alte versteht sofort und deutet uns, ihm zu der Tür zu folgen, durch die er gerade erst hereingekommen ist. Sie führt in einen winzigen Hinterhof und genau dort in der Mitte stehen die zwei besagten Bäume an eine Scheune gelehnt.

Während der ältere Herr uns Platz macht, bleibe ich wie angewurzelt stehen. *Das* sind meine Bäume? Dafür sind wir eine Stunde hier rausgefahren?

Jason verkneift sich mit aller Macht ein Lachen, aber ein Teil entweicht ihm trotzdem. Dafür erntet er einen wütenden Blick.

»Sind das die beiden Bäume, von denen Sie mir am Telefon berichtet haben?«, frage ich den Mann, um auch die letzten Zweifel auszuräumen.

»Das sind sie, Ma'am«, bestätigt er. »Suchen Sie sich in Ruhe einen aus, ich bin drinnen, wenn sie mich brauchen.«

Die Tür hat sich noch nicht einmal ganz geschlossen, da bricht Jason bereits in schallendes Gelächter aus und geht in die Knie. Genervt verdrehe ich die Augen. Das ist eine Katastrophe. Eine absolute Katastrophe. Die Bäume sind frisch und grün, aber sie sind winzig.

»Da werden wir Stripe wohl nach oben verfrachten müssen«, stößt Jason zwischen zwei Atemzügen hervor. Dieses schadenfrohe Arschloch kräuselt sich vor Lachen. Das hier ist wirklich ein Witz.

»Such einen aus«, zische ich und verschränke die Arme. Einer ist so gut wie der andere.

»Ich?«, fragt Jason verwundert und hört endlich auf zu lachen.

»Ja, du! Oder siehst du hier sonst noch jemanden?«

Seine eisblauen Augen weiten sich und ich ziehe fragend eine Augenbraue in die Höhe. Worauf wartet er?

»Ich habe noch nie einen Baum ausgesucht«, meint er und versucht, die mitschwingende Traurigkeit in seiner Stimme zu verbergen.

»Dann wird es höchste Zeit dafür. Los!« Wenn ich hiermit dazu beitragen kann, seinem Weihnachtstrauma entgegenzuwirken, dann hat es sich allemal gelohnt. Und mir ist es wirklich egal, welchen von den Bäumen wir nehmen.

Jason ist auf einmal todernst und geht auf die winzigen Exemplare zu. Ich folge ihm und unterdrücke ein Grinsen. Irgendwie ist das Ganze hier schlechte Situationskomik. Er untersucht beide Pflanzen auf äußere Mängel und kommt ziemlich schnell zu einem Entschluss.

Ich mache einen großen Schritt auf Jason zu, um mir den Baum genauer anzusehen, als er ihn ausgerechnet in diesem Moment nach oben hebt.

»Autsch«, fluche ich, als mir der Stamm direkt gegen die Stirn prallt und eine brennende Stelle zurücklässt.

Aber es ist nicht etwa meine Hand, die zu meiner Stirn fährt und sie untersucht, sondern die von Jason.

Die Berührung ist nur federleicht und doch jagt sie mir eine Gänsehaut über den Rücken.

»Bloß eine kleine Schramme«, stellt er fest und sieht nicht minder besorgt aus. Seine warmen und sanften Finger wandern meine gesamte Stirnpartie ab und streichen schließlich über meine hohen Wangenknochen. Ich wage es nicht, zu atmen. Was macht er da?

Selbst Jason hält nun die Luft an und mustert mich aus geweiteten Augen. Ich glaube, er stellt sich gerade dieselbe Frage. Anstatt jedoch seine Hand wegzuziehen, lässt er sie an Ort und Stelle liegen. Seine Augen bleiben an meinen Lippen hängen. Ich schlucke.

Das ist nicht gut. Überhaupt nicht gut. Irgendetwas passiert hier gerade. Und ich will es schnellstmöglich beenden.

»Lass uns zahlen«, hauche ich und wende mich hastig ab. Mein Herz poltert wie verrückt in meiner Brust. Ohne seine Antwort abzuwarten, stürme ich in den Innenraum und zücke mein Portemonnaie. Ein raues Hüsteln verrät mir, dass Jason mit dem Baum direkt hinter mir steht. Ich zahle und wir verabschieden uns. Auf der Rückfahrt frage ich mich wieder und wieder:

Was war das eben?

Kapitel Sechs

Mit einer dampfenden Tasse Kakao stehe ich vor dem winzigen Tannenbaum und inspiziere die Kugeln. Nach einer wortlosen und unangenehmen Heimfahrt sind Jason und ich uns gestern für einige Stunden aus dem Weg gegangen. Zum Glück war danach wieder alles normal zwischen uns. Zumindest so normal wie es bei zwei Parteien eines unverbindlichen One-Night-Stands sein kann, die sich danach nie wiedersehen wollten.

Am Abend haben wir uns dann sogar zusammen eine Pizza bestellt und den Baum geschmückt. Jetzt, am nächsten Tag, stehe ich hier und kann nicht aufhören, auf das grässliche Ding in meiner Hand zu starren.

»Wunderschön, nicht wahr?«, ertönt es plötzlich hinter mir, ich zucke schlagartig zusammen und lasse die Weihnachtskugel los.

»Hatten wir nicht eine Abmachung?«, stelle ich eine Gegenfrage.

»Regeln sind dazu da, um gebrochen zu werden«, sagt Jason und betrachtet sein Werk zufrieden. Er hat allen Ernstes seine schrecklichen Kugeln an meinen Baum gehängt. Als wäre der Baum nicht ohnehin schon hässlich genug. Bevor ich jedoch weiter darüber nachdenken kann, schaut Jason mich merkwürdig an.

»Rück's raus«, raune ich und gehe in die Küche. Natürlich folgt er mir.

»Ich brauche deine Hilfe.«

Meine rechte Augenbraue schießt in die Höhe. »Meine Hilfe?«, wiederhole ich. »Wobei?«

»Ich muss ein Geschenk besorgen.«

»Und das fällt dir erst jetzt ein? Dir ist schon klar, dass morgen Heiligabend ist?«

Jason verzieht die Lippen zu einer Schnute und fährt sich über die schwarzen Haare. Wir beide wissen, dass ein echter Weihnachtsjunkie (wie ich), ihm diese Bitte nie und nimmer abschlagen kann. Trotzdem will ich es ihm nicht zu leicht machen. Selbst wenn wir uns verstehen, habe ich nicht vergessen, was zwischen uns passiert ist und wie mies ich mich noch Wochen danach gefühlt habe.

»Bitte?!«

Ich verdrehe die Augen und nehme einen großen Schluck von meiner heißen Schokolade. Dann gebe ich nach und nicke. Er hat *bitte* gesagt.

Keine zwanzig Minuten später laufen wir dick eingepackt in Richtung Innenstadt. Wir haben uns dazu entschieden, in dem wohl nobelsten Ort in ganz London nach Jasons Geschenk zu suchen. Bei Harrods.

»Hast du schon eine Idee?«, frage ich ihn, als wir tiefer in die geschäftige Fußgängerstraße eintauchen, in der ein regelrechtes Weihnachtslichtermeer herrscht. London zeigt sich von seiner besten Seite.

»Nein, ich habe nicht den blassesten Schimmer«, gibt er missmutig zu und kleine Dampfwolken steigen in die kalte Luft. Unwillkürlich schaue ich nach oben und vergrabe meine Hände in den Manteltaschen. Wo bleibt der versprochene Schnee?

»Für wen ist das Geschenk, wenn ich fragen darf?«

»Für meine Mutter.«

»Steht ihr euch nahe?«, will ich wissen und werfe Jason einen Seitenblick zu. Keine dreihundert Meter vor uns ragt das luxuriöse Kaufhaus an der Straßenecke empor.

»Nicht besonders, aber wenn ich ihr kein Geschenk mache, wem dann?«

Ich weiß nicht, was ich ihm darauf antworten soll, also lächle ich ihm aufmunternd entgegen und gehe zielbewusst auf Harrods zu. Wir reihen uns hinter den wartenden Menschen ein und schieben uns schließlich in das Kaufhaus. Warme Heizungsluft und weihnachtliche Musik schlagen uns entgegen. Wie jedes Jahr ist Harrods meisterlich dekoriert. In schimmerndem Gold und leuchtendem Rot. Man weiß gar nicht, wo man zuerst hinschauen soll.

»Wie wäre es mit Schmuck?«, schlage ich vor. »Ich glaube das kommt immer gut an.«

Jason betrachtet mich skeptisch, widerspricht aber nicht. Und so führe ich ihn schnurstracks in die Schmuckabteilung. Ich halte mich zurück und gehe schweigsam neben ihm her. Dabei habe ich schon einige Armbänder und Halsketten entdeckt. Allerdings kenne ich seine Mutter nicht, und um ehrlich zu sein, ist das ein ziemlich privater Moment. Da möchte ich ihm nicht reinquatschen.

Nach fünf Minuten sieht er mich plötzlich hilflos an und ich muss mir ein Lachen verkneifen.

»Wieso schaust du dir nicht einfach mal ein paar Sachen an. Was trägt deine Mutter am liebsten? Gold? Silber? Roségold?«

Gleichermaßen genervt und angestrengt blickt er erst auf mich hinab, dann auf die Vitrinen. Zwei Verkäuferinnen nehmen ihn bereits ins Visier. Und ich habe so das Gefühl, dass das nicht nur mit seiner möglichen Kauflust zusammenhängt.

»Meine Mutter mag es schlicht ... deswegen würde ich auf Silber tippen.«

»Eine sehr gute Wahl«, erklingt auf einmal eine weibliche Stimme. Es ist eine der Verkäuferinnen. Klein, blond und hübsch mit rot geschminkten Lippen. Diskret ziehe ich mich zurück und beobachte das Ganze aus sicherer Entfernung. Grade weit genug, dass ich die beiden noch hören kann.

»Wie wäre es mit einer schlichten Halskette?«, schlägt die Verkäuferin vor und lässt ihre dunklen Augen über Jasons breite Schultern wandern.

»Warum nicht«, gibt er zurück und hat dabei nur Augen für den Schmuck. Mein Mundwinkel zuckt fröhlich.

Die hübsche Blondine nimmt einige Exemplare aus der Vitrine und präsentiert ihm eine Auswahl verschiedener Schmuckstücke. Beinahe sofort trifft er seine Wahl.

Ich trete einen Schritt nach vorne und begutachte das Stück, auf das er zeigt. Die Kette, die Jason sich ausgesucht hat, ist filigran und zart. Bei genauerem Hinsehen erkenne ich den Anhänger, der zwei kleine ineinander verschlungene Ringe darstellt. Ich finde sie perfekt.

Zu meinem Erstaunen dreht Jason sich um und blickt mir direkt in die Augen. So, als würde er nach meiner Zustimmung suchen. Doch ich habe nicht die Gelegenheit zu reagieren, denn die Verkäuferin fordert seine Aufmerksamkeit zusammen mit seiner Kreditkarte ein.

Geduldig warte ich, bis er bezahlt und die Kette eine weihnachtliche Verpackung bekommen hat. Dann schlendert Jason mit einem breiten Lächeln auf mich zu und, ohne es verhindern zu können, erwidere ich es.

»Danke«, haucht er und lässt das kleine Päckchen in seiner Manteltasche verschwinden.

»Nicht dafür«, erwidere ich gutgelaunt und wir bummeln in Richtung Ausgang.

Jason bleibt plötzlich stehen und blickt nachdenklich umher. »Wie kann ich mich revanchieren?«, erkundigt er sich und scheint nachzudenken. Ich winke ab. Schließlich habe ich gar nichts getan. Viel mehr hat er mich an einen meiner Lieblingsorte gebracht.

»Ich hab's«, ruft er im nächsten Moment und zeigt zu meinem Entsetzen auf eine Frau, die einen Verkaufstisch zu einer Tarotkartenstation umgebaut hat. *Discover the Magic of Tarot* steht in lila Glitzerschrift auf einem Werbeplakat neben dem Tisch. »Ach, komm schon«, ignoriert er meine Skepsis und zieht mich bereits auf einen der Stühle. Eine Frau wie aus dem Bilderbuch dreht sich zu uns herum. Ich würde die Dame mit schwarzen Locken auf etwa Mitte vierzig schätzen. Sie trägt ein violettes Kopftuch, an dessen Rand kleine goldene Münzen klimpern. Ihr Blick ist wachsam und durchtrieben. Beinahe macht sie mir Angst.

»Was kann ich für euch tun, meine Lieben?«, fragt sie mit samtweicher Stimme. Sie hat eine kleine Lücke zwischen den Vorderzähnen.

»Meine Begleitung möchte sich gerne die Zukunft voraussagen lassen«, erklärt Jason, ohne mich nach meiner Meinung gefragt zu haben.

Hilflos blicke ich mich um. Ist das nicht ein bisschen schräg? Stehen die Leute hier auf so was? Nicht, dass ich irgendjemanden diskriminieren möchte, aber ich dachte, wir befinden uns in einem Luxuskaufhaus und nicht auf dem Jahrmarkt.

»Es ist mir eine Ehre«, trällert die Wahrsagerin und mischt ihre Karten, wobei sie mir einen wissenden Blick zuwirft. Unruhig rutsche ich auf meinem Stuhl hin und her und starre wie gebannt auf ihre Hände. »Ich lege den Kompass aus. Sie müssen vier Karten ziehen«, erklärt die Frau und fächert die Tarotkarten auseinander. Mit einem Nicken bedeutet sie mir, zu beginnen. Nachdem ich meine Wahl getroffen habe, breitet sie die Karten auf dem Tisch aus. »Nun stellen Sie Ihre Frage.«

Ja, richtig ... Was soll ich ihr denn jetzt für eine Frage stellen? Die Minuten vergehen und ich habe keine Ahnung.

»Stell du sie«, sage ich schließlich und sehe flehentlich in Jasons Gesicht. Ein sanfter Ausdruck huscht über seine eisblauen Augen. Im nächsten Moment bereue ich auch schon, ihn aufgefordert zu haben.

»Wird Honor sich verlieben?«

Meine Augen werden groß. Habe ich mich verhört oder hat er gerade wirklich gefragt, ob ich mich verlieben werde? Spinnt er jetzt total?

»Werde ich mich verlieben«, plappert die Kartenlegerin vor sich hin und hat die Frage so umgewandelt, als sei sie meinem Mund entschwunden. Am liebsten würde ich Jason sofort meine Meinung geigen, doch dazu bleibt mir keine Zeit. Die Frau vor uns deckt die erste von vier Karten auf.

»Der König der Kelche«, haucht sie fasziniert. »In unserem Zentrum steht ein verständnisvoller, gefühlsreicher und instinktsicherer Mann.« Die nächste Karte wird aufgedeckt. Ihre Stimme schwingt vor Begeisterung. »Ohhh, der Magier!« Jason lehnt sich interessiert nach vorne und ich kaue auf meiner Unterlippe herum.

»Sie haben sehr gute Aussichten und werden den richtigen Weg finden.« Auch bei der dritten Karte lässt sich das Entzücken nahezu von ihrem Gesicht ablesen. »Neun Münzen ... der Glücksfall. Die Außenwelt wird positiv auf ihre neue Errungenschaft reagieren.« Dramatisch lässt sie ihre Hand über der letzten Karte schweben. Genau wie Jason hänge ich an ihren Lippen. »Das große Finale! Die letzte Karte gilt als Ihr Leitmotiv.« Blitzschnell enthüllt sie die Spielkarte, die zwei Männer mit einem Kelch in der Hand zeigt. In der Mitte darüber schwebt ein Löwenkopf mit Flügeln. »Beflügelte Leidenschaft und die Aussicht auf Geborgenheit. Sie werden sich verlieben, meine Liebe. Sind das nicht großartige Neuigkeiten?« Entzückt sieht sie erst mich und dann Jason an.

»Und wann soll das passieren?«, nuschle ich leise. Augenblicklich hält sie mir den Stapel erneut unter die Nase und ich ziehe eine einzige Karte.

Das Rad des Schicksals lese ich am unteren Kartenrand und schaue zu der Frau vor mir, deren Lippen sich amüsiert kräuseln.

»Jetzt. Sie sind gerade dabei, sich zu verlieben.«

Kapitel Sieben

Jasons Reaktion gestern bei Harrods war mindestens genauso bizarr wie meine eigene. Nach einem peinlichen Moment des Schweigens bin ich in schallendes Gelächter ausgebrochen, während Jason plötzlich ganz weiß im Gesicht geworden ist. Danach hat er mich nahezu gedrängt, das Kaufhaus auf schnellstem Wege zu verlassen.

Uns ist beiden bewusst, dass es vollkommener Blödsinn ist. Ich bin ganz sicher nicht dabei, mich zu verlieben. Jetzt. In diesem Augenblick. Denn das würde bedeuten ...

Blitzschnell kneife ich meine Augen zusammen und schüttle mich. Auf keinen Fall werde ich auf die Trickserei einer Wahrsagerin hereinfallen. Das ist nichts als ausgedachter Unsinn. Und dafür habe ich heute keinen Nerv. Denn heute ist Weihnachten. Gut. Heiligabend, aber das zählt auch.

Wenn Jason sich gleich auf den Weg zu seiner Familie macht, werde ich mich in meinen Weihnachtspulli schmeißen und den ganzen Nachmittag Weihnachtsfilme gucken. Derek hat mich vorhin angerufen und mir mitgeteilt, dass er schon morgen nach Hause kommt. Das sind fantastische Neuigkeiten. So fantastisch, dass ich nach dem Anruf einige Tränen verdrückt habe.

»Ich fahre jetzt los«, reißt mich Jasons Stimme aus meinen Gedanken. Ich sitze neben Stripe und dem winzigen Tannenbaum auf der Couch. *Es geht los. Gleich bin ich allein.*

Mit einem tapferen Lächeln stehe ich auf und vergrabe meine Hände tief in der Jogginghose. »Frohe Weihnachten«, bringe ich hervor und fühle mich unwohl in meiner Haut.

Jason stellt seine Tasche ab und kommt auf mich zu. Er bleibt direkt vor mir stehen und sieht zu mir herab. *Wieso um alles in der Welt sieht er mich mit diesem Hundeblick an? Und warum kommt er immer näher. O Gott. Er kommt mir immer näher.* Ich mache unwillkürlich einen Schritt nach hinten, aber da steht die Couch. Ungeschickt kralle ich mich an seinen Unterarmen fest.

»Frohe Weihnachten, Honor«, haucht er und drückt mir einen Kuss auf die Wange. Das ist der Moment, in dem mein Herz wie ein wildgewordener Teenager ausflippt. Mir ist schwindelig. Doch bevor ich richtig greifen kann, was da gerade passiert, löst Jason sich von mir und geht zur Tür. Er wirft mir einen letzten Blick zu, dann ist er verschwunden.

Irritiert fasse ich mir ans Gesicht. Genau an die Stelle, an der seine weichen Lippen meine Haut berührt haben.

»Fuck!«, fluche ich. »Ich hasse Wahrsagerinnen.« Dann stürme ich die Treppe nach oben zu meinem Kleiderschrank. ›*Weihnachten ... Weihnachten ... konzentriere dich jetzt auf Weihnachten*‹, rauscht eine kleine Stimme durch meinen Kopf. So gut es geht, verbanne ich jeglichen Gedanken an Jason und ziehe meinen Weihnachtspullover hervor. Wie immer, wenn ich ihn in den Händen halte, streiche ich andächtig über den kratzigen Wollstoff. Wenn ich die Augen schließe, sehe ich meine Mutter in genau diesem Pullover singend durch unsere Wohnung hüpfen. Sie hat Weihnachten geliebt. Genau wie Dad, Derek und ich.

Vorsichtig klemme ich mir den Pullover zwischen die Knie und ziehe meinen schwarzen Hoodie aus, den ich dann aufs Bett werfe. Ich weiß bereits, dass mir viel zu heiß in Mums Pulli sein wird, trotzdem schlüpfe ich hinein und betrachte mich im Spiegel. Mir bleibt die Luft weg. Ich sehe genauso aus wie sie.

Derek hat das schon letztes Jahr erwähnt, aber ich habe ihm nicht geglaubt. Jetzt allerdings sehe ich die Ähnlichkeit. Meine Haare, meine Augen und meine Nase ... alles von meiner Mama. Fiebrig fahre ich mir über die Augen. Nicht heulen, Honor. Der Abend hat gerade erst angefangen.

Ich gehe nach unten, befehle Alexa, beruhigende Weihnachtsmusik zu spielen, und schalte die gesamte Weihnachtsbeleuchtung im Wohnraum ein. Die grässliche Santa-Puppe mit den roten Augen und die Lichterkette des winzigen Bäumleins mit eingeschlossen. Danach entzünde ich im Kamin ein Feuer und ein zufriedenes Lächeln breitet sich auf meinem Gesicht aus. Es fehlen nur noch die Weihnachtskekse und ein Glas Rotwein, die ich mir ans Sofa hole.

Entgegen meiner eigenen Erwartung entscheide ich mich dieses Jahr für einen neuen Weihnachtsfilm. Wenn Jason das sehen könnte, würde er jetzt lauthals lachen. Ich entscheide mich für die *Gremlins*.

Als mir bewusst wird, über wen ich nachdenke, beiße ich mir ertappt auf die Lippen. »Verflucht«, flüstere ich, stoppe Alexa und drücke auf Play.

Ich habe den Film noch nie in meinem Leben gesehen und amüsiere mich köstlich. Besonders als ich Stripe zum ersten Mal sehe, johle ich fröhlich auf. Das Ganze gefällt mir so gut, dass ich nach dem ersten Film meine Weihnachtslasagne in den Ofen schiebe und den zweiten Teil abspiele. Am Ende angelangt, habe ich eine ganze Flasche Wein und zwei große Teller Lasagne verputzt. Pappsatt breite ich mich mit gestreckten Armen und Beinen auf dem Sofa aus.

Um mich herum herrscht absolute Stille, einzig unterbrochen von dem leisen Knacken und Knistern des Feuers im Kamin. Und mit der Stille kommen die Gedanken. Die Gedanken, von denen ich wusste, dass sie auftauchen würden und die ich so sehr gefürchtet habe. Ich denke an meine Kindheit. An Mum und Dad. Weihnachten. Ich vermisse sie so sehr. Wie automatisch streiche ich über die unscheinbare Tätowierung an meinem Handgelenk. Es dauert keine zwei Sekunden, dann brechen sie. Die dicken, von Trauer erfüllten Tränen. Erst eine. Dann zwei. Dann ganze Sturzbäche. Erst nach mehreren Minuten gelingt es mir, mich zusammenzureißen und in ein Taschentuch zu schnäuzen. Wie ein Häufchen Elend richte ich mich wieder auf und presse mich mit dem Rücken in die Sofakissen. Ich bin versucht, Derek anzurufen. Doch ich verwerfe den Gedanken sofort. Es reicht, wenn ich mir selbst Weihnachten versaue. Wütend über meine eigenen Gefühle werfe ich das Taschentuch in Richtung Eingangstür, die sich in genau diesem Augenblick öffnet. Erschrocken quietsche ich auf und starre mit tellergroßen Augen zu der Stelle.

Es erscheint eine Reisetasche und dann – *Jason.* Was um alles in der Welt?

Er schaut genauso erstaunt zurück und runzelt schließlich die Stirn. Ohne ein weiteres Wort lässt er die Tasche fallen, schließt die Tür und kommt zu mir. Ich will etwas sagen, aber ich finde keine Worte.

»Ist alles in Ordnung?«, will er wissen. Ich nicke, nur um im nächsten Moment mit dem Kopf zu schütteln. Nein, nichts ist in Ordnung. Absolut gar nichts. Ohne zu zögern, setzt er sich zu mir und zieht mich in eine Umarmung. Ich halte kurz inne, ehe ich meine Arme um seinen breiten Rücken lege. Das Herz schlägt mir vor Aufregung bis zum Hals. Meine Gedanken setzen aus. Da ist plötzlich nur noch

Jason. Seine starke Brust. Seine Hände, die fürsorglich über meinen Rücken streichen und sein Geruch.

Ganz langsam zieht er seinen Kopf zurück und streift mit seiner Nasenspitze meine Wange. Ich zucke zusammen und spüre, wie sich seine Mundwinkel zu einem Grinsen verziehen. Widerwillig löse ich mich aus seiner Umarmung und schaue ihn an. Seine eisblauen Augen sind fest auf mich gerichtet. Ich glaube, er weiß, was ich jetzt sagen werde.

»Wieso bist du damals einfach gegangen?«

Jason seufzt und seine Schultern sinken herab. Er trägt noch immer Mantel und Schal.

»Ehrlich gesagt hatte ich das Gefühl, dass es gut zwischen uns lief. Um genau zu sein, sogar großartig. Ich meine, wir haben stundenlang Gespräche geführt. So lange, bis man uns regelrecht vom Festplatz geworfen hat.« Bei den letzten Worten lacht er leise und zieht sich den Schal herunter. Neben der vorübergehenden Heiterkeit sehe ich nun auch Kummer in seinem Blick. Und das lässt mein Herz aufspringen. Denn jetzt weiß ich, dass es ihm nicht egal ist. Dass er vielleicht gute Gründe für sein Handeln damals hatte.

Nach einer gefühlten Ewigkeit fährt er fort. »Du hast recht, Honor. Es lief gut. Aber ich hatte zu dem Zeitpunkt eine frische Scheidung hinter mir und nun ja ... ich hatte damals einige Affären.« Ein schuldbewusstes Lächeln huscht über sein Gesicht, dann spricht er weiter. »Mit den meisten Frauen habe ich nicht ein einziges Wort gewechselt und wenn ich ehrlich bin, wollte ich das auch nicht. Auf keinen Fall wollte ich mich auf was Neues einlassen.«

»Du wolltest dich austoben«, schlussfolgere ich und er nickt zerknirscht. Doch ich schüttle den Kopf. Das muss ihm nicht leidtun, denn es ist mehr als verständlich.

»Die Begegnung mit dir hat mir Angst gemacht. Das war so ganz anders als mit den anderen Frauen. Etwas, das ich damals nicht gebrauchen konnte. Deswegen bin ich abgehauen.«

Es folgt eine Stille, in der ich über seine Worte nachdenke. Das alles macht Sinn und bestätigt mir einmal mehr, was ich an dem Abend gefühlt habe. Das mit uns war fantastisch.

»Und dann standest du plötzlich wieder vor mir«, reißt mich seine raue Stimme aus meinen Gedanken. »Das habe ich nicht erwartet und war total überrumpelt. Ich schätze, ich habe mich echt scheiße benommen, aber ich wollte mich einfach nicht noch mal mit dir auseinandersetzen.«

»Nun, gezwungenermaßen musstest du es dann ja doch tun«, erinnere ich ihn und beginne zu grinsen. Auch Jasons Gesicht blüht auf.

»Es kam, wie es kommen musste«, sagt er und rückt näher. Seine durchdringenden Augen wandern nach und nach über mein Gesicht, bis sie schließlich an meinen Lippen hängenbleiben. Meine Kehle wird trocken.

Er tut es wirklich. Er will mich küssen. Unsicher blicke ich ihm ein letztes Mal tief in die Augen, ehe sich seine Lippen auf meine legen. Sanft stupst er mich mit der Zunge an und ich gebe nach.

Es ist genau wie damals. Nur besser. Ohne zu wissen, was ich da genau tue, schiebe ich mich auf seinen Schoß und kralle mich an seinen Schultern fest. Jasons Mund auf meinem löst ein Feuerwerk in mir aus. Ich kann nicht genug bekommen. Fordernd spielt seine Zunge mit mir. Jason schmeckt nach süßem Wein und Hitze. So verdammt viel Hitze.

Meine Gedanken setzen aus. Unwillkürlich schiebe ich mich höher und fahre mit den Händen unter seinen Mantel. »Weg damit«, hauche ich und schiebe das Teil nach unten. Dann treffen unsere Lippen erneut hungrig aufeinander. Stürmisch fahre ich durch sein weiches Haar und stöhne. Und genau diese kleine Geste löst bei Jason eine gewaltige Reaktion aus. Ich spüre, wie er unter mir hart wird.

Schwer atmend löst er sich und schaut mir tief in die Augen. »Weißt du eigentlich, wie oft ich an unsere Nacht zurückgedacht habe? An dich? An diese Küsse?«

»Wie oft?«, flüstere ich ihm direkt ins Ohr und er erschaudert.

»Zu oft«, gibt er zurück, greift plötzlich mit seinen Händen unter meinen Hintern und erhebt sich. Ich quieke leise und schlinge meine Beine um seinen Oberkörper. Mein Gesicht vergrabe ich dabei in seiner Halsbeuge, wo ich ihn neckisch küsse und lecke. Jason kann es anscheinend gar nicht schnell genug gehen, mich auf den Teppich vor dem Kamin abzulegen. Erregt schaut er auf mich hinab und fährt mit seinen Fingern meine Wangenknochen entlang.

Ich beiße mir auf die Unterlippe und ziehe ihn zu mir herunter. Unsere Münder prallen aufeinander und zerfließen in einem leidenschaftlichen Kuss. Wie aus Reflex bäumt sich mein Körper unter ihm auf.

Vorsichtig, aber bestimmt streift er mir den Weihnachtspulli vom Körper und wirft ihn zur Seite.

Alles, an was ich jetzt noch denken kann, ist Jason. Jason, der mir gerade ungeniert die Leggings von meinen Hüften streift und dann sein Shirt auszieht. Erhitzt wandern meine Hände über seinen muskulösen Oberkörper und hinterlassen eine Spur der Gänsehaut.

»Verdammt«, knurrt Jason und begutachtet meinen Körper. Ich trage nur noch einen String und ein schlichtes schwarzes Bustier, das sanft nach oben geschoben wird. Jason greift nach meinen Händen und positioniert sie über meinem Kopf. Er übernimmt die Kontrolle und das gefällt mir. Lustbetont schließe ich meine Augen und es dauert keine Sekunde, ehe ich erneut aufstöhne.

Ich spüre Jasons heißen Atem auf meinen Brüsten. Dann sachte Küsse, die schließlich in ein Saugen und Lecken übergehen. Doch dabei belässt er es nicht. Sein Mund wandert weiter nach unten geradlinig über meinen Bauch bis hin zum Ansatz meines Strings. Ohne Vorwarnung greift er an das seitliche Gummi und zerreißt es.

Ich zucke zusammen. Nicht vor Schreck, sondern vor Lust. Es gefällt mir, dass er mir so offensichtlich zeigt, was er begehrt. Seine warmen, großen Hände wandern über die Unterseite meiner ausgestreckten Arme, über meine Brüste und landen auf meinen Oberschenkeln, die er sachte spreizt. Mein Körper bebt.

»Honor«, haucht er und legt seinen Mund auf meine Mitte. Ich stöhne und bäume mich auf. Heilige Scheiße.

Jason verliert keine Zeit und bearbeitet mich sowohl mit seinen Lippen als auch mit seiner Zunge. Ich zische seinen Namen und zerre an seinen Haaren. Das treibt ihn weiter. Immer weiter.

»Hör auf ... bitte«, flehe ich und er kommt meiner Bitte nach. Ich öffne die Augen und sehe ihn an. Pure Lust spiegelt sich in seinen Zügen. Dieser Mann ist eine wahre Naturgewalt. In meinem ganzen Leben habe ich noch nie etwas Schöneres gesehen. »Bitte schlaf mit mir, Jason.«

Mit großen Augen sieht er zu mir auf und nickt. Es fühlt sich so an, als wäre es unser erstes Mal. Doch diesmal ist es nicht so unverfänglich. Er ist der neue Mitbewohner meines Bruders. Das hier ist kein schneller Quickie wie damals. Es bedeutet etwas.

Jason beugt sich im Eiltempo in Richtung Couch und zieht sein Portemonnaie aus der Manteltasche. Zielsicher zerrt er ein Kondom heraus. Als er wieder über mir schwebt, rast mein Herz vor Spannung.

»Schneller«, keuche ich und Jason streift sich mit fahrigen Bewegungen die Jeans mitsamt Boxershorts vom Körper. Mit Verzückung starre ich auf sein hartes Glied, das sich von seinem Körper streckt. Ich platze beinahe vor Ungeduld und spreche ein stummes Gebet, dass er sich beeilen möge.

»Bist du dir sicher?«, fragt er mich ein letztes Mal und zieht das Kondom schließlich über. Als Antwort presse ich meine Lippen auf seine und fahre hungrig über seine Unterlippe. Endlich dringt er keuchend in mich ein. Erst zaghaft, dann fester und schneller.

Ich greife nach seinen breiten Schultern und lege den Kopf in den Nacken. Rau stöhne ich seinen Namen. Das hier bringt mich fast um den Verstand. Es ist einfach zu gut, um wahr zu sein. Ich lasse mich vollkommen gehen und Jason gewähren. Roh und hart nimmt er sich, was wir seit Monaten brauchen. Diese beiden Körper sind wie füreinander gemacht.

»Fuck, Honor«, stöhnt er und packt meine Schenkel. Mittlerweile stöhne ich so laut, dass ich Angst habe, die Nachbarn könnten mich hören. Doch ich bin wie im Rausch. Ich kann nicht anders. Meine Lider flattern und ich spüre, wie sich mein Höhepunkt anbahnt. Jason muss es ähnlich gehen, denn er verlangsamt sein Tempo und hebt mein Bein an. Ich sehe ihm direkt in die Augen und wir kommen fast gleichzeitig. Keuchend lässt er sich auf meinen nass geschwitzten Körper sacken.

»Was in Gottes Namen war das?«, fragt er und sein Atem kitzelt meine Haut. Leise lache ich auf und streiche durch seine Haare.

»Unser Two-Night-Stand?«, witzle ich, woraufhin er den Kopf hebt und mich ansieht.

»Ich hoffe es wird mehr davon geben.«

Lächelnd ziehe ich ihn zu mir hoch und kuschle mich mit dem Rücken an seine Brust. Das Kaminfeuer wirft rote Schatten um uns herum. *Das hoffe ich auch. Sehr sogar.*

»Du weißt, dass Derek morgen zurückkommt?«, wechsle ich das Thema.

»Ja, das weiß ich«, flüstert er mir ins Ohr und vergräbt

seine Nase in meinem Haar. »Aber laut Wahrsagerin brauchen wir uns darüber keine Sorgen zu machen. ›*Die Außenwelt wird positiv auf ihre neue Errungenschaft reagieren*‹«, äfft er sie nach. Sofort muss ich lachen und presse mich dichter gegen ihn. Zärtlich küsst er meinen Nacken.

»Also, was ist das mit Weihnachten und euch?«

Augenblicklich versteife ich mich und Jason richtet sich leicht auf. Er muss spüren, dass er einen wunden Punkt getroffen hat, und wartet nun auf meine Reaktion. Und anstatt mich wie sonst zu verschließen, rede ich.

»Bei uns zu Hause wurde Weihnachten schon immer groß gefeiert. Brown-Tradition. Das liegt in der Familie. Derek und ich haben das so übernommen.« Kurz halte ich inne und sammle mich. Denn die nächsten Worte werden schmerzen. »Ich weiß nicht, ob du das weißt, aber unsere Eltern sind vor vielen Jahren bei einem Autounfall ums Leben gekommen. Derek und ich sind die einzige Familie, die wir noch haben. Für uns ist es so gesehen also eine Sache der Ehre, unsere Weihnachtsfeste in Brown-Manier weiterzuführen. Verstehst du?«

Jason schluckt und umarmt mich fest. Er hat es also nicht gewusst. Ich dachte, dass Derek es ihm vielleicht erzählt hat. Aber die beiden sind erst seit wenigen Wochen Mitbewohner, wahrscheinlich hat es sich noch nicht ergeben..

»Das tut mir schrecklich leid«, sagt er mit gedämpfter Stimme und hält mich. Normalerweise reicht bereits der bloße Gedanke an meine Eltern und ich fange an zu heulen. Doch nicht dieses Mal. Mein Herz klopft schneller.

»Und was hat es mit dir und Weihnachten auf sich?«, stelle ich ihm die Gegenfrage. Es ist mehr als offensichtlich, wie sehr er Weihnachten hasst. Und die Tatsache, dass er in diesem Augenblick hier ist und nicht beim Weihnachtsessen mit seiner Familie, spricht für sich.

Jason seufzt. »Also gut«, kapituliert er. Seine raue

Stimme vibriert an meinem Rücken, als er anfängt zu erzählen. »Mein Vater hat meine Mutter und mich verlassen, als ich noch ein Säugling war. Ich habe ihn nie kennengelernt. Für Mum war es eine echt harte Zeit. Alleinerziehende Mutter, wenig Geld und geringes Ansehen in der Gesellschaft. Irgendwann hat sie dann angefangen, sich in Männerbeziehungen zu flüchten. Aber meine Mutter ist immer wieder auf die falschen Männer reingefallen. Schläger, untreue Männer, Lügner ... alle von der schlimmen Sorte. Dementsprechend habe ich keine guten Erinnerungen aus meiner Kindheit und erst recht keine schönen an Weihnachten.«

Traurig verziehe ich das Gesicht. Ich möchte mir das nicht einmal vorstellen. Jason tut mir schrecklich leid.

»Deswegen bist du heute Abend so früh zurückgekommen?«, vermute ich und liege goldrichtig.

»Es gab einen riesigen Streit. Mein Stiefvater ist ausgeflippt, weil ich ihn angeblich mit meinem Geschenk in den Schatten stellen wollte.«

»Nicht dein Ernst«, sage ich und drehe mich um. Doch Jason nickt. »Was für ein Arschloch!«

»Das kannst du laut sagen«, haucht er und küsst mich auf die Nasenspitze.

Eng umschlungen liegen wir fast eine Stunde auf dem weichen Teppich und reden über Gott und die Welt. So, wie wir es an unserem ersten Abend auf dem Sommerfest getan haben. Und soll ich ehrlich sein? Es fühlt sich fantastisch an. Erst als das Feuer langsam heruntergebrannt ist, gehen wir gemeinsam duschen und kuscheln uns anschließend aufs Sofa. Der Vorsatz, noch einen Film zu schauen, löst sich in Luft auf, weil wir beide augenblicklich einschlafen.

Erst ein nach Minze riechender Luftzug weckt mich auf. Verwirrt blinzle ich mit den Lidern gegen das hereinbrechende Tageslicht an. Nur schlaftrunken nehme ich den großen schwarzen Schatten vor mir wahr. Aber irgendwann wabert die Information dann doch in meinen Geist und ich reiße erschrocken die Augen auf. Vor mir steht Derek. Leibhaftig und mit einem dämlichen Grinsen auf dem Gesicht. Und ich weiß auch genau, warum. Der Grund dafür liegt hinter mir und schnarcht leise vor sich hin.

»Na, wenn das mal keine frohe, feuchte Weihnachtsüberraschung ist«, sagt er plump und besieht sich die Szene. Mit offenem Mund starre ich zwischen meinem Bruder und Jason hin und her. Dann breche ich in schallendes Gelächter aus und Derek stimmt kurzerhand mit ein.

Zum ersten Mal in meinem Leben glaube ich tatsächlich an Wahrsagerei.

Ende

VANESSA SANGUE

Christmas NIGHTS & POLAR Lights

Prolog

Angel

Was für ein absolut furchtbarer Tag.

Mit einem Stöhnen wuchtete ich den Pappkarton, gefüllt mit meinen Habseligkeiten, auf die andere Seite meiner Hüfte, damit ich den Schlüssel aus der Jackentasche angeln konnte.

In der Eile, meinen Arbeitsplatz zu verlassen, hatte ich vergessen, Handschuhe anzuziehen. Und nach der Fahrt mit der U-Bahn und dem Fußmarsch durch den Schneeregen waren meine Hände langsam zu Eiszapfen mutiert. Ich zitterte leicht, als ich den Schlüssel ins Schloss schob.

Man hatte mich heute gefeuert! Mit der Begründung, dass ich auf der letzten, von mir organisierten Veranstaltung den falschen Kaffee angeboten hätte. Mir war die Kinnlade hinunter geklappt, als mein Kotzbrocken von einem Chef vor mir gestanden und mit einem schleimigen Grinsen im Gesicht die Neuigkeit verkündet hatte. Alle Kollegen, die mit mir in dem Großraumbüro gesessen hatten, hatten mich mitleidig angesehen. Die gesamte Belegschaft kannte die cholerische Art unseres Chefs und niemand wollte freiwillig in seine Schusslinie geraten.

Ich war in diesem Moment so fassungslos und schockiert gewesen, dass mir nicht einmal eine passende Antwort eingefallen war. Stattdessen hatte ich ihn schweigend und mit weit aufgerissenen Augen angeschaut, als er sich einfach umgedreht hatte und gegangen war. Unter dem leisen Getuschel der Kollegen und teils mitleidigen, teils erleichterten Blicken hatte ich meine Sachen in einen Pappkarton gepackt und das Gebäude verlassen.

Ich war nicht bei der besten Eventagentur der Stadt angestellt gewesen, aber das hätte der Beginn meiner Karriere werden sollen. Nach unzähligen Praktika, Studentenjobs, einer Ausbildung und Aushilfsjobs hatte ich mich in der Firma nach oben arbeiten wollen. Und jetzt? Jetzt stand ich mit siebenundzwanzig Jahren vor dem Nichts. Ganz am Anfang. Am Ende des Jahres, arbeitslos und mit meinem verhassten Weihnachten in Sicht.

Mit einem tiefen Seufzen, bei dem sich selbst bei mir Mitleid für mich regte, drehte ich den Schlüssel im Schloss um. Wenigstens wartete ein liebevolles Zuhause auf mich. Felix, mein Freund, und ich waren erst vor Kurzem zusammengezogen. Für einen Augenblick bäumte sich Panik in mir auf, weil mein Gehalt jetzt wegfallen würde und ich nicht wusste, ob wir uns diese neue, große Wohnung noch leisten konnten. Aber ich schob diese Fragen von mir, sonst würde ich gleich in Tränen ausbrechen.

Ich wollte nur noch ein heißes Bad nehmen, mich in meine gemütlichsten Sachen werfen, zusammen mit Felix auf der Couch kuscheln und dabei eine True-Crime-Dokumentation schauen. Mit dem Fuß schloss ich die Wohnungstür hinter mir und stellte den Karton mit meinen Habseligkeiten im Flur auf den Boden. Ein kurzer Blick aufs Handy sagte mir, dass ich früher als geplant zu Hause war – aus offensichtlichen Gründen. Wenigstens konnte ich die Zeit nun nutzen, um aufzuräumen. Vielleicht sollte ich danach kochen und damit Felix überraschen, wenn er von der

Arbeit kam. Dann würden wir uns einen schönen Abend auf der Couch machen. Denn er fand sicher die richtigen Worte, um mich aufzumuntern. Das tat er schließlich immer.

Bei dem Gedanken daran, dass er mich nachher in die Arme nehmen würde, wurde mir schon leichter ums Herz zumute. Mit einem Lächeln ging ich ins Wohnzimmer und blieb verwundert stehen. Die Tür zum Schlafzimmer war geschlossen, was mich einen Augenblick innehalten ließ.

»Ich hatte sie doch offen gelassen ...«, murmelte ich verwirrt zu mir selbst. Ich hatte die Wohnung heute Morgen nach Felix verlassen. Oder irrte ich mich?

Mit wackeligen Knien ging ich zum Schlafzimmer und ergriff die Klinke, hielt im letzten Moment allerdings inne.

Was war das für ein Geräusch? Ein Stöhnen? Ein Kichern?

»Was ...«

Ich öffnete die Tür und erstarrte zu Eis. Kein Muskel regte sich mehr. Auf dem Fußboden lag noch die Kleidung von heute Morgen, die ich nicht hatte tragen wollen. Das Fenster war geöffnet und ließ frische, kalte Luft herein. Mitten auf unserem Bett, das wir zum Einzug neu gekauft hatten, lag Felix. Und auf ihm saß eine nackte Blondine, mit dem Gesicht zu mir gerichtet. Seine Hände lagen auf ihren riesigen Brüsten, die viel größer und unechter waren als meine, wie ich in diesem Moment verwirrenderweise registrierte. Ihr vor erregtem Entzücken verzogener Mund erstarrte, als sie mich entdeckte. Felix bewegte die Hüften weiter und stieß seinen erigierten Penis in sie hinein.

»Warum hörst du auf, Baby?«, stöhnte er.

Ich blinzelte.

Mein Magen verwandelte sich innerhalb weniger Sekunden in einen Betonklotz. Ich hatte das Gefühl, als hätte ich einen absolut schrecklichen Albtraum, und wusste gleichzeitig, dass ich hellwach war.

»Vermutlich weil ich in der Tür stehe«, beantwortete ich Felix' Frage. Meine Stimme klang kalt. Als würde sie nicht mir gehören.

Wie vom Blitz getroffen schnellte Felix vom Bett hoch. Die Blondine fiel von seinem Schoß und wickelte sich hastig in eines der Laken – die Bettwäsche hatte ich ihm dieses Jahr zu seinem Geburtstag geschenkt; unsere Namen waren darauf eingestickt. Geradezu ironisch prangte ein ›lix‹ über ihrer linken Brust. Der Rest der Buchstaben verschwand in ihrer Faust, mit der sie den Stoff umklammert hielt.

»Angel! Was machst du denn hier?!«

Ich starrte Felix an, der neben dem Bett stand. Sein Penis wippte von der Bewegung noch leicht nach oben und unten. Was ein komischer Anblick gewesen wäre, hätte er nicht vor weniger als einer Minute in einer fremden Frau gesteckt.

»Das ist das Einzige, was dir gerade einfällt?«, fragte ich und wusste dabei nicht, ob ich weinen oder lachen sollte.

Mein schrecklicher Tag hatte sich innerhalb weniger Augenblicke in eine absolute Katastrophe verwandelt.

»Ich kann das alles erklären!« Er blickte zwischen mir und der Blondine hin und her, aber ich schüttelte den Kopf. Nein, ich war fertig. Mit allem. Mit meinem Job, mit Felix und mit dieser verfluchten Stadt.

»Ich will es nicht hören.« Mein Blick streifte die andere Frau. Ich war selbst davon überrascht, wie gefasst ich in diesem Augenblick war. »Du kannst ihn haben.« Dann wandte ich mich meinem Freund zu, der in wenigen Sekunden mein Ex-Freund sein würde.

»Das war's, Arschloch!«

»Aber, Angel ...«

Ich hob die Hand, um ihn zum Schweigen zu bringen. »Nein. Sei einfach still. Ich verschwinde jetzt ins Bad und wenn ich rauskomme, seid ihr beide weg. Dann packe ich mein Zeug und ziehe aus.« Er öffnete den Mund, doch ich rauschte einfach an ihm vorbei und warf die Badezimmertür hinter mir zu. Leises Gemurmel erklang aus dem Zimmer neben mir. Was man in so einer Situation wohl besprach?

Ich ging zum Waschbecken und wusch mir die Hände, als wäre ich auf Autopilot. Dann sah ich in den Spiegel, der darüber hing, und bemerkte zum ersten Mal die Tränen, die mir über die Wangen liefen.

Das war der mit Abstand schlimmste Tag in meinem Leben.

Kapitel Eins

Angel

Eine Woche später saß ich im Café meiner Mutter, in meiner Heimatstadt Dawson City im Yukon Territorium. Mit knapp zweitausend Einwohnern eine verschlafene Kleinstadt in der Wildnis von Kanada. Die unter Denkmalschutz stehenden Gebäude, die den Flair des Klondike-Goldrausches vor gut hundert Jahren verbreiteten, trugen nur dazu bei, dass ich jedes Mal das Gefühl hatte, ich wäre durch ein Wurmloch in die Vergangenheit gezerrt worden. Damals hatte ich es kaum erwarten können, von hier zu verschwinden – besonders zu dieser Jahreszeit. Ich *hasste* Weihnachten und in Dawson wurde der Mist bis in jedes kleine Detail zelebriert.

Vor mir stand eine Tasse mit Milchkaffee, Sahnehaube und Zimt oben drauf, ich trank einen Schluck davon, während ich mich umsah. Außer mir waren noch ein paar weitere Gäste hier und saßen entweder auf den Sitzbänken an der großen Fensterfront – so wie ich – oder auf den dunklen Holzstühlen, die an den runden Tischen standen. Alles hier erinnerte mich so sehr an meine Kindheit, dass es sich schon beinahe wie eine Zeitreise anfühlte. Angefangen bei den groben Backsteinwänden, die nur teilweise verputzt waren, zu dem hell gefliesten Boden und der dunklen Holztheke mit der Glaskuppel, unter der sich das Gebäck befand.

Mit einem Seufzen starrte ich auf mein Lieblingsgetränk hinab. Selbst das hob meine aktuelle Stimmung nicht.

Noch immer konnte ich nicht glauben, welche Wendung mein Leben genommen hatte. Von einem vielversprechenden Job, einer neuen Wohnung und einem Verlobten zu arbeitslos, wohnungslos und *single.* Wow.

Der absolut einzige Lichtblick? Mein bester Freund aus Kindheitstagen war noch in der Stadt und führte inzwischen das einzige Hotel. Und nur Gott allein wusste, wie er mit diesem Geschäftsmodell überleben konnte. Gab es überhaupt Touristen, die sich nach Dawson verliefen? Ich hatte berechtigte Zweifel. Aber er ließ mich in einem der Hotelzimmer wohnen, was mich davor bewahrte, dass ich zu Hause hatte einziehen müssen. Und für den Moment verlangte er nicht einmal Miete. Bobby war einfach ein Heiliger – verpackt in rund eins neunzig muskelbepackter Bad-Boy-Attitüde mit Tattoos und einem Piercing auf der rechten Seite seiner Unterlippe. Wenn ich so darüber nachdachte, war es merkwürdig, dass zwischen uns nie die Funken geflogen waren.

Um mich weiter von der katastrophalen Stimmung abzulenken, zog ich mein Handy hervor und schrieb ihm eine Nachricht.

ANGEL

Glaubst du, man kann sich in einer Tasse Milchkaffee mit Sahnehaube und Zimt ertränken?

Frage für eine Freundin.

Seine Antwort kam erwartungsgemäß schnell.

BOBBY

Da ich mir sicher bin, dass du in letzter Zeit nicht plötzlich geschrumpft bist, denke ich, dass du es nicht schaffen wirst, dich in deiner Kaffeetasse zu ertränken. Aber ich will deine Fähigkeiten nicht unterschätzen.

Ich schnaubte.

Als plötzlich meine Mutter an den Tisch zurückkehrte, steckte ich schnell das Handy weg. Denn das breite Lächeln, das ich auf ihren Lippen sah, ließ ein nervöses Gefühl in meinem Magen flattern. Als würden unzählige kleine Kolibris aufgeregt mit den Flügeln schlagen.

Meine Mutter war eine ältere Version meiner selbst. Es war beinahe gruselig, wie ähnlich wir uns sahen. Die gleichen wilden roten Locken, nur dass ihre bereits von ein paar grauen Strähnen durchzogen wurden. Die gleiche helle Haut mit, meiner Meinung nach, viel zu vielen Sommersprossen – ihre mit ein paar Falten verziert. Die gleichen grünen Augen, die geringe Körpergröße mit Kurven, wobei meine Mutter inzwischen generell runder geworden war. Wirklich, man könnte uns für Zwillinge halten.

Und weil wir uns so ähnlich waren, innerlich und äußerlich, wusste ich, dass ihr Lächeln nichts Gutes für mich bedeuten konnte.

»Liebling, ich habe wunderbare Neuigkeiten.«

Ich schluckte. Jetzt kam es. Doch in dem Moment, in dem meine Mutter den Mund öffnete, klingelte die kleine Glocke über der Tür und kündigte einen neuen Besucher an. Wir beide drehten den Kopf und mein Herz rutschte mir in die Hose. Das durfte jetzt verflucht noch mal einfach nicht wahr sein. Denn die Katastrophe, die ich auf mich hatte zurollen sehen, kam nicht in Form der Worte meiner Mutter. Nein, sie kam in Form eines riesigen, muskulösen, viel zu charmanten und gut aussehenden Goalies, der sich gerade den Schnee von den Füßen stampfte.

Die Katastrophe kam in Form von Noah Mitchell. Meinem absoluten Erzfeind aus Kindheitstagen. Ob ich mich nicht vielleicht doch in der Kaffeetasse ertränken konnte?

Noah

Der einzige Silberstreif an dem ansonsten düsteren Himmel war die Tatsache, dass Weihnachten nicht mehr lange entfernt war. Ich liebte dieses Fest. Die Dekorationen, der Geruch nach Gebäck mit viel Zimt, heißer Kakao mit einer rotweißen Zuckerstange und Schnee. Ich liebte alles davon.

Was der einzige Grund war, warum ich noch nicht schreiend die Wände hochgegangen war. Denn anstatt wie sonst die Tage mit meinem Team zu verbringen und mich auf das nächste Spiel vorzubereiten, war ich raus. Eine Prügelei, eine falsche Bewegung und eine Hüftverletzung später saß ich auf der Bank. Nur dass ich nicht einmal mehr dieses Vergnügen hatte. Nein, mein Coach hatte mich zurück in die Heimat geschickt, weil sich dort einer der besten Sportmediziner für Eishockeyspieler angesiedelt hatte.

Während ich durch den leichten Schneefall zu meinem Lieblingscafé lief, rief ich mir seine letzten Worte in Erinnerung.

›Nur eine kurze Pause, Noah. Das ist nicht das Ende. Lass dich behandeln und einen Plan erstellen. Den Rest erledigen dann unsere Physios. Das wird schon.‹

Dabei hatte er mir freundschaftlich auf die Schulter geklopft. Ich wünschte, es wäre wirklich so einfach. In meinem Alter, mit dreißig Jahren, war jede Verletzung Grund genug, dass das Getratsche losging. War er noch fit? War das die Verletzung, von der er sich nicht erholen würde? War seine Zeit abgelaufen?

Ich ballte die Hände zu Fäusten. Morgen früh hatte ich meinen Termin bei Dr. Prescott. Danach würde ich mehr wissen. Bis dahin musste ich die Zeit totschlagen. Und das ging am besten im Café von Mary Tremblay. Sie machte die weltbesten Zimtschnecken und einen Kakao, der mich vielleicht vergessen lassen konnte, dass ich Angst hatte, dass mich diese Verletzung aus dem Spiel nehmen würde. Und dabei half es nicht gerade, dass jeder Schritt schmerzte.

Eine Glocke kündigte meine Ankunft an. Ich trat ein paarmal fester auf, damit ich nicht unnötig Schnee in das Café trug. Als ich aufsah, begegnete ich dem Blick aus zwei Paar identischer grüner Augen. Eines davon die jüngere Version des anderen.

In mir machte sich das Bedürfnis breit, den Kopf in den Nacken zu werfen und lauthals loszulachen. Soeben war die Zeit, die ich in Dawson verbringen musste, sehr viel interessanter geworden. Das Letzte, was ich von ihr gehört hatte, war, dass sie ihre Taschen gepackt hatte und von hier verschwunden war, als hätte ihr Arsch in Flammen gestanden. Ein ansehnlicher Arsch, wenn ich mich richtig erinnerte.

An einem der Tische im Café ihrer Mutter saß Angel Tremblay. Die kleine *Little Miss Sunshine* meiner Schulzeit. Und mein absolut liebster Zeitvertreib war es immer schon gewesen, sie in den Wahnsinn zu treiben. Ich sah ihr direkt in die Augen, als sich ein breites Grinsen auf meine Lippen schlich. »Hallo, Angel.«

Angel

»Noah!«, rief meine Mutter aus, als hätte sie unerwartet ihren Lieblingssohn getroffen. Ich verkniff es mir, mit den Augen zu rollen. Sie hatte schon immer eine Schwäche für den blauäugigen Adonis vor uns, der mit gelassenen Schritten auf uns zukam. »Seit wann bist du hier?«

Noah schenkte ihr sein Markenzeichen-Grinsen. Ich hatte bereits beobachten können, wie dieser spezielle Move reihenweise Höschen hatte fallen lassen.

Gott, wie sehr ich ihn hasste.

»Erst seit gestern.«

Meine Mutter runzelte die Stirn. »Aber die Saison läuft doch noch?«

Natürlich. Wie hatte ich das vergessen können. Noah Mitchell, der goldene Sohn von Dawson City, war einer der begehrtesten Goalies der NHL. Ich würde mir eher selbst die Zunge herausschneiden, als öffentlich zuzugeben, dass ich seine Karriere verfolgte. Oder dass ich ein absoluter Eishockeyfan war und jedes Mal ein wenig feucht zwischen den Beinen wurde, wenn ich beobachtete, wie Noah auf dem Eis Gas gab. Sein aufgeblasenes Ego würde platzen, sollte er je davon erfahren.

»Kleine Verletzungspause.« Noah schüttelte seine Winterjacke von den Schultern, warf sie auf die Bank gegenüber von mir und ließ sich dann darauf fallen. Ich funkelte ihn böse an.

Was sollte das?

»O nein, ich hoffe doch nichts Schlimmes?«

Sein Grinsen war immer noch an Ort und Stelle. »Nichts, was ein paar deiner Zimtschnecken und ein heißer Kakao nicht heilen können, Mary.«

Meine Mutter lachte und klopfte ihm kurz auf die Schulter. »Kommt sofort, mein Lieber.«

Anscheinend hatte sie vergessen, dass sie mir etwas

sagen wollte, denn sie ließ mich und Noah allein, um hinter der Theke zu verschwinden. Und ich hätte mich am liebsten in Luft aufgelöst.

»Verletzungen in deinem Alter, Noah? Nicht, dass das das Ende deiner Karriere ist.« Ich lehnte mich zurück und verschränkte die Arme vor der Brust.

Das Grinsen bekam etwas Schneidendes. »Machst du dir etwa Sorgen um mich, Teufelsbrut?«

Fuck. Ich *hasste* diesen Spitznamen. Beinahe noch mehr als Noah selbst. Er hatte sich ständig darüber lustig gemacht, dass mein Name Angel war und behauptet, dass ich absolut nichts Himmlisches an mir hatte – eher das Gegenteil.

Ich schnaubte. »Verrate mir, wer dich auf dem Eis verletzt hat, und ich schicke ihm eine Dankeskarte, Blumen und Schokolade.«

Noah lachte rau und ich ignorierte die Gänsehaut, die mich überlief.

»In Anbetracht der Tatsache, dass ich ihm den Kiefer gebrochen habe, wird er mit der Schokolade nicht viel anfangen können.«

Feuchtigkeit sickerte in meine Unterwäsche. Ich liebte die Brutalität von Eishockey, die rohe Kraft, die Art, wie diese muskulösen Kerle über das Eis flogen, als würde ihnen die Welt gehören. Und zu hören, dass Noah sich geprügelt hatte, ließ den Puls zwischen meinen Beinen kräftig schlagen.

Meine Mutter ersparte mir eine Antwort, als sie erneut an den Tisch trat und einen Kakao sowie eine Zimtschnecke vor Noah abstellte. Dann wandte sie sich mir zu. »Ach, Angel. Ich hatte dir ja gerade von den guten Neuigkeiten berichten wollen.«

Aus dem Augenwinkel sah ich, wie Noah eine Augenbraue hob.

»Darüber können wir auch später sprechen. Noah muss bestimmt gleich wieder los.«

»Oh, ich habe alle Zeit der Welt.«

Und ich würde dir gerne den Hals umdrehen.

»Du erinnerst dich an Abigail?«

»Die alte Dame, die immer den Weihnachtsmarkt organisiert hat?«

Meine Mutter nickte eifrig, bevor sie die Stirn runzelte. »Sie ist leider erkältet und kann sich dieses Jahr nicht darum kümmern.«

Eine böse Vorahnung ließ mich eine Hand unter dem Tisch zur Faust ballen.

»Und da habe ich ihr versichert, dass du dich darum kümmern wirst. Nachdem du entlassen wurdest, wäre das doch die perfekte Gelegenheit, um deine Fähigkeiten einzusetzen.«

Noah versuchte sein Lachen hinter einem Husten zu verstecken. »Oh, Angel«, säuselte er, »das ist doch wirklich perfekt! Schließlich *liebst* du Weihnachten!«

Ich tötete ihn mit meinem Blick. Er wusste ganz genau, dass ich die Feiertage hasste. Denn er hatte mich in der Schule erwischt, als ich den gesamten Weihnachtsschmuck von unserem Tannenbaum abgenommen und auf dem Schulhof verbrannt hatte. Danach hatte er mich prompt verpetzt und ich war dazu verdonnert worden, den Schmuck zu ersetzen – mit selbstgebastelten Ornamenten.

»Mom«, setzte ich an, aber sie ließ mich gar nicht zu Wort kommen und drückte mir stattdessen ein rotes Notizbuch in die Hand, das mit glitzernden Weihnachtsstickern übersäht war. Wo hatte sie das denn hergezaubert?

»Da steht alles drin, was du wissen musst, das hat mir Abigail versichert.« Sie lächelte mich an. »Das wird wunderbar, Liebling. Ich kann es kaum erwarten, was du daraus machen wirst.« Damit drehte sie sich um und ging, um sich anderen Kunden zu widmen.

Ich knirschte mit den Zähnen. Wie sollte ich denn da noch Nein sagen?

»Wenn du deinen Gesichtsausdruck gerade sehen könntest.«

Mit dem Blick versprühte ich zornige Blitze, bevor ich ihm den Mittelfinger zeigte. Ein gefährliches Funkeln trat in seine eisblauen Augen.

Ich schnappte mir die Monstrosität eines Notizbuches und stand auf. »Fick dich, Noah Mitchell. Niemand hat dich nach deiner Meinung gefragt.«

Damit stapfte ich davon und winkte meiner überrascht dreinschauenden Mutter nur kurz zum Abschied.

Noah

Ja, sie hatte immer noch einen verdammt geilen Arsch.

Ich hatte den Kopf gedreht, damit ich Angel hinterhersehen konnte, als sie aus dem Café flüchtete. Sie hatte es nie lange in meiner Gegenwart ausgehalten. Was schade war, da ich gerne dabei zusah, wie das zornige Glitzern in ihren Augen stetig stärker wurde.

Angel hatte also ihren Job verloren und war mit eingezogenem Schwanz in die Heimat zurück geflohen. Dabei konnte ich mir nicht vorstellen, dass ein einfacher Jobverlust ausreichen würde, um ihr feuriges Temperament zu zähmen. Vielleicht steckte mehr dahinter. Was ich wohl dafür tun müsste, um Details zu erfahren?

Ich widmete mich der Zimtschnecke auf meinem Teller und genoss den süßen Geschmack, während sich meine Gedanken um Angel Tremblay drehten. Als Teenie hatte ich mich damals nicht entscheiden können, ob ich sie schlagen oder lieber vögeln wollte. Zum damaligen Zeitpunkt hatte ich es auf die Hormone geschoben, die mir das Denken schwer machten. Da ich im Moment jedoch mit den gleichen widersprüchlichen Gefühlen kämpfte, musste ich mir eingestehen, dass es nicht ausschließlich an den Hormonen lag.

Nein, ganz offensichtlich hatte dieser Teufel auf zwei Beinen einen speziellen Effekt auf mich.

Ich hob die Tasse an und schlürfte zufrieden den warmen Kakao. Zum Glück war ich inzwischen ein paar Jahre älter und wusste, dass meine Emotionen und Gedanken im Hinblick auf Angel gar nicht so gegensätzlich waren. Eine gewisse Härte und Sex gingen bei mir immer Hand in Hand.

Ich grinste. Wie lange ich wohl brauchen würde, bis mir Angel – hoffentlich wortwörtlich – an die Kehle sprang?

Kapitel Zwei

Angel

Etwas mehr als vierunddreißig Stunden waren seit meinem unerfreulichen Treffen mit Noah und dem neuen Job, der mir unglücklicherweise in den Schoß gefallen war, vergangen, und ich war bereits so weit, mich hemmungslos zu betrinken.

Genervt knallte ich das glitzernde Notizbuch auf die Rezeption, hinter der Bobby saß. Er strich sich durch die dunklen Haare, was nur dafür sorgte, dass sie wild in alle Richtungen abstanden, und sah mich fragend an. Hinter mir funkelte der Tannenbaum in der kleinen Lobby des Hotels und die Lichter spiegelten sich in seinen dunklen Augen wider.

»Gibt es einen speziellen Grund dafür, warum du meine Theke so misshandelst?«

»Menschen«, murrte ich, als würde das alles erklären.

Ich hatte die letzten zwei Tage damit verbracht, mich in die Organisation des Weihnachtsmarktes zu stürzen, und absolut jeder, mit dem ich gesprochen hatte, war schon in festlicher Stimmung. Ich hätte kotzen können!

Bobby lachte und glitt mit der Zunge über sein Lippenpiercing, wie er es häufig machte. »Ich habe wirklich keine Ahnung, wie deine Mutter auf die Idee kommen konnte, dass du die perfekte Kandidatin für diesen Job bist.«

Mein Augenrollen verlieh meiner Frustration nur unangemessen Ausdruck. »Sie hat immer noch die Hoffnung, dass sie mich irgendwann bekehren kann.«

Mit einem mitleidigen Blick griff Bobby unter die Theke, holte eine halb leere Flasche Whiskey hervor und drückte sie mir in die Hand. »Hier, geht aufs Haus.«

Dankbar sah ich ihn an, schickte ihm einen Luftkuss und drehte mich um. Der dicke dunkelrote Teppich, der im Foyer lag, verschluckte meine Schritte. In der kleinen Sitzecke, neben dem Tannenbaum, saß ein älteres Pärchen und blätterte durch ein Prospekt. Das Kaminfeuer spendete Wärme und verlieh der ansonsten eher dunkel-maskulinen Einrichtung etwas mehr Wohlfühlatmosphäre. Ich verschwand die Treppe hinauf zu meinem Zimmer im ersten Stock. Und hatte die Tür fast erreicht, als ich über meinen Schnürsenkel stolperte, gegen eine Tür krachte und mir das dämliche Notizbuch aus der Hand rutschte. Es landete schlitternd auf dem Boden. Fluchend beugte ich mich nach vorne, um danach zu greifen. Wenigstens war mir die Flasche nicht aus den Fingern geglitten.

»Hm, an diesen Anblick könnte ich mich gewöhnen.«

Mein Herz setzte einen Schlag aus, nur um anschließend davonzugaloppieren. Ein Schauer lief mir über den Rücken. Meine Finger schlossen sich um das Notizbuch und ich richtete mich langsam auf. Als ich mich umdrehte, begegnete ich Noahs Blick. Ein Lächeln umspielte seine viel zu sinnlichen Lippen. Ich betrachtete die dunkelblonden Haare, die etwas länger und nass waren, als käme er gerade aus der Dusche. Ein paar Strähnen fielen ihm in die Stirn. Ich folgte den Wassertropfen seine Schläfe hinab zu seiner viel zu attraktiven Kieferpartie. Mein Blick glitt über die Bartstoppeln, die ein paar Nuancen dunkler waren als seine

Haare. Wasser tropfte von seinem Kinn. Und das Notizbuch drohte mir erneut zu entgleiten.

Noah Mitchell kam aus der Dusche. Stand mir gegenüber. Mit nichts weiter als einem dunkelgrauen Handtuch um die Hüfte.

Ich schluckte. Mein Blick huschte über jeden Zentimeter seiner Haut. Ich konnte mich gar nicht entscheiden, wo ich als Erstes hinsehen sollte. Nervosität ließ Schmetterlinge in meinem Magen flattern. Mein Puls schlug zwischen meinen Beinen.

Noah Mitchell, ein Nachkomme von Adonis. Nur größer. Breiter. Definierter. *Heißer.*

Gottverfluchte Scheiße.

Während ich noch mit Starren beschäftigt war, beugte sich Noah zu mir, legte einen Finger unter mein Kinn und schob meinen Unterkiefer nach oben.

»Hier, ich helfe dir«, murmelte er.

Feuerrote Hitze stieg mir in die Wangen, als ich den Mund zuklappte.

Bitte, lieber Gott, lass mich die Whiskeyflasche bereits ausgetrunken haben und das Ganze hier ist nichts anderes als ein Alkohol induzierter Fiebertraum.

Endlich schaffte ich es wieder, in seine Augen zu schauen und das Feuer, das mir dort entgegenschlug, ließ meine Knie zittern.

»Alles klar bei dir, Teufelsbrut?«

Ich versuchte meine Gedanken zu sortieren. »Scheißtag.«

Wow. War ich nicht schrecklich eloquent?

Noah hob eine Schulter und das Spiel seiner Muskeln verursachte einen Kurzschluss in meinem Hirn.

»Dito.« Er deutete mit dem Kopf auf die Flasche in meiner Hand. »Lust zu teilen?«

Alle Alarmglocken in meinem Kopf schrillten gleichzeitig los. Erzeugten eine ohrenbetäubende Kakophonie, während alles in mir *NEIN* schrie.

Ich sah ihm in die Augen. »Ja.«

Noah

Mit einer grauen Jogginghose bekleidet setzte ich mich neben Angel auf die Couch in meinem Hotelzimmer. Ein Feuer brannte im Kamin, zauberte faszinierende Schatten in ihr Gesicht und ihre roten Haare schienen zu glühen, als wollten sie mit den Flammen tanzen.

Sie reichte mir die Whiskeyflasche. Als sich meine Finger darum schlossen, hielt sie weiter fest. »Waffenstillstand?«, fragte sie und ihre rauchige Stimme strich wie eine Berührung über mich hinweg.

Ich dachte kurz darüber nach. Aber die Worte von Dr. Prescott schwirrten noch immer in meinem Kopf herum. ›Die Saison könnte für dich beendet sein, Noah. Wenn du deinem Körper keine Ruhe gönnst, ist es vielleicht sogar dein Karriereende.‹

Ich nickte. »Waffenstillstand.« Kurz bevor ich die Flasche an die Lippen setzte, fügte ich grinsend hinzu: »Für heute Abend.«

Während wir den Alkohol zwischen uns beiden hin und her reichten, und ich darauf achtete, dass mein Mund immer genau die Stelle berührte, die ihre Lippen vorher gestreift hatten, schwiegen wir. Jeder hing seinen eigenen Gedanken nach und langsam, aber sicher spürte ich die Auswirkungen des Whiskeys. Angels Wangen zierte eine attraktive Röte, die ihre Sommersprossen betonte. Im Schein des Feuers sah sie so verflucht wunderschön aus, dass sich mein Schwanz regte und die Jogginghose tat nichts, was meine Reaktion vor Angel verborgen hätte.

»Warum hasst du mich so?«, fragte sie leise.

Ich grinste. »Ich hasse dich nicht.«

Verwirrt beugte sie sich nach vorne, nahm mir die Flasche ab und trank einen großzügigen Schluck. Viel der bernsteinfarbenen Flüssigkeit befand sich nicht mehr darin. »Und wieso gehst du mir dann bei jeder Gelegenheit so auf die Nerven?«

Ich kam ihr ein Stück entgegen, bis sich unsere Nasen beinahe berührten. Wir atmeten die gleiche Luft. Ich konnte die goldenen Sprenkel in ihren grünen Augen erkennen. »Weil du verflucht heiß bist, wenn du dich aufregst.«

Angel starrte mich an, als hätte ich ihr gerade ein kostbares Geheimnis erzählt. Um diesem Blick auszuweichen und nicht etwas Unvernünftiges zu tun – wie zum Beispiel über sie herzufallen –, trank ich den letzten Rest des Whiskeys. Als ich die Flasche auf dem kleinen Couchtisch abstellte, überraschte mich Angel.

Sie schob mich zurück in die Kissen, kletterte rittlings auf meinen Schoß, umfasste mein Gesicht mit beiden Händen und küsste mich. Erst drückte sie nur ihre Lippen auf meine, ich erstarrte. Doch dann streichelte ihre Zunge über meine Unterlippe und in meinen Körper kam Bewegung. Ich griff nach ihren Hüften, zog sie hart auf meine Erektion. Der Stoff unserer Hosen trennte uns, aber ich bildete mir trotzdem ein, ihre Hitze spüren zu können. Der weiche Stoff ihres Pullovers strich über meine nackte Brust.

Sie schmeckte nach Whiskey und Zimt. Verboten. Verrucht. Verdammt süß.

Wir fielen übereinander her wie zwei Verdurstende, die eine Wasserquelle gefunden hatten. Ihre Hände waren in meinen Haaren, auf meinen Schultern, meinen Brust- und Bauchmuskeln. Sie berührte jeden Zentimeter von mir, den sie erreichen konnte. Meine Finger bohrten sich in das weiche Fleisch oberhalb ihrer Hüftknochen, bis ich sicher war, dass sie dort blaue Flecken bekommen würde.

Unsere Münder verschlossen einander, unsere Zungen tanzten. Mein Herz raste in meiner Brust und mein Schwanz wurde härter, als sie sich verlangend an mir rieb.

Mit den Fingern glitt ich unter ihr Oberteil, berührte ihre erhitzte Haut. Ich unterbrach den Kuss, um an ihrem Hals zu knabbern. Meine Zunge strich über ihren wild schlagenden Puls. Als ich sie in die empfindliche Stelle biss, an der ihr Hals in ihre Schulter überging, stöhnte sie meinen Namen.

Ich war verloren.

Angel

»Angel«, er flüsterte meinen Namen wie ein Gebet.

Flatternd öffnete ich meine Lider und sah ihn an. In diesem Moment wurde mir bewusst, was ich hier gerade tat. Und schlimmer, mit wem!

Ich stolperte und fiel beinahe hintenüber in meinem hastigen Versuch, von seinem Schoß zu flüchten. »Ich ... ich muss gehen!«

Klang meine Stimme nur in meinen eigenen Ohren so panisch?

»Angel«, wiederholte Noah, dieses Mal deutlich eindringlicher. Er sah mich stirnrunzelnd an.

Blindlings griff ich nach dem Notizbuch und hastete zur Tür. Ich hörte noch, wie er nach mir rief, aber ich hielt nicht an, bis ich die Tür zu meinem eigenen Hotelzimmer hinter mir geschlossen hatte und unter einer kochend heißen Dusche stand.

Was zum Teufel hatte ich getan?

Du hast Noah Mitchell geküsst. Und es war der verdammt beste Kuss deines Lebens.

Kapitel Drei

Angel

Ich stand im Café meiner Mutter und starrte mein Handy an, mit dem ich gerade ein Gespräch beendet hatte. Das durfte doch alles nicht wahr sein! Jetzt war mir auch noch der letzte Schausteller für den Weihnachtsmarkt abgesprungen. Seit ich dieses Projekt vor einer Woche übernommen hatte, gab es nur Probleme. Eine Katastrophe jagte die nächste. Und inzwischen sah es so aus, als würde es in diesem Jahr gar keinen Weihnachtsmarkt geben. Angeblich hatten sich alle Schausteller etwas anderes gesucht, nachdem sie zur gewohnten Zeit nichts von Abigail gehört hatten.

Es war zum Haareraufen. Am liebsten hätte ich losgeschrien. Stattdessen ließ ich mich auf die Bank vor mir gleiten und schickte eine schnelle Nachricht an Bobby.

ANGEL

Wie gut sind deine Kontakte in die Schaustellerszene?

BOBBY

So gut wie deine Kochkünste.

ANGEL

Du bist keine Hilfe.

BOBBY

Ich bin auch nur hier, um gut auszusehen.

Es folgte ein Schnappschuss von ihm, wie er mir zuzwinkerte.

Ich rollte mit den Augen. Wieso war er noch einmal mein bester Freund?

Und als wäre das alles nicht beschissen genug, öffnete sich in diesem Augenblick die Tür des Cafés, als würden sich die Pforten der Hölle öffnen. Und hereinspaziert kam Noah. Er entdeckte mich und kam zielstrebig auf mich zugesteuert. Am liebsten wäre ich in dem Moment unter den Tisch gekrochen, aber selbst das hätte mich nicht mehr vor einem Aufeinandertreffen bewahrt.

Seit unserem Kuss – *fuck, dieser Kuss* – waren ein paar Tage vergangen und dennoch konnte ich immer noch seine Lippen an meinen spüren und seinen Geschmack auf meiner Zunge kosten. Es war wie Phantomschmerzen – nur schlimmer.

»Hallo, Teufelsbrut«, fegte seine dunkle Stimme über mich hinweg und hinterließ eine Gänsehaut auf meinen Armen.

Ich sah ihn schweigend an, in der Hoffnung, dass er den Hinweis verstehen und einfach wieder verschwinden würde. Aber anscheinend hatte er während seiner Karriere einmal zu oft einen Puck gegen den Schädel bekommen, denn er nahm grinsend mir gegenüber Platz.

»Da ist besetzt«, platzte ich heraus.

»Ach, wirklich?« Noah hob eine Augenbraue. »Von wem?«

Ich knirschte mit den Zähnen. »Vom Weihnachtsmann. Wir haben gleich ein Meeting.«

Noah lachte. »Wegen deinem Weihnachtsmarkt?«

Wenn ich noch etwas fester zudrückte, würde das Handy in meinen Händen bestimmt gleich kaputtgehen. »Genau«, schnappte ich.

Er beugte sich nach vorne und legte die Unterarme auf den Tisch. Ein Grinsen umspielte seine Lippen. »Wie läuft es damit eigentlich? Wo du doch so ein riesiger Fan von Weihnachten bist.«

Natürlich suchte sich meine Mutter genau diesen Moment aus, um an unserem Tisch aufzutauchen. »Das Übliche für dich, Noah-Schatz?«

Ich war mir ziemlich sicher, dass meine Kinnlade gerade auf dem Boden aufgeschlagen war. *Noah-Schatz?* Und er hatte schon jetzt eine übliche Bestellung?

»Ja, bitte.«

Meine Mutter nickte zufrieden, bevor sie mich ansah. »Und? Hast du schon etwas von dem Schausteller gehört? Ich hoffe, dass dir nicht noch mehr Attraktionen abspringen.« Sie seufzte. »Ich kann mir die Feiertage ohne unseren Weihnachtsmarkt einfach nicht vorstellen.«

»Nein, Mom. Alles in Ordnung«, log ich.

Noah wartete, bis sie gegangen war, bevor er mich skeptisch ansah. »Hat dir schon mal jemand gesagt, dass du echt nicht lügen kannst?«

Ich schnaubte. »Nein. Und wie kommst du da jetzt drauf?«

»Weil du gerade gelogen hast und dabei so rot geworden bist, dass du dem Mantel des Weihnachtsmanns Konkurrenz machen könntest.«

Ich kämpfte gegen das Bedürfnis, ihm den Hals umzudrehen.

»Kümmere dich um deinen eigenen Kram«, murrte ich.

Noah lachte leise. »Ich könnte dir helfen, weißt du?«

Ich richtete mich auf und sah ihn kritisch an. Woher kam das denn jetzt? »Warum sollte ich deine Hilfe brauchen?«

»Weil du anscheinend Probleme mit dem Weihnachtsmarkt hast.«

»Und wieso genau wärst du dann eine Hilfe?«

Noah lehnte sich zurück und breitete gelassen die Arme auf der Rückenlehne aus. Dabei fiel mir natürlich überhaupt nicht auf, wie sehr sich seine Muskeln unter dem Pullover abzeichneten und sich sein imposanter Brustkorb dehnte. Nein. Das bemerkte ich nicht. Nicht im Geringsten.

»Falls es dir entfallen sein sollte, ich bin ein berühmter Hockeyspieler. Es gibt wenig, was ich nicht möglich machen kann.«

Ich runzelte die Stirn. Mein erster Impuls war es, Nein zu sagen. Ich wollte nicht, dass *Noah-Schatz* mir half. Wer konnte schon wissen, was er als Gegenleistung verlangen würde? Aber ich sah auch meine Felle davonschwimmen und ich wollte nun wirklich nicht der Grund sein, warum es, seit weiß Gott wie vielen Jahren, zum ersten Mal keinen Weihnachtsmarkt in Dawson geben würde. Danach könnte ich mich nie wieder in meiner Heimatstadt blicken lassen.

»Komm schon, Teufelsbrut. Lass dir ein bisschen helfen.«

Ich schnaubte. »Habe ich dir schon mal gesagt, dass du absolut ätzend bist?«

Noah leckte sich über die Lippen und ich ignorierte, dass sich Hitze zwischen meinen Schenkeln sammelte.

»Ist das ein Ja?«

Ich biss mir auf die Innenseite der Wange. Gott, wie sehr ich ihn hasste. »Ja.«

Noah grinste. »Okay. Dann treffen wir uns heute Abend in meinem Hotelzimmer und legen los.«

Erneut klappte mir die Kinnlade auf und Noah lachte.

»Keine Angst. Ich beiße nicht. Meistens.«

Ich rollte mit den Augen. »Spar dir deine Sprüche, Arschloch. Warum müssen wir bis heute Abend warten?«

»Weil ich vorher noch was vorhabe.«

Ich zog die Augenbrauen zusammen. Wie sehr ich mir wünschte, dass ich nicht auf seine Hilfe angewiesen war. Aber gerade war er meine einzige Chance, das Ding herumreißen zu können.

»Na gut«, knickte ich ein. Noahs breites Grinsen sagte mir bereits, dass ich das noch bereuen würde.

Kapitel Vier

Angel

»Hier«, sagte ich, als Noah mir die Tür zu seinem Hotelzimmer öffnete und drückte ihm einen Zettel in die Hand.

»Dir auch einen schönen guten Abend, Teufelsbrut.«

Ich rollte mit den Augen und wedelte einmal kurz mit dem Blatt Papier, damit er es entgegennahm.

Mit einem Seufzen nahm Noah mir meine Notizen ab, bevor er die Tür weiter öffnete und mich hereinbat. »Willst du nicht wenigstens reinkommen?«

Ich zögerte. Es war mein Plan gewesen, dass ich ihm den Zettel gab und dann verschwand.

Als ich mich nicht bewegte, runzelte Noah die Stirn. »Du willst meine Hilfe, Angel. Da kannst du mir wenigstens ein bisschen Höflichkeit entgegenbringen. Jetzt komm schon rein, bevor ich es mir anders überlege.«

Dieser Mann war der Fluch meiner Existenz.

Mit einem langen Seufzen betrat ich das Hotelzimmer und als die Tür hinter uns zuging, verstummte endlich diese ätzende Weihnachtsmusik, die Bobby im Foyer spielte. Darüber musste ich dringend mit ihm reden. Ich konnte schließlich unmöglich die Einzige sein, die diesen Mist zum Kotzen fand.

Noah schlenderte zu dem Sofa hinüber und ließ sich darauf nieder. In dem kleinen Kamin brannte ein Feuer, das dafür sorgte, dass es in dem Zimmer gemütlich warm war. Das große Fenster hinter der Couch gewährte einen Blick auf den stetig stärker werdenden Schneefall. Wenn das über Nacht so weiterging, würde man morgen kaum vorwärts kommen.

»Was ist das hier?«, fragte Noah und hielt das Papier hoch.

»Das«, erklärte ich, »sind die Nummern und Namen der Schausteller, die sonst immer an dem Weihnachtsmarkt teilgenommen haben. Ruf sie an, wirke deine Hockeystarmagie und sorg dafür, dass sie auftauchen.«

Noah lachte. »Hockeystarmagie?«

Ich verschränkte die Arme vor der Brust und blieb neben dem Sofa stehen. »Wenn du davon nichts hast, bist du nutzlos für mich.«

Noah

Wenn sie nicht so niedlich wäre, würde ich ihr den Hals umdrehen. Wie konnte eine einzelne Frau so absolut nervtötend sein?

»Oh, ich habe definitiv Hockeystarmagie.« Ich ließ meinen Blick über ihren Körper gleiten. Sie trug eine enge schwarze Hose und einen cremefarbenen Rollkragenpullover, der locker ihren Oberkörper umspielte. Dazu die rote Lockenmähne, die im Schein des Feuers zu glühen schien. Sie war definitiv die heißeste Frau, die ich je gesehen hatte.

»Warum setzt du dich nicht, Teufelsbrut?«

»Nenn mich nicht so«, murrte sie und ließ sich dennoch in die Polster sinken.

Um mein Grinsen zu verstecken, hob ich den Zettel an und überflog die Nummern.

»Was bekomme ich, wenn ich dafür sorge, dass die Schausteller auftauchen?«

Angel schnaubte. »Ach, jetzt auf einmal willst du etwas dafür?«

Ich sah sie an. »Ich bin zwar nett, aber nicht *so* nett.«

Sie schüttelte mit dem Kopf.

»Einen Kuss.«

Ihre Augen wurden groß. »Was?«, fragte sie.

Nun versuchte ich nicht mehr, mein Grinsen zu verbergen. »Einen Kuss für jeden Schausteller, den ich für dich organisiere.«

Ich hatte nicht geplant, eine Gegenleistung zu verlangen. Aber jetzt, wo mir die Idee gekommen war, fand ich sie absolut fantastisch. Ich war halt doch ein Genie.

»Du spinnst ja wohl!« Angel sprang vom Sofa auf und streckte mir die Hand entgegen. »Gib mir den Zettel wieder. Ich kläre das selbst!«

Schmunzelnd ließ ich sie mir das Papier aus der Hand entreißen. »Wie du meinst.«

Sie drehte sich um und stapfte zur Tür. Kurz bevor sie den Griff umfassen konnte, hielt ich sie auf. »Soll ich deiner Mutter sagen, dass es dieses Jahr keinen Weihnachtsmarkt geben wird oder übernimmst du das lieber selbst?«

Mitten in der Bewegung erstarrte Angel zur Salzsäule. Ihr Körper war so angespannt wie eine Bogensehne. Oh, ich hatte sie mal wieder zur Weißglut gebracht und liebte es!

»Oh, du dämlicher, arroganter, selbstverliebter …«

»Arsch?«, sprang ich ihr hilfreich zur Seite.

Sie wirbelte herum und zeigte mir den Mittelfinger. »Fick dich!«

Meine schmerzende Hüfte ignorierend schoss ich vom

Sofa hoch, packte ihre beiden Handgelenke und drängte Angel so weit nach hinten, bis ihr Rücken auf die Wand traf. Ich drückte ihre Hände über ihrem Kopf gegen die harte Oberfläche und beugte mich zu ihr hinab, bis wir auf Augenhöhe waren. »Pass auf, was du dir wünschst, Teufelsbrut. Ich könnte es in Erfüllung gehen lassen.«

Heftig atmend starrte sie mich an. Ihre Pupillen waren vergrößert. »Ich würde niemals mit dir schlafen, nicht einmal, wenn du der letzte Mann auf diesem Planeten wärst!«

»Ach nein?« Ich schob meine Hüfte nach vorne, ließ sie meine härter werdende Erektion spüren. »Was bekomme ich dafür, wenn ich dir das Gegenteil beweise?«

»Das wirst du nicht schaffen«, keuchte sie und ich war mir sicher, dass sie nicht gewollt hatte, dass ihre Stimme so heiser klang.

Hatte ihr niemand erklärt, dass es immer eine schlechte Idee war, einen Profisportler zu provozieren?

»Herausforderung akzeptiert«, murmelte ich und senkte meinen Mund auf ihren. Angel schnappte überrascht nach Luft und ich nutzte den Moment, um meine Zunge zwischen ihre Lippen zu schieben. Sie schmeckte süß. Verführerisch. Und alles, woran ich denken konnte, war, dass ich mehr wollte. *Viel mehr*.

Ich veränderte den Griff, bis ich ihre beiden Handgelenke mit einer Hand umspannen konnte. Die jetzt freie Hand schob ich unter ihren Pullover und stöhnte in ihren Mund, als ich auf nackte Haut traf. Sie fühlte sich so warm und zart unter meinen rauen Fingern an. Ich tastete mich weiter nach oben, bis ich ihre Brüste umfassen konnte. Das weiche Fleisch füllte meine Handfläche mehr als aus und ich schluckte Angels Seufzen. Ich zog den BH zur Seite, bis ich auch hier auf nackte Haut traf und mit dem Nippel spielen konnte. Angel drückte den Rücken durch, presste sich an mich. Die Reibung an meinem Schoß ließ meine Augen hinter den geschlossenen Lidern nach hinten rollen.

Verdammt. Sie fühlte sich so gut an. Doch ich brauchte noch *mehr*.

Nach kurzem Zögern ließ ich ihre Handgelenke los. Aber anstatt mich wegzustoßen, vergrub sie die Hände in meinen Haaren und zog mich näher. Hitze sammelte sich in meinen Lenden. Während ich sie weiter innig küsste, machte ich mich an ihrer Hose zu schaffen, bis ich den Reißverschluss nach unten ziehen und die Hand in ihr Höschen schieben konnte. Als ich ihre feuchte Hitze spürte, wäre ich beinahe sofort gekommen. Mit den Fingern teilte ich ihre Spalte, glitt durch die Nässe. Ich presste den Daumen auf das kleine Nervenbündel und jubilierte innerlich, als ihr gesamter Körper erbebte.

Keuchend unterbrach ich den Kuss. Wir starrten uns schwer atmend an. Der Blick aus ihren glasigen Augen war vor Lust verhangen.

»Fuck, Angel«, knurrte ich. »Das hier wird die ganze Nacht dauern.«

Als würden meine Worte sie zurück in die Realität holen, blinzelte sie und ihr Gesichtsausdruck klarte auf. Sie starrte mich an, schnappte nach Luft. Ich hatte noch immer meine Hände auf ihrem Körper, aber das hielt sie nicht davon ab, loszurennen. Sie riss sich los, machte einen Hechtsprung in Richtung der Tür, doch ich lachte nur.

Denn so leicht würde sie mir nicht entkommen.

Angel

Fuck. Fuck. Fuck. Was tat ich hier?

Die Tür, meinen Fluchtweg, fest im Blick, sprang ich nach vorne. Aber bevor ich auch nur in die Nähe der Klinke kam, legte sich ein hartes Band aus Muskeln um meine Mitte.

»So leicht entkommst du mir nicht, Teufelsbrut«, flüsterte Noah in mein Ohr.

Im nächsten Moment wurde ich herumgewirbelt und zurück in den Raum gezogen. Ich landete hart auf dem Sofa, richtete mich auf und krabbelte schnell auf allen vieren zur Lehne.

Was passierte hier? Ich konnte keinen klaren Gedanken fassen. Mein Körper vibrierte vor Aufregung, meine Pussy pulsierte verlangend. Mir war heiß und mich überliefen fortlaufend Schauer. Verdammt. Warum hatte sich alles, was Noah getan hatte, nur so verflucht gut angefühlt? Und wieso war sein Kuss wie ein Streichholz gewesen, das auf Benzin getroffen war, und meinen ganzen Körper in Flammen gehüllt hatte? Ich konnte das hier unmöglich passieren lassen. Mit Noah! Ausgerechnet Noah Mitchell!

Meine Finger schlossen sich um die Rückenlehne des Sofas, ich wollte mich darüber ziehen, um weiter weg zu kommen, weiter weg von *ihm*. Doch ich kam nicht einmal so weit, dass sich meine Muskeln anspannen konnten, um die Bewegung auszuführen. Starke Hände umfassten meine Hüfte und hielten mich fest. Ich keuchte, weil seine Berührung wie ein Blitz durch meinen Körper schoss.

»Glaubst du wirklich, dass du vor mir wegrennen kannst?«, fragte Noah mit rauer Stimme. Und ich wollte verflucht sein, denn ich bekam eine Gänsehaut. »Dabei ist deine süße, kleine Fotze doch so verdammt nass für mich.«

O Gott.

»Und ich wette, sie zieht sich gerade verlangend zusammen, weil sie meinen Schwanz in sich spüren will.«

Ich hatte keine Zeit, um beschämt rot anzulaufen, weil mein Körper genau das tat, was Noah gerade beschrieben hatte. Gleichzeitig wurde mir meine Hose – samt Unterhose – in einem Ruck bis zu den Knien heruntergezogen. Jetzt hockte ich mit den Knien auf dem Sofa, die Hände um die

Rückenlehne gelegt und mein nackter Arsch ragte in die Luft.

»Hm«, brummte Noah und streichelte über meinen unteren Rücken, bis er meine beiden Pobacken mit seinen riesigen Händen umfassen konnte und fest zudrückte.

Ich heulte kurz auf – mehr aus Überraschung als vor Schmerz.

»Weißt du«, sinnierte er und bei seinem Tonfall zogen sich meine Bauchmuskeln zusammen, »eigentlich wollte ich dafür sorgen, dass du dich gut fühlst.«

»Und jetzt?«, krächzte ich die Frage, obwohl mein Hals wie zugeschnürt war.

»Jetzt denke ich, dass du dir deine Belohnung erst verdienen musst.«

In mir stritten so viele Emotionen miteinander – Wut, Überraschung, Scham, Lust – dass ich gar nicht wusste, worauf ich mich als Erstes konzentrieren sollte.

Allerdings wurde mir die Entscheidung abgenommen, als Noah mir hart auf den Arsch schlug. Der unerwartete Schmerz verursachte einen Kurzschluss in meinem Gehirn, bis er sich langsam in Hitze umwandelte. Ich stöhnte.

Noah lachte leise und ich wollte ihn wütend über meine Schulter hinweg anfunkeln, aber er holte erneut aus und wieder verließ mich jeglicher Gedanke.

»Ich würde vorschlagen, dass du anfängst mitzuzählen, Teufelsbrut. Sonst dauert das hier sehr viel länger.«

Noch bevor seine Worte mein Bewusstsein wirklich erreichten, war mein Körper schon seinem Kommando gefolgt.

»Zwei!«, keuchte ich.

Was passierte hier mit mir?

»Braves Mädchen«, lobte Noah und ich wurde feuchter.

Während ich versuchte die Tatsache zu verarbeiten, dass *Noah* – der süße, charmante Noah, den jeder liebte, Hockeystar unserer Heimatstadt – mir den Hintern versohlte, machte er bereits weiter.

»Drei!«, presste ich zwischen zusammengebissenen Zähnen hervor. Inzwischen brannte meine Haut wie Feuer und jeder neue Schlag schoss wie ein elektrischer Impuls durch mich hindurch. Meine Pussy zog sich verlangend zusammen, doch da war nichts, was sie umklammern konnte. Nach jedem Hieb zählte ich weiter, bis ich bei neun angekommen war. Mir schwirrte der Kopf. Meine Hände zitterten. Meine Feuchtigkeit rann an meinen Schenkeln hinab. Ich konnte an nichts anderes mehr denken, als daran, dass ich wollte, dass Noah mich fickte.

»Bereit für den letzten, Teufelsbrut?«

Eigentlich hasste ich diesen Spitznamen. Aber wenn er ihn so aussprach, mit einer Stimme, die einem Knurren glich, während er meinen lädierten Hintern streichelte, konnte ich mich nicht dazu bringen, wütend zu sein. Stattdessen wollte ich mich zu seinen Füßen auf den Boden knien und jede noch so kleine Aufmerksamkeit von ihm aufsaugen. Ich erkannte mich in diesem Moment selbst nicht wieder, denn mein Verlangen hatte mich fest im Griff.

»Ja«, keuchte ich und spannte mich an.

Noahs Hand liebkoste meine Pobacke und zog langsame Kreise. Die Bewegung war beinahe hypnotisch. Ich war so auf ihn fokussiert, dass ich genau merkte, als sich seine Atmung für einen kurzen Augenblick änderte. Zeitgleich holte er aus und das Klatschen hallte laut in dem Hotelzimmer wieder.

»Zehn!«, rief ich aus. Dann sackte mein Kopf nach vorne und ich starrte blicklos auf die Polster.

Plötzlich spürte ich Noahs Lippen auf meinem Rücken, als er sich einen Weg über meine Wirbelsäule küsste. Seine nackte Brust drückte sich gegen meine erhitzte Kehrseite. Kurz fragte ich mich, wann er seinen Pullover ausgezogen hatte, aber dann biss er mir ins Ohrläppchen und alles, was ich tun konnte, war, zu stöhnen. Ich war so erregt, dass ich mir sicher war, dass ich bei der kleinsten Berührung kommen würde. Mein Körper vibrierte geradezu vor ungestilltem Verlangen.

»Bleibst du dabei, dass du mich auch dann nicht ficken würdest, wenn ich der letzte Mann auf dem Planeten wäre?«

Ganz dunkel konnte ich mich an meine Worte erinnern, doch ich wusste längst, dass sie nicht der Wahrheit entsprachen. Ich biss mir auf die Zunge, damit ich es nicht zugab.

Als ich schwieg, richtete Noah sich auf. Ich hörte, wie ein Reißverschluss geöffnet wurde. Dann spürte ich seinen harten Schwanz an meinem Arsch.

»Hat es dir die Sprache verschlagen, Teufelsbrut?«

Mit den Knien drückte er meine Beine so weit auseinander, wie es mit der Hose, die ich noch immer an meinen Waden trug, möglich war.

Als Noah seine Erektion zwischen meine nassen Falten schob und ganz kurz vor meinem Kitzler Halt machte, stöhnte ich frustriert. Ich versuchte mich zu bewegen, mir selbst etwas Reibung zu verschaffen, doch sein starker Griff an meiner Hüfte hielt mich still. Er schnalzte mit der Zunge. »So nicht.«

Ich zitterte. So nah am Höhepunkt wollte ich die Erlösung um jeden Preis.

Seine Eichel rieb an meiner feuchten Pussy und ich wollte schreien, weil Noah das Nervenbündel zwischen meinen Beinen immer genau verfehlte.

»Bitte mich darum, Angel.«

Mein Herz setzte kurz aus.

»Sei eine brave, kleine Schlampe und bettle darum, dass ich dich ficke.«

O Gott, o Gott, o Gott!

Mit einer Hand griff er um mich herum, streichelte über meinen Bauch, bis seine Fingerspitzen auf meinem Venushügel zum Liegen kamen. Mein Mund öffnete sich, ohne, dass ich mich davon abhalten konnte.

»Bitte, Noah. Bitte fick mich!« Meine Tonlage machte jeder Sexhotline Konkurrenz. »Lass mich deinen harten Schwanz spüren. Bitte!«

Für einen Moment schien er wie eingefroren. Dann kam ein Knurren über seine Lippen: »Das ist mein braves Mädchen.«

Ich spürte den Luftzug, als Noah ausholte und mir mit der flachen Hand direkt auf den Kitzler schlug. Mir wurde schwarz vor Augen und ein Feuerwerk explodierte hinter meinen geschlossenen Lidern, als der Orgasmus wie ein Tsunami über meinen Körper hinwegfegte. Jeder Muskel verkrampfte sich, die Lust ließ mich lauthals aufschreien. Ganz am Rande bemerkte ich, wie Noah mit einem kraftvollen Stoß in mich eindrang und sich meine Pussy um seine Erektion zusammenzog.

Ich hatte keine Ahnung, wie lange es dauerte, bis ich halbwegs zu mir kam. Mein Atem röchelte in meiner Brust und mein Herz galoppierte noch immer, als wären wir auf der Flucht. Nach und nach bekam ich wieder ein Gefühl für meinen Körper. Ich hielt die Rücklehne des Sofas umklammert. Noahs Hände lagen in einem schmerzhaften Griff um meine Hüften. Sein harter Schwanz war tiefer in mir als alles, was ich bisher gespürt hatte. Als könnte er fühlen, dass ich wieder ansprechbar war, zog Noah sich aus mir zurück. Ich hielt die Luft an. Und er versenkte sich bis zum Anschlag mit einem unnachgiebigen Stoß in mir, der meine Lust erneut entfachte.

Bei seinen nächsten Worten drohte mir das Herz stehen zu bleiben.

»Jetzt geht der Spaß erst richtig los, Teufelsbrut.«

Kapitel Fünf

Angel

Der Duft von Kaffee weckte mich aus dem wohl tiefsten Schlaf, den ich seit Wochen gehabt hatte. Noch nicht bereit mich einem neuen Tag zu stellen, vergrub ich das Gesicht im Kissen und nahm einen langen Atemzug.

In diesem Moment wurden mir gleich mehrere Dinge auf einmal bewusst.

Das Bett roch nach Mann. Unter der Bettdecke war ich nackt. Mein Hintern schmerzte. Meine Pussy war wund. Und alle Erinnerungen an gestern Abend prasselten auf mich ein wie eine Highspeed-Diashow.

Gottverfluchte Drecksscheiße! Ich hatte Noah Mitchell gevögelt!

Und das nicht nur einmal. Nachdem wir es von der Couch ins Bett geschafft hatten, waren wir zur nächste Runde übergegangen. Danach muss ich kurz ohnmächtig geworden sein, denn als ich wach geworden war, hatte Noah seinen Kopf zwischen meinen Schenkeln vergraben gehabt und mich mit einem Orgasmus geweckt. Zugegeben – nicht die schlechteste Art, um aufzuwachen. Anschließend hatten wir die Hände nicht voneinander lassen können. Ich hatte keine Ahnung, wie viele Höhepunkte ich in der letzten Nacht gehabt hatte, bis wir schließlich erschöpft eingeschlafen waren.

Fuck. Das war der beste Sex meines Lebens gewesen.

Stöhnend versuchte ich mich tiefer im Kissen zu vergraben und ein raues Lachen drang an mein Ohr.

»Guten Morgen, Teufelsbrut.«

Ich wartete einen Augenblick, um zu sehen, ob sich der Boden auftun und mich verschlucken würde. Als nichts passierte, richtete ich mich auf und strich mir die Haare aus dem Gesicht. Dabei achtete ich darauf, dass ich die Bettdecke mit einer Hand an meine Brust drückte, damit ich Noah nicht direkt meine Titten zum Frühstück präsentierte.

Er stand am Fußende des Bettes, zwei Tassen Kaffee in der Hand. Noah trug eine graue Jogginghose und ein enges weißes T-Shirt, auf dem in roter Schrift zu lesen war: *On the naughty list & regret nothing.*

Ich schnaubte. Nach letzter Nacht glaubte ich das sofort.

Mit einer Kaffeetasse in meine Richtung ausgestreckt kam er auf mich zu und setzte sich auf die Bettkante. Mit der freien Hand nahm ich das Getränk entgegen und nippte vorsichtig an der heißen Flüssigkeit, während sich unsere Blicke trafen. Und ich stellte mit Erschrecken fest, dass ich feucht wurde.

Scheiße. Ich hatte von Noah gekostet und jetzt wollte ich anscheinend mehr. Das war ein Problem.

Noah

Ich beobachtete, wie sich ihre Pupillen weiteten, und versteckte mein Grinsen hinter der Kaffeetasse. »Wie fühlst du dich?«, fragte ich, nachdem ich einen Schluck getrunken hatte.

Angel leckte sich kurz über die Unterlippe und ich folgte mit dem Blick der Bewegung. Ich wollte sie. Schon wieder.

»Etwas erschöpft. Außerdem bin ich ... wund.«

Mein Lächeln war zu breit, als dass ich es länger verstecken konnte. »Ich würde ja sagen, dass es mir leidtut ...«

»Aber das wäre gelogen«, beendete sie meinen Satz. »Wie spät ist es eigentlich?«

»Fast elf.«

Sie starrte mich mit großen Augen an und ich legte ihr eine Hand auf den von der Bettdecke verdeckten Oberschenkel. »Entspann dich.«

»Ich soll mich entspannen? In zwei Wochen ist Heiligabend. In einer Woche soll der Weihnachtsmarkt eröffnen und ich habe genau *nichts*!« Sie flüsterte das letzte Wort, als wäre es ein schreckliches Geheimnis. Was es ja vielleicht auch irgendwie war. »Ich sollte längst am Telefon hängen und versuchen noch irgendetwas auf die Beine zu stellen!«

Oh, ich freute mich schon auf ihren Gesichtsausdruck, wenn ich ihr meine nächsten Worte offenbaren würde. »Ich habe mich darum gekümmert.«

Sie runzelte die Stirn. »Du hast was?«

»Während du deinen Schönheitsschlaf genossen hast, habe ich bereits den ein oder anderen Anruf gemacht. Ein paar der Schausteller wollen es sich doch noch einmal überlegen. Außerdem habe ich eine kleine Überraschung für dich. Allerdings steht noch nicht fest, ob das klappt. Also werde ich nichts verraten. In ein paar Stunden erwarte ich einige Rückrufe und dann werden wir sehen, wo wir stehen.

Aber ich bin optimistisch.« Zufrieden lehnte ich mich ein wenig zurück – natürlich ohne meine Hand von ihrem Bein zu nehmen – und trank einen weiteren Schluck Kaffee.

Angel klappte den Mund auf. Schloss ihn dann wieder. Blinzelte. Öffnete den Mund erneut, doch es kam nichts heraus.

»Hat es dir die Sprache verschlagen, Teufelsbrut?«, fragte ich mit einem leisen Lachen. Ich benutze mit Absicht die gleichen Worte wie gestern Abend und beobachtete fasziniert, wie sich eine leichte Röte auf ihre Wangen schlich.

»Hockeystarmagie«, flüsterte sie leise.

Vorsichtig nahm ich ihr die Kaffeetasse aus der Hand, aus der sie sowieso nur einen kleinen Schluck getrunken hatte, und stellte sie zusammen mit meiner auf den Nachttisch. »Und jetzt ist es Zeit für ein bisschen mehr Hockeystarmagie«, raunte ich und mein Schwanz meldete sich bereits. Die Erinnerung an ihren warmen, weichen Körper unter mir, vor mir und über mir war frisch. Ich konnte sie beinahe auf meinen Lippen schmecken.

»Aber …«, begann sie zu protestieren.

Blitzschnell war ich über ihr, legte meine Hand um ihren Hals und drückte zu, bis ich ihr die Luft abschnürte. Ihre Augen wurden groß. Ihr Puls hämmerte gegen meine Handfläche. Doch sie wehrte sich nicht. Und bei Gott, ich war sofort hart.

Wer hätte gedacht, dass in Angel Tremblay so ein versautes, kleines Miststück steckte?

»Kein Aber«, erklärte ich ihr und lockerte meinen Griff genug, um sie wieder atmen zu lassen. Gierig saugte sie den Sauerstoff in ihre Lungen. »Schieb deine Hand in meine Hose und umfass meinen Schwanz«, befahl ich. Ich konnte sehen, wie ihr Verstand arbeitete, aber ihr Körper gehorchte mir sofort. Ihre zarten Finger schoben sich unter den Bund, und als sie meine lange Härte umfasste, stöhnte ich.

Fuck. Sie war perfekt.

»Hol ihn raus«, knurrte ich.

Sie nahm ihre andere Hand zur Hilfe und befreite mich. Ohne dass ich es ihr sagen musste, begann sie, mich zu streicheln. Mit festem Griff. Genau so, wie ich es mochte.

»Wenn ich deinen Hals jetzt gleich loslasse, wirst du mich ausziehen, vor dem Bett auf die Knie sinken und meinen Schwanz in den Mund nehmen. Wie die brave, kleine Schlampe, die du bist.« Sie erschauderte bei meinen Worten. »Bist du feucht, Teufelsbrut?«

Sie nickte.

»Benutze Worte«, befahl ich ihr mit dunkler Stimme.

Sie leckte sich über die trockenen Lippen und meine Erektion zuckte in ihrer Hand. »Ja.«

Ich beugte mich über sie, bis sich unsere Münder fast berührten. »Bist du wund?«

»Ja«, hauchte sie und ihr Puls beschleunigte sich.

Ich lächelte diabolisch. »Du wirst es aushalten.«

Langsam lehnte ich mich zurück und löste meinen Griff. Angel folgte meinen Anweisungen, ohne zu protestieren. Als ich schließlich nackt war und sie zwischen meinen Beinen vor dem Bett kniete, hatte sich bereits ein Lusttropfen auf meiner Eichel gebildet. Ohne dass ich etwas sagen musste, beugte sie sich nach vorne. Ihr warmer Atem strich über meinen Schwanz. Sie blickte mich mit ihren großen grünen Augen an, als sie ihre Zunge herausstreckte und den Tropfen aufleckte. »Fuck«, raunte ich. »Braves Mädchen.«

Bei dem Lob wurden ihre Pupillen noch größer. Sie legte ihre Hand um meine Härte und zeigte mir dann, dass auch sie magische Kräfte besaß.

Kapitel Sechs

Angel

Ich hatte keine Ahnung, wie ich hier gelandet war. Eingehüllt in einen Hotelbademantel, auf dem Sofa. Pizza essend, während ein gemütliches Feuer im Kamin knisterte und Noah fucking Mitchell neben mir saß.

Vielleicht war ich im Schnee gestürzt, hatte mir den Kopf angestoßen und lag im Koma? Oder ich hatte mich bei dem kalten Wetter erkältet und das hier war alles ein Fiebertraum?

Beide Optionen erschienen mir wahrscheinlicher als die Tatsache, dass das hier die Realität sein sollte.

»Woran denkst du?«, fragte Noah und schnappte sich das nächste Stück Pizza. Nachdem wir zwei weitere Runden im Bett verbracht hatten, hatte Noah Essen für uns bestellt. Ich war überall wund und mir sicher, dass ich einige Blessuren auf meinem Körper trug. Dennoch war ich ... zufrieden? Ein merkwürdiges Gefühl.

»Daran, dass ich vielleicht verrückt werde.«

Noah sah mich schmunzelnd an. »Weil du mit mir hier sitzt?«

»Ja.«

Er schnalzte mit der Zunge und schüttelte den Kopf. Bevor er jedoch etwas erwidern konnte, klingelte sein Handy. Noah grinste mich an und nahm das Gespräch entgegen. Ich wartete mit angehaltenem Atem und lauschte seinen kurzen, nichtssagenden Antworten. Er nickte ein paarmal und gab zustimmendes Gemurmel von sich.

»Und?«, fragte ich nervös, nachdem er aufgelegt hatte.

»Hockeystarmagie.«

Ich starrte ihn an. »Jemand hat zugesagt?«

»Mhm. Dein Weihnachtsmarkt hat jetzt offiziell einen Glühweinstand.«

Jubilierend reckte ich die Arme in die Luft. »Ja!«

»Wer hätte gedacht, dass du dich einmal so über Glühwein freuen würdest?«

Ich streckte ihm die Zunge raus. »Leck mich.«

Noah legte die Pizza beiseite, schob den Karton vom Bett und kam über die Matratze hinweg auf mich zu. »Wie du willst, Teufelsbrut«, knurrte er.

Zwei Tage später …

Wie erstarrt blickte ich auf mein Handydisplay und las die zuletzt eingegangene E-Mail erneut. Ein weiterer Schausteller hatte seine Absage zurückgezogen und würde nun in Dawson seinen Stand aufbauen. Ich hatte mittlerweile gebrannte Mandeln und gebratene Würstchen, ein Kettenkarussell für Kinder, Stände mit Handwerkskunst und eine Hütte, in der es Heißgetränke geben würde.

Wow. Noah Mitchell war wirklich ein Genie. Nicht, dass ich ihm das jemals sagen würde.

Als feine Schneeflocken auf meinem Handydisplay landeten, steckte ich das schmale Gerät weg und blickte nach oben. »Wie viel Schnee willst du noch runterkommen lassen?«, fragte ich den Himmel, der mir natürlich keine Antwort schenke. Mit einem Kopfschütteln wickelte ich den dicken Schal enger um mich und stopfte dann die Hände in die Jackentaschen. Die ganze Stadt sah aus, als wäre sie in Tonnen von Puderzucker gehüllt worden. Und aus jedem Geschäft, an dem ich vorbeiging, drang ein anderes Weihnachtslied. Ich beobachtete, wie mein Atem vor meinem Gesicht kondensierte, während ich zu dem runden Platz in der Mitte der Stadt unterwegs war, auf dem der Weihnachtsmarkt aufgebaut werden sollte. Es dauerte nur ein paar Minuten – so groß war Dawson schließlich nicht – und ich erreichte die Freifläche. Auch wenn ich wohl nie ein Fan der Feiertage werden würde, konnte ich mir schon vorstellen, wie es hier in ein paar Tagen aussehen würde.

Für den Moment konzentrierte ich mich auf die Tatsache, dass gerade ein riesiger Tannenbaum in der Mitte des Platzes aufgestellt wurde. Wenigstens eine Sache, um die ich mich selbst gekümmert hatte, hatte auch funktioniert. Ich zog mein Handy hervor und machte ein schnelles Foto, das ich an Bobby schickte.

ANGEL

O Tannenbaum, o Tannenbaum ...

BOBBY

Ich dachte, du hasst Weihnachten?

ANGEL

Verdammt, freu dich einfach, dass endlich mal was geklappt hat.

BOBBY

Du bist die Meisterin des Weihnachtszaubers!

ANGEL

Geht doch!

Nachdem ich sichergestellt hatte, dass alles so war, wie ich es mir vorstellte, bedankte ich mich bei den Männern und ging zurück ins Hotel. Der Schneefall wurde immer heftiger und die dichte Wolkendecke blockierte bereits jeden Sonnenstrahl.

Nach einer heißen Dusche hatte ich mich gerade in einen warmen Bademantel gehüllt und dicke Plüschsocken angezogen, als es an meiner Tür klopfte. Ich ging nach vorne, griff nach der Klinke, zog und sah mich Noah gegenüber. Der an einer Zuckerstange lutschte.

Na, das war mal ein Anblick.

»Was willst du hier?«, fragte ich und ließ meinen Blick über ihn gleiten. Seine Haare waren feucht, er trug eine Jogginghose und ein langärmeliges Funktionsshirt, das so eng war, dass ich seine Brustwarzen sehen konnte. Dazu ein Paar Hausschuhe, auf denen vorne Rentierköpfe aus Plüsch saßen. Ich zog die Augenbrauen zusammen. Blinkten die roten Nasen etwa? Scheiße, wo fand der Typ nur so einen Mist?

»Ich komme gerade von der Physiotherapie und hab Langeweile.«

»Und wieso muss ich deswegen leiden?«

Noah schnaubte und schob sich an mir vorbei ins Zimmer. Bevor ich ihn aufhalten konnte, hatte er sich bereits auf mein Sofa gepflanzt. Ich schloss die Tür und folgte ihm ins Zimmer.

»Wie läuft es mit dem Weihnachtsmarkt?«, fragte er um die Zuckerstange herum.

»Sehr gut.«

Sein Grinsen wurde selbstgefällig.

»Behalt es für dich, Noah.«

Er zog die Süßigkeit aus seinem Mund und streckte die freie Hand nach mir aus. »Komm her.«

Ich hatte bereits einen Schritt nach vorne gemacht, bevor ich mich selbst zur Ordnung rief.

Noahs Lächeln bekam etwas Schneidendes. »Zwing mich nicht, es ein zweites Mal zu sagen.«

Wie auf Autopilot steuerte ich auf ihn zu, während mein Verstand mich noch anschrie, dass das hier falsch war. Hatte ich etwa vergessen, was Felix mir angetan hatte?

Nein. Aber Noah war nicht Felix. Und wir beide würden ohnehin niemals eine Beziehung führen.

Sobald ich in seiner Reichweite war, öffnete Noah meinen Bademantel und der Stoff glitt leise zu Boden. Sein heißer Blick schwebte über mich, bevor er sich das Oberteil über den Kopf zog. Beim Anblick seines gemeißelten Oberkörpers leckte ich mir begierig die Lippen.

Das hier ist Wahnsinn, flüsterte mein Kopf.

»Setz dich auf meinen Schoß.«

Dann genießen wir besser die wilde Fahrt, antwortete mein Körper.

Ich hockte mich auf Noahs Schoß, die Knie links und rechts von seiner Hüfte auf dem Sofa. Mein Mund öffnete sich, um etwas zu sagen, aber Noah unterbrach mich direkt: »Denk nicht zu viel darüber nach.«

Ich wollte ihm mitteilen, dass ich meinen Kopf nicht so mir nichts, dir nichts ausstellen konnte, dass wir Regeln brauchten, wenn wir damit weitermachen wollten, und dass ich keine Beziehung eingehen würde. Doch all diese Worte erstarben auf meiner Zunge, als Noah sich die Zuckerstange aus dem Mund zog und damit zwischen meine Schamlippen fuhr. Ein überraschtes Keuchen entwich mir. Ich war bereits feucht, sodass die Nascherei ganz einfach durch meine Pussy glitt. Noah hielt meinen Blick gefangen, während er mich stimulierte. Mein Puls beschleunigte sich. Hitze floss durch mich hindurch wie ein Lavastrom.

Als ich die harte Süßigkeit an meinem Kitzler fühlte, konnte ich das Stöhnen nicht länger zurückhalten.

»Das ist es, Teufelsbrut.« Die Zuckerstange umkreiste das Nervenbündel und ich sah beinahe Sterne. »Du bist so wunderschön. Einfach perfekt.«

Ich konnte den Höhepunkt schon schmecken, als Noah plötzlich aufhörte. Das protestierende Geräusch, das ich machte, erstarb sofort wieder auf meiner Zunge. Denn Noah schob sich die Stange in diesem Augenblick zwischen die Lippen und saugte ausgiebig daran.

O verflucht. Ich war verloren.

»So süß.«

Mein Herz verfehlte einen Schlag.

»Halt dich an meinen Schultern fest«, befahl er.

Ich krallte die Finger in seine Haut, während Noah seine Jogginghose nach unten schob und seine beeindruckende Erektion befreite. Es war ein Wunder, dass er in mich hineinpasste.

Er legte die Zuckerstange beiseite, umfasste meine Hüften und drang mit einem tiefen Stoß in mich ein. Die Dehnung war schmerzhaft. Aber ich wollte verdammt sein, wenn es sich gleichzeitig nicht absolut perfekt anfühlte. Er war so tief in mir. Ich war so verflucht voll. Und ich liebte jede Sekunde davon.

Als Noah das Tempo vorgeben wollte, beugte ich mich nach vorne und brachte meinen Mund ganz nah an seinen. Sein Atem roch nach der Minze der Süßigkeit. Und nach mir. »Jetzt bin ich an der Reihe.« Ich rollte mit den Hüften und wir beide stöhnten. Noah löste seinen Griff, lehnte sich zurück und breitete die muskulösen Arme auf der Rückenlehne des Sofas aus.

Ein Anblick für die Götter.

Zunächst war mein Tempo langsam, geradezu gemächlich. Ich folterte uns beide, bis unser schneller Atem die Stille füllte. Lange hielt ich das nicht durch. Ich war zu gierig. Zu erregt. Das Tempo wurde zügiger. Die Stöße härter. Ich trieb uns beide immer weiter und weiter. Als der Orgasmus mich überrollte, war es, als würde eine Lawine durch mich hindurchfegen und jeden klaren Gedanken unter sich begraben. Alles, was ich noch kannte, war Lust. Vergnügen. Erlösung.

Und Noah.

Als sein tiefes Stöhnen an meine Ohren drang, wusste ich, dass er das Gleiche fühlte.

❄

Auch am nächsten Morgen schwebte ich noch auf Wolke sieben. Oder war es Wolke acht, weil die Nummer sieben für Verliebte reserviert war und ich nicht verliebt, dafür aber ordentlich flachgelegt worden war?

Ich schüttelte den Kopf über meine Gedanken, während ich an meinem Milchkaffee schlürfte. Vor mir standen zwei Teller mit jeweils einer Zimtschnecke. Eine davon war für Noah, der gleich hier auftauchen wollte. Nachdem wir eine weitere Nacht zusammen verbracht hatten, war er bei seiner Therapie und ich hatte mich durch den Schnee zum Café meiner Mutter geschleppt, um hier zu frühstücken.

Als die Türglocke einen neuen Gast ankündigte, hob ich lächelnd das Gesicht. In der Erwartung, dass ich Noah sehen würde. Doch all die positiven Emotionen verließen mich mit einem rauen Atemzug. Denn es war nicht Noah, der in diesem Augenblick hereinspaziert kam. Nein, es war Felix. Und er schritt direkt auf mich zu.

Mein Herz galoppierte los. Mit wild schlagendem Puls sah ich kurz nach links und entdeckte meine Mutter, die mit gerunzelter Stirn an der Theke stand. Als sich unsere Blicke kreuzten, schüttelte ich unauffällig mit dem Kopf. Ich konnte es nicht gebrauchen, dass sie jetzt wie eine wütende Löwenmutter, die ihr Junges beschützen wollte, auf Felix losging.

Ich fühlte mich, als hätte ich meinen Körper verlassen,

während ich von oben beobachtete, wie er auf mich zukam. Neben dem Tisch blieb er stehen. Er hatte den Nerv, mich anzulächeln.

»Hallo, Angel.«

Ich presste die Lippen aufeinander. Denn ich hatte ihm nichts zu sagen.

Von meinem Schweigen anscheinend völlig unbeeindruckt, neigte er leicht den Kopf und fragte: »Darf ich mich setzen?«

Das konnte er doch nicht ernst meinen!

Er wartete meine Antwort gar nicht erst ab, sondern nahm einfach Platz.

»Was zum Teufel machst du hier, Felix?« Endlich hatte ich meine Stimme wiedergefunden.

»Ich möchte mich entschuldigen.« Meine Gedanken mussten sich auf meinem Gesicht widerspiegeln, denn Felix hob eine Hand. »Bitte, lass mich ausreden.«

Ich lehnte mich auf meiner Bank zurück und verschränkte die Arme vor der Brust. »Du hast zwei Minuten.«

Kurz fragte ich mich, was wohl passieren würde, wenn Noah jetzt hereinkommen würde. Ich hatte ihm letzte Nacht von Felix erzählt. Und warum ich so überstürzt nach Dawson zurückgekehrt war. Es stand zu befürchten, dass er Felix das Gesicht einschlagen würde. Komischerweise brachte mich die Vorstellung zum Lächeln. Doch als ich den hoffnungsvollen Ausdruck in Felix' Augen sah, neutralisierte ich meine Mimik wieder.

»Es war ein Fehler, Angel. Wirklich. Ich weiß gar nicht, was ich mir dabei gedacht habe.« Er fuhr sich mit beiden Händen durch die Haare. »Aber du hast so viel gearbeitet und ich ...«

Ich lachte, doch es klang freudlos.

Das meinte er nicht ernst, oder? Er kam ehrlich mit der ›Du hast so viel gearbeitet‹-Nummer? Gott, was hatte ich nur jemals in ihm gesehen?

»Also bin ich jetzt Schuld, dass du mich betrogen hast?«

Heftig schüttelte er den Kopf. »Nein! Natürlich nicht. Das habe ich doch gar nicht gesagt!«

Ich hob eine Augenbraue. Irgendwie hatte er genau das gemeint.

»Du hast eine andere Frau gefickt. In unserem Bett. Und deine einzige Ausrede ist, dass ich viel gearbeitet habe?« Ich schnaubte. »Was glaubst du, was das bringen soll?«

Über den Tisch hinweg griff Felix nach meinem Handgelenk. Er löste meine verschränkten Arme und nahm eine meiner Hände in seine. Seine Haut fühlte sich klamm an meiner an. Ich verzog das Gesicht.

»Ich will dich zurück, Angel.«

Genau in diesem Moment ertönte die Glocke über der Eingangstür des Cafés. Mein Blick glitt an Felix vorbei und kollidierte mit Noahs. Er blieb wie angewurzelt stehen. Ein gefährliches Glitzern trat in seine Augen und mein Herz drohte auszusetzen.

Oh, oh.

Ich hörte die Worte nicht mehr, die Felix vor sich hin brabbelte. Meine gesamte Konzentration lag auf Noah. Auf der Wut, die ihm im Gesicht stand. Aber auch dem Schmerz. Wie er die Hände zu Fäusten ballte und ein Muskel in seiner Wange zuckte. Sein Blick glitt über Felix, zu unseren auf dem Tisch verschränkten Händen und dann zurück zu mir. Und zum allerersten Mal sah ich wirklich Hass in seinen blauen Augen. Es zerriss mich.

Noah machte auf dem Absatz kehrt und stürmte aus dem Café. Automatisch sprang ich von meinem Platz auf. Irritiert starrte Felix mich an.

»Angel? Was ist los?«

Ich fixierte ihn mit meinem Blick und legte jedes Fünkchen Abneigung, das ich ihm gegenüber empfand, in meine Worte. »Verdammt, Felix. Bist du wirklich so dämlich, oder tust du nur so? Du hast mich betrogen! Zwischen uns ist es aus und vorbei. Ich bin fertig mit dir. Scheiße, ich hatte dich schon fast vergessen, als ich zur Tür raus war. Also pack dich und deine erbärmliche Entschuldigung wieder ein und verschwinde von hier! Du hast hier nichts zu suchen!«

Er sah mich mit weit aufgerissenen Augen an, während sein Mund leicht offen stand. Aber ich wartete nicht länger darauf, ob sich noch mehr Mist daraus ergießen würde. Stattdessen schnappte ich mir meine Jacke und hechtete Noah hinterher. Doch als ich auf die verschneite Straße trat, die Melodie von *Jingle Bells* aus dem Geschäft nebenan in den Ohren, konnte ich ihn nirgendwo mehr entdecken.

Noah

Ich hätte wissen müssen, dass es zu gut war, um wahr zu sein. Verdammt. Ich hatte den besten Sex meines Lebens mit Angel gehabt. Und ich liebte es, sie zu necken. Ich liebte ihr Lachen und die Art, wie sie mich wütend anfunkelte. Oder diesen speziellen Gesichtsausdruck, den sie nur für mich reserviert zu haben schien, der sagte: ›Du bist ein Vollidiot.‹ Sie war freundlich, hilfsbereit und so heiß, dass ich mich wunderte, dass ich mir nicht jedes Mal die Finger verbrannte, wenn ich sie anfasste. Außerdem liebte ich es, dass sie Weihnachten hasste.

Fuck. Ich liebte sie. Wann zum Teufel war das denn passiert?

Ich wusste nur, wann es nicht geschehen war. Nämlich in dem Moment, in dem ich das Café betreten hatte und sie Händchen haltend mit einem anderen Mann gesehen hatte. Ein Mann, von dem ich vermutete, dass es ihr beschissener Ex war. Was war das nur für eine Scheiße?

Ich war aus dem Café gestürmt, als wenn mein Arsch in

Flammen gestanden hätte. Denn es wäre entweder das gewesen oder ich hätte dem Wichser so lange meine Faust ins Gesicht geknallt, bis selbst seine Mutter ihn nicht mehr wiedererkannt hätte.

So schnell wie nie zuvor und meine schmerzende Hüfte ignorierend, raste ich zurück zum Hotel. Schnee klebte in meinen Haaren, aber ich spürte die Kälte nicht. Zorn versengte mein Inneres. Ich hatte keine Ahnung, was ich tun sollte. Würde Angel jetzt zu ihrem Ex zurückkehren? Hatte ich mich so sehr getäuscht und das zwischen uns bedeutete ihr nichts?

Ich war komplett durcheinander. Noch nie hatte eine Frau solche Gefühle in mir hervorgerufen. Doch in dem Augenblick, in dem das weihnachtlich geschmückte Hotel in Sicht kam, das in den letzten Wochen mein Zuhause gewesen war, kristallisierte sich ein Gedanke heraus.

Ich musste hier weg.

Kapitel Sieben

Angel

Es war Heiligabend.

Ich hätte niemals gedacht, dass das möglich wäre, aber in diesem Jahr hasste ich die Feiertage noch mehr als sonst. Noah war weg und es fühlte sich an, als wäre es eine Ewigkeit her, seit ich ihn zuletzt gesehen hatte. Seit er aus dem Café gestürmt war, hatte ich jegliches Zeitgefühl verloren. Wie auf Autopilot war ich durch die Tage gestolpert. Und wenn es mir nicht so beschissen gegangen wäre, hätte ich sogar behauptet, dass es sich gelohnt hatte. Denn es gab einen Weihnachtsmarkt in Dawson.

Ich stand am Rande der riesigen Tanne, die in der Mitte des runden Platzes aufgestellt und inzwischen geschmückt worden war, als gäbe es kein Morgen.

Mein Blick glitt über die vielen Buden, die strahlenförmig von dem Weihnachtsbaum in der Mitte abgingen. Es roch nach Glühwein, gebrannten Mandeln und Grillgut. An allen Ecken und Enden spielte Weihnachtsmusik. In der letzten Nacht hatte es noch einmal ordentlich geschneit und die Dächer der Stände waren von einer dicken weißen Schicht bedeckt. Aber was mir wirklich den Atem geraubt hatte, war die Schlittschuhlaufbahn, die vor zwei Tagen aufgebaut worden war. Noahs Überraschung.

Mir waren die Tränen in die Augen geschossen, als ich sie gesehen hatte. Hatte Noah vorgehabt, dort ein paar Bahnen mit mir zu drehen? Ich könnte nicht Schlittschuh fahren, selbst wenn es um mein Leben ginge. Doch Noah hatte die passende Expertise. Und er liebte es, mich zu belehren.

Ich schluckte den Kloß im Hals hinunter. Nachdem Noah verschwunden war, hatte ich ihn gesucht. Doch all meine Versuche waren erfolglos verlaufen. Niemand wusste, wohin er gegangen war, und ich hatte keine Möglichkeit, ihn zu erreichen. Mit einem Kopfschütteln vertrieb ich die trübseligen Gedanken. Ich musste nur lediglich diesen Abend hinter mich bringen und dabei zusehen, wie die Beleuchtung des Tannenbaums eingeschaltet wurde. Danach würde ich mich in meinem Hotelzimmer verstecken und erst wieder im nächsten Jahr hervorkommen. Auch wenn ich noch immer keine Ahnung hatte, was ich eigentlich mit meinem Leben anfangen wollte.

Das alles waren düstere Gedanken, an denen ich mich lieber nicht festhalten sollte.

Verdammt, seit Noah weg war, hatte ich mich in ein Häufchen Elend verwandelt. Nicht einmal die Trennung von Felix hatte solche Gefühle in mir hervorgerufen. Ich brauchte gar nicht überlegen, was mit mir los war. Es war mir ziemlich schnell klar geworden, nachdem ich ungefähr eine halbe Flasche Wein intus gehabt und allein in meinem Hotelzimmer gesessen hatte.

Ich war verliebt in Noah Mitchell.

Keine Ahnung, wie er das geschafft hatte, aber so war es. Nur hatte er mich verlassen und ich wusste nicht, ob wir uns jemals wiedersehen würden.

Als immer mehr Menschen zur Mitte des Platzes kamen, ließ ich mich von ihnen an den Rand drängen. Ich hatte wirklich kein Bedürfnis, inmitten des Geschehens zu sein. Die Melodie von *O Tannenbaum* begann zu spielen, während der Bürgermeister auf das kleine Podest trat. Vor ihm befand sich ein riesiger roter Knopf. Ich hatte einen Elektriker halb in den Wahnsinn getrieben, bevor er es geschafft hatte, dass der gesamte Baum auf Knopfdruck leuchtete.

Der Bürgermeister erging sich in einer netten kurzen Rede, der ich keinerlei Aufmerksamkeit schenkte, bis er schließlich einen gemeinsamen Countdown anstimmte. »Zehn. Neun. Acht. Sieben. Sechs. Fünf.«

Ich starrte auf den Tannenbaum. Gleich würde er leuchten und ich konnte endlich von hier verschwinden.

»Vier. Drei. Zwei.«

Starke Arme schlangen sich um meine Taille. Ein vertrauter Duft hüllte mich ein.

»Eins«, flüsterte eine tiefe Stimme in mein Ohr.

Sofort traten mir Tränen in die Augen und Hitze durchfuhr mich von den Haarspitzen bis hinunter in die Zehen.

Unter lautem Gejubel und Klatschen wurde der Tannenbaum erleuchtet und schien förmlich zu glühen. Aber ich bekam das alles nur am Rande mit. Meine Aufmerksamkeit lag woanders.

»Hallo, Teufelsbrut.«

Ich schluckte, bevor ich einen tiefen Atemzug nahm und mich langsam in seinen Armen umdrehte. Unsere Blicke versanken ineinander. Ich starrte in Noahs vertrautes Gesicht und wusste nicht, ob ich lachen, weinen oder ihm eine scheuern sollte.

»Noah«, hauchte ich. »Wo warst du?«

Er legte eine warme Hand an meine Wange. Unser Atem kondensierte zwischen uns.

»Ich musste einen klaren Kopf bekommen. Nach der Szene im Café …« Er brach ab und mein Herz verkrampfte sich.

»Das war Felix«, beeilte ich mich zu erklären. »Er kam mit einer beschissenen Entschuldigung und wollte mich zurückhaben. Ich habe ihn zum Teufel gejagt.« Meine Worte überschlugen sich fast, weil ich wollte, dass er alles wusste.

Noah lächelte. »So was dachte ich mir schon.«

Die Menschentraube um uns herum zerstreute sich langsam, doch es hätte mich nicht weniger interessieren können.

»Aber warum bist du dann verschwunden?«

»Ich brauchte Abstand, sonst hätten wir Felix' Leiche im nächsten Schneesturm verschwinden lassen müssen.« Seine harten Worte brachten mich zum Grinsen. »Und dann sind mir einige Dinge klar geworden und ich hab mich um das ein oder andere gekümmert.«

»Um was?«

Er beugte sich nach vorne und küsste meine Nasenspitze. »Das erzähle ich dir später. Jetzt habe ich erst einmal eine Überraschung für dich.«

»Noch eine?«, fragte ich erstaunt.

»Ja«, antwortete er grinsend. »Wie hat dir übrigens die Schlittschuhbahn gefallen?«

»Ich hasse Schlittschuhfahren.«

Noah lachte und ich hatte das Gefühl, dass ich das erste Mal wieder atmen konnte, seit er aus dem Café verschwunden war.

»War klar.« Er ließ die Hand sinken und verschränkte unsere Finger miteinander. »Vertraust du mir, Teufelsbrut?«

Ich musste nicht einmal darüber nachdenken. »Ja.«

»Dann komm mit.«

❄

Es fiel mir schwer, zu glauben, dass Noah hier war. In Dawson. Bei mir. Er war zurückgekommen. Damit hatte ich nicht gerechnet. Was ich allerdings noch weniger erwartet hatte, war, dass er mich an einen geheimen Ort entführen würde.

Wir fuhren bereits seit fast einer Stunde in die Wildnis und er weigerte sich schlicht, mir zu sagen, wohin die Reise ging. Nachdem wir einen Zwischenstopp im Hotel eingelegt und ich eine kleine Tasche hatte packen müssen, hatte er mich in das Auto gesetzt und seitdem waren wir unterwegs.

»Und du wirst mir wirklich nicht verraten, wohin wir fahren?«

Er warf mir einen kurzen Seitenblick zu, bevor er nach vorne sah. Ich hatte keine Ahnung, woher er wusste, in welche Richtung wir mussten. Für mich sah hier draußen alles gleich aus.

»Nein. Es ist eine Überraschung.«

Ich sah ihn mit gerunzelter Stirn zweifelnd an. »Mit deiner letzten Überraschung hast du nicht gerade ins Schwarze getroffen.«

»Das lag nur daran, dass du ein fieser, kleiner Weihnachtsmuffel bist«, antwortete er grinsend. »Jeder außer dir mag es, Schlittschuh zu fahren.«

Ich rollte mit den Augen. »Dann verrate mir wenigstens, wo du warst.«

»Bei meinem Team.«

»Du hast gespielt?«, fragte ich überrascht. Ich hatte gedacht, dass seine Verletzung ihm das nicht erlauben würde.

»Nein, dafür ist es noch zu früh. Aber ich hatte eine Idee, und dafür musste ich mit dem Coach sprechen. Und dem Besitzer.«

Neugierig betrachtete ich ihn. »Und was ist das für eine Idee?«

Am Zucken seiner Mundwinkel erkannte ich, dass mir die Antwort nicht gefallen würde. »Das verrate ich nicht.«

Stöhnend legte ich den Kopf gegen die Stütze. »Was stimmt denn mit dir nicht?«

Noah schmunzelte, antwortete aber nicht.

Nachdem wir noch eine Weile schweigend gefahren waren, wobei die Ruhe im Fahrzeuginneren nicht unangenehm gewesen war, meinte ich, endlich etwas am Horizont zu erkennen. Je näher wir kamen, desto deutlicher hoben sich die kuppelartigen, kleinen Gebäude gegen die Schneelandschaft ab. Ich konnte bestimmt ein Dutzend der runden Dächer ausmachen, die in einem augenscheinlich freien Muster hier draußen arrangiert worden waren. Noah manövrierte zwischen den schnuckeligen Häusern hindurch. Hier und da entdeckte ich Lichtschein. Also waren offenbar noch andere Menschen anwesend.

Als wir schließlich vor einer der Kuppeln parkten, sah Noah mich freudestrahlend an. »Wir sind da!« Bevor ich fragen konnte, wo genau wir denn waren, war er bereits ausgestiegen, hatte unsere Taschen aus dem Auto geholt und mir die Tür geöffnet. »Na, komm. Ich zeig dir alles.«

Wir stapften durch den dicken Schnee und Noah zauberte von irgendwoher einen Schlüssel hervor, mit dem er die Holztür vor uns aufsperrte und mir bedeutete voranzugehen. Drinnen begrüßte mich eine überraschend große, runde Wohnfläche. Es gab ein großzügiges Bett, eine kleine Küchenzeile, eine weitere Tür, die vermutlich in ein Badezimmer führte, zwei gemütlich aussehende Ohrensessel und zwei Kommoden. Gut ein Drittel des Daches bestand ausschließlich aus Glas und gewährte einen Blick in den dunklen Abendhimmel. Alles war in anheimelnden Erd- und Beigetönen gehalten und ein warmes Feuer prasselte im Kamin neben den Sesseln.

»Wow«, murmelte ich leise.

»Gefällt es dir?«, fragte Noah.

Ich drehte mich zu ihm um und beobachtete ihn, während er unsere Taschen neben der Tür abstellte.

»Es ist wunderbar, Noah. Aber was ist das hier?«

»Unser Zuhause für die nächsten paar Tage. Ich habe uns einen spontanen Kurzurlaub organisiert.«

Er grinste mich so aufgeregt an, dass ich nicht anders als zurücklächeln konnte. »Mitten im Nirgendwo?«

»So sind wir endlich ungestört.«

Glücklich schüttelte ich den Kopf. Noah war zurück. Er hatte mich in die Wildnis in das bestimmt schönste Hotel der Welt entführt und wirkte so zufrieden damit, in meiner Nähe zu sein, dass mir das Herz aus der Brust springen und sich ihm zu Füßen legen wollte.

Mir lag das gefährliche L-Wort auf den Lippen, doch ich konnte es gerade noch herunterschlucken. »Es ist perfekt«, murmelte ich stattdessen.

Noah

Ich sah ihr an, dass sie nervös war. Bestimmt fragte sie sich, was das alles zu bedeuten hatte und was ich vorhatte. Und das würde sie am Ende erfahren. Aber zuerst wollte ich, dass wir es uns gemütlich machten. Ein schneller Blick auf das Zifferblatt meiner Armbanduhr sagte mir, dass wir noch ein bisschen Zeit hatten. »Komm, lass uns duschen gehen.«

Angel ergriff meine dargereichte Hand und ich zog sie mit mir in das angrenzende Badezimmer. Als das warme Wasser auf uns herunterprasselte, küsste ich sie, als würde mein Leben davon abhängen. Und als sie ein Bein um meine Hüfte schlang, hob ich sie hoch und versenkte mich in ihrer heißen Mitte. Ihr Stöhnen war mein Lebenselixier und ich lechzte nach ihrem Vergnügen. Ich hatte sie vermisst und sie fühlte sich so verdammt gut an. Wir waren beide verzweifelt und ausgehungert nacheinander. Der Sex war wild, schnell und ungestüm. Aber nicht weniger befriedigend.

Als sie schließlich erschöpft in meinen Armen zusammensackte, machte ich uns sauber und trocknete uns anschließend ab. Danach half ich ihr dabei, eine warme

Leggins und dicke Socken anzuziehen. Als sie in einen Pullover hineinschlüpfen wollte, hielt ich sie davon ab und streifte ihr stattdessen einen meiner Hoodies über. Der Anblick war bezaubernd.

Nachdem ich auch mich angezogen hatte, holte ich ein paar Snacks aus der kleinen Küche und wir machten es uns gemeinsam auf dem riesigen Bett unter dem Glasdach gemütlich. Das Feuer spendete genug Wärme und Licht, dass uns nicht kalt wurde und wir uns gut sehen konnten.

»Weißt du schon, was du jetzt machen möchtest?«

Sie sah mich fragend an.

»Nachdem das Weihnachtsmarkt-Projekt nun ein erfolgreiches Ende gefunden hat.«

»Nein, leider nicht«, seufzte sie. »Ich werde mich darum nach den Feiertagen kümmern müssen.«

»Was würdest du sagen, wenn ich eventuell eine Lösung dafür hätte?«, fragte ich nervös.

Irritation zeichnete ihr hübsches Gesicht. »Wie meinst du das?«

Ich nahm einen tiefen Atemzug. Jetzt ging es los. »Ich hatte doch vorhin erwähnt, dass ich eine Idee hatte, weswegen ich mit meinem Team sprechen musste.« Sie nickte. »Nun ja.« Ich rieb mir mit einer Hand den Nacken. »Unsere PR-Managerin sucht eine rechte Hand. Im Idealfall jemanden mit Erfahrung im Organisieren von Events. Und da habe ich dich vorgeschlagen.«

Sie starrte mich mit großen Augen an. »Du hast was?«

Scheiße. Mir rutschte das Herz in die Hose. »Es ist erst mal nur ein Vorstellungsgespräch«, beeilte ich mich zu erklären. »Und du musst das auch nicht machen. Aber ich dachte, dass dir das vielleicht Spaß machen könnte?«

Ungläubig sah Angel mich an und ich ballte eine Hand zur Faust. Hatte ich es verbockt?

»Ist das alles?«, fragte sie schließlich mit hochgezogener Braue.

Verflucht. Sie würde mich zwingen, es zu sagen, oder?

»Außerdem wärst du so in meiner Nähe, wenn ich wieder zu spielen anfange.«

Einen viel zu langen Moment sah sie mich nur an. Dann lächelte sie, warf die Arme um meinen Nacken und vergrub das Gesicht an meinem Hals. »Das klingt aufregend! Danke, Noah. Natürlich nehme ich die Chance gerne wahr.«

Ich ließ die Luft entweichen, von der ich nicht gewusst hatte, dass ich sie angehalten hatte. Erleichtert ließ ich mich in die Kissen sinken und legte die Arme um Angel, während sie ihren Kopf auf meiner Brust bettete und sich an meine Seite kuschelte.

Später, nachdem wir eine Weile einfach schweigend die Gesellschaft des anderen genossen hatten, erfüllte plötzlich grünes und türkisfarbenes Licht das Innere unserer kleinen Hütte. Ich hörte Angel nach Luft schnappen, noch bevor ich etwas sagen konnte. Lächelnd betrachtete ich sie, wie sie mit großen Augen durch das Glasdach nach draußen starrte.

Die Polarlichter erhellten den Nachthimmel. Nuancen von Weiß, Grün, Blau und Türkis schienen in Wellen ineinanderzufließen und kreierten ein einzigartiges Naturspektakel.

Ich hatte jedoch nur Augen für die Frau in meinen Armen. Vorsichtig brachte ich meine Lippen ganz nah an ihr Ohr. Mein Herz schlug wie wild.

»Ich liebe dich, Angel«, flüsterte ich.

Überrascht drehte sie mir ihr Gesicht zu. Lächelnd strich ich ihr eine rote Haarsträhne hinters Ohr.

»Was hast du gesagt?«, murmelte sie.

»Ich liebe dich, kleine Teufelsbrut. So sehr, dass ich möchte, dass du immer an meiner Seite bist.«

Mit angehaltenem Atem wartete ich auf ihre Reaktion. Ich befürchtete schon, dass mein Herz dem schnellen Rhythmus nicht länger standhalten konnte, als sich schließlich ein Lächeln auf ihrem Gesicht ausbreitete, das mir den

Atem raubte. Es war so warm, dass es den Schnee draußen zum Schmelzen bringen könnte. Und so voller Hoffnung, dass ich sie automatisch fester in den Arm nahm. Ich sah meine gesamte Zukunft in diesem Lächeln.

»Ich liebe dich auch, Noah.«

Das waren die schönsten Worte, die ich je gehört hatte.

Ende

CAROLINE ST. CHARLES

Rendezvous mit INSPEKTOR GRINCH

Kapitel Eins

Florentina

Schon den ganzen Nachmittag rieseln zarte Schneeflöckchen vom Himmel – erst versiegten sie, sobald sie den Boden berührten, nun bedecken sie die Straßen, Gehwege und Dächer in einer weißen glitzernden Schicht, was der Stadt ein noch weihnachtlicheres Flair verleiht. Sofern dies überhaupt möglich ist, denn die noble Wiener Altstadt hat sich wirklich mächtig herausgeputzt und versprüht einen ganz besonderen Zauber. Funkelnde Lichter, festlich dekorierte Schaufenster und entzückende Weihnachtsmärkte, wohin man auch schaut. Der herrliche Duft von Glühwein, Zimt und gerösteten Edelkastanien liegt in der Luft und zieht sich durch die schmalen Gässchen, was mein schlemmerisches Herz augenblicklich höherschlagen lässt. Ich habe mir zwar schon vorhin einen leckeren Orangenpunsch gegönnt, aber die Aussicht auf einen Glühwein, lässt mich irgendwie beschwingter durch die Flaniermeilen marschieren.

»Na, Bello, was sagst du? Gefällt dir unsere neue Home-Base?« Mein kleiner toffeefarbener Spaniel-Beagle-Mischling guckt verzückt zu mir auf und wedelt demonstrativ mit dem Schwanz. »Wir holen uns noch etwas Leckeres, und dann geht's wieder heimwärts, okay?«, lasse ich meinen tapsigen Begleiter wissen und freue mich über seine fröhliche Reaktion. Es scheint ihm hier wirklich zu gefallen, denn die Menschenmassen stören ihn keineswegs. Nur das viele Streusalz ist uns ein Dorn im Auge, weshalb mein Kleiner neuerdings Hundeschuhe trägt. Er musste sich zwar erst daran gewöhnen, doch inzwischen scheint Bello überhaupt kein Problem mehr damit zu haben, so stolz, wie er neben mir hertrottet. Die Gummischühchen harmonieren farblich zwar nicht so gut mit seinem cremefarbenen Wintermantel, aber das ist nebensächlich, denn sie erfüllen ihren Zweck.

Wir bummeln nun schon seit etwas mehr als zwei Stunden durch die belebten Einkaufsstraßen der Innenstadt und sind beide begeistert, in welchem atemberaubend hübschen Weihnachtsglanz sie sich uns präsentiert. Die Beleuchtung ist so vielseitig und abwechslungsreich wie stimmungsvoll und glamourös. In einem barocken, ruhigen Nebengässchen hängen zum Beispiel funkelnde Noten, die die ersten Takte des Weihnachtsklassikers ›Stille Nacht‹ repräsentieren, wie man mich in einem Shop aufklärte. Was für eine süße Idee. In einer anderen Einkaufspassage wandelt man wiederum unter glanzvollem Goldregen. Einfach magisch. Ich habe schon Hunderte Bilder gemacht und werde nicht müde, mein Handy zu zücken, um die Lichter aus allen möglichen Perspektiven zu fotografieren. Wir kommen gerade vom Kohlmarkt, der offensichtlich das Mekka für gut betuchte Kundinnen ist. Ein exquisiter Designer-Flagship-Store reiht sich an den nächsten. Die Geschenke für meinen Papa und Opa trage ich bereits in zwei großen Tüten bei mir. Als ich an einer österreichischen Hutmanufaktur vorbeigekommen bin, wusste ich, dass ich fündig werden würde, und behielt recht: Mein Nonno bekommt eine traditionelle Kappe aus irischem Tweed und für meinen Papa habe ich einen klassischen Trilby ausgesucht, einen schmalkrempigen Herrenhut aus schwarzem Wollfilz, der mit Ripsband und Schleife garniert ist. Elegant und legendär. Der Laden war das reinste Schlaraffenland für jemanden wie mich, der aus einer *behüteten* Familie stammt. Wir lieben markante Kopfbedeckungen, so konnte ich nicht widerstehen und habe mir bei dieser Gelegenheit ebenfalls einen Hut gegönnt. Einen schwarzen Herrenhut aus Wollfilz, jedoch mit etwas breiterer Krempe, wodurch er mich wunderbar gegen Wind und Wetter schützt. Sein Können darf er sogleich unter Beweis stellen, denn um nicht noch eine Hutbox mit mir herumschleppen zu müssen, setzte ich ihn auf. Nichts geht über Weihnachtseinkäufe für meine Liebsten. Aber für heute sollte ich es gut sein lassen mit Shopping – der Besuch bei Dolce als auch bei Gucci hat meine Kreditkarte zum Glühen gebracht. Bis nächste Woche lasse ich sie lieber etwas abkühlen.

Wir lassen den Tuchlauben und das prominente ›*Goldene Quartier*‹ hinter uns und biegen in die nächste Flaniermeile ein. Über uns funkeln die prächtigsten Weihnachtslichter, die ich je gesehen habe. Riesige, luxuriöse Luster mit Tausenden Lichtern illuminieren die gesamte Prachtstraße, ›Graben‹ genannt, und schaffen eine elegante Atmosphäre, man fühlt sich wie in einem märchenhaften Open-Air-Ballsaal. Bewundernd blicke ich nach oben und mache abermals ein paar wirklich eindrucksvolle Fotos mit meinem Smartphone, die ich umgehend in unsere Familien-WhatsApp-Gruppe stelle. Gleichzeitig schreibe ich mir eine gedankliche Notiz, zu Hause zu googeln, warum man diesen wundervollen, riesigen Boulevard, der von den prächtigsten Hausfassaden umsäumt wird, als *Graben* bezeichnet. Kommt mir irgendwie ein bisschen grotesk vor. Vielleicht sollte ich so eine Hop-on-hop-off-Sightseeingtour mitmachen, um mich mit der Donaumetropole vertraut zu machen. Guter Plan. Das halte ich sofort auf meiner mentalen To-do-Liste fest. Vielleicht mische ich mich sogar unter italienische Touristen, um ein bisschen Heimatgefühl aufkommen zu lassen, und das am besten zusammen mit meiner Familie, die mich über die Feiertage besuchen wird.

Perfetto.

Inzwischen haben Bello und ich einen entzückenden, liebevoll gestalteten Christkindlmarkt mitten im Herzen der Innenstadt erreicht. Der Geruch von gebrannten Mandeln, weihnachtlichen Gewürzen und süßem Punsch hat mich auf direktem Weg hierhergeführt. Die himmlischsten Düfte umschmeicheln meine Sinne, während ich ehrfürchtig innehalte und den Anblick auf mich wirken lasse. Das eindrucksvolle Wahrzeichen der Stadt steht in all seiner majestätischen Pracht vor uns und wirkt einfach kolossal. Die Fassade des berühmten gotischen Doms zu St. Stephan wird von einer spektakulären Lichtershow abwechselnd in verschiedene Farben getaucht, was ihm irgendwie einen noch mystischeren Touch verleiht. Gerade leuchtet er lila. Wow. Ich bin absolut hingerissen. Direkt daneben schmiegt sich das süße, kleine Weihnachtsdorf in das Plätzchen unter dem Südturm, das wiederum eingerahmt ist von wundervollen historischen als auch modernen Bauten – all das ergibt eine sensationelle Kulisse. Ebenfalls ein besonderer Blickfang ist der hohe, elegant illuminierte Christbaum im Zentrum. Alles in allem sieht es nach einem überaus gemütlichen Weihnachtsmarkt aus, der hoffentlich seinem Gourmet-Ruf gerecht wird. Den verlockenden Düften nach, die meine Geschmacksknospen bereits in helle Aufregung versetzen, bin ich recht zuversichtlich. Welchen Stand werden wir als Erstes besuchen? Hmm, ich lasse meinen Blick über den Markt schweifen und beschließe, mich am besten von meinem Näschen leiten zu lassen. Von meinem Standpunkt aus sind die traditionellen Hütten nämlich kaum zu unterscheiden, alle Dächer sind hübsch mit Tannenzweigen, Lichtgirlanden und filigranen Leuchtornamenten geschmückt und wirken allesamt unheimlich einladend. Ich versuche, die idyllische Atmosphäre des Adventsmarkts und des atemberaubenden Stephansdoms einzufangen, und gehe in die Hocke, um ein paar Fotos mit Bello vor der besinnlichen Szenerie zu machen. Mein Lieblingsfotomotiv schleckt sich gerade über die Schnauze, wodurch mir ein paar entzückende Schnappschüsse gelingen.

»Na, Bello, kitzeln dich die Schneeflöckchen auf der Nase?«, kichere ich, worauf mein pelziger Liebling unwillkürlich niest und mich auf seine typisch verwegene Art ansieht. »Dann sollten wir wirklich schleunigst nach Hause fahren. Wir drehen auf dem Markt noch eine schnelle Runde und dann gehen wir, einverstanden? Ich hab gehört, es gibt hier einen vorzüglichen Kaiserschmarrn, den darf ich mir nicht entgehen lassen …« Als er mir mit einem zustimmenden ›Wau‹ antwortet, richte ich mich wieder auf und werfe einen kurzen Blick zum Himmel, der gänzlich von tiefliegenden Nimbostratuswolken bedeckt ist. Der vormals zart rieselnde Schneefall hat sich inzwischen in ein ausgewachsenes Gestöber verwandelt. Dicke, bauschige Flöckchen schweben träge herab und machen den Moment nur noch magischer. Ob es weiße Weihnachten geben wird? Wenn ich die frohe Kunde in meinem allerersten Fernsehauftritt verkünden könnte, wäre das der perfekte Einstieg in den Job. Zu Hause werde ich gleich einen Blick in meinen Computer werfen und schauen, ob ich schon eine vorläufige Prognose erstellen kann.

Mit einem Kopfnicken und einem Zungenschnalzen fordere ich Bello auf, mir zu folgen, was er eifrig tut, und so stürzen wir uns ins Getümmel. Doch weit kommen wir nicht, denn plötzlich werde ich brutal von hinten angerempelt. Blitzschnell wirble ich herum und sehe mich Auge in Auge mit zwei Kerlen, die unwirsch nach meiner Tasche greifen und sie mir mit aller Kraft entreißen wollen. Nicht mit mir. Ich versuche, Bello hinter mir in Sicherheit zu bringen, lasse seine Leine, sowie die Einkaufstüten fallen und brülle lautstark, doch das kümmert weder die Diebe, noch die umstehenden Passanten. Das kann nicht wahr sein! Beherzt kralle ich mich am Riemen meiner geliebten *Botega Venetta* fest und schlage mit meiner anderen Hand einen sauberen Aufwärtshaken in das widerwärtige Gesicht des ruchlosen Angreifers. Doch der andere Mann stößt mich in der Rangelei zu Boden und erbeutet meine Designertasche. Beide rennen in einem Affenzahn davon und zerstreuen dabei die Menge der Adventsmarktbesucher. Maledetto! Ich revidiere meine vorher getätigte Aussage: Wien und ich – das ist kein guter Start!

Ben

Boah, jetzt fängt es auch noch an stärker zu schneien – das hat uns gerade noch gefehlt. Schnee bedeutet Chaos. Chaos auf den Straßen, Verkehrsbehinderungen und Unfälle am laufenden Band, ergo, Einsätze ohne Ende – als hätten wir nicht ohnehin schon genug zu tun. Wir schlittern buchstäblich von einer Amtshandlung in die nächste, und das seit Dienstbeginn heute Morgen. Es war bisher eine elendig lange Schicht, unser Funkgerät stand niemals auch nur für eine Sekunde still und jagt uns seit Stunden quer durch den gesamten Bezirk. Mir graut schon vor dem ganzen Papierkram, der mich später auf dem Revier erwartet. Bei den vielen kleinen Delikten türmen sich die Fallakten auf meinem Schreibtisch allmählich zu einem stattlichen Wolkenkratzer. Normalerweise macht mir der Streifendienst unheimlich viel Spaß, weil man nie weiß, was einen erwartet. Ich liebe die Herausforderung, die Abwechslung, die Unvorhersehbarkeit, die Action und den damit verbundenen Nervenkitzel. Man weiß nie, was als Nächstes passiert und befindet sich gewissermaßen durchgehend im Adrenalinrausch. Aber jetzt vor Jahresende steht vor allem eins auf der Agenda: Langfinger haben gerade Hochkonjunktur; Laden- und Handtaschendiebstähle passieren quasi im Minutentakt, Wohnungs- und Hauseinbrüche ebenso. Und nun auch noch der *unerwartete* Wintereinbruch. Selbst ein kleines bisschen Schneefall versetzt Wien in den absoluten Ausnahmezustand, jedes Jahr dasselbe. Als wäre das winterliche Flockentreiben eine außergewöhnliche Überraschung, wie man sie in unseren Breiten noch nie erlebt hat. Räumungsdienste, Streufahrzeuge, Autofahrer und Co. geraten immer wieder aufs Neue in helle Aufruhr, verfallen in Planlosigkeit und verursachen vor allem eins: Chaos. Ich hasse die Vorweihnachtszeit. Der ganze Trubel und der ach so besinnliche Scheiß können mir wirklich gestohlen bleiben. Die gespielte Fröhlichkeit und das gemeinschaftliche Getue, die Hektik, der unsinnige Konsumwahn, ganz zu schweigen von den schrecklichen, nervtötenden Weihnachtsliedern, die gefühlt überall rauf und runter gespielt werden. Diese Dauerbeschallung ist die reinste Folter. Ich wünschte, ich könnte die Uhr nach vorn drehen und den gesamten Zeitraum der Advents- und Weihnachtstage bis nach Silvester einfach überspringen. Jeder, der sich der Illusion hingibt, es handle sich um eine Zeit des Innehaltens, der Barmherzigkeit und der Liebe, sollte mal eine vorweihnachtliche Schicht mit mir verbringen – danach sieht er die Welt garantiert mit anderen Augen.

»Ben, schau nicht so griesgrämig«, fordert mich meine Kollegin Sabine unvermittelt auf und stupst mich mit dem Ellenbogen an. »Du verschreckst die Passanten mit deiner Grizzlybär-Miene!«

Ich rolle die Augen, knurre mürrisch und mustere sie von der Seite. Sie ist erst seit knapp eineinhalb Jahren dabei, somit total unverbraucht und noch voller Tatendrang. War ich in meiner Anfangszeit jemals so blauäugig und naiv wie sie? Nope, definitiv nicht. Während ich leicht den Kopf schüttle, legt sie ihren in den Nacken, blickt hinauf zum wolkenverhangenen Abendhimmel und breitet die Handinnenflächen nach oben aus, um ein paar Schneeflocken zu fangen. Schön, dass sich immerhin eine über das Scheißwetter freuen kann. Wir bestreifen nun schon seit Stunden zu Fuß die Innenstadt, es wird von Minute zu Minute kälter, der Wind pfeift uns regelrecht um die Ohren, und sie schwärmt von Schnee, während ich mich zurück in den warmen Dienstwagen wünsche. Gahh. Ich ziehe mir die dunkelblaue Polizei-Wollhaube tiefer ins Gesicht und grummle übellaunig vor mich hin. Wenigstens gestattet es uns die Uniformvorschrift, bei diesen saukalten Witterungsbedingungen die Wollmütze statt der sonst dienstüblichen Tellerkappe zu tragen.

»Schau doch nur, ist das nicht einfach magisch«, haucht Sabine und beäugt bewundernd die kleinen weißen Klümpchen, die sich geruhsam auf ihren dunkelblauen Handschuh legen. »Wusstest du, dass jede Schneeflocke ein Unikat ist?«, fragt sie und wedelt mit ihrer Hand in der eisigen Luft herum. »Ist das nicht unglaublich? Das sind alles wahre Kunstwerke!«

»Das ist gefrorenes Wasser, nichts weiter!«, antworte ich spröde und deute ihr mit einer schroffen Kopfbewegung, weiterzugehen. Manchmal glaube ich, dass der Job als Polizistin nichts für sie ist. Sabine ist zwar resolut, mental belastbar und nervenstark, aber in Momenten wie diesen sehe ich sie mehr als verträumte Grundschullehrerin vor mir. Das würde irgendwie besser zu ihr passen. Die Abgründe, mit denen sie früher oder später zwangsläufig in unserem Beruf konfrontiert wird, möchte ich ihr am liebsten ersparen. Erneut erklingt unser Funkrufname: »Leitstelle an Anton sieben und Anton drei!«

Automatisch greife ich nach dem Funkgerät, das an

meinem Außengürtel befestigt ist, und antworte monoton: »Anton sieben hört!«

»Handtaschenraub mit Körperverletzung beim Adventsmarkt am Stephansplatz. Zwei Täter flüchtig; mehrere Aufforderer; die Geschädigte ist vor Ort.«

»Anton sieben, verstanden!«

Scheiße, das muss direkt vor unserer Nase passiert sein, wir befinden uns nur wenige Meter von besagtem Weihnachtsmarkt entfernt. Sabine und ich tauschen einen schnellen, bedeutungsschweren Blick, ehe wir uns dem Geschehen im Laufschritt nähern. Das Wichtigste an unserem Job ist es, die Gefahrenlage nach eigenem Ermessen korrekt einzuschätzen und stets den Überblick über die Situation zu behalten. Der Tumult, der sich zwischen den vorderen Hütten abspielt, ist klar auszumachen. Menschentrauben haben sich bereits gebildet, einige gestikulieren wild, andere schnattern aufgeregt durcheinander.

Im Funkverkehr höre ich, dass sowohl unsere Kollegen von Anton drei als auch eine Bereitschaftseinheit die Verfolgung der Tatverdächtigen aufgenommen haben, also werden wir uns dem Opfer widmen und Zeugenaussagen notieren. Sabine und ich kämpfen uns durch die Menge und versuchen, ein Bild des Geschehens zu bekommen.

»Was ist passiert? Wer hat was gesehen? In welche Richtung sind die Täter verschwunden?«, fragt sich meine Kollegin durch die Adventsmarktbesucher, während ich eine junge Frau mit langen haselnussbraunen Haaren näher ins Visier nehme, die sich gerade ächzend aufrappelt, den Dreck von ihrer silber schimmernden Jeans klopft und wie ein Rohrspatz schimpft.

»Bastardo!«, echauffiert sie sich, »È un pezzo di merda!« Um sie herum liegen ein paar Einkaufstragetaschen ziemlich exklusiver Designermarken – allem Anschein nach ist sie die Geschädigte. Laut fluchend, humpelnd und aufgebracht gestikulierend, klaubt sie die Einkaufstüten nach und nach auf und schimpft noch mehr. Der kniehohe karamellfarbene Hund an ihrer Seite, den sie an einer lockeren Leine hält, scheint ihr lautstark beizupflichten und gibt seinen Senf in rhythmischen Intervallen dazu. Als ich mich ihnen nähere, checkt er mich argwöhnisch ab, also bleibe ich mit etwas Respektabstand vor ihm stehen – und das, obwohl er nicht sonderlich gefährlich aussieht, aber auch kleine Hunde können beißen, und darauf bin ich momentan nicht unbedingt scharf. (Würde nur noch mehr Papierarbeit bedeuten, und davon ist mein Bedarf bis ins nächste Jahr mehr als gedeckt.)

Der jungen Dame ist die Antipathie ihres Vierbeiners mir gegenüber auch aufgefallen, weshalb sie sich ihm jetzt widmet. Sie geht in die Hocke und streichelt ihren Liebling ausgiebig. Als er sich daraufhin mit den Vorderpfoten – die allen Ernstes in Gummischuhen stecken – auf ihren Oberschenkel stellt, küsst sie liebevoll seinen Kopf und flüstert ihm etwas ins Schlappohr, dem er äußerst neugierig lauscht, und, seinem aufgeweckten Gesichtsausdruck zufolge, auch zu begreifen scheint. Seufzend tätschelt sie seine Schulter, dirigiert ihn von sich herunter, erhebt sich geschmeidig … und beginnt erneut zu fluchen. Sie muss über einen sehr kreativen Wortschatz verfügen, denn sie verwendet stets neue Vokabeln, wie ich, ohne die Sprache auch nur ansatzweise zu verstehen, feststelle.

»Signorina«, setze ich vorsichtig an, »können Sie mich verstehen? Do you speak German?« Noch immer äußerst temperamentvoll herumzeternd richtet sie ihre Aufmerksamkeit nun endlich gänzlich auf mich. Sie verstummt just in dem Moment, als sich unsere Blicke treffen. Halleluja, auch mir bleibt kurz die Luft weg. Die routinemäßigen Standardfragen, die ich ihr gerade noch stellen wollte, sind plötzlich nicht mehr greifbar. Gefangen von ihren feurigen Augen, verliere ich vollkommen den Fokus, was einem Polizeibeamten im Dienst *niemals* passieren darf. Zumindest mir ist es in meiner gesamten neunjährigen Laufbahn nicht ein einziges Mal passiert. Für einige Sekunden sehe ich nur sie. Der weihnachtsmarktübliche Geräuschpegel, der gerade noch auf einem hohen Level rangierte, ist auf einmal wie ausradiert. Meine Ohren vernehmen nichts als Stille, meine anderen Sinne sind einzig und allein auf sie ausgerichtet.

Wow. Einfach nur wow.

Lebhafte olivgrün-braune Augen mit faszinierenden bernsteinfarbenen Sprenkeln inspizieren mich völlig unverhohlen. Sie haben etwas überaus Freches an sich. Etwas Spritziges. Etwas Ungestümes. Etwas, das mich vollkommen in den Bann zieht. Ohne es verhindern zu können, scanne ich ihr Antlitz Millimeter für Millimeter. Ihre Gesichtszüge sind sanft und elegant, ihr Teint olivfarben und ihr Mund – o Mann. Als ich es endlich schaffe, mich unter Aufwendung all meiner mentalen Kräfte wieder halbwegs in den Griff zu bekommen, versuche ich, das bisschen Italienisch, das ich kann, zusammenzukratzen. »Mi capisci? Tutto bene?«, erkundige ich mich etwas holprig und überlege fieberhaft, was ich noch hinzufügen könnte. Viel mehr gibt mein italienischer Sprachschatz leider nicht her. »Are you hurt? Sei ferito?«, frage ich besorgt, nachdem ich den leichten Bluterguss an ihrer linken Augenbraue erspäht habe. Erst war die diagonal verlaufende Schwellung durch ihre wundervolle haselnussfarbene Haarpracht verdeckt, doch als sie sich ihre welligen Strähnen hinter das Ohr schiebt, wird das kleine Hämatom sichtbar. Eine einsetzende bläulich-rote Färbung legt sich um ihre äußere Augenhöhle und zieht sich bis zum Jochbein – das wird wohl ein ausgewachsenes Veilchen werden. Plötzlich verspüre ich einen heftigen Anflug von Zorn auf den oder die Täter. Eine Gefühlsregung, die hier absolut nichts zu suchen hat. Normalerweise begegne ich sowohl Opfer als auch den Verdächtigen auf neutraler, sachlicher und vor allem emotionsloser Basis, doch diese junge, faszinierende Frau reißt jegliche mühsam errichteten Mauern, die ich zu meinem eigenen Schutz um mich herum gebaut habe, mit der Abrissbirne ein.

»Ja«, antwortet sie schließlich mit rauchiger Stimme. »Ich verstehe Sie. Klar und deutlich. Und nein, es geht mir *nicht* gut!« Statt eines italienischen Akzents überrascht sie mich mit hochdeutscher Aussprache. »Ich komme aus Frankfurt ... Also eigentlich bin ich gebürtige Italienerin ... Ach, was auch immer ...« Sie macht eine energische wegwerfende Handbewegung und fängt schon wieder an zu fluchen. »Mir wurde gerade meine Handtasche entrissen! Können Sie sich das vorstellen?« Erbost stößt sie Luft aus und schüttelt wie von Sinnen den Kopf. »Ich kann nicht glauben, dass gerade *mir* das passiert ist ...«

»Bitte beruhigen Sie sich, wir sind ja jetzt hier. Sie sind in Sicherheit, alles wird gut«, versuche ich sie betont sanft zu beschwichtigen. Trotz meiner aufgewühlten inneren Lage bleibe ich nach außen hin gefasst. Stoische Ruhe auszustrahlen, selbst in hitzigen Situationen, ist das Wichtigste überhaupt in unserem Beruf. Zu oft habe ich schon miterleben müssen, wie eine angespannte Lage innerhalb von Sekunden explodiert und außer Kontrolle geraten ist. Genau genommen ist Deeskalation unsere erste Hauptaufgabe, in der wir schon in der Ausbildung geschult werden. Eigentlich beherrsche ich die entschärfenden Techniken ganz gut, doch meine nett gemeinten, beschwichtigenden Worte bewirken im Moment anscheinend genau das Gegenteil. Mit Staunen beobachte ich die aufbrausende Reaktion der jungen Frau, sie wirft die Hände in die Luft und schimpft, was das Zeug hält. Ihr Temperament imponiert mir. Ihr Zorn richtet sich nicht gegen mich oder die Räuber, sondern vorwiegend gegen sich selbst, wie ich erstaunt mit anhöre. Diesmal schimpft sie nämlich in einwandfreiem Deutsch: »Wie konnte ich nur so ein leichtes Opfer sein? *Ich*? Ich, stupida, lasse mich da wie der letzte *Vollidiot* überrumpeln, weil ich so bescheuert bin und mich von den bezaubernden Eindrücken ablenken lasse …« Die Worte ihres flammenden Monologs schießen wie Giftpfeile aus ihrem wunderschönen, reizvoll geschwungenen Mund, von dessen Anblick ich mich nur schwer lösen kann. Sie verfügt wirklich über ein waffenscheinpflichtiges Mundwerk – und das in doppelter Hinsicht. Ihre vollen Lippen mit dem perfekten Bogen schimmern in dunklem Portwein-Rot und bringen mich fast um den Verstand. Sie bewegen sich so schnell, dass sich mir allmählich die Frage aufdrängt, wie lang ein Mensch in diesem Tempo weiter dahinplaudern kann, ohne überhaupt auch nur ein einziges Mal Luft zu holen. Wie alt sie wohl sein mag? Ich würde sie auf Anfang bis Mitte zwanzig schätzen, aber das werde ich gleich herausfinden.

»Signorina, äh … Frau … «, stammle ich wie ein Bekloppter und verpasse mir selbst einen imaginären Tritt in den Arsch. Was lege ich denn da nur für einen unprofessionellen Auftritt hin?

»Fiore«, antwortet sie knapp und sieht mich halb amüsiert an. »Florentina Fiore.« Nun reicht sie mir sogar die Hand, die ich nach kurzem Zögern ergreife und schüttle. »Und Sie sind …«, erkundigt sie sich und scheint meine Uniform vergebens nach einem Namensschild abzusuchen.

»Revierinspektor Jürgens«, stelle ich mich formal vor und freue mich, dass ihre Mundwinkel leicht nach oben zucken. Na wenigstens hat mein dummes Gestammel von eben die Lage ein bisschen aufgelockert, sie lächelt. Ein wirklich außergewöhnlich schönes Lächeln.

»Irgendwie verwand mit dem einzigartigen Udo Jürgens?«

Klar, die Frage musste ja kommen. Ich schüttle den Kopf und gebe ein mürrisches »Leider nein« von mir, während sie mich eindringlich zu mustern scheint.

»Signorina Fiore, ich müsste zuallererst Ihre Personendaten aufnehmen. Und Ihre Wunde gehört versorgt. Das sieht nicht gut aus. Wurden Sie sonst noch verletzt? Soll ich einen Krankenwagen für Sie rufen?«

»Verletzt in meinem Stolz …«, murmelt sie mit gesenkter Stimme und verdreht die Augen. »Und um Himmels willen, *nein*, danke, ich brauche keinen Krankenwagen!«, fügt sie entschieden hinzu, was ich allerdings etwas anders einschätze. »Es ist *wirklich* nicht so schlimm. Ein Cutman mit einem Kühleisen würde schon reichen«, versichert sie nachdrücklich und ist anscheinend wieder zu Scherzen aufgelegt, während ich sie skeptisch inspiziere.

»Okay, Ihre Entscheidung«, gebe ich mich geschlagen.

Sie nickt erleichtert. »Alles, nur kein Krankenwagen!«, sagt sie so energisch und bringt mich damit beinahe zum Schmunzeln.

Plötzlich erhebt sich Sabines donnernde Stimme über das allgemeine Geplapper der Adventsmarktbesucher. Eins muss ich meiner Kollegin zugutehalten, bei Zeugenbefragungen ist sie wahrlich eine Nummer für sich. Ihre etwas derbe, aber durchaus charmante Art hat uns schon des Öfteren dazu verholfen, den entscheidenden Hinweis zu bekommen. »Ben!«, brüllt sie irgendwo hinter uns im Getümmel, woraufhin ich mich zu ihr umdrehe und sehe, wie sie resoluten Schrittes auf uns zugestapft kommt. »Vom Tathergang gibt es massenhaft Videobeweise. Ich hab schon eine genaue Täterbeschreibung durchgegeben.«

»Na, das ist doch schon mal was …«, erwidere ich knapp und versuche mich an einem zuversichtlichen Lächeln.

»Das war anscheinend eine ganze Bande, die da auf der Suche nach einem vermeintlich leichten Opfer herumgelungert hat«, rattert meine Kollegin indes nonchalant herunter und fügt »nichts für ungut« hinzu, als Frau Fiore beim *›leichten Opfer‹* unwillkürlich zusammenzuckt. »An der jungen Dame hätten sie sich fast einen Zahn ausgebissen, sie hat erbitterte Gegenwehr geleistet, Hut ab!« Der nicht enden wollende Wortschwall meiner geschätzten Kollegin nimmt gerade erst Fahrt auf. »Nicht, dass es unbedingt schlau ist, sich zu wehren, wenn man *A: in der Unterzahl* und *B: körperlich unterlegen ist*, das wollte ich damit nicht ausdrücken, aber Sie haben Mumm, das muss man Ihnen lassen ...« Während Sabine sich um Kopf und Kragen redet, hält sie mir ihr Diensthandy vor die Nase, auf dem sich bereits mehrere Fotos und Videos der Tat befinden.

Die Täter sind tatsächlich einwandfrei zu erkennen, was uns die Identifikation um einiges erleichtern sollte. Als ich jedoch das wilde Handgemenge mitansehen muss, stockt mir erneut der Atem. Was eigentlich lächerlich ist, weil ich Szenen wie diese schon zuhauf gesehen habe und sie normalerweise eher in die Kategorie harmlos einstufen würde, doch mitzuerleben, das jemand so Zartes wie Florentina Fiore überrumpelt und brutal ausgeraubt wird, macht etwas mit mir. Unauffällig linse ich über den Rand des Smartphones hinweg zu der hübschen Italienerin und vergleiche sie mit der beherzten Heldin auf dem Video. Unglaublich, wie entschlossen sie sich gegen diese Diebe gewehrt hat. Geistesgegenwärtig hat sie erst ihr Hündchen aus der Gefahrenzone befördert, während sie sich gleichzeitig an ihre Tasche gekrallt hat. Letztendlich war sie dennoch so gut wie chancenlos und wurde im Zuge der Rangelei zu Boden gestoßen. Kein einziger der umstehenden Passanten war eingeschritten, um ihr zu helfen, doch die Handys hatten sie alle zücken und fleißig Fotos oder Videos machen können. Verkehrte Welt. So viel zur besinnlichen Zeit der Nächstenliebe. Okay, wenigstens haben einige doch noch Zivilcourage bewiesen und den Notruf gewählt, immerhin etwas.

»Ausweis kann ich Ihnen leider keinen zeigen, denn der ist in meiner Tasche, wie auch mein Geldbeutel, meine Kreditkarten, meine Schlüssel ... *Verdammt*, was mache ich jetzt denn nur?«, jammert Signorina Fiore verdrießlich, als Sabine sie um ihre Personalien bittet. Der Adrenalinschub scheint allmählich nachzulassen und dem Schock Platz zu machen. Ihre Augen schimmern glasig und ihre Lippen, die meinen Blick immer wieder auf sich ziehen, beginnen zu zittern – ich will mir gar nicht vorstellen, wie bange ihr in diesem Moment zumute sein muss.

»Kommen Sie, wir nehmen Sie erst mal mit aufs Wachzimmer. Unsere Dienststelle ist nur ein paar Gehminuten entfernt«, sage ich und deute vage in Richtung unserer Inspektion. »Dort ist es warm und wir können Ihren Fall in Ruhe aufnehmen sowie Anzeige gegen Unbekannt erstatten.«

Kapitel Zwei

Florentina

»Glauben Sie, ich bekomme meine *Bottega Veneta* jemals wieder?«, frage ich schniefend und versuche, die Tränen, die sich vereinzelt bilden wollen, so gut ich kann, wegzublinzeln. Eigentlich war das Bedürfnis, zu weinen, vollkommen abgeebbt. Jetzt, wo ich auf der überfüllten Polizeiwache sitze, beginnt die Sache erst richtig zu sacken. Auf dem Weg hierher haben meine Knie zu schlottern begonnen, ich spürte, wie eine beklemmende Welle puren Entsetzens über mich hinwegschwappte und mich nun langsam wieder loslässt. Mein Hirn muss die Tatsache, dass ich ausgeraubt wurde, anscheinend erst verarbeiten.

»Die Chancen stehen gar nicht so schlecht!«, versucht mich Inspektor Jürgens aufzumuntern. »Die Kollegen konnten die mutmaßlichen Täter zwar bisher noch nicht dingfest machen, aber dank des Videos machen wir gerade einen Abgleich mit der Verbrecherdatenbank. Sollte sich ein Treffer ergeben – was sehr wahrscheinlich ist –, haben wir die mutmaßlichen Verdächtigen am Arsch!« Seine saloppe Wortwahl entlockt mir ein halbherziges Grinsen, was der überaus attraktive Polizeibeamte mit einem verschmitzten Augenzwinkern erwidert. Er tritt näher an mich heran und drückt mir ein blaues Coolpack in die Hand, das ich mir sogleich auf meine lädierte linke Augenpartie presse. Völlig unvermittelt entfleucht mir ein merkwürdiger Laut, der wohl einem wonnigen Seufzen am nächsten kommt – die Kältekompresse ist eine wahre Wohltat. »O Gott, tut das gut«, stelle ich stöhnend fest und sehe mit meinem heilen Auge, wie ein Lächeln an seinen Mundwinkeln zupft.

»Wären Sie so freundlich, nochmals alles aufzuzählen, was sich in der Tasche befunden hat?«, fragt er erneut und checkt meine Antworten mit dem Formular, das ich vorhin ausgefüllt habe, gegen.

»Mein Portemonnaie mitsamt aller Kredit- und Bankkarten und knapp zweihundert Euro; mein Führerschein, mein Haustürschlüssel; Autoschlüssel; ein Parker Sonnet Kugelschreiber, ein Notizbüchlein und Hundeleckerli. Das Handy hatte ich zum Glück in der Jackentasche.«

»Ihre Bank haben Sie schon erreicht und alles klären können?«, erkundigt er sich und klingt dabei sehr routiniert und sachlich.

»Ja, die Karten sind gesperrt«, antworte ich, woraufhin er nickt.

»Die Schlüssel machen mir mehr Sorgen ...«, gestehe ich seufzend und spiele nervös mit einer Haarsträhne.

»Ich habe bereits den Schlüsseldienst unseres Vertrauens kontaktiert. Er sollte sich bald melden. Zweitschlüssel haben Sie keinen?«

»Doch«, antworte ich peinlich berührt, »zu Hause.«

»Wo auch Ihr zweiter Autoschlüssel ist?«, hakt er nach und ich schüttle leicht beschämt den Kopf. »Der ist leider noch in Frankfurt. Im letzten Umzugskarton, den meine Eltern mitnehmen, wenn sie mich zu Weihnachten besuchen kommen. Ich werde sie anrufen und bitten, ihn mir per Eilpost zu zuschicken.«

»Ihr Auto steht in der Operngarage, sagten Sie?« Inspektor Jürgens blickt kurz von seinem Formblatt auf und sieht mich so eindringlich an, dass mir ein prickelnder Schauder über den gesamten Körper jagt.

»Genau«, bestätige ich und muss mich konzentrieren, nicht mit ihm zu flirten. »Das Parkticket ist im Auto, die Diebe wissen also nicht, wo es zu finden ist. Aber wenn es dort länger steht, werde ich wohl eine Lawine zahlen müssen …«

»Keine Sorge, darum kümmern wir uns«, entgegnet er hilfsbereit und gibt seiner Kollegin ein Zeichen, die einen Tisch weiter sitzt und sofort wie aufgefordert nach ihrem Telefon greift. Die nonverbale Kommunikation zwischen den beiden scheint perfekt zu funktionieren. »Wollen Sie etwas trinken? Kaffee, Tee, Wasser oder eine Limonade aus dem Automaten?«, fragt er an mich gewandt und ich bin erstaunt über die polizeiliche Gastfreundschaft. Bemerkenswert, wie fürsorglich man mich behandelt. Zugegeben, ich habe kaum Vergleichswerte, weil ich noch nicht viel mit der Polizei zu tun hatte, aber der berühmte Slogan ›Ihr Freund und Helfer‹, der im Zusammenhang mit den Einsatzkräften gern und oft verwendet wird, scheint sich zu bewahrheiten.

»Oh, ein Tee wäre jetzt tatsächlich fein, wenn es keine Umstände macht?«

»Kommt sofort!«, antwortet er beschwingt und entfernt sich energischen Schrittes. Die Aussicht auf etwas Wärmendes zaubert mir beinahe ein weiteres Lächeln auf die Lippen. Vielleicht ist es auch der Anblick von Inspektor Jürgens, der mich irgendwie versöhnlich stimmt. Der hochgewachsene Kerl, mit den schönsten schokoladenbraunen Teddybär-Augen, die ich je gesehen habe, ist nicht von schlechten Eltern. Wenn ich sagen würde, dass er verflucht heiß ist, wäre das schlichtweg die Untertreibung des Jahres. Alles an ihm wirkt anziehend, seine tiefe Bariton-Stimme, seine athletische Statur, sein millimeterkurz gestutzter Bartschatten ... und dass er eine sexy Uniform trägt, ist auch nicht von der Hand zu weisen. Selbst seine mürrische Art, die hin und wieder zutage tritt, wenn er nicht gerade mir gegenüber den Gentleman gibt, finde ich äußerst sympathisch. Ich kenne ihn zwar erst gute fünfunddreißig Minuten, kann aber, ohne zu übertreiben, sagen, dass ich mehr über ihn weiß als über so manch anderen näheren Bekannten. Ihn zu beobachten ist spannend und lenkt mich von der Misere ab, in der ich mich befinde. Ich habe bereits meine Aussage zu Protokoll gegeben, mehrere Formulare ausgefüllt sowie Anzeige erstattet. Anfangs war ich ziemlich aufgewühlt, doch irgendwie hat er es geschafft, dass ich nach und nach wieder runterkomme. Er hat mir so aufmerksam zugehört und stets die richtigen Antworten parat gehabt, dass es sich nun wirklich so anfühlt, als wäre die Sache nur halb so schlimm. Was mich am meisten an ihm fasziniert, ist, dass er bei allem, was er tut, eine bemerkenswerte Ruhe ausstrahlt. Hmm ... besonders gern mag ich es, wenn er sich während eines Gesprächs mit der Hand durch die Haare fährt. Vorhin auf der Straße trug er eine Mütze, doch als er sie im Revier abnahm, kam eine moderne Variante des Elvis-Presley-Looks (ohne die unvorteilhaften Koteletten) zum Vorschein. Seine dunkelbraunen vollen Haare sind oben etwas länger als an den Seiten und ein bisschen verwuschelt. Irgendetwas erweckt in mir den Wunsch, hineinzugreifen und sie noch ein bisschen mehr durcheinanderzubringen.

Ich lehne mit aufgestütztem Ellenbogen an seinem Schreibtisch und kühle mein Auge, während sich Bello schon vor einer ganzen Weile auf meinem Schoß zusammengerollt hat und ein Nickerchen hält. Damit er es gemütlich hat, habe ich ihm sein kleines Mäntelchen und die Boots ausgezogen, worüber er augenscheinlich froh war. Jetzt döst er genüsslich vor sich hin und gibt ab und zu süße Schnarchlaute von sich. Es ist bewundernswert, dass er in jeder Situation schlafen kann, ganz egal, wie hektisch es um ihn herum zugeht. Permanent wuseln Dutzende Polizisten als auch Leute in Zivil geschäftig durch das moderne Großraumbüro. Es erinnert mich beinahe mehr an einen Bienenstock als an eine Polizeiwache. Ein ständiges Kommen und Gehen. Inspektor Jürgens kehrt indes mit einer himmlisch duftenden Tasse Tee sowie einer Packung Lebkuchen zu mir zurück und stellt beides vor mir ab. Danach entfernt er sich erneut und kommt mit einem silber glänzenden Hundenapf wieder, den er auf den Boden neben meine Einkaufstüten stellt. Wie umsichtig von ihm, auch an Wasser für Bello zu denken – der Kerl hat ohne sein Wissen bereits einen massiven Stein bei mir im Brett.

»Vielen Dank!«, sage ich anerkennend, was er mit einem einfachen Nicken quittiert. Er umrundet seinen Schreibtisch und nimmt wieder Platz, während ich vorsichtig in die heiße Tasse Tee puste, aus der ein winterlich-fruchtiges Aroma strömt. »Mhh, der riecht echt gut! Welche Teemischung ist das, wenn ich fragen darf? Apfel, Zimt?«

»Irgend so ein weihnachtliches Zeugs ... *Süßer Bratapfel* oder so ähnlich«, entgegnet er in abfälliger Tonlage, was mich nur neugieriger werden lässt. Mir ist schon beim Hereinkommen aufgefallen, dass sein Schreibtisch der einzige ist, der nicht auf irgendeine Art festlich geschmückt ist. An jeder Ecke im Büro hängt Weihnachtsdeko – von Lichterketten, silbernen und blauen Lamettagirlanden, glitzernden Christbaumkugeln über Tannenzweiggestecke und Weihnachtssterne – nur sein Schreibtisch bildet die große Ausnahme und ist, abgesehen von seinem Computer und einem riesigen Stapel Akten, vollkommen leer.

»Mit Weihnachten scheinen Sie es nicht so zu haben, oder?«, frage ich unverblümt und ernte einen seiner unergründlichen Blicke.

»Nö«, erwidert er spröde und wendet sich wieder dem vor sich liegenden Formular zu.

»Andere Religionszugehörigkeit?«, bohre ich nach, weil ich nicht verstehe, wie man Weihnachten nicht lieben kann.

»Nö«, antwortet er genauso schmallippig, kann sich diesmal jedoch ein Grinsen nicht verkneifen. Hmm, der Kerl stellt mich vor Rätsel. Ich möchte gerade zu einer neuen Frage ansetzen, da grätscht seine Kollegin dazwischen.

»Das ist unser hauseigener *Inspektor Grinch*«, posaunt sie mit tragender Stimme durch das ganze Präsidium. Die etwas untersetzte Beamtin erhebt sich hölzern, schlurft zu ihrem Kollegen hinüber und knufft ihn liebevoll in die Schulter. »Ich kenne niemanden, der die Weihnachtszeit so sehr hasst wie er. Wenn er könnte, würde er das Fest abschaffen«, erklärt sie mit einem Augenzwinkern.

Inspektor Grinch, äh, Jürgens, legt den Kopf schief und verzieht leicht säuerlich den Mund.

»So nennt ihr mich also hinter meinem Rücken?«

»Jup, jetzt ist es raus. Passt doch wie die Faust aufs Auge, findest du nicht?«, zieht sie ihn auf.

»Komm schon, so schlimm bin ich auch nicht ... oder?«

»Pff, hallooo? Jeder, der mit dir im Advent Dienst schiebt, braucht Nerven aus Drahtseilen. Du schaffst es in Windeseile, einem die Weihnachtsstimmung gründlich zu verderben. Wir losen immer heimlich aus, wer mit dir auf Streife geht. Heute hab ich den Kürzeren gezogen ...«, neckt sie ihn weiter. Man merkt, dass sie es nicht ernst meint, doch Inspektor Jürgens scheint, seiner Miene nach zu urteilen, etwas gekränkt. Die rundliche Polizistin mit den mahagoniroten aalglatten Haaren zwinkert mir erneut schelmisch zu, während ihr Kollege seine Nasenwurzel massiert und leise vor sich hin knurrt.

»Na, immerhin müssen sich die Verbrecher warm anziehen, wenn ihnen Inspektor Grinch auf den Fersen ist!«, witzle ich.

»Das müssen sie so oder so, wenn ich auf Streife bin!«,

pariert er schlagfertig und lächelt selbstbewusst. »Aber dieser Name, den ihr mir da verpasst habt, geht gar nicht!«, schiebt er beleidigt brummend hinterher und guckt tadelnd zu seiner Kollegin auf.

»Hach, unser Grummelbär«, lacht sie herzlich und streichelt ihm aufmunternd über den Rücken. »Das war nur ein Scherz. Er ist zwar ein *riiiiesiger* Weihnachtsmuffel, aber gleichzeitig der *netteste* Kerl, den es gibt.« Wieder schenkt sie mir ein zweideutiges Lächeln. »Können wir irgendjemanden für Sie anrufen, der Ihnen seelischen Beistand leistet? Oder der Sie abholt?«, fragt sie mich mit einer Mischung aus Mitgefühl und Neugierde. Wenn ich es nicht besser wüsste, würde ich sagen, dass sie etwas im Schilde führt.

Ich schüttle stumm den Kopf. »Ich bin neu in der Stadt und kenne noch niemanden«, entschlüpft es mir bekümmerter, als ich eigentlich wollte.

Inspektor Grinch und seine Kollegin tauschen einen bedeutsamen Blick aus, woraufhin die rothaarige Polizistin sich geräuschvoll räuspert. »Wir haben gleich Dienstschluss, und wie ich gesehen habe, wohnt ihr beide im selben Bezirk. Ben könnte Sie nach Hause bringen?!«

Ich weiß nicht, wer erstaunter über den Vorschlag ist. Inspektor Grinch oder ich? Beide sehen wir sie mit hochgezogenen Augenbrauen an, was die fröhliche Beamtin sichtlich erheitert. »Ich spüre hier eindeutig Schwingungen«, lacht sie unverblümt und wedelt mit dem Finger zwischen uns herum. »Und wenn dem doch nicht so ist, so haben Sie wenigstens eine nette Mitfahrgelegenheit.«

Inspektor Jürgens bringt meinen Lieblings-Move und fährt sich durch die traumhaft schönen Haare. »An sich keine schlechte Idee«, sagt er und mir schießen sofort Glücksgefühle durch den Körper. »Ich wohne tatsächlich fast in Ihrer Nachbarschaft, aber der Papierkram fesselt mich wahrscheinlich noch einige Stunden an den Schreibtisch …«

»Papperlapapp, den übernehme ich für dich. Du hast eh schon so viele Überstunden, mach mal pünktlich zu Schichtende Schluss. Vielleicht bist du dann nicht so grinchig.«

»Solang man mich nicht auch noch mit dem Prädikat *cringe* versieht …«, murmelt Inspektor Jürgens belustigt in seinen nicht vorhanden Bart hinein und richtet seine Aufmerksamkeit dann unvermittelt auf mich. Seine samtigen braunen Augen nehmen mich unverhohlen ins Visier und sprühen regelrecht Funken, was mein Blut unversehens in Wallung versetzt.

Mamma mia. Ich kann nur hoffen, dass er sich seiner Wirkung auf mich nicht bewusst ist, und versuche mich an einem neutralen Pokerface.

»Wenn es Ihnen recht ist, nehme ich Sie gern mit.«

Mit jedem seiner Worte kribbelt es mehr in meinem Bauch. »Wow … äh … Danke, das ist sehr freundlich!«

»Okay. Ich ziehe mich um und dann könnten wir auch schon los. Wenn wir Glück haben, hören wir bis dahin etwas vom Schlüsseldienst.«

Kapitel Drei

Ben

»Wien hat bis jetzt keinen besonders positiven Eindruck bei Ihnen hinterlassen, was?«, frage ich etwas unbeholfen, während wir durch die City brausen. Im Smalltalk führen war ich noch nie sonderlich gut, ganz im Gegensatz zu der kleinen Italienerin. Vorhin hat sie auf dem Weg zu meinem Auto mit ihrer Mutter telefoniert, und das in einem Tempo, dass mir allein beim Zuhören ganz schwindelig geworden ist.

»Bis auf den blöden Vorfall vorhin eigentlich schon. Die Architektur, der Flair, allein die märchenhafte Weihnachtsbeleuchtung – es glitzert an jeder Ecke, ich muss gestehen, ich bin ein kleines bisschen verliebt!«, sagt sie schwärmerisch.

»Weihnachtsbeleuchtung …«, echoe ich mit spöttischem Unterton und riskiere einen Seitenblick. Ich kann nicht fassen, welche Anziehung sie auf mich ausübt. Sie schmunzelt versonnen.

»Ja, *Inspektor Grinch*, ihr Wiener versteht es, die Adventszeit magisch zu gestalten!«

»Scheiße, den Namen werde ich nicht mehr los, oder?«

»Hmm«, säuselt sie und legt den Kopf schief, als würde sie einen Moment darüber sinnieren. Dann lächelt sie mich überaus verschmitzt an. »Nein, tut mir leid. Finde ich viel zu süß!«

Süß – okay, das kam jetzt unvermittelt. Ich kann nicht verhindern, dass sich ein breites Grinsen auf mein Gesicht stiehlt. »Und wie wäre es, wenn wir uns duzen? Könnte ich damit diesem lächerlichen Namen entgehen?«

»*Möglicherweise* ...«, stellt sie in verspieltem Tonfall in den Raum und sieht mich herausfordernd an.

»Dann lassen wir es auf einen Versuch ankommen: Ich bin Benjamin, aber meine Freunde nennen mich Ben!«

»Freut mich, Ben. Ich bin Florentina, aber meine Freunde nennen mich Tina«, antwortet sie verschmitzt, »und das hier ist Bello!« Wie aufs Wort guckt mich der knuffige Kerl, der auf ihrem Schoß sitzt – und nur provisorisch an ihrem Gurt angeleint ist –, an. Er hechelt aufgeregt, da ihm mein Auto anscheinend nicht sonderlich geheuer ist, wirkt ansonsten jedoch ziemlich verwegen.

»Tina und Bello, ich freue mich, euer Chauffeur sein zu dürfen! An welcher Ecke hat es euch denn in Wien bisher am besten gefallen?«

»Von der Weihnachtsbeleuchtung her? Das ist echt schwer ... beeindruckt hat mich die Kärntner Straße mit den glitzernden Flügelchen oder die gigantischen roten Lichterkugeln und -fahnen, die die gesamte Rotenturmstraße in festliches Rot hüllen. Hmm ... wenn ich mich aber entscheiden müsste, würde ich sagen, dass ich den Graben am faszinierendsten fand. Diese Luster sind echt atemberaubend, so elegant ...«

Ich verkneife mir, darauf hinzuweisen, dass ich nicht auf die verdammten Adventsbeleuchtungen angespielt habe, sondern auf die Stadt generell. Aber ich komme ohnehin gar nicht zum Reden, weil Tina einfach weiter drauflos plaudert.

»Ben, weil wir gerade davon sprechen – wieso heißt der Graben eigentlich *Graben*? Das wollte ich zu Hause googeln, weil mir das irgendwie spanisch vorkommt. Ich meine, so eine prachtvolle Flanierstraße und *Graben*, das passt für mich nicht zusammen.«

Das kam abermals vollkommen unerwartet. Ich spüre ihren neugierigen Blick auf mir und räuspere mich, um etwas Zeit zu gewinnen. »Ähm ...«, grummle ich, während ich versuche, mein altes Schulwissen, das sich noch irgendwo in einem verstaubten Winkel meines Oberstübchens befinden muss, zu reaktivieren. »Tja, das ist eigentlich ziemlich leicht erklärt ...«, gebe ich vor und werfe ihr flüchtige Seitenblicke zu. Eigentlich müsste ich mich voll aufs Fahren konzentrieren, denn der Verkehr ist ziemlich stockend – was wohl dem *wundervollen*, unerwarteten Schneefall zu verdanken ist. Räum- und Streufahrzeuge dümpeln in elendig langsamem Tempo über die Straßen, sehr zur Freude einiger ungeduldiger Autofahrer, die sie am liebsten überholen wollen und ein Hupkonzert veranstalten. Auch wenn ich gerade nicht im Dienst bin, ertappe ich mich gelegentlich bei dem Gedanken, einschreiten zu wollen. Aber zurück zum eigentlichen Thema. »Nun, wie du vielleicht weißt, war Wien früher ein altes römisches Legionslager mit dem einprägsamen Namen *Vindobona*, der jedoch aus dem Keltischen herzuleiten ist«, schwadroniere ich herum und habe beinahe wieder meinen alten Geschichtslehrer im Ohr. »Genau dort, wo heute die belebte Prachtstraße verläuft, stand früher einmal eine etwa sechs Meter hohe Mauer, neben der sich ein breiter Graben entlangzog. *Ecco* – der Graben«, resümiere ich und freue mich, dass ich mit ›ecco‹ auch noch ein italienisches Vokabel einbauen konnte. Das war nicht geplant und kam mir einfach so über die Lippen. Florentina weckt in mir Lust, mein – mehr als eingerostetes – Italienisch aufzufrischen.

»Ah ... ok, das ist irgendwie total einleuchtend«, gibt sie

zu und lässt sich entspannt in die Lehne zurücksinken. Der Rest der Fahrt vergeht wie im Flug, ich nehme die Autobahn und keine fünfzehn Minuten später stehen wir vor ihrem modernen, bungalowartigen Einfamilienhaus. Sie wohnt wie ich in einem der ruhigeren Außenbezirke, wo es reichlich Grünflächen, kleine Wäldchen, Parks und endlose Felder gibt.

Ich stelle den Motor ab und wir sehen uns einen langgezogenen Moment an. Stille senkt sich zwischen uns, zum ersten Mal, seit wir uns vor gut zweieinhalb Stunden begegnet sind.

»Blöd, dass wir noch nichts vom Schlüsseldienst gehört haben. Die sind wohl momentan im Dauereinsatz«, sagt sie und klingt leicht entmutigt. Sie hat zwar ein Lächeln aufgesetzt, doch es wirkt mehr gekünstelt als echt und erreicht ihre Augen nicht. Am liebsten würde ich sie in den Arm nehmen und ihr ein bisschen Trost spenden – es war doch alles etwas viel für sie.

»Ja, wirklich. Das ist mir auch unbegreiflich, jetzt haben wir es bei den drei besten Schlüsseldiensten versucht und erhalten nicht mal eine Antwort. Wir könnten natürlich auch einen anderen beauftragen, da kann ich allerdings nicht für Seriosität garantieren. Was Hausschlüssel angeht, sollte man auf Vertrauenswürdigkeit achten, glaub mir, du weißt nicht, welchen Hintergrund manche dieser Dienste haben«, plaudere ich wie aus dem Nähkästchen und könnte mich ohrfeigen, als ich ihr ratloses und verängstigtes Gesicht sehe. Plötzlich schwindet auch der letzte Hauch ihres aufgesetzten Lächelns. Verzagt betrachtet sie ihr Haus, das einsam und verlassen an einen Feldweg grenzt und von einer hochgewachsenen Hecke umgeben ist. Sehr idyllisch, aber auch ziemlich abgelegen. Die nächsten Nachbarn sind ein ganzes Stück weiter weg.

Was wohl gerade in ihr vorgeht? Ob sie Angst vor dem

Alleinsein hat? Wäre ihr nicht zu verübeln, nach all dem, was ihr heute passiert ist.

»Du könntest in einem Hotel übernachten«, schlage ich schnell vor, doch sie schüttelt vehement den Kopf.

»Nein, das will ich nicht. Was, wenn die Diebe die Gelegenheit ergreifen, und bei mir einbrechen – den Schlüssel haben sie ja.«

»Jetzt bist du dir also doch nicht sicher, ob Hinweise auf deine Adresse in der Tasche waren?«

Sie rümpft ihre Nase, die alles andere als eine kleine Stupsnase ist, mir dadurch aber unglaublich gut gefällt. Alles an dieser Frau hat Charakter. Sie ist kein Püppchen, das beweist sie immer wieder aufs Neue.

»Hmm, ich kann es zumindest nicht hundertprozentig ausschließen. Vielleicht habe ich meine neue Wohnadresse irgendwo im Notizbuch vermerkt«, überlegt sie unschlüssig. Wir sind inzwischen ausgestiegen, haben ihre Einkäufe aus dem Kofferraum geholt und schlendern die gepflasterte Hauseinfahrt hinauf. Das massive Gartentor war zum Glück offen, sodass wir nicht darüber klettern mussten. Bello, der kleine Wirbelwind, ist froh, in gewohnter Umgebung zu sein, und läuft ohne Leine neben seinem Frauchen her. Eifrig steckt er seine Schnauze in den Schnee und rennt flink wie ein Wiesel zum festlich beleuchteten Hauseingang, wo er sich heftig schüttelt. »Er liebt Schnee, hasst aber gleichzeitig die Kälte«, erklärt Tina, die ihren Liebling schmunzelnd beobachtet. »Deshalb auch der Mantel, wenn wir länger unterwegs sind«, fügt sie hinzu und hält besagtes Kleidungsstück hoch.

»Und auf kalte Füße steht er auch nicht?«, schlussfolgere ich im Hinblick auf die Schühchen, die er am Nachmittag in der Innenstadt getragen hat. Den etwas spöttischen Unterton in meiner Stimme überhört Tina gekonnt – zum Glück. Ich will mich eigentlich nicht darüber lustig machen, doch mein Tonfall ist da manchmal anderer Meinung.

»Nein, die trägt er nur, weil er das Salz, das hier in Wien gestreut wird, nicht verträgt«, klärt sie mich schulterzuckend auf und beugt sich zu ihrem Hündchen hinunter, um ihn zu streicheln. Wir stehen inzwischen auf der Fußmatte, von der aus mir ein lustig dreinschauendes Rentier entgegenblickt. An der weißen Eingangstür hängt ein dekorativer Weihnachtskranz aus Tannenzweigen, der mit Kugeln, Sternen, Glöckchen und LED-Lichtern geschmückt ist. Sie ist offensichtlich das komplette Gegenteil von mir, ich mag mir gar nicht vorstellen, wie es drinnen aussieht. Wahrscheinlich ist das gesamte Haus von oben bis unten volldekoriert. Seufzend inspiziere ich das Türschloss und richte mich ächzend wieder auf.

»Du hast ohnehin vor, das Schloss austauschen zu lassen, oder?«, frage ich vorsichtig, woraufhin sie bloß nickt und anscheinend keine Ahnung hat, worauf ich hinaus will. »Okay, pass auf«, sage ich, »das ist kein Sicherheitsschloss, ich könnte es innerhalb von ein paar Sekunden knacken – dann kommst du wenigstens ins Haus.«

»Innerhalb von ein paar *Sekunden*?«, echot sie schrill und starrt mich fassungslos an.

»So schaut's aus.« Ich gebe mir Mühe, nicht zu überheblich zu klingen, während sie ihr Erstaunen kaum verbergen kann und mich mit weit aufgerissenen, wunderschönen Augen ansieht.

»Ich wusste gar nicht, dass Schlösserknacken auf der Polizeischule gelehrt wird«, bemerkt sie spitz und guckt mich mit herausforderndem Funkeln an.

»Tja, man kann, was man kann«, scherze ich, ehe ich ernstere Töne anstimme. »Du solltest dir auf jedem Fall ein einbruchsicheres Schloss mit Schließzylinder und Panzerriegel einbauen lassen.«

»Ist notiert!«, lächelt sie. »Dann leg mal los!«

»Okay, bin gleich wieder da!« Im Laufschritt hole ich das Profi-Dietrich-Set aus dem Handschuhfach meines Autos und kehre eilig zu ihr zurück. Nachdem ich die passenden, aus hochwertigem Federstahl gefertigten Picks und Spanner ausgewählt habe, drücke ich Tina das kleine Werkzeug-Lederetui in die Hand und mache mich an die Arbeit. Nicht mal eineinhalb Minuten später erziele ich mit Fingerfertigkeit und etwas Feingefühl den gewünschten Effekt. »Ta-da!« Ich gestatte mir eine kleine, dramatische Geste, als ich die Eingangstür öffne.

»Wow ... ich weiß jetzt nicht, ob ich begeistert oder erschrocken sein soll«, bemerkt sie mit gemischten Gefühlen und tritt unsicher von einem Bein aufs andere, während klein Bello mit fliegenden Beinchen ins Haus zischt und uns kurzerhand stehen lässt. Wir gucken ihm beide belustigt nach und können uns ein Lachen nicht verkneifen.

»Danke!«, sagt Tina schließlich und hebt den Blick. »Danke für alles!« Wir stehen kaum eine halbe Armlänge voneinander entfernt und sehen uns gebannt in die Augen. Keine Ahnung, wie lang der Moment andauert, denn ich bin hilflos gefangen von ihrem durchdringenden, geheimnisvollen Blick und gleichzeitig fasziniert von den diversen Schattierungen ihrer Iriden, die abhängig von den Lichtverhältnissen vollkommen unterschiedliche Farbtöne aufweisen. Sie sehen aus wie unnachahmliche Kunstwerke – Facetten von hellem Haselnussbraun durchzogen von olivgrünen Pinselstrichen und goldenen Sprenkeln. Einzigartig und unbeschreiblich. Ich fühle mich derart zu ihr hingezogen, dass es mich einen enormen Kraftaufwand kostet, nicht die letzte Distanz zwischen uns zu überbrücken und sie an mich zu ziehen.

Sie zu küssen, ihre weichen Lippen auf meinen zu spüren, ist alles, woran ich in diesem verfluchten Augenblick denken kann. Aber das kann ich nicht bringen, oder? Ich kenne sie ja kaum, und dennoch ist die Nähe zwischen uns greifbar. Florentina ist die lebendigste und amüsanteste Person, die ich jemals kennenlernen durfte. Sie sprüht nur so vor Begeisterung und Energie – und das trotz des schockierenden Erlebnisses von vorhin. Wirklich beachtlich, wie sie den Raub und die Rangelei wegsteckt.

»Du kommst allein klar?«, frage ich, nachdem ich mich einer imaginären Eiswürfel-Challenge unterzogen habe, um bloß keine Dummheit zu begehen.

»Äh, ja …«, druckst sie verlegen herum, ehe sie sich räuspert, um mehr Kraft in die Stimme zu legen. »Selbstverständlich!« Sie schenkt mir ein flüchtiges Lächeln, tritt einen Schritt zurück und reicht mir das Etui mit dem Dietrich-Set.

Als sich unsere Fingerspitzen dabei berühren, ist es, als könnte ich das Zischen von Sternschnuppen am Nachthimmel hören. Magisch. Ein Prickeln breitet sich von meinen Fingern hinweg über den gesamten Körper wie ein Lauffeuer aus.

Ich bin so was von am Arsch.

Nie wieder wollte ich Gefühle dieser Art spüren – und bäm, da sind sie mit voller Wucht und hauen mich beinahe von den Socken. Obwohl ich meinen Beinen mehrfach den Befehl erteilt habe, sich unverzüglich in Bewegung zu setzen, bleiben sie wie angewurzelt stehen. Meine Gedanken wirbeln herum, als wäre das reinste Schneegestöber in meinem Kopf ausgebrochen. »Andererseits«, höre ich mich plötzlich sagen, »was wäre ich für ein Polizist, wenn ich dich jetzt allein lassen würde!« Wiedererwachte Freude blitzt in ihren bezaubernden Augen auf. »Wenn du magst, könnte ich dir, während du auf den Schlüsseldienst wartest, Gesellschaft leisten. Gegebenenfalls auch heute Nacht auf deiner Couch pennen und aufpassen, dass sich niemand ungebetenen Zutritt ins Haus verschafft.«

Florentina grinst breit und beißt sich verlockend auf die Unterlippe. »Das würdest du tun?«

»Ganz zu Ihren Diensten, Signorina.«

»Wartet zu Hause niemand auf dich?«, erkundigt sie sich wie beiläufig, doch ihr ist anzumerken, wie sehr ihr die Frage auf der Seele lag.

»Nope. Ich teile mir mein Haus mit zwei Landschildkröten, und die befinden sich aktuell im Winterschlaf. Vermissen mich also herzlich wenig«, lasse ich sie wissen und freue mich, zu sehen, wie sich ihre Mundwinkel auf liebliche Weise nach oben kräuseln.

»Wenn das so ist, dann rein mit dir!« Mit einer einladenden Armbewegung dirigiert sie mich in den Flur, wo tatsächlich alles funkelt und glänzt. Mir schwant schon, dass ich es nicht nur mit einer weihnachtsliebenden Person zu tun habe, sondern mit einer zum Leben erwachten Weihnachtselfe.

»Na, bum«, ist alles, was ich herausbekomme, während ich die festliche Dekoration betrachte, die sich durchgehend durch das Häuschen zieht. Das kann ich schon von der Garderobe aus erkennen, weil es über einen offenen Grundriss verfügt und von der Diele einen Überblick über den hübschen Wohnbereich und die Küchenlandschaft bietet. Das Fertighaus ist sowohl modern als auch gemütlich. Die gesamte Einrichtung ist in Weiß gehalten, was ich recht cool finde, weil sie sich so gut vom dunklen Holzboden abhebt. Ein Meer aus Lichterketten und -vorhängen illuminiert die Räume, doch es wirkt überraschenderweise nicht kitschig oder überladen. »Wann sagtest du, bist du eingezogen?«, frage ich geplättet von den Eindrücken. Sogar ein in Rot und Gold geschmückter Christbaum steht vor der bodentiefen Terrassenfront. Als ich ihn näher betrachte, sehe ich, dass er in einen Topf gepflanzt wurde.

»Am elften Dezember«, antwortet sie. »Wieso?«

»Wie um alles in der Welt hast du es geschafft, einzuziehen und gleichzeitig das Haus so üppig zu dekorieren? Das sieht richtig profimäßig aus.«

»Danke erst mal«, grinst Tina spitzbübisch. »Von einem Weihnachtsmuffel für die Dekoration gelobt zu werden, das hat was!«, stellt sie amüsiert fest und betrachtet ihr Werk voller Stolz. »Na ja, mit Effizienz lässt sich alles bewerkstelligen. In einem so gut wie leeren Haus war das Dekorieren sogar irgendwie einfacher – ich hab mich ein bisschen von TikTok inspirieren lassen. Sowohl bei der Einrichtung als auch bei dem ganzen Weihnachtskram. Die Möbel habe ich schon vor Monaten online bestellt, es lässt sich heutzutage alles ganz prima timen ...«, plaudert sie so schnell dahin, dass mein Hirn Mühe hat, mitzukommen.

»TikTok?«, frage ich wie der letzte Vollidiot, woraufhin mich Tina skeptisch beäugt.

»Das ist eine Plattform, wo man Videos reinstellt«, erklärt sie langsam, als wäre ich geistig zurückgeblieben.

»Schon klar«, murmle ich und folge ihr nach der knappen Hausbesichtigung in die Küche, wo sie sich die Hände wäscht und mir etwas zu trinken anbietet, nachdem sie Bello verköstigt hat. »Tee? Ich habe natürlich alle gängigen Weihnachtssorten anzubieten, zum Beispiel *Hüttenzauber* mit Zimtstangen und Gewürznelken oder *Beerentraum* mit Vanille, oder wie wäre es mit einem winterlichen Chai-Latte?« Sie sieht mich neugierig an, doch ehe ich antworten kann, ist sie schneller. »Oder bist du der Typ heiße Schokolade? Hey, nein, noch besser: Hast du Lust auf Glühwein?! Du bist ja nicht mehr im Dienst, oder?«

»Nein«, seufze ich zufrieden, »ich hab jetzt zwei Tage frei, bevor der Schichtdienstzyklus von vorne beginnt.«

»Ah, ihr habt also ein fixes Dienstrad?«

»Jep«, grinse ich. »Auf zweimal Tagdienst folgt ein Nachtdienst, am darauffolgenden Tag ...«, versuche ich zu erklären, doch verstumme, weil Tina ein wenig verwirrt aussieht. »Egal«, verwerfe ich das Thema, »Bier hast du keins?«

»Da muss ich passen, sorry ...« Schwungvoll reißt sie ihren Kühlschrank auf, lehnt sich leicht an die Tür und guckt, was sich alles darin befindet. »Wasser, Grappa, Prosecco, Limoncello oder Apfelsaftschorle stehen sonst noch im Angebot«, zählt sie auf und beißt sich wieder so niedlich auf die Unterlippe, dass ich dahinschmelzen könnte. Bello, schon fertig mit seinem Fressen, quetscht sich zwischen unsere Beine und wirft ebenfalls einen neugierigen Blick in den Kühlschrank. Treuherzig sieht er zu seinem Frauchen auf und schleckt sich über die Schnauze. Als sie nicht gleich reagiert, stellt er sich auf die Hinterbeinchen und tänzelt an Tinas Unterschenkel herum. »Bello«, kichert sie, »du kleiner Vielfraß, Nachtisch kommt gleich! Geh derweil aufs Platzi!« Tina deutet mit ausgestrecktem Arm auf die Wohnlandschaft und ihr Hündchen trottet tatsächlich aufs Wort los und springt ohne Umschweife auf das weiße Sofa, das mit weihnachtlich-roten Zierkissen bedeckt ist. Beeindruckt beobachte ich den kleinen Kerl, wie er sich die rote Tartandecke, die neben der Lehne liegt, mit Schnauze und Pfoten sorgfältig zurechtrückt, sich dabei mehrfach im Kreis dreht, und sich dann mit einem Seufzer genüsslich darunter niederlässt.

»Das macht er immer so, manchmal baut er sich sogar eine richtige Deckenburg und kuschelt sich so rein, dass man, wenn überhaupt, nur noch seine Nasenspitze sieht«, erzählt Tina schmunzelnd.

»Ich wollte immer einen Hund, aber mit dem Job hat es sich nie ergeben. Zwischen den langen Schichten könnte ich mich nicht gut um ein so treues Lebewesen kümmern«, sage ich und bin selbst überrascht, wie viel Bedauern plötzlich in meiner Stimme liegt.

»Und deine gepanzerten Mitbewohner halten gerade Winterschlaf«, stellt Tina ergänzend fest. »Wie heißen deine Schildis? Sind sie pflegeleicht?«

»Ja, sie halten gerade in einem eigens für sie entworfenen Kühlschrank Winterruhe«, berichte ich und ernte einen neugierigen Blick, der mich auffordert, mehr zu erzählen. Also hole ich ein bisschen weiter aus und schildere alles Wissenswerte über den Umgang sowie das Zusammenleben mit Griechischen Landschildkröten. Natürlich gebe ich auch ein paar lustige Anekdoten über Donatello und Leonardo preis, worüber sich Tina köstlich amüsiert. Dass ich meine beiden Reptilienfreunde nach zwei meiner liebsten ›*Teenage Mutant Ninja Turtles*‹ benannt habe, ist jedoch nur dem Umstand zu verdanken, dass ich sie bereits als Kind bekommen habe. Tinas lebhaftes Interesse an meinen Mitbewohnern imponiert mir, sie löchert mich richtiggehend mit Fragen und bedeutet mir, auf einem vor der stylischen Kücheninsel stehenden Barstuhl Platz zu nehmen, während sie eine Flasche gekühltes Mineralwasser öffnet sowie zwei Gläser auf die freistehende Kücheninsel stellt. Danach greift sie in die gut gefüllte Obstschale, schneidet eine Zitrone in Scheiben und drapiert diese gekonnt auf die Ränder der Gläser.

»Hältst du sie in einem Terrarium? Das stelle ich mir irgendwie nicht sehr artgerecht vor«, fragt sie und füllt indes, ohne den Blickkontakt abbrechen zu lassen, das sprudelnde Mineralwasser in die Gläser, was mich zum Schmunzeln bringt. Sie ist so etwas wie ein Multi-Tasking-Genie, das wohl alles auf die effizienteste Art macht. Nun sieht sie mich fragend an und wartet auf meine Antwort.

»Äh, nein, ein Terrarium wäre tatsächlich alles andere als artgerecht. Im Frühling beziehen meine beiden Jungs ein riesiges Gehege im Garten, wo sie sich auch aus dem Weg gehen können. Eigentlich ist es recht problematisch zwei Männchen zu halten, wegen Revierstreitigkeiten und Kämpfen – aber meine beiden bilden anscheinend eine Ausnahme. Sie sind Brüder und zusammen aufgewachsen, vielleicht deshalb«, sage ich schulterzuckend und nehme einen Schluck Wasser. »Also, weißt du was, wenn du gern Glühwein trinken möchtest, würde ich mich ausnahmsweise anschließen. Wird mich schon nicht umbringen ...«

Beinahe muss ich selbst über meinen grummeligen Unterton lachen.

»Tapfer, Inspektor Grinch, wirklich *tapfer!*«, neckt sie mich, rutscht von ihrem Barhocker und klopft mir dabei freundschaftlich auf die Schulter. Es ist nur eine flüchtige Berührung, doch sie löst eine ganze Woge an Gefühlswallungen bei mir aus.

»Frech, Signorina Fiore, ganz schön frech, mich weiterhin so zu bezeichnen!«, trieze ich sie zurück, woraufhin sie eine gekonnte Unschuldsmiene aufsetzt und dabei so unheimlich süß aussieht, dass ich nichts lieber tun würde, als sie zu küssen. Unser Geplänkel geht locker-flockig dahin, während sie alle Zutaten für den selbst gemachten Glühwein hervorholt und eine Flasche italienischen Rotwein in einen Topf gießt. Danach öffnet sie eine Lade und holt eine goldene Keksdose hervor. Als sie sie aufmacht und mir die Dose vor die Nase hält, luge ich hinein und erblicke appetitlich aussehende Cookies, die einen unglaublich himmlischen Duft verbreiten.

»Italienische Mandelbiscotti«, erklärt Tina. »Nach dem Rezept meiner Nonna, hab sie heute Vormittag gebacken ...«

»Danke!« Ich kann nicht widerstehen, genehmige mir einen der weißen Kekse – und bin schlichtweg begeistert. Sie duften nicht nur verführerisch, sie sind eine wahre Offenbarung. »Wow, die sind superlecker.«

»Mhm, die sind immer eine Sünde wert«, lacht Tina und sieht mich selbstgefällig an. Irgendetwas geht gerade in ihrem hübschen Köpfchen vor. »Also, wenn du deinen grinchigen Namen loswerden möchtest, hätte ich die perfekte Lösung!«, posaunt sie, stellt das mit Sternen verzierte Keksdöschen geräuschvoll auf der Kücheninsel ab und sieht mich entwaffnend an.

»Und die wäre?«

»Wir machen eine Schocktherapie!«, schlägt sie enthusiastisch vor, wohingegen ich nur Bahnhof verstehe.

»Wie bitte?«

»Ein Abend mit mir und du wirst Weihnachten lieben!«

»Träum weiter!«, schnaube ich.

»Wetten, ich schaffe es, dich noch heute in Weihnachtslaune zu versetzen?«, flötet sie siegessicher und klimpert allen Ernstes mit ihren langen, schön geschwungenen Wimpern.

»Bevor das passiert, verwandelt sich die Hölle in ein Winterwunderland«, erwidere ich unwirsch, woraufhin ihre Augen einen Deut mehr zu funkeln beginnen.

»Challenge accepted!« Florentina verpasst mir unvermittelt einen spielerischen Boxhieb gegen den Oberarm, wirbelt herum und wirft mir zwei Orangen in hohem Bogen zu. Zum Glück reagiere ich schneller, als ich denken kann, und fange sie nacheinander.

»Kannst du die bitte aufschneiden und dann zum Rotwein in den Topf geben? Ich muss mich mal umziehen, meine Jeans wurden vorhin etwas in Mitleidenschaft gezogen …«

»Klar. Soll ich sonst noch irgendwas tun?«

»Fühl dich wie zu Hause! Bin gleich wieder da …«

»Und der Glühwein?«, rufe ich ihr hinterher.

»Der muss ein paar Minuten vor sich hin sieden, um all die Aromen aufzunehmen. Gib einfach schnell die Scheiben hinein, alles andere passiert von allein!«

Als sie nach geschlagenen zehn Minuten wiederkommt, sieht sie noch schöner aus als vorher. Ihre langen, welligen Haare umranden ihr Gesicht in atemberaubender Perfektion. Sie trägt nun schwarze Leggins, die mit kleinen rotweiß geringelten Zuckerstangen übersäht sind, weiße Kuschelsocken und einen lässigen, übergroß geschnittenen roten Hoodie mit der geschwungenen Aufschrift ›*Dear*

Santa, I Can Explain‹, womit sie mir augenblicklich ein Grinsen entlockt.

»Na, was macht der Glühwein?«, fragt sie und wirft einen Blick in den Topf am Herd.

»Riecht himmlisch, das muss ich leider zugeben ...«

Tina zwinkert verschmitzt. »Die Biscotti und der Glühwein sind erst der Anfang unserer Weihnachtstherapie ... Alexa, spiel meine Playlist ›Onkel Vitos Christmas Classics‹!«

O Gott, meine Ohren vernehmen ihre Worte mit Schrecken, doch bevor ich mein Grauen äußern kann, erklingen schon weihnachtliche Töne aus der Surround-Anlage. Scheiße.

»Onkel Vito?«, frage ich verdutzt, »sollte man den kennen?«

»Nur wenn du mit Nachnamen Fiore heißt«, scherzt Florentina. »Das ist mein Onkel. Vor ein paar Jahren hat er ein Album aufgenommen, auf dem er weihnachtliche Klassiker auf seine ganz persönliche Weise interpretiert hat. Und du, *Inspektor Grinch,* kommst heute in den Genuss es von Anfang bis Ende hören zu dürfen.« Sie hält kurz inne, um den schwungvollen Klängen zu lauschen, und kichert schulterzuckend. »Wenn da nicht erste Weihnachtsstimmung aufkommt, weiß ich auch nicht!«

Ich muss zugeben, dass der Kerl eine recht passable Stimme hat, die beschwingte und vor allem originelle Art, wie er *White Christmas* auf Italienisch zum Besten gibt, ist schon ziemlich amüsant. Wider Erwarten schlägt mein Genervtheits-Barometer noch nicht aus. Überaus eigenartig. Nicht in meinen schlimmsten Träumen hätte ich mir ausmalen können, dass ich mich umgeben von glitzernden Lichtern, Kerzenschein, Plätzchenduft, Tannengeruch und weihnachtlicher Hintergrundmusik auch nur annähernd wohlfühlen könnte. Vollkommen absurd, dennoch werde ich dieses angenehme, warme Gefühl nicht los, das mich Stück für Stück von innen heraus erobert.

Florentina nimmt derweil den Glühwein vom Herd und ich versuche, ihr behilflich zu sein. »Wo hast du die Häferl?«, erkundige ich mich und sehe mich in der Küche um.

»Häferl?« Die Verwirrung in Tinas Stimme deckt sich mit ihrem ahnungslosen Gesichtsausdruck.

»Erste Lektion im Wiener Dialekt: Häferl ist der österreichische Ausdruck für Tee- oder Kaffeetassen. Wird dir bestimmt noch häufiger begegnen.«

»Ah, okay. Grazie, amico mio. Die sind da oben im Schrank über der Spüle.«

Ich folge ihren Anweisungen, hole zwei Tassen aus besagtem Schrank und schenke den Glühwein ein, während sie weitere Orangenscheiben auf der Arbeitsplatte aufschneidet und die Glastassen damit dekoriert. Als Draufgabe garniert sie sie noch mit je einer Zimtstange, was wirklich spektakulär aussieht, fast wie in einem feinen Restaurant.

»Ist das dein Hobby?«, frage ich im Hinblick auf die ansehnlich gestalteten Getränke. »Oder bist du im Gastgewerbe?« Wir stoßen klangvoll an und ich probiere einen Schluck. Verdammt, das ist mit Abstand der beste Glühwein meines Lebens.

Florentina legt den Kopf schräg und befeuchtet mit der Zungenspitze ihre Unterlippe, was meinen Blick sofort wieder zu ihrem Mund zucken lässt. »Ich bin quasi im Gastronomiebereich aufgewachsen. Meine Eltern haben ein paar Restaurants. Eins in Italien und eins in Frankfurt.«

»Und bald auch eins in Wien?«

»Möglicherweise. Das steht noch nicht fest, aber ich würde mich riesig freuen. Da bin ich kaum eine Woche weg und vermisse meine Familie bereits ganz schrecklich – tsss!«

»Und was führt dich hierher, wenn ich fragen darf?«

»Der Job. Ich fange nächste Woche als Moderatorin einer Wettersendung an.«

»Wow, ich bin beeindruckt. Neben mir steht eine echte *Wetterfee*«, entschlüpft es mir vielleicht ein bisschen zu belustigt.

»Hey«, ruft Tina empört und verpasst mir einen durchaus gepfefferten Hieb auf den Oberarm. Diesmal weit weniger spielerisch als vorhin. »Sag das nicht so abwertend. Diese amerikanischen Klischees, mit denen Wetteransagerinnen noch heute behaftet sind, sind längst überholt. Ich bin studierte Meteorologin.«

»Und das war gerade ein tätlicher Angriff auf einen Polizeibeamten, Kleine!«, grinse ich und genieße die plötzliche Nähe zu ihr. Tinas orientalisch-blumiger Duft umhüllt mich und betört all meine Sinne. Sie riecht nach süßer Orangenblüte, lieblicher Vanille und ... hmm, was noch? Das müssen Akzente von Tonkabohne sein, die meine Nase wahrnimmt – alles in allem selbstbewusst, sexy und lieblich zugleich, so wie sie selbst.

»Kleine, ha? Das wird ja immer besser«, mokiert sie sich in schmollendem Tonfall, aber ihre Miene belehrt mich eines Besseren. Sie findet unser Geplänkel augenscheinlich genauso unterhaltsam wie ich. Ihr Lächeln lässt ihre Augen regelrecht Funken sprühen.

Mein Puls beschleunigt sich rasant und setzt damit anscheinend meine Synapsen für einen Moment außer Dienst. Mir fällt kein schlagfertiger Konter ein, alles, was ich tun will, ist, dieses freche Plappermaul zu küssen. Die Stimmung ist da, die Luft zwischen uns geradezu aufgeladen – und doch traue ich mich nicht, sie in meine Arme zu ziehen. Stattdessen strecke ich die Hand aus, streiche ihr eine Haarsträhne aus dem Gesicht und lasse meine Fingerspitzen vorsichtig entlang ihrer Kinnpartie streifen. »Wie geht's eigentlich deiner Wange?«, frage ich sanft und drehe ihren

Kopf zärtlich zur Seite, um einen Blick auf ihre Blessur zu werfen.

»Ganz gut, danke. Hab schon Schlimmeres einstecken müssen …«

Erstaunt ziehe ich meine Augenbrauen nach oben – das bedarf einer Erklärung, und bei Tina muss man nicht extra nachfragen, sie plaudert einfach drauflos.

»Onkel Vito betreibt ein Boxstudio in Italien, das sich lustigerweise genau neben unserer Trattoria befindet. Ich habe meine Kindheit dort verbracht und später auch Selbstverteidigungskurse gegeben – deshalb ärgert mich der Raub nur noch mehr.«

»Ach, darum die kleinen glitzernden Boxhandschuh-Christbaumkugeln an deinem Weihnachtsbaum. Ich hab mich schon gewundert …« Je länger ich darüber nachdenke, desto mehr ergibt alles einen Sinn. Sie hat ja schon bei unserer ersten Begegnung Begriffe aus dem Boxsport von sich gegeben, ich war nur zu blöd, es zu checken.

»Eure Familie kommt aber nicht aus Sizilien, oder?«, erkundige ich mich spaßeshalber und werde mit einem überaus spöttischen Blick bedacht.

»Nein«, pariert sie schnippisch, »wir kommen aus *Napoli*!«

Florentina

Seinem entgleisten Gesichtsausdruck nach zu urteilen, hat die Bombe voll eingeschlagen. Am liebsten würde ich laut losprusten, so ulkig sieht er drein. Immer diese Vorurteile. Neapel ist eine wundervolle Stadt mit beeindruckender Geschichte. Die bezaubernde Amalfi-Küste, der Vesuv, Pompeji, ganz zu schweigen vom himmlischen Essen und der unnachahmlichen Kultur – meine Heimatstadt hat so vieles zu bieten. Dennoch wird sie häufig bloß auf ihren unrühmlichen Ruf reduziert, und somit unweigerlich mit der Mafia assoziiert. Aber gut, ich muss zugeben, ich spiele auch gern mit diesen Klischees, besonders gegenüber diesem einen Gesetzeshüter, der mich mit seinen braunen Teddybär-Augen andauernd aus dem Konzept bringt. Momentan sucht er fieberhaft nach einem Weg, wieder aus dem Fettnäpfchen hinauszukommen, in das er sich manövriert hat, und das amüsiert mich köstlich. Es macht Spaß, ihn zu reizen und aus dem Tritt zu bringen.

Allmählich löst sich Ben aus seiner Schockstarre. »Ach«, krächzt er und ringt nach Worten.

Ich hätte nicht gedacht, dass ich ihn so kalt damit erwische, und lächle stillvergnügt in mich hinein.

»Soll ja ein schönes Fleckchen Erde sein«, stammelt er und schiebt sich noch ein Biscotti in den Mund.

»Ist es! Du weißt nicht, welche malerische Kulisse der Golf von Neapel bietet, wenn du nicht dort gewesen bist. Mindestens ein Mal im Leben sollte man das gesehen haben«, schwärme ich und lächle verträumt.

»Hmm ... Süditalien ist tatsächlich immer eine Reise wert«, erwidert er und sieht mich prüfend an.

»Du sagst es!«

»Und wieso seid ihr nach Frankfurt gezogen?«

»Meine Mama ist zur Hälfte Deutsche und hat vor rund acht Jahren das Haus ihrer Großtante geerbt. Das war irgendwie ausschlaggebend, keine Ahnung, der Ruf nach Abenteuer und neuen Herausforderungen hat uns schlussendlich dorthin verschlagen. Der Zeitpunkt hat gepasst, ich war gerade fertig mit der Schule und konnte in Frankfurt mein Meteorologiestudium beginnen. Alles hat sich irgendwie gefügt.«

»Und jetzt bist du in Wien ... wie ist es dazu gekommen?«

»Na ja, das ist eine lustige Geschichte. Dazu muss ich

kurz ausholen und wieder auf TikTok zu sprechen kommen: *Vielleicht* hast du schon gehört, dass man heutzutage durch Social Media ziemlich schnell berühmt werden kann …« Ich halte einen Moment inne und gönne mir eine rhetorische Pause, um abzuchecken, wie viel ich ihm erzählen soll. Ben fordert mich mit neugierigem Nicken auf, weiterzureden, also lasse ich ihn nicht lange zappeln. »Ja, so ist das auch bei mir gewesen. Irgendwann sind meine humorvollen Wetter- und Horoskop-Videos vollkommen unverhofft durch die Decke gegangen, und ein österreichischer Privatsender wurde auf mich aufmerksam. Wir waren uns schnell einig, und voilà, hier bin ich. Nächste Woche darf ich meinen eigenen achtminütigen Wetter-Flash präsentieren, hach, ich kann's noch immer nicht glauben. ›*Meteoroskop*‹ wird von Montag bis Freitag nach den Achtzehn-Uhr-Nachrichten ausgestrahlt, und wenn es gut anläuft, bekomme ich sonntags einen viertelstündigen Sendeplatz direkt vor dem Primetime-Programm. Leider darf ich nicht zu viel verraten, nur dass es wie bei meinem TikTok-Channel eine Kombination aus Wetter und Horoskop sein wird und ich meine Zielgruppe so hoffentlich erweitern kann.«

»Das ist *so* cool«, staunt er, »herzlichen Glückwunsch!« Als er mich völlig unversehens in den Arm nimmt, um mir zu gratulieren, bin ich überrascht. Er hat es bis dato vermieden, Nähe zu mir zu suchen – ob er ein eher distanzierter Typ ist oder einfach nur schüchtern, sei dahingestellt. Wobei ich ihn alles andere als schüchtern einschätzen würde, die Verschmitztheit seiner Augen spricht nämlich eine ganz andere Sprache. Vermutlich liegt es daran, dass er mich bei einem Einsatz kennengelernt hat und sich nun die Grenzen zwischen Job und Privatem etwas verwischen.

»Grazie!«, hauche ich und schmiege mich an seinen muskulösen Körper. »Hoffentlich ist das Veilchen bis dahin abgeklungen …«

»Bestimmt. Und wenn nicht, gibt es magisches Make-up, habe ich zumindest gehört«, scherzt er und lässt mich langsam wieder los.

»Na, du kennst dich aber aus …«

»Ich hatte letztens ein Date mit einer Visagistin, die über nichts anderes als Schminke geredet hat.«

»Aha«, nuschle ich etwas pikiert und weiß nicht, wie ich mit dieser Information umgehen soll. Hat er doch eine Freundin? »Seid ihr zusammen?«, frage ich und gebe mir Mühe, einen neutralen Tonfall zu wahren.

»O Gott, nein, das war bloß ein Tinder-Date, vor dem ich am liebsten geflüchtet wäre …«

»Bist du oft am Tindern?«, hake ich nach und bin leicht beunruhigt. Mir ist vorhin schon aufgefallen, dass er andauernd WhatsApp-Nachrichten von irgendeiner Sabsy bekommt. Seit er sein Handy auf die Kücheninsel gelegt hat, ploppt ständig ihr Name auf dem Display auf, was ihn jedoch nicht zu kümmern scheint.

»Ich hab's auf Anraten meiner Freunde mal ausprobiert und hatte einige Dates. War aber niemand dabei, der mich umgehauen hat«, sagt er freiheraus und sieht mich neugierig an. »Und du?«

»Ich?«, entfährt es mir erschrocken. »Neee, Online-Dating ist definitiv nichts für mich. Ich hatte eine langjährige Beziehung, die vor etwa einem Dreivierteljahr in die Brüche gegangen ist. Wir waren schon seit der Schulzeit zusammen, er hat mich sogar mit nach Frankfurt begleitet, doch jetzt ist es aus und vorbei.«

»Schwere Trennung?«, fragt er mitfühlend und ich zucke seufzend mit den Schultern.

»Sind Trennungen jemals leicht? Zugegeben, ich habe keine Vergleichswerte, weil es meine erste und einzige Beziehung war. Wir haben uns auseinandergelebt, das war im Grunde alles. Hatten andere Pläne und Ziele. Das haben wir allerdings erst gemerkt, als wir vor einer weltbewegenden Entscheidung standen. Wir haben nämlich während des Studiums eine Wetter-App entwickelt, die sehr schnell populär geworden ist. Ziemlich bald ist ein Kaufangebot nach dem anderen ins Haus geflattert – und er war sofort dafür, ich wollte mein Baby jedoch nicht hergeben. Tja, letztendlich haben wir die App gewinnträchtig verkauft. Genau genommen hat er sie verkauft. Ich habe meinen Anteil bekommen und davon, unter anderem, dieses Haus gekauft.«

Ben hört mir aufmerksam zu und ist sicher feinfühlig genug, zu wissen, dass mehr dahintersteckt, aber genauso taktvoll, nicht nachzufragen. Das rechne ich ihm hoch an. »Und ich wollte schon fragen, ob dir der Fernsehsender das Haus gestellt hat«, ist das Einzige, was er dazu sagt.

»Äh, das ist auch eine ganz lustige Geschichte. Die Eltern meiner Schulfreundin Alessia sind Diplomaten und haben ein paar Jahre in Wien gearbeitet. Vor rund zwei Monaten sind sie zurück nach Italien gezogen. Als sie gehört hat, dass ich etwas in Wien suche, hat Alessia arrangiert, dass ich das Haus günstig kaufen konnte. War wieder eine glückliche Fügung des Schicksals …«

»Läuft bei dir!«

»Si«, schmunzle ich, »kann mich nicht beklagen. Aber genug von mir! Warst du schon immer ein Weihnachtsmuffel?«

»Pff …«, schnaubt Ben auf meine Frage und taucht anscheinend für einen Moment in die Vergangenheit ab. »Eigentlich nicht. Die ganze Hektik war mir zwar schon immer ein bisschen verhasst, aber Weihnachten im Allgemeinen nicht«, gibt er aufrichtig zu und fährt sich erneut durch die Haare.

»Und wie ist es dann dazu gekommen? Was war der Knackpunkt?«, möchte ich nachhaken, stoße jedoch auf Granit. Bens Mund verwandelt sich zu einer schmalen Linie.

»Kleine, für eine ehrliche Antwort ist der Alkoholpegel noch viel zu niedrig.«

»Dem können wir Abhilfe verschaffen ... Grappa?«, schlage ich vor, woraufhin er gedankenversunken nickt.

»Warum nicht ...«

Ich schenke uns zwei Shots ein, drücke ihm seinen mit dem Trinkspruch »Salute!« in die Hand und kippe den würzig-herben Grappa im nächsten Atemzug hinunter. Ben tut es mir gleich, also schenke ich noch eine Runde nach. Wir wiederholen das Prozedere und leeren unsere Shotgläser im Nu. Als ich ihn erwartungsvoll ansehe, wendet er den Blick ab und schnappt sich indes noch ein Biscotti.

»Hast du Hunger? Ich könnte die beste Pizza zubereiten, die du je gegessen hast!«

»Nein, danke. Ich hab vor Dienstschluss einen Döner gegessen ... Hoffentlich schieße ich mich jetzt nicht ins Aus, wenn ich verrate, dass Pizza nicht so mein Fall ist?«

»Ey, waaas? Wie um alles in der Welt, kann man Pizza nicht mögen?!« Seine Ansage hat mich vollkommen kalt erwischt, das kann er doch nicht ernst meinen! Wenigstens habe ich ihm durch meine fassungslos-kopfschüttelnde Reaktion ein klitzekleines Lächeln entlockt. »Darüber, mein Freund, reden wir noch«, sage ich und erhebe mit gespielter Strenge meinen Zeigefinger. »Aber jetzt leg los: Wie wurde *Inspektor Samtauge* zu dem grünen Weihnachtsmuffel-Monsterchen?«, taste ich mich wieder an das heikle Thema und sehe, wie seine Mundwinkel für den Hauch eines Wimpernschlags erneut nach oben zucken.

»Inspektor Samtauge? Also mit diesem Spitznamen könnte ich leben!«

»Einverstanden. Doch dazu müssen wir erst deinem Trauma auf den Grund gehen«, fordere ich ihn mit Samthandschuhen auf, er zögert und ficht offensichtlich einen inneren Kampf mit sich selbst aus. »Hey, amico mio, ich hab dir meine Story erzählt ... du bist dran!« Ich pikse ihm mit dem Zeigefinger in die Rippen, woraufhin er meine Hand umfasst und sie zärtlich mit dem Daumen zu streicheln beginnt. Die Geste ist so süß, dass ich dahinschmelze. Einen langgezogenen Moment sehen wir uns einfach nur wortlos an.

»Also gut, okay. Aber kein Mitleid oder Ähnliches ... und die Geschichte bleibt unter uns«, eröffnet mir Ben kryptisch, und mir rieselt augenblicklich Gänsehaut über den Rücken.

Ich hatte nicht vor, die Büchse der Pandora zu öffnen und möchte schon wieder einlenken, andererseits bin ich zu neugierig, auf das, was kommen mag. »Certo«, versichere ich ihm und drücke aufmunternd seine Hand. »Wollen wir uns aufs Sofa setzen? Ist bequemer«, schlage ich spontan vor und ziehe ihn, ohne auf eine Antwort zu warten, einfach mit mir. Bello erwartet uns bereits schwanzwedelnd. Ich fläze mich auf meinen Lieblingseckplatz und richte mir ein weihnachtliches Zierkissen zurecht, während Bello Ben vorsichtig beschnuppert, ehe er seinen Kopf auf seinen Oberschenkel sinken und sich von ihm kraulen lässt.

»Hunde sind die besten Seelentröster«, bemerkt Ben und ist sichtlich verzückt von meinem treuen Kumpel. Gedankenverloren streichelt er Bello eine Weile, ehe er seine Aufmerksamkeit wieder auf mich richtet. Er sieht mich an, fährt sich in einer sehr männlichen Geste mit der Hand über seine Mund- und Kinnpartie, schluckt schwer und fängt endlich an zu erzählen. »Vor fünf Jahren wollte ich meiner damaligen Freundin einen Heiratsantrag machen. Total kitschig zu Weihnachten. Ich hatte alles bis ins kleinste Detail geplant, es sollte unheimlich romantisch werden ...« Er hält kurz inne und scheint seinen Erinnerungen nachzuhängen. Ein flüchtiges Lächeln huscht über seine Lippen, ehe sich seine Gesichtszüge wieder verhärten. »Long story short: Sie hat abgelehnt und mir stattdessen gestanden, dass sie in meinen Zwillingsbruder verliebt ist. Die beiden hatten anscheinend schon eine ganze Weile was am Laufen und haben nicht gewusst, wie sie es mir beibringen sollten ...«

»Merda«, entweicht es mir fassungslos. »Das ist echt scheiße!«

»Mein verdammter Bruder. Mein ehemals allerbester Freund auf der Welt. Wir haben alles gemeinsam gemacht, sogar die Polizeischule«, presst er grimmig hervor. Die Bitterkeit in seiner Stimme schmerzt mich zutiefst und ich weiß nicht, was ich sagen soll, also beuge ich mich zu ihm und ziehe ihn in eine Umarmung.

»Das tut mir schrecklich leid«, murmle ich in seine Halsbeuge und streichle ihm über den Rücken.

»Hatten wir nicht vereinbart: kein Mitleid?«

»Stimmt ... 'tschuldigung!«, wispere ich und löse mich von ihm. Bello beobachtet uns mit aufmerksamer Miene, ehe er beschließt, sich wieder in seine Deckenburg zurückzuziehen.

»Sind die beiden noch zusammen?«, erkundige ich mich vorsichtig, woraufhin er hölzern nickt. »Verheiratet«, knurrt er. »Inzwischen sind sie sogar Eltern eines dreijährigen Buben.«

»Puh, mir fehlen die Worte«, stelle ich etwas lahm fest und sehe überrascht, wie sich seine Mundwinkel heben.

»Dass einer Plaudertasche wie dir mal die Worte ausgehen, hätte ich nicht vermutet«, versucht er sich an einem Scherz, woraufhin ich ihm zärtlich in die Seite knuffe.

»Ey!«, zische ich erbost, »so eine Plaudertasche bin ich auch nicht ... *oder*?«

»Oh, doch!«, lacht er. »Ich hab ehrlich noch nie jemanden kennengelernt, der mehr oder schneller redet als du!«

Ich möchte schon protestieren, aber seine sanften braunen Augen nehmen mich ins Visier und verlieren dabei jegliche Düsterkeit, die sie Momente zuvor beim Erzählen noch gehabt haben.

»Ich mag das«, fügt er mit einem Lächeln hinzu, »ist irgendwie sehr erfrischend, wenn jemand das Herz direkt auf der Zunge trägt. Und deine niedlichen redebegleitenden Gesten – du kannst die Italienerin in dir wirklich nicht verleugnen.«

»Niedlich, ha?«

»*Niedlich*«, wiederholt er mit flirtendem Unterton und verschränkt unsere Finger miteinander. »So, jetzt weißt du Bescheid, warum ich mit Weihnachten auf Kriegsfuß stehe. Glaubst du, es gibt für mich noch Hoffnung?«

»Weihnachten ist für alle da, selbst für die vermeintlich Hoffnungslosen«, antworte ich voller Zuversicht. »Wie kommt ihr heute miteinander klar? Feiert ihr Weihnachten im Familienkreis? Ist es für dich komisch, die beiden zu sehen?«

»Ich habe die beiden seither überhaupt nicht mehr gesehen. Mein Bruder hat sich vor ein paar Jahren nach Salzburg versetzen lassen, was gut war. Seit dem Bruch herrscht Funkstille zwischen uns. Ich habe sie komplett aus meinem Leben gestrichen und einen Panzer um mich herum aufgebaut.«

»U-und deine Eltern?«

»Seit sie ein Enkelkind haben, sind sie auf der Seite meines Bruders und verbringen die Feiertage jedes Jahr in Salzburg. Anfangs wollten sie natürlich zwischen uns vermitteln, haben es jedoch inzwischen aufgegeben. Ich kann sehr stur sein …«

»Ja, aber … äh …«, stottere ich, weil ich das alles nicht auf die Reihe bekomme. Mit Enthüllungen dieser Art habe ich nicht gerechnet – wie krass ist die Geschichte? Klingt mehr nach einer überdramatisierten Telenovela als nach dem echten Leben. »I-ich kann mir das gar nicht vorstellen«, gebe ich erschüttert von mir und suche nach passenden Worten, die mir jedoch partout nicht einfallen wollen.

»Es ist eine verfahrene Situation. Ich bin darüber hinweg, keine Sorge! Es ist nur ... mein blöder Stolz hindert mich daran, einen Schritt auf sie zuzugehen. Mein Bruder versucht ständig, mit mir Kontakt aufzunehmen, aber ich ... ich kann mich einfach nicht dazu durchringen, mit ihm zu reden.«

Ich bin so beeindruckt von seiner Offenheit, dass mir nach wie vor die Worte fehlen. Wie geradlinig und freiheraus er mir seine turbulente Lebensgeschichte anvertraut, schafft eine einzigartige Verbundenheit. Ich fühle mich ihm so nah, dass ich entscheide, alles zu tun, um ihm dabei zu helfen, sich mit seiner Familie zu versöhnen. »Weißt du, das ist das Schöne an Weihnachten – es ist die Zeit des Innehaltens, des Verzeihens. Wenn du alles Revue passieren lässt, was ist im Leben für dich am wichtigsten? Für mich ist es Familie. Familie ist *alles*. Wir sind eine sehr große Familie und haben wahrlich auch schon stürmische Zeiten erlebt, aber egal, wie hoch die Emotionen kochen, egal, wie sehr es zwischen uns kracht, wir halten zusammen. Immer. Per sempre«, quassle ich erneut in einem leidenschaftlichen Monolog dahin und muss mich zügeln, nicht ins Italienische abzudriften. Ich atme kurz durch und setze in sanfteren Tönen fort: »Weihnachten ist ein Gefühl. Hier drin.« Ich tippe mit meiner freien Hand auf mein Herz, um Gesagtes zu verdeutlichen. Und irgendetwas in seinem nachdenklichen Blick sagt mir, dass er verstanden hat.

»So, das war jetzt alles sehr aufwühlend – lass uns wieder zu unserer Schocktherapie zurückkommen. Ich habe eine Wette zu gewinnen! ... was hältst du von einem süßen Weihnachtsfilm und Lebkuchenpopcorn?«

»Bitte, was? Lebkuchenpopcorn?«

»Sag nicht, du hast noch nie welches gegessen? Ich mache das beste der Welt – eigene Mischung!«

»Das bezweifle ich nicht ... Aber hey, apropos Wette: Was ist eigentlich der Wetteinsatz?«

»Uh, gute Frage. Wenn ich gewinne – und ich weiß, dass ich gewinne –, dann gehst du in der Ballsaison mit mir auf einen *glamourösen* Wiener Ball. Davon träume ich schon seit meiner Kindheit.«

Ein schelmisches, überaus sexy Lächeln umspielt Bens Lippen. »Okay, diese Vorstellung gefällt mir.« Sein Blick schweift unverfroren über meinen Körper, was mir Tausende Schmetterlinge in den Bauch zaubert. »Du wirst es nicht glauben, aber ich bin ein verdammt guter Tänzer«, lässt er mich mit rauer Stimme wissen und mir wird ganz hibbelig zumute. Kann ein Mann noch anziehender sein?! »Sollte ich allerdings gewinnen, gibst du mir Unterricht in Italienisch. Einmal wöchentlich. Und ich bekomme mindestens einen selbst gemachten Panettone, ich *liebe* diesen fluffigen Kuchen!«

»Deal!«

Kapitel Vier

Ben

Florentina ist eine Klasse für sich. Aus irgendeinem Grund schafft sie es mit einer spielerischen Leichtigkeit, dass ich ihr Sachen anvertraue, über die ich mit niemandem spreche und Dinge tue, die ich nie für möglich gehalten hätte. Ich empfinde zum Beispiel keinerlei Abscheu gegenüber dem weihnachtlich-angehauchten Popcorn. Schlimmer noch, ich weiß nicht, wie mir je wieder normales schmecken soll. Und ich wage es kaum, zuzugeben, aber selbst die Christmas-Songs ihres Onkels fand ich okay. Sogar der Weihnachtsfilm, den sie ausgesucht hat, war nett. Kitschig und vorhersehbar, doch irgendwie *nett.* Was mir allerdings wirklich unter die Haut geht, ist unser unbeschwerter Umgang. Wir haben Stunden miteinander gequatscht – komplett unverkrampft und tiefsinnig.

Vor einer Weile ist sie beim Fernsehen tief und fest, an meine Schulter gekuschelt eingeschlafen, ihr Hund liegt quer über meinen Beinen. Merkwürdigerweise fühlt sich das alles vertraut an. Wenn ich es nicht besser wüsste, würde ich sagen, dass wir einander schon ewig kennen. Die Intimität, die zwischen uns herrscht, ist schlichtweg erstaunlich. Und das, obwohl noch kein Kuss gefallen ist. Er lag zwar in der Luft, und das mehrfach, und ich weiß, sie wäre nicht abgeneigt gewesen. Doch der perfekte Zeitpunkt war für mich noch nicht da, aber er wird kommen. Daran besteht kein Zweifel.

Während die beiden neben mir schlafen, lese ich die vielen Nachrichten, die ich von meiner Kollegin Sabine bekommen habe. Die Fahndungsmaßnahmen haben offensichtlich Erfolg gezeigt – eine Bereitschaftseinheit hat die mutmaßlichen Täter geschnappt, woraufhin im Zuge einer Autodurchsuchung vermutliches Diebesgut sichergestellt worden ist, darunter auch Florentinas Tasche. Tina ist wirklich ein Glückspilz, ich freue mich schon auf ihre Reaktion, wenn sie die guten Nachrichten hört. Unwillkürlich stiehlt sich ein Lächeln auf meine Lippen, während ich sie still betrachte. Im Gegensatz zu ihrer quirligen Natur ist sie eine sehr ruhige Schläferin. Sie sieht so friedlich aus. Ich unterdrücke ein Gähnen und versuche, mir ein Kissen zu angeln, ohne die beiden zu wecken. Auch mir steckt die Müdigkeit in den Knochen – die langen Schichten und Überstunden fordern allmählich ihren Tribut. Vielleicht sollte ich mir etwas mehr Ruhe gönnen und den Weihnachtsdienst, den ich sonst immer freiwillig übernehme, abtreten. Wieder entweicht mir ein leises Gähnen. In Anbetracht der veränderten Ausgangslage könnte ich mir ebenfalls ein kleines Nickerchen gönnen. Eigentlich hatte ich vor, die ganze Nacht Wache zu schieben, aber da die vermeintlichen Täter nun gefasst sind, sieht die Sache anders aus. Es ist kurz vor vier Uhr morgens, der Schlüsseldienst hat sich für sechs Uhr dreißig angekündigt, somit bleiben mir zwei Stunden für eine Mütze voll Schlaf. Gerade, als ich ein Auge zutue, vernehme ich ein eigenartiges Geräusch von der Veranda draußen. Sind das Stimmen, die gedämpft hereindringen? Kaum möglich, dass sie von der Straße kommen.

Schlagartig bin ich wach, im Vollbesitz meiner geistigen

Kräfte und horche in die Stille. All meine Sinne sind geschärft, was sich auch auf Bello zu übertragen scheint, der urplötzlich sein Köpfchen hebt und die Lauscher spitzt. Angespannt und argwöhnisch blickt er in Richtung Eingangstür. Er scheint tatsächlich etwas zu wittern und wird immer unruhiger.

»Florentina«, flüstere ich und versuche, sie möglichst behutsam zu wecken. Ich streichle über ihren Arm, rüttle sie sanft und wiederhole leise ihren Namen. Sie schläft wie ein Murmeltier. »Tina, wach auf!« Ihre Lider flattern träge.

»Ist es schon Morgen?«, fragt sie benommen und ist augenscheinlich noch im Halbschlaf.

»Nein«, antworte ich im Flüsterton, »flipp nicht aus, aber da draußen ist jemand!«

»Was?!«, entfährt es ihr schrill. Sie verkrampft sich unwillkürlich und ist mit einem Mal hellwach.

»Sch, keine Panik! Bleib, wo du bist, und pass auf Bello auf, ich gehe nachsehen.«

»Ben«, haucht sie in flehendem Tonfall, »sei vorsichtig!«

»Keine Sorge, ich bin gleich wieder da!«, entgegne ich ruhig. In meinem Job habe ich gelernt, mit Besonnenheit auf Extremsituationen zu reagieren, und bin inzwischen immun gegen Stress- oder Angstzustände. Als ich mich der Haustür nähere, ist dort alles mucksmäuschenstill, dennoch zücke ich meine private Pistole aus dem Holster, die ich zur Eigensicherung tragen darf.

Plötzlich bellt Bello mehrmals warnend, zeitgleich höre ich ein gefluchtes »Oh, fuck« von Tina und wirble herum. Auf der Terrasse vor dem Wohnzimmer ist gerade der Bewegungsmelder angegangen. Als ich zwei schemenhafte Gestalten ausmache, die etwas unbeholfen im Schnee herumstapfen, bedeute ich Tina, in Deckung zu gehen. Beide Typen tragen einen Hut und lange Mäntel. Auch hinter mir an der Haustür vernehme ich erneut ein Geräusch – jemand klopft sich geräuschvoll die Schuhe an der

Matte ab. Das stufe ich als ein wenig merkwürdig ein, aber Psychos gibt es immer. »Wähl den Notruf«, weise ich Tina betont unaufgeregt an, die sich mit Bello im Arm sofort geduckt zur Ladestation schleicht und nach ihrem Handy greift. Während ich die beiden Kerle, die sich wieder Richtung Eingangstür bewegen, nicht aus den Augen lasse, ist Tina mit ihrem Telefon zugange. Doch wider Erwarten redet sie anscheinend mit ihrer Mutter.

»Mama, ich kann jetzt nicht«, versucht sie sie abzuwimmeln. Als ihr plötzlich ein exaltiertes »… du bist *wooo?*«, entweicht, riskiere ich einen Seitenblick. Florentina erhebt sich in Windeseile aus der Deckung und deutet mir hastig, die Waffe runterzunehmen. »Das sind meine Eltern!«, ruft sie und klingt dabei genauso entgeistert, wie sie dreinschaut. Während ich meine Glock 43 zurück ins Gürtelholster gleiten lasse, stakst Tina mit sichtlich wackligen Beinen in Richtung Eingangstür und reißt sie förmlich auf. »Das gibt's doch nicht, was macht ihr hier?«, fragt Tina mit tränenerstickter Stimme und fällt ihrer Mutter sowie ihrem Vater um den Hals, die sie beide herzlich an sich drücken. Sandwichumarmung. Die dritte Person, ein junger Mann Mitte zwanzig, hält sich dezent im Hintergrund und beobachtet die rührende Begrüßungsszene mit einem Lächeln auf den Lippen.

»Du kannst uns doch nicht erzählen, dass du ausgeraubt wurdest, und dann glauben, dass wir dich alleine lassen. Wir haben natürlich sofort unsere Sachen gepackt und uns ins Auto gesetzt.«

»Sieben Stunden Fahrt – und das bei diesen Bedingungen?«, staunt Tina und wischt sich mit dem Handrücken die Tränen weg.

»Matteo hat sich nicht abbringen lassen, mit seinem nagelneuen Allrad-Schlitten den Chauffeur zu spielen«, erklärt ihr Vater und klopft dem jungen, zurückhaltenden Typen kräftig auf die Schulter.

Klirrend kalte Morgenluft dringt herein und emotionales italienisches Geschnatter vermischt mit Bellos freudigem Gejaule erfüllt das kleine Häuschen.

»Danke, Matteo«, lächelt Tina und drückt dem gut aussehenden Unbekannten ein Küsschen auf die Wange. Ich kann nicht verhindern, dass Eifersucht in mir hochkocht, als er sie in den Arm nimmt. Als ihr Papa in dem Moment das kleine Veilchen an ihrem Auge entdeckt, bricht erneut Chaos aus. Ich komme mir leicht fehl am Platz vor, schlüpfe möglichst unbemerkt in meine Schuhe, als Tina die Aufmerksamkeit unversehens auf mich lenkt.

»Mama, Papa, das ist Inspektor Jürgens. Er war so lieb und hat die Nacht über auf der Couch Wache geschoben, weil der Schlüsseldienst erst in der Früh um halb sieben kommt.«

»Grazie, Ispettore, dass sie auf mein Mädchen aufgepasst haben!« Statt eines Händedrucks finde ich mich jählings in einer stürmischen, überschwänglichen Männerumarmung wieder. »Wir stehen tief in Ihrer Schuld, Ispettore! Wenn wir irgendetwas für Sie tun können – egal was –, lassen Sie es mich wissen!«

»Nicht der Rede wert, wirklich! Ich hab's gern gemacht«, werfe ich ein und löse mich von ihm, als sich auch die Mutter bei mir mit zwei unerwarteten Wangenküssen bedankt. »Vielen, vielen Dank!«

»Sehr gern. Dafür bin ich Polizist geworden!«

Etwas überwältigt von der Herzlichkeit ihrer Familie, trete ich einen Schritt zurück und greife nach meiner Jacke. »Wie es aussieht, werde ich hier nicht mehr gebraucht. Kann ich Ihnen vielleicht noch mit dem Gepäck helfen?«

»Non, grazie. Mein Neffe kümmert sich, nicht Matteo?«

»Certo!«

Plötzlich spüre ich Florentinas Hand, die sich mit sanftem Druck um meine legt. Ihre zärtliche Berührung schickt kleine Stromstöße durch meinen Körper, die den

Rhythmus meines Herzens beeinflussen. Es schlägt für sie, das wird mir mehr und mehr klar. Als sich unsere sehnlichen Blicke treffen, wird die Welt um uns herum still.

»Bleibt es bei unserem Rendezvous heute Nachmittag?«, fragt sie unumwunden und entlockt mir mit ihrem süßen Augenaufschlag ein Schmunzeln.

»Natürlich, wir müssen doch herausfinden, wer die Wette gewonnen hat!«, zwinkere ich ihr zu. »Ich hole dich um sechzehn Uhr ab. Vergiss deine Schlittschuhe nicht!«

Als wir Stunden später auf den spiegelblanken Eistraum-Pfaden des romantischen Rathausparks gleiten, muss ich mich ein für alle Mal geschlagen geben. Mein Image als Weihnachtsmuffel bröckelt mit jeder Sekunde, die ich gemeinsam mit Florentina verbringe. Ob ich es will oder nicht, ich muss den Grinch wohl oder übel gehen lassen. Wir waren auf dem Revier, sie hat ihre Tasche wieder und ist glücklicher denn je. Nun befinden wir uns im weihnachtlichen Epizentrum, überall um uns herum glitzert und funkelt es, egal, wo man hinsieht – es weihnachtet sehr. Und es stört mich nicht. Kann man das glauben?

Bunte Lichter, Kinderlachen, Glühweinduft, Weihnachtslieder, glückliche Gesichter. Doch das blende ich alles aus, denn mein Fokus liegt einzig und allein auf dem strahlendsten Gesicht weit und breit.

Mit glänzenden Augen nimmt sie all die Eindrücke wahr und schwebt regelrecht über die Eisfläche. »So etwas habe ich noch nie gesehen, hinter uns erhebt sich das altehrwürdige Rathaus wie ein Märchenschloss und erstrahlt in all seiner Imposanz, vor uns die illuminierte Ringstraße und das historische Burgtheather – ich liiiiiiebe Wien!«, frohlockt Tina, dreht eine Pirouette und kommt aus dem Schwärmen nicht heraus. »Danke übrigens für die kurze Stadtführung vorhin. O Gott, es ist *so* schön hier! Guck dir nur all die wundervoll beleuchteten Bäume an, der ganze Park ist so liebevoll dekoriert. Ich komme mir vor wie in einem zauberhaften Weihnachtsfilm!«

Dem kann ich nur beipflichten, die Kulisse ist tatsächlich so wundervoll, dass selbst ich nicht meckern kann. Ich war ewig nicht mehr Eislaufen, geschweige denn hätte ich mir jemals träumen lassen, den illustren Wiener Christkindlmarkt als Privatperson zu besuchen. Und doch bin ich hier und genieße die märchenhafte Atmosphäre und die ausgelassene Stimmung in vollen Zügen. Hand in Hand erkunden wir die Eislaufpfade, die sich durch den festlich beleuchteten Park ziehen, und sind dabei irgendwie ständig am Herumrangeln, was mir Schmetterlinge in den Bauch zaubert. Es hat etwas Verspieltes an sich, etwas Prickelndes. Obwohl Tina eindeutig die bessere Schlittschuhfahrerin ist, klammert sie sich auffallend oft an mich, wir albern herum und lachen viel. Auch wenn ich versuche, mich zurückzuerinnern, wann ich mich zuletzt so unbeschwert gefühlt habe, komme ich zu keinem Ergebnis. Tina schenkt mir ein sanftes Lächeln. »Du hattest im Übrigen recht mit deiner Annahme, dass ich mich in euren berühmten *Herzerlbaum* verlieben würde – wie könnte ich nicht? Es sieht entzückend aus, diese vielen roten leuchtenden Herzen auf so einem wunderschön gewachsenen Baum, romantischer geht's nicht«, sagt sie verträumt, woraufhin ich sie ruckartig an mich ziehe.

»Ich glaube, dem könnten wir noch eins draufsetzen ...«, raune ich in verführerischem Tonfall und sehe ein Blitzen in ihren so lebhaften Augen.

»Uhh, Inspektor Samtauge, was schwebt Ihnen denn so vor?«, flötet sie und blickt unter ihren langen Wimpern zu mir auf.

»Ein Plappermaul kann man anscheinend nur auf eine Art zum Schweigen bringen«, necke ich sie, streichle über ihre erhitzte Wange und beuge mich bedächtig zu ihr hinunter. Ich lasse mir bewusst Zeit, um den magischen Moment in all seiner Pracht auskosten zu können. Als sich unsere Lippen erst hauchzart und federleicht berühren, ist es ein Gefühl wie sanfte Schneeflöckchen. Innerhalb von Sekunden verschmelzen sie miteinander und werden eins. Alles an diesem Kuss ist perfekt, unsere Lippen scheinen wie füreinander gemacht. Mit einem Mal bin ich wieder versöhnt mit der festlichen Jahreszeit, all der Gram, den ich in den vergangenen Jahren gehegt habe, schmilzt wie ein Eiskristall auf der Haut.

Florentina hat mir gezeigt, dass Weihnachten nicht bloß ein paar unliebsame Tage im Kalender sind. Weihnachten ist vielmehr ein Gefühl tief im Herzen. Und ich bin gerade dabei, meines für sie zu öffnen. Für sie, den Zauber des Festes und damit auch für meine Familie.

Ende

ANA SKYE

A CHRISTMAS Heartbreak

Kapitel Eins

Stella

Ich werde heute mit Jack Schluss machen.

An Weihnachten.

Das ist vielleicht nicht der richtige Tag dafür – okay, nicht vielleicht, das ist definitiv nicht der richtige Tag – aber ich kann nicht anders. Ich wollte es schon viel früher machen, doch wie es nun mal so ist, ging es nicht, da Jack wichtige Abschlussprüfungen in der Uni geschrieben hat. Es wäre nicht fair gewesen, ihm die Konzentration dafür zu versauen. Sein Medizinstudium verlangt ihm einiges ab, wenn nicht sogar alles, was aber nicht der Anstoß für die Trennung ist. Mir fehlt die Luft zum Atmen. Im übertragenen Sinn. Das ist der Grund. Ich fühle mich, als würde ich ersticken, und deshalb kann ich auch nicht mehr länger warten. Den Weihnachtsabend feiern wir mit meiner Familie hier in der Nähe von Boston, und morgen früh reist Jack ab, um zu seiner eigenen nach Philadelphia zu reisen, bei der er bis zum neuen Jahr bleibt. Im Moment denkt er noch, ich würde ihn begleiten, was nicht der Fall sein wird. Ich trenne mich von ihm und wir beide starten allein in das neue Jahr, ein sauberer, klarer Schnitt.

Ich muss nur irgendwie diesen Tag überstehen.

Es ist erst sieben Uhr morgens, trotzdem bin ich bereits wach. Vermutlich vor Nervosität, auch wenn ich mir einrede, dass ich ganz entspannt bin. Dass ich das Richtige tun werde und keinen Grund habe, mich verrückt zu machen.

Ich habe mich direkt nach dem Aufwachen aus dem Bett gerollt und bin ins Bad verschwunden. Meinem alten Badezimmer im Haus meiner Eltern. Jack und ich sind gestern Abend hier angereist, und seitdem ist die Stimmung schlecht, weil wir uns auf der Autofahrt gestritten haben. Von Washington, wo wir beide studieren, ist es eine siebenstündige Fahrt. Sieben Stunden sind eine verdammt lange Zeit, wenn man sich nicht mehr besonders viel zu sagen hat. Was auf uns zutrifft. Worüber sollten wir auch reden? Wir haben uns total auseinandergelebt, weil wir einfach absolut nichts mehr gemeinsam unternehmen. Wann waren wir das letzte Mal zusammen in einer Bar, im Kino oder auch nur in einem Restaurant? Wann haben wir das letzte Mal gemeinsam eine Serie geschaut oder gekocht? Jack hat ja nie Zeit, weil er immer lernt. Das Einzige, was mir übrig bleiben würde, wäre also, ihm Fragen zu seinem Studium zu stellen. Und dazu habe ich keine Lust. Denn er stellt *mir* auch keine Fragen zu *meinem* Studium. Ich weiß, dass Jack sowieso total auf mich und mein Studium herabschaut. Weil Medizin ja so viel schwieriger und so viel wichtiger als Grafikdesign ist. Das stimmt, keine Frage. Aber sollte er mir nicht trotzdem ein Gefühl der Wertschätzung und Anerkennung vermitteln? Ich kann doch nichts dafür, dass meine Leidenschaft nun mal ausgerechnet in diesem Bereich liegt. Wobei ich mir nicht mal sicher bin, ob es da überhaupt noch irgendeine Leidenschaft gibt. Die Beziehung zu meinem Studium ist ähnlich erkaltet wie die zu Jack. Ich kann einfach keine Freude mehr für meine Studienprojekte aufbringen, mache alles nur noch halbherzig. Schwänze Vorlesungen und verspüre nicht mal Reue, wenn ich schlechte Noten kassiere. Mir ist alles egal. Meistens schlafe ich bis mittags, während Jack schon Stunden vor mir in aller Herrgottsfrühe das Haus verlassen hat, um in der Bibliothek zu lernen. Zum Duschen und Haarewaschen muss ich jeden Tag mühsam meine Motivation zusammenkratzen. Ebenso sieht es auch mit dem Essen aus. Erst wenn Jack mir schreibt, dass er sich so langsam auf den Heimweg macht, werfe ich wahllos ein paar Zutaten in einen Kochtopf, um mir nicht vorwerfen zu lassen, dass ich nicht für uns koche. Doch Jack schaufelt sich die Mahlzeit sowieso in Sekundenschnelle rein und verschwindet dann wieder in seinem Büro, um noch bis Mitternacht weiterzulernen und dann erschöpft ins Bett zu fallen. Muss schön sein, zu wissen, dass man am Tag etwas Produktives geleistet hat. Ich liege meistens noch bis in die frühen Morgenstunden auf der Couch und scrolle wahllos bei TikTok herum. Hauptsache, ich muss meinen Gedanken nicht zuhören.

Schlittere ich auf ein Burn-out zu? Habe ich schon eins? Ich weiß, dass ich etwas ändern muss. Und mein Bauchgefühl sagt mir eindeutig, dass ich bei der Beziehung mit Jack anfangen sollte. Wenn man es überhaupt noch so nennen kann. Seit zwei Jahren sind wir jetzt zusammen und ich dachte immer, dass er mein absoluter Traumtyp wäre. Ich habe mich auf einer meiner Erst-Unipartys in ihn verliebt. Er sieht so unglaublich gut aus mit seinen dunklen Locken und der breiten Statur, alle meine Kommilitoninnen waren scharf auf ihn, aber *ich* war diejenige, die ihn bekommen hat.

Tja, bald ist die Bahn dann wohl wieder frei. Ein schmerzhafter Stich durchzuckt mich bei dem Gedanken, doch ich bleibe hart.

Eine süße, kleine Jurastudentin würde doch viel besser zu ihm passen. Eine, die etwas aus ihrem Leben macht. Die mit ihm auf Augenhöhe ist. Ich tue Jack doch bloß einen Gefallen, wenn ich ihn freigebe und er mich los ist. Seine bedauernswerte Freundin mit dem erbärmlichen Studium, mit der er sich immer nur streitet.

Das wird das tollste Weihnachten meines Lebens.

Ich könnte kotzen.

Jack

Ich werde heute mit Stella Schluss machen.

Mag sein, dass es falsch ist, das an Weihnachten zu tun, aber ich habe keine Wahl. Ich habe ein unglaublich gutes Jobangebot erhalten, welches schon Ende Januar startet. Für ein halbes Jahr soll ich in einem Krankenhaus in New Mexico assistieren. Ich weiß, dass unsere Beziehung diese Entfernung nicht aushalten würde. Unser Verhältnis war in letzter Zeit sowieso alles andere als gesund. Ich verbringe zu viel Zeit mit Lernen und Stella scheint immer weniger Verständnis dafür aufzubringen. Und deshalb weiß ich auch, dass sie auf mein halbes Jahr in New Mexico wenig unterstützend reagieren würde. Ich will es ihr mit der Trennung also einfach nur leichter machen. Denn ich liebe sie immer noch und will das Beste für sie, aber so funktioniert es einfach nicht mehr.

Auch diese Situation gerade; Stella ist schon vor einer Stunde aufgestanden und seitdem nicht mehr aus dem Badezimmer herausgekommen. Sie hat eine Ewigkeit geduscht und jetzt lackiert sie sich wahrscheinlich die Fingernägel oder macht irgendeinen anderen Kram.

Früher waren unsere Morgen anders. Wenn keiner von uns aufstehen musste, haben wir uns stundenlang in den Laken gewälzt, ich konnte meine Finger nicht von Stella in diesen kurzen Satin-Pyjamas lassen. Jetzt trägt sie meistens schlabbrige Baumwoll-T-Shirts und Jogginghosen. Ich finde Stella wunderschön, egal was sie anhat, aber es zeigt mir einfach, dass sie sich für mich keine Mühe mehr gibt. In jeglicher Hinsicht. Sie war früher so wild, so ausgelassen. Ich werde nie den Tag vergessen, an dem wir in diesem Freizeitpark waren und sie in der Achterbahn meine Hand unter ihren Rock geschoben hat. Ihre glitzernden Augen, ihr helles Kreischen und diese wahnsinnige Gefühlsmischung aus Adrenalin und Erregung. Wann hatten wir das letzte Mal einen solchen Moment?

Seufzend schwinge ich mich aus dem Bett und mache mich direkt auf den Weg nach unten in die Küche. Es hat keinen Zweck, an die Badezimmertür zu klopfen und Stella zu bitten, mich hineinzulassen. Sie würde genervt irgendetwas rufen von wegen *Bitte warte einfach mal fünf Minuten, Jack* und aus fünf Minuten würden zehn und dann zwanzig.

»Guten Morgen, Jack.« Stellas Mutter wirbelt gerade ein paar Pancakes in einer Pfanne herum und grinst mir zu. Sie haben die Form von kleinen Schneemännern. Gott, ich werde Loren vermissen. »Sag mal, meinst du, du könntest mir heute einen kleinen Gefallen tun?« Ihre Augen nehmen einen verschwörerischen Glanz an, als sie mir einen Pancake auf den Teller schiebt und dies als Vorwand nutzt, sich vertrauensvoll zu mir zu beugen. »Ich will George und Stella überraschen.«

»Natürlich, Loren. Ich helfe gerne aus. Was soll ich für dich erledigen?«, frage ich höflich und nehme einen Bissen. Er schmeckt nach Zimt und Lebkuchengewürz und einfach nach Weihnachten.

Loren klatscht begeistert in die Hände und lächelt erleichtert. »Danke, Jack, das ist wirklich lieb. Ich möchte, dass du etwas Besonderes für mich abholst. Es ist so eine Weihnachtskrippe, wie wir sie hatten, als Stella noch klein war. Ich dachte, dass der Mann, der sie damals geschnitzt hat, keine mehr herstellt, da er schon seit einigen Jahren Parkinson hat ... Aber gestern habe ich von einer Freundin erfahren, dass er jetzt noch seinen alten Restbestand verkauft.«

Ich nicke verständnisvoll. Stella hat mir mal davon erzählt, dass sie als Kind immer damit gespielt hat. Sie scheint Weihnachten als Fest der Liebe unmittelbar auch mit dieser Krippe zu verbinden und war selbst als Teenager noch todtraurig, als diese vor ein paar Jahren in Flammen aufgegangen ist, weil ihre Katze Larry eine Kerze umschubste, die direkt daneben gestanden hatte. »Klingt nach einer großartigen Idee. Wo genau kann ich diese besondere Weihnachtskrippe finden?«

»Der Mann wohnt einige Meilen außerhalb der Stadt auf einer Farm. Deshalb bitte ich auch dich, hinzufahren. Wenn ich es selbst mache, wäre ich zu lange unterwegs, wodurch George und Stella es bemerken würden. Aber wenn du jetzt fährst, wärst du passend zum Mittagessen zurück, das ich nun problemlos zubereiten kann. Nimm ruhig meinen Wagen.« Sie gibt mir einen kleinen Zettel, auf den eine Adresse gekritzelt ist.

Ich stehe auf und stelle meinen Teller in die Spülmaschine. »Ich mache mich gleich auf den Weg, Loren. Du kannst dich auf mich verlassen.«

Loren lächelt mir dankbar zu. »Danke, Jack. Du rettest mir wirklich den Tag. Ich hatte kein passendes Geschenk für Stella und George, nur wieder diese langweiligen Gutscheine ... Aber pass auf, dass die beiden nichts mitkriegen, okay?«

Ich grinse leicht. »Kein Problem. Ich werde diskret sein.«

Während ich die Küche verlasse, lockert sich die Anspannung in mir ein wenig. Die Aufgabe, etwas für Loren zu erledigen, gibt mir einen Moment der Ablenkung von meinen eigenen Gedanken und Sorgen. Vielleicht ist es gar nicht so schlecht, die Krippe jetzt, an Weihnachten, für Stellas Familie zu besorgen, sozusagen als Abschiedsgeschenk, bevor ich mit Stella Schluss mache.

Kapitel Zwei

Stella

Die Sonne hat den Himmel mittlerweile vollständig erobert, als ich mich endlich aus dem Badezimmer wage. Um meine aufkommende Nervosität zu bekämpfen, musste ich irgendwas machen, also habe ich meine Morgenroutine verlängert. Während ich mich anziehe, stellt sich mir die Frage, wie ich von dem Punkt, an dem wir zusammengekommen sind, hierhergelangen konnte. Unsere Beziehung war mal ganz anders. Ich erinnere mich noch daran, wie wir gemeinsam in diesem Freizeitpark waren und mit der Achterbahn gefahren sind. Es war schon spätabends, kurz vor der Schließung des Parks, und dunkel draußen. Außerdem waren wir fast die einzigen Fahrgäste. Die Achterbahn hatte nicht besonders viele Loopings und fuhr auch nicht allzu schnell, aber uns war das nur recht. Wir waren noch nicht lange zusammen und ich konnte damals weder meine Augen noch die Finger von Jack lassen. Kaum hatte sich unser Wagen in Bewegung gesetzt, beugte ich mich zu Jack hinüber und gab ihm einen langen, intensiven Zungenkuss. Wir vergaßen völlig, wo wir uns befanden – jedenfalls, soweit man das vergessen kann, denn natürlich war da trotzdem dieses auf und ab schwappende Gefühl in meinem Bauch, aber noch viel stärker war das Kribbeln in meinem Unterleib –, dann griff ich Jacks Hand und schob sie unter meinen karierten Flanellrock. Ich werde seinen Gesichtsausdruck währenddessen nie vergessen und bin mir sicher, dass er nie eine andere Frau so angesehen hat wie mich in diesem Moment. Ironischerweise fühle ich mich jetzt wieder so wie in einer Achterbahn, aber in einem ganz anderen Sinne: Ich werde von meinem eigenen Leben herumgeschleudert, schreie lauthals, aber es scheint keinen zu interessieren, ich kann nicht aussteigen, die Fahrt nur aushalten. Ich sehe nur eine einzige Möglichkeit, um die Achterbahn anzuhalten, und das ist, quasi den Not-Aus-Knopf zu drücken: mit Jack Schluss zu machen.

Ich bin so verloren in diesen Gedanken, dass ich fast über die Treppe stolpere, als ich in den Flur trete. Plötzlich wird meine Aufmerksamkeit von meinem Vater geweckt, der im Türrahmen steht und mich mit einem Lächeln begrüßt. »Guten Morgen, Stella. Komm rein, ich möchte mit dir sprechen.«

Ich bin verwundert. Normalerweise ist er nicht der Typ, der morgens frühzeitig wichtige Gespräche führt.

Ich trete ins Wohnzimmer und setze mich auf das gemütliche Sofa. Alles im Haus ist weihnachtlich dekoriert und sorgt dafür, dass sich trotz meiner Probleme ein wohliges Gefühl in meinem Bauch ausbreitet. Ich habe Weihnachten schon immer geliebt. Einmal im Jahr lassen alle Menschen ihre Aufgaben, Sorgen und Ängste liegen, um beieinander zu sein und die Liebe zu spüren, die sie sich gegenseitig geben. Liebe zu spüren – das wünsche ich mir auch. Sehnlicher als alles andere. Und von Jack werde ich dieses Geschenk wohl nie wieder bekommen.

Mein Vater folgt mir und setzt sich in den Sessel gegenüber. Er lehnt sich vor und stützt seine Ellbogen auf den Knien ab, während er mich mit einem warmen Lächeln ansieht. »Stella, du weißt, wie viel mir unser Weihnachten als Familie bedeutet«, beginnt er sanft.

Ich nicke zustimmend und frage mich, worauf er hinauswill. Mein Vater ist manchmal ziemlich wortkarg und um den heißen Brei herumreden ist nicht seine Art. »Dieses Jahr habe ich eine Idee«, fährt er fort, »für ein ganz besonderes Weihnachtsgeschenk an deine Mutter.«

Ich hebe eine Augenbraue, neugierig darauf, was er im Sinn hat. »Erinnerst du dich an die alte Weihnachtskrippe, die wir früher immer aufgestellt haben?« Er lächelt nostalgisch. »Die, die handgeschnitzt ist und uns so lange begleitet hat.«

Natürlich erinnere ich mich daran. Sie war ein fester Bestandteil unserer Weihnachtstradition. Ich glaube, meine Eltern hatten sie kurz nach meiner Geburt gekauft, denn es gab sie schon, seit ich mich erinnern kann. Ich habe sie geliebt. Praktisch das ganze Jahr habe ich darauf hingefiebert, dass wir endlich wieder die Krippe aufstellen und ich sie mit den Schafen und dem Esel dekorieren kann – der Esel passte eigentlich nicht zum Rest. Er war nicht mal aus Holz, sondern aus Plastik, und hatte einen creepy Gesichtsausdruck. Keine Ahnung, wie der in die Sammlung geraten ist, aber ich habe ihn geliebt. Er hieß Hank und durfte immer genau neben dem Jesuskind stehen. »Ja, natürlich erinnere ich mich. Schade, dass Larry sie damals abgefackelt hat. Und dass es keine mehr gibt.«

Mein Vater lächelt noch breiter. »Genau darum geht es. Ich habe vor Kurzem erfahren, dass der Mann, der sie geschnitzt hat, noch einige übrig hat, die er jetzt zu Weihnachten verkauft. Es werden die Letzten ihrer Art sein, da er mit seinem Parkinson keine mehr produzieren kann. Ich ... ich möchte sie deiner Mutter heute Abend schenken.«

Mein Herz schlägt plötzlich schneller. Eine Welle der Nostalgie überkommt mich. »Das ist eine wunderbare Idee, Dad. Die Krippe wäre wirklich ein besonderes Geschenk.«

»Genau das dachte ich mir auch.« Mein Vater räuspert sich und wirkt plötzlich etwas nervös. »Und ich wollte dich fragen, ob du sie von der Farm abholen könntest. Ich möchte deine Mutter überraschen, und bei dir wäre es unauffälliger.«

In meinem Hals bildet sich ein Kloß, den ich hinunterschlucke. Es ist, als ob mein Vater wüsste, dass ich heute einen schweren Tag vor mir habe, und er mir eine Möglichkeit bieten möchte, mich abzulenken und etwas Gutes zu tun. »Natürlich, Dad. Das mache ich.«

Mein Vater lächelt mich wehmütig an. »Danke, Stella. Wenn du jetzt fährst, solltest du bis zum Mittagessen zurück sein.«

Als ich wieder in mein Zimmer komme, liegt Jake nicht mehr in meinem Bett. Vermutlich ist er im Bad. Ich werfe mein Portemonnaie und mein Handy in meine Handtasche und überlege kurz, ob ich ihm Bescheid sagen soll, wo ich hinfahre. Doch dann entscheide ich mich dagegen. Nicht, dass er mich begleiten möchte. Ich brauche diese Zeit allein, um noch mal über alles nachzudenken.

Auf das Frühstück verzichte ich, da Mom in der Küche steht und ich mir ihr gegenüber ebenfalls keine Ausrede einfallen lassen möchte, wo ich hinfahre. Also schleiche ich mich nur aus der Haustür und gehe zu meinem Wagen.

Spätestens als ich auf die große Hauptstraße biege, die durch unsere Stadt führt, bereue ich diese Entscheidung aber schon. Mein Magen rumort wie ein Betonmischer. Erst jetzt fällt mir ein, dass ich gestern Abend auch kaum etwas gegessen habe, weil mir der Appetit vergangen war, nachdem ich beschlossen hatte, dass ich heute mit Jack Schluss machen werde.

Also setze ich kurzerhand den Blinker und biege auf die Einfahrt von McDonald's. Ein McMuffin und ein Kaffee aus dem Drive-in werden es erträglicher machen, den Weg zu dieser Farm zu überstehen, die knapp eine Stunde entfernt ist.

Als ich vorfahre, bemerke ich aus den Augenwinkeln ein vertrautes Auto vor mir. Es sieht aus wie das meiner Mutter. Ich schaue genauer hin und erkenne ihren peinlichen Enten-Aufkleber auf der Heckklappe. Was macht Moms Wagen hier, wenn sie vor zehn Minuten noch in der Küche stand und einen Mixer bediente? Ich bin so perplex, dass ich meine Füße nicht mehr unter Kontrolle habe. Als ich reagiere, ist es bereits zu spät – mein Fuß rutscht vom Bremspedal, und ich fahre mit einem leichten, aber dennoch deutlich spürbaren Ruck auf das Fahrzeug vor mir auf. Für wenige Sekunden stehe ich unter Schock, bis mir klar wird, was gerade passiert ist. Ich bin meiner Mutter hintendrauf gefahren. Nein, nicht ihr, sondern nur ihrem Auto. Wer zur Hölle sitzt darin? »Verdammt!«, fluche ich und steige aus meinem Wagen.

Auch die Fahrertür von Moms Auto geht auf, und es steigt jemand aus. Jack. *Jack?* Er sieht wutentbrannt aus. »Was zum Teufel, Stella? Kannst du nicht aufpassen?«

Ich sehe zu ihm auf, die Verärgerung in seinen Augen trifft auf meine eigene Frustration. »Es tut mir leid, Jack, okay? Das war nicht mit Absicht! Was *machst* du überhaupt hier?«

Anstatt mir zu antworten, starrt er fassungslos auf das Heck. Ich tue es ihm gleich. Verdammt, das Kennzeichen ist eingebeult. Das hat mir gerade noch gefehlt. Mein eigenes hat dagegen nur ein paar kleine Kratzer abbekommen.

»Ist alles okay bei dir? Hast du dich verletzt?«, fragt Jack, und auch wenn die Frage Besorgnis suggerieren soll, kann ich an seinem genervten Unterton heraushören, dass er weiß, dass mir nichts passiert ist und er nur der Form halber fragt. Der Aufprall war nicht besonders heftig. Trotzdem hat er gereicht, um Moms Heckseite zu demolieren.

»Alles bestens, und selbst?«, fauche ich. Ich kann einfach nicht anders. Jack hätte vielleicht als Allererstes mal fragen sollen, ob es mir gut geht, oder? Hätte das nicht jeder andere liebende Freund gemacht?

Aber du hast ihn doch auch nicht direkt gefragt, meldet sich eine verächtliche Stimme in meinem Kopf. Es ist die gleiche, die mir gestern Abend, nachdem mich die Erkenntnis getroffen hatte, dass ich mit Jack Schluss machen werde, zugeflüstert hat, dass ich vielleicht auch selbst Verantwortung dafür trage, dass es zwischen uns nicht mehr so läuft. Doch ich wische sie beiseite.

»Könnte besser sein«, knurrt Jack zurück. »Ich wollte mir eigentlich nur einen Kaffee holen, stattdessen müssen wir nun deiner Mom erklären, dass ihr Auto kaputt ist.«

»*Wir* müssen ihr gar nichts erklären, keine Sorge. *Dich* trifft ja keine Schuld«, zische ich. Dann entweicht mir ein frustriertes Seufzen. »Ich rufe Danny an. Der hat das in wenigen Stunden repariert, dann müssten wir Mom nicht mal etwas davon erzählen. Oder wann erwartet sie ihr Auto zurück?«

Mein Lieblingsonkel ist KFZ-Mechatroniker und hat mir noch nie einen Wunsch abgeschlagen. Nicht einmal an Weihnachten. Ich weiß, dass er den heutigen Tag gerne damit verbringt, die Füße hochzulegen und sich *Schöne Bescherung* anzusehen, aber vielleicht macht er für mich eine Ausnahme.

Jack knirscht mit den Zähnen, seine Anspannung scheint nicht nachzulassen. »Ich ... soll etwas für deine Mom erledigen. Ich brauche das Auto. Kann ich deins nehmen, wenn wir das hier zu deinem Onkel bringen?«

Ich schüttle den Kopf. »Ich muss auch etwas erledigen. Dad hat mich gebeten, zu einer Farm zu fahren und eine dieser Weihnachtskrippen zu besorgen, die wir früher hatten. Weißt du, welche ich meine? Die, die Larry abgefackelt hat ...«

Jack wirft den Kopf in den Nacken und seufzt noch lauter. »Na großartig.«

»Was habe ich jetzt schon wieder falsch gemacht?«, knurre ich.

»Deine Eltern hatten beide die gleiche Idee. Ich soll *auch* diese Krippe besorgen, um dich und deinen Dad zu überraschen.«

Ich will fast schon lachen, doch es bleibt mir im Hals stecken. Jack sieht nicht aus, als fände er diese Situation lustig und es zeigt mir wieder, was mich in letzter Zeit so an ihm stört: Er gibt mir das Gefühl, für alles Schlechte, das passiert, verantwortlich zu sein. Okay, ich bin vielleicht gerade dem Auto meiner Mutter hintendrauf gefahren, aber im Grunde genommen kann es ihm ja egal sein, denn es ist nicht *sein* Auto. Außerdem habe ich mir bereits eine Lösung für das Problem überlegt. Und dass Mom mich jetzt nicht mehr überraschen kann, liegt wohl weniger an mir sondern eher daran, dass Dad die gleiche Idee hatte. Ich weiß also nicht, warum Jack mich so grimmig ansieht.

»Hey, könnten Sie vielleicht mal das Drive-in frei machen? Hier wollen auch noch andere Leute ihr Essen haben«, ruft ein wütender Mann hinter uns aus seinem Autofenster.

»Wir treffen uns bei Onkel Danny«, zische ich Jack an, drehe mich um und steige zurück in meinen Wagen.

Kapitel Drei

Jack

Das ist wirklich eine Katastrophe. Ich habe keine Lust, mit Stella zu dieser Farm zu fahren, doch mir bleibt wohl nichts anderes übrig. Zehn Minuten später sind wir nämlich bei ihrem Onkel angekommen, und was soll ich sagen, dieser Mann *liebt* seine Nichte. Er hat seine Garfield-Hausschlappen sofort gegen ein Paar Sicherheitsschuhe getauscht und den Wagen seiner Schwester in seine Scheune-Schrägstrich-Autowerkstatt gefahren. In drei Stunden ist das Auto wieder wie neu, meint er.

Also sitze ich jetzt neben Stella auf dem Beifahrersitz und ertrage die seltsame Atmosphäre zwischen uns, während sie uns fährt. Die Wintersonne, die sich vor einer halben Stunde noch so optimistisch gezeigt hat, versteckt sich jetzt hinter dicken grauen Wolken. Es könnte Regen geben oder Schnee oder beides.

Stella sagt kein Wort. Wir haben die Stadt inzwischen verlassen und fahren auf der großen Landstraße, die gleich durch einen dichten Wald führen wird. Ich wünschte, man könnte die Zeit um ein Jahr zurückdrehen. Dann würde Stella mir jetzt einen verschmitzten Blick zuwerfen und plötzlich rechts ranfahren. Dieser verlassene Wald wäre der perfekte Ort für Versöhnungssex. Ich muss fast grinsen, als ich daran denke, dass früher jede kleinste Verstimmung für uns ein Anlass war. Es gab dabei eine Regel: Der Versöhnungssex musste an einem ungewöhnlichen Ort stattfinden. Vielleicht hat diese Achterbahngeschichte das Ganze ausgelöst, denn an diesem Tag im Freizeitpark hatten wir uns auch gestritten. Es war nur eine Kleinigkeit gewesen, wegen ernster Sachen hatten wir uns bis vor einiger Zeit nie gezofft. Stella verhält sich schon seit Wochen ganz anders als früher. So wie jetzt – sie zeigt mir die kalte Schulter, hat diesen grimmigen Gesichtsausdruck, und ich weiß nicht einmal warum. Aber ich kann es mir denken. Und finde es einfach nur völlig daneben. Wie kann sie es mir so derartig übelnehmen, dass ich viel lernen muss? Ich studiere nun mal Medizin, verdammte Scheiße, und nicht so einen Medienkram wie sie. Vor ein paar Monaten hat sie mich mit strahlenden Augen – es war das letzte Mal, dass ich sie strahlend gesehen habe – gefragt, ob ich mir vorstellen konnte, in den Semesterferien zwei Monate mit ihr durch Asien zu reisen.

Nein, konnte ich mir nicht. *Sie* hat in ihren Semesterferien vielleicht Zeit für so was, aber ich nicht. Vor allem nicht im Hinblick auf meine Finals. Und das hat sie nicht nachvollziehen können. Sie wollte unbedingt noch mal mit mir weg, bevor ich mein Studium abschließe und im Berufsleben eingespannt sein werde. Als ich Nein gesagt habe, redete sie mehrere Tage nicht mit mir. Es war das erste Mal, dass ich darüber nachdachte, dass es möglicherweise irgendwo auf der Welt jemanden geben könnte, der meine Leidenschaft für die Medizin besser verstehen und supporten kann. »Du musst da rechts«, informiere ich Stella mit einem Blick auf Google Maps.

»Ich weiß«, faucht sie prompt zurück, reißt aber ruckartig das Lenkrad herum, was nicht unbedingt dafür spricht, dass sie wusste, wo wir entlang müssen.

Ich kann nicht mehr an mich halten. »Sag mal, was ist dein Scheißproblem?«

»Mein Problem?«, spuckt sie aus. »Ich habe keins.«

»Ach nein? Dann erzähl das mal deinem Gesicht.« Sie will Stress? Sie bekommt Stress. Es ist mir scheißegal, ob Weihnachten ist oder nicht. Ich habe das lange genug ertragen. »Du behandelst mich seit Wochen wie Dreck, redest kein einziges Wort mit mir. Fein. Aber kannst du dich wenigstens deiner Familie gegenüber fair verhalten? Du hast gerade das Auto deiner Mutter geschrottet und man merkt dir nicht an, dass es dir besonders leidtut. Wieso auch? Dein toller Onkel rettet dich ja mal wieder aus der Misere, die kleine Stella muss wie immer keinen Finger krumm machen. Du hättest dich wenigstens bei ihm bedanken können, weißt du? Du hättest dich *wenigstens* bedanken können.«

»Oh, darin bist du ja auch ganz groß!« Stellas Hände beben am Lenkrad vor Wut. »Wie oft bekomme ich denn ein Danke von dir? Dafür, dass ich deine ganze Wäsche wasche? Ich lege deine verfickten Unterhosen zusammen und bügle deine Hemden, weil du dich den ganzen Tag nicht zu Hause blicken lässt, und wenn du dann abends kommst, kriege *ich* dann vielleicht ein Danke?«

Ich schüttle fassungslos den Kopf. »Ich wusste, dass es darum geht, dass ich so viel lerne, wie immer. Aber kannst du das nicht *einmal* wie ein vernünftiger Mensch kommunizieren?«

»Es geht nicht darum! Du verstehst einfach gar nichts!« Stella drückt das Gaspedal durch, und ich werde in meinen Sitz gedrückt. »Es ist mir scheißegal, wie viel du lernst, es ist mir scheißegal, wie lange du in der *Bib* bist.« Sie spricht das Wort so verächtlich aus, als wäre es völlig abwegig, dass ich den ganzen Tag dort wäre. »Es ist mir scheißegal, dass du nach fremdem Frauenparfum stinkst, wenn du nach Hause kommst, und dass du wieder mit dieser dummen Stacey *gelernt* hast …«

»*Das* ist es?« Mir entgleisen jegliche Gesichtszüge, ich schaue Stella fassungslos an. »Du glaubst mir nicht, dass ich den ganzen Tag lerne? Du denkst, ich *betrüge* dich?«

Das toppt alles. Wirklich alles. Egal, wie schlecht es in letzter Zeit bei Stella und mir lief, sie zu betrügen wäre das Allerletzte, was ich tun würde. Ich habe sie unsere ganze Beziehung lang auf Händen getragen, sie war und ist die Einzige für mich. Es gibt keine andere, an der ich Interesse habe. Das ist nicht mal ansatzweise der Grund, warum ich mich von ihr trennen will. Stella ist wunderschön, und an diese Schönheit kommt niemand heran. Stacey aus meiner Lerngruppe? Ein Witz dagegen. Selbst jetzt, wo die Wut Stellas Wangen rot färbt, ihre Augen Schlitze sind, ihr Haar zerzaust – ist sie für mich die schönste Frau auf der Welt. Ihre blauen Augen, die mich mit dem schelmischen Stella-Glitzern, das ich so vermisse, in andere Galaxien katapultieren können. Ihre Halsbeuge, an der die Haut so weich ist und die sich so unglaublich gut eignet, um sanfte Küsse darauf zu verteilen.

Aber, dass sie mir ernsthaft unterstellt, ich würde sie betrügen – das ist zu viel, es reicht.

»Halt an.«

»Was?« Sie wirft mir einen gehetzten Seitenblick zu.

»Halt an!« Ich brülle. Ich kann nicht anders. Stella steigt ruckartig auf die Bremse und wir werden nach vorn gestoßen, aber von unseren Gurten gehalten. Wir keuchen beide auf. Ich schnalle mich ab.

»Was machst du?«, fragt Stella schrill.

»Ich laufe nach Hause. Zu deinen Eltern.«

»Bist du jetzt völlig irre?«, kreischt sie und ihre zornige Miene verwandelt sich in völligen Unglauben. »Das sind locker fünfzig Meilen. Du läufst doch jetzt nicht …«

Doch ich habe bereits die Tür entriegelt und bin ausgestiegen. »Ich halte es mit dir nicht mehr aus. Denk mal ernsthaft darüber nach, was du gerade von dir gegeben hast. Denn *ich* werde darüber nachdenken. Glaub mir.« Mit diesen Worten knalle ich die Autotür zu. Stella starrt mich noch ein paar Sekunden lang fassungslos durch das Fenster an. Dann verwandelt sich ihre Miene in Trotz, die Reifen quietschen auf dem Waldboden und der Wagen rast davon.

Kapitel Vier

Stella

Ich schluchze hysterisch. Ich weiß, *ich* habe mir vorgenommen, heute Abend mit ihm Schluss zu machen, und deswegen absolut keinen Grund, zu heulen. Aber ich kann nicht anders. Jack hat mich noch nie so angesehen. So ... voller Verachtung. Normalerweise liegt in seinem Blick immer eine gewisse Wärme, selbst wenn er noch so sauer auf mich ist. Mir ist klar, dass ich zu weit gegangen bin. Keine Ahnung, warum ich das mit dieser Stacey gesagt habe. Natürlich glaube ich nicht mal ansatzweise, dass Jack mich mit ihr betrügt. Oder mit sonst irgendwem. Ich habe ihn vor ein paar Monaten auf seiner Uniparty überrascht. Ursprünglich wollte er mich mitnehmen, aber, weil ich mit meiner besten Freundin Lia verabredet war, konnte ich nicht mit. Da diese mir kurzfristig absagte, hatte ich beschlossen, dass ich doch zur Party gehen und ihn überraschen wollte. Als ich dort eintraf, sah ich gerade, wie sich ihm eine seiner Kommilitoninnen namens Vicky näherte. Sie warf ihm ein neckisches Lächeln zu, legte ihm sogar die Hand auf die Schulter und beugte sich ganz nah an ihn heran, um irgendetwas in sein Ohr zu flüstern – mit Sicherheit nichts Jugendfreies. Jack wusste nicht, dass ich ihn beobachtete, er weiß es bis heute nicht. Und deshalb bin ich mir sicher, dass er absolut loyal ist, denn er schob diese Vicky höflich von sich, nahm ihr sogar ihren Drink weg – eine, wie ich finde, für sie absolut demütigende Geste, aber da sie ja so besoffen war, hat sie das gar nicht mitbekommen – und forderte einen Unikumpel auf, sich um die stramme Studentin zu kümmern. Ja, das ist das absolute Minimum, wenn man eine Freundin zu Hause hat – aber Jack würde in keiner Situation anders reagieren, und deshalb tut es mir so unglaublich leid und weh, dass ich ihm vorgeworfen habe, es wäre anders. Ich glaube, ich wollte ihm wehtun. Das ist die traurige Wahrheit. Ich bin so toxisch.

Ich drehe das Radio extra laut und versuche mich mit der Weihnachtsmusik zu betäuben, die aus den Boxen plärrt. *Last Christmas, I gave you my heart, but the very next day, you gave it away* ... Tja. Dieses Weihnachten gebe ich Jack sein Herz zurück, und ich rede mir ein, dass es das Richtige ist.

Nach ungefähr einer Viertelstunde erreiche ich das Ende des Waldes und entdecke ein Holzschild am Straßenrand. *Harrisons Farm.* Ich reiße das Lenkrad im letzten Moment herum, um in den unbefestigten Feldweg einzubiegen. Mein Chevrolet schaukelt hin und her, während ich den schmalen Weg entlangtuckere. In der Ferne kommt ein dunkles Farmhaus in Sicht. Dunkelgraue Wolken haben den Himmel verschluckt und tauchen die Szenerie in gedämpftes Licht. Ein eisiger Wind fegt durch die Gegend und lässt meine Nase sofort frieren, als ich mein Auto am Rand des Feldes geparkt habe und aussteige. Ich schaue auf das Gebäude, das vor mir auftaucht, und versuche, mir nicht von der melancholischen Stimmung gruseln zu lassen. Es wirkt wie aus einer anderen Zeit und ich frage mich, wie alt das Gebäude wohl ist. Die umliegenden Felder erstrecken sich karg und verlassen, und hinter dem Haus kann ich einige Ställe entdecken. Trotz des tristen Anblicks strahlt es eine gewisse Gemütlichkeit aus, stelle ich fest, als ich mich der Haustür nähere. Jemand hat eine Girlande aus Tannenzweigen und Christbaumkugeln darüber festgetackert, und sie wiegt sich im Wind. Ich drücke auf die Klingel.

Ein älterer Mann mit sanften Augen und zitternden Händen öffnet mir. Sein Lächeln ist herzlich und seine Augen leuchten auf, als er mich sieht. »Kann ich Ihnen helfen?«, fragt er mit einer freundlichen Stimme, die jedoch ebenfalls von einem Zittern begleitet ist. Das muss an dem Parkinson liegen, von dem Dad mir erzählt hat.

»Ich bin Stella, und ich habe gehört, dass Sie wunderschöne handgeschnitzte Krippen verkaufen. Ich bin gekommen, weil ich gerne eine kaufen würde, wenn das möglich ist.«

Seine Augen werden ein wenig größer und sein Lächeln vertieft sich. »Nun, komm doch herein, Stella. Es freut mich, dass du Interesse an meiner Arbeit hast.«

Ich betrete sein gemütliches Zuhause und spüre sofort die Wärme, die von den hölzernen Möbeln und den vielen handgeschnitzten Figuren ausgeht, die überall im Raum verteilt sind. »Setz dich doch«, sagt Mr Harrison und weist auf einen Stuhl in der Nähe. Er nimmt mir gegenüber Platz und legt seine zittrigen Hände auf den Tisch. »Es freut mich sehr, dass du hier bist. Die Krippen bedeuten mir viel und ich teile sie gerne mit anderen.«

Ich schaue in seine warmen Augen und beschließe, ihm zu erzählen, wie viel sie auch mir mein ganzes Leben lang bedeutet hat, bis sie bei einem Unfall in Flammen aufgegangen ist – dass meine Katze daran schuld ist, lasse ich aus. Das klingt echt unglaubwürdig.

Er wirkt sehr gerührt davon, dass ich bereits als Kind eine seiner Krippen hatte und welch hohen Stellenwert sie in unserer Familientradition hat. Ich entdecke sogar eine Träne in seinem Augenwinkel, die er jedoch wegblinzelt.

»Du hast mir mit deinem Besuch wirklich mein Weihnachten versüßt, liebe Stella.« Seine Hand zittert so sehr, dass er es nicht schafft, einen Krümel vom Tisch zu schnippen. Mein Magen verkrampft sich. »Eine Familie zu haben, mit der man das Fest der Liebe feiern kann, ist eines der schönsten Dinge im Leben.«

Ich schlucke. »Haben ... Haben Sie keine Familie?«

»Meine Frau ist schon vor einigen Jahren verstorben.«

Ich merke, dass er sich Mühe gibt, nicht allzu mitleiderregend zu klingen, doch ich muss gegen Tränen ankämpfen. »Ich habe nur einen Sohn und er wohnt weit weg in Florida. Weihnachten feiert er mit der Familie seiner Frau. Meine Angestellten hier auf der Farm haben an Weihnachten natürlich frei.« Er fängt den Schmerz in meinem Blick auf und ringt sich ein Lächeln ab. »Oh, Liebes, bitte sieh mich nicht so an. Ich habe es doch clever angestellt, oder nicht? Kurz vor Weihnachten zu verkünden, dass ich noch ein paar Krippen zu verkaufen habe. Zwei Leute waren heute schon da, um welche abzuholen, und beide haben sie mit mir ein Schwätzchen gehalten. Wenn das so weitergeht, bin ich gar nicht allein an Weihnachten.« Seine Augen leuchten verschmitzt und ich kann mir vorstellen, dass Mr Harrison eigentlich ein sehr lebensfroher Mensch ist. Doch das fortschreitende Parkinson scheint ihn fest im Griff zu haben. Mein Blick fällt durch die offene Tür, die in die Küche führt. Auf der Spüle stapelt sich schmutziges Geschirr und ein Berg an leeren Verpackungen von Fertiggerichten.

Mr Harrison scheint mich davon ablenken zu wollen. »Oje, ein ziemlich heftiger Schneesturm hat sich da entwickelt.« Er deutet aus dem Fenster. Tatsächlich wirbeln die Schneeflocken draußen wie wild herum und die Sicht ist stark eingeschränkt, weil alles in ein verschwommenes Weiß getaucht ist. »Ich hoffe, da geraten nicht wieder Wanderer rein.« Er schüttelt nachdenklich den Kopf. »Letzten Winter hat sich eine Frau bei einem Schneesturm in unserem Wald verirrt und wäre fast erfroren. Schrecklich dramatisch war das.«

Ein ungutes Gefühl breitet sich in meinem Magen aus. Mit zittrigen Knien stehe ich auf. »Mr Harrison, ich … Ich glaube, ich sollte lieber losfahren und meinen Freund aufgabeln. Er ist da draußen unterwegs. Zu Fuß.«

»Oh!« Mr Harrison will ebenfalls aufstehen, doch seine Beine knicken unter ihm weg und er plumpst zurück auf den Stuhl. Sein Gesicht verzieht sich für einen kurzen Moment schmerzverzerrt, doch dann fängt er sich wieder. »Natürlich, Liebes. Ich werde hier sitzen bleiben, aber du such dir eine der Krippen aus und sieh zu, dass du deinen Freund findest. Es ist das schönste Geschenk von allen, weißt du? Auch zu Weihnachten … Menschen, die uns lieben.«

Jack

Ich stehe allein auf dieser verlassenen Straße. Der Wald liegt vor mir, dicht und undurchdringlich. Kein Auto weit und breit. Es ist still, bis auf das Rauschen des Windes in den Bäumen. Ich versuche, tief durchzuatmen, um meine Gedanken zu sortieren. Es ist zu Fuß wirklich weit bis zu Stellas Eltern, aber im Moment brauche ich die Bewegung. Ich stelle mir vor, dass die Schritte mich von dem ganzen Chaos in meinem Kopf wegbringen würden.

Erste Schneeflocken landen sanft auf meinem Haar und meiner Jacke. Ich schaue nach oben, während ich durch den Wald stapfe, und die weißen Kristalle wirbeln um mich herum wie Erinnerungen, die ich nicht abschütteln kann.

Stella wirft mir vor, sie vernachlässigt zu haben, aber hat sie nicht bemerkt, wie sehr mein Studium mich fordert? Es ist nicht so, als ob ich das alles freiwillig tun würde. Die Nächte in der Bibliothek, die endlosen Stunden des Lernens – es hat mich erschöpft, aber es ist notwendig, um meine Ziele zu erreichen. Kann sie das nicht verstehen?

Stella und ich, wir hatten die Art von Liebe, von der man denkt, dass sie unzerstörbar ist. Aber das ist sie nicht, sie ist zerstörbar, sehr zerstörbar sogar, das hat Stella mir vor ein paar Minuten noch mal bewiesen.

Aber diese Dinge, die sie mir unterstellt, sind unbegründet. Es hat nie jemanden in meinem Leben gegeben außer Stella. Ich kann mir nicht einmal vorstellen, mit einer anderen Frau zu schlafen, oder, dass der Sex so gut sein könnte wie mit Stella – dabei ist das nicht mal das, was unsere Beziehung ausgemacht hat. Sondern Verbundenheit, Verständnis, Unterstützung. Aber irgendwie haben sich diese drei Dinge immer mehr zu Distanz, Missverständnissen und Ablehnung entwickelt.

Meine Schritte knirschen im Schnee, während ich weiter durch den Wald laufe. Die Kälte kriecht durch meine Kleidung und erreicht langsam meine Haut, aber das ist nichts im Vergleich zu der eisigen Wut, die sich in mir aufstaut. Die Gedanken drehen sich unaufhörlich in meinem Kopf, und ich kann nicht anders, als mir vorzustellen, was als Nächstes passieren könnte, wenn ich heute Abend mit Stella Schluss mache. Stella, meine Stella, in den Armen eines anderen Typen. Die Vorstellung, wie sie lacht, wie sie sich berühren, wie sie mir vielleicht sogar aus der Ferne einen verächtlichen Blick zuwirft, lässt mein Herz rasen und meine Hände sich zu Fäusten ballen. Die Eifersucht brennt in mir wie Feuer. Der Gedanke, dass sie nach unserer Trennung mit jemand anderem schlafen könnte – nein *wird* – macht mich wahnsinnig. Wird sie an mich denken, wenn ein anderer sie fickt? Oder bin ich dann nur noch ein Relikt ihrer Vergangenheit, das sie schnell hinter sich lassen will? Ich kann die Bilder nicht aus meinem Kopf verbannen. Die Vorstellung, wie sie in den Armen eines anderen Mannes liegt, wie sie sich küssen, wie sie vielleicht sogar das gleiche

Lächeln mit ihm teilt, das sie einst nur mir geschenkt hat. Wie sie das vor Lust verzogene Gesicht in den Nacken wirft, wie er an ihren blonden Haaren zieht, während sie seinen Namen stöhnt ... Es fühlt sich an, als würde mir jemand das Herz herausreißen und auf dem kalten Waldboden zertreten.

Die Wut brodelt in mir hoch und ich schlage mit der Faust gegen einen Baumstamm. Der Schmerz in meiner Hand lenkt meine Gedanken kurzzeitig ab, aber die Eifersucht bleibt bestehen. Ich hätte nicht gedacht, dass mich dieser Aspekt unserer Trennung so überwältigen würde. Ich dachte, ich könnte erwachsen damit umgehen, die Tatsache akzeptieren, dass jeder von uns ab morgen sein eigenes Leben führen würde. Aber nach unserem Streit eben im Auto ist alles so real geworden.

Ich bleibe stehen und schließe die Augen, während ich versuche, mich zu beruhigen. Die kalte Luft füllt meine Lungen und langsam lässt die Spannung in meinen Muskeln nach. Ich muss einen klaren Kopf behalten. Diese Eifersucht wird mich nicht weiterbringen. Sie wird mich nur verbittern und mir den Blick auf das Wesentliche verstellen.

Der Schnee bedeckt langsam den Boden, und ich frage mich, wie lange es dauern wird, bis es heftiger schneit. Vielleicht war es nicht die beste Idee, mehrere Meilen laufen zu wollen, aber immerhin ist es hell draußen und ich habe mein Handy dabei, um zur Not jemanden an... Wow. Okay. Anscheinend habe ich es *nicht* dabei. Ein Gedankenblitz durchzuckt mich, als mir wieder einfällt, dass ich es bei Stella im Auto habe liegen lassen.

Also heißt es jetzt wohl: Augen zu und durch. Ich schlage mir den Kragen meines Wintermantels enger um den Hals und gehe einen Schritt schneller. Dieses Weihnachten ist das schlimmste meines Lebens. Aber eigentlich habe ich noch keines gemocht. Ganz im Gegensatz zu Stella. Stella liebt dieses Fest, aber das ist auch kein Wunder, denn sie hatte ihr Leben lang nur tolle Feiertage in einer liebenden, sie behütenden Familie mit Bratäpfeln und Geschenken und Weihnachtskrippen. Ich dagegen ... Meine Eltern haben sich getrennt, als ich neun Jahre alt war, und seitdem habe ich kein Weihnachten mehr mit meinem Dad gefeiert. Mom ist Krankenschwester und musste oft genug zu dieser Zeit arbeiten, sodass ich an den Festtagen mit Granny vor dem Fernseher saß und Wiederholungen von alten Fernsehsendungen mit ihr angeschaut habe. Jede Stunde habe ich auf die Uhr geschaut und gehofft, dass Weihnachten bald vorbei sein möge.

Deshalb willst du heute mit Stella Schluss machen, meldet sich eine vernichtende Stimme in meinem Kopf. *Du könntest es an jedem anderen Tag tun, aber du willst es heute machen. Du willst ihr Weihnachten kaputtmachen.*

Der Gedanken ist so niederschmetternd, dass ich zusammenzucke. Hat die Stimme in meinem Kopf recht? Das kann doch nicht sein. Ich will mich selbstverständlich nicht *deswegen* heute von ihr trennen. Es ist einfach nur ... Es passt zeitlich heute so gut, weil ...

Laut seufzend schlinge ich die Arme um meinen Körper. Es schneit jetzt richtig heftig. Meine Sicht ist schlecht. Die Straße unter meinen Füßen ist kaum noch zu erkennen. Ich hoffe, dass ich nicht vom Weg abkomme. Sich bei einem Schneesturm im Wald zu verirren ist wirklich nicht witzig. Doch seltsamerweise fühlt sich das gerade an wie mein kleinstes Problem. Viel mehr frage ich mich: Ist es wirklich meine Intention, Stella das Fest der Liebe zu versauen?

Und dann wird mir etwas klar. Das ist nicht mein Ziel, denn das ist viel schlimmer. Ich will Stella damit wehtun. Ich will ihr wehtun, weil es mich so unendlich schmerzt, dass sie mich nicht mehr auf die Art und Weise liebt, wie sie es früher getan hat. Als wir uns bis spät in die Nacht gegenseitig Anekdoten aus unserem Leben erzählt haben. Als wir mit einer Flasche Rotwein in der Hand auf der Dachterrasse unserer Uni Tango getanzt haben. Als Stella mich in dem verwinkelten Teil der Bibliothek plötzlich an sich gezogen hat und ich sie an ein Bücherregal gepresst geliebt habe.

Seit Wochen durfte ich ihr nicht mehr nahekommen, aber das ist es nicht, was mich so verletzt. Es ist viel mehr die emotionale Mauer, die sie zwischen uns erbaut hat. Ich liebe Stella. Ich liebe sie immer noch. Sonst würde es mich auch nicht rasend machen, sie mir in den Händen eines anderen vorzustellen. Und weil ich Stella liebe, werde ich heute nicht mit ihr Schluss machen. Ich werde ihr geliebtes Weihnachten nicht auf diese Art kaputtmachen. Ich kann mich im Januar immer noch von ihr trennen und ihr von New Mexico erzählen. Bis dahin werde ich es aushalten, dass sie mich mit ihrer Distanz emotional zerstört.

Inzwischen sehe ich vor lauter Schnee nichts mehr. Die Kälte hat sich wie eine Kralle um meine Brust gelegt. Selbst das Atmen fällt mir schwer. Ich hätte eine dickere Jacke anziehen sollen oder zumindest einen Schal. Ich hätte ... Plötzlich sehe ich zwei Lichter in der diffusen weißen Umgebung aufleuchten und wenige Augenblicke später erscheint das Rot von Stellas Chevrolet neben mir.

Kapitel Fünf

Stella

Ich gebe es nicht gern zu, aber der Angstpegel, mit dem mein Chevrolet und ich gerade durch den verschneiten Wald gefahren sind, lag weniger am Schneesturm, sondern mehr an Jack. Es war Angst um ihn. Das weiß ich, weil sich jetzt, da er neben mir im Auto sitzt, meine Atmung wieder normalisiert hat und mein Herz nicht mehr ganz so heftig pocht. Von Mr Harrison zu hören, dass letzten Winter fast eine Frau in diesem Wald erfroren wäre, hat Horrorvorstellungen angeheizt, die mir vor Augen geführt haben, wie es wäre, Jack zu verlieren.

Ich weiß, dass ich ihn verlieren *werde*, da ich mich heute Abend von ihm trenne. Aber das ist ja etwas ganz anderes. Ich habe mich gerade eben einfach nur um seine körperliche Unversehrtheit gesorgt – es wäre wirklich sehr schade um seine körperliche Unversehrtheit. Jack hat einen sehr leckeren Körper. Und es tut mir weh, wenn ich daran denke, dass ihn bald eine andere Frau vernaschen darf. Einfach nicht daran denken. Das hatte nichts damit zu tun, dass ich Jack noch liebe oder so. Bestimmt nicht. Oder?

Wir haben bis jetzt beide kein Wort gesagt, und ein

kurzer Seitenblick auf ihn reicht, um meine Gefühle wieder fast zum Überlaufen zu bringen. Meine Emotionen fahren Achterbahn. »Du machst das echt gut«, sagt Jack schließlich. »Das mit dem Fahren bei diesem Schneesturm, meine ich. Aber du weißt, dass es die falsche Richtung ist, oder? Also zumindest, wenn wir wieder zu dir nach Hause wollen …«

Ich muss fast lachen. »Ja, ich weiß, wir fahren nicht zu mir. Wir fahren noch mal zur Farm von Mr Harrison.«

»Mr Harrison? Ach so, der Typ mit den Krippen?«

»Ja, hör zu, Jack …« Ich atme tief durch, kämpfe wieder mit den Tränen. »Er ist ganz allein über die Feiertage. Seine Frau ist gestorben, niemand kümmert sich um ihn. Ich möchte ihn einladen, Weihnachten mit uns zu feiern. Mit meiner Familie.« Ich wage es nicht, Jack anzusehen, und stelle mich bereits darauf ein, dass er irgendein Argument finden wird, das dagegenspricht. Aber zu meiner Überraschung ist er einverstanden. »Das ist eine sehr schöne Geste von dir.«

Meine Wangen prickeln. So warm und einfühlsam klang Jacks Stimme schon lange nicht mehr. Zumindest nicht, wenn er mit mir geredet hat. Auf einmal merke ich, wie heftig ich mich danach sehne, dass er so mit mir spricht. Dass er dabei meine Wange streichelt, mir einen Kuss auf die Stirn gibt, und dann mit der Hand mein Schlüsselbein hinabfährt und weiter wandert zu meinen Brüsten …

Plötzlich verspüre ich den Impuls, das Auto einfach anzuhalten, Jack auf die Rückbank zu ziehen und ihn mitten in diesem Schneesturm zu lieben, während die Schneeflocken von außen gegen die Scheibe wirbeln und das Auto von innen heiß beschlägt. Schlagartig erscheint mir auch die Vorstellung, nie wieder mit Jack zu schlafen, weil ich mit ihm Schluss machen will, unerträglich.

Doch ich halte meinen Blick stur geradeaus gerichtet, versuche mithilfe der Nebelscheinwerfer die Straße zu erkennen und lenke unseren Wagen wieder den Weg hinauf zu Harrisons Farm.

Jack steigt mit mir aus und wir waten im Schnee hinüber zur Haustür. Langsam werden die Flocken, die vom Himmel rieseln, sanfter, fallen langsamer. Der Sturm beruhigt sich. Es dauert lange, bis Mr Harrison öffnet. Ein ungutes Gefühl beschleicht mich. Als die Tür endlich aufgezogen wird, verwandelt sich die böse Vorahnung in Realität: Mr Harrison, der uns öffnet, hat eine Platzwunde auf der Stirn, die er sich mit zitternden Händen zuhält. Er sieht uns konfus an. »Ich ... wollte aufstehen, und dann ...«

»Mr Harrison!«, rufe ich panisch und will auf ihn zustürzen, doch Jack hält mich mit sanftem Griff zurück. »Guten Tag«, sagt er ruhig. »Dürfen wir reinkommen? Können Sie uns sagen, was passiert ist? Sie wollten aufstehen, und dann ...?«

»Mein Blutdruck ist abgefallen.« Mr Harrisons Stimme zittert jetzt noch viel heftiger als vorhin. Er stolpert ein paar Schritte zurück, hält sich notdürftig am Treppengeländer fest. »Passiert ... passiert häufiger. Wegen ... dem Parkinson. Bin kurz ohnmächtig geworden ... mit dem Gesicht aufgeschlagen.«

»Stella, stütz ihn, bitte«, weist Jack mich an. Während in mir die Panik hohe Wellen schlägt, klingt er so gefasst, dass ich es schaffe, tief durchzuatmen. »Ich hole einen Stuhl. Und dann Verbandszeug aus dem Auto.«

Ich halte Mr Harrison fest, bis Jack ihn sicher auf einen Stuhl bugsiert hat und tatsächlich eine halbe Minute später mit dem Erste-Hilfe-Kasten vor uns steht. Er lässt sich von Mr Harrison versichern, dass dieser sich keine weiteren Wunden beim Sturz zugezogen hat, nur kleine Prellungen, und hat im Nullkommanichts die Kopfwunde so fachmännisch verbunden, dass mir die Spucke wegbleibt. Ich meine, ich *weiß* ja, dass Jack Medizin studiert, dass er auch schon im Krankenhaus gearbeitet hat und dass er gut sein muss in dem, was er tut. Aber es ist einfach so, ich habe es noch nie im Real Life gesehen. Doch jetzt, da ich höre, wie sanft und beruhigend er mit Mr Harrison spricht, wie er ihm hilft, ihm einen Schluck Wasser reicht und sicherstellt, dass es dem alten Mann gutgeht – jetzt geht wirklich vollständig mein Herz auf. Und ich verstehe. Ich verstehe, dass das hier Jacks Leidenschaft ist. Menschen zu helfen. Und dass es ein untrennbarer Teil von ihm ist.

Als Mr Harrison hört, dass er eingeladen ist, glaubt er uns zuerst nicht, dass wir einfach nur Weihnachten mit ihm feiern wollen. Er glaubt, wir wollten ihn ›zur ärztlichen Überwachung‹ mitnehmen. Doch wir können ihn schließlich doch überreden – ich locke ihn mit Moms fantastischem Hackbraten. Während der Autofahrt, die zum Glück schneetechnisch relativ unproblematisch ist, da sich der Sturm jetzt vollständig gelegt hat, verrate ich ihm auch, dass es Kater Larry war, der die Krippe abgefackelt hat, und Mr Harrison lacht so laut und fröhlich, dass mir das Herz noch weiter aufgeht.

Egal, was heute noch passieren wird, denke ich, *diesen Moment kann mir keiner wegnehmen. Das hier ist Weihnachten. Drei irgendwie verlorene, irgendwie einsame Menschen, die sich gegenseitig helfen.*

Denn, dass Jack auch einsam ist, das spüre ich in diesem Moment ebenfalls. Ich spüre es mit voller Wucht. Wie könnte er es nicht sein? Ich habe ihm die letzten Wochen über konstant die kalte Schulter gezeigt, seit er mir gesagt hat, dass er nicht mit mir durch Asien reisen möchte. Er hat tagaus, tagein über seinen Büchern gehockt und wenn er abends nach Hause kam, habe ich nicht mit ihm geredet. Ich habe ihm unterschwellig – und wahrscheinlich auch ziemlich offensichtlich – die Schuld für alles gegeben, was in meinem Leben gerade schiefläuft. Und das ist falsch. Das weiß ich jetzt. Ich weiß es spätestens seit dem Moment, in dem er Mr Harrison die Stirn verbunden hat.

Als wir zu Hause ankommen, empfangen uns Mom und Dad völlig aufgelöst. Anscheinend haben sie mich ungefähr dreißig Mal angerufen, aber das habe ich aufgrund der ganzen Aufregung nicht mitbekommen. Sie dachten, wir hätten einen Unfall im Schneesturm gehabt und haben sich selbst dafür die Schuld gegeben, weil sie uns zu dieser abgelegenen Farm geschickt haben. Daher sind sie auch überhaupt nicht sauer, als sie von unserem kleinen Auffahrunfall hören, sondern einfach nur froh, dass nicht mehr passiert ist. Und meine Eltern empfangen auch Mr Harrison mehr als herzlich. Sie decken ihm mit Abstand den schönsten Platz an unserem Esstisch und überhäufen ihn mit Komplimenten für seine wunderschönen Krippen. Und auch als unsere Verwandtschaft eintrifft, nehmen sie ihn wie ein selbstverständliches Familienmitglied auf. Vor allem mit Onkel Danny versteht er sich bestens, die beiden unterhalten sich stundenlang über Autos.

Mir wird bewusst, dass ich glücklich bin. Das erste Mal seit Wochen wieder vollständig und bedingungslos glücklich. Es ist einfach dieser Zauber von Weihnachten, nicht wahr? Weihnachten erinnert uns daran, dass es Dinge im Leben gibt, die wichtiger sind als der Alltagsstress, der uns das restliche Jahr die Sicht auf die schönen Kleinigkeiten vernebelt. Es gibt Wichtigeres als unser überquellendes E-Mail-Postfach und die kleinen Streitereien, die wir wegen Nichtigkeiten mit unseren Liebsten anzetteln, weil wir gestresst sind.

Die wichtigsten Dinge sind immer schon genau hier. Bei uns. Es sind die Menschen.

Jack streichelt unter dem Esstisch meine Hand, und das Gefühl, das durch meinen Körper zuckt, ist so unglaublich schwer zu deuten. Ist es ein Glücksgefühl? Oder ist es Nervosität, weil ich heute noch diese Sache vorhabe? Habe ich sie wirklich vor? In meinem Kopf dreht sich alles, und das liegt nicht am Weihnachtspunsch, den ich getrunken habe, denn damit habe ich mich extra zurückgehalten.

»Hey, wo ist eigentlich Larry?«, fragt Dad irgendwann, als wir gerade zum dritten Mal *Here comes Santa Claus* anstimmen wollen. »Er hat noch gar nicht versucht, die Lichterkette am Weihnachtsbaum anzuknabbern.«

»Gute Frage.« Mom, die gerade Onkel Danny mit mehr Punsch versorgt, runzelt die Stirn. »Und er ist heute beim Kochen auch gar nicht auf den Küchentresen gesprungen und hat seine Pfoten in den Wackelpudding gesteckt.«

»Und er hat auch noch nicht die Weihnachtskrippe angezündet«, fügt Mr Harrison hinzu und alle stimmen in sein herzliches Lachen mit ein. Seine warmen Augen zwinkern mir schelmisch zu.

Ich stehe auf. »Jack und ich gehen ihn suchen. Wahrscheinlich turnt er irgendwo in der Nachbarschaft herum, aber bei den Minusgraden muss er nicht unbedingt die ganze Nacht draußen verbringen.«

Es ist die ideale Ausrede, um genügend Privatsphäre mit Jack zu haben, damit ich mit ihm Schluss machen kann. Doch warum sträubt sich alles in mir dagegen?

Ein paar Minuten später laufen wir durch die verschneite Nachbarschaft. Ich liebe es, wenn die Dächer mit einer weißen Schicht bedeckt sind und alles im Mondschein glitzert.

Halbherzig rufe ich wieder und wieder nach Larry, doch eigentlich mache ich mir nicht wirklich Sorgen um ihn. Mom und Dad machen sich einfach immer viel zu viele Gedanken um diesen kleinen, frechen Braten, der sowieso in wenigen Stunden auf der Fußmatte stehen wird, weil es ihm draußen zu kalt ist. Sie sorgen sich generell um alles, vermutlich auch um Jacks und meine Beziehung. Und jetzt im Nachhinein fällt mir auf, dass dieser ganze Ausflug zur Farm möglicherweise ein abgekartetes Spiel gewesen ist, weil sie bemerkt haben, dass es nicht gut um uns steht. Aber ich bin ihnen nicht böse, denn ohne diese Sache wäre Mr Harrison heute Abend nicht bei uns.

Plötzlich räuspert sich Jack. »Stella, wir müssen reden.«

»Ich weiß.« Warum fühlt es sich dann wieder so an, als würde eine Achterbahn in meinem Bauch fahren?

Jack bleibt stehen und dreht sich zu mir, sodass wir einander zugewandt sind. Er atmet tief durch. »Ich muss dir was sagen.«

Meine Finger beginnen zu zittern, und das nicht vor Kälte. *Das ist gut, Stella,* versuche ich mir selbst Mut zu machen. *Wenn er dir jetzt irgendetwas Schreckliches beichtet, dann erleichtert es dir die Trennung. Du willst Schluss machen. Du willst heute mit ihm Schluss machen!* »Ich auch«, flüstere ich und sehe Jack tief in die Augen, weil es feige wäre, jetzt seinem Blick auszuweichen.

Kann man auch nach zwei Jahren noch Herzklopfen bekommen, einfach, weil man jemandem in die Augen schaut? Erst jetzt merke ich, dass das möglich ist. Und dass ich Jacks Blick in den letzten Wochen konstant gemieden habe. Weil ich diese Wärme, die darin liegt, nicht ertragen konnte. Sie hätte mich daran erinnert, dass er es nicht verdient hat, wie ich ihn behandle.

Und daran, wie sehr ich ihn liebe.

Die Erkenntnis trifft mich wie eine Faust in die Magengrube.

Es ist einfach, sich einzureden, dass man jemanden nicht mehr liebt, wenn man ihm keine Chance lässt, einem Liebe zu geben. Wenn man kaum noch mit ihm spricht, ihn kaum noch berührt, ihn kaum noch zu Wort kommen lässt. Wenn alle Interaktionen, die man mit dieser Person hat, nur noch im Kopf stattfinden, und sie dann verpestet sind von einem: *Du machst alles falsch.* Verpestet von Wut und Trotz.

Aber es ist nicht so einfach, sich einzureden, dass man jemanden nicht mehr liebt, wenn diese Person vor einem steht, die eigenen kalten Hände in seinen warmen hält und einem tief in die Augen sieht.

Wenn um euch herum der Schnee im Mondlicht glitzert und sanfte Flocken auf euren Nasenspitzen landen. Wenn Weihnachten ist.

»Was möchtest du mir sagen?«, flüstert Jack. Sein Gesicht kommt mir näher. Nicht um mich zu küssen, sondern einfach, um mir nah zu sein. Und ich möchte ihm auch nah sein.

Dass ich mit dir Schluss mache.

Nein.

Ich möchte nicht mit ihm Schluss machen.

Ich möchte genau das, was er auch möchte, was er schon die ganze Zeit wollte, was ich ihm verweigert habe. Ich möchte ihm nah sein.

Kapitel Sechs

Jack

Ich erwarte alles. Ich erwarte das Schlimmste. Dass sie mir sagt, dass sie mich nicht mehr liebt. Dass sie einen anderen hat. Dass sie Schluss machen will.

Stella steigen Tränen in die Augen, die mit den Eiskristallen auf ihren Wangen um die Wette glitzern. Ich widerstehe dem Drang, sie wegzuwischen. Sie ihr wegzuküssen. »Dass es mir leidtut, wie ich dich behandelt habe.« Ihre Stimme bricht. »Es lag nicht an dir, Jack. Es lag nicht daran, wie viel du gelernt hast. Das habe ich dir vielleicht eingeredet und eine Zeit lang vielleicht auch mir. Aber das war nicht das Problem. Ich bin das Problem. Meine eigene Unzufriedenheit. Ich fühle mich ... Ich fühle mich in meinem eigenen Leben fehl am Platz. In meinem Studium, in meinen Freundschaften. Das alles ist nicht das, was meine Bestimmung ist, was mein Sinn ist, aber ich habe auch keine Ahnung, was es *stattdessen* ist. Ich muss mal raus, ich muss ganz dringend mal raus aus Washington und ich dachte, wir können gemeinsam weg. Ich dachte, wir gehen nach Asien, zusammen, das war mein einziger Lichtblick, im Kopf hatte ich alles schon geplant, und als du dann Nein gesagt hast ... Meine Welt ist zusammengebrochen. Und ich habe angefangen, dich als Schuldigen zu sehen. Für meine Unzufriedenheit. Für alles. Und dich zu bestrafen. Mit Kälte. Mit Distanz. Aber eigentlich wollte ich *mich* bestrafen, weißt du? Das verstehe ich jetzt.« Stella weint so heftig, dass ich sie kaum noch verstehen kann. Ich weiß, dass sie das jetzt nicht hören will, aber sie ist so verdammt schön, wenn sie weint. Sie sieht aus wie eine Eisprinzessin. »Als ich dich heute mit Mr Harrison gesehen habe, da habe ich verstanden, was ich eigentlich schon die ganze Zeit wusste ... *Du* hast deine Bestimmung gefunden. In der Medizin. Darin, Menschen zu helfen. Und ich darf dir das nicht kaputtmachen, nur, weil ich meine nicht kenne. Ich darf dich nicht von mir stoßen, nur, weil es so einfach ist, zu sagen: *Du machst das falsch. Und das.* Vielleicht hast du auch ein paar Dinge falsch gemacht, aber die Wahrheit ist ... Man ist schlecht zu anderen Menschen, wenn es einem selbst schlecht geht. Deshalb habe ich dich so behandelt.« Stella vergräbt ihr Gesicht in ihren Händen und weint lautlos.

Ich gebe meinem ersten Impuls nach und ziehe sie in eine Umarmung. Sie lässt es geschehen. Ich umschlinge sie und Stella klammert sich an mir fest wie an einem Rettungsanker. Schlagartig ist alles wieder da: die Wärme, die Nähe, die Liebe. Und ich verstehe: Sie waren nie weg. Sie waren unter einer dicken Schicht Eis vergraben, Eis der Eisprinzessin, die in meinen Armen gerade auftaut. »Ich habe ganz bestimmt Dinge falsch gemacht«, flüstere ich in Stellas Ohr. »Ich war so mit Lernen beschäftigt, dass ich nicht gesehen habe, wie es dir geht. Es hätte mir auffallen müssen. Ich hätte mal einen verdammten Tag die Bücher zuklappen und dich fragen können, wie es dir geht. Dich ins Auto setzen und dich irgendwohin bringen, wo wir gemeinsam Zeit verbringen. Wo ich dich ablenken kann von deinen düsteren Gedanken.«

»Das hätte nichts am Problem geändert«, schnieft Stella. »Ich muss das irgendwie mit mir selbst ausmachen. Ich muss das selbst hinkriegen. Oder meinetwegen auch mit professioneller Hilfe. Wieder glücklich werden. Aber ich …« Sie sieht mich aus ihren tränenverhangenen Augen an, schaut so unschuldig zu mir auf, dass – und ich *weiß*, dass das der denkbar schlechteste Zeitpunkt dafür ist – sich Erregung in meinem Unterleib ausbreitet. »Ich hoffe, dass du dabei an meiner Seite bleibst.«

Ihre Worte rammen sich wie Messerstiche in mein Herz. Denn genau das ist es, was ich auch will. Am allermeisten auf der Welt. Doch da steht diese Sache zwischen uns. Diese riesige Sache. »Stella. Ich muss dir was sagen.« Ich hole tief Luft und ich weiß, dass sie mit jedem falschen Wort in meinen Händen zerbrechen könnte. »Ich will für ein halbes Jahr nach New Mexico.«

Da ist sie, die Fragilität, mit der Stella zu zerbrechen droht. Ich spüre sie in meinen Händen, ich sehe sie an ihrem Blick. Wie sie ihn abwendet, wie eine gefrorene Träne ihre Wange hinabrollt, wie ihr Körper sich anspannt.

Aber ich bin noch nicht fertig. »Und ich hoffe, dass du mich begleitest.« Ich halte die Luft an. Jetzt ist es heraus. Die Idee, die sich in den letzten Stunden in meinem Kopf geformt hat. Zuerst dachte ich, dass das niemals funktionieren würde. Stella ist noch nicht fertig mit ihrem Studium in Washington. Aber was sie mir eben gesagt hat, unterstreicht meinen Verdacht: Das Studium macht sie nicht mehr glücklich. Wenn sie in Washington bleibt, wäre sie trotzdem nicht in der Lage, es erfolgreich zu beenden. Dafür geht es ihr viel zu schlecht.

»Dass ich … dich begleite?« Jetzt schaut Stella mich wieder mit ihren großen Augen an.

Alles in mir kribbelt. Sanft zwirble ich eine ihrer Haarsträhnen um meinen Finger. »Du könntest ein Urlaubssemester nehmen, oder wir schauen, ob du ein paar Credits in

New Mexico sammeln kannst. Dort gibt es ja auch ein paar echt gute Unis. Das Wichtige ist, dass wir zusammen sind. Oder nein, vielleicht ... vielleicht ist es noch wichtiger, dass dein Wunsch wahr wird. Dein Wunsch, mal rauszukommen. Die Welt zu sehen. New Mexico ist nicht Asien, und ich werde arbeiten müssen, aber ich werde auch mal freihaben. Und dann können wir gemeinsam rumreisen. Wir können Abenteuer erleben.«

Ich sehe, wie das Wort *Abenteuer* etwas bei Stella auslöst.

Und da ist es wieder.

Das Strahlen in ihren Augen, das ich all die Zeit über vermisst habe. Es ist heller als die Sterne am Himmel, die Stella sich besonders an Weihnachten immer so gern ansieht. Dann sucht sie sich den hellsten aus, zeigt auf ihn und behauptet, dass das der Weihnachtsstern sei. Und alle geben ihr recht, weil Stella normalerweise mit einer fast kindlichen Begeisterung durch das Leben läuft, die einem einfach das Herz erwärmt. Und ich werde alles daransetzen, dass sie diese Begeisterung für ihr Leben wiederfindet. »Abenteuer«, flüstert Stella mir ins Ohr und grinst mich an. Das Funkeln in ihren Augen hat jetzt etwas Verschmitztes, und plötzlich rückt sie von mir ab, packt mich am Arm und zieht mich mit sich.

»Wo willst du hin?«, frage ich atemlos, doch Stella antwortet mir nicht.

Ich folge ihr, bis wir am Rand der Wohnsiedlung angekommen sind, an einem wunderschönen See, der auch zu jeder anderen Jahreszeit atemberaubend ist, doch sein Anblick in dieser Winternacht lässt die Zeit wirklich stillstehen. Die zugefrorene Eisschicht glitzert im Mondlicht und ich wette, dass sie dick genug ist, um ...

Ich muss den Gedanken nicht zu Ende führen, um ihn bestätigt zu bekommen. Denn Stella präsentiert es mir. Sie reißt sich von mir los und wagt sich auf den zugefrorenen

See. Erst vorsichtig, dann immer mutiger. Ausgelassen schlittert sie über das Eis und winkt mir zu, es ihr gleichzutun.

Lachend rutsche ich zu ihr hinüber, bis wir auf der Mitte des Sees angekommen sind und uns an den Händen halten.

»Ich begleite dich nach New Mexico«, flüstert Stella mir ins Ohr und mich durchflutet eine so heftige Glückswelle, dass mir fast schwindelig wird.

Mich durchzuckt das Bedürfnis, ihr einen Heiratsantrag zu machen. Hier und jetzt vor ihr auf die Knie zu fallen und Stella zu bitten, mich zu heiraten. Doch ich kann mich bremsen. Das ist zu viel Gefühlsachterbahn für einen Tag, selbst für einen so besonderen Tag wie Weihnachten. Ich hoffe, dass ich noch alle Zeit der Welt an Stellas Seite habe, um ihr diese wichtige Frage irgendwann zu stellen.

Ihre Lippen und ihr heißer Atem sind immer noch ganz nah an meinem Ohr. »Weißt du, was das gerade war?«

»Was denn?«, flüstere ich mit vor Erregung erstickter Stimme zurück.

»Eine Versöhnung.«

»Oh, das heißt …« Meine Stimme ist rau und dunkel. Meine Hände fahren unter Stellas grauen Steppmantel, ihren Wollpullover.

»Wir sind an einem ungewöhnlichen Ort.«

Stella schlingt beide Arme um mich und gibt mir einen so langen, so intensiven Kuss, dass ich Sorge haben muss, dass das Eis um uns herum schmilzt. »Es ist perfekt.«

Ich umschlinge mit meinen Händen ihren Po, hebe sie mühelos hoch und bin sehr erfreut darüber, dass sie unter ihrem karierten Wollrock nur eine dünne Strumpfhose trägt. »Es ist perfekt«, bestätige ich und verweile mit meinem heißen Atem noch an ihrem Ohr. »Es ist das perfekte Weihnachten.«

»Frohe Weihnachten, Jack.« Der Satz geht in einem verzückten Seufzen unter, als ich Stellas Strumpfhose zerreiße, doch ich verstehe sie trotzdem.

»Frohe Weihnachten, Stella.«

Ende

KYLIE BELLEROSE

A KILLER FOR *Christmas*

Kapitel Eins

Holly

Mutter hatte mir früher immer gesagt: *Treib dich nachts nicht in dunklen Gassen herum!*

Leider war das als erwachsene Frau schwer vermeidbar. Das Leben wartete nicht auf einen. Wenn man sich an alles halten würde, vor dem man als kleines Kind gewarnt wurde, wäre die Welt viel zu prüde.

Zudem hatte die Weihnachtszeit schon längst begonnen.

Überall waren blinkende Lichter, die sich in der Themse spiegelten und London erhellten. Leuchtende Sterne waren an Straßenlaternen befestigt und an beinahe jeder Ecke stand ein geschmückter Tannenbaum.

Frischer Schnee knirschte unter meinen Schritten. Einzelne Flocken fielen vom wolkenverhangenen, dunklen Himmel und durchnässten mein schulterlanges Haar, welches unter einer Mütze hervorlugte.

Irgendwo in der Ferne wurde festliche Musik gespielt.

Die Aura, welche der Dezember mit sich brachte, grenzte an Magie. Sie packte jede Seele und erfüllte sie mit Frieden. Zumindest in den Abendstunden, denn wenn der

Tag anbrach, würde die Stadt wieder ihrer gewohnten Hektik verfallen.

Menschen würden Last-Minute-Geschenke besorgen.

Manche mussten noch reichlich Essen für die anstehenden Feiertage einkaufen.

Andere glitten in den Rhythmus ihres Arbeitslebens zurück.

So sehr ich die Ruhe der Nachtstunden genoss, während ich die fast leeren Straßen entlang streifte, sehnte ich mich bereits nach dem Pulsieren der Massen. Dieses hatte ich in meiner Zeit in der Akademie zu sehr vermisst.

Ich schloss die Augen und sog die eisige Luft tief in die Lungen. Es war eine Mischung aus Kälte, modrigem Wasser des Flusses und den Abgasgerüchen der Fahrzeuge. Für manch einen mag das abstoßend sein; mir verlieh es neues Leben.

Die Planung für dieses Weihnachten war leicht gewesen. Ich hatte außerdem nur zwei Optionen gehabt: allein mit anderen Studenten die Feiertage auf dem Land verbringen oder einen Ferienjob in einem der schönsten Orte der Welt suchen.

Die Entscheidung hatte keine volle Minute des Abwägens gebraucht.

Mit einem Lächeln auf den Lippen bog ich in eine enge, mit Pflastersteinen bestückte Gasse ein. Ich gefror keinen Wimpernschlag später in meiner Bewegung. Das lag nicht an etwas, das ich hörte oder roch. Sondern daran, was ich *sah*.

Zwei Männer standen einige Meter von mir entfernt. Der eine hatte eine Kapuze tief in sein Gesicht gezogen, sodass man seine Miene nicht erkennen konnte. Der andere offenbarte mir sein Aussehen.

Er hatte nussbraunes Haar, einen markanten Kiefer und Lippen, die zu einem dreckigen Grinsen verzogen waren. Einen Ausdruck, der mir einen Schauer über die Wirbelsäule jagte, denn an seiner Stelle hätte ich nicht gelacht. Er wurde nämlich von dem vermummten Mann an eine der rauen Hausfassaden gedrängt.

Jede Faser meines Körpers schrie, dass ich gehen sollte, solange sie mich noch nicht bemerkt hatten und ich keine Zeugin von etwas wurde, das ich nicht sehen durfte.

Trotzdem verschwand ich nicht – im Gegenteil. Meine lautlosen Schritte trugen mich näher. In dem Glauben, vielleicht einen Gesprächsfetzen zu hören. Vergeblich, denn der leichte Wind wehte jegliche Worte hinfort.

Letztendlich war es unwichtig. Man brauchte nichts hören, um zu erkennen, dass es sich um einen Streit handelte. Das verriet mir die vollkommen in Schwarz gekleidete Person, die ihr Opfer immer weiter gegen die Wand drückte.

Dabei wanderte seine helle Hand in seine Jackentasche. Hervor zog er ein kurzes Messer mit glänzender, dunkler Klinge. Davon bekam der braunhaarige Mann nichts mit. Dieser wirkte immer noch selbstgefällig; hatte keine Ahnung, in welcher Situation er sich gerade befand.

Auch ich nicht.

Ich hätte schreien sollen – irgendetwas tun, um das zu verhindern, was passieren würde. Denn er hatte nicht ohne Grund eine Waffe verdeckt vor den Augen des anderen gezogen.

Wenn es nur darum gehen würde, irgendjemandem eine Lektion zu erteilen, hätte er mit der Faust auf ihn eingeprügelt. Ihn bewusstlos geschlagen. Aber nicht ein Messer hervorgezogen.

Plötzlich wurde alles still. Ich hörte keine Autos oder festliche Musik mehr. Kein Lachen von angetrunkenen Passanten, die in den Londoner Straßen umherstreiften.

Alles in mir konzentrierte sich auf die beiden vor mir.

Und dann geschah alles ganz schnell.

Der verhüllte Mann holte aus und versenkte die Klinge im Bauch des anderen. Er stach mehrmals zu.

Einmal. Zweimal. Dreimal.

Ausschließlich ein gurgelnder Laut drang von seinem Gegenüber hervor. Selbst das wurde von dem hervorsprudelnden Blut sofort erstickt. Es tropfte auf den Schnee, der an diesen Stellen unter der heißen Flüssigkeit wässrig wurde.

Der Täter ließ endlich von seinem Opfer ab und dieses sackte in sich zusammen.

Ich musste nicht zu ihm gehen und seinen Puls fühlen, um zu wissen, dass er tot war. Niemand konnte solch eine Attacke überleben.

Hau ab! Alles Vernünftige in mir schrie mir das zu, doch selbst jetzt konnte ich mich nicht bewegen. Nicht wahrhaben, was ich gerade gesehen hatte.

Letztendlich war es der Mörder, der mich aus der Starre herausholte. Er sah direkt in meine Richtung. Blickte mir mit seinen eisblauen Augen entgegen.

Eine dunkle Strähne fiel über seine undeutlichen Züge, während ich einen Schritt zurück machte.

Und dann rannte ich. Bis ich vor dem kleinen Airbnb ankam, welches ich die nächsten Wochen beziehen würde.

All meine Nerven waren betäubt. All die Magie, die zuvor noch in der Luft gehangen hatte, war tot.

Wie der Typ in der Gasse.

Nikolas

Es war das heiße Blut über meinen eisigen Fingern, das mich verharren lassen hat.

Jetzt sitze ich hier – an meinem Schreibtisch –, während das Herz in meiner Brust immer noch wild pocht. Aber ich sehe nicht den Mann vor mir, welchen ich getötet habe. Im Gegenteil, vor meinem inneren Augen zeichnet sich eine kleine, lebendige Frau ab.

Ihr erdbeerblondes Haar war wegen des Schnees dunkel gewesen, ihre Finger zitterten als sie Zeugin des Mordes wurde. Sie stand dort und hat einfach zugeschaut. Nichts gesagt. Nicht geschrien. Sich nicht bewegt.

Sie hat mein Gesicht erblickt, ehe sie weggerannt ist. Es ist aber unmöglich, dass sie mich erkannt hat. Niemand wird herausfinden, was in der kleinen Gasse geschehen ist.

Denn ich habe meine Tat nicht bereut.

Das werde ich niemals.

Kapitel Zwei

Holly

I*ch muss zur Polizei; melden, was ich gesehen habe!*

Doch aus irgendeinem Grund machte ich es nicht. Stattdessen stand ich im Foyer des Westminster Hotels in London und wartete auf meine Ansprechpartnerin, die mich für die Weihnachtsfeiertage einarbeiten sollte.

Genau dafür war ich hier. Arbeiten – nicht in einem Mordfall die Hauptzeugin sein.

»Miss Bell?« Eine hochgewachsene Frau mit einem Bleistiftrock und einer dazu passenden Bluse holte mich aus den Gedanken. Sie stand vor mir mit einem aufgesetzten Lächeln.

»Ja.« Ich straffte meine Schultern, nestelte an dem Henkel meiner Umhängetasche herum. Es wäre eine Lüge, wenn ich sagen würde, dass ich mich in diesem Moment wohlfühlte. Um uns herum waren überall fein gekleidete Leute. Passend zu diesem Hotel natürlich.

Die Weihnachtsdekoration war edel und schlicht. Ein dunkelgrüner Tannenbaum mit goldenen und roten Kugeln schraubte sich bis ganz nach oben zur hohen Decke. Ein kleiner Stern auf der Spitze funkelte zu uns herab. Sonst gab es hier wenig, was auf die Feierlichkeit hindeutete. Ausschließlich an der Rezeption stand ein Rentier aus Metall und eine Schüssel weiterer Dekokugeln. Es war ein Kontrast zu den wilden Beleuchtungen auf dem kleinen Fest, bei dem ich gestern war.

»Kommen Sie bitte mit. Immerhin wollen wir ja beide, dass sie direkt anfangen.«

Nickend folgte ich ihr durch eine Tür, die nur für das Personal bestimmt war. Sofort wurde alles schmucklos und einfacher als in den Gängen für die Gäste.

»Mrs Dickinson wird Ihnen erklären, was sie in den kommenden Wochen zu erledigen haben. Ich bin nur die Personalleiterin«, sagte Mrs Chatwick – falls ich ihren Namen richtig in Erinnerung hatte. Sie war die Frau, die mir den befristeten Arbeitsvertrag und die Schichtzeiten per Mail geschickt hatte.

Wortlos folgte ich ihr, bis wir vor einem Büro Halt machten. Das verriet mir das Schild, welches direkt neben dem Rahmen angebracht war. Mrs Chatwick klopfte nicht, sondern riss die Tür auf und trat hinein.

Uns starrte eine ältere Frau mit gräulichem Haar entgegen, die auf einem Stuhl hinter ihrem Schreibtisch saß. Eine kleine Brille mit halbmondförmigen Gläsern saß tief auf ihrer Nase, während sie ein Dokument in ihrer Hand hielt.

Ihre Aufmerksamkeit lag auf uns. »Haben Sie keine Manieren von ihren Eltern beigebracht bekommen?«

»Judith«, sagte Mrs Chatwick, nickte in meine Richtung. »Deine Verstärkung für die Weihnachtstage ist da. Die vertraglichen Details sind bereits alle geklärt. Du musst sie nur noch einweisen. Also viel Glück.«

Ich wusste nicht, ob die letzteren Worte an mich oder Judith gerichtet gewesen waren.

Damit ließ sie mich mit der Frau allein, deren Argusaugen sich keine Sekunde abwendeten. Sie zog einen Korb voller Klamotten unter ihrem Tisch hervor und stellte ihn darauf. »Auf was wartest du? Komm und zieh dich hier im Badezimmer um. Dann schaffst du es vielleicht noch zur Begrüßung von Mr Dalton.«

Das war der Manager des Hotels. Ich kannte ausschließlich seinen Namen. Es würde aber nicht schwer sein, ihn zwischen einer Gruppe von Dienstmädchen und weiterem Personal zu erkennen.

»Wo ist das Badezimmer?«

Sie deutete auf eine unscheinbare Tür neben einem Aktenschrank.

Schweigend nahm ich die Kleidung und ging in den besagten Raum. Ich machte mir nicht die Mühe, mich vorzustellen. Sie kannte meinen Namen und anscheinend hatte sie es eilig. Deshalb zögerte ich auch nicht, mir die Uniform überzuwerfen.

An mir hing ein schwarzes Kleid mit goldenen Stickereien am weißen Kragen. Zudem steckte ich mir ein Namensschild auf meine Brust, welches in den gleichen Farben gehalten war. Meine Beine umhüllte eine durchsichtige Strumpfhose und meine Füße steckten in dunklen Lackschuhen.

Als ich mich im Spiegel über dem Waschbecken betrachtete, sahen mir grüne Augen entgegen. Sie gehörten mir, doch wirkten sie in diesem Moment fremd. Eigentlich sollten sie vor Freude sprühen, gerade waren sie aber matt.

Fast schon leblos.

Wie der Mann in der Gasse.

Kopfschüttelnd vertrieb ich diesen Gedanken, band mein Haar zu einem Zopf zusammen und ging wieder zurück zu Mrs Dickinson. »Hübsch. Hoffentlich kannst du auch arbeiten«, murrte sie, während sie mich betrachtete. »Sie schicken mir immer Kräfte, die nichts mit dieser Arbeit am Hut haben.«

»Ich werde mein Bestes geben.«

»Dafür wirst du auch bezahlt. Lass deine Tasche hier, wir kommen später noch mal zurück.«

Zusammen gingen wir aus dem Büro. Ihre Schritte waren für ihr Alter schnell, sodass es mir schwerfiel, ihr Tempo mitzuhalten. Besonders, weil meine Neugier mehr von meiner Umgebung wahrnehmen wollte.

Leider war das unmöglich – vor allem, weil wir binnen weniger Momente in einen großen, in warmen Tönen gehaltenen Bereich traten.

Es war ein Aufenthaltsraum, der genauso edel war wie der offizielle Teil des Hotels. Dunkle Holzfußböden. Dicke, musterreiche Teppiche. Die cremefarbene Tapete. Allerdings gehörte er den Angestellten, das sagten mir die benutzten Kaffeetassen auf einem langen Tisch. Oder die Putzeimer, die unbeachtet in einer Ecke standen.

Wir waren die Ersten. Es dauerte aber nicht lange, bis auch andere hereinkamen. Sie waren in ähnlichen Uniformen wie ich gekleidet. Niemand schenkte mir seine Aufmerksamkeit, obwohl Ablenkung gerade vielleicht nicht so schlecht gewesen wäre.

Denn immer wieder kehrte mein Verstand zu dem Vorfall zurück. Wie der Mann sein Opfer gegen die Hausfassade gedrückt und zugestochen hatte.

Ein Schauer wanderte über meine Wirbelsäule; mein Magen zog sich zusammen.

Das ist falsch ... so verdammt falsch, dass du hier stehst, als hättest du nichts gesehen, Holly.

»Stell dich mit in die Reihe.« Es war Mrs Dickinson, die mich aus der Erinnerung riss. Erst jetzt bemerkte ich, dass meine Finger zitterten. »Geht es dir gut? Du bist ganz blass.«

Schluckend schüttelte ich den Kopf und beobachtete, wie sich alle in zwei Reihen stellten, die einen Gang formten. Er endete an einer geschlossenen Tür, die in einen weiteren Gang führte. »Nein, alles in Ordnung.«

Die alte Frau glaubte mir bestimmt kein Wort, doch hielt sie mich nicht davon ab, als ich mich zu den Angestellten begab. Der Mann neben mir warf mir ein Lächeln zu, welches ich nur gepresst erwiderte.

Zu meinem Glück kam Mr Dalton nur wenige Wimpernschläge später herausgetreten.

Meinen Blick hielt ich nach vorn gerichtet und sah einer jungen, blonden Frau entgegen. Mehr erkannte ich von ihr nicht. Ich konzentrierte mich nämlich auf meinen Atem. Er war ruhig, von meinen bewussten Gedanken geleitet. Ich durfte die Kontrolle nicht verlieren, sonst würde die Panik überhandnehmen.

Du musst zur Polizei.

Der Mann, der zu uns gestoßen war, redete. Ich verstand davon kein Wort. Das Pulsieren meines Blutes war zu laut. Es rauschte durch meine Ohren und erstickte jegliches Geräusch. Trotzdem schaffte der Manager des Westminster Hotels es, mich aus der Starre zu lösen. Er stand plötzlich vor mir, sein Gesicht zu mir gedreht.

Als ich in seine strahlend blauen Augen sah, war ich mir nicht sicher, ob ich mich in meinem persönlichen Albtraum befand oder ob alles ein makaberer Scherz war.

Er war der Mann aus der Gasse.

Der Mann, der jemanden erstochen hatte. Nur mit dem Unterschied, dass er nun einen maßgeschneiderten Anzug trug und sein Haar ordentlich zurückgekämmt war.

Mr Dalton – Nikolas Dalton, wenn ich mich nicht irrte. Er musterte mich, nahm jedes Detail meines Gesichts wahr. Erkennen lag in seinen Zügen. Es war, als würde sich seine Hand um meinen Hals legen und ihn langsam zusammendrücken. Der Atem blieb in meiner Kehle stecken. Ich konnte mich nicht bewegen. Keinen einzigen Millimeter.

Er legte den Kopf schräg, wandte sich ab und kam am Ende der Reihe zum Stehen. Nicht mal einen Meter von mir entfernt.

Der Mann, der gestern noch Blut an seinen Händen kleben hatte.

Nikolas Dalton.

Meine Sinne schärften sich auf ihn. Jeder Nerv in meinem Körper folgte seinem, als wären wir miteinander verbunden. In Wahrheit war es die Angst, die mich lenkte.

Das konnte nicht wahr sein.

Niemals würde der Mörder hier in einem Raum mit mir stehen und mein Vorgesetzter sein.

Nikolas räusperte sich und klatschte in die Hände. All die Aufmerksamkeit im Raum lag nun auf ihm. »Auch wenn es stressige Wochen werden, begrüße ich Sie dennoch herzlichst. Viele von Ihnen kenne ich bereits, aber es gibt auch ein paar neue Gesichter. Deshalb stelle ich mich kurz vor.« Sein Blick zuckte zu mir. Kurz, dennoch bemerkte ich es. »Mein Name ist Nikolas Dalton. Ich bin hier oberster Manager. Obwohl die meisten, wenn nicht alle, von Ihnen keine Berührungspunkte mit meinen Aufgaben haben, steht meine Tür für Sie immer offen. Je besser das Arbeitsklima zwischen den Angestellten ist, desto zufriedener sind unsere Gäste. Also, falls Sie irgendwas haben sollten ... Informieren Sie sich, wo mein Büro liegt.«

Damit ging er. Ließ uns – das Personal – allein.

Ein paar stille Sekunden verstrichen, ehe sich die Reihen auflösten. Nur ich konnte mich nicht aus meiner Position befreien. Mein Blick lag auf der Tür, die Nikolas hinter sich geschlossen hatte. All meine Muskeln waren gelähmt.

Dieser Mörder konnte nicht *er* sein.

Mein Verstand musste mir Streiche spielen.

Eine Hand legte sich auf meine Schulter und drehte mich um. Judith Dickinson sah an mir hinab, schüttelte den Kopf. »Wen haben sie mir denn da gebracht?«, murmelte sie zu sich selbst und rümpfte die Nase. »Komm jetzt mit. Ich habe noch andere Dinge zu tun, als deinen Babysitter zu spielen.«

Nickend folgte ich ihr, wurde dabei von den dunklen Geistern verfolgt.

❄

Ich wischte den Boden im Aufenthaltsraum der Angestellten. Mehr durfte ich nicht machen. Mrs Dickinson wollte sich erst von meinen Fähigkeiten überzeugen, ehe sie mich einer Putzgruppe zuwies, die sich um die Zimmer der Gäste kümmerte.

Darüber war ich froh. Denn ich war allein – konnte mich ungestört meinen Gedanken widmen. Sie kehrten immer wieder zu den blauen Augen zurück, die mich nicht losließen.

Nicht, als die anderen Angestellten ihre Taschen holten und sich knapp in den Feierabend verabschiedeten.

Nicht, als Judith zu mir kam und meine Arbeit begutachtete.

Ihre Überraschung sprach für sich. Sie hatte nicht gedacht, dass ich alles makellos reinigen würde. »Gut. Morgen sehen wir weiter«, sagte sie und ging zu der Tür, aus der sie zuvor eingetreten war. »Eine Stunde vor deinem eigentlichen Beginn bist du hier. Und jetzt geh nach Hause. Das hast du dir verdient.«

Selbst als sie verschwunden war, konnte ich mich nicht lösen.

Fragen über Fragen spukten in meinem Kopf, ließen mir keine Ruhe. Irgendwann raffte ich allerdings meinen Mantel und meine Tasche zusammen, die ich nach dem Rundgang durch das Hotel mit Judith aus ihrem Büro geholt, ehe ich mich hier an die Arbeit gemacht hatte. Es waren dieselben Stücke, die ich auch gestern Nacht an mir getragen hatte.

Schlaf würde mir guttun, denn das alles konnte nicht die Realität sein. Mein Verstand musste mir irgendetwas vorspielen. Was die laute Stimme in mir sagte, konnte nicht wahr sein.

Das *durfte* es nicht.

Ein letztes Mal strich ich über den Stoff an meinem Leib und trat in den Gang. Er lag dunkel vor mir. Das setzte all meine Nerven in Alarmbereitschaft. Ich machte einen Schritt vor den anderen.

Eine Wahl blieb mir nicht.

Ins helle Foyer schaffte ich es allerdings nicht.

Ein Knarzen ertönte hinter mir. Und ehe ich mich's versah, packte mich jemand und drückte mir ein Tuch vor die Nase. Ich konnte mich nicht wehren. Nicht schreien. Stattdessen fiel ich in einen pechschwarzen Abgrund, aus dem ich nicht mehr herauskam.

Kapitel Drei

Holly

Ich fühlte mich, als hätte mir jemand mit einem Hammer auf die Schläfe geschlagen. Auch meine Muskeln schmerzten. Jede Faser meines Körpers war verspannt, sodass es einige Minuten brauchte, um meine Lider aufzuschlagen. Egal, wie schwer es mir fiel, mein Verstand funktionierte überraschend gut.

Ich befand mich nicht in meinem Airbnb. Doch um ehrlich zu sein, hatte ich keine Ahnung, wo ich war.

Ich lag in einem riesigen Bett. Gefesselt.

Um meine Handgelenke schlang sich ein dünnes schwarzes Seil, das am Kopfende festgebunden war. Fest. Egal, wie stark ich daran zerrte, die Knoten lösten sich nicht. Im Gegenteil, sie schnitten sich mit jeder kraftvollen Bewegung tiefer in meine Haut. »Hilfe«, schrie ich mit trockener Kehle und wild pochendem Herzen.

Ich suchte den Raum ab – ein Schlafzimmer, welches nur durch den Mondschein erhellt wurde –, fand aber keine Seele. Es war nur spärlich ausgestattet. Es war edel. Dunkles Holz. Goldene Elemente, die man überall wiederfand. Der Geruch herb.

Dieser Ort stank nach Reichtum.

Fuck. Nun wusste ich, wo ich mich befand. Bei *wem*.

Bevor die Realität vollkommen in mich sickerte, wurde eine Tür neben mir aufgerissen. Mein Kopf drehte sich, konnte ausschließlich die langen, starken Beine eines Mannes erkennen.

Er trug eine schwarze Satinschlafanzughose. Kein Hemd, das sah ich an seiner entblößten Flanke, als er schweigend an mir vorbeilief und immer weiter in mein Sichtfeld rutschte.

Letztendlich ließ *er* sich auf einem kleinen Sofa mir gegenüber nieder. An dem Möbelstück lehnte meine Handtasche, in der meine Straßenkleidung war.

Nikolas musterte mich, stützte dabei die Ellenbogen auf seine Knie. Zu meinem Glück trug ich noch meine Arbeitsuniform; abgesehen von den Schuhen, die er mir ausgezogen haben musste. »Es ist nicht schlau, *Holly Bell*, nach Hilfe zu schreien. Vor allem nicht, wenn man nicht weiß, ob sich der Bösewicht oder der Retter am nächsten befindet.«

»Was Sie darstellen, kann ich mir vorstellen.« Aus mir sprach das Adrenalin. Nie im Leben hätte ich sonst eine Silbe formen können.

Ein Lächeln zupfte an seinen Mundwinkeln. »Um das zu erkennen, braucht es nicht viel Intelligenz.« Wieder riss ich an meinen Handgelenken, was mir ein schmerzdurchzogenes Stöhnen entlockte. »Hör auf damit. Du verletzt dich damit nur selbst.«

»Dann lass mich gehen!«

»Wie ich sehe, haben wir nun auch die letzten Formalitäten abgelegt.«

Aus meinem Mund drang ein Geräusch, welches ich nicht von mir kannte. Es klang nach einem Knurren. In mir flammte eine Wut auf, die ich so noch nie empfunden hatte.

»Außerdem kann ich dich nicht gehen lassen. Und du weißt auch wieso.«

»Weil du einen Typen umgebracht hast. Erstochen.«

Seufzend lehnte er sich zurück. Emotionslosigkeit glitt über seine Miene. »Das Einzige, was ich bereue, ist, von einer dummen Göre wie dir dabei erwischt worden zu sein.«

Vor mir saß ein skrupelloser Mann.

Ich sollte Angst haben. Wahrscheinlich schlummerte sie unter all den Gefühlen, die gerade in mir tobten. Aber auch sein Aufzug minderte sie.

Oberkörperfrei saß er da. Seine Füße waren nackt, sein Haar feucht. Dunkle Strähnen fielen ihm ins Gesicht, die Schatten über seine Züge tanzen ließen.

Das war nicht das Bild eines Mörders.

Die Wirklichkeit flüsterte mir aber andere Dinge zu. »Und jetzt?«

»Ganz ehrlich?«, fragte er und verschränkte die Hände in seinem Schoß. »Ich habe keine Ahnung. Du warst nicht in meinem Plan inbegriffen. Ein Mädchen, das in einer Gasse war, in der es nicht hätte sein sollen. Und wie es das Universum so will, taucht sie nicht mal einen Tag später in meinem Hotel auf.«

»Du hast einen Menschen umgebracht.«

»Das musst du nicht immer wiederholen. Ich weiß es.«

»Anscheinend hast du kein Problem damit.«

»Nein. Im Gegenteil.« Er stand auf und schlenderte zum Fußende des Bettes. Je näher mir Nikolas kam, desto unruhiger wurde ich. Es war töricht, den Gedanken abzuschmettern, dass mich nicht ein ähnliches Schicksal wie den unbekannten Mann erwarten könnte. »Ich habe es mit Freude gemacht.«

»Wirst du mich auch umbringen?« Mein Puls ging mir bis zum Hals, schnürte mir jeglichen Atem ab.

Er sog tief Luft ein, während er auf mich hinabblickte. »Ich sollte. Aber … hmm … irgendwie wäre es nicht passend. Außerdem würde es Fragen aufwerfen, wenn du plötzlich nicht mehr zur Arbeit erscheinst.«

»Also lässt du mich gehen?«

»Ich bin nicht naiv, Holly. Natürlich werde ich das nicht tun.«

»Aber ...«

Mit einem Kopfschütteln ließ er mich verstummen. Nikolas strich sich durchs schwarze Haar. Er war ein schöner Mann. Breite Schultern. Schmale Hüften. Muskeln, die sich unter seiner Haut abzeichneten. Der leichte Flaum auf seiner Brust, der verrucht tief zum Bund der Hose führte.

Solche Gedanken waren in dieser Situation vollkommen verrückt.

»Du kennst meinen Namen, Holly. Ich kann dich nicht freilassen.«

»Wenn du mich nicht tötest, aber mich nicht freilässt, welche Option bleibt dann übrig?«

»Ich behalte dich. Du wirst arbeiten, deinen Mund halten und danach wieder hierherkommen. Wenn du deinen Vertrag erfüllt hast, sehen wir weiter. Vielleicht bin ich so dumm und lasse dich danach frei. Mit dem Vorbehalt, dass du deinen schönen Mund hältst.«

Mein Kiefer spannte sich an.

Wenigstens brauchte ich mir nun keine Gedanken mehr darum machen, zur Polizei zu gehen. »Wo bin ich überhaupt?«, keifte ich, was ihn zum Schmunzeln brachte.

Er nahm mich nicht ernst. Ich konnte es ihm nicht mal verübeln, ich war ein erbärmliches Opfer.

Verdammt, ich hatte nicht mal den Mut gehabt, jemandem zu erzählen, was sich gestern abgespielt hatte.

»In meinem Schlafzimmer.«

»Wie bitte?«

»Das, welches zu meinem Büro gehört. Nur so kann ich dich im Blick behalten.« Er machte etwas, das mich mit Rastlosigkeit erfüllte. Er stieg auf das Bett und kniete sich über mich, wobei mein Becken zwischen seinen Beinen lag. Alles in mir fokussierte sich auf ihn. Kein Funken Angst pulsierte in meinen Adern. Nikolas beugte sich zu mir hinab. Seine blauen Augen waren mir noch nie so nah gewesen wie jetzt. »Ich warne dich, Holly Bell. Wenn du versuchst zu fliehen, habe ich keine andere Wahl, als dir das Leben zu nehmen.« Sein Mund streifte meine Wange, ließ mich damit erzittern. Er bekam jede meiner Regungen mit, wobei ihm sogar ein leises, raues Lachen entglitt.

»Wieso hast du ihn umgebracht?«, flüsterte ich, während mein Leib Feuer fing.

»Das musst du nicht wissen.«

»Ich …«

»Keine Widerworte.« Er lehnte sich zurück. Seine hellen Iriden wurden von seinen tiefen Pupillen verschluckt, als er mein Gesicht musterte. Alles an ihm war aufmerksam, außer seiner Stimme. Diese klang abwesend. »Das ist auch eine Regel, an die du dich halten solltest. Über die Weihnachtsfeiertage gehörst du mir. Danach entscheide ich, wie es mit dir weitergeht.«

Nikolas stieß sich ab und kletterte von der Matratze. Dabei entging mir die Beule in seiner Hose nicht, die sich deutlich abzeichnete.

Ich hatte ihn hart gemacht. Wie auch immer ich das geschafft hatte.

Unruhe durchfuhr mich; ich konnte mich vom Anblick seiner Erektion nicht lösen. Er entfachte ein Gefühl unter meiner Haut, das krank war.

Ich kannte diesen Mann nicht.

Zudem war er mein Peiniger, der bereits Blut an seinen Händen kleben hatte.

Sein Kopf war in den Nacken gelegt, ehe er sich fing. »Ich binde dich morgen früh frei. Bis dahin solltest du schlafen, Holly.«

Das konnte ich nicht.

Selbst als er verschwunden war. Die Gedanken hielten mich davon ab. Auch meine Bedürfnisse, für die ich mich schämte. Gleichzeitig trieben sie mich in den Wahnsinn, weil ich nichts dagegen machen konnte.

Nikolas

Ich sollte sie beiseiteschaffen.

Mein gesunder Menschenverstand sagt mir das, allerdings mache ich es nicht. Aus einem mir unbekannten Grund. Es wäre einfach – gerade schläft sie in meinem Zimmer. Es bedarf nur eines Kissens, mit dem ich sie ersticke.

Damit wäre diese verfickte Situation sofort beendet.

Ich sitze aber hier an meinem Schreibtisch und schreibe diese Worte in mein Notizbuch. Meine Gedanken sind dabei die gesamte Zeit bei Holly Bell.

Etwas hält mich davon ab, sie zu töten.

Vielleicht ihre grünen Augen.

Vielleicht ihre Art, weil sie nicht vor Angst erzittert ist. Mir stattdessen gegengehalten hat.

Noch etwas ist da … Das Bedürfnis, sie zu ficken. Ob es der Wut gegenüber ihr oder mir entspringt, weiß ich nicht. Aber mein Schwanz war hart, als ich mich über sie gebeugt habe.

Selbst jetzt dringt ihr süßer Geruch in meine Nase.

Am liebsten hätte ich ihr dieses lächerliche Kleid ausgezogen und sie genommen, bis ich all die Probleme vergesse.

Holly Bell ist eines davon.

Kapitel Vier

Holly

Es waren nur noch wenige Tage bis Weihnachten. In London pulsierte die Magie. Sie erreichte selbst mich im Hotel, obwohl ich die Stadt lange nicht mehr gesehen hatte.

Nicht die dreckige Themse. Nicht die hohen Geschäftsgebäude, die sich in den wolkigen Himmel schraubten.

Nicht die Touristenattraktionen wie das *London Eye*, die *Saint Paul's Cathedral* oder die *Tower Bridge*, welcher ich schon längst keinen zweiten Blick mehr schenkte, da ich sie bei meinen unzähligen Besuchen Londons zuvor schon gesehen hatte.

Dennoch brachten die Gäste den eisigen Geruch des Winters mit sich. Er zeichnete sich auch durch die Fensterfront im Foyer ab, die ich gerade putzte. Kleine Eiskristalle hatten sich schon vor einer halben Ewigkeit an den Außenscheiben gebildet und ließen sich bis in ihre kleinsten Verzweigungen erkennen.

Ich fuhr mit einem Abzieher über die winzigen Tropfen des Glasreinigers, bis sie verschwunden waren. Dabei rutschten die Ärmel meines Kleides nach oben, offenbarten die roten Abdrücke des dünnen Seils.

Seit meinem ersten Tag waren einige vergangen. Es war wie ein Fiebertraum. Jede Stunde, die ich bis jetzt innerhalb der Wände des Hotels verbracht hatte, war mit einem dicken Schleier überzogen.

Das lag allein an dem Mann, der mich gefangen hielt.

Nikolas.

Selbst jetzt war ich mir sicher, dass er mich im Auge hatte – durch die Überwachungskameras, die perfekt versteckt waren, damit sie einem nicht sofort auffielen.

Jeden Abend nach meiner Schicht kehrte ich in sein Büro zurück, wo er bereits auf mich wartete. Es erinnerte an eine kleine Wohnung mit einer Küchenzeile, einem Arbeitsbereich, Schlafzimmer und Badezimmer. Dort zog ich mich aus und schlüpfte in Nachtkleidung, die er mir gekauft hatte. Entledigte mich meiner Uniform, die am Tag danach frischgewaschen auf dem kleinen Sofa bereitlag. Dann ging ich in sein Bett, wo er mich fesselte.

Nikolas blieb nie bei mir, war allerdings immer da, wenn ich die Augen am Morgen aufschlug.

Meine Schultern verspannten sich, als ich nach draußen sah. In den Scheiben spiegelte sich der riesige Tannenbaum mit dem goldenen Licht, während dahinter eine belebte Straße Londons lauerte.

Letztendlich konnte ich mich auf nichts konzentrieren.

Ich starrte vor mich hin. Mit jeder Sekunde, die verstrich, wurde es dunkler. Sekunden, die mich wieder in Nikolas' Arme treiben würden. »Holly?«

Eine Stimme riss mich aus der Regungslosigkeit. Sie jagte mir einen Schauer über den Leib, da ich nicht mit ihm gerechnet hatte. Noch nicht.

Seine hellblauen Augen sahen auf mich herab, während er den Knoten seiner schwarzen Krawatte richtete. »Du hast seit zehn Minuten Feierabend. Und du musst wissen, ich hasse es, zu warten. Dennoch habe ich es. Du allerdings stehst einfach nur da.«

Mein Blick wanderte über unsere Umgebung hinweg.

Niemand schenkte uns Aufmerksamkeit.

Niemand wunderte sich, dass der Manager des Westminster Hotels so nah bei einer einfachen Putzfrau stand.

»Solltest du nicht froh sein, dass das Hotel für mehr Arbeit weniger bezahlen muss, Nikolas?«

»Das tust du aber nicht.« Er nickte zu einer Tür, die in die Richtung seines Büros führte. »Jetzt komm. Sonst wird das Essen kalt, das ich uns bestellt habe.«

Das war ein weiterer Punkt. Bevor ich mich für die Nacht umziehen musste, aßen wir zusammen. Meist schweigend. Er kümmerte sich jedoch um mich. Wenn man das so nennen konnte. In Wahrheit war er mein Peiniger, der immer noch nicht wusste, wie es nach meinem Arbeitsende im Hotel weitergehen sollte.

»Wenn ich nicht mitgehe?«

»Du wirst.« Er umfasste meinen Arm. Der Druck seiner Hand war kaum spürbar, aber es reichte seine alleinige Präsenz aus, um mich ihm zu fügen. »Jetzt mach keine Szene, Holly.«

Ich warf den Abzieher in den Eimer, in dem der Reiniger und ein Lappen sich befanden.

Wir liefen nebeneinander; währenddessen ließ er mich keine Sekunde los. Nicht, als wir Treppenstufen nach oben stiegen. Nicht, als wir durch einsame Gänge wanderten. In meiner anderen Hand lagen derweil die Arbeitsutensilien, welche er mir auf halbem Weg abnahm und in irgendeinen Abstellraum schleuderte.

Nikolas schien keine gute Laune zu haben.

Wenigstens sahen uns keine Angestellten. Sonst wären womöglich Fragen aufgekommen, die ich nicht beantworten konnte.

»Setz dich«, wies er mich an und schob mich hinein. Genauso wie das Schlafzimmer, welches nur eine Tür weiter war, besaß dieser Raum nicht viel Dekoration. Alles war schlicht, aber edel zugleich – passend zu dem Mann, der den kleinen goldenen Schlüssel im Schloss herumdrehte.

Normalerweise würde ich mich jetzt auf einen der beiden Sessel vor seinem Schreibtisch setzen und still warten, bis er mir das Essen auf einen Teller schaufelte. Es stand sogar bereits in einer Papiertüte auf dem Tisch. Und roch nach indischem Curry.

Heute konnte ich jedoch meinen Mund aus irgendeinem Grund nicht halten. Es war die Neugier, die sich in mir meldete. Denn obwohl ich während der Weihnachtszeit ihm gehörte, war diese nie durch die Angst getötet worden.

Also blieb ich stehen. »Wo bist du eigentlich, wenn ich schlafe?«

»Wer sagt, dass ich nicht neben dir liege?«

»Ich würde es mitbekommen.« Mir kam nicht mal der Gedanke, mich hinzusetzen. »Also, wo bist du?«

Er ging auf mich zu, streifte dabei das Jackett von seinen Schultern. »Du bist heute gesprächig. Ungewohnt, ich beschwere mich aber nicht.«

»Weißt du, du könntest mich einfach einsperren und mich allein lassen. Ich brauche deine Gegenwart nicht. Aber anscheinend brauchst du meine, was mich vermuten lässt, dass du nicht mehr als ein einsamer, erbärmlicher Mann bist.«

Es war sicher nicht die beste Idee, ihn zu beleidigen. Ihn herauszufordern. Vor allem, da ich wusste, zu was er fähig war.

Nikolas sah auf mich mit zusammengepressten Kiefern herab. Sagte nichts. Seine Stille wiederum provozierte mich. »Wie ist es, keine Familie zu haben? Oder zumindest eine, die sich nicht um dich schert? Immerhin ist Weihnachten. Wieso solltest du deine Zeit mit *mir* verbringen?« Ich war zu weit gegangen. Dennoch reckte ich ihm mein Kinn entgegen, legte derweilen meinen Kopf mit einem zuckersüßen Lächeln auf meinen Lippen schräg.

Meine Chancen, lebend aus dieser Situation herauszukommen, waren ohnehin schlecht. Dann konnte ich meinem Trotz auch freien Lauf lassen.

»Halt die Klappe, Holly.«

»Und wenn nicht? Zückst du dann auch dein Messer und rammst es mir in den Bauch? Vielleicht will deshalb niemand …«

Seine Hand schnellte nach vorn und legte sich um meine Kehle. Nikolas drückte nicht zu, trat dafür auf mich zu, bis er dicht vor mir stand. Wenn ich tief einatmete, würde meine Brust seinen Oberbauch berühren.

In meine Nasenflügel strömte sein herber Duft, der – auch wenn ich es niemals laut aussprechen würde – meinen Verstand vernebelte. Er war betörend, reizte meine Sinne. »Halt. Deinen. *Schönen*. Mund.«

»Sonst was?«

Er schüttelte den Kopf, während sein Blick meine Züge abtastete. Er blieb viel zu lange an meinen Lippen hängen.

»Sonst was, *Nikolas*?«

Wieder hüllte er sich in Schweigen. Nachhaken konnte ich allerdings nicht mehr.

Denn er presste seine Lippen auf meine.

Er küsste mich.

Seine Zunge drängte sich in meinen Mund, seine freie Hand packte meine Hüfte und zog mich an ihn. Sein Körper war warm, stark – raubte mir jede Möglichkeit, einen klaren Gedanken zu fassen.

Er schmeckte rauchig gemischt mit einer Note Minze.

Nikolas erkundete mich forsch, ließ mir keine Möglichkeit, mich auf den Sturm vorzubereiten, in den er mich hineinriss. Einen, der mich in Flammen setzte.

Ich konnte mich nicht von ihm lösen.

Das Schlimme daran war … Ich wollte nicht.

Ein verdrehter Teil in mir brauchte seine Nähe seit dem Tag, an dem ich zum ersten Mal in seinem Schlafzimmer aufgewacht war. Als ich seinen harten Schwanz bemerkt hatte.

Zu lange hatte mich kein Mann mehr berührt. Stöhnend stolperte ich, während er uns zurückdrängte, bis mein Rücken an eine eiskalte Fensterscheibe stieß.

Erst dann löste er sich von mir.

Mit wilden Augen sah er auf mich herab, wobei sich seine Brust abgehackt hob und senkte. Es erging mir nicht anders. Im Gegenteil, ich war ein Wrack. Ein krankes, denn ich wollte mehr.

Ich wollte ihn.

Mir war in diesem Moment vollkommen egal, was er getan hatte. Mit dem Mann in der Gasse. Mit mir.

Ich packte seinen Kragen und zog ihn erneut zu mir hinab. Diesmal war ich es, die das Tempo kontrollierte; meine Zunge in seinen Mund schob, die mit seiner einen Krieg führte, bei dem niemals ein Gewinner gekürt werden würde.

Nur für kurze Zeit.

Er riss mich von sich, nur um mich keinen Wimpernschlag später umzudrehen. Meine Handflächen wurden an die Fensterfront gedrückt, während ich auf die Stadt hinabblickte. Mir gegenüber waren ein paar Bürogebäude, in denen – zu meinem Glück – niemand gerade arbeitete. Denn draußen dominierten die Nacht und ein frisch eingebrochener Schneesturm. Nikolas' Büro aber, war hell erleuchtet.

Sein Atem legte sich heiß an mein Ohr. »Du bist seit unserer ersten Begegnung ein einziges Problem. Umso unverständlicher ist es, dass ich dich will.« Wie um seinen Worten Bedeutung zu verleihen, ließ er mich erneut seine Lust spüren.

Es raubte mir endgültig all meine sinnigen Gedanken.

»Dann nimm mich.« Meine Stimme war rau, gehörte nicht zu mir. Nicht zu der Frau, die ihm voller Angst vor wenigen Tagen im Aufenthaltsraum begegnet war.

Nikolas entfuhr ein Knurren, welches all seine Zurückhaltung wegwischte.

Seine Finger öffneten den Reißverschluss meines Kleides und streiften es mir vom Körper.

Ich hielt mich währenddessen, so gut es ging, an der Scheibe fest. Meine Nerven waren vollkommen auf den Mann hinter mir fixiert.

»Du hättest niemals hier auftauchen sollen«, hauchte er und strich über meine Hüfte, die immer noch mit einer dünnen Strumpfhose bedeckt war. Sonst trug ich nichts mehr. Auch keinen BH. Seine Hände glitten nach oben und nach vorn, zwischen meine Brüste. Er umkreiste meine Nippel, entlockte mir ein Stöhnen, welches die Scheibe vor mir beschlagen ließ. »Und du solltest das nicht genießen.«

Ich konnte nicht denken.

Nicht auf einen gesunden Verstand zurückgreifen.

In diesem Moment konnte er mit mir machen, was er wollte.

»Sag etwas, Holly.«

Kopfschüttelnd rang ich nach Worten. Mein überhitzter Körper an dem eisigen Glas machte es mir beinahe unmöglich, seiner Forderung Folge zu leisten.

Es war einfach zu viel. »*Nikolas …*«

Das genügte ihm anscheinend.

Er schob die Strumpfhose gemeinsam mit meinem Slip von mir. Sein Atem legte sich heiß gegen meine Schulterblätter, während er kleine Küsse auf meine Haut drückte. Sein Mund wanderte meine Wirbelsäule hinab, sodass er aus der Spiegelung im Glas verschwand.

Das Reiben von Stoff sagte mir, dass er sich hinkniete.

Es machte mich verrückt, nichts sehen zu können. Allerdings wurden so seine Berührungen umso präsenter.

Seine Hände, die mich stumm aufforderten, meinen Schritt weiter zu machen.

Seine Lippen, die sich einen Weg zu den Innenseiten meiner Oberschenkel suchten.

Seine Finger, die zu meiner Spalte wanderten, bis sie an meinen Schamlippen angekommen waren. Er tauchte kurz in mich.

Ich presste meine Stirn gegen das Fenster und biss mir auf die Lippen. Mein Wimmern trat dennoch zwischen uns.

»Deine Pussy ist unglaublich feucht.« Nikolas schabte mit den Zähnen über meine empfindliche Haut, wobei er wieder in mich stieß. »Wenn du jetzt auch so gut schmeckst, wie du dich anfühlst …« Er zog sich aus mir zurück, rutschte zwischen meine Beine, um mit dem Mund besseren Zugang zu meiner Mitte zu haben, fuhr sofort mit seiner Zunge durch meine Spalte und brachte mich mit seinem kehligen Stöhnen zum Zittern.

Seine Zurückhaltung brach nun endgültig.

Nikolas leckte mich, strich über meine Klit und saugte daran, bis ich mich vergaß. Ich kam ihm ungestüm mit meinen Hüften entgegen, bettelte nach mehr Druck.

Aus meiner Kehle befreiten sich ausschließlich lustverzerrte Laute, die ihn nur noch mehr anspornten. Er gab mir keine Pause, trieb mich mit jedem Zungenschlag dem Höhepunkt näher.

»Nikolas.« Meine sensiblen Nippel streiften die kalte Scheibe, entlockten mir ein Schreien, während seine Zunge meine Perle reizte. »Bitte.«

Sein Lachen gegen mich ließ mich von innen heraus vibrieren.

Er wusste genau, was er damit in mir hervorrief, genoss es, dass ich nicht mehr als ein wimmerndes Wrack war. Zudem kontrollierte er, wann mich der Orgasmus einholte.

Und er wollte es jetzt.

Seine Zunge glitt noch einmal über meine empfindsamste Stelle, womit er mich über die Klippe stieß. Vor meinem inneren Auge wurde es hell, während ich stöhnte.

Ob es sein Name oder einfach irgendwas war, konnte ich nicht hören. Dafür war mein pulsierendes Blut in den Ohren zu laut. All meine Gliedmaßen zitterten, meine Hüfte rieb sich an seinem Mund.

Dabei ließ Nikolas mich zu keiner Sekunde los. Er war der Grund, weshalb ich weiterhin stand und nicht in mich zusammensackte. Auch als nur noch wenige Wellen der Lust meine Nerven erfassten, begleitete er mich. Hielt mich, küsste meine Haut, bis ich kraftlos gegen die Scheibe sank.

Er streifte über Beine hinauf zu meinem Becken. Auch seine Lippen befanden sich plötzlich an meinem Ohr und drückten mir einen Kuss auf die dünne Haut darunter. »Hast du Hunger?«, fragte er und strich ein paar gelöste Strähnen meines Zopfes zurück.

»Nein.«

»Dann bring ich dich ins Bett.« Er hob mich hoch und trug mich ins Schlafzimmer, legte mich auf die Matratze und deckte meinen entblößten Leib zu. Heute – zum ersten Mal – fesselte er mich nicht.

Ich sah an ihm empor.

In ihm loderte das Verlangen, doch begleitete er mich nicht.

Nikolas ging wortlos.

Ließ mich mit meinen widersprüchlichen Gedanken und Gefühlen allein.

❄

Ich hatte gar nicht gemerkt, dass ich eingeschlafen war. Erst als ich die Lider aufschlug, fühlte ich meine ermatteten Muskeln.

Es war dunkel. Ausschließlich die Lichter Londons erleuchteten das Zimmer. Dicke Wolken verhängten den Himmel und blockten jegliches Sternenlicht.

In einer normalen Nacht wäre ich liegen geblieben. Heute trieb mich aber etwas aus dem Bett. Es war der Gedanke an *ihn*. An den Mann, der mich wenige Stunden zuvor geleckt und mir einen Höhepunkt geschenkt hatte, welchen ich in dieser Weise schon lange nicht mehr gehabt hatte.

Mit baren Füßen und nur einer Tagesdecke um den nackten Körper geschlungen, ging ich in sein Büro.

Es war leer. Lediglich eine Lampe auf dem Tisch brannte. Das Essen stand nicht mehr darauf. Dafür lag ein Umschlag dort.

Ich wagte mich näher, sah auf dem cremeweißen Papier meinen Namen in einer schwarzen, ordentlichen Schrift.

Es war ein Brief.

Mit Neugier öffnete ich ihn.

Holly,

ich bin für ein paar Tage nicht hier, wundere dich also nicht, wenn du mich nicht siehst. Das bedeutet allerdings nicht, dass du gehen kannst. Wenn du aufwachst, wirst du auf dem Tisch Frühstück finden. Das Gleiche gilt, wenn du abends deine Schicht beendest und du wieder hierher zurückkehrst.

Denke gar nicht daran, aus dem Hotel zu gehen oder jemandem etwas davon zu erzählen. Ich würde es herausfinden und etwas tun müssen, das wir beide nicht wollen.

Nikolas D.

Ich wusste nicht, was ich mit diesen Worten machen sollte. Im Gegenteil, sie begleiteten mich durch eine schlaflose Nacht.

Nikolas

Ich sollte sie töten.

Nichts anderes ergibt Sinn. Ich kann es aber nicht. Nicht, nachdem ich sie kosten durfte.

Ihr Geschmack liegt immer noch auf meiner Zunge. Eigentlich würde ich nun in meinem Bürostuhl sitzen, während sie im Nebenraum schläft. Ich würde aber etwas Dummes machen, wenn ich im Hotel wäre.

Ich würde mich zu ihr legen; ihr zusehen, wie sie sich in ihren Träumen verliert.

Stattdessen sitze ich in irgendeinem Londoner Pub und schreibe meine Gedanken auf. Denn sonst würde mein Kopf platzen.

Zu viele Dinge wüten in mir.

Zu vieles geht seit ihrem Auftauchen nicht mehr den richtigen Weg.

Ich muss das alles so schnell wie möglich wieder in Ordnung bringen.

Die Frage bleibt allerdings nach dem ›Wie‹. Und selbst wenn ich diese Antwort kenne, werde ich es durchführen können?

Kapitel Fünf

Holly

Tage verstrichen, die sich wie Wochen anfühlten.

Der Ablauf war immer gleich: Ich stand auf, aß, meldete mich zur Arbeit und ging wieder in Nikolas Daltons Büro. Es befand sich im oberen Teil des Hotels, weshalb mich niemand dabei erwischte. Insgeheim passte ich auch darauf auf, dass ich nicht gesehen wurde.

Seit dem bestimmten Abend war er nicht mehr bei mir gewesen. Obwohl ich es immer wieder bestritt – gegenüber mir selbst –, war ich einsam in dieser Zeit. Wir hatten zuvor auch nur wenig geredet, aber nun ... Wenn ich allein in diesem Raum war, wünschte ich mir, dass er bei mir wäre.

Keine Ahnung, woher dieses Bedürfnis stammte. Oder ob es mich zu einer kranken Person machte. Denn ich sollte für jede Sekunde dankbar sein, die er nicht bei mir war. Mich nicht umbringen konnte.

Trotzdem vermisste ein kleiner Teil von mir diesen Mann.

Seinen Blick.

Seine sanften Berührungen, wenn er mir die Fesseln anlegte.

Seine warme Haut, die mich beruhigte.

Seufzend stieg ich die letzten Treppenstufen empor und lief den Gang entlang zum Arbeitszimmer. Meine Schultern hingen kraftlos hinab, während mir ein herzhaftes Gähnen entglitt. Als ich aber in den Raum trat, gefror ich in der Bewegung.

Am Tisch saß Nikolas.

In seiner Hand lag ein Stift, vor ihm ein kleines Buch. Sein Blick richtete sich bei meinem Erscheinen sofort auf mich. »Du bist früh dran«, stellte er fest und lehnte sich im Stuhl zurück.

»Und du bist hier.«

»Es ist Heilig Abend. Den solltest du nicht allein verbringen.«

»Wie freundlich.«

»Nicht wahr?« Er wandte keine Sekunde seine Augen von mir ab, als ich mich auf den Sessel ihm gegenüber fallen ließ und meine Hände im Schoß verschränkte. Er betrachtete mich von oben bis unten. »Bist du müde, Holly?«

»Es waren anstrengende Tage, mehr nicht. Aber das kannst du nicht wissen, da du nicht hier warst.«

Ein Schmunzeln zupfte an seinen Mundwinkeln. »Ich war hier. Immerhin ist das mein Job. Wie hast du gedacht, kommt sonst das Essen immer zur richtigen Zeit auf den Tisch? Durch Magie? Nein. Ich war ausschließlich bei dir nicht. Weil ...«

»Weil, was?«

»Ich habe Zeit zum Nachdenken gebraucht.«

»Zu welchem Schluss bist du gekommen?«

Er zuckte mit den Schultern. »Das weiß ich selbst nicht so genau. Dennoch ist es schön, zu wissen, dass du niemals versucht hast, zu fliehen. Obwohl du gedacht hast, dass ich nicht hier bin.«

Meine Augenbrauen zuckten nach oben, ich ging aber nicht näher auf dieses Thema ein. Ich hatte ausschließlich das getan, was er mir in dem kleinen Brief geschrieben hatte. »Eigentlich würdc ich nun essen, aber wie ich sehen, hast du nichts mitgebracht.«

»Na ja.« Er presste die Lippen zusammen, wobei er sichtlich nach Worten rang. Irgendwas stimmte mit ihm nicht. Er war gesprächiger. Lockerer als sonst. »Da ich kein Geschenk für dich morgen früh habe, habe ich mir gedacht, dass wir jetzt in die Stadt gehen. Du kannst dir etwas aussuchen.«

Ich musste träumen. Niemals konnte diese Szene der Wirklichkeit entsprechen. »Du willst mit mir in die Stadt? Du und ich?«

»Das habe ich gesagt.«

»Was ist mit dem Mann passiert, der wenig spricht und mich am liebsten wegsperren würde?«

Ich lehnte sein Angebot nicht ab, was auch er bemerkte. Es wäre dumm, wenn ich es tun würde. Zudem wollte ich noch nicht schlafen. Nicht, wenn meine Seele die kleinen Gespräche gerade brauchte.

Nikolas setzte sich aufrecht hin und stützte seine Ellenbogen auf die Tischplatte. »Du kennst mich nicht, Holly. Das scheint dich auch nicht zu stören, denn du stellst keine Fragen zu mir.«

»Das letzte Mal, als ich solche gestellt habe, wissen wir beide, was danach passiert ist.«

Sein Kiefer spannte sich an, während sich vor meinem Auge das Bild von ihm und mir an der Fensterscheibe abzeichnete. Sofort kamen mir seine Berührungen in Erinnerung. Sein Mund, der sich auf meine Klit gelegt hatte. Seine Finger, die in mich gestoßen hatten. »Zieh deinen Mantel an«, sagte er mit rauer Stimme. Sie verriet mir, dass auch er daran zurückdachte. »Nimm zuvor das Namensschild von deiner Brust. Es sieht lächerlich aus.«

Augenverdrehend machte ich, was er sagte, und ließ mich von ihm aus dem Hotel führen. Der Portier nickte Nikolas schweigend zu, schenkte mir keinen einzigen Blick. Der Mann neben mir ignorierte ihn, legte dafür einen Arm um mich.

»Hast du Angst, dass ich dir weglaufe?«, fragte ich und nahm gierig die Eindrücke der Londoner Außenwelt auf.

Die Geräusche und den Gestank der Autos.

Die Kälte.

Den braunen, matschigen Schnee, der sich am Straßenrand sammelte.

Die bunten Lichter, welche die Stadt erhellten. »Nein. Ich will nur nicht, dass du frierst.«

Ich sah zu ihm empor. Ein spitzer Kommentar lag auf meiner Zunge, doch schluckte ich ihn herunter. Ich konnte es nicht aussprechen. Nicht, wenn mir seine blauen Augen entgegenstrahlten.

Auch ihn musste die Magie der Weihnacht gepackt haben. Eine andere Erklärung gab es für sein Verhalten nicht.

»Also, wenn du die ganze Zeit im Hotel warst ... Wo hast du gearbeitet?«

Er ging mit mir den Gehsteig entlang, wobei wir in der Masse der anderen Passanten verschwanden. Niemand würde denken, dass er ein Mörder und ich seine Gefangene war. Immerhin verhielten wir uns nicht so. Wir wirkten eher wie ein Paar – wie er mich hielt, wie mein Körper sich unmerklich an seine Seite schmiegte.

Irgendwie war ich froh, dass er endlich wieder da war. Ich hätte jederzeit mit einer der Angestellten reden können. Ich hatte es aber nicht getan. Stattdessen hatte ich auf Autopilot geschaltet und ihn erst abgestellt, als ich ihn eben in seinem Büro gesehen hatte.

»In einem alten Arbeitszimmer«, sagte er und ging auf einen kleinen Markt zu. Sofort stieg der Geruch von Süßigkeiten und heißem Fett in meine Nase. »Also, was willst du essen?«

»Irgendwas mit Käse.«

Ein leises Lachen drang aus seiner Kehle, während er mich zu einem Stand zog. Wenige Minuten später hielt ich eine kleine Schale mit überbackenen *Chips & Ham* und *Baked Beans* in der Hand.

Als ich mir davon etwas in den Mund schob, hob sich meine Laune rapide. Nikolas kaufte sich nichts, nahm sich aber ab und zu etwas von mir.

Es war einfach, zu vergessen, wer er war. In welcher Situation wir uns befanden. Gerade waren wir nämlich nur ein einfacher Mann und eine Frau, die entlang der Themse liefen, in der sich die Lichter der Stadt spiegelten. Um uns herum lachten Menschen, irgendwo erklang die Melodie eines Weihnachtsliedes.

Jeder sehnte sich nach dem Morgengrauen – nach dem Weihnachtsmorgen. Es drückte jedoch nicht die Stimmung. Im Gegenteil, jeder genoss diese Stunden.

»Genau so habe ich mir die Zeit hier vorgestellt«, sagte ich, warf nebenbei die mit Fett getränkte Pappe in einen Mülleimer. »Abends nach der Arbeit durch die Londoner Straßen laufen. Den Geruch des Winters einatmen. Genau das eben.«

Seine Finger tanzten über meinen Oberarm. »Leider warst du zum falschen Zeitpunkt am falschen Ort.«

»Mhm.«

»Du scheinst die Stadt zu genießen.«

»Ich gehe auf eine langweilige Akademie in Schottland. Dort gibt es nichts anderes außer Feldern und Bäumen. Du kannst dir nicht vorstellen, wie gruselig es ist, wenn man nachts nichts hört außer schreienden Tieren.«

»Anscheinend kann man dir leicht Angst einjagen.«

Wir sahen uns an, sodass mir seine Aussage eher wie eine stumme Frage vorkam – ob er in mir dieses Gefühl auslöste. Eigentlich sollte er die Antwort kennen. Sonst hätte ich mich nie im Leben von ihm in die Stadt mitnehmen, geschweige denn berühren oder küssen lassen.

»Nur in diesem Aspekt.«

»Wenn du das sagst.«

»Weißt du, was ich mich schon öfter gefragt habe?« Kopfschüttelnd verstärkte sich sein Griff um meine Schultern. »Wohnst du eigentlich im Hotel oder wieso hast du ein Schlafzimmer in deinem Büro?«

Lachend schüttelte er den Kopf. Wahrscheinlich wegen der Banalität meiner Worte. »Nein, ich habe eine Wohnung in Nordlondon. Wenn ich mit der Arbeit manchmal überziehe, lohnt es sich nicht, nach Hause zu fahren. Meistens bleibe ich also.«

»Du scheinst dein Berufs- und Privatleben nicht besonders gut trennen zu können.«

»Ja, manchmal habe ich Schwierigkeiten damit.«

Seine Offenheit schürte meine Neugier. Zudem wiegte mich seine Körperwärme im Kontrast zu der eisigen Außentemperatur in eine Sicherheit, die ich nicht beschreiben konnte.

»Wie bist du eigentlich Manager des Westminster Hotels geworden? Du bist doch erst höchstens dreißig Jahre alt.«

»Zweiunddreißig, aber danke«, grinste er und fuhr durch die Spitzen meiner Haare. »Meinem Vater gehört das Hotel. Er besitzt viele Ketten in ganz Großbritannien.«

»Dann macht es noch weniger Sinn, dass du dort arbeitest.«

»Wieso?«

»Du bist reich. Wenn ich in Geld schwimmen würde, würde ich keinen einzigen Finger rühren.«

»Vater will, dass ich – wie er es nennt – sein Werk weiterführe. Außerdem wüsste ich gar nicht, was ich ohne das Hotel den ganzen Tag anfangen sollte. Ich liebe meine Arbeit.«

»Das ist beneidenswert, weißt du das?«

Nikolas lächelte auf mich herab, was ich erwiderte. Er

ließ mich vergessen. Und ich? Ich wollte mich in ihm verlieren. Solange ich diese Illusion aufrechterhalten konnte.

»Was machst du eigentlich in deiner Akademie?«

»Mathematik als Hauptfach. Physik als Nebenfach.« Überraschung zeichnete sich in seiner Miene ab. »Traust du mir das nicht zu?«

»Doch, ich habe nur etwas anderes erwartet.«

»Das sagen mir viele.«

Sein Mund öffnete sich bereits zu einer Antwort, als etwas Kaltes auf meine Nasenspitze fiel.

Nicht nur einmal. Kleine, eisige Flocken fielen auf uns herab.

»Fuck«, fluchte ich und blinzelte gegen die weiße Wand an, die sich binnen Sekunden vor unseren Augen geformt hatte. Noch nie hatte ich solch einen Sturm in London gesehen.

»Wir sollten zurück.« Nikolas zog mich noch dichter an sich und rannte mit mir durch die Straßen der Hauptstadt. Dabei erfüllte unser gemeinsames Lachen die Luft, welches in einem schweren Atem unterging, als wir am Westminster Hotel ankamen.

Der Portier betrachtete uns mit einem schrägen Blick, ließ uns aber passieren. Wahrscheinlich nur wegen Nikolas, den er erkannte. Sonst wäre ich mir nicht sicher gewesen, ob er zwei schneedurchtränkte Fremde in den edlen Innenraum gelassen hätte.

Unsere gute Laune riss auch nicht ab, als wir in sein Arbeitszimmer traten. »Du solltest heiß duschen. Sonst wirst du noch krank«, sagte er und ließ mich los. Wir waren nicht mehr draußen, wo er mich wärmen musste.

Ich vermisste dennoch seinen Arm, der nicht mehr um meine Schulter lag. »Besorgt?«

»Möglich.«

Bevor ich in sein Schlafzimmer ging, welches zum Badezimmer führte, warf er mir ein verschmitztes Grinsen zu.

Ich ging nicht direkt unter das Wasser, blieb stattdessen mitten in der Bewegung stehen.

Auf der Matratze stand eine schwarze, edle Papiertüte.

Als ich einen Blick hinein wagte, zog sich mein Herz zusammen. Es war ein schwarzes Nachtkleid aus glänzendem Satin. Darauf lag ein Zettel mit einer Schrift, die mir bekannt vorkam.

Für Holly.

Ich drückte es fest an mich und sog den Geruch ein, der im Soff hing. Es war Nikolas'. Und obwohl er im Nebenraum war, genoss ich diesen Moment. Ausschließlich die nasse Kälte, die sich langsam einen Weg an meine Haut suchte, hielt mich davon ab, hier ewig zu stehen.

Ich duschte mich rasch und zog mir das Kleidungsstück sofort über. Es saß perfekt.

Ich trat ins Schlafzimmer, hielt jedoch im Türrahmen inne. Mein Blick war auf Nikolas fixiert, der am Bett stand und seine Finger über die dünnen Fesseln gleiten ließ.

Ich hatte bis eben vergessen, dass er sie mir wieder anlegen würde – hatte in den vergangenen Stunden nicht mehr daran gedacht, wieso ich überhaupt hier war.

Der Holzboden knarzte unter meinen Füßen, womit ich seine Aufmerksamkeit auf mich zog. Er betrachtete mich, musterte das lose Kleid und meine nackten Beine. Sein Blick war dunkel, dagegen konnte auch das Licht der Nachttischlampe nichts ausrichten.

»Als du nicht bei mir warst, habe ich sie nicht um meine Handgelenke gebunden«, sagte ich und machte einen Schritt auf ihn zu. »Es ist also unnötig, jetzt wieder damit anzufangen.«

»Ist das dein Wunsch?«

»Wie bitte?«

»Wir sind in die Stadt gegangen, weil ich dir ein vorzeitiges Geschenk für morgen besorgen wollte. Allerdings haben wir uns nur etwas zum Essen geholt und sind den Fluss entlanggelaufen. Ich schulde dir also noch etwas.«

Mein Kopf legte sich schräg. »Ich darf mir also alles wünschen?«

»Beinahe alles.«

Ja, natürlich. Allerdings kam mir sowieso zuerst etwas anderes in den Sinn. »Gut, dann habe ich eine Frage. Ich will deine ehrliche Antwort darauf wissen.«

»Okay.«

»Willst du sie denn nicht erst hören, ehe du dich entscheidest, ob du sie mir wirklich beantworten willst?«

»Du kannst froh sein, dass ich das nicht als deine Frage werte, Holly.« Er kam mir entgegen, bis die Distanz zwischen uns verdammt klein war. »Also, ich höre?«

»Bereust du es, den Mann getötet zu haben?«

Sein Kiefer spannte sich an, seine Miene wurde emotionslos. »Nein. Das wird sich auch niemals ändern. Selbst wenn ich dafür irgendwann in der Hölle verbrennen werde. Ich hatte einen Grund, der es mich immer wieder machen lassen würde.«

»Wieso hast du es getan?«

»Dein Wunsch ist aufgebraucht«, sagte er, ließ seine Finger durch mein erdbeerblondes Haar gleiten. Nikolas verlor sich nicht darin, löste sich stattdessen und trat an mir vorbei. »Du solltest jetzt schlafen. Es ist schon ziemlich spät.«

Ehe er ging, hielt ich ihn mit meiner Stimme zurück. »Warte.«

Seine Brust hob sich schwer. »Was?«

»Du hast mir mein Geschenk gegeben. Aber was willst du?«

Stille breitete sich zwischen uns aus. Der Mann dachte nicht nach, sondern sah mich einfach an. Er wusste, was er wollte, sprach es aber nicht aus. Noch nicht.

»Was willst du?«, hakte ich nach, wobei meine Schultern schlaff gen Boden hingen. Ich kam mir erbärmlich vor. Eigentlich war ich ihm nichts schuldig. Ein kleiner Teil in mir sehnte sich jedoch nach seiner Gegenwart. Vielleicht hielt ich ihn deswegen auf.

»Etwas, das nicht richtig wäre.«

»Nikolas …«

»Weißt du, wieso ich in den letzten Tagen nicht bei dir war?« Verzweiflung schwang in jeder Silbe, während er sich durch das dichte Haar fuhr. »Weißt du es, Holly?«

»Nein.«

»Weil ich dich will. Jeden Tag schreibe ich in mein verfluchtes Notizheft, dass ich es nicht darf. Dass ich dich am besten umbringen sollte. Aber ich kann nicht. Weil ich jede Sekunde an dich denken muss. Weil ich deine Lippen, deine Pussy schmecke, wenn ich nachts an meinem Schreibtisch sitze und mir dabei nichts sehnlicher wünsche, als neben dir zu sein und deine Haut auf meiner zu spüren.« Wieder schritt er auf mich zu, hielt sich diesmal aber nicht zurück. Seine Finger vergruben sich in meinen Strähnen und hoben meinen Kopf, sodass ich ihn ansehen musste. Zerrissenheit schimmerte in seinem Blick. »Du solltest Angst haben, nicht meinen Berührungen entgegenkommen. Du machst es mir unmöglich, mich von dir fernzuhalten.«

»Dann versuch es nicht.« Ich wusste selbst nicht, wieso ich das sagte. Meine Gedanken waren nicht mehr klar. In mir hatten schon längst meine Bedürfnisse die Überhand gewonnen.

Diesmal hörte er sogar auf mich. Er presste seinen Mund auf meinen, drängte seine Zunge hinein, die mich eroberte. Genauso wie seine Hände, die sich aus meinem Haar befreiten und meinen Körper erkundeten. Sie wanderten über den dünnen Stoff des Nachtkleids – über die leichten Konturen meiner Brüste, über meine Taille, meine Hüfte.

Ich ließ mich fallen und gab mich dem hin, was er in mir auslöste. Lust. Verlangen nach seiner Stärke, die meine Nerven umgarnte.

Atemlos riss er sich los und wandte sich sofort meinem Hals zu, auf den er winzige Küsse hauchte, die nicht weniger verführerisch waren. Im Gegenteil, sie erweckten mich von Innen heraus.

»Du gehst mir einfach nicht mehr aus dem Kopf«, murmelte er und schob mich zurück, bis meine Waden gegen das Bettgestell stießen. Prompt verlor ich das Gleichgewicht und fiel mit dem Rücken auf die Matratze. Nikolas blieb währenddessen stehen und musterte mich mit einem gierigen Blick. »Wahrscheinlich wird sich das auch nie wieder ändern.« Seine Finger nestelten an den Knöpfen seines dunklen Hemdes, bis er es sich von Leib streifte. Dünne Muskeln zeichnete sich unter seinem flachen Bauch ab.

Instinktiv zog ich meine Beine an, was seinen Blick darauf zog. Ich trug keinen Slip. Das war mir mehr als bewusst.

»Du bist ungezogen«, kommentierte er, löste den Gürtel und öffnete seine Hose. »Und unglaublich dumm.«

Auch die letzte Schicht Kleidung fiel von ihm, entblößte mir seine Lust, die mit jeder verstreichenden Sekunde anwuchs.

Nikolas umfasste seinen Schaft und fuhr seine Länge auf und ab. Dabei waren seine Augen ständig auf mich gerichtet. Dieses Bild – dieser Mann – trieb mich in den Wahnsinn. Am liebsten hätte ich meine Hand zwischen meine Schenkel wandern lassen und meine Klit gerieben. Ich wollte aber, dass er es machte. Dass er mir den Höhepunkt bescherte. Meine Nägel krallten sich in das Laken. »Du weißt genau, was du machst.«

»Ach, was denn?«

»Du folterst mich.«

»Mhm.« Endlich kletterte er auf das Bett und kniete sich über mich. Wie das erste Mal, als ich hier aufgewacht war. Mit dem Unterschied, dass er nun nackt war und mir seine Erektion deutlich entgegenragte. »So würde ich es nicht beschreiben. Manchmal kann ein bisschen Warten es am Ende noch besser machen.« Er verschränkte unsere Finger miteinander.

»Nicht, wenn du dir vor mir einen runterholst.«

»Dann berühr *du* mich.«

Das ließ ich mir nicht zweimal sagen. Ich umfasste seinen Schwanz, was ihm ein tiefes Stöhnen entlockte. Er war hart; gepaart mit dem Gefühl der dünnen, zarten Haut zog sich meine Mitte zusammen. Feucht und bereit für ihn. Ich fuhr auf und ab.

Seine Lider waren geschlossen, seine Miene mit qualvoller Lust gezeichnet. Obwohl das Verlangen in meinen Adern pumpte, genoss ich es. Wie der Druck ihm die verschiedensten Laute entlocken konnte.

Vielleicht war ich seine Gefangene, gerade hatte ich jedoch die Kontrolle.

Er legte den Kopf in den Nacken und stieß seinen Atem aus, als mein Daumen über seine Eichel fuhr. Sofort breitete sich ein kleiner Tropfen Feuchtigkeit darauf aus, was meine Spalte zusammenzucken ließ.

»Bist du für mich bereit, Holly?«

»Ja.«

»Gut, denn ich weiß nicht, ob ich das noch länger aushalte.« Er griff über mich zum Nachttisch und holte aus einer Schublade eine Kondomverpackung heraus. Brach das Siegel auf, nahm eines der Plastikpäckchen und riss es auf. Ich ließ von ihm ab, sodass er sich das Gummi über sein Glied rollen konnte. Ehe er sich in die richtige Position brachte, berührte er meine Pussy. Er wollte sicherstellen, dass ich die Wahrheit sprach. »Du bist perfekt.« Er glitt unter den Satinstoff und zerrte ihn von mir. Nun lag ich nackt vor ihm. Und auch wenn er mich schon einmal in diesem Zustand gesehen hatte, strömte Hitze über mein Dekolleté bis hinab zu meinem Becken. Denn diesmal studierte er jede Faser von mir. Nikolas beugte sich hinab und nahm einen meiner Nippel in den Mund. Seine Zunge strich darüber, forderte ein Stöhnen meinerseits. Ich ließ mich erst dazu hinreißen, als er seine Zähne einsetzte. Süßer Schmerz reizte meine Nerven.

»Ich werde dich jetzt vögeln, okay?«, sagte er und richtete sich wieder auf.

Nickend kam ich ihm entgegen, während er seinen Schwanz an meinen Eingang führte. Ich brachte kein sinnvolles Wort heraus. Dafür sang mein Blut in mir, welches alles übertönte, das mich von ihm ablenken könnte.

Seine Hände schlossen sich um meine Wangen, zwangen mich, ihn anzusehen. Erst als sein strahlender Blick meinen fand, stieß er in mich.

Keuchend umfasste ich seinen Unterarm und hielt mich an ihm fest. Er bewegte sich nicht, ließ mich mich an seine Größe gewöhnen, die mich von Innen heraus weitete. Meine Wände schlossen sich eng um ihn, sodass auch er einige Momente brauchte.

Jedoch kam er schneller damit klar. Nikolas zog sich zurück und stieß wieder zu. Zuerst in einem langsamen Rhythmus, ehe er immer druckvoller und schneller wurde. Unser Stöhnen vermischte sich zu einer Melodie, die uns immer näher an die Klippe trieb.

Wir berührten, küssten uns. Und während draußen der Schneesturm London in ein weißes kaltes Land verwandelte, schafften wir uns unsere eigene Welt. Sie gehörte ausschließlich uns. Nur wir hatten Zutritt zu ihr.

Keuchend presste ich meinen Kopf in das Kissen, als sich seine Hand zwischen meine Beine stahl und auf meine Klit legte.

»Du fühlst dich fantastisch an«, flüsterte er. Sein Mund lag an meinem Hals, während er in mich pumpte.

»Nikolas ... Gott ... bitte.«

Der Druck auf meine Perle wurde höher, was mir einen spitzen Schrei entlockte.

Er lachte. »Komm, Baby. Komm für mich, Holly.«

Vor meinen Augen blitzte es hell auf, als endlich die Wellen des Orgasmus über mir einstürzten und mich in die Tiefe rissen. Jeder Muskel in meinem Leib zitterte, während er ein letztes Mal in mich stieß und mir folgte.

Wir hielten uns, während der Höhepunkt uns einnahm. Meine Finger strichen durch sein Haar. Seine Lippen fuhren über mein hervorstechendes Schlüsselbein. Selbst dann noch, als der letzte Schauer über unsere Körper gewandert war.

Nikolas war weiterhin in mir, was mit jeder Sekunde, die verstrich, deutlicher wurde. Und als er sich aus mir zurückzog, genügte die kleine Reibung, um meine ermatteten Nerven wieder mit neuem Leben zu füllen. Er hätte mich wieder nehmen können. Und ich hätte nichts dagegen getan.

Er machte es nicht, zog stattdessen die Decke über meinen Körper und küsste mich auf die Wange, ehe er ins Badezimmer verschwand. Zu mir drang das Geräusch von rauschendem Wasser. Nur kurz, denn dann kam er bereits wieder zurück.

Das Kondom war nicht mehr an ihm, als er sich hinlegte und einen Arm um mich schlang. Ich bettete meinen Kopf auf seine Brust. Sein wilder Herzschlag drang an mein Ohr, es synchronisierte sich meiner mit seinem.

Mit jedem Moment der Stille wurden meine Lider schwerer. Die Müdigkeit nahm mich ein. Bevor ich ihr allerdings verfallen konnte, drang ein Murmeln aus mir. »Wirst du mich töten, Nikolas?«

Er sagte nichts, hüllte sich in Schweigen.

Ich erwartete keine Antwort.

Kurz bevor ich in den Schlaf sank, hörte ich seine Stimme. Sie klang, als wäre sie weit weg.

»Das kann ich nicht. Ich bin ein guter Mensch. Das verspreche ich dir.«

Kapitel Sechs

Holly

Der Weihnachtsmorgen.

Ich konnte mich noch genau daran erinnern, wie ich an diesem Tag als Kind aufgewacht war. Großmutter hatte immer ein Blech Kekse im Ofen gehabt, deren Geruch mich aufgeweckt hatte. Zum Frühstück hatte es dann immer Plätzchen und warmen Kakao gegeben, ehe sie und meine Eltern mich mit Geschenken überhäuft hatten. Diese Tradition war mit Grannys Tod in den Hintergrund gerückt. Und als meine Eltern bei einem Unfall ums Leben gekommen waren, hatte ich sie vollkommen zu den Akten gelegt.

Heute – Jahre später – riss etwas anderes meine Lider auf. Es waren Stimmen. Eine von ihnen gehörte Nikolas, die andere war mir unbekannt.

Ich hätte liegen bleiben, mich noch ein paar Stunden den Träumen und Erinnerungen hingeben sollen. Etwas allerdings trieb mich aus dem Bett. Es war die Neugier, da ich zwar Dinge hörte, aber nicht deren Inhalt verstand.

Meine nackten Fußsohlen auf dem kalten Boden waren lautlos, als ich zur Tür schlich. Dabei hob ich wahllos ein

Kleidungsstück auf und warf es mir über. Es handelte sich um Nikolas' schwarzes Hemd von gestern. Sein Geruch hing daran, welcher sofort in meine Nasenflügel strömte. Mein Verstand wurde zu unserer gemeinsamen Nacht gerissen.

Seine Berührungen. Seine Küsse. Sein Schwanz, der unerbittlich in mich gestoßen und mich zum Höhepunkt getrieben hatte.

Bei diesen Gedanken wurden meine Beine weich, weshalb ich froh war, dass ich mich keinen Augenblick später an die Wand lehnte. Die Tür war einen Spalt geöffnet. Dadurch konnte ich in sein Arbeitszimmer spähen.

Nikolas saß in seinem Bürostuhl, gegenüber von ihm im Sessel ein Mann, der mir seinen Rücken zuwandte. Der, der mir sein Gesicht zeigte, war emotionslos. Seine Augen waren eisig, sein Kiefer angespannt.

Irgendetwas stimmte nicht.

»Legen wir jetzt die Formalitäten ab, Mr Dalton«, sagte der Unbekannte, während ich noch näher an die Tür trat. »Sie wissen, wieso ich hier bin.«

»Nein. Wenn ich mich richtig erinnere, haben Sie eine Familie, John. Heute ist Weihnachten. Die Frage ist also, wieso Sie hier bei mir sind.«

»Michael Brown wurde tot in einer Londoner Gasse aufgefunden.«

Meine Schultern verspannten sich. Vor meinem inneren Auge zeichnete sich der unbekannte Mann ab, den Nikolas gegen die Hausfassade gedrückt, bevor er zugestochen hatte. Sein nussbraunes Haar. Das gefällige Grinsen.

Ich hatte mir nie Gedanken über seinen Namen gemacht.

Michael Brown.

Vielleicht hatte ich es überhaupt nicht wissen wollen. Denn sonst hätte es sich zu real angefühlt. Nun verwandelte sich alles in eine Realität, die mir den Atem abschnitt. Sie wischte den Nebel weg, welcher sich in den letzten Tagen um mich gelegt hatte.

»Darauf kann ich nur sagen, dass er es verdient hat.«

»Den Tod oder dass er ermordet wurde?«

Nikolas zuckte mit den Schultern. »Ich muss Sie noch einmal fragen ... Wieso sind Sie hier? Wenn ich Ihren Worten glaube, sollten Sie nicht nach einem Mörder suchen?«

»Sitzt dieser nicht vor mir?«

»Wieso denken Sie das?«

Der Mann gegenüber Nikolas schnaubte, wobei er sich nach vorn lehnte. »Der Leichnam wurde in der Nähe Ihres Hotels gefunden. Dann ist da noch Ihre Vergangenheit mit dem Opfer. Das alles macht Sie zum Hautverdächtigen. Das wissen Sie, oder?«

»Das sind Ihre Indizien?« Eine seiner dunklen Augenbrauen hob sich, während sich kalter Schweiß auf meiner Haut sammelte. »Der Standort und die eine Sache. Kommen Sie wieder, wenn sie handfeste Beweise haben.«

»Ni...« Der – wie ich vermutete – Polizist wurde von einem schrillen Klingeln unterbrochen. Von seinem Telefon. Er zog es aus seiner Anzugshose heraus und sah auf das Display. »Da muss ich ran. Warten Sie.«

»Ich werde nicht weglaufen.«

Der Mann stand auf und drehte sich mir nun das erste Mal zu. Er sah mich nicht, dafür ich ihn. Er war einige Jahre älter als ich. In seinem längeren dunkelbraunen Haar zeichneten sich bereits graue Strähnen ab, seine Haut war mit Falten versehen. Er hielt sich das Handy ans Ohr und zog die Tür hinter sich zu. Mit dem Klicken des Schlosses lehnte sich Nikolas in seinen Lederstuhl zurück und fuhr sich über das Gesicht. Dabei stieß er hörbar die Luft aus.

Ich bin ein guter Mensch. Das verspreche ich dir.

Das hatte er mir gestern Nacht gesagt, ehe ich eingeschlafen war. Und so wie ich ihn gerade sah ... Ich glaubte ihm. Das, was er getan hatte, schien ihm mehr zuzusetzen, als ich gedacht hatte.

Mein Gewicht verlagerte sich, sodass das Holz unter meinen Füßen ächzte. Das lenkte Nikolas' Aufmerksamkeit auf mich.

Sein Mund öffnete sich einen kleinen Spalt, als ich in sein Büro trat.

Ich hätte im Schlafzimmer bleiben sollen. Allerdings dachte ich nicht nach. Nicht, wenn mich seine strahlenden Augen gefangen nahmen. »Wer war das?«, fragte ich und verschränkte die Arme vor der Brust. Sein Hemd reichte mir bis zur Mitte meiner Oberschenkel. Gerade bereute ich es, nicht ins Bad gegangen zu sein und mein Arbeitskleid übergezogen zu haben.

»Kannst du es dir nicht denken?«

»Kommt er wieder zurück?«

Er nickte zu einer Aktentasche. »Die will er sicher nicht im Hotel lassen.«

»Willst du nicht, dass ich zurück ins Schlafzimmer gehe und meine Klappe halte?«

»Wieso sollte ich das wollen?«

Meine Augenbrauen zogen sich zusammen. Hatte er aufgegeben? So einfach? »Du hast mich ans Bett gefesselt. Mich als deine Gefangene genommen, weil ich gesehen habe, wie du jemanden umgebracht hast. Michael Brown. Ist das sein Name?«

»Ja.«

»Hast du keine Angst, dass ich dem Polizisten alles sagen werde?«

»Weißt du«, murmelte er und stand auf. Unter seinen Augen lagen dunkle Ringe, als hätte er in der Nacht kein Auge zugemacht. Er kam zu mir, blieb kurz vor mir stehen. »Ich lasse dich gehen. Du kannst machen, was du willst. Wenn du das Bedürfnis hast, John die Wahrheit zu sagen, dann mach es. Vielleicht habe ich es nicht anders verdient.«

Ich packte seine Hand, was ihn zusammenzucken ließ. Damit hatte er anscheinend nicht gerechnet. »Wieso hast du es getan, Nikolas?«

Kopfschüttelnd schluckte er. Er machte nicht den Anschein, mir eine Antwort auf meine Frage zu liefern. Die Möglichkeit verpuffte jedoch auch, als der Polizist zurückkam.

Seine Miene war mit Überraschung erfüllt, als er mich sah. Ich konnte es ihm nicht verübeln; besonders wenn man meinen Aufzug einberechnete. »Und wer sind Sie?« John machte einen Schritt auf uns zu, wobei seine Augen zwischen Nikolas und mir hin und her wanderten.

»Holly Bell. Ich war im Schlafzimmer nebenan und habe sie reden hören.«

»John Tirney«, sagte er und streckte mir die Hand entgegen, welche ich ergriff. Der Druck war kurz und fest. »Von der Polizei.«

»Wirklich?«

»Ja.«

Nikolas spannte sich an, hüllte sich weiterhin in Schweigen. Er gab mir die volle Macht. Ich durfte entscheiden, was ich sagte.

Ich lasse dich gehen. Du kannst machen, was du willst.

»Wieso sind Sie hier, Mr Tirney?«

Er ignorierte meine Frage. Zumindest für jetzt. »Um Ihnen das sagen zu können, müsste ich erst wissen, in welcher Beziehung Sie zu Nikolas Dalton stehen.«

»Ich bin eine befristete Angestellte. Wir haben uns aber ein bisschen ... näher kennengelernt.« Das war nicht mal eine Lüge.

»Ah, ich verstehe.« Er nickte, ging zu seiner Tasche und hob sie auf. »Dann sage ich mal so ... ihr Freund braucht ein gutes Alibi. Sonst sieht es nicht gut für ihn aus.«

»Für wann?«

Nikolas' Finger streiften meinen Oberarm, wobei ihm

ein Flüstern entglitt. Es gehörte ausschließlich mir. »Was hast du vor, Holly?«

Ich ignorierte ihn, während mir Mr Tirney ein Datum und ein Zeitfenster sagte. Es waren genau die Daten, zu denen ich Nikolas das erste Mal in der Gasse gesehen hatte.

Ich bin ein guter Mensch. Das verspreche ich dir.

»Dann müssen Sie jemand anderen suchen, Officer. An diesem Tag haben Nik und ich uns kennengelernt. Damals wussten wir noch nicht, dass er mein Arbeitgeber ist. Ich bin, wie in einem schlechten Roman, auf einer Straße in ihn reingelaufen. So sind wir ins Gespräch gekommen. Wir haben den ganzen Abend und die Nacht miteinander verbracht.«

Was ich tat, war krank. Mehr als das. Ich schützte einen Mörder, anstatt ihn auszuliefern. Und ich wusste selbst nicht, wieso ich das tat.

Der Officer wirkte enttäuscht.

»Ist das wahr?«

»Ja.«

»Mhm.«

Ein letztes Mal sah er zu dem Mann neben mir, bevor er zur Tür ging und eine Hand auf die Klinke legte. »Ich hoffe, dass das der Wahrheit entspricht. Wenn wir neue Erkenntnisse haben, die zu Ihnen führen, Nikolas, sehen wir uns wieder. Was hoffentlich nicht eintreten wird.«

»Gehen Sie zu ihrer Familie, John.«

Der Polizist verschwand und ließ uns mit einem Schweigen zurück, welches sich schwer auf meine Seele legte.

Was hatte ich getan? Welche Konsequenzen würde es nach sich ziehen, wenn die Wahrheit irgendwann ans Licht treten würde? Beihilfe zum Mord?

»Du bist unglaublich dumm, Holly.« Er packte mich an den Schultern und zwang mich, ihn anzusehen.

»Hast du eine Ahnung, was du gerade getan hast?«

»Ich hatte keine andere Wahl.«

»Doch.«

»Nein.«

Denn immer, wenn sich in den verstrichenen Minuten mein gesunder Verstand gemeldet hatte, waren mir seine Worte in den Sinn gekommen. »Das Einzige, was ich von dir wissen will, ist der Grund, wieso du es getan hast. Gestern ist nämlich nicht ein Mann mit mir durch die Straßen gelaufen, der jemanden umbringen könnte. Die ganze Zeit war dieser Mensch nicht bei mir.«

»Setz dich.«

»Sag es mir!«

Gott, ich bettelte förmlich.

»Das werde ich. Aber zuerst ... setz dich, bitte.«

Ich befreite mich aus seinem Griff und ließ mich auf den Sessel fallen, auf dem der Polizist zuvor gesessen hatte. Nikolas ging nicht zu seinem Platz, sondern lehnte sich vor mir an die Tischkante. Unsere Beine berührten sich. Es war etwas, das wir anscheinend beide brauchten.

Er holte Luft, faltete seine Hände im Schoß. »Michael Brown war der Vergewaltiger und Mörder meiner Schwester.«

Mein Herz sank, wobei er meinem Blick auswich. Ich musste seine Augen aber nicht sehen, um die Wahrheit in seinen Worten zu erkennen. Seine Hautfarbe war gräulich, seine Schultern hoben sich zitternd.

»Nik...«

»Er war ihr Freund, weißt du? Sie haben sich oft gestritten, irgendwann hat sie Schluss gemacht. Er hat es nicht akzeptiert. Eines Tages hat man Lucy tot in einer Gasse gefunden. Ihr Körper war mit Wunden übersäht. Sie wurde auch vergewaltig, allerdings haben sie kein Sperma feststellen können.«

»Woher wusstest du, dass er es getan hat?«

»Sie hat mir als Einzigem gesagt, dass sie sich mit ihm

treffen will.« Er schüttelte den Kopf. In seinen Augen glitzerten Tränen. »Ich habe Lucy darum gebeten, dass sie sich in meiner Wohnung treffen. Weil ich wusste, wie er war. Sie hat das als übertrieben empfunden. Hat sich dann aber auf meinen Vorschlag eingelassen, unter Leuten miteinander zu sprechen. Auf der Straße, wo sie jeder sehen konnte. Leider hat es nicht gereicht.«

»Gibst du dir für ihren Tod die Schuld?« Er antwortete nicht, was mich auf meine Füße trieb. Ich nahm seine Hände in meine und endlich sah er mich wieder an. Schmerz stand in jedem seiner Züge. »Du weißt, dass er der Einzige ist, der dafür verantwortlich ist.«

»Ich konnte nicht in dem Wissen schlafen, dass er frei da draußen rumläuft. Ich habe damals den Ermittlern gesagt, dass es nur Michael gewesen sein konnte. Aber sie fanden keine Beweise dafür. Ich hatte keine andere Wahl, als es selbst in die Hand zu nehmen.«

»Du hast das Richtige getan.« Niemals hätte ich gedacht, dass ich das diesbezüglich sagen würde. Aber hier standen wir. An einem bestimmten Morgen, der für unzählige Menschen magisch war.

»Ja.«

»Und wie geht es jetzt weiter?«

»Du hast dich in eine beschissene Situation gebracht. Sie hätten so oder so keine Beweise gefunden. Dafür habe ich gesorgt.«

»Dann wird Mr Tirney niemals herausfinden, dass ich gelogen habe.« Ich zuckte mit den Schultern. »Außerdem habe ich nicht von der Polizei gesprochen.«

Seine Stirn runzelte sich. »Von was dann?«

»Kann ich von dir einen Wunsch freibekommen?«

»Was?«

»Zeig mir deine Wohnung in Nordlondon. Ich trenne nämlich gerne Privat- und Berufsleben.«

Ein kurzes Lachen entglitt ihm, wobei er ungläubig den Kopf schüttelte. »Du bist frei, Holly.«

»Ich weiß. Das ändert aber nichts daran, dass ich sie sehen will.«

»Du bist verrückt.«

»Das nehme ich jetzt mal als Kompliment.«

Wer wusste schon genau … vielleicht würden wir die Magie dieser Jahreszeit mit zu ihm nehmen.

Und davon möglicherweise etwas mit in die Zukunft.

Ende

JULIA MAYER

The GRINCH who stole my heart

Kapitel Eins

Delilah

Der Dezember war schon immer mein liebster Monat im ganzen Jahr. Wie könnte er es auch nicht sein? Schneefall, Lichterketten, Schlittschuhlaufen und Weihnachten – alles Dinge, die mein Herz erfüllen und mich auf diese Zeit hinfiebern lassen.

Ich habe das Glück, in Boston geboren und aufgewachsen zu sein, denn hier ist es im Winter immer richtig schön kalt und weihnachtlich. Als ich aus meinem Auto steige, fallen mir direkt einzelne Schneeflocken ins Gesicht. Ich kuschle mich tiefer in meinen dicken rosafarbenen Schal und verstecke meine Hände schnell in meinem neuen cremefarbenen Wintermantel. Die Straßen der größten Stadt in Neuengland, einem Gebiet im Nordosten der USA, sind mit weißem glitzerndem Schnee bedeckt. Unwillkürlich muss ich lächeln und ziehe meine Pudelmütze tiefer, die meine langen blonden Haare ein wenig vor dem nassen Wetter schützt.

Wie so oft laufe ich geradewegs auf das Obdachlosencenter Bostons zu, welches sich in Downtown befindet. Hier helfe ich rund ums Jahr aus, auch wenn mir das viele Menschen auf den ersten Blick nicht glauben wollen, denn ich bediene das typische Klischee einer jungen blonden Frau, die aus einer wohlhabenden Familie stammt. Ich liebe alles, was pastellfarben ist oder Schleifen hat, schminke mich gerne, gehe shoppen und meine Eltern sind Inhaber eines der größten Medizintechnik-Unternehmen des Landes. Dennoch ist es mir wichtig, zu zeigen, dass mehr in mir steckt, als bloß ein blondes Barbie-Püppchen. Ich studiere Medizin und will nach dem Studium – freiwillig – in das Unternehmen meiner Eltern einsteigen. Sooft ich kann, helfe ich in der Obdachlosenhilfe aus. Denn nicht jeder ist so wie ich aufgewachsen. Ich finde es wichtig, anderen Menschen zu helfen und Gutes in dieser Welt zu tun.

»Hallo Delilah«, begrüßt mich Mary am Empfang, nachdem ich das Gebäude betreten habe. Sie ist eine ältere Frau mit rundlichem Gesicht und dem herzlichsten Lächeln, das ich kenne.

»Hallo Mary. Ich mache mich mal direkt auf in die Küche. Draußen ist es bitterkalt und ich glaube, hier freuen sich einige über eine anständige warme Mahlzeit.«

Mary nickt mir freundlich zu, ich gehe den langen Gang hinunter und wickle mir meinen Schal vom Hals, um ihn in meiner Handtasche zu verstauen. Nachdem ich meinen Mantel und meine Tasche nebenan eingeschlossen habe, betrete ich die bereits köstlich duftende Küche – einen großen Raum mit einer Kücheninsel in der Mitte und Fenstern, von denen aus man auf die Straßen Bostons blicken kann. Einige freiwillige Mitarbeiter sind bereits eifrig dabei, warmes Essen zuzubereiten. Heute steht Erbsensuppe auf dem Mittagsmenü.

Ich winke einmal in die Runde und schnappe mir sogleich eine der Schürzen, die an einem Haken neben der Tür hängen. Insgesamt sind wir vier Küchenmitarbeiter. Eigentlich bräuchten wir deutlich mehr, aber wir sind froh über jeden, der hier ist. Wir bereiten die Mahlzeiten zu, servieren sie und ich freue mich jedes Mal aufs Neue, mich im Speisesaal mit allen zu unterhalten. Bis es schließlich daran geht, die Stapel an Tellern zu spülen und einzuräumen, bevor ich mich auf den Weg nach Hause mache.

Zwei der Küchenhelfer, Ethan und Ava, gehen wie ich aufs College und studieren hier in Boston. Der Dritte im Bunde, Richard, ist im Alter von Mary und hilft schon seit Jahrzehnten aus. Jedes Jahr erklärt er uns, dass die Situation der Obdachlosen in den USA immer schlimmer wird. Und jedes Mal aufs Neue bricht es mein Herz ein kleines bisschen mehr.

»So, sollen wir uns dann ans Servieren machen?«, hakt Ava nach, legt die Suppenkelle zur Seite und hievt auch den zweiten schweren Topf auf einen der Servierwagen neben der Doppeltür zum Speisesaal. Sie ist klein, zierlich, mit einem spitzen Kinn und ellenlangen schwarzgelockten Haaren, die sie als Küchenhilfe immer zu einem dicken Knoten trägt. Wie bei uns allen, ziert ein Haarnetz ihren Kopf, was vielleicht nicht ganz so stylisch sein mag, jedoch ist die Obdachlosenhilfe so ziemlich der einzige Ort, an dem es mir ehrlich egal ist, wie ich aussehe.

»Klar.« Ich lächle ihr zu, greife nach dem zweiten Wagen und wir schieben die riesigen Suppentöpfe in den Speisesaal. In dem Raum sitzen schon viele hungrige Menschen an den langen Tischreihen, um sich hier vor der unerbittlichen Kälte zu schützen. Ethan und Richard haben bereits Schüsseln und Besteck an der Ausgabe platziert und es bildet sich augenblicklich eine lange Schlange vor dem Tresen, hinter dem wir die Töpfe abstellen.

Im Saal ist es deutlich lauter als in der Küche, alle unterhalten sich oder sind am Lachen. Hin und wieder kommt es zu angespannteren Situationen, aber dafür haben wir Larry, einen Sicherheitsmann in seinen Vierzigern, der dafür sorgt, dass sich jeder an die Regeln hält.

Heute scheint die Schlange einfach kein Ende zu nehmen. Die Menschen frieren, sind hungrig und dankbar, einen Unterschlupf zu haben, um sich vor den Temperaturen zu schützen, die den Tod bedeuten können, wenn man keinen warmen Ort hat, an den man sich retten kann.

»So viele Menschen waren schon lange nicht mehr hier.« Ich drehe mich um, ohne meine Tätigkeit zu unterbrechen, und sehe, wie Richard hinter mir steht, die Hände in die Hüften gestemmt. Langsam schüttelt er seinen Kopf.

»Wir bräuchten ein paar neue Helfer, um das Ganze zu stemmen. Die Aufgaben werden nicht gerade weniger und es wäre schön, wenn wir noch mehr Freiwillige hätten.«

»Wir packen das schon«, versuche ich ihn zu ermutigen und reiche die nächste Schüssel an einen viel zu jungen Mann. Ich weiß, dass er recht hat. Wir sind zu wenige, um uns um alle Menschen zu kümmern, die kein Zuhause und keinen Zugang zu warmen Mahlzeiten haben. Schließlich können nicht immer alle von uns rund um die Uhr hier sein. Ich komme schon so oft wie möglich her, aber ich habe auch ein Medizinstudium, welches Unmengen an Zeit beansprucht und mit meiner Freiwilligenarbeit jongliert werden muss. Nicht zu vergessen mein Privatleben, das ich ebenfalls nicht außer Acht lassen kann.

Die Küche ist nicht der einzige Ort, der mehr Helfer braucht. Das Obdachlosenheim beherbergt ein Kunstatelier, das den Menschen hier die Möglichkeit bietet, mit Joclyn, unserer Kunsttherapeutin, zusammenzuarbeiten. Zusätzlich gibt es noch die Kleiderkammer, die sich jederzeit über Kleiderspenden freut. Dann das Ressourcenzentrum, in dem sich die Obdachlosen für das Duschen anmelden und Hygienetaschen zusammenstellen können. Außerdem haben wir freiwillige Mitarbeiter, die sich um die Verwaltung der Finanzen des Obdachlosencenters kümmern, die komplett aus Spenden bestehen.

Zu viele Aufgaben, für die wir viel zu wenig Mitarbeiter haben. Oftmals bleibt es nicht aus, dass wir in den anderen

Bereichen mit aushelfen müssen, doch durch die Anzahl an Obdachlosen, die jedes Jahr dazukommen, wird es immer schwieriger, das alles zu stemmen.

»Ich hoffe wirklich, dass das Heim nicht eines Tages geschlossen werden muss.« Richard reicht gerade einem Mann mit langem grauen Bart eine Schüssel mit Erbsensuppe.

Ich drehe mich überrascht zu ihm und reiße die Augen auf. »Das wird doch niemals passieren. Ich meine ... die Menschen *brauchen* uns.«

Er legt den Kopf schief, seufzt und schenkt mir dann ein warmes Lächeln. »Solange wir dich hier haben, wird schon alles gut gehen. Deine Hoffnung ist der Antrieb, den wir alle hier brauchen.«

Als ich am Abend nach Hause zurückkehre, bin ich übermüdet und fühle mich platt. Die Arbeit im Obdachlosenheim gibt mir viel zurück, gleichzeitig zehrt sie aber auch an meinen Nerven. Den Vormittag habe ich mit Vorlesungen verbracht, mittags habe ich ausgeholfen und jetzt am Abend habe ich noch immer nicht meine verdiente Ruhe. Medizinische Fachbücher türmen sich auf meinem Schreibtisch im Haus meiner Eltern. Seufzend lasse ich mich auf dem Stuhl nieder. Mein Studium macht mir Spaß, aber es ist auch viel Arbeit.

Da meine Eltern heute Abend auf einer Gala eingeladen sind, habe ich mir Sushi bestellt und esse, während ich in meinem Zimmer die dicken Bücher wälze und versuche, die Fachbegriffe zu lernen. Obwohl ich auch auf das Gelände der Universität hätte ziehen können, bin ich bei meinen Eltern geblieben. Irgendwie will ich die letzte Zeit mit ihnen genießen, bevor ich mein eigenes Apartment besitze und dieses Kapitel abgeschlossen ist.

Als mein Handy neben mir vibriert, zucke ich kurz zusammen. Ein eingehender FaceTime-Anruf von meiner besten Freundin wird mir angezeigt. Ich lasse meine Essstäbchen sinken und nehme den Videoanruf an.

»Heeeey«, begrüßt mich Harper in ihrer gewohnt euphorischen Stimmlage. Sie trägt riesige Creolen und ihre braunen Haare in einem frechen Pixie-Cut, der perfekt zu ihrem Wesen passt. »Was machst du?«

»Lernen und essen.« Ich zeige mit dem Handy auf meine Bücher und die halb leere Sushi-Box.

»Lernen? Es ist doch schon abends. Warst du heute wieder im Obdachlosenheim?«

»Jap. Es war verdammt viel los. Noch mehr als sonst.«

»Auweia. Ich würde ja kommen, wenn es zeitlich passen würde.« Ich nicke, denn das weiß ich. Harper besucht das gleiche College wie ich, studiert jedoch Finance, da ihre Eltern Eigentümer einer Bank sind. Unsere Familien verkehren in den gleichen Kreisen, daher kennen wir uns schon seit unserer Kindheit. Neben dem Studium geht sie ihrem größten Traum nach und versucht, sich eine Modelkarriere aufzubauen, somit ist Harper jeden Tag damit beschäftigt, zu Shootings zu fahren oder ihr Aussehen aufzupeppen.

»Ich weiß, dass du viel um die Ohren hast«, antworte ich und stütze den Kopf auf meiner Handfläche ab.

»Solltest du dir nicht mal ein wenig freinehmen, hm?«, hakt sie nach und legt ihren Kopf schief. Im Hintergrund erklingt leise Musik und sie wippt im Takt dazu.

»Das mache ich, wenn ich die Bücher hier durch habe.« Ich zeige auf den Bücherstapel und ernte ein lautes Stöhnen meiner besten Freundin.

»Jetzt mal ehrlich: Wann hattest du noch mal dein letztes Date? Vor einem Jahrhundert?«

Genervt verdrehe ich die Augen. Harper lacht bloß darüber. »Nur weil du ständig eine andere Frau an deiner Seite hast, heißt das ja nicht, dass ich auch jemanden brauche.«

Ihr Lachen wird lauter und ich stimme mit ein. »Tja,

vielleicht hast du da recht. Ich bin halt nicht so gern alleine.«

»Und ich komme super ohne einen Mann zurecht«, antworte ich darauf und grinse.

»Dann versprich mir wenigstens, dass wir uns in den nächsten Tagen treffen. Mal die Lernbücher beiseiteschieben und shoppen gehen. Oder eine Runde Pilates und Smoothies.«

Ich tue so, als ob ich überlege, dann nicke ich. »Da habe ich nichts gegen einzuwenden. Ich hätte auch nichts gegen eine anständige Massage.«

»Deal.« Wir kichern beide und Harper erzählt mir von ihrem letzten Date. Die Fachbücher nehme ich irgendwann schon gar nicht mehr wahr und genieße es, mit meiner besten Freundin zu plaudern, Sushi zu essen und einfach mal frei zu lachen.

Kapitel Zwei

Delilah

Ein paar Tage sind vergangen, seit ich zuletzt Downtown war, um im Obdachlosencenter auszuhelfen. Mich plagt bereits ein schlechtes Gewissen, aber der Lernstoff fliegt nicht von allein in meinen Kopf, deshalb musste ich den Großteil meiner Zeit in der Bibliothek oder zu Hause an meinem Schreibtisch verbringen. Und natürlich mit Harper, die ansonsten stinksauer gewesen wäre, wenn ich mich nicht ein einziges Mal bei ihr hätte blicken lassen.

Im Auto ist es schön warm, während es auf den Straßen Bostons bitterkalt ist. Schneeflocken prasseln auf die Windschutzscheibe und ich muss das Tempo drosseln, da es zu glatt und riskant ist, die Geschwindigkeit zu halten.

Meine obligatorische Weihnachtsplaylist ertönt durch die Lautsprecher. Billy Mack singt ›Christmas Is All Around‹ – ja, der verrückte Mann aus *Tatsächlich … Liebe,* meinem ultimativen Lieblingsweihnachtsfilm. Ich summe mit und beiße mir auf die Unterlippe. Meine Vorfreude auf Weihnachten ist riesig und gedanklich gehe ich meine Einkaufsliste durch. Als Feiertagsfanatiker habe ich natürlich so gut wie alle Geschenke zusammen, jedoch fehlen noch ein paar Kleinigkeiten wie Geschenkpapier und Schleifen. Ich bin so in Gedanken versunken, als ich auf den Parkplatz des Obdachlosenheims fahre, dass ich gar nicht mitbekomme, dass eine dunkel angezogene Gestalt in der Mitte der Straße steht. Ich muss abrupt abbremsen und schrecke so zusammen, dass ich gefühlt einen halben Herzinfarkt bekomme. Mein Puls beschleunigt sich, als der Mann anfängt zu brüllen und mit den Händen wild herumwedelt. Er hat die Kapuze seines Hoodies tief ins Gesicht gezogen, sodass ich, gepaart mit dem Schneefall, nichts erkennen kann. Ein paar dunkle Haarsträhnen fallen ihm in die Stirn.

Ich fahre die Fensterscheibe herunter und recke meinen Kopf in die fallenden Schneeflocken. »Ist alles in Ordnung?«, rufe ich besorgt, doch der Typ zeigt mir nur den Mittelfinger und läuft weiter.

»Vollidiot«, murmle ich und fahre mit klopfendem Herzen in eine der freien Parklücken. Bevor ich aussteige, muss ich erst mal tief durchatmen, schließe meine Augen, lausche der Weihnachtsmusik und warte, bis sich mein Puls wieder etwas normalisiert hat.

»Sorry, dass ich es die letzten Tage nicht geschafft habe, es war einfach so viel los mit der Uni.«

Mary schüttelt den Kopf und legt ihn zur Seite. »Fräulein, du solltest dich niemals dafür entschuldigen, dass dein eigenes Leben Zeit einnimmt. Du selbst stehst immer noch an erster Stelle, nichts anderes.«

Ich seufze. »Ja, aber …«, setze ich an, werde jedoch sogleich von ihr unterbrochen.

»Ich weiß, wie sehr dir alle hier am Herzen liegen, aber du tust schon so unglaublich viel. Du darfst dich nicht übernehmen, Liebes.«

Ich nicke und ihre Worte besänftigen mich ein wenig.

»Seit du das letzte Mal hier warst, haben wir sogar ein wenig Verstärkung bekommen.«

Mit aufgerissenen Augen sehe ich Mary an und trete ein Stückchen näher. »Wirklich? Das ist ja super!«

Doch die gute Dame seufzt und verschränkt die Hände ineinander, bevor sie weiterspricht. »Tja, das werden wir noch sehen. Wir haben sie eher gesagt aufs Auge gedrückt bekommen ... ich sage nur so viel: Sozialstunden.«

Ich verdrehe die Augen und Mary lacht. Mehr muss sie nicht sagen, damit ich verstehe, worauf sie hinauswill. Es ist nicht das erste Mal, dass wir freiwillige Helfer bekommen haben, die so ganz und gar nicht freiwillig hier sind, sondern nur, weil sie andernfalls mit viel härteren Strafen hätten rechnen müssen.

»Ich mache mich dann an die Arbeit«, verkünde ich und laufe in Richtung Küche davon, um den anderen zu helfen. Doch als ich um die Ecke gehe, stoße ich geradewegs mit einer großen, breitgebauten Gestalt zusammen, die mich so finster aus faszinierenden blauen Augen ansieht, dass sie alles in mir zum Frösteln bringt.

Nolan

»Kannst du nicht aufpassen, wo du hinläufst?«, zische ich das Püppchen vor mir an, welches gerade in mich gestolpert ist und mich nun aus riesigen braunen Knopfaugen ansieht.

»Entschuldigung?«, ist alles, was sie hervorbringt. Sie ist fast einen Kopf kleiner als ich und der Inbegriff von einem wahr gewordenen *Püppchen*. Blonde lange Haare, geschminkt, rosa Schal, rosa Boots. Fehlt ja nur noch, dass sie einen rosafarbenen Mantel trägt, dann wäre sie tatsächlich eine Barbie.

Ich starre sie an, und je länger ich das tue, desto mehr

bekomme ich das Gefühl, dass sie … die Frau ist, die mich gerade beinahe totgefahren hat. »Ach, du bist diejenige, die mich fast umgefahren hat?«, entfährt es mir.

Ich sehe, wie es in ihrem Kopf rattert. Dann erkennt sie auch mich. »Und du bist der Idiot, der im Schneefall mitten auf einem Parkplatz rumsteht und Däumchen dreht!«

Ich knirsche ungehalten mit den Zähnen. Der Tag hätte nicht beschissener starten können. Und so, wie sie aussieht und sich verhält, glaube ich sowieso, dass sie sich verlaufen haben muss. »Du bist hier falsch. Das Shoppingcenter ist eine Straße weiter.« Mit verschränkten Armen sehe ich zu ihr herunter. Ihre Knopfaugen werden noch größer. Gleich fallen sie ihr heraus.

»Wie bitte?«, zischt sie mich an. »Wer bist du, bitte?« Ihr Blick gleitet an mir auf und ab. Nebeneinander wirken wir wie Tag und Nacht. Sie mit ihren dämlichen Pastellfarben, mit denen sie auch gleich einem Barbie-Film entsprungen sein könnte, und ich *all black*. Tattoos zieren meine Arme, während ihre Haut ganz hell ist.

»Nolan. Und wer bist du, *Püppchen*?« Ich kann mir ein Lachen nicht verkneifen, als sie nach Luft schnappt. Es ist ja fast schon niedlich, wie ihre Wangen sich rosa verfärben, während sie nach dem passenden Konter sucht. Ich streiche mit der Hand durch meinen Bart und beobachte sie.

»Lass mich raten, du bist der Neue, der Sozialstunden aufgebrummt bekommen hat, hm?« Jetzt verschränkt sie ebenfalls die Arme vor der Brust und sieht mich mit einer hochgezogenen Augenbraue an. Sie versucht feindselig zu wirken, aber ich durchschaue sie. Das ist alles bloß eine schlecht Fassade.

»Und wenn?«, fahre ich sie an.

»Habe ich es mir doch gleich gedacht. Dann haben wir dich ja nicht allzu lange hier.«

Ich presse meine Kiefer aufeinander, sodass meine Zähne knirschen. Mit ihr werde ich noch meinen Spaß haben, das weiß ich jetzt schon. Und das sicherlich nicht im positiven Sinne. Sie riecht förmlich nach wohlhabendem Elternhaus und Überheblichkeit. Vermutlich ist sie sowieso nur hier, um ihr schlechtes Gewissen zu beruhigen. Weil sie alles in den Arsch geschoben bekommt, während der Rest der Welt es nicht so leicht hat wie sie.

»Nur bis Weihnachten«, antworte ich und spucke das letzte Wort beinahe aus. Nichts interessiert mich weniger als diese Jahreszeit.

Sie steht immer noch recht nahe vor mir. Deshalb remple ich sie mit der Schulter an, um an ihr vorbeizukommen. Ich höre, wie sie protestiert. Bevor ich durch die nächste Tür verschwunden bin, drehe ich mich noch einmal zu ihr um. »Mach dich schon an die Arbeit. Dafür bist du doch hier, *Püppchen.*« Ich zwinkere ihr zu und sehe förmlich, wie eine Rauchwolke über ihrem Kopf aufsteigt. Bevor ich jedoch ihre Antwort hören kann, bin ich schon außer Hörweite.

Wenn ich schon diesen Scheiß hier machen muss, dann kann ich mir wenigstens etwas Spaß erlauben. Denn es gibt nichts, was ich mehr hasse als Menschen, die mit dem Goldlöffel im Mund geboren wurden. Sie weiß nicht einmal zu schätzen, wie gut sie es im Leben hat, während Menschen wie ich jeden Tag die Drecksarbeit machen müssen.

Kapitel Drei

Delilah

Als ich am nächsten Tag bei der Obdachlosenhilfe aufkreuze, empfinde ich nicht dieselbe Vorfreude wie sonst. Und das liegt nicht daran, dass ich gestresst von dem Lernpensum bin, welches ich momentan aufrechterhalte. Nein, es liegt an diesen tiefblauen stechenden Augen, die mich gestern so feindselig angefunkelt haben. Am gestrigen Tag sind wir uns Gott sei Dank nicht mehr über den Weg gelaufen. Was mir mehr als gelegen kam. Ich habe ihn weder in der Küche noch bei der Essensausgabe gesehen. Da ich auch niemanden gefragt habe, gehe ich davon aus, dass er vielleicht für die Kleiderkammer oder das Ressourcenzentrum eingeteilt worden ist. Na ja, so brennend interessiert es mich jetzt auch nicht.

Ich habe die Hände tief in die Jackentaschen gesteckt, als ich das Gebäude betrete und Mary mich wie immer mit einem breiten Lächeln willkommen heißt. Der Schneefall in Boston wird stetig stärker. Alles ist von einer dicken weißen Decke verhüllt. Eigentlich liebe ich es, wenn die Stadt so hell glitzert. Schließlich ist in wenigen Wochen endlich

Weihnachten. Doch seit gestern fröstelt es mich, und das liegt sicherlich nicht nur an den eiskalten Temperaturen.

Eher an diesem eiskalten Blick, den mir dieser sogenannte ›Nolan‹ zugeworfen hat.

Unwillkürlich ziehen sich meine Mundwinkel nach unten.

»Ist alles in Ordnung, Liebes?«, hakt Mary besorgt nach, als sie anscheinend meinen ungewohnten Gesichtsausdruck sieht. Normalerweise sorgt nichts so schnell dafür, dass meine positive Art Risse bekommt. Man begegnet aber auch nicht jeden Tag so unhöflichen Männern.

Die – zugegebenermaßen – verdammt heiß aussehen, wirft meine innere Stimme ein und ich stöhne genervt auf. Mary runzelt ihre Stirn. Ich räuspere mich schnell.

»Äh, ja, alles bestens.« Ich setze mir ein mehr oder weniger gezwungenes Lächeln auf meine Lippen, das unglücklicherweise augenblicklich verrutscht, als Mary den nächsten Satz ausspricht.

»Du hast doch gestern unseren Neuen, Nolan, kennengelernt, oder?«

»Ja, wieso?« Ich versuche, meine Stimme neutral und unbeteiligt klingen zu lassen, leider ist sie irgendwie ein wenig zu schrill, als ich die zwei Worte ausspreche. Langsam ziehe ich meinen Mantel und Schal aus, um meinen nervösen Händen etwas zu tun zu geben.

»Richard hat sich heute Morgen krankgemeldet für den Rest der Woche. Er ist gestern Abend bei sich zu Hause die Treppe heruntergefallen und hat sich am Bein verletzt. Ich gehe mal schwer davon aus, dass er uns auch in den nächsten Wochen bis Weihnachten fehlen wird.«

Ich reiße die Augen auf. »Geht es ihm denn so weit gut?«

Mary nickt eifrig. »Ja, seine Frau kümmert sich um ihn. Er muss sein Bein stillhalten und viel ruhen.«

Erleichtert atme ich durch. Wenigstens ist nichts

Schlimmeres passiert. Doch dann schnellen meine Gedanken zurück zu Marys Frage bezüglich Nolan. Bevor ich jedoch nachhaken kann, spricht sie auch schon weiter.

»Womit ich dann gleich zum Thema komme: Ihr seid zu wenige in der Küche, wenn Richard nicht da ist. Du weißt ja, wie viele Stunden er hier verbracht hat. Deshalb muss ich den Neuen als Ersatz bei euch einteilen. Da du schon eine ganze Weile bei uns bist, wäre es super, wenn du ihm alles Wichtige erklären und zeigen könntest.«

Ich lache kurz auf und glaube, mich verhört zu haben. »Das schaffen wir auch ohne ihn«, werfe ich ein. »Er würde doch nur im Weg stehen. Außerdem habe ich ihn gestern kennengelernt und er ist ein verdammt eingebildeter …«

»Ein verdammt eingebildeter *was?*«

Erschrocken fahre ich herum, als hinter mir auf einmal Nolan auftaucht. Genau wie gestern ist er ganz in Schwarz gekleidet. Obwohl es draußen schweinekalt ist, trägt er bloß eine verschlissene Lederjacke. Als er sie auszieht, kommt darunter ein dunkles Langarmshirt zum Vorschein und wie von selbst fallen meine Blicke auf seine Oberarme, die sich durch die Enge des Oberteils schön definiert abzeichnen. Als ob er das mitbekommen hätte, schiebt er seine Ärmel langsam nach oben. Mir kommt es fast wie in Zeitlupe vor. Dunkle Tattoos stechen hervor, die von seinen Handgelenken aus die Haut hinaufwandern. Aus irgendeinem Grund kann ich meinen Blick nicht davon lösen, bis Nolan sich auf einmal räuspert.

Ich zucke zusammen und versuche mich schnell zu sammeln.

»Ein verdammt eingebildeter *was?*«, stellt er die gleiche Frage noch einmal.

»Äh«, stottere ich ein wenig durch den Wind und höre, wie Mary im Hintergrund kichert.

»Ich bringe dich schnell aus dem Konzept, was?« Nolans eingebildete Frage sorgt schlussendlich dafür, dass ich wieder ins Hier und Jetzt zurückfinde. Empört stemme ich die Hände in die Hüfte und schnaufe.

»Du denkst auch, du bist der Größte, was?«, blaffe ich ihn an, doch auf Nolans Gesicht breitet sich bloß ein breites Grinsen aus.

»Na ja, so wie du mich ansiehst …«, meint er und ich unterbreche ihn sofort.

»Ich sehe dich gar nicht an!« Mir wird warm und vermutlich nimmt meine helle Hautfarbe gerade einen unvorteilhaften Rotton an. Gemischt mit meinem Rouge sollte ich zusehen, dass ich mich schnell beruhige. Nicht, dass dieser Vollidiot noch auf falsche Gedanken kommt …

Bevor Nolan etwas darauf erwidern kann, mischt Mary sich von hinten ein. »Ruhig, ihr zwei.« Ihre Stimme hat einen amüsierten Unterton und ich drehe mich zu ihr um. In ihren Augen sehe ich eine Emotion, die so gar nicht zu dem passt, wie ich mich fühle. Fast so, als fände sie die ganze Situation super witzig. »Nolan, du bist ab sofort in der Küche eingeteilt und damit verbunden für die Essensausgabe zuständig. Richard ist leider krank und wir sind in der Abteilung unterbesetzt. Delilah wird dir alle deine Aufgaben erläutern.«

Ich widerstehe dem Drang, meine Augen zu verdrehen, denn ich habe mich bereits darüber aufgeregt, doch Nolan, für den das wohl News sind, lacht laut auf.

»Ich muss mit dem *Püppchen* zusammenarbeiten? Hat sie nicht Angst, dass ihr Ralph Lauren Pullover dreckig wird?«

Seine Worte triefen nur so vor Ablehnung und ich drehe mich wieder zu ihm um.

»Erstens sollst du mich nicht mehr *Püppchen* nennen und zweitens …«

Mary unterbricht mich, bevor ich mich noch weiter aufregen kann. »Beruhigt euch doch bitte, ihr zwei, und denkt daran, wieso ihr hier seid.«

Ich schaue zu ihr und sehe ihren besänftigenden Gesichtsausdruck, der mich augenblicklich ein wenig ruhiger stimmt. Langsam nicke ich. »Nolan, du musst deine Sozialstunden ordentlich beenden, ansonsten muss ich dein Verhalten leider melden. Und Delilah, du wirst ihn unterstützen und ihr arbeitet anständig zusammen.«

»Alles klar.« Ich beiße mir auf die Unterlippe und Mary widmet sich wieder ihrem Computer. In diesem Moment kommt mir mein Verhalten der letzten fünf Minuten unheimlich kindisch vor. Normalerweise fahre ich nie so aus der Haut, aber Nolan hat irgendetwas an sich, das ... mich in den Wahnsinn treibt.

»Dann zeig mir doch mal, wie es hier läuft, *Delilah.*«

Nolan steht neben mir, die Lederjacke lässig in der Hand, sein Kopf schräg gelegt. Die Art und Weise, wie er meinen Namen ausgesprochen hat, lässt ein Kribbeln über meinen Körper fahren.

Und ich ahne bereits, dass ich ein verdammtes Problem bekommen werde.

Nolan

Delilah erklärt mir etwas, während wir in der Küche stehen. Sie öffnet Schränke, den Kühlschrank, gestikuliert mit ihren Händen, die natürlich perfekt lackierte Fingernägel aufweisen – in einem Pastellrosa, was auch sonst. Doch ich höre gar nicht richtig zu. Ich will nicht hier sein, nicht bei ihr, nicht in diesem Gebäude, will nicht diese verdammten Sozialstunden absitzen, die ich nie hätte bekommen sollen. Aber es ist nun mal, wie es ist, also muss ich noch eine ganze Weile bleiben.

Auch wenn ich ihr nicht richtig zuhöre, betrachte ich trotzdem ihr Gesicht. Bemerke, wie ihre langen, getuschten

Wimpern ihre braunen Augen noch mehr betonen. Beobachte, wie sie sich die blonden Strähnen aus dem Gesicht streicht, welche sich aus ihrem hohen Pferdeschwanz gelöst haben. Manchmal fällt mein Blick – unabsichtlich – auf ihre geschwungenen Lippen. Ich bin froh, dass sie keinen klebrigen Gloss oder Ähnliches darauf hat. Verdammt, eigentlich ist mir das natürlich egal, und deshalb sollte ich nicht über so etwas wie ihre Lippen nachdenken. Selbst wenn sie echt verlockend rosig aussehen, vielleicht fällt mein Blick deshalb so oft darauf.

Delilah scheint sich nicht davon beirren zu lassen, dass ich keinen Mucks von mir gebe, während sie labert und labert und labert. Und überhaupt, wer nennt sein Kind bitte *Delilah*? Das ist zwar außergewöhnlich und so, aber ich muss direkt an diesen Song *Hey There Delilah* denken, und diese Schnulze konnte ich noch nie leiden, erst recht nicht, weil sie seit Jahren immer wieder im Radio läuft.

»Machst du dich dann an die Arbeit?« Delilah reißt mich aus meinen Gedanken und ich blinzle kurz. Während es draußen arschkalt ist, ist es in der Küche ziemlich warm. Deshalb stülpe ich meine Ärmel noch weiter hoch und sehe, wie Delilahs Blick darauf fällt. Erneut. Mir ist vorhin schon aufgefallen, wie sie dorthin gestarrt hat. Ob es wegen meiner Tattoos ist oder meiner Muskeln … diese Art von Blick habe ich nicht das erste Mal bemerkt.

»Klar«, antworte ich mit absoluter Überzeugung, obwohl ich ehrlich gesagt gar keinen Plan habe, was ich tun muss. Schließlich habe ich ihr nicht zugehört. Aber mal ehrlich, wie schwer kann es sein, ein bisschen zu kochen und zu servieren? Immerhin sind wir nicht in einem Sterne-Restaurant.

»Hast du mir überhaupt richtig zugehört?« Delilah hat die Arme vor der Brust verschränkt, was dafür sorgt, dass mein Blick automatisch auf ihre Oberweite fällt. Sorry, ich kann echt nichts dafür, aber in dem engen Pullover und in der Pose passiert das einfach. Delilah folgt meinen Augen und atmet dann empört aus. »Nolan, ich kann dich auch direkt bei Mary melden gehen!«, fährt sie mich an und die anderen beiden Mitarbeiter, Ethan und Ava, im Hintergrund sehen zu uns herüber.

Ich schnalze mit der Zunge. »Hast du mir nicht auch die ganze Zeit auf meine Muskeln gestarrt?«

Delilah zieht ihre Stirn kraus. »Das habe ich ganz sicher nicht.« Die Farbe ihrer Wangen verrät sie. »Und jetzt mach dich an die Arbeit, du musst anfangen das Gemüse zu schneiden, die Zeit drängt.«

Ihre scharfe Stimme steht in hartem Kontrast zu ihren weichen Gesichtszügen und ich verdrehe die Augen. Wenn sie jetzt andauernd so angepisst ist, wird das hier sicherlich so richtig Spaß machen.

»Jawoll, Chefin.«

Sie dreht sich von mir weg, doch ich glaube, ein Grummeln zu hören. Ethan und Ava kichern leise, und mir ist klar, dass jeder im Umkreis mitkriegt, wie wir uns ständig an die Gurgel gehen. Delilah nervt. Da können ihr schönes Gesicht und die duftenden Haare auch nichts mehr ändern.

Und das mit den Haaren würde jedem auffallen. Diese Frau riecht, als bade sie täglich in Zimt und Äpfeln, dieser typische, nervige Weihnachtsduft.

Delilah

»Gut verstehst du dich nicht mit dem Neuen, oder?«, hakt Ava nach, als wir nach der Essensausgabe alles aufgeräumt und gespült haben. Ethan hat sich bereits verabschiedet, da er dringend ein Referat für die Uni vorbereiten muss.

»Er ist super anstrengend.« Kopfschüttelnd trockne ich meine Hände an einem Geschirrtuch an der Spüle ab.

»Ich finde ihn süß.« Ava kichert und mein Kopf schnellt blitzschnell in ihre Richtung. Sie zuckt bloß mit den Schultern. »Was?«

»Findest du ihn denn nicht auch … arrogant?«

Ava scheint meine Meinung nicht zu teilen und schüttelt den Kopf. »Also zu mir ist er bis jetzt immer nett gewesen. Wir hatten noch nicht allzu viel Kontakt, aber ich kann nichts Schlechtes über ihn sagen.«

Ich schlucke und folge Ava in den Nebenraum, in dem wir unsere Taschen und Wertgegenstände eingeschlossen haben. Irgendwie wurmt es mich, dass Nolan allem Anschein nach *normal* zu Ava ist, sich mir gegenüber jedoch wie der größte Arsch verhält. Ich meine, ich bin auch nicht allzu freundlich zu ihm, aber … trotzdem.

Den Rest des Tages kann ich nicht aufhören, über ihn nachzudenken. Selbst am Abend, als ich meine beste Freundin in ihrem Apartment besuche, für unser wöchentliches Gesichtsmasken-und-Essen-bestellen-Date, kann ich nicht so richtig abschalten. Dabei wohnt Harper in einer wunderschönen Wohnung im Seaport District, gleich am Bostoner Hafen, umgeben von eleganten Restaurants, Bars und Hotels. Vor dem Apartment liegt die wunderschöne Massachusetts-Bucht. Im Sommer verbringen wir viel Zeit an den Stränden Bostons. Im Augenblick jedoch ist alles vereist.

»Willst du mir mal verraten, wieso du heute so nachdenklich wirkst? Stress mit deinem übermenschlichen Lernpensum?« Harper pflückt sich die Tuchmaske von ihrem Gesicht und pfeffert sie in den Mülleimer in der Küche.

Ich tue es ihr nach und folge ihr seufzend zurück ins Wohnzimmer. Wir lassen uns wieder auf ihrer großen grauen Designer-Couch nieder. Auf dem Tisch vor uns stehen unsere leeren Pasta-Boxen, daneben zwei Gläser mit

Weißwein. Im Hintergrund singt Taylor Swift leise Lieder aus ihrem Weihnachtsalbum. Neben dem Fernseher steht ein großer, silbern geschmückter Tannenbaum und überall um uns herum funkeln helle Lichterketten.

»Ach, eigentlich ist es gar nicht so wichtig«, sage ich und seufze. »Ich will mich lieber auf unseren schönen Abend konzentrieren, lass und doch langsam mit einem Weihnachtsfilm starten. Wie wäre es mit *Liebe braucht keine Ferien*?«

Aus dem Augenwinkel erkenne ich, dass Harper bestimmt mit dem Kopf schüttelt und gar nicht erst auf meinen Ablenkungsversuch eingehen will.

»Nope, ich will, dass du mir von dem Typen erzählst, der dich so betrübt dreinschauen lässt.«

Augenblicklich spüre ich, wie mir warm wird. Vermutlich braucht es nur Sekunden, bis Harper erkennt, wie rot mein Gesicht gerade wird. »Na ja, da gibt es so einen Neuen, der bei uns im Obdachlosenheim arbeitet. So ein abgehobener Typ, der Sozialstunden leisten muss. Der kreuzt wirklich mit zerfetzter Lederjacke und dieser Null-Bock-Einstellung dort auf.« Ich greife nach meinem Weinglas und drehe mich zu meiner besten Freundin, die an ihrem nippt und mich verschwörerisch angrinst. »Was?«, frage ich und beiße mir auf die Lippe.

»Nichts.«

»Wie nichts?«

»Ja, nichts.«

Ich verdrehe die Augen und Harper fängt laut an zu lachen. »Lass mich raten, du kannst ihn nicht ausstehen, weil er so verdammt gut aussieht in seiner sexy Lederjacke. Vermutlich hat er noch wahnsinnig einnehmende Augen und dieses schräge Grinsen, das dich nachts nicht schlafen lässt?«

Ohne dass ich es will, schießen mir Bilder in den Kopf. Wie Nolan mich streitlustig angrinst, mit seinen stechend blauen Augen, die mich nicht ruhen lassen. Wie er sich durch seine Bartstoppeln streift und alles in mir warm wird.

»Okay, also habe ich mit meiner Theorie recht.«

Ich reiße die Augen auf und starre Harper an. »Nein, hast du nicht.«

»Also ist er hässlich?«

»Nein, aber ...«

»Er sieht heiß aus, aber ist nervig?«

Ich stöhne laut auf, stelle das Weinglas vor mir auf dem Couchtisch ab und ziehe dann die Beine an die Brust, um meinen Kopf darauf abzustützen. »Ja, so in der Art.«

»So in der Art?«

»Wenn hier jemand nervig ist, dann bist das sicherlich du.«

Harper streckt mir die Zunge entgegen, denn sie weiß ganz genau, dass ich das nicht ernst meine. Sie gehört zu der Sorte Mensch, die mich niemals nerven könnte. Und die genau weiß, was in mir vorgeht. Sie kennt mich in- und auswendig.

»Wir müssen auch gar nicht über diesen nervigen ... *aber verdammt scharfen* Typen reden, wenn du nicht willst. Stress sorgt nur für negative Energien, und das wiederum macht schneller alt. Dann können wir uns die Beauty-Abende auch sparen.« Sie macht eine wegwerfende Handbewegung und bringt mich so wieder zum Lachen.

»Da hast du recht, Harper.«

»Ich habe ziemlich oft recht«, meint sie augenzwinkernd. »Lass dich von diesem Bad Boy nicht ärgern. Aber wenn er heiß ist, dann lass dir den Spaß auch nicht nehmen.«

»Themenwechsel!«, rufe ich aus. »Reden wir doch mal lieber über dich: Stehen irgendwelche Dates an diese Woche?«

Da fängt Harper bereits an, weit auszuholen und erzählt mir den restlichen Abend von der neuen Frau, die sie am

Nachmittag im Supermarkt kennengelernt hat. Und Nolan ist erst mal Geschichte. Zumindest vorerst, denn die nächsten Wochen werden wir – gezwungenermaßen – mehr als genug Zeit miteinander verbringen. Ich könnte mir bessere Arbeitspartner vorstellen und erinnere mich daran, wie entspannt es war, als Richard noch da war. Ich hoffe, er erholt sich schnell. Nolans Augen lassen mich trotzdem den ganzen Abend nicht los. Und als mein Kopf in dieser Nacht auf mein Kopfkissen sinkt, ist deren ozeanblaue Farbe das Letzte, was ich in meinen Gedanken vor mir sehe.

Kapitel Vier

Nolan

Die nächste Woche zieht nur so an mir vorbei und besteht vor allem aus einem: Delilah. Das liegt daran, dass ich dank der verfluchten Sozialstunden jeden Tag in dieses Obdachlosenheim trotten darf und auch so gut wie immer auf das Püppchen dort treffe. Keine Ahnung, wieso sie so oft in der Woche hier auftauchen muss. Ist ihr Karma-Konto nicht langsam mal überfüllt? Keiner kann mir sagen, dass sie für etwas anderes hier ist. Schon aus zehn Metern Entfernung kann ich riechen, wie wohlhabend sie ist. Und nachdem ich ihren Nachnamen – *Vandervort* – zufällig auf einer Liste entdeckt habe, hat mir eine schnelle Google-Suche gezeigt, dass ihre Familie ein Medizintechnik-Unternehmen besitzt. Stinkreich, sage ich doch.

Solange Delilah den Raum noch nicht betreten hat, ist die Arbeit mehr oder weniger ... entspannt. Wie so eine Arbeit hier eben sein kann. Aber sobald sie in die Küche eintritt, mit ihrem schwingenden, blonden Pferdeschwanz und den rosa Wangen, habe ich das Gefühl, ich bekomme keine Luft mehr. O Gott, nicht, dass sie mir den Atem raubt oder so. Also doch, das tut sie, und auch den letzten Nerv. Nicht im positiven Sinne. Natürlich nicht. Ständig stehen wir uns im Weg oder werfen uns böse Blicke zu.

Sie nervt mich.

Wie sie mit ihren braunen Kulleraugen versucht, tief in meine Seele zu blicken.

Was erhofft sie sich denn, dort zu finden?

Nächste Woche ist Weihnachten. Für andere ein Grund auszurasten, falls noch nicht alle Geschenke beisammen sind, für mich ein Grund, diese Jahreszeit noch mehr zu verfluchen. Als ich dieses Mal das Obdachlosenheim betrete, ist Delilah bereits anwesend, obwohl sie sonst nie am Morgen da ist. Sie steht in der Küche, eine Schürze umgebunden, die Haare dieses Mal zu einem tiefen Dutt frisiert, Haarsträhnen umrahmen ihr Gesicht. Lachend unterhält sie sich mit Ethan. Ich stelle mich an den Türrahmen und betrachte die beiden. Ethan ist in etwa in meiner Größe, aber weniger breit gebaut. Schlecht aussehend ist er trotzdem nicht, denn er hat diesen typischen Surferboy-Touch, mit blonden, welligen Haaren, was eigentlich wesentlich besser nach Florida passen würde als Massachusetts. Die beiden haben noch nicht mitbekommen, dass ich an der Tür lehne, und ich habe kein Interesse daran, mich bemerkbar zu machen.

Ein paar Gesprächsfetzen wehen zu mir herüber. Es geht um Weihnachten, um Familie, und mir kommt das Kotzen. Die beiden würden perfekt zusammenpassen. Ethan sieht aus wie der Schwiegersohn, den sich alle Mütter wünschen und Delilah ist sicherlich ganz verrückt nach den Feiertagen. Ich kann mir richtig vorstellen, wie ihr ganzes Zuhause mit bunten Lichterketten geschmückt ist und einem viel zu großen Tannenbaum, der vermutlich auch noch rosa Kugeln hat. *Urgh.*

Als Ethan sich lachend noch näher an Delilah stellt, sodass sich ihre Körper beinahe berühren, habe ich genug gesehen. Mit lauten Schritten betrete ich den Raum und denke nicht einmal daran, *Guten Morgen* zu sagen.

»Hey Nolan«, sagt Ethan als Erster. Ich nicke ihm bloß zu und gehe Richtung Speisekammer, um auf den Plänen nachzusehen, welche Gerichte heute zubereitet werden sollen. Im Raum angekommen, atme ich erst mal tief durch. Unbewusst habe ich meine Hände zu Fäusten geballt. Keine Ahnung, wieso. Es liegt sicherlich nicht daran, dass Ethan offensichtlich etwas von Delilah will.

Schon letzte Woche ist mir aufgefallen, wie sehr er hinter ihr herläuft. Ganz zum Missfallen von Ava, die anscheinend Interesse an dem Surferboy hat. Im Hintergrund höre ich Gemurmel. Schritte. Ich drehe mich um und stehe direkt vor Delilah. Ihre Augen scheinen mich hypnotisieren zu wollen. Aus dem Augenwinkel bekomme ich mit, wie Ethan den Raum verlässt.

»Musst du eigentlich immer so unhöflich sein?« Sie verschränkt die Arme vor der Brust.

»Was meinst du?« Ich stütze mich mit der Hand am Türrahmen ab.

Delilah seufzt. »Du sagst nicht mal *Guten Morgen.*«

»Du auch nicht.«

»Aber *du* hast doch den Raum betreten.«

Jetzt seufze ich. »Ist dir das wirklich so wichtig?«

»Ich will einfach nicht, dass wir uns jeden Tag ... streiten müssen.« Sie streicht eine Haarsträhne hinter ihr Ohr und lässt mich nicht aus den Augen.

Ich ziehe eine Braue nach oben. »*Das* ist für dich streiten?« Ein Lachen entfährt mir und ich trete einen kleinen Schritt näher an sie heran. Delilah schnappt leise nach Luft, doch ich bin mir ziemlich sicher, dass ich mir das eingebildet haben muss. »Dann sollten wir uns wohl besser aus dem Weg gehen.«

Delilah schüttelt den Kopf und tritt an mir vorbei, um in die Speisekammer zu gelangen. »Du müsstest ja mitbekommen haben, wie schwer wir uns aus dem Weg gehen können.«

Ich drehe mich um und folge ihr. Als sie vor einem Regal stehen bleibt, trete ich dicht an sie heran. »Liege ich etwa so in deinem Fokus?«, ärgere ich sie flüsternd und beiße mir auf die Unterlippe. Delilah dreht sich zu mir um und sieht mich aus großen Augen an. Ich dränge sie mit dem Rücken an das Konservenregal, beuge meinen Kopf zu ihr herunter und spüre ihren schnellen, warmen Atem auf meiner Haut. Es macht Spaß, mit ihr zu spielen. Sie herauszufordern.

»Natürlich nicht.« Die Antwort kommt viel zu schnell. Wir wissen beide, dass wir die Anwesenheit des anderen direkt spüren, warum auch immer. Es ist ja nicht so, als wären wir die einzigen jungen Leute hier. Es gibt keinen verfluchten Grund, dass Delilah mich mit ihrer bloßen *Präsenz* so gefangen nimmt.

Ihr Blick fällt auf meine Lippen, und als das passiert, setzt mein Herz kurz aus, nur um einen Moment später umso schneller zu schlagen. Die Luft in der Kammer fühlt sich warm an, viel zu warm und wir sind uns nah, viel zu nah.

Trotzdem kann ich meinen Kopf keinen Millimeter bewegen. Meine Augen betrachten nun ebenfalls ihre Lippen, die noch weicher und rosiger als sonst aussehen. Ich müsste mich nur ein Stück, ein minimales Stück nach vorne bewegen, um sie zu küssen, sie zu schmecken. Um zu spüren, wie es ist, wenn ihr wunderschöner Körper dicht an meinen gepresst ist.

Als diese Gedanken in meinen Kopf preschen, reiße ich die Augen auf und gehe einen Schritt nach hinten. Aus ihren Kulleraugen blickt Delilah mich an. Ich sehe förmlich die Fragezeichen über ihrem Kopf. Mir geht es nicht anders.

Ich habe das Gefühl, nicht mehr richtig atmen zu können und würde am liebsten nach draußen in die Eiseskälte, um mich zu beruhigen. Damit diese Hitze in meinem Körper gelöscht wird. Dieses Feuer, das sie entfacht hat, seit ihr Puppengesicht das erste Mal vor mir aufgetaucht ist. »Bist du fertig hier?«, fahre ich sie an, viel zu scharf. Meine Stimme klingt bitter, ohne dass ich das wollte, aber der Moment gerade hat mich so durcheinandergebracht, dass ich nicht mehr zurechtkomme.

Delilah starrt mich bloß an. In der einen Sekunde sind ihre Gesichtszüge noch weich, als wäre sie in diesem Augenblick gefangen, dann wandeln sie sich und ihre Lippen formen eine schmale Linie. Zwischen ihren Augenbrauen erscheint diese Falte, die immer auftaucht, wenn wir uns sehen. Die Wut steht ihr förmlich ins Gesicht geschrieben.

»Du bist ... du bist ...«, fängt sie an, besinnt sich eines Besseren und atmet tief durch. Mit hochroten Wangen läuft sie an mir vorbei, verlässt die Speisekammer und schließlich die Küche mit schnellen Schritten.

Ich drehe mich erst um, als ich höre, wie die Tür hinter ihr zufällt, und bemerke, dass ich allein in dem Raum bin.

Allein. Mal wieder. So, wie ich mich innerlich schon mein Leben lang fühle.

Delilah

Ich weiß nicht, wie ich es Tag für Tag zur Obdachlosenhilfe schaffe. Seit dem Moment in der Kammer, in dem wir uns ... fast geküsst hätten, ist nichts mehr so, wie es mal war. Früher konnte ich es nie erwarten, endlich nach Downtown zu fahren, erst recht nicht, wenn alles so weihnachtlich geschmückt ist, doch jetzt drehen sich meine Gedanken nur noch um Nolan. Wenn ich das Gebäude betrete, suchen meine Blicke automatisch nach ihm, ob ich es will oder nicht. Und wenn ich ihn sehe und unsere Augen aufeinandertreffen, schaue ich so schnell wie möglich weg. Dann schießen die Erinnerungen in meinen Kopf, wie er einen Satz nach hinten gemacht hat, als wir in der Kammer standen. Wie absolut unmöglich er sich einfach ständig verhält.

Ich versuche mich auf meine Arbeit zu konzentrieren und merke gar nicht, wie ich beim Spülen verträumt aus dem Fenster starre auf die weiße Winterlandschaft Bostons, die sich vor mir ausbreitet. Nächste Woche ist endlich Weihnachten und alles in der Stadt ist dafür vorbereitet. Überall wurde wunderschön geschmückt, die Menschen treffen sich auf der Eislaufbahn und ich frage mich, wieso ich es noch nicht dorthin geschafft habe. Vermutlich, weil mein Terminkalender komplett vollgestopft ist. Die Weihnachtszeit ist bald vorbei, und ich habe sie noch nicht mal richtig ausnutzen können.

Ich rüttle mich selbst aus meinen Tagträumen und stelle den Teller, den ich seit gefühlten Minuten sauber schrubbe, auf das Abtropfgestell.

Ethan und Ava kümmern sich gerade um eine Ladung Klamotten, die als Spenden eingegangen sind. Von Nolan ist weit und breit keine Spur. Es stört mich, dass es mir so stark auffällt, wenn er nicht da ist. Keine Sekunde später spüre ich auf einmal, wie ich beobachtet werde. Ich fahre herum und sehe, dass Nolan im Türrahmen steht. In seiner typischen, abgewetzten Lederjacke, mit den verwuschelten Haaren und diesem düsteren Blick, den er nie abzusetzen scheint.

Als wir uns in der Speisekammer so nahe waren, war sein Blick ganz anders. So, als würde er zum ersten Mal seine Schutzmauern fallen lassen, bis er sie schnell wieder hochgezogen hat.

Normalerweise würde ich meinen Blick direkt von ihm abwenden. Versuchen, ihn zu ignorieren, soweit das eben möglich ist. Aber Nolan bleibt im Türrahmen stehen und starrt mich an. Wir führen eine Art Blickduell und ich will sicher nicht die Erste sein, die abbricht.

Mein Herz pumpt in meiner Brust, immer schneller und schneller und ich spüre, wie mir warm wird. In meinem Bauch, an meinen Wangen, überall.

»Hey«, sagt er dann, und ich runzle die Stirn. Normalerweise grüßt er mich nie. Er ist ziemlich gut darin, mich zu übergehen und sich direkt an die Arbeit zu machen.

»Hey.« Mein Gruß klingt eher nach einer Frage, und als Nolan sich in Bewegung setzt und langsam auf mich zukommt, schlägt mein verfluchtes Herz dreimal so schnell. Ich drehe mich wieder um und widme mich dem Spülbecken. Die Teller vom Frühstück stapeln sich immer noch und es gibt keinen Grund, mich von Nolan ablenken zu lassen.

Ich spüre, dass er direkt hinter mir stehen bleibt. Seine Präsenz ist so stark, dass es mir beinahe den Atem raubt. Ich traue mich nicht, mich auch nur einen Zentimeter zu bewegen. Sein holziger Duft weht in meine Nase, mir ist warm, ja fast schon heiß, dann erklingt seine raue Stimme und ich presse die Augen für einen Moment zusammen.

»Du bist alleine in der Küche«, spricht er das Offensichtliche aus. »Soll ich dir beim Abtrocknen helfen?«

Ich reiße meine Augen auf und bin froh, dass er mein Gesicht nicht sehen kann.

»Äh, klar.« Verwirrt von seiner plötzlichen Wandlung deute ich mit der Hand auf den Platz neben mir und reiche ihm ein Geschirrtuch. Stumm fangen wir an, nebeneinander zu arbeiten. Ich spüle, er trocknet ab. So geht es ein paar Minuten, bis ich als Erste die Stille durchbreche. Mit einer Frage, die mir schon die ganze Zeit durch den Kopf geht und mich nicht loslässt.

»Wieso bist du eigentlich hier?« Meine Stimme ist leise, fast, als würde das dafür sorgen, dass die Frage nicht ganz so schwer wiegt. Aus dem Augenwinkel bemerke ich, wie Nolan mich nachdenklich ansieht und mit dem Teller in seiner Hand innehält, doch ich spüle einfach weiter.

»Wegen meiner Sozialstunden. Das habe ich dir am Anfang schon erzählt.«

»Ich meine ... was hast du gemacht?«

Jetzt lässt Nolan den Teller sinken. Ich glaube zu spüren, dass das die falsche Frage war.

»Mein kleiner Bruder ...«, setzt er an, doch hört mitten im Satz wieder auf. »Das geht dich nichts an«, fügt er stattdessen schroff hinzu.

Ich schnaube. Da ist er wieder. Der typisch angepisste Nolan, den ich seit dem ersten Tag so kenne. Ich drehe meinen Kopf zu ihm.

Er starrt aus dem Fenster und hat die Kiefer aufeinandergepresst.

»Es tut mir leid, dass ich gefragt habe«, sage ich mit fester Stimme, obwohl ich nur zu gerne wissen würde, was das Ganze mit seinem Bruder zu tun hat. »Aber du musst nicht gleich so reagieren. Sorry, dass ich wissen wollte, wofür du ... bestraft wurdest.«

Sein Blick zuckt so schnell zu mir, dass ich mir unweigerlich auf die Lippe beiße. Seine blauen Augen wirken auf einmal so dunkel wie der stürmische Ozean.

»Du willst wissen, wofür ich *bestraft* wurde? Was ich Schlimmes angestellt habe? Hast du Angst vor mir? Angst, dass ich ein verdammter Krimineller bin und krumme Dinge tue, so wie die meisten von denen, die sich Tag für Tag hier Essen und sonst was holen? Sind wir doch mal ehrlich, du bist nur hier, um Karmapunkte zu sammeln, und weil es so aufrichtig und toll klingt, wenn das Obdachlosenheim in deiner Bewerbungsmappe steht. So was passt doch gar nicht in deine rosa Barbiewelt, dass Menschen auch mal vom Weg abkommen können.«

Als er fertig ist, geht sein Atem schnell, viel zu schnell.

Sein Brustkorb hebt und senkt sich und ich starre ihn sprachlos an. Ich kann nicht anders, als bloß in sein verflucht perfektes Gesicht zu starren. Seine unergründlichen blauen Augen, die mich nicht loslassen, zu betrachten, sowie seinen Bart, der langsam zu einem Dreitagebart gewachsen ist, weil er sich anscheinend nicht mehr rasiert hat.

Die Emotionen in mir fahren Achterbahn. So viele Worte liegen mir auf der Zunge, die ich ihm an den Kopf werfen will, dabei weiß ich gar nicht, wo ich anfangen soll. Zu hören, wie er über mich denkt, verletzt mich, aber mal ehrlich, was habe ich bitte erwartet?

Ich schmeiße den Lappen ins Spülbecken, sodass das Wasser überschwappt und spüre, wie es hinter meinen Augen brennt.

Bloß nicht weinen. Nicht hier, nicht jetzt, nicht wegen ihm. Ich kann ihm nicht diesen Triumph gönnen.

»Du bist so ein verdammter Idiot«, sage ich schließlich und merke, wie meine Stimme zittert. »Seit du hier bist, verhältst du dich wie der größte Arsch, dabei habe ich dir nie etwas getan. Ich kann echt nichts dafür, wenn du so unzufrieden mit deinem Leben bist, also hör auf, es an mir auszulassen.« Ich presse meine Lippen fest aufeinander und reiße mich von seinem Blick los. Die nassen Hände wische ich an meiner Jeans ab, kehre ihm den Rücken zu und gehe in Richtung Nebenraum, um die Küche zu verlassen. Wenn ich jetzt nicht gehe, streiten wir entweder weiter, sodass es jeder mitbekommt, oder ich fange an zu heulen, weil meine Emotionen überkochen. Keines von beidem ist eine gute Option.

»Du hast nichts getan?«, höre ich ihn da sagen. »Du machst mich wahnsinnig. Jeden einzelnen Tag, seit ich hier bin.« Ich höre seine Schritte hinter mir und beschleunige meine. Mein Herz pumpt so schnell in meiner Brust, dass es auch jeden Moment herausspringen könnte.

Als ich auf einmal Nolans große Hand an meinem

Handgelenk spüre, will ich mich losreißen, doch sein Griff ist zu fest. Ich fahre herum. »Ich mache dich wahnsinnig? *Du* machst mich wahnsinnig. Ich habe mich noch nie ... so gefühlt. Du bringst nur Chaos mit, wo du hingehst.«

Er wendet seinen Blick für eine Sekunde von mir ab und fast bereue ich es, das gesagt zu haben. Als er mich wieder ansieht, blicken seine Augen mit solch einer Intensität, dass mir der Atem stockt. Seine Hand umschließt immer noch mein Handgelenk, doch als er seinen Griff lockert, winde ich mich nicht daraus. Sein Blick hält mich gefangen.

»Weißt du eigentlich, was für ein Chaos *du* in mir auslöst? Ich komme hierher, nichtsahnend, und als du mir über den Weg läufst, ist da direkt diese Anspannung zwischen uns. Du machst mich verrückt, seit ich dich das erste Mal gesehen habe. Und ich weiß nicht, wie ich damit umgehen soll.«

Mein Mund fühlt sich augenblicklich ganz trocken an. Und ich brauche einen Moment, um seine Worte zu verarbeiten. Selbst dann noch rast mein Puls so schnell, wegen dem, was er gesagt hat. Ich weiß nicht, ob ich es falsch deute. Ob er das meint, was ich glaube, verstanden zu haben.

Nolan tritt einen Schritt näher an mich heran. Wir stehen wieder so dicht aneinander wie in der Speisekammer. Ich kann meinen Blick nicht von ihm abwenden, nicht von diesem unendlich tiefen Blau.

»Sag was«, bittet er mich dann. Seine Stimme klingt auf einmal so weich und leise.

Ich habe das Gefühl, zu schmelzen. »Ich ...«, setze ich an, doch es fällt mir schwer, einen zusammenhängenden Satz zu formulieren. Als würden wir magnetisch voneinander angezogen, nähern sich unsere Köpfe. »Ich kann das nicht mehr.«

»Was?«

Wir sind uns so nah, dass ich seinen warmen Atem auf meiner Haut spüre, seinen holzigen Duft tief einatme. Mein

Blick fällt auf seine geschwungenen Lippen, die leicht geöffnet sind.

»Dieses ewige Streiten.« Meine Stimme ist bloß noch ein Wispern. Ich frage mich, wie ich überhaupt noch einen Satz formulieren kann. Meine Sinne fühlen sich an wie benebelt.

Unsere Nasenspitzen berühren sich und ich schließe die Augen.

»Was willst du dann?« Nolans Stimme klingt so weich, sie umhüllt mich, nimmt mich ein.

Ich kann nicht antworten, ich schaffe es nicht, also stelle ich mich langsam auf meine Zehenspitzen, um diese geringe Distanz zwischen uns zu überbrücken. Als unsere Lippen endlich aufeinandertreffen, fängt alles in mir augenblicklich an zu kribbeln. Der Kuss ist langsam, zärtlich und ich habe Angst, dass Nolan mich wegstößt. Doch dann spüre ich, wie seine Hände sich um meine Taille legen, sie fest umklammern und mich dicht an ihn pressen. Ich stolpere ein paar Schritte nach hinten, bis ich an der Wand ankomme. Eine Hand auf seiner festen Brust, die andere in seinen Haaren vergraben. Leise stöhne ich auf, als ich spüre, wie sich seine Zunge ihren Weg in meinen Mund bahnt. Es fühlt sich himmlisch an, ihm so nahe zu sein, und ich kralle mich an seiner Lederjacke fest. Seine weichen Lippen liebkosen meine, bis er sich von ihnen löst, nur um dann langsame Küsse auf meinem Hals zu verteilen bis hinunter zu meinem Schlüsselbein. Ich befeuchte meine Lippen und bin so im Moment gefangen, dass ich nichts mehr um mich herum mitbekomme.

Als die Tür zur Küche aufgeht, reiße ich meine Augen auf. Und sehe geradewegs in Marys Gesicht. Ihre Miene wandelt sich erst, als sie realisiert, wer da an mir klebt.

Kapitel Fünf

Nolan

»Delilah, Nolan, kümmert ihr euch um den Einkauf der Lebensmittel, die uns noch fehlen?« Mary reicht Delilah eine Liste und einen Kugelschreiber, den sie sich in die Jackentasche ihres beigen Teddymantels stopft. Seit Mary uns knutschend erwischt hat, kann diese Frau es nicht lassen, uns ständig anzugrinsen oder zuzuzwinkern. Ich versuche mich an einem gezwungenen Lächeln, als sie es gerade wieder tut.

»Geht klar, oder, Nolan?« Delilah sieht mich aus ihren braunen Kulleraugen an und in diesem Moment hätte sie vermutlich so ziemlich alles fragen können, und ich hätte willenlos genickt.

Als wir an Mary vorbeigehen, höre ich, wie diese leise kichert. Ich streife über meinen Kiefer und realisiere, dass ich verflucht noch mal nichts gegen diese Anziehung tun kann, die Delilah auf mich ausübt. Das konnte ich schon seit dem ersten Tag nicht. Auch wenn sie mir zu der Zeit noch auf den Keks ging. Mit ihren rosa Klamotten und dem typischen Good-Girl-Lächeln. Die Anziehung war da. Ab der ersten Sekunde. Egal, wie sehr ich versucht habe, es zu bekämpfen. Vielleicht habe ich deshalb so auf sie reagiert. Wir kommen nun mal aus unterschiedlichen Welten, das darf ich niemals vergessen. Doch irgendwann wird es schwer, das zu unterdrücken, was man fühlt.

Delilah und ich treten nach draußen, wo uns sogleich eiskalte Schneeflocken ins Gesicht rieseln. Hohe Gebäude umgeben das Obdachlosenheim und ragen in den weißgrauen Himmel.

»Verfluchtes Winterwetter«, murmle ich und ziehe die Kapuze meines grauen Hoodies über den Kopf, sodass sie mir tief in die Stirn hängt. Lichterketten hängen in den Schaufenstern der Geschäfte und alles leuchtet bunt.

»Du bist ein richtiger Grinch, weißt du das?«, zieht Delilah mich auf und hakt sich dann bei mir unter. Mit ihrer Bommelmütze passt sie perfekt in diese schneeweiße Winterwelt. Ich hingegen kann es kaum erwarten, bis es wieder Frühling wird und von dem ganzen Schneematsch weit und breit nichts mehr zu sehen ist. *Urgh.* Was findet man an diesem Wetter überhaupt so toll? »Grinch?«

»Du kennst doch den Film *Der Grinch* mit Jim Carrey, oder?«

Delilah zieht an meinem Arm, sodass ich notgedrungen stehen bleiben muss. Dick eingepackte Menschen laufen an uns vorbei, während ich in meiner Lederjacke schon halb erfroren bin. Es hat eben nicht jeder das nötige Geld, um sich ständig neue Klamotten zu kaufen.

»Äh, glaub schon ...«, antworte ich, auch wenn ich den Film noch nie gesehen habe. Mit Weihnachtsfilmen kann man mich jagen. Bei uns zu Hause wurde so was nie geschaut. Wie auch, schließlich hat mein Vater in einem Drogenrausch den Fernseher kaputtgetreten, bevor er uns dann glücklicherweise für immer verlassen hat. Allein wenn ich an diesen Mann denke, spannt sich mein ganzer Körper an. Egal, wie viele Jahre das alles her ist.

Delilah bekommt von meiner inneren Gefühlsrangelei

Gott sei Dank nichts mit. Sie ist immer noch entsetzt von dem Fakt, dass ich den Film nicht kenne. Ihre Stirn liegt in Furchen, ihre großen Augen starren mich an.

»Wir müssen den zusammen gucken!«, ruft sie begeistert aus. Auch wenn ich es nicht will, schwappt ihre Euphorie auf mich über. Langsam zucken meine Mundwinkel nach oben. »Bitte!«, fleht sie weiter.

Ich lege die Arme um ihre Hüfte und ziehe sie dichter an mich heran. »Na gut«, antworte ich und ziehe die Augenbrauen hoch, um wenigstens so zu tun, als ob sie mich nicht gleich um den Finger gewickelt hätte.

»Also, wenn du willst, kannst du heute Abend ... zu mir kommen.«

Ich schlucke. Es wäre das erste Mal, dass wir uns außerhalb der Arbeit treffen. Mein Herz flattert bei dieser Vorstellung.

»Okay.« Ich senke meinen Kopf, um ihr einen Kuss zu geben, und sobald ich ihre Lippen auf meinen spüre, die trotz des eisigen Wetters ganz warm sind, habe ich das Gefühl, dass mein Inneres zur Ruhe kommt.

»Ich wohne aber noch bei meinen Eltern«, fügt Delilah schnell hinzu, als wir uns voneinander gelöst haben. Durch die Kälte haben sich ihre Wangen und ihre Nasenspitze rötlich verfärbt. Ihre braunen Augen funkeln mich warmherzig an. Ich streiche über ihren Rücken, um ihren Körper noch näher an meinem zu spüren. »Oder wir gehen zu dir?«, fügt sie etwas leiser hinzu. Meine Hand versteift auf ihrem Rücken. Ich kann mir vorstellen, dass meine WG kein Vergleich zu Delilahs Zuhause ist. Es ist nicht übel, aber es gibt dort eben auch nicht viel. »Wir müssen nicht«, sagt sie dann noch leiser, nachdem ich so lange geschwiegen habe.

»Doch«, antworte ich schnell und fahre mir über den Bart. »Du kommst zu mir, wir schauen Weihnachtsfilme und machen all diesen Kitsch, den man in dieser Zeit eben so macht.« Ich erkenne mich selbst nicht wieder, als ich diese Worte ausspreche, doch Delilahs strahlendes Gesicht ist es wert, meine Vergangenheit für einen Abend auszublenden und so zu tun, als wären diese ganzen Traditionen etwas Normales für mich. Als hätte ich eine Mutter gehabt, die sich um meinen kleinen Bruder und mich kümmerte, als mein verfluchter Vater uns im Stich gelassen hatte. Als wäre sie letztlich nicht nur noch eine Hülle ihrer Selbst gewesen. Wen verasche ich hier, auch als mein Vater noch anwesend war, hat sie sich einen Dreck für uns interessiert. Da gab es nur ihn. Und als er weg war, gab es niemanden mehr für sie.

»Vielleicht bist du doch nicht so ein Grinch, wie ich dachte.« Delilah kichert und ich muss schmunzeln.

Ich drehe mich und deute auf die andere Straßenseite, von der aus Weihnachtsmusik und Gelächter erschallen. Die Eislaufbahn wird Jahr für Jahr in Downtown aufgebaut und ist ein Highlight für die meisten Bewohner, na ja, bis auf mich, denn ich habe sie noch nie besucht. »Aber wie wäre es, wenn wir jetzt erst mal eine Runde Schlittschuhlaufen gehen?«

Wenn mein bester Kumpel mich so sehen könnte, würde er vom Glauben abfallen. Ich meine, ich kann es ja selbst kaum fassen, was Delilah mit mir macht.

»Aber wir müssen doch die Einkäufe erledigen«, erwidert sie und hat erneut diese Furche zwischen den Augenbrauen. Mit dem Finger streiche ich darüber, nähere mich ihrem Gesicht. Ich spüre ihren warmen Atem auf meinen Lippen und mein Puls wird schneller. Alles in mir kribbelt.

»Dann muss ich wohl alleine gehen. Ich meine, ich war noch nie Schlittschuhlaufen und irgendjemand muss mir womöglich dabei helfen, aber dann frage ich einfach eine andere junge Frau.«

Delilah lacht und hält mich an den Armen fest, als ich so tue, als würde ich loslaufen. Der Laut ihres Lachens dringt in jede Zelle meines Körpers.

»Hey, also das kann ja nicht sein. Erst hast du noch nie

Der Grinch geguckt und jetzt erzählst du mir, dass du noch nie Schlittschuhlaufen warst. Wenn dir das jemand beibringt, dann bin das ja wohl ich.«

Ich ziehe sie an mich heran und gebe ihr einen Kuss auf die Stirn. »Ich würde sagen, dass ist ein Deal.«

Sie greift nach meiner Hand und verschränkt ihre Finger mit meinen, obwohl es viel zu kalt dafür ist, Händchen zu halten. Als wir durch das Schneetreiben laufen, Richtung Weihnachtsmusik und Schlittschuhbahn, weiß ich es: Delilah Vandervort hat sich fest in meinem Herzen verankert und bei Gott, ich will nicht, dass sich das jemals wieder ändert. Denn noch nie habe ich für eine Frau meinen Schatten überwunden und mich auf so etwas wie das hier eingelassen.

Delilah

Hier sind wir nun, und ich habe keinen blassen Schimmer, wie sich die letzten Wochen so entwickeln konnten, dass ich jetzt mit Nolan auf der Eislaufbahn stehe. Seine beiden Hände mit meinen verschränkt, Schneeflocken rieseln auf uns herab, unzählige Menschen auf Schlittschuhen umgeben uns und *Christmas Lights* von Coldplay ertönt aus den Lautsprechern.

»Gut machst du das, ich war bei meinem ersten Mal Schlittschuhlaufen nicht so begabt.« Wir fahren am Rand entlang, ich rückwärts, damit ich Nolan mit beiden Händen festhalten kann. Er ist ein wenig wacklig auf den Schlittschuhen, aber das breite Grinsen auf seinen Lippen zeigt mir, dass er an dem Ganzen hier Spaß hat.

Vielleicht mag er tief in sich doch Weihnachten, so wie der Grinch es eigentlich auch tut.

»Ich bin wohl ein wahres Naturtalent«, sagt Nolan in

dem Augenblick, in dem er sich zu weit nach hinten lehnt und ... mit Schwung auf seinen Po fällt und mich gleich mit sich mitzieht.

Sein schmerzverzerrtes Gesicht wandelt sich schnell, als sein Blick zu meinen Lippen wandert. Ich knie halb auf ihm und ein schräges Grinsen ziert nun sein Gesicht. »Das mit dem Naturtalent war wohl ein bisschen weit hergeholt«, meint er dann. Keine Sekunde später spüre ich seine kalten Finger an meine Wange, wie sie sanft darüber streichen.

Ich lege mein Gesicht in seine Handfläche, genieße die Berührung, realisiere aber auch, wie kühl er sich anfühlt.

»Sollen wir langsam weiter? Wir müssen schließlich noch einkaufen gehen und du bist ... ganz kalt.«

Nolan presst seine Lippen zusammen, für eine Sekunde, dann nickt er. »Wenn wir das nächste Mal Schlittschuhlaufen gehen, bin ich ein Profi. Ich übe jetzt heimlich jeden Tag, um dich beeindrucken zu können.«

Ich gebe ihm einen schnellen Kuss auf die Wange, bevor wir vorsichtig aufstehen, um niemanden der anderen Schlittschuhläufer zu behindern. »Dann lass ich mich mal überraschen.«

Als wir die Schlittschuhe zurückgegeben haben und uns in Richtung des Target eine Straße weiter aufmachen, lassen wir die Weihnachtmusik hinter uns. Ich kann mich nur noch auf seine kalten Hände konzentrieren, die mit meinen verbunden sind. Sanft streiche ich mit dem Daumen über seinen Handrücken und frage mich die ganze Zeit über, wie es wohl sein wird, sein Zuhause zu sehen. Mehr über ihn zu erfahren. Denn natürlich ist nicht bloß ihm aufgefallen, dass wir aus zwei verschiedenen Schichten kommen. Und ihn ständig mit dieser Lederjacke zu sehen, während es draußen weht und schneit, zieht mein Herz jedes Mal ein Stückchen mehr zusammen. Im Target werde ich ihm ein anständiges Paar Handschuhe und eine Mütze kaufen, ob er das will, oder nicht.

Es ist schon dunkel, als ich in Allston-Brighton, einem Stadtteil von Boston, ankomme. Mit dem Auto brauche ich gerade mal zehn Minuten von meinem Elternhaus in Back Bay bis hierher.

Als die Stimme meines Navis ertönt und mir mitteilt, dass ich mein Ziel erreicht habe, parke ich meinen Wagen vor einem Wohnkomplex. Er sieht aus wie jedes andere durchschnittliche Gebäude. Mein Herz schlägt mir bis zum Hals, als ich aussteige und mir ein letztes Mal durch die Haare streiche. Ich bin wahnsinnig nervös, Nolan gleich in seinem Zuhause zu treffen, denn das macht alles so viel ... intimer. Bedeutsamer. Intensiver.

Eventuell habe ich mich den ganzen Nachmittag verrückt gemacht und bin gemeinsam mit meiner besten Freundin meinen gesamten Kleiderschrank durchgegangen. Am Ende habe ich mich für einen rot-schwarz karierten Minirock entschieden, schwarze Stiefel und ein cremefarbenes Oberteil. Harper war so lieb und hat mir meine Haare hinten mit einer süßen Schleife zusammengebunden.

Mit dem Finger fahre ich die Namensschilder an den Klingeln ab, bis ich bei *Smith/Brown* hängenbleibe. Ich betätige den Knopf und halte automatisch die Luft an. Erst als der Summer ertönt und ich das Gebäude betreten kann, atme ich wieder aus. Im zweiten Stockwerk treffe ich auf Nolan, der wie gewohnt lässig am Türrahmen steht und auf mich wartet. Alles in mir fängt an zu kribbeln, als ich sehe, wie seine Augen über mich gleiten, mich gefangen nehmen und sich dann ein Lächeln auf seinen Lippen ausbreitet. Er sieht gut aus, viel zu gut, und ich spüre, wie meine Wangen warm werden. Er trägt ein schwarzes enges Langarmshirt, dessen Ärmel hochgeschoben sind und so die Adern an seinen Unterarmen zeigen, verwuschelte Haare, Dreitagebart, über den er in genau diesem Moment streicht.

Als würde er wissen, dass mich diese einfache Geste schwach werden lässt.

»Du siehst wunderschön aus«, ist das Erste, was er zu mir sagt, als ich vor ihm stehen bleibe. Seine Hände umschließen meine Taille, ziehen mich dicht an sich heran. Ich stelle mich auf die Zehenspitzen, um ihn zu küssen, und stöhne leise auf, als er eine Hand in meinen Haaren vergräbt.

»Hey, wenn ihr rummachen wollt, kommt lieber nach drinnen. Ich weiß nicht, ob unsere Nachbarn Bock auf eine Show haben. Und hier bitte nur in Nolans Zimmer weitermachen. Eine Show brauche *ich* auch nicht unbedingt.«

Nolan löst seine Lippen von meinen, hält mich aber immer noch fest. Er lächelt, dann beißt er sich auf die Unterlippe, bevor er mich loslässt und sich umdreht. Als er in die Wohnung tritt und mich an seiner Hand mitzieht, erhasche ich einen Blick auf die Person, zu der die Stimme gehört.

Vor mir erscheint ein hibbeliger Kerl, der sogleich mit ausgestreckten Armen auf mich zuläuft. Braune längere Haare, haselnussbraune Augen und dieser Welpenblick, mit dem ihm vermutlich niemand je böse sein kann. »Ich bin Dylan«, stellt er sich nach der Umarmung vor. »Nolans Mitbewohner.«

»Delilah.«

»Dylan und ich kennen uns seit der Highschool«, wirft Nolan ein, dessen Hand immer noch mit meiner verschränkt ist. »Jetzt wohnen wir zusammen und arbeiten gemeinsam in einem Lager.«

Ich werfe ihm einen Seitenblick zu. Und mir fällt erneut auf, wie wenig Nolan mich bislang von seinem Leben hat wissen lassen. Dass ich jetzt in seiner Wohnung bin, ist in jedem Fall ein großer Schritt.

»Schön, dich kennenzulernen«, sage ich, auch wenn mir unendlich viele Fragen auf der Zunge brennen. Nolans Griff um meine Hand verstärkt sich, also schlucke ich sie alle herunter.

»Sollen wir?«, fragt er mir zugewendet und ich nicke.

Wir betreten sein Zimmer, einen kleinen Raum, in dem bloß ein Bett, Kleiderschrank und eine Kommode mit einem Fernseher stehen. Ein paar Klamotten stapeln sich neben dem Bett, ansonsten ist das Zimmer so gut wie leer.

»Okay, du bist ein Grinch«, sage ich grinsend.

Nolan dreht sich zu mir um. »Wieso?«

»Na, wo ist die Weihnachtsdeko?« Als er grinsend die Augen verdreht, strecke ich ihm die Zunge entgegen.

»Tja, dann bin ich wohl wirklich einer. Aber nicht alle verbinden die Weihnachtszeit mit positiven Erinnerungen.« Das Gespräch schwankt so schnell von locker auf ernst, dass ich unbewusst die Luft anhalte. Nolan setzt sich auf die Matratze, ich mich neben ihn. Während er redet, schaut er auf den Boden. »Weißt du, meine Familie ist weit davon entfernt, eine *Familie* zu sein. Mein Vater war – ist es vermutlich immer noch, wir haben ihn nie wiedergesehen – drogenabhängig, meine Mutter hat eigentlich nur ihn geliebt und war nie für uns da, und ich musste mich immer um meinen jüngeren Bruder kümmern, damit er nicht vom Weg abkommt. Was, na ja, nicht so einfach ist.«

Ich halte seine Hand, rücke näher an ihn heran. Dass er sich mir öffnet und mir aus seinem Leben erzählt, lässt mich viele Puzzleteile über ihn zusammensetzen. Es ist, als ob sein ganzes Verhalten in den letzten Wochen nun endlich Sinn ergeben würde.

»Das tut mir leid. Ehrlich«, antworte ich darauf. Mir fällt es schwer, die richtigen Worte zu finden. Während für mich die Weihnachtszeit immer die schönste Zeit des Jahres ist, da ich eine Familie habe, die füreinander einsteht, kann Nolan anscheinend nicht erwarten, dass sie vorbeigeht. Verständlicherweise.

»Ich will dich aber auch nicht mit meiner Lebensgeschichte nerven.« Er dreht sich zu mir. »Sollen wir Pizza bestellen und dann den Weihnachtsfilm-Marathon starten?«

Ich lege den Kopf schief, streiche mit der Hand über seine Wange. »Sag niemals mehr, dass du mich nervst, wenn du dich mir anvertraust. Du kannst immer mit mir reden, wenn du möchtest.«

Er nickt, dann gibt er mir einen Kuss auf die Lippen, ganz sanft und liebevoll.

Wir bestellen Pizza, ich gehe kurz ins Badezimmer und als ich zurückkehre, kann ich nicht glauben, was ich sehe. Nolan hat seine Arme hinter seinem Kopf verschränkt und sieht schmunzelnd zur Seite. Auf der Kommode ist eine Lichterkette ausgelegt, sodass sein Zimmer fröhlich vor sich hin funkelt. Und auf dem Bildschirm seines Fernsehers erkenne ich, dass er schon alles für den Film vorbereitet hat.

»Die habe ich gerade bei Dylan stibitzt. Seine Mutter hat ihm mal Weihnachtsdeko geschenkt, und er ist zu faul, sie aufzuhängen.«

Ich lächle über beide Ohren, als ich auf ihn zugehe, meine Arme um ihn schlinge und mich auf Zehenspitzen stelle, um ihm einen Kuss zu geben. Als ich einen Blick aus dem Fenster hinter ihm werfe, sehe ich, wie dicke weiße Flocken vom Himmel herabrieseln. Und alles in mir beginnt zu kribbeln.

Nolan

Der Grinch ist gar nicht mal so ein schlechter Film, wie ich vielleicht zuerst dachte. Und hat tatsächlich eine tiefgründige Bedeutung, mit der ich mich irgendwie identifizieren kann: Ja, vermutlich war ich ein Grinch, weil ich mich nur auf das Negative konzentriert habe, nur gesehen habe, wie Menschen sich mit teuren Geschenken überhäufen und nie den Sinn von Weihnachten verstanden habe. Durch Delilah – und den Film – habe ich eine andere Perspektive eingenommen und gesehen, dass die Weihnachtszeit mehr sein kann als eine kommerzialisierte Saison, in der es nur um Geld geht. Vielleicht habe ich keine perfekte Familie, aber ich glaube, so etwas existiert ohnehin nicht. Trotzdem habe ich Menschen um mich herum, die mir etwas bedeuten. Und denen ich genau das an Weihnachten zeigen kann.

Okay, jetzt klinge ich so, als sei ich total weich geworden. Aber ... vielleicht kann ich Weihnachten das erste Mal dieses Jahr wieder feiern und ... genießen.

»Du mochtest den Film, oder?« Delilah liegt mit ihrem Kopf auf meiner Brust, ich streiche schon seit einer ganzen Weile über ihr Haar. Keine Ahnung, wie lange wir schon so zusammenliegen, aber der Abspann ist längst vorbei. Draußen schneit es immer noch – nicht verwunderlich – wie verrückt und das Einzige, was mein Zimmer beleuchtet, ist das warme Funkeln der Lichterkette.

»Vielleicht«, antworte ich. Delilah rückt ein bisschen von mir weg, um ihren Kopf nach oben zu drehen, die Augenbrauen hochgezogen. »Okay, ja, ich mochte den Film. Ein bisschen zu sehr, weil ich mich damit identifizieren konnte.«

Sie legt ihre Wange wieder auf meinem Brustkorb ab und streicht langsam mit ihren Fingern über meinen Arm wie als Zeichen dafür, dass ich reden soll, weil sie mir zuhört.

»Bis jetzt hat es mich jedes Jahr vor Weihnachten gegraust. Ich habe keinen Kontakt zu meinem Vater, genauso wenig wie zu meiner Mutter, seit ich ausgezogen bin. Es gab nie einen Grund für mich, das *Fest der Liebe* zu zelebrieren. Dylan und seine Familie haben mir jedes Jahr angeboten, bei ihnen mitzufeiern, aber ich wollte mich nicht aufdrängen. Deshalb habe ich die Weihnachtstage bis jetzt einfach immer allein oder mit meinem jüngeren Bruder verbracht. Meistens musste ich ihm aus irgendeiner Scheiße helfen, die er verzapft hat. Für das letzte Mal muss ich ihm jetzt ehrlicherweise danken, denn dadurch habe ich dich kennengelernt.«

»Wie meinst du das?«, hakt Delilah nach.

»Na ja, die Sozialstunden, die ich aufgebrummt bekommen habe, habe ich nicht bekommen, weil *ich* etwas verbrochen habe. Eigentlich war es so, dass mein Bruder Mist gebaut hat. Er hat seinen Führerschein noch nicht bestanden und ist trotzdem mit dem Auto unserer Mutter gefahren. Eine Straße weit ist er gekommen, bevor er dann von der Fahrbahn runter, schön gegen ein Haus gebrettert ist. Zum Glück ist nichts Schlimmeres passiert. Es war schon dunkel, also hat er mich panisch angerufen, und weil er so Angst hatte, Ärger zu kriegen, habe ich den Mist auf mich genommen. Doppeltes Glück, dass der Cop, der kam, ein Kumpel von mir war. So blieb es bei den Sozialstunden.«

»Also trägst du das, worum es an Weihnachten geht, schon die ganze Zeit in deinem Herzen.«

»Was?« Jetzt bin ich derjenige, der zu Delilah heruntersieht. Ich habe keinen blassen Schimmer, wovon sie spricht. Sie rückt nur von mir weg, um sich mir gegenüber zu setzen und mich anzusehen.

»Weihnachten ist die Zeit des Gebens, nicht bloß eine Zeit, in der Geschenke ausgetauscht werden oder man mit Menschen an einem Tisch sitzt, mit denen man verwandt ist, ob man das will oder nicht. Der Geist von Weihnachten liegt in den Gedanken, die man an andere richtet, es ist eine selbstlose Zeit, in der wir vergeben und versuchen, eine bessere Version von uns selbst zu werden.«

»Und was hat das Ganze mit mir zu tun?« Ich runzle die Stirn, richte mich ebenfalls auf und wünschte, ich könnte ihr folgen.

»Du bist so selbstlos und kommst deinem Bruder zur Hilfe, sobald er dich braucht. Ohne zu zögern, nimmst du Sozialstunden auf dich, damit er ohne eine Strafe davonkommt. Das würde nicht jeder machen. Aber du bist so jemand.«

In dem Moment glaube ich, dass es wirklich Schicksal war, dass Delilah und ich uns getroffen haben. Denn ich habe es noch nie aus diesem Blickwinkel betrachtet und glaube, dass ich es ohne sie niemals so hätte sehen können.

»Also denkst du nicht schlecht über mich? Ich meine, mein Führungszeugnis wird nicht so leer aussehen wie deins. Ich komme aus schlechten Verhältnissen, fange gerade erst an, mir ein eigenständiges Leben aufzubauen. Glaubst du nicht, dass deine Eltern sich wünschen würden, du hättest jemand anderes an deiner Seite?«

Als ich dann sehe, dass Delilahs Augen schimmern, zieht sich mein Herz zusammen. Sie kommt näher, krabbelt auf meinen Schoß und schlingt ihre Arme um meinen Körper.

»Es ist doch ganz egal, woher du kommst, oder was bis hierhin geschehen ist. Wichtig ist nur, wohin du jetzt gehst.«

Kapitel Sechs

Delilah

Heute ist Heiligabend. Im Obdachlosenheim ist schon seit dem frühen Morgen viel los, da wir Helfer alles für das Weihnachtsfest vorbereiten. In der Küche duftet es bereits nach Essen und wie jedes Jahr haben wir mit den Spendengeldern ein leckeres Feiertagsmahl zusammenstellen können: Truthahn mit Füllung, Preiselbeersoße, Kartoffelpüree, Gemüse und zum Nachtisch Apfelkuchen und Pudding.

Mittags versammeln wir uns alle im Speisesaal, der bis in die hinterste Ecke gefüllt ist mit Menschen, die Weihnachten ansonsten ganz allein und auf der Straße verbringen müssten.

»Jetzt verstehe ich, wieso du das hier machst«, meint Nolan, als er gerade einen Teller mit einer ordentlichen Portion Kartoffelpüree füllt.

Ich drehe mich zu ihm. Um uns herum erschallt Weihnachtsmusik, Mariah Carey singt darüber, was sie sich zu Weihnachten wünscht und überall herrscht gute Stimmung. »Wie meinst du das?«

Nolan lässt die Kelle sinken, tritt einen Schritt näher an

mich heran und legt seine freie Hand an meine Hüfte. »Es war mies, dass ich dir am Anfang vorgeworfen habe, du machst das alles hier bloß, um besser dazustehen. *Jetzt* verstehe ich es. Das hier erfüllt einen. Es gibt einem so viel, *ihnen* etwas zu geben und zu helfen.« Er deutet auf die Menschen, die es sich an den Tischen bequem gemacht haben und sich ausgelassen unterhalten, während sie über das Weihnachtsessen herfallen. Ich blicke mich weiter um, sehe zu meinen Mitarbeitern, die alle dieses Glitzern in ihren Augen haben, welches man nur hat, wenn man bedingungslos gibt. Ohne etwas zurückzuerwarten. Und dabei feststellt, dass man *unheimlich viel* zurückbekommt.

»Es ist so wichtig, dass jeder Mensch etwas tut, selbst wenn es etwas Kleines ist, um zu versuchen, die Welt zu einem besseren Ort zu machen. Jeder kann etwas dazu beitragen.«

»Du ahnst gar nicht, wie viel du mir bereits gegeben hast.« Als Nolan dann zu mir heruntersieht, mit dieser Wärme in seinem Blick, ist es für einen Moment so, als würde es nur uns beide geben. Ich blende alles aus, was um uns herum geschieht. Die Stimmen, die Musik. Seine Augen sind alles, was ich sehe. Und als ich seine Lippen auf meinen spüre, ganz sanft und weich, kann ich nicht anders, als zu lächeln.

Und was gibt es Schöneres als Küsse, bei denen man so glücklich ist, dass man nicht anders kann, als bis über beide Ohren zu grinsen?

Nach dem ausgiebigen Weihnachtsessen am Mittag veranstaltet unsere Kunsttherapeutin Joclyn noch eine Mal-Session, während der die Männer und Frauen sich kreativ ausleben können und weihnachtliche Bilder gestalten. Viele von ihnen fühlen sich ganz besonders in der Weihnachtszeit, wenn alle Zeit mit ihren Familien verbringen, unheimlich allein. Kunst ist ein Weg, um seine Gefühle auszudrücken und sie nicht weiter zu vergraben, bis sie sich auf anderen Wegen zeigen. So entstehen tolle Bilder, die wir später aufhängen, um das Heim noch weihnachtlicher zu gestalten.

Es ist schon dunkel, als Nolan und ich im Flur vor der Eingangstür stehen, um das Obdachlosenheim zu verlassen.

»Und, wie verbringst du die Feiertage?«, hakt Nolan nach, die Hände in den Hosentaschen vergraben, den Blick nach unten gerichtet. Auch wenn er in den letzten Tagen solch eine Wandlung hingelegt und sich den Weihnachtstagen gegenüber viel offener gezeigt hat, merke ich trotzdem, dass es ein unbehagliches Thema für ihn ist. Verständlicherweise. Ich beiße mir auf die Lippe.

»An Heiligabend gehen meine Eltern immer in die Kirche, aber da komme ich nicht mehr mit, seit ich älter bin. Vermutlich sind sie schon längst dort. Und ... du?«

Er sieht mich wieder an, ein schräges Grinsen ziert seine Lippen, aber es erreicht seine Augen nicht ganz. »Na ja, nichts. Dylan ist die nächsten Tage bei seiner Familie, also habe ich die WG für mich allein. Mein Bruder hat sich heute noch nicht bei mir gemeldet, also werde ich vermutlich einfach fernsehen.« Er zuckt mit den Schultern.

Ich trete näher an ihn heran, lege meine Hände auf seiner Brust ab und sehe zu ihm herauf. »Wenn du willst, können wir ja den Abend zusammen verbringen? Mein Magen grummelt schon, wie wäre es mit schnell was essen in der Nähe und einem Spaziergang durch die Schneelandschaft?«

Nolan runzelt die Stirn, zieht seine Hände aus den Hosentaschen und verschränkt sie mit meinen. »Sicher, dass du nicht lieber bei dir zu Hause sein willst, wenn deine Familie zurückkommt? Und muss man an Weihnachten nicht irgendwas ... Besonderes essen?«

Ich kichere. »Also so richtig fängt Weihnachten ja auch

erst morgen früh an, aber ich kann mir gerade nichts Besseres vorstellen, als ein Sandwich von *Chick-fil-A* und die leuchtende Weihnachtsdeko in den Vorgärten zu bestaunen.«

Jetzt muss auch Nolan grinsen, so richtig, sodass es seine Augen erreicht. Er gibt mir einen Kuss auf die Stirn, ganz zärtlich. »Das ist das beste Weihnachten in meinem Leben.«

»Und, was ich dich noch fragen wollte ... möchtest du morgen Weihnachten mit meiner Familie und mir feiern? Du kannst auch gerne deinen Bruder mitnehmen, wenn du willst.«

Daran, wie sich seine Lippen leicht weiten und seine Augen größer werden, erkenne ich, dass ich ihn mit dieser Frage völlig überrascht habe. Aber wie könnte ich wollen, dass er die schönste Zeit des Jahres allein verbringt?

»Bist du dir da sicher?«, hakt er nach, und ich wünschte, ich könnte ihm all diese Unsicherheiten nehmen.

»Wenn du das noch mal fragst, werde ich sauer«, ärgere ich ihn, stelle mich auf die Zehenspitzen und schlinge meine Hände um seinen Hals. »Ich will das. Weihnachten mit dir, mit meiner Familie. Und bevor du fragst, sie wollen dich auch kennenlernen.«

Nolan lehnt seine Stirn an meine, ich spüre seinen warmen Atem auf meiner Haut und schließe die Augen. »Okay«, flüstert er. Da stehen wir, Haut an Haut, eine ganze Weile, nur wir beide. Und ich frage mich, wie es sein kann, dass wir vor Wochen noch versucht haben uns gegenseitig an die Gurgel zu gehen, nur um jetzt eng umschlungen hier zu stehen und uns nicht mehr loslassen können.

Nolan

Der gestrige Abend war einfach nur ... perfekt. Delilah und ich haben uns tatsächlich Fast Food an Heiligabend geholt und danach einen langen Spaziergang durch Downtown gemacht, vorbei an leuchtenden Schaufenstern und übertrieben dekorierten Häusern, bei denen ich mich jedes Jahr aufs Neue frage, wie hoch die Stromrechnung wohl sein muss.

Heute ist der erste Weihnachtsfeiertag und mein Herz schlägt mir bis zum Hals, als ich vor Delilahs Elternhaus ankomme, welches gar nicht weit entfernt von meinem Apartment liegt, doch trotzdem komme ich mir vor wie in einer anderen Welt. Das Haus wird vorne durch zwei Säulen gestützt, hat eine riesige Veranda und ihre Familie gehört sicher nicht zu denen, die an Weihnachtsdekoration sparen. Lichterketten, kleine Weihnachtsbäume neben der Haustür und Rentier-Figuren im Garten ...

Ich streiche ein letztes Mal über meine Haare, bevor ich die Türklingel betätige.

»Reiß dich zusammen, du bist ja wie ein anderer Mensch«, merkt mein kleiner Bruder an.

Ich strecke ihm die Zunge entgegen und bringe ihn damit zum Lachen. Es freut mich, dass er heute mitkommt und ich hoffe inständig, er benimmt sich. Keine Ahnung, wann wir das letzte Mal Weihnachten miteinander verbracht haben. Vermutlich, als wir verdammt klein waren.

Ich habe es sogar geschafft, Jeremy in ein Hemd zu stecken und ihn dazu überredet, dass er seine Haare gelt. So stehen wir nun also im Partnerlook auf der Veranda, als uns Delilah die Tür aufmacht und mir die Luft wegbleibt. Sie trägt ein cremefarbenes Strickkleid, ihre Haare fallen gelockt über ihre Schultern und ihre Wangen sind rosig. Sie sieht aus wie ein verdammter Engel.

»Hey, schön, dass ihr gekommen seid«, begrüßt sie uns, doch ich bin wie versteinert.

Erst als Jeremy sich laut räuspert und mich anstupst, löse ich mich aus meiner Starre.

»Danke für die Einladung.« Ich trete einen Schritt nach vorne und reiche ihr den Apfelkuchen, den ich gestern Nacht noch mit aller Mühe gemacht habe. Keine Ahnung, ob er überhaupt schmeckt, denn ich bin kein Profi in so was, aber ich wollte nicht mit leeren Händen hier auftauchen.

»Das wäre doch nicht nötig gewesen«, sagt Delilah, als ich ihr die Box mit dem Kuchen reiche. Dann lege ich meinen Arm um ihre Taille und gebe ihr einen Kuss auf die weichen Lippen.

Als Jeremy sich erneut räuspert, will ich ihm gerade einen bösen Blick zuwerfen, doch dann erkenne ich zwei Gestalten, die hinter Delilah auftauchen.

Ihre Eltern.

»Oh, hallo«, sage ich schnell. »Ich bin Nolan Smith, ähm«, ich drehe mich und deute nach hinten, »und das ist mein Bruder Jeremy. Vielen Dank für die Einladung.«

Einen Moment ist es still, aber vielleicht kommt mir das auch nur so vor, weil sich gerade alles wie eine Ewigkeit anfühlt, während mein Herz und meine Gedanken rasen. Doch dann schnellt Delilahs Mutter nach vorne, eine Frau mit den gleichen blonden Haaren wie ihre Tochter, die sie zusammengebunden trägt, und zieht mich in eine Umarmung.

»Delilah hat uns schon so viel von dir erzählt. Kommt doch rein.« Sie zieht selbst Jeremy in eine Umarmung, der für eine Sekunde ganz überfordert scheint, dann tritt Delilahs Vater auf mich zu und tut es seiner Frau nach. Ich erkenne, von wem Delilah diese braunen Augen hat.

»Wir sind James und Katherine«, stellt er sich und Delilahs Mutter vor.

Was mir die ganze Nacht Sorge bereitet hat, erweist sich

als das entspannteste Weihnachtsfest, welches Jeremy und ich je hatten. Wir sitzen an dem großen Esstisch, der mit köstlichem Essen überladen ist, Weihnachtsmusik schallt aus den Boxen und alle sind am Lachen. Delilahs Familie bezieht meinen Bruder und mich so selbstverständlich in ihr Familienfest ein, als wäre es nie anders gewesen. Sie stellen mir Fragen, werden aber nicht zu aufdringlich, sodass ich nie in unangenehme Situationen gerate.

Immer wieder fällt mein Blick auf Delilah, die mir gegenübersitzt. Wie sie über das ganze Gesicht strahlt, wenn sie lacht, wie ihre Augen funkeln, wenn sie mich ansieht, wie unsere Füße sich unter dem Holztisch berühren und ihre Wangen sich rosa verfärben.

Als wir alle vollgestopft von dem unheimlich köstlichen Weihnachtsessen sind, schlägt Katherine vor, ein paar Brettspiele herauszukramen.

»Ich habe noch ein paar Spiele in meinem Zimmer«, meint Delilah lächelnd und steht auf. »Nolan, willst du mir beim Tragen helfen?«

Sobald wir das Esszimmer hinter uns gelassen haben, greift Delilah nach meiner Hand und wir sprinten die Wendeltreppe nach oben. So schnell wie wir laufen, bekomme ich nicht allzu viel von meiner Umgebung mit, bis auf ein paar teuer aussehende Gemälde an den Wänden, schicke Vasen auf Kommoden und noch mehr leuchtende Weihnachtsdekoration.

Vor einer geschlossenen Zimmertür bleibt sie stehen, ganz außer Atem. Ihr Brustkorb hebt und senkt sich schnell. Sie ist so schön. So wunderschön.

»Küss mich«, wispert sie.

Das muss sie mir nicht zweimal sagen und keine Sekunde später spüre ich ihre Lippen auf meinen, ihre Hände in meinen Haaren, wie sie sanft, aber bestimmt daran zieht. Sie kichert, dann öffnet sie die Tür hinter sich und wir stolpern hinein.

Delilahs Zimmer passt zu ihr wie die Faust aufs Auge. Alles ist in einem cremefarbenen Ton gehalten, mit rosa Akzenten aus Kerzen und Kissen. Der Raum ist gefühlt größer als Dylans und meine WG. Doch ich kann mich nicht lange umsehen, denn Delilah stellt sich erneut auf ihre Zehenspitzen, um mich zu küssen.

Mir wird warm, und ich spüre, wie es in meiner Hose verdammt eng wird.

»War das dein Plan, mich mit den Spielen hier nach oben zu locken?«, wispere ich in ihr Ohr und verteile Küsse darunter.

Sie stöhnt leise auf und der Laut lässt mich sie noch enger an mich ziehen.

»Vielleicht.«

Ihr Körper reibt sich an meinem und mein Verstand droht auszusetzen. Ich streiche über ihren Rücken, immer tiefer und meine Zunge bahnt sich den Weg in ihren Mund. Die Küsse werden schneller, intensiver, und mit letzter Kraft löse ich mich von ihr.

»Deine Eltern warten unten auf uns. Was ist, wenn gleich jemand hochkommt, weil wir so lange weg sind?«

Sie seufzt und legt ihre Stirn an meiner Schulter ab. Unsere Atmung geht schnell, mir ist warm, viel zu warm und ich will sie nicht loslassen. Aber unten sitzen ihre Eltern und mein Bruder, und ich will meinen ersten Eindruck wirklich nicht versauen, egal, wie sehr mein Inneres sich gerade dagegen sträubt, den Raum wieder zu verlassen.

»Ich wünschte, wir könnten für immer hierbleiben, in diesem Moment.«

Ich lege meine Finger an ihr Kinn, um es behutsam hochzuheben. »Wir haben alle Zeit der Welt, Delilah. So schnell wirst du mich nicht mehr los.«

Ihre Augen leuchten mir entgegen, in dem Augenblick erkenne ich, dass das vielleicht genau das war, was mich an ihr so bezaubert und am Anfang auch so getriggert hat.

Diese Lebensfreude, die sie in sich trägt und die ich irgendwie verloren habe in den letzten Jahren.

Jetzt kommt es mir so vor, als habe das Leben so viel zu bieten. So viele Dinge, die ich erleben möchte. Mit ihr.

Als sie mich diesmal küsst, ist es langsamer, sanfter als gerade eben noch, aber dafür nicht weniger bedeutungsvoll. Es ist, als wäre in diesem Kuss so viel, und ich fühle mich berauscht, so *lebendig*.

»Sollen wir wieder runtergehen?«, fragt Delilah schließlich und ich nicke.

»Vergiss aber nicht die Spiele. Sonst kommen die unten noch auf falsche Gedanken.« Ich zwinkere ihr zu und mit diesem atemberaubenden Lächeln auf den Lippen geht sie zur Kommode, um ein paar Brettspiele herauszuholen.

Hand in Hand gehen wir hinunter zu Delilahs Familie und meinen Bruder, die sich in unserer Abwesenheit bestens unterhalten haben.

Einen Moment bleibe ich stehen und lasse alles auf mich wirken. Das Lachen der Menschen, die mich umgeben, die Lichterketten, die überall hängen, die leise Weihnachtsmusik, die im Hintergrund läuft. Und dann muss ich an ein Zitat aus *Der Grinch* denken.

Und dann kam dem Grinch eine ganz neue Idee: Ist Weihnachten vielleicht, dachte er, doch nicht nur Essen und Schenken? Vielleicht ist Weihnachten doch mehr.

Ende

DERIA WEST

(k)ein WEIHNACHTEN ohne dich

Kapitel Eins

Die Grundzutaten der Liebe:

1. Spare nicht mit kochenden Emotionen!

Logan

Hazel. Da sitzt sie. *Endlich!* Obwohl ich gerade nicht beschreiben kann, welchem Gefühl ich mehr Beachtung schenken sollte. Der Erleichterung, dass ich sie gefunden habe, oder dem Schmerz, den ihr erneutes Wiedersehen in mir auslöst? Schließlich hat sie mich verlassen. Ohne mir auch nur *einen* beschissenen Grund zu nennen! Verschwunden von einer Party. Einfach so. Dabei gab es keinerlei Anzeichen. Wir waren glücklich, verliebt, und im nächsten Moment war sie weg. Fuck, ich hatte nicht mal die Möglichkeit, sie zur Rede zu stellen, geschweige denn, sie zu suchen, da ich mich am nächsten Tag bereits im Flugzeug befand. Zu einem monatelangen Außeneinsatz. Ich saß vollkommen neben mir in der verfickten Maschine, die mich mit jeder weiteren Sekunde von Hazel wegbrachte. In einen verschissenen Krieg, mit dem Gefühl, plötzlich nichts mehr zu haben. Kein Abschied. Keine letzten Worte. Nichts konnte ich klären. Und dass ihre blöde Mailbox mein einziger Ansprechpartner war, hat meinen Gemütszustand nicht gerade beflügelt. Mich mit dieser Ungewissheit in ein Gefecht gehen zu lassen, ohne zu ahnen, ob ich je wieder zurückkehre, war gefährlich. Noch gefährlicher war es, dass meine Gedanken während meines Einsatzes zu jeder Zeit bei ihr waren und nicht bei meinen Kameraden. Wie hätte ich mich auch konzentrieren können, wenn unsere Geschichte so abrupt endete? Dabei ist Konzentration in solchen Situationen überlebenswichtig. Ein falscher Schritt, die kleinste Unachtsamkeit und es hätte uns alle das Leben kosten können.

Was also empfinde ich jetzt, wo ich sie allein mit vier leeren Gläsern sehe?

Liebe? Enttäuschung? Beides?

Mein Kiefer mahlt und meine Hand krallt sich um die Coke, an der ich nur nippe. Seit knapp drei Stunden beobachte ich sie aus der Ferne, folge ihren Blicken in die verschneite Dunkelheit durchs Fenster und scanne die Typen in der Bar ab, die ebenfalls ein Auge auf Hazel geworfen haben. Zwei Tage hat es gedauert, bis ich wusste, wohin ich fahren muss. Einen weiteren, wo genau sie sich befindet. Und sie jetzt nur wenige Meter vor mir zu sehen, mobilisiert sämtliche Nerven in mir. Das Loch in meiner Brust verschließt sich zwar langsam, dennoch bleibt der glühend heiße Schmerz, den sie verursacht hat. Ob sie in den vergangenen sechs Monaten überhaupt einen Gedanken an mich verschwendet hat? Vielleicht gehört ihr Herz längst irgendeinem Penner, wer weiß. Immerhin sieht unsere Wohnung noch so aus, wie ich sie verlassen habe, bis auf ein paar Klamotten von ihr, die fehlen. Warum nicht der ganze Kleiderschrank oder andere persönliche Sachen? Dafür hätte sie ausreichend Spielraum gehabt. Wenn man geht, dann doch endgültig, oder?

Am liebsten würde ich aufstehen, sie am Arm packen und endlich nach Antworten verlangen. Wenigstens das ist sie mir schuldig! Doch wenn ich während meiner Einsätze eines gelernt habe, dann: Verliere dein Ziel nicht aus dem Fokus. Der Zeitpunkt wird kommen, spätestens, wenn sie die Bar verlässt und ich sie für mich habe. Dann wird sie mir erklären müssen, warum sie gegangen ist, dass ich ihr anscheinend einen Scheiß bedeute oder warum sie die letzten vier Jahre ohne Grund weggeworfen hat.

Das wäre Plan A!

Tief atme ich durch und lehne mich weit nach hinten ins Polster. Vielleicht bin ich aber auch nicht bereit für dieses Gespräch, da mein Arsch noch immer auf der Lederbank klebt und meine Finger das Glas umklammern. Sollte sie mir sagen, dass sie mich nie wiedersehen will, werde ich es schlecht akzeptieren können. Zumal ich keinerlei Ahnung habe, was eigentlich passiert ist. Aber sollte ich bei ihr den geringsten Zweifel erkennen oder keinerlei Antworten erhalten, gibt es Plan B.

Mit zusammengezogenen Augenbrauen beobachte ich, wie der Kellner ihr ein weiteres Glas auf den Tisch stellt. Wieder eines dieser bunten Getränke, die es offensichtlich nur in XXL gibt. Wenn sie so weitermacht, kann ich direkt Plan B durchziehen. Weder habe ich Lust, die Wahrheit lallend zu hören, noch in Augen zu schauen, die mich nicht fixieren können. *Fuck!* Dabei hatte ich mir unser Wiedersehen ganz anders vorgestellt. In meinen Vorstellungen lag sie längst in meinem Arm, während sie mich unter Tränen um Verzeihung bittet. Mir, gottverflucht noch mal, sagt, dass sie nur Angst hatte und es eine Kurzschlussreaktion war!

Aber die Realität sieht leider anders aus und ich weiß, dass es nur eine schöne Illusion bleiben wird. Hazel ist keine Frau, die man allein durch Worte beeindrucken kann. Sie will es sehen, es spüren, durch viele kleine Gesten. Worte verblassen, sagte sie immer, aber das Gefühl wird immer bleiben und uns aneinander erinnern. Ein Herz vergisst nicht, der Verstand dagegen schon. *Wie wahr*, denke ich bitter. Meines wird sie vermutlich nie vergessen. Seit ich sie vor vier Jahren das erste Mal gesehen habe, schlägt es nur für sie. Bis sie es mir mit bloßen Händen aus der Brust gerissen hat.

Allmählich füllt sich der Schuppen und meine Sicht auf Hazels Rücken wird ständig durch irgendwelche Typen unterbrochen. Außerdem durchflutet eine dezente Lichtershow jetzt den dunklen Raum. Auch der Sound hat sich von leiser Hintergrundmusik zu einer Mischung aus Chillout und House verändert. Mit einem Mal wirkt die Bar eher wie ein kleiner Tanzclub. Dazu fällt mir erst jetzt die ganze Weihnachtsdekoration auf. Die gab es doch vorhin noch nicht, oder? Selbst das Personal trägt blinkende Weihnachtsmützen.

Unauffällig schaue ich auf meine Smartwatch. *Kurz nach zweiundzwanzig Uhr …*

Überall, wo man hinschaut, heizt sich die Stimmung auf, fließt der Alkohol oder sieht man notgeile Wichser, die sich an Frauenkörper schmiegen und um Aufmerksamkeit buhlen. Fuck, was ist das? Eine verschissene Weihnachtsparty für Singles? *Und Hazel ist allein hier?* Was hat sie vor? Will sie sich etwa abschleppen lassen?

Doch gerade als ich aufstehen will, um mir eine bessere Sicht zu verschaffen, gesellt sich eine Gruppe von drei Männern an ihren Tisch und verwickelt sie in ein Gespräch. Nur kurz erhasche ich einen Blick auf ihr Seitenprofil, als sie den Blondschopf neben sich anlächelt, dann wird sie von ihm hochgezogen. Ein weiterer Typ mit Lederjacke folgt ihnen. Ihren Drink hält sie weiterhin eisern in der Hand – na, wenigstens das. Keine Frau sollte ihre Getränke unbeaufsichtigt lassen. Aber bei Hazels Zustand bezweifle ich, dass sie ihre Umgebung noch ausreichend einschätzen kann. Gibt es nicht heutzutage schon solche Überzieher, die man über ein

Glas stülpt? *Shit!* Das Ganze gefällt mir nicht. Die Art, wie sie Hazel umzingeln, anfassen und an einen Ort bringen, der längst überfüllt ist, macht mich mehr als nervös. Mein Puls steigt augenblicklich. Wut sammelt sich ganz tief und kratzt gefährlich an meinem Verstand.

Und dann verliere ich sie im Getümmel ...

Schnell erhebe ich mich und folge ihnen unauffällig, bleibe aber an einem Pfeiler stehen, als ich sie sehe. Und verflucht, die Bilder fressen sich erbarmungslos durch meine Brust und füttern das schwarze Loch erneut. Blondschopf steht vor ihr, der Kerl mit der Lederjacke hinter ihr. Und wo der dritte abgeblieben ist, kann ich nicht erkennen. Aber was ich sehe, ist, dass Hazel sanft zur Melodie ihre Hüften schwingt. Ihr Gesicht ist zur Decke geneigt, genau wie ihre Arme. Sie scheint alles um sich herum auszublenden und folgt nur der Musik. Weder sieht sie das dreckige Grinsen hinter ihr, noch den Typen vor ihr, der gerade sein verficktes Bein zwischen ihre stellt. Dazu legt er seine schmierigen Hände auf ihre Hüften, um sie zu führen.

Ganz tief durchatmen ...

Jede Faser in mir schreit danach, sie von der Tanzfläche zu zerren oder dem Schmalzgesicht jeden einzelnen Knochen zu brechen. Aber was würde dann passieren? Vielleicht kennt sie sogar diese Typen? Wahrscheinlich wäre das mein erster Fehler. Nein. Ich warte ab, visiere mein Ziel an und beobachte. Stundenlang. Bis die richtige Gelegenheit kommt. Erst dann erfolgt der Zugriff.

Geduld ...

Eine Eigenschaft, die ich eigentlich gut beherrsche. Nicht umsonst bin ich einer der besten Scharfschützen bei uns in der Einheit geworden. Auf Knopfdruck verblassen alle Emotionen. Nur der Feind und ich existieren. *Aber hier?* Bei Hazel gibt es diesen Knopf nicht, der sämtliche Gefühle abschalten kann. Im Gegenteil. Mein Körper reagiert, sobald sie in meiner Nähe ist. Noch immer! Er ist wie fremdgesteuert und erst zufrieden, wenn ich sie hautnah an mir spüre. Ich habe nicht gelogen, als ich sagte, dass ich mich in der Hölle befand. Es war mein schlimmster Einsatz überhaupt und kam mir unendlich lang vor.

Wie heiße Lava durchflutet die Enttäuschung gnadenlos meine Venen und kurbelt meine Entschlossenheit weiter an, als ich das Dreiergespann scharf beobachte.

Ihre braunen schulterlangen Haare trägt sie offen und sie schimmern im Schein der Lichter, dazu trägt sie Jeans und einen dunklen Pulli, der ihr viel zu weit über die Schulter hängt und ihr Tattoo zeigt. Ein kleines Puzzleteilchen, das in meinem großen Tattoo auf der Brust fehlt. Vor einem Jahr haben wir es uns stechen lassen, damit ich im Einsatz die Hoffnung nicht verliere. Seitdem berühre ich kurz meine Brust, bevor ich meine Beretta anlege und durchs Zielfernrohr meinen Gegner fixiere.

»Hallo Hübscher«, quatscht mich verführerisch eine Blondine von der Seite an und stellt sich anschließend genau vor mich. »Schon jemanden entdeckt?« Ihr Alkoholatem trifft mich mitten im Gesicht und widert mich bereits jetzt an. Auch sie trägt eine Weihnachtsmütze und einen engen roten Zweiteiler, bei dem ihre Titten unnatürlich herausquellen.

»Was ist das für ein Schuppen? Kommt mir so vor, als würde hier jeder nach einem Fick suchen«, frage ich und schaue in ihre geweiteten Pupillen.

»Und wenn schon, ist doch egal. Suchst du denn eine schnelle Nummer?«, säuselt sie und lässt ihre künstlichen Nägel an meinem Unterarm tanzen. Ohne meine Mimik zu verziehen, löse ich ihre Finger von mir. »Ach komm schon, morgen ist Weihnachten.« Genervt verdrehe ich die Augen und suche wieder nach Hazel im Getümmel. »Das Fest der Liebe«, versucht sie es erneut und betont das Wort überdeutlich. *Liebe* ...

»Also doch eine Fickbar?«

»Wenn du es so nennen willst? Heute sind nur Menschen hier, auf die niemand wartet, hoffe ich«, kichert sie und berührt jetzt meinen Bauch, dazu lässt sie ihre Zunge über ihre knallroten Lippen wandern. Gott! »Wobei ich mir nicht vorstellen kann, dass du gerne alleine bist.«

»Bin ich auch nicht, und jetzt zisch ab. Such dir einen anderen Schwanz.«

»Schon gut.« Beleidigt wendet sie sich ab und geht endlich. Ich beachte sie nicht weiter und richte meine volle Aufmerksamkeit auf Hazel, die anscheinend noch immer die Nähe der zwei Vollidioten genießt. Fuck, die Bilder treiben mich bald in den Wahnsinn!

Plötzlich taucht der dritte Mann auf, der am Tisch sitzen geblieben ist, und nickt Lederjacke zu, anschließend verliere ich ihn zwischen den vielen Leuten. Das Ganze gefällt mir nicht. Was sollte das Nicken? Ein Zeichen für ... was? So etwas macht man doch nur, wenn man bereit ist oder eine Bestätigung braucht. Mein Puls steigt sofort und allmählich gehe ich in einen Zustand über, bei dem ich meine Umgebung vollends ausblende. In diesem Moment existiert nur Hazel. Ihre Gesichtszüge, die ich hin und wieder wahrnehme, und ihr Körper, der mehr schwankt, als tanzt, bei genauerem Betrachten. Entweder wirkt jetzt der Alkohol oder irgendetwas ist dort auf der Tanzfläche passiert, während mich Blondie angelabert hat. *Oder noch am Tisch?* FUCK! Egal, was der Grund ist –, ich werde es jetzt beenden.

Während ich zielstrebig durch die Menge gehe, rempelt mich der Typ an und bringt mich kurz zum Straucheln. Kurze braune Haare und einen halben Kopf kleiner als ich, aber sein V-Kreuz ist nicht zu übersehen. Schnell ist mir klar, was hier läuft. Zwei kümmern sich um Hazel, der andere passt auf, dass niemand etwas bemerkt. Nur haben sie bei diesem perfiden Spiel nicht mit mir gerechnet.

»Was immer du vorhast, lass es. Verschwinde lieber.«

War das eine Drohung? Anscheinend, denn er krempelt sich bereits den Pulli an den Unterarmen hoch. Unauffällig scanne ich meine Umgebung und erkenne gerade noch, wie Blondschopf und Lederjacke Hazel zum Ausgang schleppen, denn laufen kann sie offensichtlich nicht mehr.

Wutentbrannt packe ich den Wichser am Kragen und fletsche meine Zähne wie ein tollwütiges Raubtier. »Sonst was?«, knurre ich und ziehe ihn dicht zu mir. Überrascht reißt er seine Augen auf, fängt sich aber schnell. Währenddessen übe ich mit meinem Daumen Druck auf das Glas aus, bis es zerbricht und ich mir unauffällig eine große Scherbe zurechtlegen kann. Die wenigen Gäste, die bei uns stehen, gehen ein paar Schritte zur Seite, aber die Musik ist so laut, dass es kaum einen interessiert. Wir haben ungefähr dieselbe Statur. Nur bin ich im Training, er dagegen scheint nur Proteine zu fressen. »Stell dich mir nie wieder in den Weg, verstanden? Sonst lasse ich dich schneller ausbluten, als ein verfluchter Schlachter sein Schaf am Fleischerhaken. Verzieh dich!«, spreche ich bedrohlich und drücke das dicke Bruchstück gegen seine Halsarterie, die mittlerweile so groß wie eine Currywurst ist. Kein Zucken verlässt mich.

Nach kurzem Zögern nickt er und hebt beschwichtigend seine Hände. »Alles cool, Alter.«

»Vollpfosten!« Mit Schwung stoße ich ihn weg, damit er mindestens zwei Meter Abstand nimmt, und verfolge Hazel, die nicht mehr zu sehen ist. *Nein!* Eine Angst, wie ich sie noch nie zuvor erlebt habe, erfasst mich eiskalt und setzt jeden Muskel in mir unter Spannung. Wie in einem Tunnel schiebe ich die Menschen beiseite und durchquere entschlossen die Bar in Richtung Ausgang. Erst als ich sie auf der Straße, nahe eines Vans entdecke, kann ich wieder durchatmen. Doch ihr Erscheinungsbild schnürt mir kurz die Kehle zu. Viel zu schlaff hängen ihre Arme an ihr hinunter und der Kopf liegt beinahe auf ihrer Schulter, so benommen ist sie mittlerweile. Dieser Zustand stammt keineswegs vom Alkohol, sondern von irgendeiner fucking Droge.

Ohne noch länger zu warten, sprinte ich die geschätzten zehn Meter zu Lederjacke und Blondschopf, die Hazel an beiden Armen hinter sich herziehen, und verpasse Lederjacke einen heftigen Schlag auf den Hinterkopf, der ihn augenblicklich gegen die Bordsteinkante befördert.

»Was zum Teufel?« Hektisch dreht Blondschopf sich um und kneift seine Augen zusammen, als er die Lage begreift. Dabei zerrt er Hazel hinter seinen Rücken, als wenn sie sein Eigentum wäre. Eine Beute, die er unter keinen Umständen teilen will. »Verpiss dich!«, droht er mit hasserfüllter Stimme und schiebt langsam seine Jacke beiseite.

Für ein Messer? Eine Knarre? Doch ich zeige mich unbeeindruckt und grinse ihn arrogant an. »Gib sie mir«, fordere ich ihn mit fester Stimme auf und bringe mich kaum merklich in Schrittstellung. Meine Hände sind weiterhin zu Fäusten geballt. Aus dem Augenwinkel erkenne ich Lederjacke, wie er allmählich wieder zur Besinnung kommt und sich auf seine Knie stemmt.

»Wen? Die Schlampe?«, fragt er viel zu hoch und grinst mich widerwärtig an. »Wenn wir mit ihr fertig sind, vielleicht. Bezweifle aber, dass du deinen Schwanz da noch reinstecken willst.«

Mit voller Wucht hole ich aus und treffe seine hässliche Visage.

»Fuck!«, brüllt er schmerzerfüllt. Im nächsten Moment zückt er sein Messer und hält es schützend vor sich. Ein guter Meter trennt uns. »Du hast mir die Nase gebrochen!« Erste Blutstropfen bilden sich und hinterlassen auf dem Schnee ihre Spuren. »Du verfluchtes Arschloch!«

»Ich sage es zum letzten Mal – das Mädchen, gib sie mir!«, knurre ich wie ein wildes Tier und zähle in Gedanken mein Ultimatum herunter. *Drei* ... Aber meine Geduld verlässt mich. Hazel kann sich kaum noch auf den Beinen halten. Zwar versucht sie hin und wieder den Kopf zu heben, doch selbst dazu fehlt ihr die Kraft. *Zwei* ... Kurz atme ich ein und richte meinen Blick wieder auf Blondschopf. Doch bei genauem Hinsehen bemerke ich das dezente Zittern seiner Finger um den Griff. Seine Atmung ist flach und schnell, was sein heißer Atem bei den Minustemperaturen verrät. Immer wieder lugt er zu seinem Kumpel. Er ist sichtlich nervös. *Und hat Schiss!*

Eins ...

Blitzschnell setze ich einen Schritt nach vorn und trete ihm mit dem Fuß seinen rechten Arm beiseite, in dessen Hand er das Messer hält. Punktgenau trifft meine Faust mit voller Härte seine Schläfe, was ihn ins Wanken bringt. Es sind nur Bruchteile weniger Sekunden, doch mehr brauche ich nicht, um ihm die Waffe abzunehmen und Hazel an den Schultern zu packen. Erschrocken stöhnt sie auf, als ich sie zu mir ziehe und unweit auf einer Bank absetze. Erst jetzt legt sich meine Anspannung. Normalerweise diskutiere ich nicht. Eigentlich wechsle ich mit meinem Gegenüber kein einziges Wort. Ich ziele und schieße. Doch hier geht es um Hazel. Der ängstliche Schwanzlutscher hätte sie verletzen können. Und wenn er sie nur zu Boden geworfen hätte. In ihrem Zustand hätte sie sich niemals im Schnee abfangen können.

Noch bevor er zur Besinnung kommt, packe ich seine Kehle und zerre ihn zu mir. Überall klebt sein Blut. An seinen Klamotten, in seinem Gesicht, an seinen Händen. »Du stinkst nach Angst«, presse ich hervor und drücke die Klinge fest in seinen Hals. »Aber was soll man von widerlichen Typen, wie ihr es seid, auch anderes erwarten.« Meine Stimme ist ruhig, dennoch lässt ihn jeder Ton zusammenzucken. »Was stimmt nicht mit euch? Sind eure Schwänze bereits so abgewrackt oder warum setzt ihr ahnungslose Frauen unter Drogen und wollt euch anschließend an ihnen vergehen?« Fuck! Augenblicklich schießt mein Puls wieder in die Höhe. Es hätte beinahe Hazel getroffen. Kurz atme ich tief ein, um mich wieder zu konzentrieren. Doch die kurze Pause kratzt gefährlich an meiner beherrschten Fassade. »Mit einem einzigen Schnitt könnte ich dein Leben beenden. Einfach so.« Panik breitet sich in seinem Gesicht aus und Tränen der Verzweiflung bilden sich. »Aber ich habe eine bessere Idee. Ich hinterlasse dir eine hübsche Erinnerung auf deiner Haut.« Jammernd versucht er mir seinen Kopf zu entziehen, aber all das löst null Emotionen in mir aus. Die Schneide setze ich an seiner Wange an. Sein ganzer Leib zittert, als er seine ausweglose Situation begreift, denn seine Augen flehen mich stumm an, ihn gehen zu lassen, es nicht zu tun. Doch über diesen Punkt bin ich längst hinaus. Bastarde wie er würden es jederzeit wieder versuchen und sich an unschuldigen Frauen vergehen. Und das auf eine perfide Art und Weise. Vielleicht wäre sein Schwanz die bessere Alternative gewesen, nur reicht mir bereits dieser ekelhafte Anblick vor mir. Mühelos gleitet die Klinge durch sein Fleisch und hinterlässt ein fettes V wie Vergewaltiger. Dabei ersticke ich mit der anderen Hand sein erbärmliches Schreien. Anschließend verpasse ich ihm einen heftigen Punch gegen seine Leber, der vermutlich sein Organ zum Sprengen bringt.

Röchelnd sackt er auf dem schneebedeckten Asphalt zusammen und ist clever genug, nicht wieder aufzustehen. Genau wie Lederjacke, der vermutlich noch immer die Sterne zählt. Jedes Mal wenn er versucht, sich hinzustellen, kippt er nach vorne. Sein komplettes Gleichgewicht fehlt. Wenn er Glück hat, ist er nur mit einem leichten Schädel-Hirn-Trauma davongekommen, wenn er Pech hat, wird er nie wieder seinen Namen sprechen können.

Kann sein, dass ich zu brutal war, aber was hätten sie mit Hazel gemacht, wenn ich nicht hier gewesen wäre? Irgendwo in der Walachei auf gefrorenem Boden vergewaltigt und sie anschließend liegen gelassen? Durch die Substanzen, die sie ihr verabreicht haben, hätte sie sich nicht mal wehren können. Also, war ich wirklich zu brutal? Nein! Beide leben, irgendwie.

Nachdem ich das Messer fallen gelassen und meine blutverschmierten Hände mit Schnee gesäubert habe, drehe ich mich um und hebe Hazel hoch.

»Hazel«, flüstere ich und drücke sie fest an meine Brust. »Sobald du wach bist, wirst du mir einiges erklären müssen.« Shit! Sie endlich zu halten, fühlt sich unglaublich an. Ein Gefühl, das ich seit ihrem Verschwinden vermisst und mich die letzten Monate daran geklammert habe, es wieder zu spüren. Ihre Wärme. Ihren Herzschlag. Ihren heißen Atem. Trotzdem weiß ich, dass sie nicht freiwillig in meinen Armen liegt und dass der eigentliche Kampf jetzt erst beginnt.

Ich verliere keine Zeit und gehe mit ihr zu meinem Wagen, denn mittlerweile hat sich das Wetter verändert. Die dicken Schneeflocken fallen unkontrolliert wie in einer Schneekugel um uns herum und trüben meine Sicht. Dazu der eisige Wind. Es wird höchste Zeit, nach Hause zu fahren, bevor der angekündigte Schneesturm uns zwingt, irgendwo auf dem Highway Halt zu machen.

Vorsichtig setze ich Hazel auf den Beifahrersitz, schnalle sie an und wische ihr den kalten Schnee aus dem Gesicht, der ihre Wangen herrlich zum Leuchten bringt. Sie hat sich kein Stück verändert. Ihre vollen Lippen, so gut wie kein Make-up, dieselbe Frisur. Als wenn es diese beschissene Pause nie gegeben hätte. Selbst die Halskette, die ich ihr letztes Weihnachten geschenkt habe, trägt sie noch immer. Nur ihre Wangenknochen stechen etwas mehr hervor als sonst.

Nachdem ich den Motor gestartet habe, lenke ich mein Auto langsam durch die Straßen von Queens Richtung New Haven. Eigentlich eine Strecke, die unter normalen Umständen knapp zwei Stunden dauern würde, aber wenn es so weiter schneit, werden wir vermutlich die ganze Nacht unterwegs sein. Vielleicht sollte ich das Haus meiner Mutter, das sich etwas abseits von Stamford befindet, ansteuern. Es liegt auf halber Strecke und steht sowieso leer, da sie seit einer Woche mit ihrem neuen Schwarm auf dem Atlantik schippert.

Kapitel Zwei

2. Vergiss niemals eine Prise Vertrauen!

Hazel

Blinzelnd öffne ich die Augen und versuche mich zu orientieren, doch die Bilder bleiben nur schemenhaft in meinem Verstand hängen. Sobald ich etwas genauer betrachten will, verschwimmt es gleich wieder. ... *Und dann ist da dieser Duft, der an meinen Erinnerungen kitzelt.* Ganz sanft und kaum wahrnehmbar, dennoch umschmeichelt er liebevoll meine Sinne und sorgt dafür, dass ich nicht augenblicklich in Panik verfalle. Denn eigentlich sollte ich es. Der Raum ist weder das Zimmer meiner Freundin, noch ist es ihr Gästebett, auf dem ich liege – das ist mir mittlerweile bewusst. Die Möbel sind viel zu dunkel, dazu die holzvertäfelten Wände. Aber was mich am meisten beunruhigen sollte, ist, dass ich halb nackt unter der Decke bin.

Trotzdem bewege ich mich keinen Zentimeter, inhaliere ganz ruhig diesen Duft und lasse zu, dass er mich an Ort und Stelle gefangen hält. Ich kenne ihn. Amber mit einem dezenten Rosenduft. *Einhundert Prozent Logan* ... Logan? Logan! Das kann nicht sein! Er dürfte noch gar nicht zurück sein. Doch erst in einer Woche, oder? Mir wird ganz heiß ... und schlecht.

Vorsichtig stemme ich mich auf beide Ellenbogen und richte mich auf, doch der reißende Schmerz hinter meiner Stirn zwingt mich sofort zurück. »Gott!«, stöhne ich schmerzverzerrt und wische mir mehrmals übers Gesicht. Was ist passiert? Warum habe ich solche Kopfschmerzen? Gab es einen Unfall? Doch so sehr ich mich auch anstrenge, will es mir nicht einfallen. Mein Kopf ist vollkommen leer. Als wenn es eine große schwarze Leere gäbe, die sämtliche Erinnerungen verschlungen hätte. Ein Filmriss. Eben noch saß ich in einer Bar und jetzt liege in einem Bett, das nach Logan riecht?! Was zum Teufel ist dazwischen passiert? Es sind Stunden, die mir fehlen!

Mit geschlossenen Augen richte ich mich erneut auf und setze mich auf die Bettkante. So weit, so gut. Zwar ist mir ein wenig schwindlig, aber die Schmerzen sind erträglich und pochen nur leicht unter meiner Schädeldecke. Einige Sekunden vergehen, bevor ich mich traue, meine Lider zu öffnen.

»Du bist wach«, ertönt es hinter mir. *Logan!* Mein Herz bleibt stehen. Kein Atemzug verlässt mich. Seine Stimme ist kühl und distanziert, weit weg von dem lieblichen Klang, den ich einst so geliebt habe. Wie hat er mich gefunden? Nein! Warum ist er überhaupt hier? Warum bin ich bei ihm? Das kann nicht sein! Ist Logan für meinen Zustand verantwortlich? »Ich habe uns Frühstück gemacht.« *Uns?* Es gibt kein *Uns* mehr! Das Uns hat er auf der dämlichen Sommerparty mit Füßen getreten.

»Ich habe keinen Hunger«, antworte ich ebenso kalt und schaue mich nach meinen Klamotten auf dem Boden um. So gut es geht, ignoriere ich seine Silhouette an der Tür, aber so recht will es mir nicht gelingen. Viel zu lässig lehnt er am Rahmen mit verschränkten Armen und beobachtet mich. Doch dann entdecke ich meine Hose und meinen Pulli auf einem Stuhl in der Ecke des Raumes.

»Das ist mir egal. Du wirst etwas essen und trinken.« Sein dominanter Unterton gefällt mir nicht und reißt brutal eine Wunde in meiner Brust auf, die langsam am Verheilen war. Was bildet er sich ein? Ich gehöre ihm nicht. *Nicht mehr …*

»Und mir ist egal, was du willst«, antworte ich etwas zu bissig, aber gerade braut sich ein unglaublicher Sturm in mir zusammen, den ich nur schwer kontrollieren kann. »Ich werde mich anziehen und verschwinden.« Damit jedes Wort durch seine Synapsen fließt, drehe ich mich zu ihm um und schaue ihn fest an. »Deine Anwesenheit ertrage ich einfach nicht!«, zische ich. *Gott!* Tränen bilden sich, über die ich keinerlei Macht habe und lassen kurzzeitig meine Sicht verschwimmen. Schnell wende ich mich von ihm ab, schließe meine Augen und atme sie weg. Nicht eine weitere Träne werde ich wegen ihm vergeuden. In den vergangenen Monaten waren es einfach zu viele. Ich habe abgeschlossen. Mit ihm. Mit uns.

Keine Minute später zucke ich von einem lauten Knall zusammen. Er ist gegangen … *endlich.* Dennoch kann ich nicht aufstehen, weil sich meine Beine wie Wackelpudding anfühlen. Ich verstehe einfach nicht, wie ich hierhergekommen bin und warum mein Schädel so brummt. Logan wird mir doch nicht etwas gegeben haben? Nein, so etwas würde ich ihm nicht zutrauen, oder? Gott, ich kann nicht klar denken! Er hat doch entschieden, dass er seine Zunge in fremde Frauen steckt. Und das ist nur das, was ich gesehen habe. Wer weiß, was er sonst noch getan hat. Bei dem Gedanken wird mir wieder ganz schlecht. Ich muss hier raus! Weg von ihm!

Langsam stehe ich auf und stütze mich an der gegenüberliegenden Wand ab. Schritt für Schritt komme ich meinen Klamotten näher, auch mein Kreislauf stabilisiert sich allmählich. Zwar herrscht noch ein dumpfer Druck in meinem Kopf, aber der dichte Nebel klärt sich. Das Denken fällt mir leichter. Nur die Erinnerungen kommen nicht wieder.

Nachdem ich mich angezogen habe, öffne ich die Tür und trete in einen langen Flur. Heller Boden, pastellfarbene Wände ... Sofort weiß ich, wo ich mich befinde. Im Haus seiner Mutter! Kann es noch schlimmer kommen? Das gibt es doch nicht! Ich habe weder Lust, ihr zu begegnen, noch Logan ein weiteres Mal gegenüberzustehen. Verzweifelt kratze ich meine letzte Würde zusammen, straffe meine Schultern und gehe zielstrebig zur Diele. Genau neben der Kommode entdecke ich meine Schuhe, nur meine Jacke sehe ich nicht. Aber lieber friere ich mir draußen einen Ast ab, bevor ich Logan danach fragen muss. Mein Handy und meine Schlüssel hatte ich zum Glück in meiner Hose und zur Not rufe ich mir von unterwegs ein Taxi. Ja, das klingt nach einem Plan.

Doch als ich die Haustür öffne, fehlen mir die Worte. *Ein Schneesturm?* Die Sichtweite beträgt maximal zehn Meter. Aber sie reicht aus, um zu erkennen, dass es in den letzten Stunden pausenlos geschneit haben muss. Die weiße Schneedecke verhüllt das Land, so weit ich sehen kann. Dazu die klirrende Kälte, die meinen schnellen Atem auf der Stelle gefrieren lässt.

»Du wirst das Haus nicht verlassen.« Schon wieder dieser Befehlston! Eisern umklammere ich den Knauf, weil ich weiß, dass er im Grunde recht hat. Mich wird niemals ein Taxi abholen oder ich zu Fuß irgendeine Straße erreichen können.

»Aber hierbleiben will auch nicht«, flüstere ich dem eisigen Wind entgegen, der sofort meine Worte verschluckt. In diesem Moment realisiere ich, dass mir tatsächlich keine andere Wahl bleibt und ich mit meinen Gefühlen erneut kämpfen muss. Ein Kampf, der mich unglaublich viel Energie gekostet hat und von dem ich eigentlich dachte, ihn nie wieder führen zu müssen. Noch immer liegt mein Herz in Scherben, umgeben von einem Trümmerhaufen, den ich gerade anfange, zu beseitigen.

Viel zu spät bemerke ich Logan hinter mir, der seine warme Hand auf meine legt und die Tür langsam schließt. *Nein!*

»Uns wird nichts anderes übrig bleiben. Ich bin froh, dass wir es überhaupt bis hierher geschafft haben«, spricht er dicht an meinem Ohr. *Uns* ... *Wir* ... Was soll das?

»Es gibt kein *Uns* mehr«, schnaube ich abfällig und drehe mich zu ihm um. »Hör auf so zu reden, als wenn nichts passiert wäre!«, schreie ich wütend und schubse ihn beiseite. Seine Nähe ist noch schlimmer als der Gedanke, dass wir dieselbe Luft atmen. »Du. Hast. Das. Uns. Beendet!«

»Bullshit!«, knurrt er und drängt mich mit dem Rücken gegen die Wand. »Du hast dich einfach aus dem Staub gemacht, ohne mir einen Grund zu nennen!«

Er ist wütend? Dazu hat er kein Recht! Stocksteif verharre ich vor ihm und richte mich zur vollen Größe auf, während ich ihm erbittert in die Augen blicke. Es gab kein Grund? Verarscht er mich gerade? Mir fehlen die Worte, obwohl mir sämtliche Schimpfwörter einfallen, die ich ihm am liebsten entgegenwerfen will. Doch seine Wärme hemmt jegliche Gegenwehr in mir. Körperlich wie mental. Vermutlich würde mich nur heiße Luft verlassen und es hätte genau die gegenteilige Wirkung auf ihn.

»Und das einen Tag bevor ich in die Hölle gefahren bin, Hazel. Weißt du, wo meine Gedanken waren? Bei dir. Pausenlos«, flüstert er den Rest. In seiner Stimme schwingt eine unglaubliche Bitterkeit. Nur, warum? Ich war es nicht, die ihn verletzt hat. Ich habe meine Zunge nicht in einem anderen Mann gesteckt!

Aber ehe mich auch nur ein Ton verlässt, liegen seine weichen Lippen bereits auf meinen. *Himmel!* Ich sollte mich lösen, doch ich bin wie gelähmt. Verflucht! Und mein Herz schlägt viel zu schnell in meiner Brust. Dazu sein fester Griff, der mich an Ort und Stelle gefangen hält.

»Nein«, hauche ich. »Du hast kein Recht dazu. Verflucht, Logan, ich hasse dich.« Meine Stimme ist brüchig und klingt eher verzweifelt als überzeugend. Mit ganzer Kraft versuche ich, ihn von mir zu stoßen, doch er bewegt sich keinen Zentimeter.

»Du lügst.« Seine Augen sind zu kleinen Schlitzen geformt, sein Blick bohrend. »Du kannst mich nicht hassen. Sag mir, was passiert ist. Was habe ich getan?«

»Mir das Herz gebrochen.« Gott, es ihm endlich zu sagen, fühlt sich einerseits befreiend an, andererseits hätte ich ihm das gar nicht erst benennen müssen. »Ich habe dich mit ihr gesehen. Mit dieser Frau. Auf der Party deines Freundes.« Die Sätze kommen nur mühsam aus mir heraus. »Ihr habt euch geküsst«, zische ich den Rest. »Du hättest mir einfach sagen müssen, dass ich dich langweile oder dir anscheinend nicht reiche.«

»Fuck, Hazel! Jetzt sag mir nicht, dass das der Grund war, warum du gegangen bist«, brummt er und schließt die Augen. *Will er mich für dumm verkaufen?*

»Hätte ich mir etwa noch länger eure Show ansehen sollen?« Das Blut in meinen Adern explodiert! Es ärgert mich gewaltig, dass er die Sache so herunterspielt.

»Stopp! Es gab keine Show!«, sagt er fest und wirft mich auf der Stelle über seine Schulter. »Unfassbar! Du hast mich deswegen verlassen?«

Bitte? »Lass mich sofort runter, Logan!«, schreie ich und hämmere wie eine Verrückte auf seinen Rücken. »Das darfst du nicht! Geh doch zu deiner rothaarigen Schlampe! Die lässt sich bestimmt gerne von dir herumtragen! Ich nicht!«, platzt es wutentbrannt aus mir heraus. Verflucht!

»Vergiss es. Nicht, wenn ich jetzt diesen hirnrissigen Grund weiß.« Zielstrebig verlässt er die Küche, geht über den langen Flur, zurück in das Zimmer, in dem ich vor wenigen Minuten aufgewacht bin. Das kann doch nicht wahr sein!

»Hirnrissigen Grund nennst du das? Du bist so ein Vollidiot! Ahrr ... das macht mich so wütend!«

Im nächsten Moment wirft er mich aufs Bett und liegt eine Sekunde später auf mir. Meine Hände hält er über meinem Kopf gefangen und mit seinem Gewicht drückt er mich fest in die Matratze. »Wut ist gut, Hazel. Schmeiß mir deinen geballten Frust entgegen. Erst dann wirst du mir zuhören.«

»Du spinnst doch! Lass mich auf der Stelle los, sonst ramme ich dir mein Knie zwischen die Beine!«

»Bitte ... versuch es«, bietet er mir fast belustigt an.

Ich koche! Mein ganzer Körper steht unter Strom. Und verdammt, wenn ich mich tatsächlich ausreichend bewegen könnte, hätte ich es längst getan. Damit der fiese Schmerz durch ihn hindurchwandert und ihm die Luft beim Atmen fehlt! So, wie ich mich damals gefühlt habe. »Logan!«

»Mmh ... Wie ich meinen Namen aus deinem Mund vermisst habe. Weiter, was willst du mir noch sagen?«

»D-Du bist unglaublich!« Energisch strample ich unter ihm, doch es sind nur wenige Millimeter, die ich mich bewegen kann. »Du hast mich betäubt und entführt! Wie krank bist du eigentlich?« Augenblicklich schießen seine Augenbrauen in die Höhe. Vielleicht habe ich jetzt seine volle Aufmerksamkeit. Aber ich atme viel zu hektisch, um diesen Moment nutzen zu können, und starre ihn nur hasserfüllt an. Er soll meinen ganzen Kummer fühlen. Und er soll verstehen, dass ich ihm diesen Fehler einfach nicht verzeihen kann. Verdammt! Ich habe ihn geliebt. Jetzt ist mein

Herz getränkt mit Gift. Egal, was er mir sagen will – ich werde es ihm nicht glauben können. Es herrscht Totenstille, während ich seinem brennenden Blick ausgesetzt bin, seinem altbekannten Duft, seiner trügerischen Wärme. Und alles zusammen lässt meine Gegenwehr schwinden und sorgt dafür, dass mich mein Leiden gnadenlos tiefer in die Matratze drückt.

»Fertig?«, fragt er leise.

»Wie viele waren es?«, flüstere ich kaum hörbar. »Und belüg mich nicht.« Sein Kiefer mahlt und er schluckt hart. *Nein!* »Gott! Ich will es nicht wissen. Geh sofort von mir runter!«, zische ich bedrohlich.

»Nein! Du wirst dir erst anhören, was ich zu sagen habe.« Seine Stimme ist fest und duldet null Widerspruch. Aber wir sind hier nicht bei der Army und ich bin nicht einer seiner Lakaien, die tun, was er sagt.

»Erspar mir deine Lügen.« Anschließend drehe ich meinen Kopf zur Seite und schaue die dunkle Holzvertäfelung an.

»Verfluchte Scheiße noch mal ... Ich dachte, es würde einfacher werden, wenn du erst wieder bei vollem Verstand bist. Doch das genaue Gegenteil ist der Fall, Hazel! Denkst du ernsthaft, dass es eine andere Frau gab? Dass ich jemals das Risiko eingehen würde, dich zu verlieren?« Mit beiden Händen zwingt er mich, ihn anzusehen. »Du. Bist. Mein. Leben. Jede Faser in mir will nur dich.«

Ich schließe die Augen und verbiete mir, mich von seinen Worten einlullen zu lassen. Trotzdem hinterlassen sie einen bittersüßen Schmerz, der gefährlich an der dicken, zähen Schicht, die mein Herz ummantelt, kratzen. »Und doch hast du eine andere Frau geküsst.«

»Das war kein Kuss«, erwidert er sofort.

»Deine Lippen lagen auf ihren, ihre Hände um deinen Hals. Wo ist da der Unterschied?«

Er atmet spürbar tief ein. Es ist deutlich zu sehen, dass

er nach den richtigen Worten sucht. »Du hast recht. Für eine Sekunde lagen ihre widerlichen Lippen auf meinen. Für eine verfickte *Sekunde*, an der ich keine Schuld trage. In beiden Händen hatte ich unsere Getränke. Ich konnte gar nicht so schnell reagieren, wie sie mich am Shirt tiefer gezogen hatte. Hazel, sieh mich an«, bittet er mich liebevoll mit ruhiger Stimme. Verflucht ... ich sollte es nicht tun, doch ich kann nicht anders. Mit tränenverschleierter Sicht schaue ich ihn an und erkenne dieselben Qualen, die ich fühle. Von seinen verhärteten Gesichtszügen ist nichts mehr zu sehen. »Sie war betrunken oder high, keine Ahnung. Ich kenne noch nicht einmal ihren Namen. Verstehst du?« Ich kann nicht antworten. Meine Muskeln fühlen sich wie nach einer geschlagenen Schlacht an. Ausgelaugt. Kraftlos. »Shit, Hazel, ich würde dich niemals verletzen. Mich interessiert nur eine Frau. Du. Nur du.« Vorsichtig benetzen seine Lippen meine Mundwinkel. »Du verlässt mich, weil du dem Bruchteil einer Szene mehr glaubst als vier Jahren Beziehung? Haust einfach ab, ohne mir die Möglichkeit zu geben, mich zu erklären? Ich saß in der verschissenen Maschine und wusste nicht, was los war. Das hat mich wahnsinnig gemacht.«

»Ich konnte unmöglich bleiben. Das hat mich so verletzt. Ich musste da raus«, flüstere ich. »Genau wie jetzt. Vielleicht hast du recht und es war bedeutungslos. Vielleicht habe ich übertrieben reagiert. Aber es ändert nichts an unserer Situation. Ich hatte ein halbes Jahr Zeit, mich von dir zu lösen. Gedanklich wie räumlich.« Jedes einzelne Wort fühlt sich nach einer Lüge an und brennt fürchterlich in meiner Brust.

Intensiv mustert er mich. Kein Muskel in seinem wunderschönen Gesicht steht still. Er hat mit meinen Worten zu kämpfen, das ist ihm deutlich anzumerken, aber was hat er denn gedacht? Ich war monatelang allein und hatte jede Menge Zeit, mich um mein verschrammtes Herz zu kümmern. Er kann unmöglich von mir verlangen, dass es sich für ihn sofort wieder öffnet.

»Ich hoffe, du weißt, dass ich es dir nicht einfach machen werde? Immerhin zwingt uns der Schneesturm hierzubleiben. Weder du noch ich können das Haus verlassen. Es wird wohl ein Weihnachten mit dir werden.« *Weihnachten?* Stimmt, das hatte ich total verdrängt! »Fangen wir mit einem Frühstück an, damit die Drogen aus deiner Blutbahn verschwinden.« *Also doch?*

»Du hast mir Drogen gegeben?«, frage ich perplex.

»Ich? Du bist unglaublich, Hazel.« Sachte berührt mich sein Mund erneut, und diesmal lasse ich ihn gewähren. Wie von selbst schließen sich meine Lider und ich sauge blind seine Aufmerksamkeiten ein. Ein Moment der Schwäche. Nur einen kurzen Moment. »Du kannst dich wirklich an nichts erinnern, oder?«, fragt er zwischen den Küssen. »An die Wichser, die dich umgarnt haben? An den ganzen Alkohol? Ans Tanzen?«

»Ich …«, stammle ich.

»Was wolltest du dort?«

»Dich vergessen«, hauche ich. Die Antwort schießt wie aus einer Pistole heraus.

»Mit einem anderen Mann? Das hätte ich unmöglich zugelassen, Hazel.« Besitzergreifend umschließt er meine Lippen und dringt gierig mit seiner Zunge in meinen Mund. Keine Bitte. Kein Zögern.

Verdammt! Ich kann nicht atmen, geschweige denn, mich bewegen. Fast fühlt es sich an, als wenn mein Körper gegen meinen Verstand arbeitet. Ein lautloser Krieg mitten in meiner Brust, der ein unfassbares Schlachtfeld hinterlässt. Wie versteinert genieße ich seinen vertrauten Geschmack, auch wenn ich fest entschlossen war, ihm das nicht zu erlauben. Aber ich habe mich längst in dem Moment verloren. *Himmel!* Nur Logan besitzt diese Macht über mich. Nur er weiß, wie er meine Entschlossenheit zunichtemacht. Es ist wie ein Schalter, den er umlegt, und ich gehöre ihm. *Aber eben nur mein Körper ...*

Ein tiefes Brummen verlässt ihn, bevor er unseren Kuss vertieft. Er nimmt sich alles, was ich ihm gebe, und saugt jeden gottverdammten Seufzer von mir auf, wofür ich mich verfluche. Erst als unsere Zungen im Einklang tanzen, wird Logan sinnlich und leidenschaftlich. Wie von selbst streicheln meine Fingerkuppen über seinen Bartschatten, wandern höher in sein dichtes Haar. Gott, mir wird ganz heiß. Die verräterische Hitze erfasst mich eiskalt, obwohl sie sich ganz langsam in mir ausbreitet.

Aber es ist zu früh und völlig überstürzt ...

Kapitel Drei

3. Füge eine gehörige Portion Respekt dazu!

Logan

Ihr Griff in meinen Haaren verliert an Kraft und ihre Atmung wird ruhiger. Gleichmäßiger. Ihr Verstand meldet sich. Vermutlich wird es nur noch Sekunden dauern, bis sie mich von sich schiebt. Dabei dachte ich, dass meine Worte in ihr etwas bewirkt haben. Ich weiß nicht, was ich noch sagen soll, damit sie mir glaubt.

Widerwillig löse ich mich und warte, ob sie erneut meine Lippen sucht, was sie natürlich nicht macht. »Lass uns frühstücken, okay?«, flüstere ich leise und inhaliere ein letztes Mal ihren Duft, bevor ich mich mit ihr erhebe. Ohne auf eine Antwort zu warten, presse ich sie so fest gegen meinen Körper, dass sie vor Schreck keuchen muss. Und fuck, spätestens jetzt sollte sie wissen, dass mich bereits ein harmloser Kuss mit ihr ins Nirwana schickt.

»I-Ich weiß nicht, Logan. Vielleicht wäre es ein Fehler.

Vielleicht sollte ich lieber überlegen, wie ich hier wegkomme. Deine Mutter …«

»Ist schon seit einigen Tagen auf dem Atlantik unterwegs und kommt erst Ende der Woche wieder«, unterbreche ich sie. »Hier sind nur du und ich«, betone ich den Rest bewusst und hebe sie auf meine Hüften, was vielleicht nicht die beste Idee war, denn meinen Schwanz an ihrer heißen Mitte zu wissen, foltert mich wahrscheinlich mehr als sie.

Mit ihr auf dem Arm verlasse ich das Zimmer und trage sie in die Küche, wo ich den Tisch bereits gedeckt habe. In Reichweite der Kaffeemaschine setze ich sie auf der Arbeitsfläche ab. Wäre es der Stuhl gewesen, hätte ich sie freigeben müssen, und im Moment kann ich das nicht. Dafür habe ich ihre Nähe einfach zu sehr vermisst.

»Möchtest du Kaffee oder heiße Schokolade?«, frage ich und ignoriere die Tatsache, dass sie ihre Hände von mir genommen hat und sich lieber an der Platte festhält.

»Eine heiße Schokolade wäre gut, danke. Und die am liebsten am Tisch und mit zwei Metern Abstand zu dir.«

»Warum? Mache ich dich etwa nervös?« Vermeintlich unschuldig schaue ich sie an und ziehe eine Augenbraue nach oben.

»Auch. Und es fühlt sich nicht richtig an, verstehst du? Noch vor ein paar Minuten dachte ich, dass du mich betrogen hast. Ich habe alles, was uns betrifft, infrage gestellt. Monatelang haben mich meine Gedanken gequält und mir sämtliche Horrorszenarien zugeflüstert, mit weiteren Frauen oder bei deinen Einsätzen. I-Ich bin durcheinander. Im Moment kann ich Wahrheit und Lüge nicht auseinanderhalten. Und dich in meiner Nähe zu wissen, verwirrt mich zunehmend.«

Shit! Es fühlt sich wie ein Dolch an, den sie mir frontal durch die Brust rammt. Schonungslos und rücksichtslos, und das mit einer Kraft, die mich hart schlucken lässt. Sagte ich bereits, dass Hazel nicht mit Worten zu überzeugen ist?

Aber wenn das eine Prüfung ist, die ich bestehen muss, werde ich die Herausforderung gerne annehmen. Denn mein Kopf ist klar und mein Ziel genau vor mir.

»Noch bin ich nicht bereit, mich zu entfernen. Ich hatte dich auch ein halbes Jahr nicht. Weder wusste ich, wo du dich versteckst, noch hast du eine Nachricht von mir beantwortet. Ich schätze, du wirst deine Schokolade genau hier genießen, während ich das Pochen meines Schwanzes aushalten muss.«

Giftgrüne Iriden funkeln mich an. Ich kenne diesen Blick – kämpferisch, mutig und selbstbewusst. Keine andere Frau beherrscht ihre Waffen so gut wie Hazel. Sie sieht der Herausforderung direkt ins Auge und zwinkert dabei noch. Genauso hat sie mich damals angesehen, als ich mir einen plumpen Anmachspruch nicht verkneifen konnte. Anschließend hat sie mich in die Wüste geschickt. Von da an war mein Ehrgeiz geweckt. Und genau diesen Nerv kitzelt sie gerade erneut. Ob ihr das bewusst ist? Sie vergisst, dass mir Aufgeben nicht liegt und ich zwischen ihren heißen Schenkeln stehe.

»Gut, wir werden sehen, wer das größere Problem von uns beiden damit hat. Vielleicht überlegst du es dir, wenn mir die süße Sünde die Kehle entlangrinnt und ich genießerisch ein Stöhnen von mir gebe. Mmh ... mir wird jetzt schon ganz heiß«, haucht sie.

Shit, ich wusste es – doch eine Provokation! Und fuck, ich bin so was von bereit für ihr Keuchen. Überheblich grinse ich sie an und komme ihr gefährlich nahe. Meine Arme kesseln sie dabei fest ein. Nur wenige Zentimeter trennen uns, doch die reichen aus, um ihr dezentes Zittern wahrzunehmen. »Vorsicht, Hazel, könnte sein, dass ich da etwas falsch verstehe.« Ihr Duft ist immer noch derselbe. Eine Mischung aus Jasmin und Vanille, auf den ich augenblicklich reagiere. Eine Tatsache, bei der ich vollkommen machtlos bin. Langsam nähere ich mich ihrem Ohr. Stocksteif verharrt Hazel in ihrer Position, was ich als einen kleinen Sieg für mich werte. Immerhin hätte sie Abstand suchen können. »Ich würde nur allzu gerne dein Stöhnen hören. Am liebsten unter mir, begleitet von meinem Namen.« Mit der Zunge umspiele ich ihr Ohrläppchen und höre sie zischend einatmen. Dieses Geräusch bringt direkt meinen Schwanz zum Zucken. »Mmh«, brumme ich tief. »Für den Anfang nicht schlecht, aber das kannst du besser, mein Herz. Biete mir solche Spielchen nur an, wenn du bereit bist.« Kein Ton verlässt sie, nur ihr schneller Atem verrät, dass meine Worte sie irgendwo ganz tief berühren. Sie will mich genauso wie ich sie, doch noch sperrt sich ihr Verstand. Auch eine Tatsache, bei der ich mich machtlos fühle. Sie muss mich wollen und es als richtig empfinden, erst dann wird sie bereit sein.

Ohne mich groß zu entfernen, drücke ich den Knopf des Vollautomaten, damit sich unsere Tassen füllen.

»Was mache ich hier, Logan? Warum bin ich hier?«, fragt sie leise und beendet somit unser kleines Spielchen. Auch der Zauber verfliegt augenblicklich. Am liebsten würde ich ihr sagen, dass ich es will. Aber die Realität sieht leider anders aus. Ich wollte Antworten, bekommen habe ich Bilder mit anderen Männern, während sie unter Drogen stand. Ich lehne mich zurück und nehme etwas Abstand, gerade so viel, dass ich ihre Gesichtszüge deuten kann, in denen ein Hauch Verzweiflung liegt.

»Gestern Abend haben dir irgendwelche Typen irgendein Zeug ins Getränk gemischt und wollten dich ...« Ein dicker Kloß sammelt sich im Hals und verbietet mir, weiterzusprechen. Der Gedanke daran reicht bereits, dass das Blut in meinen Adern wieder zu brodeln beginnt. »Bitte, lass es mich nicht sagen.«

»Du warst dort?«

»Ich habe dich bestimmt fast drei Stunden beobachtet. Irgendwann haben sich drei Typen zu dir an den Tisch gesetzt und zwei davon haben dich auf die Tanzfläche geführt. Kannst du dich daran erinnern?«

»Äh ... du hast mich beobachtet?«

Langsam nicke ich. Wobei, hat sie mir überhaupt zugehört?

»Du konntest kaum noch stehen, nichts sagen. Hazel, du warst ein leichtes Opfer für diese Pisser«, sage ich eindringlich. »Wenn ich nicht da gewesen wäre, hätten sie dich vermutlich in den Van verschleppt und ...«

»Scht.« Kurz legt sie ihren Zeigefinger auf meine Lippen und unterbricht meinen Redefluss. »Nein, sag es nicht, sonst kommen womöglich meine Erinnerungen zurück. Und ich will mich nicht erinnern.«

Kurz halte ich inne, weil ihre Augen einen traurigen Zug annehmen, und sortiere meinen Verstand. Zu viele Fragen kreisen im Moment in meinem Hirn, die nach Antworten verlangen. Allen voran, was die vielen Drinks sollten. Geht sie öfter in solche Bars? *Und, fuck, gab es in den letzten Monaten einen anderen?*

»Für mich ist das Thema noch nicht beendet«, lasse ich sie wissen und schaue sie ernst an. »Du warst unvorsichtig und alleine unterwegs. Zwei Fehler, die dir nicht passieren dürfen.« Anscheinend ist ihr deren Tragweite nicht bewusst.

»Es ... es tut mir leid. Ich habe es nicht bemerkt. Ich weiß weder, dass ich tanzen war, noch, dass ich den Club verlassen habe. Eigentlich wollte ich nur eine Kleinigkeit trinken und verschwinden.«

»Eine Kleinigkeit? Ich habe mindestens fünf Gläser gezählt. Das war keine Kleinigkeit.«

»Der erste war mit Alkohol, die anderen nicht. Ich sagte ja, eigentlich wollte ich nur kurz bleiben. Aber ständig war da dieses Gefühl, das einfach nicht verschwunden ist. Du warst das. Mit deinen Blicken, mit deiner Anwesenheit. Ich muss dich gespürt haben.«

»In der Bar warst du Freiwild. Außerdem, wusstest du, dass dort eine Weihnachts-Fickorgie stattfand?« Ein anderes Wort fällt mir nicht ein, denn genauso sah es für mich aus. »Warum kein Diner?« Resigniert zuckt sie ihre Schultern. *War sie womöglich doch bewusst dort?* Bevor mich meine Gedanken vergiften, verwerfe ich sie wieder. Hazel ist keine Frau, die an so was Gefallen findet.

Ich beschließe an dieser Stelle, das Gespräch über vergangene Nacht zu beenden, und reiche ihr die Tasse Schokolade. Im Moment interessiert mich nur das Hier und Jetzt.

»Vorsicht, heiß.«

»Danke.« Sie ignoriert meine kleine Anspielung und schaut zum Tisch, den sie ausgiebig mustert. »Ist das nicht ein bisschen viel für uns beide? Wie spät haben wir es überhaupt?«

»Nach fünfzehn Uhr. Ich wusste nicht, wann du wach wirst.«

»Mir hätten ein Brötchen und Kaffee gereicht.«

»Vielleicht habe ich etwas übertrieben«, grinse ich jetzt doch. Aber ich musste mich beschäftigen, um mich abzulenken. Nach fünf Stunden Schlaf im Sessel war ich hellwach gewesen.

»Nur ein wenig. Sind das Schneeflocken auf den Pancakes? Und ... du hast gebacken?«, fragt sie ungläubig, fast amüsiert.

»Kann es sein, dass du dich über mich lustig machst?« Ihr Mundwinkel zuckt verdächtig. »Nun, wir haben Weihnachten, und da ich keine Ente zaubern kann, muss uns das hier reichen.«

»Weihnachtsbaumplätzchen und Sternchentoast mit Spiegelei?« Sie verarscht mich. Ihr Grinsen wird immer breiter. Aber lieber so, als dass sie mich mit traurigen Augen ansieht oder mich hasserfüllt anschreit.

»Ja. Ich habe mich sogar am Dekorieren versucht. Da dachte ich allerdings noch, dass wir dort sitzen werden. Gerade habe ich es mir aber anders überlegt. Zwischen deinen Beinen gefällt es mir viel besser.«

»Logan«, ermahnt sie mich. »Lass es uns langsam angehen, okay? Deine Art überfährt mich wie eine Dampfwalze. Während ich noch begreife, dass du wieder da bist und ich mich mit deinen Worten auseinandersetze, denkst du schon an Sex.«

»An *heißen* Sex mit dir«, grinse ich frech. Aber im Grunde weiß ich, was sie mir damit sagen will. Nur verspüre ich dieses Gefühl nicht. Viel zu lange waren wir getrennt und viel zu oft meine Gedanken bei ihr. Ich will nicht warten. Ich will jeden Augenblick mit ihr genießen.

»Du bist mir mindestens fünf Schritte voraus.«

»Langsam kann ich nicht, Hazel. Deine Deadline geht bis achtzehn Uhr. Danach helfe ich deinem Verstand beim Begreifen nach«, verspreche ich ihr mit rauer Stimme und trete etwas zurück. Hektisch atmet sie ein, was fast empört wirkt, schluckt aber tapfer meine Ansage. Nicht ein Ton verlässt sie, während sie von der Arbeitsplatte klettert und sich auf einen Stuhl setzt. Ich folge ihr und lasse mich ihr gegenüber nieder.

»Du hast dir wirklich Mühe gegeben«, sagt sie leise und hebt den Blick. »Das ganze Backen, Kochen und Dekorieren ... das wird Stunden gedauert haben.«

»Höre ich da etwa Anerkennung?«

»Könnte sein. Wer hätte gedacht, dass in dir ein kleiner Hausmann steckt?«

»Klein? Mmh ... dieses Wort kratzt gefährlich an meinem Ego, Hazel.«

»Schade, dass ich dich nicht mit Schürze sehen konnte.« Provoziert sie mich gerade? Hatte sie nicht etwas von *langsam angehen* gesagt? Sie sendet eindeutig die falschen Signale.

»Soll ich sie für dich noch mal anziehen?« Ich beuge mich etwas in ihre Richtung und schaue sie herausfordern an. »Allerdings war mein Oberkörper nackt darunter und meine Jeans viel zu locker auf meinen Hüften.«

»Äh ... Nein. Nicht nötig.« Verlegen greift sie zu einem Toast mit Spiegelei und nimmt einen großen Bissen. Sie jetzt doch hier am Tisch zu haben, ist ein zweiter Sieg. Innerlich hatte ich mich schon auf eine Verfolgungsjagd im Schnee eingestellt. Wobei sie nur maximal wenige Meter weit gekommen wäre, ehe ich sie zurück ins Haus getragen hätte.

»Ich wollte es nur angeboten haben.« Ich lehne mich weit nach hinten und beobachte ihr Treiben.

»Der ganze Raum riecht nach Zimt. Ich liebe diesen Geruch im kalten Dezember.«

»Ich weiß. Ich kann mich sehr wohl an die ganzen Duftkerzen erinnern, die du in *unserer* Wohnung verteilt hast. Du fehlst dort«, spreche ich viel zu laut meinen letzten Gedanken aus. *Fuck, wie war das gleich noch mal mit der Zeit? Bis achtzehn Uhr?* Das werde ich niemals schaffen. »Außerdem steht dein Name noch im Mietvertrag. Du hast nicht gekündigt, warum?«

»Ich konnte nicht. Zu dem Zeitpunkt fand ich es einfacher, bei Jazmin einzuziehen.« Sie meint ihre Freundin. Genau die, von der ich erfahren habe, wo Hazel steckt. »Und als du weg warst, habe ich es von mir geschoben. Keine Ahnung warum ... irgendwie fühlte es sich nicht richtig an. Vielleicht habe ich auf ein letztes Gespräch gehofft, in dem du mir die Wahrheit sagst.«

»Ich habe dir die *Wahrheit* gesagt.«

»Ja ... vielleicht, aber es ist nicht das, womit ich gerechnet habe.«

»Da gibt es kein Vielleicht. Seit ich dich das erste Mal gesehen habe, gab es keine andere Frau, Hazel. Du bist alles, was ich will und brauche.«

»Okay.« *Okay?* Tief einatmen. Sie prüft dich nur und

sucht nach deiner Zündschnur, damit sie diese Unterhaltung nicht führen muss.

»Und was ist mit dir? Wie viele Männerherzen muss ich killen?« Meine Stirn ist bis zum Anschlag gerunzelt, mein Blick fest an ihren geheftet. Keine Regung entgeht mir, während ich geduldig auf eine Antwort warte.

Und, fuck, noch nie hat sich mein Magen so verkrampft wie in diesem Moment.

Hazel

Seine Frage trifft mich eiskalt. Bislang haben wir uns blind vertraut und keinen einzigen Gedanken daran verschwendet. *Bis zu diesem Abend* ... Vertrauen war uns immer wichtig, genau wie Freiräume geben.

»Es gab keinen anderen, auch nicht für eine Nacht. Wer wäre ich, wenn ich das getan hätte? Ich habe dich geliebt.«

»Du liebst mich«, verbessert er mich sofort und bringt mich etwas zum Schmunzeln. Er ist voll im Kampfmodus. Egal, wie schwer ich es ihm machen würde – jedes kleinste Detail würde ihn nur weiter anstacheln.

»Ja, ich liebe dich noch immer. Die Gefühle verschwinden nicht einfach so nach ein paar Monaten.« Auch wenn es vielleicht nicht seine Schuld in diesem Augenblick war, sondern meine. Ich hätte nicht einfach abhauen dürfen und dem Moment mehr Beachtung schenken müssen. Stattdessen gab es nur dieses eine Bild und verwirrende Gedanken danach. Am Ende war ich gebrochen, mit einer unfassbaren Leere. Ein Herz vergisst nicht, auch den Schmerz nicht.

»Und warum hältst du mich noch auf Abstand?«

»Weil ich Zeit brauche.«

»Dir bleiben noch knapp drei Stunden. Du weißt schon, dass ich keine Minute länger warten werde?«

Ich kann nicht antworten. Schweigend beiße ich in mein Brot und suche unauffällig die Küchenuhr. *Himmel* … Warum werde ich schon wieder so nervös? Ich ignoriere seinen brennenden Blick und schaue aus dem Fenster. Noch immer fallen Unmengen an Schneeflocken unkontrolliert gegen die Scheiben und verdecken die angehende Dämmerung.

»Es ist lange her, dass wir so einen Sturm zu Weihnachten hatten. Unglaublich, was für eine Macht die einzelnen Schneeflocken zusammen besitzen. Sie sind dafür verantwortlich, dass ich mit dir jetzt am Tisch sitze.«

»Nicht ganz. Im Club hat es nicht geschneit. Außerdem haben wir es *nur* bis hierher geschafft. Mein Ziel war eigentlich unsere Wohnung.«

Unsere Wohnung … Seit der Party habe ich keinen Schritt dorthinein gesetzt. Ich wollte jeglicher Konfrontation aus dem Weg gehen. Außerdem hatte ich Angst, was die Erinnerungen mit mir anstellen würden. Selbst um ein paar Klamotten und persönliche Dinge zu holen, war ich zu feige und musste Jazmin bitten. »Ich danke dir, Logan. Du hast mich vor der Hölle bewahrt.« Ich kann ihn nicht ansehen. Am liebsten würde ich mich im Erdboden verkriechen und eine meterhohe Schicht über mich scharren. Jetzt sofort! Wie dumm kann man sein? So bin ich doch sonst nicht. Warum habe ich das nicht mitbekommen? Mein Glas hatte ich fest umschlossen in meiner Hand. Natürlich habe ich von solchen Geschichten gehört, aber dass es mich treffen würde, obwohl ich so aufgepasst habe, hätte ich nicht gedacht.

»Wenn es dich beruhigen sollte, zwei von denen werden es nicht noch einmal versuchen.« Nun hat er doch meine Aufmerksamkeit.

Mit großen Augen schaue ich ihn an. »Was hast du getan?«

»Gehandelt«, sagt er emotionslos. Genau diese Antwort bekomme ich, wenn ich ihn nach seinen Einsätzen frage. Er ist kein Mann, der *verhandelt* oder nach Kompromissen sucht. Nein. Logan ist einer, der handelt, bevor es andere tun. Wahrscheinlich seine Überlebensgarantie bei den Militäroperationen. Doch was genau seine Aufgaben sind, weiß ich nicht. Insgesamt hält er sich sehr bedeckt, wenn ich das Thema anspreche.

»Okay.« Meine typische Standardantwort.

»Höre ich dieses Wort noch einmal, ist deine Deadline Geschichte.« Sein tiefer Bass in der Stimme stimuliert jeden Nerv in mir und bringt alle zum Schwingen. Demonstrativ verschränkt er seine Hände vor seiner Brust. Definitiv keine verhandlungsbereite Pose. Er provoziert mich. Und ich kann mir nur schwer ein Schmunzeln bei seinem Anblick verkneifen. Aber bin ich tatsächlich schon bereit, seine Hände auf meinem Körper zu spüren?

Ich lehne mich weit nach vorne und vertraue auf mein Gefühl. Sollte es sich währenddessen ändern, weiß ich, dass er sofort aufhören wird. »Okay«, hauche ich und schaue ihn ebenso provokant an. »Vielleicht würde ich mich auf einen unschuldigen Kuss im Schneesturm einlassen, da meine Haut überall anfängt zu glühen.«

»Ein unschuldiger Kuss? Du verlangst Unmögliches.«

»Wirklich? ›Unmöglich‹, sagt nur der Verstand«, fordere ich ihn heraus.

»Und ›Riskant‹ die Angst.«

Mein Grinsen wird immer breiter. »›Sinnlos‹, sagt der Zweifel.« Auch seine Mundwinkel zucken bei meinen Worten. Es ist ein Dialog, den wir so oft geführt haben, um dieses grässliche Wort aus unserem Wortschatz zu verbannen. Alles ist möglich, nur sind die Wege steinig.

»›Mach's‹, flüstert das Herz«, vervollständigt er unseren

Spruch. Keine fünf Sekunden später steht er auf, umrundet mit wenigen Schritten den Tisch und zieht mich hoch. »Ein unschuldiger Kuss also«, raunt er und streift liebevoll einzelne Strähnen aus meinem Gesicht.

Langsam nicke ich. »Ja. Damit sollten wir beginnen«, hauche ich. Mein Herzschlag schießt dermaßen in die Höhe, dass meine Beine ganz wackelig werden.

»Komm mit.« Er verschränkt seine Hand mit meiner und führt mich aus der Küche in den Flur. Ohne sich etwas überzuziehen, öffnet er die Tür.

»Warte, willst du dir nicht eine Jacke oder so anziehen?«

Als Antwort erhalte ich nur ein tiefes Lachen. Anschließend verlassen wir das Haus und entfernen uns einige Meter, bis er stehen bleibt und sich zu mir dreht. Seine Hände liegen an meinen Wangen und seine stahlblauen Augen glitzern wie der Schnee um uns herum. »Dein Körper glüht, meiner brennt schon seit Stunden.«

»Du hast nur ein T-Shirt an«, flüstere ich mit zittriger Stimme.

»Ich werde die Abkühlung gut vertragen, glaube mir. Schließ deine Augen, Hazel.«

Seine gehauchten Worte werden sofort von dem eisigen Wind verschlungen, dennoch tue ich, was er sagt, lausche nach dem Luftstrom und nehme die vielen Schneeflocken in meinem Gesicht wahr. Jede einzelne hinterlässt ihren lieblichen Gruß und ein sanftes Brennen. Und dann treffen mich seine Lippen, nur ganz flüchtig, dazu sein heißer Atem, der mich streift. Mir wird ganz warm, obwohl ich wegen der Kälte zu beben beginne.

»Ich werde dich jetzt so unschuldig küssen, wie ich kann«, brummt er tief. Sein Mund liegt längst auf meinem und umspielt ihn zärtlich, bis ich meine Lippen wenig später öffne und ihm Einlass gewähre. Ganz zögerlich neckt seine Zunge die meine und fordert sie liebevoll zu einem ersten Tanz heraus. Ähnlich wie damals, als er mich das erste Mal geküsst hat. Da war er genauso behutsam und vorsichtig, gleichzeitig kontrolliert. Er hat sich nur so viel genommen, wie ich ihm gegeben habe. *Genau wie jetzt …* Während ich mit den vielen Schmetterlingen im Bauch kämpfe, wirkt er vollkommen beherrscht. Kein Zittern, kein dominantes Verhalten. Seine Finger ruhen weiterhin an meinen Wangen, während seine Daumen sanfte Kreise auf meinen Wangenknochen zeichnen. Es fühlt sich unbeschreiblich an. Aufregend. Einnehmend. Ich vergesse den Schnee und den kalten Wind, selbst dass meine Klamotten allmählich durchnässen. Gerade gibt es nur ihn und mich. Und diesen unschuldigen Kuss, der mich ganz tief im Innern wärmt und alles in den Hintergrund drängt. Unbewusst werde ich mutiger und verlange stumm nach mehr, werde fordernder und winde mich nachdrücklich um seine heiße Zunge.

»Mmh … Hazel«, knurrt er meinen Namen viel zu tief und mit einer Sehnsucht, die mir sofort eine Gänsehaut beschert.

Gierig sauge ich seine Zärtlichkeiten auf, doch er geht nur bedingt auf mein Spiel ein. Er bestimmt das Tempo und will diesen Augenblick, solange es geht, auskosten. *Himmel!* Ich verhalte mich wie jemand, der Angst hat, seinen nächsten Drogenrausch nicht zu bekommen. Was stimmt nicht mit mir? Ich wollte einen unschuldigen Kuss, keinen Orgasmus! Aber bevor ich mich lösen kann, hebt er mich auf seine Hüften. *Oh!*

»Ich kann deine Zweifel hören. Du willst mehr, aber bist dir unsicher. Stimmt's?«

Was soll ich ihm sagen? Ja? Nein? Verflucht, ich weiß ja selbst nicht, was ich will! Verlegen schaue ich zum Himmel. Vielleicht war es doch ein Fehler … Vielleicht sollte ich mich durch den Schnee kämpfen, bis ich eine Straße erreiche? Doch dann berühren mich seine weichen Lippen an meinem Hals. Hauchzart küssen sie die empfindliche Stelle direkt neben meinem Kehlkopf und lösen dort ein Kribbeln aus. Jeder Atemzug brennt und fühlt sich heiß an, längst nicht ausreichend, um wieder klar denken zu können.

»Du machst es mir verdammt schwer, dich unschuldig zu küssen, wenn ich deine grenzenlose Leidenschaft wahrnehme. Schau mich an.« Ich kann nicht. Tränen bilden sich und vermischen sich mit dem Schnee. Ich weiß noch nicht einmal, warum. »Hazel«, fordert er mich erneut auf. Und, Gott, wie er meinen Namen ausspricht ... dieser Klang, wie habe ich ihn vermisst. Seine Berührungen, seine Liebe. Die Wärme. Noch während ich in Gedanken bin, zwingt er mich, ihn anzusehen. »Wir versuchen es noch mal. Langsam.« Seine Stimme duldet null Widerworte. Doch diesmal bleibe ich ruhig und vergrabe meine Hände in sein dunkles, nasses Haar. Mein Tempo ist dasselbe wie seins, gleichzeitig so innig und intensiv, dass mein Becken wie von selbst zu kreisen beginnt. Ich spüre nur Logan. Überall. In meinem Haar, an meinem Rücken. Und sein heißer Atem, begleitet von einem leisen Stöhnen, löst eine unfassbare Hitzewelle in mir aus, die sich ungehindert über meine Haut ausbreitet und sich zwischen meinen Beinen sammelt. *Gott!*

»Ich denke, das war gar nicht schlecht für einen unschuldigen Kuss. Was sagst du?«

»Ja.« Ich ringe nach Atem. »Für den Anfang ... ganz okay.«

»Okay? Das hast du jetzt nicht ernsthaft gesagt.«

»Doch.« Mir ist völlig bewusst, dass ich Logan damit gerade mein Einverständnis für einen weiteren Kuss gegeben habe, der diesmal nicht so unschuldig sein wird. Aber es ist unmöglich, mich weiter gegen seine Anziehungskraft zu wehren. Mein Herz verlangt nach ihm und will sich wieder sicher fühlen.

Kapitel Vier

4. Würze mit grenzenloser Leidenschaft!

Logan

Vor dem Kamin stelle ich sie ab und befreie mich von meinem nassen Shirt. Mein Atem ist schnell und stockend, während ich ihr Gesicht erneut mit beiden Händen umschließe. Shit, sollte ich sie falsch verstanden haben, bin ich so was von im Arsch. Aber noch ist ihr Blick voller Verlangen. Nicht den geringsten Zweifel entdecke ich in ihren grünen Iriden. »Ich kann dich kein zweites Mal unschuldig küssen, Hazel. Es wird mir nicht reichen. Das eben war schon Himmel und Hölle zugleich. Endlich wieder deine Nähe und Leidenschaft zu spüren und gleichzeitig keinen Schritt weiter zu dürfen, ist Folter pur«, flüstere ich. Ihr Brustkorb hebt und senkt sich genauso schnell wie meiner. »Du weißt, ich will mehr. Dich. Voll und ganz. Sag, dass du mich auch willst.« Für keine Sekunde verliere ich sie bei meinen Worten aus den Augen. Aber auf eine Antwort warten, kann ich auch nicht. Bestimmend nehme ich ihren Kopf und treffe hart auf ihren Mund, dringe sofort in ihre feuchte Höhle und suche gierig nach ihrer Zunge. Dieser Kuss ist alles andere als harmlos. Er ist Sex pur und voller Hunger. Und, Shit, er treibt mein Verlangen nach ihr aufs nächste Level. Erst recht, als ich ihre Nägel auf meinem Rücken wahrnehme, die ihn wunderbar zum Brennen bringen. Schwer atmend löse ich mich und greife nach ihrem Pulli, den ich langsam höher schiebe. »Ich brauche eine Antwort«, fordere ich sie erneut auf und ziehe ihr den klammen Pullover aus, damit das Feuer ihre kalte Haut wärmen kann. Denn noch immer zittert sie wegen des eisigen Windes und des Schnees, der uns umgeben hat.

»Brauchst du die wirklich?«

Mein Mundwinkel zuckt. Mal wieder provoziert sie mich. Doch genau das ist es, was ich an ihr liebe. Sie gibt mir das Gefühl, sie jedes Mal aufs Neue erobern zu müssen, um sie voll und ganz zu besitzen. Mit Hazel wird es nie eine schnelle Nummer geben. Jeder Sex mit ihr ist besonders und explosiv.

»Nein«, sage ich fest und öffne den Knopf ihrer Jeans. »Ich werde es einfach herausfinden.« Anschließend knie ich mich vor ihr hin und schiebe den Stoff langsam tiefer, streife ihre Schuhe und Socken ab und lasse sie aus der Hose steigen, damit sie nur noch in roter Spitzenunterwäsche vor mir steht. Vorsichtig berühre ich ihren Innenschenkel und lasse meine Fingerkuppen höher zu ihrer heißen Mitte tanzen, wobei sich ihr Zittern verstärkt, je höher ich gelange. Doch diesmal weiß ich, dass ich der Grund dafür bin. Und, fuck, das Gefühl ist so berauschend und stachelt mich regelrecht an, mich zwischen ihren Beinen verlieren zu wollen und ihren ganzen Körper endlich unter mir zum Beben zu bringen. Hingebungsvoll küsse ich ihre Leiste und ihren Venushügel, während ich über ihr bereits feuchtes Höschen reibe. Dabei entlocke ich ihr einen ersten Seufzer, der in meiner fucking Shorts für ein unerträgliches Pochen sorgt. Dazu der

Duft ihrer Weiblichkeit in meiner Nase ... alles zusammen sprengt beinahe meine letzten Synapsen und kratzt gewaltig an meiner Selbstbeherrschung. Aber was habe ich erwartet? Sechs Monate habe ich auf den Moment gewartet, Hazel wieder in meinen Armen zu spüren.

Vorbei an ihrem Bauchnabel küsse ich mich zwischen ihren Brüsten zu ihrem Hals und koste jedes bisschen Haut an ihr.

»Mmh«, schnurrt sie wohlig, was wie Musik in meinen Ohren klingt.

»Du machst mich fertig, Hazel«, flüstere ich rau. Währenddessen werde ich meine restlichen Klamotten los, drehe sie mit dem Rücken zu mir und presse ihren Po fest gegen meinen prallen Schwanz. Überrascht keucht sie. »Spürst du ihn?« Mein Atem ist schwer, als ich ihr ins Ohr hauche. »Dabei hast du ihn noch nicht einmal berührt.« Shit, er ist hart wie Stahl! Und sollte sie ihren Hintern nur ansatzweise bewegen wollen, wird ihr Spitzenstoff nicht nur ihre Spuren tragen.

»Soll ich ihn anfassen?« Ihre Stimme ist kratzig und herausfordernd. Sie weiß sehr wohl, dass ich gerade kämpfe.

»Biest.« Gerade noch rechtzeitig bekomme ich sie zu fassen. »Ich fürchte, das müssen wir in Runde zwei verschieben.« Zärtlich küsse ich das kleine Puzzleteilchen auf ihrer Schulter und führe unsere Hände tief in ihren feuchten Slip. Fest reibe ich über ihre geschwollene Perle. »Wie oft hast du dich hier berührt, als ich weg war?«

»Oft?«

»Hast du dabei an mich gedacht?«

»Könnte sein?«

Wie ich ihre freche Zunge vermisst habe. Sie kitzelt jeden gottverfluchten Nerv in mir, der mir noch gehorcht. Um wenigstens einen Teil ihres Gesichtes zu sehen, umfasse ich ihr Kinn und lege ihren Kopf gegen meine Schulter.

»Könnte sein?«, wiederhole ich ihre Worte. Ohne Vorwarnung versenke ich meinen Finger tief in ihrer heißen Mitte, dann einen zweiten. Sofort umschließen mich ihre Muskeln und ihr Becken wippt gefährlich gegen meinen Schwanz.

»Gott! Ja!«, stöhnt sie. »Vielleicht habe ich mir vorgestellt, dass du es warst, der mich verwöhnt hat. Aber du warst es nicht, sondern mein Womanizer.«

Ihr Womanizer? Kurz schmunzle ich. Was soll das sein? *Ein Dildo?* »Soso ... ein Womanizer hat mich also ersetzt?« Ich ziehe mich zurück und dränge ihr Höschen beiseite, weil mich selbst das kurze Geplänkel nicht runterbringt, und schiebe meinen viel zu prallen Muskel zwischen ihre Schenkel. *Shit!*

»Jaaa ... er war gut. Unglaublich intensiv. Es hat nicht lange gedauert, bis ich vom Himmel kosten durfte.« *Tief einatmen ...*

»Vorsicht, mein Engel. Du spielst gerade mit dem Feuer.« Meine Lippen berühren ihre empfindliche Stelle hinter dem Ohr. »Was auch immer ein Womanizer ist, wird mich niemals ersetzen können.« Ich schiebe ihre Füße etwas auseinander. »Und wie du schon sagtest, es hat nicht lange gedauert. Ich dagegen kann dich die ganze Nacht an deine Grenzen treiben.« Unnachgiebig reibe ich durch ihre feuchte Spalte. »Wann ich will. Wie ich es will.« Noch während mich meine Worte gequält verlassen, dringe ich mit einem Stoß in ihre heiße Mitte »Und so oft ich will, Hazel.«

»Gott!«, wimmert sie. Ihr Atem kommt stockend, ihre Augen sind geschlossen.

Noch immer halte ich ihren Kopf an meiner Schulter gefangen, während ich über ihren Lustpunkt kreise.

»Du fühlst dich unglaublich an«, wispere ich ihr ins Ohr und bewege mich langsam vor und zurück, dringe immer weiter in sie ein, bis sie sich unter meinem trägen Tempo entspannt und ich gieriger werden kann. Denn das Kribbeln in meinem Unterleib ist kaum noch auszuhalten. Alles will sich anspannen und auf einen Schlag entleeren. Es fühlt sich wie ein Lauffeuer an, das längst nicht mehr zu stoppen ist. Ein verfluchter Flächenbrand! Plötzlich fangen meine Beine an zu zittern, Hitze sammelt sich in meinen Lenden. Shit, so schnell war ich noch nie kurz davor!

»Logan«, stöhnt sie meinen Namen, was mir den Rest gibt. Ehe ich kurz verharren kann, umklammern mich ihre inneren Muskeln unerbittlich. Auch ihr Becken schwingt viel zu intensiv an meinem. Keine Chance. Nicht einen Moment länger halte ich die süße Folter aus. Ohne dass ich es verhindern kann, überrollt mich mein Orgasmus regelrecht. Dabei führe ich sie in einem langsamen, aber nachdrücklichen Tempo. Das Ganze hat keine fünf Minuten gedauert! »Fuck!« Mehr kann mein Verstand nicht formulieren. Meine Gedanken sind wie leergefegt. *Was war das?*

»Mmh ... auch unglaublich intensiv und ...«

»Sag es nicht«, schmunzle ich und küsse ihren Mundwinkel. »Ein kleiner Ausrutscher. Du hast es mir verdammt schwer gemacht.« Sie ist noch nicht mal nackt! Unfassbar!

»Lüge«, säuselt sie und rekelt sich wie eine verdammte Göttin in meinem Griff. »Deine Oberschenkel haben lange vor meinen gezittert und dein Atem hat bereits gebebt ... als du dich in meinem Slip verloren hast.« Statt dass mein Schwanz erschlafft, bleibt er bei ihren Worten steinhart.

»Stimmt. Nur ist mein Verlangen nach dir grenzenlos.« Mit einem gekonnten Griff befreie ich sie endlich von ihrem BH. »Und jetzt werde ich mir richtig Zeit für dich nehmen, bis ich dein Flehen höre.« Vorsichtig entferne ich mich aus ihr und drehe sie zu mir. Ihre Lippen sind einen Spalt geöffnet, ihre Atmung noch schnell. »Du kannst dir nicht vorstellen, was meine Gedanken alles mit dir anstellen wollen, welche Fantasien sie mir zuflüstern.« Ich schaue zum Wohnzimmertisch, wo einige Tannenzweige in der Vase stehen. »Und das Schöne ist, wir haben so viel Zeit. Dieses Weihnachten gibt es nur dich und mich.« Bevor sie begreift, was ich damit sagen will, hebe ich sie auf meine Arme und trage sie zur Couch. Dabei ertaste ich ihr nasses Höschen, das meine Spuren trägt. Das Gefühl ist unbeschreiblich. Hazel ist die erste Frau, der ich vollends vertraue und auf ein Kondom verzichte. Nachdem wir wussten, dass wir eine richtige Beziehung führen wollen, wurde das Thema schnell brisant und einvernehmlich entschieden. Verrückt, sogar über Kinder haben wir gesprochen. Über unsere Zukunft. Ein Haus. Unseren Lebensplan hatten wir längst in Stein gemeißelt. Und da dachte sie, dass ich sie nicht finden oder ihr Verschwinden einfach so akzeptieren würde?

Vorsichtig lege ich Hazel auf dem rauen Stoff ab und betrachte kurz ihre perfekte Gestalt. Ihre braunen Haare liegen breitgefächert und ihre Haut glänzt beim Schein des Kamines in einem dunklen Teint. Alles an ihr ruft nach mir. Ihre Brüste, ihre Lippen, ihr zarter Hals. Und ich kann mich nur schwer dagegen wehren. Sie ist wie ein Magnet. Mein Anker, wenn ich nach Hause komme. In meinen Vorstellungen gibt es nur Hazel. Und daran hat sich im letzten halben Jahr nichts geändert, eher im Gegenteil.

Aber es war auch ein harter Weg.

Nachdem sie mir die erste Abfuhr gegeben hatte, brauchte ich über drei Wochen, um überhaupt ihren Namen zu erfahren, weitere fünf für ihre Nummer. Sie hat mich getestet und mich schmoren lassen wie eine verdammte Weihnachtsgans. Und, fuck, das hatte zuvor noch keine Frau mit mir gemacht. Jedes Wochenende war ich im Club, um sie zu sehen und ihre Stimme zu hören. Immer saß ich an der Bar und beobachtete sie aus der Ferne. Und sie mich ebenfalls. Viel zu intensiv. In jeder Faser konnte ich das Brennen wahrnehmen, das Hazel auslöste. Irgendwann kam sie zu mir an den Tresen und bestellte sich ihren Drink, ohne mich zu beachten. Immer einen Blaubeer-Mojito. Unsere Gespräche liefen durchgehend in derselben Reihenfolge ab. Und obwohl sie mich nicht ansah, wusste ich, dass sie genau das von mir hören wollte.

›Und, erfahre ich heute deinen Namen?‹

›Vielleicht?‹, antwortete sie mit ihrer verführerischen Stimme und mit einem dezenten Lächeln.

›Ein *Vielleicht* kann ich schwer aushalten‹, argumentierte ich dagegen, worauf ihr Standardspruch uns beide immer zum Schmunzeln brachte.

›Du wirst es aushalten müssen, bis ich bereit bin.‹

... Und dann ging sie wieder zu ihren Freundinnen. Und ich? Ich saß wie der letzte Depp da und wartete darauf, dass sie ihren nächsten Cocktail bestellte. Irgendwann zahlte sich meine Beharrlichkeit aus und aus dem *Vielleicht* wurde Hazel. Das Gleiche zog ich mit ihrer Nummer durch, mit denselben Fragen und sie mit ihren Antworten.

Hazel wird immer die Eine für mich sein.

Und es wird nie ein Weihnachten ohne sie geben.

Hazel

Noch immer rast mein Herz wie ein D-Zug und peitscht das Adrenalin so schnell durch meine Adern, dass mir bald schwindelig wird. Ohne mich anzufassen, verharrt Logan über mir und mustert mich. Jedes Detail nimmt er wahr. Sicherlich auch, dass ich an einigen Stellen an Gewicht verloren habe. Aber in seinem Blick liegt so viel Liebe, dass ich diesen Gedanken verdränge.

»Schließ die Augen«, weist er mich an. Seine tiefe, belegte Stimme vibriert durch jede meiner Fasern und entfacht die ersten Funken in meinem Unterleib. Unterdessen nimmt er meine Hände und legt sie über meinen Kopf, genau dorthin, wo er sie immer haben will. Kurze Zeit später sind seine Fingerkuppen an meinem Unterarm. Ganz sanft streicheln sie über meine Haut, bis sie an meiner Brustwarze ankommen. Hauchzart. Kaum wahrnehmbar und doch reagiere ich abrupt. Überall stellen sich meine kleinen Härchen auf und meine Atmung beschleunigt sich. »Mmh ... das ist schön«, flüstere ich mit geschlossenen Lidern und halte im nächstem Moment den Atem an, als seine Lippen jeden Millimeter an mir kosten. Immer tiefer wagen sie sich. Vorbei an meinem Bauchnabel, ehe sie sich zwischen meinen Beinen verlieren. *Himmel!* Sofort stehe ich in Flammen, als er meinen gereizten Lustpunkt mit seiner Zunge erst hingebungsvoll umspielt und sich dann erbarmungslos um ihn windet. Automatisch beginnt mein Becken zu kreisen, doch sein Griff bleibt unnachgiebig und drückt mich so tief ins Polster, dass ich die süße Folter aushalten muss. Unmöglich mich zu entziehen. Hier besitzt er die vollkommene Kontrolle über mich, ob ich es will oder nicht. Und er weiß sehr wohl, welche Stellen er berühren muss, damit jede Zelle in mir nach ihm giert. Er schafft es sogar, dass sich mein Verstand in irgendeiner Ecke verkriecht. Diese Macht besaß kein anderer Mann vor ihm. Vielleicht ist das unser Rezept, warum es bislang zwischen uns funktioniert hat. Beide sind wir gefühlsbetont und leidenschaftlich. Wir respektieren einander und müssen uns vertrauen. Die wichtigste Grundlage bei seinen monatelangen Einsätzen. Allerdings habe ich diesmal an ihm gezweifelt und der Angst, ihn zu verlieren, genügend Spielraum gegeben.

»Wo bist du mit deinen Gedanken?«, raunt es über mir. *Oh!* Blinzelnd öffne ich die Augen und blicke in stahlblaue Iriden, die mich an eine tobende See erinnern.

»Eigentlich bei dir.«

»Dein Körper sagt etwas anderes. Denn im Moment beherrschen *sie* ihn und nicht *ich*. Was beschäftigt dich?« Liebevoll umfasst er mein Gesicht.

»Dass du uns nicht aufgegeben hast, wohingegen ich dich gedanklich hundertmal gelyncht habe. Ich habe angefangen, dich zu hassen und unsere Liebe infrage gestellt. Es tut mir leid.«

»Ich hätte dich so lange gesucht, bis ich dich gefunden hätte. Mein Herz gehört nur dir. Mein Schwanz übrigens auch«, scherzt er. Ein kleines Lächeln zeigt sich auf seinen Lippen. »Versprich mir, nie wieder solch ein Blödsinn zu glauben, Hazel.« Seine Stimme wird wieder ernst und eindringlich. »Das waren die schlimmsten Monate, die ich je erlebt habe. Ich war nicht mehr ich selbst, und kein Lebenszeichen von dir zu bekommen, war unerträglich.«

Ich kann nur nicken. Mir erging es genauso. »Du kannst dir nicht vorstellen, wie oft ich mein Handy anstellen und dich zur Schnecke machen wollte.«

»Ich wünschte, du hättest es getan. Mach mich ruhig fertig, ehe du aus meinem Leben verschwinden willst. Es wäre nicht das erste Mal, dass ich dein Feuer abbekomme. Erst dann weiß ich, dass dein Herz zu mir spricht.«

»Mmh ... dir gefällt also mein Feuer?«, grinse ich. Meine Nägel tanzen gefährlich auf seinem Rücken und könnten jederzeit erste Spuren dort hinterlassen. Scharf atmet er ein. »Ich bin mir nicht sicher, ob du damit noch umgehen kannst. Du wirkst etwas eingerostet«, sage ich, so gut es geht, unbeeindruckt, obwohl mich meine zittrige Stimme sicherlich verrät.

Als Antwort erhalte ich nur ein kehliges Lachen, das ganz tief in seinem Bauch entsteht. Mit seinen Lippen kommt er meinem Ohr nahe und knabbert mit seinen Zähnen an meinem Ohrläppchen. *Mist!* Unwillkürlich seufze ich.

»Hazel Sanders.« *Sanders? Das ist sein Nachname!* Ich halte die Luft an. »Ich bin der Einzige, der es in dir entfachen kann.« Seine Worte rauschen durch meinen Verstand und tun genau das. Jede Zelle glüht allein beim Gedanken daran. »Und nur ich kann damit umgehen. Aber das weißt du bereits.«

»Ja? Zeig es mir«, hauche ich. Zeitgleich vergrabe ich meine Finger in seinem Fleisch.

Gott! Unsere Neckereien sorgen für eine grenzenlose Leidenschaft zwischen uns. So etwas kann sich nur bilden, wenn man sich wahrhaftig liebt und sich vollends darauf einlässt. Er kennt mich genauso gut wie ich ihn.

»Verflucht, wie ich dein freches Mundwerk vermisst habe. Es wird wahrscheinlich das Einzige sein, was mir niemals gehören wird.« Hungrig prallen seine Lippen auf meinen Mund und rauben mir den Verstand. Keinen Gedanken kann ich fassen, bis er mich mit Schwung auf dem Bauch dreht und mein Becken anhebt. Adrenalin durchflutet mich und lässt meine Haut herrlich prickeln. Jeder Nerv ist bis zum Äußersten gereizt, als er meine Beine weit auseinanderspreizt und seine harte Erektion an meiner Mitte platziert.

»Logan«, wimmere ich ergeben und kämpfe gegen die Hitze an, die mich pausenlos durchströmt. Aber anstatt sich endlich in mir zu verlieren, wandern seine Hände besitzergreifend über mich auf und ab, kneten meinen Po und meine Schultern. Es dauert nicht lange, bis ich mich unter seinen Berührungen fallenlasse und entspanne.

Und dann fühle ich noch etwas anderes. Etwas Spitzes. Hundertfach auf meiner Haut! *Was ist das? Nadeln?* Sinnlich streifen sie über meinen Rücken, kitzeln meinen Rippenbogen und erzeugen eine Gänsehaut, die sich ganz langsam ausbreitet. Ohne dass ich es will, schwingt mein Becken vor seiner Erektion. Und während sein harter Muskel nur wenige Millimeter in mir verharrt, sorgen die spitzen Nadeln dafür, dass ich die Kontrolle verliere. Immer wieder treiben sie mich zu seinem Schoß, wodurch er ein kleines bisschen tiefer in mich vordringt. Meine Kehle wird ganz trocken, als ich Logan das erste Mal stöhnen höre.

Doch schon packt er meine Hüften und versenkt sich mit einem festen Stoß tief in mir. *Ja!* Er lässt mir keine Möglichkeit zum Durchatmen und führt mich sofort in einem schnellen Rhythmus, der meinen Herzschlag bedrohlich ansteigen lässt. Unsere Becken prallen so hart aufeinander, dass ich am Sofa Halt suche und meine Brüste in seinem erbarmungslosen Takt hin und her wippen. *Himmel!* Die Lustimpulse schießen unkontrolliert durch mich hindurch und befeuern meine noch immer gereizte Klit. Er müsste sie nur einmal berühren und ich würde augenblicklich über die Klippe springen. Und verflucht, am liebsten würde ich es auf der Stelle selbst tun, anstatt mich irgendwo festhalten zu müssen! »Bitte«, keuche ich, aber mein Flehen wird durch unsere Liebesgeräusche verschluckt. Währenddessen werden seine Stöße zwar langsamer, aber dafür unnachgiebig. Er füllt mich vollkommen aus und bringt jede Zelle in mir zum Explodieren. Meine Haut fühlt sich schwitzig an und prickelt überall.

Und dann ist sein Daumen an meinem Anus, der sanften Druck ausübt. *Gott!* Mein Herz setzt aus! Alles in mir spannt sich an und bringt mich lichterloh zum Brennen.

»Shit, Hazel!«, knurrt er gepresst und zieht mich dicht an seine muskulöse Brust. Langsam schiebt er meine Haare aus dem Nacken. Auch seine Atmung ist viel zu schnell und seine Haut feucht. »Wären wir jetzt bei uns, würde auch dieser Teil von dir mir gehören.« Es klingt wie ein Versprechen, das er, spätestens wenn wir unsere Wohnung betreten, einfordern wird. Und verdammt, ich würde es ihm tatsächlich erlauben.

Vorsichtig entfernt er sich aus mir, dreht mich wieder um und spreizt meine Beine weit auseinander. Dabei beobachte ich sein wunderschönes Tattoo, das sich bei seinem Muskelspiel bewegt. Es zeigt einen Trinity Knoten, umgeben von zahlreichen keltischen Symbolen. Alles in unzählige Puzzleteile aufgeteilt. Nur das Herzstück des Knotens fehlt. Das trage nämlich ich auf meiner Schulter, kaum größer als vier Zentimeter.

Wieder einmal gleiten seine starken Hände an mir entlang. Streifen fest über meine Rippen und Brüste, zu meinem Hals und wieder zu meinen Oberschenkeln. Keine Stelle bleibt unberührt.

Genießerisch schließe ich die Augen und richte meinen geschlossenen Blick zur Decke. »Mehr, Logan«, hauche ich. »Sonst sind meine Hände schneller.« Verflucht, er soll verdammt noch mal weitermachen, wo er aufgehört hat!

An meinen Brüsten stockt er. »So ungeduldig ...« Fest knetet er diese bis kurz vor der Schmerzgrenze und zwirbelt meine empfindlichen Brustwarzen.

Sofort stehe ich unter Strom und atme gegen die süße Folter an. Erst als sein Gewicht auf mir liegt und sein Schwanz sich unerbittlich in mich schiebt, entspanne ich ein wenig. Diesmal gibt er ein träges Tempo vor, das mich schon wieder zum Rande des Wahnsinns treibt. Nicht ausreichend, um mich fliegen zu lassen. »Verdammt, Logan!«, wispere ich und kippe mein Becken leicht nach hinten, damit ich ihn da spüre, wo ich es will. Und zwar direkt an meiner Klit! Meine Hände liegen auf seinem Hintern und erlauben ihm nicht, sich ein zweites Mal zu entfernen. Er hat keine Chance. Auf mir bemerke ich bereits sein Zittern und an meinem Hals sein stockendes Stöhnen. Sein Rhythmus wird zügelloser, unnachgiebig und leidenschaftlich. Vehement reibt er über meine geschwollene Perle, während er sich tiefer in mir verliert. Ich kann nicht mehr! Eine unglaubliche Hitze bündelt sich und bringt mich herrlich zum Zucken. Es fühlt sich an, als wären überall wellenartige Stromschläge, die wie Blitze durch mich hindurchfegen und mich augenblicklich über die Klippe befördern. Noch während ich die Wellen reite, schwillt sein harter Muskel weiter in mir an, und kurz darauf folgt sein Orgasmus, zu dem er sich mit weiteren Stößen in mir ergießt.

Es dauert eine Weile, bis wir beide uns beruhigt haben und ich seine Lippen an meinen bemerke. Doch noch kann ich meine Augen nicht öffnen.

»Das war ziemlich hinterhältig, aber ich bin noch nicht fertig mit dir.« Zum Beweis bewegt er sich vor und zurück. *Gott! Nicht sein Ernst, oder?*

»Bitte ... ich brauche eine Pause.«

»Wir hatten uns ein halbes Jahr nicht, das war lang genug. Ich will dich für immer. Für ein ganzes *Für-immer*.«

Jetzt öffne ich doch meine Augen. Was will er mir damit sagen? Dass ich mit ihm geschlafen habe, sollte doch Zeichen genug sein, dass ich ihn liebe und meinen Fehler unendlich bereue.

»Heirate mich nächsten Sommer.«

Bitte? »A-Aber ...« Ich verstehe nicht. Vor wenigen Stunden habe ich noch versucht, ihn zu vergessen. Und jetzt soll es ein *Für-immer* sein? »Machst du mir gerade einen Heiratsantrag? Während du mich ... Verflucht, Logan! Ich kann nicht klar denken dabei!«

»Musst du auch nicht.« Seine Lippen treffen die empfindliche Stelle hinter meinem Ohr und hinterlassen eine feuchte Spur. »Sag einfach Ja. Wir wissen längst, dass es ein *Für-immer* wird. Ich bin mir absolut sicher. Es wird Zeit, dass wir die Punkte von unserem Lebensplan abhaken. Außerdem kann ich nicht aufhören. Ich sagte bereits, mein Hunger nach dir ist kaum zu stillen.«

»Das kann unmöglich dein Ernst sein. Ich meine ...« Meine Gedanken überschlagen und verschlucken den Rest der Silben. Mit beiden Händen umfasst er mein Gesicht und sucht meinen Blick. Voller Hoffnung und Ehrlichkeit sehen mich seine stahlblauen Augen an.

»›Unmöglich‹ sagt nur dein Verstand. Vergiss deine Angst und die Zweifel. Was sagt dein Herz?«

»Versuch's«, murmle ich. »Aber ich kann dir keine Antwort geben, Logan. All die vergangenen Stunden muss ich erst einmal begreifen. Für immer ist für eine lange Zeit. Und bis vorhin war ich noch fest der Meinung, dass es kein weiteres Kapitel für uns gibt, geschweige denn ein Happy End.« Meine Stimme ist leise und gefühlvoll. Am liebsten hätte mein Herz sofort *Ja!* geschrien, aber mein Verstand denkt viel zu rational. »Das sind keine fünf Schritte mehr, sondern zwanzig, die du mir gerade voraus bist. Für jetzt muss dir ein Ich-liebe-dich reichen.« *Himmel!*

»Mmh ... Ich gebe zu, dass ich mir eine andere Antwort erhofft habe, aber es ist auch kein Nein. Versprich mir, dass du versuchst, über meine Frage nachzudenken.«

Versuchen ... Eine Anspielung, dass ich auf mein Herz hören und den Zweifel ignorieren soll.

Zärtlich treffen seine weichen Lippen auf meine und verlieren sich in einem gefühlvollen Tanz. Ich spüre seine ganze Liebe, die nie weg war, all die Hoffnung, die er ausstrahlt, und mein Herz, das immer noch unkontrolliert in meiner Brust pocht. Und tief in mir, weiß ich, dass er mich nie verletzen wird und dass wir eine ganze Geschichte verdient hätten.

»Ja, ich verspreche es.«

Ende

MILA MEADOW &
YLVIE DAVIS

Mr. ONE NIGHT Stand

Kapitel Eins

Xavien

Einige Monate zuvor

Ich lasse das Highball-Glas in meiner Handinnenfläche rotieren und stelle es schließlich auf der kleinen, quadratischen Serviette ab. Routiniert greife ich dabei in das Kühlfach mit den Softdrinks und ziehe ein Red Bull hervor, dessen Inhalt zusammen mit jeweils einem Schuss Sekt und Wodka zu einem erfrischenden Cocktail kombiniert wird. Ich beobachte Cash dabei, wie sie ihn probiert und sich danach über die Lippen leckt, während ich ungeduldig auf ihre Antwort warte.

»Und?«, bohre ich und fahre mir hektisch durch die Locken.

»Schmeckt lecker«, sagt Cash und zieht einen Mundwinkel nach oben, als ich entnervt seufze. Sie weiß genau, dass sich meine beharrliche Nachfrage nicht auf ihre Meinung zum Drink bezieht.

»Das meinte ich nicht«, erwidere ich und schnappe mir den Lappen, der neben dem Handwaschbecken aus Edelstahl liegt, und wische über die Theke. Nichts bringt Milo schneller auf die Palme als eine Bar, die einem Schweinestall Konkurrenz macht.

»Stellst du etwa mein Talent als Kupplerin infrage?«, fragt sie gespielt beleidigt und legt sich eine Hand auf das Dekolleté, als könne sie nicht glauben, was sie da hört.

»Ich sag mal so: Es wäre mir neu, dass du das öfter machst und dadurch irgendwelche Referenzen hättest.« Oder Cash hat sich neben ihrem Studium und der Tätigkeit als Projektleitungsassistenz in der Umweltbehörde plötzlich ein drittes Standbein aufgebaut.

»Touché«, erwidert sie und lacht leise, bevor sie einen weiteren Schluck ihres Drinks nimmt. »Dann will ich dich mal nicht länger auf die Folter spannen und feierlich verkünden, dass ich mit Sila gesprochen habe und sie sich dazu bereit erklärt hat, mit dir auszugehen.«

»Yes!« Mein Jubelschrei ist wohl einen Tick zu laut, denn einige Gäste, die gemütlich an der Bar sitzen, drehen sich mit einem verwirrten Ausdruck in meine Richtung. Dabei ist die Klientel im *Blackbird* alles andere als verklemmt.

»Nicht, dass ich mich nicht darüber freuen würde, mich für deine Hilfe damals bei McCoy zu revanchieren«, sagt sie und legt den Kopf schräg. »Aber ich frage mich ja doch, warum du Sila nicht einfach selbst gefragt hast.«

Ah, darauf habe ich nur gewartet.

»Na ja, zu behaupten, sie wäre außerhalb meiner Liga, ist wohl ziemlich untertrieben, findest du nicht?«, entgegne ich und ziehe die Schultern hoch.

»Wow, Xav. Du hast dir da nicht gerade ein Kompliment gemacht«, meint Cash und lacht herzhaft.

»Ich bin Realist«, entgegne ich schmunzelnd. »Und sind wir mal ehrlich: Hätte ich sie gefragt, hätte sie hundertprozentig Nein gesagt.« Davon bin ich überzeugt. Egal, wie viele Erfolge ich bei der weiblichen Bevölkerung vorweisen kann, Sila ist ein anderes Kaliber. Sie hat Klasse und ist definitiv keine Frau von der Sorte, die sich normalerweise mit jemandem wie mir einlassen würde.

»Wie dem auch sei. Meine Pflicht ist getan und ich kehre zu Rhys zurück, bevor der noch eifersüchtig wird«, witzelt Cash und zwinkert mir zu, bevor sie sich ihren Drink schnappt und in Richtung der Sitzgruppen geht. Ich bin ihr dankbar, dass sie mir geholfen hat. Der Rest liegt nun ganz allein in meiner Hand.

❄

Warum habe ich noch mal Musikwissenschaften als Studienfach gewählt? Ach ja, weil ich es mir zum Ziel gesetzt habe, irgendwann im Kultursektor zu landen, um mich dann mühsam ins Management von Festivals hochzuarbeiten. Jeder fängt mal klein an. Und dafür erträgt man gern so spannende Kurse wie *Historische Anthropologie der Musik*, bei deren trockener Theorie man Gefahr läuft, dass einem die Ohren zu Staub zerfallen. Ein Glück befinde ich mich bereits im letzten Semester meines Studiums und das Ende des Martyriums ist in Sicht. Zumindest versuche ich mir das einzureden, während ich auf dem Weg zu meinem Seminar über Popkultur den Sitz meines Rucksacks korrigiere.

»Also ehrlich, Xav. Ich habe dich ja für vieles gehalten, aber nicht für einen Feigling«, tönt eine glockenhelle Stimme hinter mir und kurz darauf springt Silas dunkelbrauner Lockenkopf in mein Blickfeld.

»Will ich wissen, für was du mich sonst gehalten hast?«, frage ich und habe tatsächlich Sorge, wie schlecht ihre Meinung von mir sein könnte. Andererseits hätte sie sich dann wohl nicht dazu bereit erklärt, mit mir auszugehen.

Sie zuckt mit den Schultern, während wir nebeneinanderher laufen. Klar, eine Lady schweigt.

»Ich frage mich nur, ob ich die erste Frau auf diesem Planeten bin, die auf eine ganz persönliche Anmache von

Xavien Moore verzichten muss, weil ihre beste Freundin sie beim Mittagessen dazu überredet hat, mit besagtem Schwerenöter auszugehen.«

Bittersüße Provokation. Ich bin nichts anderes von Sila gewohnt. Sie ist nicht auf den Mund gefallen und vielleicht ist es genau das, was mich so an ihr fasziniert.

»Schwerenöter?«, wiederhole ich und lege mir gespielt schockiert die Hand auf die Brust.

»Ach, komm schon. Wie war noch mal der Spitzname, mit dem Nox dich immer aufzieht?«

O Gott, nein. »Sila …« Schlimm genug, dass meine Lieblingskollegin mir damit ständig auf die Nerven geht.

»Warte, warte, ich hab's gleich«, ruft sie kichernd und fuchtelt mit der Hand, als wollte sie einen davonfliegenden Gedanken festhalten. »*Mr. One Night Stand*?«

Ich rolle heftig mit den Augen und stöhne theatralisch, während sie sich köstlich amüsiert und lachend in die Hände klatscht. Wenigstens hat eine von uns ihren Spaß.

»Die Frage ist«, sie tippt sich nachdenklich mit dem Zeigefinger gegen das Kinn, »hast du den Spitznamen, weil *du* nie zurückrufst … oder *sie*.«

Aha! Damit hat Sila mir die perfekte Vorlage geliefert.

»Finde es doch heraus«, erwidere ich und bleibe abrupt stehen, sodass sie gegen mich stolpert, sich aber ziemlich elegant abfangen kann. »Heute Abend.«

Überrascht schauen mich ihre blauen Augen an. Damit hat sie nicht gerechnet.

»Musst du nicht arbeiten?«, fragt sie mit schlagartig deutlich weniger Selbstgefälligkeit in der Stimme. Offenbar habe ich sie wirklich kalt erwischt. Zumindest huschen ihre Pupillen hektisch über mein Gesicht.

»Ich tausche meine Schicht einfach«, antworte ich und winke ab. Boris wird mich für die kurzfristige Dienstplanänderung sicher hassen, aber ich springe schließlich auch oft genug für ihn ein, wenn er und seine Frau spontan einen kinderfreien Abend haben und gemeinsam ausgehen wollen. »Ein Date, Sila. Du hast schon Ja gesagt.« Mein Grinsen ist triumphierend und kribbelnde Vorfreude macht sich in meinem Bauch breit, als sie nach ein paar Sekunden der Schockstarre nickt. »Sehr schön. Heute Abend, sieben Uhr. Ich hol dich ab.« Damit ist das Gespräch für mich beendet und ich nehme mit einem Blick auf die Uhr meinen Laufschritt wieder auf. Mein Seminar wartet.

»Was hast du mit mir vor?«, ruft Sila mir hinterher und diesmal ist es mein Lachen, das über den Vorplatz des Campus hallt.

»Lass dich überraschen!«

Kapitel Zwei

Sila

Die Sonne steht tief und die Hitze des Nachmittags weicht langsam den etwas erträglicheren Temperaturen. Die Sommer in Utah waren schon immer sehr heiß und fordernd, doch dieses Jahr fühlt es sich richtig krass an. Ich musste sogar meinen Kleiderschrank mit mehr Kleidern und Röcken ausstatten, weil es selbst in meinen lockeren Baumwollhosen einfach zu warm wird. Meine dicken Haare trage ich fast ausschließlich zusammengebunden als Dutt, um den Nacken freizuhalten. Selbst jetzt in meiner luftigen Seidenbluse, die mit einem großzügigen Ausschnitt daherkommt, und dem karierten beigefarbenen Minirock würde ich mich am liebsten direkt in einen Kühlschrank legen.

Barfuß stehe ich auf dem Rasen neben unserer Nevada-Zirbelkiefer, die mein Vater vor über zwanzig Jahren in den Vorgarten gepflanzt hat, als er und meine Mom das Haus erworben haben. Seitdem wächst der Nadelbaum langsam, aber stetig und diente mir schon während meiner Zeit auf der Middle School regelmäßig als Schattenspender beim Lesen im Freien.

Ich hole mein Handy heraus und schaue mir die neuen Nachrichten an, die ich in den letzten Minuten von Cash erhalten habe. Natürlich hat sie mitbekommen, dass Xavien mich heute Abend auf ein Date ausführen möchte, und sie wünscht uns viel Spaß. Der Zwinkersmiley am Ende spricht dabei Bände.

Ich war wirklich überrascht, dass Xavien den Umweg über meine Freundin genommen hat, anstatt mich direkt zu fragen, ob ich mit ihm ausgehen möchte. Er ist weder schüchtern noch unsicher. Und ich habe nie eine ablehnende Haltung ihm gegenüber gezeigt. Ganz im Gegenteil.

Pünktlich um sieben Uhr fährt ein schwarzer Saab am Haus meiner Eltern vor. Xavien, dessen platinblonde Locken ihm wie immer verwegen in die Stirn fallen, lässt mit einem breiten Grinsen das Fenster auf der Fahrerseite herunterfahren und macht gleichzeitig die basslastige Musik leiser. »Bist du bereit für ein Abenteuer?«, fragt er mich und wackelt mit den Augenbrauen.

Ich trete näher an den Wagen. »Das kommt ganz darauf an, welche Art Schuhe ich einpacken soll«, antworte ich und halte jeweils ein Paar an jeder Hand in die Höhe. »Muss ich viel stehen und laufen?« Ich lasse die weißen Sneaker demonstrativ baumeln. »Oder werden wir viel sitzen?« Nun wackle ich mit den High Heels in Nude.

»Sneaker«, sagt er entschieden. »Bei dem, was ich mit dir vorhabe, brauchst du einen sicheren Stand.« Er zwinkert und verleiht seiner Aussage damit die eindeutig doppeldeutige Nuance.

Überrumpelt lasse ich die Arme sinken und starre Xavien an. Dann lege ich den Kopf in den Nacken und lache schallend auf. »Du bist unglaublich!«, sage ich schließlich, drehe mich um und bringe die Stöckelschuhe zurück ins Haus, bevor ich in ein Paar Socken schlüpfe, die Sneaker überziehe und zum Auto laufe, um einzusteigen.

»Verrätst du mir denn zumindest die Richtung, in die

wir fahren?«, frage ich, während ich mich anschnalle und Xavien den Blinker setzt.

»Geradeaus«, antwortet er mit einem dämlichen Grinsen und ich werfe ihm einen gespielt bösen Blick zu, sodass er sich hastig korrigiert: »Provo.«

Ich ziehe eine Augenbraue hoch. »Das ist eine Stunde entfernt, oder nicht?«

Er nickt und schenkt mir einen flüchtigen Blick, bevor er seine Aufmerksamkeit wieder auf die Straße lenkt. »Um halb neun geht es los, wir sind also gut in der Zeit.«

»Um halb neun geht *was* los?«

»Na, die Überraschung natürlich«, sagt er wie selbstverständlich und dreht die Musik wieder etwas lauter.

Wir fahren über den Grand Army of Republic Highway in Richtung Westen, begleitet von den Klängen von Bands wie Imagine Dragons und Linkin Park, während wir über alle möglichen Themen reden, die uns so einfallen. Xavien erzählt mir über sein Studium der Musikwissenschaften und seinen Nebenjob im *Blackbird*, während an uns die weiten Berglandschaften und zahlreichen Ghost Towns von Utah vorbeiziehen. Er wird auch nicht müde, mich zu englischer Literatur und Kunstwissenschaften zu löchern. Die wenigsten Menschen, mit denen ich darüber spreche, zeigen ein aufrichtiges Interesse an diesen Studiengängen, die von vielen als zu trocken wahrgenommen werden. Bei Xav habe ich tatsächlich das Gefühl, dass er mir zuhört, wenn ich über die psychologischen Aspekte dieser Bereiche spreche. Es ist einfach, sich mit ihm zu unterhalten, denn er ist nicht nur charmant und einnehmend, sondern auch klug und wissbegierig. Schade, dass er anscheinend nur kurzfristige Liebschaften sucht. Er ist der feuchte Traum einer jeden Schwiegermutter.

In Xaviens Gesellschaft scheint die Zeit nur so zu verfliegen und schon bald sind wir auf dem breiten Highway in Richtung des Zentrums von Provo. Die untergehende Sonne zu unserer Linken färbt den Himmel in wunderschöne Rottöne und lässt die Schatten der Autos vor uns immer länger werden.

Ich kenne mich in Provo nicht aus, deswegen kann ich immer noch nicht einschätzen, was Xavien vorhat. Irgendwann hinter dem ausgeschilderten East Bay Tech Park biegen wir rechts ab und folgen der Straße an gepflegt aussehenden Gewerbeimmobilien vorbei. Ich bin mir sicher, dass ich in diesem Teil der Stadt noch nie gewesen bin.

Plötzlich wird unser Wagen langsamer und Xavien biegt in einen größeren Hof ab. Der Parkplatz ist voll mit Autos und einige Menschengrüppchen stehen herum, als würde dort eine Versammlung stattfinden. Auf dem Gelände befindet sich ein schlichtes Gebäude mit Wellblechdach, das mich an eine Werkstatt erinnert. Ganz hinten auf dem Platz stehen ein schwarzer Reisebus und mehrere Fahrzeuge mit Anhängern.

»Das wird hier aber jetzt nicht so eine Kuschelparty, oder?«, frage ich scherzhaft, während Xavien sich noch einen der letzten Stellplätze am Rand sichert.

Er schaltet den Motor aus und schaut mich verschmitzt von der Seite an. »Stehst du nicht auf Tantra oder Kuscheln generell?« In seiner Stimme schwingt dieser spielerische Unterton, der garantiert schon das eine oder andere Höschen verschwinden ließ.

Auch bei mir trifft er genau den richtigen Nerv damit, deswegen schnalle ich mich ab und beuge mich leicht zur Seite, ehe ich flüstere: »Erst der versaute Sex, dann das liebe Kuscheln.«

In Xaviens Augen liegt ein Glanz, der mir genau verrät, dass ich mit meinen Worten ebenfalls direkt ins Schwarze getroffen habe.

»Das ist heiß«, haucht er mir entgegen und beißt sich auf die Unterlippe.

»Ich weiß«, erwidere ich zwinkernd und öffne die Beifahrertür, um auszusteigen.

Mich umfängt eine Luft, die stickig und drückend ist. Die Hitze des Tages staut sich auf dem betonierten Platz und wird sich wahrscheinlich noch bis tief in die Nacht halten. Ich höre die Autotür hinter mir zugehen und drehe mich zu Xavien.

Er schließt per Knopfdruck den Wagen ab, ehe er neben mich tritt und die Hand sachte auf meinen unteren Rücken legt. »Wollen wir?«, fragt er und weist mit der anderen zum Eingang des Gebäudes, vor dem sich eine kleine Schlange gebildet hat.

»Worauf warten die ganzen Leute hier?«

»Auf die Band«, antwortet Xav wie selbstverständlich und ich schaue ihn stirnrunzelnd an.

»Auf welche Band? Wir gehen auf ein Konzert?«

»Schau dir mal die Leute da vorn genau an«, sagt er und weist mit dem Kinn in die entsprechende Richtung. »Entdeckst du da eine Gemeinsamkeit bei den T-Shirts?«

Wir bleiben einige Schritte entfernt von den Wartenden stehen und ich lasse den Blick über die Menge schweifen. Dann fällt es mir auf.

Mein Herz macht einen zusätzlichen Sprung. »Du meinst ...« Ruckartig drehe ich meinen Kopf zu ihm und reiße dabei die Augen auf.

Er nickt. »Es ist ein Geheimkonzert«, sagt er und legt sich dabei verschwörerisch einen Finger an die Lippen. »Etwa einhundert Menschen stehen auf der Gästeliste.«

»Wir auch?«, gebe ich atemlos von mir.

Er nickt abermals.

»Aber ... Wie hast du das geschafft?«

»Ich kenne den Veranstalter persönlich«, antwortet er schulterzuckend und schiebt mich wieder vor, damit wir uns für den Einlass anstellen können. Die meisten sind bereits hineingegangen. Xav senkt seine Stimme, während er weiterspricht: »Im Zuge meines Studiums habe ich bei dem hier ansässigen Produktionsstudio ein Praktikum gemacht und helfe seitdem in unregelmäßigen Abständen bei verschiedenen Events aus. Eines der Bandmitglieder ist unweit von hier geboren, in American Fork. Fast jährlich kommt die Band nach Provo und gibt einen Abend lang ein exklusives Konzert. Es scheint irgendwas Persönliches zu sein, die genauen Hintergründe sind mir nicht bekannt.«

Wir sind fast beim Türsteher angekommen.

»Heute Morgen habe ich die Info bekommen und sofort meine Kontakte spielen lassen.«

»Du bist wirklich unglaublich«, sage ich und starre ihn mit großen Augen an.

Er zwinkert. »Ich weiß.«

Nach einer kurzen Kontrolle betreten wir das gut klimatisierte Gebäude, das innen keinerlei Ähnlichkeit mit der Werkstatt hat, die ich von außen noch vermutet habe. Die Wände sind mit einem edlen, dunklen Holz verkleidet und von den hohen Decken hängen große, moderne Lampen, die den geräumigen Empfangsbereich mitsamt einer kleinen Cocktailbar perfekt ausleuchten. Zu unserer Rechten befindet sich eine Garderobe, an der man Jacken und Taschen abgeben kann. Links steht eine Doppeltür weit offen und gibt den Blick auf eine kleine Halle preis. Ich vermute, da befindet sich die Bühne, denn aus der Richtung kommen auch vereinzelt Gitarrenakkorde und Mic-Checks.

Wir bleiben in der Nähe der Bar stehen. Fasziniert beobachte ich Menschen aller Altersklassen, die an uns vorbeigehen. Ich entdecke sogar einen Vater mit Kleinkind, das einen leuchtend grünen Gehörschutz trägt. Das ist nicht die sonstige Fanbase, die ich von dieser Band kenne.

Ich beuge mich seitlich zu Xav. »Wie kommt man auf die Gästeliste?«, frage ich leise.

»Vitamin B. Nur die Allerwenigsten wissen schon im Vorfeld von dieser Veranstaltung. Es könnte sein, dass sich hier auch ein paar Verwandte von Bandmitgliedern tummeln.«

Nickend schaue ich mir die Gäste an, als ich plötzlich Xaviens warmen Atem an meinem Hals spüre.

»Möchtest du etwas trinken?«, fragt er. »Ich gebe einen aus.«

Ich drehe mich zu Xav und recke das Kinn. Unsere Gesichter sind nur noch eine Handbreit voneinander entfernt. »Was trinkst du denn?«, gebe ich leise von mir.

In seinen Augen leuchtet wieder der Schalk auf, den ich schon im Wagen bewundern durfte. »Einen Eistee, ich muss schließlich noch fahren und ...« Sein Blick gleitet von meinen Augen über die Nase hinab zu meinem Mund. Es fühlt sich an wie eine Liebkosung und beschert mir damit eine wunderbar kribbelnde Gänsehaut auf dem gesamten Körper. »... allein deine Nähe macht mich schon high.« Er grinst frech und ich breche in schallendes Gelächter aus.

»Sind das die berühmt-berüchtigten Anmachsprüche von *Mr. One Night Stand*?«, frage ich und wische mir die Lachtränen aus den Augenwinkeln.

Er zuckt wenig beeindruckt über meinen Gefühlsausbruch mit den Schultern und sieht sehr zufrieden mit sich selbst aus. »Frauen stehen doch auf Humor. Oder was hast du bei unserem Date erwartet? Süßholzgeraspel?«

»Ich weiß nicht«, gebe ich ehrlich zu und fuchtle etwas unbeholfen mit den Händen. »Mehr ... Sexy Talk, oder so?«

»Du meinst ...« Plötzlich macht er einen halben Schritt vor, legt eine Hand an meine Taille und zieht mich näher an sich. Seine Lippen schweben über meinem Ohr und ich spüre den heißen Atem auf meiner Haut. »... ich soll dir erzählen, was ich am liebsten alles mit dir anstellen würde?« Seine Finger rutschen etwas nach unten und graben sich in meine Hüfte. »Ich könnte dir hier und jetzt zeigen, wie unglaublich scharf du mich allein mit deinen unschuldigen Blicken machst, Sila.« Sein Duft umfängt mich wie eine einladende Wolke und ich atme tief ein. »Aber ich will es nicht überstürzen und jeden Moment genießen. Ich habe nur diese eine Chance und die will ich nicht riskieren.«

Ich blinzle verwirrt und schaue ihm direkt in die Augen. »Nur eine Chance?«

Er lächelt wissend. »Ich denke, das Konzert geht gleich los«, sagt er statt einer Antwort. »Was möchtest du trinken?«

Ich schaue mich um und tatsächlich begeben sich die restlichen Gäste in Richtung der Halle.

»Einen Gin Tonic«, erwidere ich, ohne nachzudenken, und Xavien lässt mich los, um zur Bar zu gehen.

Weniger als zwei Minuten später ist er wieder an meiner Seite und reicht mir ein Glas mit durchsichtiger Flüssigkeit, in der eine Handvoll Eiswürfel und eine Gurkenscheibe schwimmen.

»Sind hier Plastikbecher nicht Vorschrift?«, frage ich überrascht.

»Im Normalfall schon. Aber bei solch kleinen Events, wo quasi jeder jeden kennt, wird gern mal eine Ausnahme gemacht. Es wird auch deutlich weniger Alkohol ausgeschenkt als sonst.«

Ich nicke, bevor ich einen Schluck meines Longdrinks nehme.

»Es gibt da ein Gerücht«, sage ich leise und Xavien beugt sich neugierig zu mir. »Meine Lieblingsdozentin für Englische Literatur soll mal mit dem Sänger liiert gewesen sein. Ich frage mich ...« Ich schaue mich um. »... ob sie heute dabei ist.«

Xav grinst. »Das ist durchaus möglich. Wollen wir?« Er weist mit seinem Glas zur Halle und wir setzen uns, als welche der Letzten, die noch im Empfangsbereich sind, in Bewegung.

Wir treten durch die geöffnete Doppeltür und in dem Moment wird das Licht gedimmt, sodass wir uns nur noch anhand der schemenhaften Silhouetten orientieren und einen Weg zu einem guten Stehplatz bahnen können. Die meisten Leute tummeln sich wie gewohnt direkt vorne und es wird schlagartig ruhig, als auch die Hintergrundmusik, die durchgehend gespielt wurde, verstummt. Dann wird ein einzelner Lichtkegel auf die Bühne geworfen und die Band betritt unter einem tosenden Applaus die Halle.

Der Sänger stellt sich ans Mikrofon. »Hi, Leute. Wie geht's euch?«

Eine ältere Frau neben mir gibt einen so lauten Ruf ab, dass ich kurz zusammenzucke.

Lachend zeigt der Sänger in ihre Richtung, bevor er winkt. »Hi, Mom! Der erste Song ist für dich.«

Die Menge grölt los und klatscht, bevor die ersten harten Gitarrenriffs einsetzen und das Schlagzeug den Herzschlag übernimmt.

Ich bin schon auf einigen Konzerten gewesen, auch von kleinen Gruppen, Newcomern und Hobbymusikern. Doch noch nie habe ich eine derart ausgelassene Stimmung erlebt. Klar, auch die anderen Veranstaltungen haben viel Spaß gemacht und die Leute zum Tanzen, Mitsingen und Lachen gebracht. Aber hier und jetzt ... das ist kein Vergleich.

Vor uns auf der Bühne tritt eine Band auf, die auf der ganzen Welt bekannt ist. Selbst wenn man kein Fan ist, um den Namen kommt man nicht herum. Und sie geben hier ein exklusives Konzert für eine überschaubare Menge, obwohl sie normalerweise ganze Stadien füllen. Ich stehe mittendrin in einer ausgewählten Gesellschaft, mit einem leckeren Gin Tonic in der Hand, wippe meine Hüfte zu dem einnehmenden Beat und genieße die mitreißende Atmosphäre dieser sich ungewöhnlich intim anfühlenden Situation.

Mein Bruder Niran wird vor Neid erblassen, wenn ich ihm hiervon erzähle. Leider sind Fotos nicht erlaubt, auch wenn die Mutter des Sängers wahrscheinlich keine Angst vor einer Strafe haben muss. Doch ich gehöre nicht zur Familie und ich will Xavien nicht in Schwierigkeiten bringen, wenn er sich schon so die Mühe macht, mich beeindrucken zu wollen.

Mein Drink ist fast leer, sodass ich mir den letzten Rest einfach in die Kehle kippe. Xavs professionelle Servicekraft-Seite springt wie ein Spinnensinn an und er nimmt mir das Glas ab.

Er hält es hoch. »Mehr?«, lese ich von seinen Lippen ab, denn die Musik ist zu laut, um seine Stimme zu hören.

Ich schüttle den Kopf und bewege mich noch etwas mehr zu den Klängen des Songs, den ich schon so oft gehört habe, dass ich ihn auswendig kenne.

Xavien grinst und verschwindet zur Bar, um unsere Gläser abzugeben, bevor er nur wenige Augenblicke später wieder an meiner Seite ist und ebenfalls zu tanzen beginnt.

Der Rausch erfasst mich und ich bewege mich hüftschwingend auf Xav zu, der mich mit einem verschmitzten Ausdruck im Gesicht empfängt. Seine fast schon weißblonden Locken leuchten aufgrund des Schwarzlichts, das wahrscheinlich irgendwo über unseren Köpfen angebracht ist.

Unsere Körper berühren sich in unregelmäßigen Abständen und mein Herz pumpt das Blut in einer irrsinnigen Geschwindigkeit durch meine Adern. Selbstsicher legt Xavien seine Hände an meine Taille und wir finden einen gemeinsamen Rhythmus zur Musik, die nun direkt in den nächsten Song übergeht. Ich bin überrascht, dass es in der Halle weder stickig noch warm ist, die Klimaanlage gibt offenbar ihr Bestes. Die Luft zwischen Xav und mir ist trotzdem wie elektrisiert.

Ich lege meine Arme um seinen Nacken und meine Brust berührt seine. Mein Blick schweift über seine ebenmäßigen Gesichtszüge. Den kurzen, dunklen Bart, der seinem Kinn eine scharfe Linie verpasst. Die gerade, schmale Nase. Diese wunderschönen Augen, deren Farbe durch die flackernde Beleuchtung nicht identifizierbar ist. Ich kann absolut nachvollziehen, warum ihm so viele Frauen erliegen. Sein Charme in Kombination mit diesem frechen Grinsen auf den vollen Lippen ist ein absoluter Erfolgsgarant auf dem Balzparkett. Mir ist klar, dass seine Liste der Verflossenen lang ist. Und ehrlich gesagt, würde es mir nicht einmal etwas ausmachen, eine davon zu sein. Ich bin nicht naiv genug, um mir hier die große Liebe einzubilden.

Vorsichtig stelle ich mich auf die Zehenspitzen und führe meinen Mund nah an sein Ohr. »Möchtest du mir vielleicht eine kleine Roomtour geben?« Ich muss fast schreien, um gegen den übermächtigen Bass anzukämpfen.

Xav zuckt zurück und schaut mich erst nachdenklich an, dann schleicht sich wieder dieses verführerische Grinsen auf seine Lippen. Er nickt, macht einen Schritt rückwärts und greift nach meinem Handgelenk, um mich aus der Halle zu ziehen.

Im Empfangsbereich treffen wir nur eine Servicekraft an der Bar, die einen Gast mit Bier versorgt, ehe dieser schnell wieder zurück zum Geschehen verschwindet. Wir durchqueren den Raum und steuern direkt auf die WCs zu, zumindest laut der Beschilderung. Ich runzle die Stirn, folge Xavien jedoch widerstandslos. Klar, meine Bitte eben kann man sehr gut als Aufforderungen zu einem Quickie interpretieren. Trotzdem wäre es mir, ehrlich gesagt, lieber, wenn er mich nicht unbedingt neben einer Toilette vernaschen würde.

Doch kurz vorher biegt Xav nach links und zieht mich etwas überrumpelt hinter sich her. Erst als er seine Hand auf den Griff einer Tür legt, die die gleiche Farbe hat wie die Tapete, sehe ich das ›Staff only‹-Schild daneben.

Wir betreten einen langen, gut ausgeleuchteten Flur, der auf der rechten Seite mit mehreren Türen versehen ist. An der Wand gegenüber hängen dicht an dicht große eingerahmte Fotografien von verschiedenen Bands und Künstlern, die hier wahrscheinlich schon mal aufgetreten sind oder zur Aufnahme da waren.

»One Direction, wow!«, sage ich anerkennend und zeige auf ein Foto, an dem wir vorbeigehen.

Xav nickt. »Die Band war auf der Durchreise und es wurde kurzfristig ein Tonstudio mit einem bestimmten Konzertflügel gesucht, den wir hier tatsächlich haben. Deswegen wurden sie an uns vermittelt. Ich habe die Jungs nur knapp verpasst, weil ich erst eine Woche später mein Praktikum angefangen habe.«

»Äußerst ärgerlich«, pflichte ich ihm bei und er nickt, dann öffnet er die erste Tür im Flur und schaltet das Licht an.

»Hier ist unser erster Regieraum mit direkt angrenzendem Technikraum und Drumbooth«, erklärt er und ich stecke neugierig meinen Kopf hinein. Das Zimmer ist recht klein und voll mit diversen Apparaturen, an denen Bildschirme, Knöpfe, Schalter und Regler zu finden sind. Es sieht unglaublich komplex aus. Durch ein Fenster hat man einen Einblick in einen noch kleineren Raum, in dem im Grunde nur ein sehr gut bestücktes Schlagzeug steht, vor dem einige große Mikrofone angebracht sind.

»Gibt es mehrere Regieräume?«, frage ich und Xav nickt bestätigend.

»Wir haben insgesamt drei, aber das ist nicht unbedingt Standard. Der hier ist der kleinste. Der größte ist einen Gang weiter in der Nähe der VIP-Räume und den größeren Aufnahmeräumen, in denen sogar Big Bands Platz finden und die die entsprechenden Nachhallzeiten bieten«, erklärt er mir mit einer solchen Begeisterung in der Stimme, dass mir richtig warm ums Herz wird. Ich liebe es, wenn Menschen über ihre Passionen sprechen.

»Erinnere mich daran, gleich auf dem Parkplatz ein Foto vom Tourbus zu machen. Ich brauche Beweise für Niran, sonst glaubt er mir das nie.« Und er wird vor Neid so was von erblassen, *o ja*! »Die Dämmung ist hier ganz schön bemerkenswert«, sage ich und spitze die Ohren. Wenn mich nicht alles täuscht, müsste hinter der Wand mit den gefühlt Hunderten Fotografien die Halle sein, in der gerade ein hochkarätiges Musikensemble die Menge zum Schwitzen bringt.

»Ja, das gesamte Gebäude wurde kernsaniert und der Fokus stark auf die Bauakustik gelegt«, bestätigt Xav mir und schließt die Tür zum Regieraum wieder.

Er zeigt mir noch weitere Technik- und Aufnahmeräume, die sich den Gang entlang befinden, und erzählt mir eine Menge zu dem Tonstudio, der Entstehungszeit und den Leuten, die hier arbeiten. Es ist so faszinierend, ich könnte ihm stundenlang zuhören.

»Hier ist einer von drei Aufenthaltsräumen für die Künstler«, sagt er, öffnet die Tür und betätigt den Lichtschalter. »Die anderen beiden sind weiter hinten im Backstagebereich der Bühne, heute also belegt.«

Wir treten ein. Das Zimmer ist recht schlicht eingerichtet mit mehreren länglichen, leeren Tischen an der Wand links der Tür, die direkt bei einem leise surrenden Kühlschrank enden. In der Raummitte wurden verschiedene Sitzgelegenheiten verteilt – eine gemütlich aussehende Couch in einem dunklen Rot, ein farblich dazu passender Sitzsack und ein Sessel. In einer Ecke stehen weitere Stühle übereinandergestapelt und die gesamte rechte Wand, von uns aus gesehen, ist mit mehreren Sitzplätzen vor schwarz lackierten Schminktischen, wie man sie aus dem Theater kennt, ausgestattet. Eine Garderobe befindet sich rechts der Eingangstür.

»Wow«, gebe ich beeindruckt von mir und drehe mich dabei um die eigene Achse. »Hier fühlt man sich ja wie ein richtiger Star!«

Xavien lacht leise. »Dieser hier wird kaum benutzt. Bei Gelegenheit zeige ich dir den größten Aufenthaltsraum hinter der Bühne, da gibt es sogar einen Tischkicker und einen Fernseher.«

Ich drehe mich zu ihm und strahle ihn an. »Einen Tischkicker? Ich habe Niran früher in Grund und Boden gekickert. Das ist mein verborgenes Talent, meine Handarbeit schlägt keiner!«

Seine Augenbrauen wandern überrascht in die Höhe, dann grinst er schelmisch. »Handarbeit? Soso.«

Das wäre der Moment, um rot zu werden. Doch die Aufregung aufgrund des Konzertes und die Funken, die in der Luft zwischen uns tanzen, heizen mich ohnehin schon genug an. Deswegen mache ich etwas, das ich sonst nie mache: den ersten Schritt.

Ich bin keine hilflose Frau, die nur darauf wartet, dass der strahlende Ritter angeritten kommt und um meine Hand anhält. Ich lasse mich jedoch gern verführen. Um mich herumzubekommen, braucht es Leidenschaft. Ich möchte erobert werden.

Doch gerade jetzt werfe ich diese Einstellung einfach über Bord, mache ein paar schnelle Schritte vor und lege meine Hände in Xaviens Nacken. Überrumpelt stolpert er rückwärts, kommt dabei mit dem Rücken gegen die halb geöffnete Tür und lässt sie mit einem lauten Knall ins Schloss fallen. Und noch ehe er reagieren kann, presse ich mich mit meinem gesamten Körper gegen ihn und lege fordernd meinen Mund auf seinen. Ich muss mich dabei etwas strecken, da er größer ist als ich. Aber Xavien wäre nicht Xavien, wenn er in einer solchen Situation nicht sofort schalten würde. Denn nur einen Atemzug später liegt seine Hand verlangend an meiner Taille und die andere in meinem Nacken, um mich noch näher an sich zu ziehen.

Ein Feuerwerk der Gefühle explodiert in meinem Bauch und wandert als angenehmes Kribbeln über meine ganze Haut. Ich öffne den Mund und Xav intensiviert den Kuss, indem er seine Zunge zwischen meine Lippen schiebt.

Himmel, dieser Mann kann unglaublich gut küssen!

Mein Verstand ist wie leergefegt, denn die gesamte Aufmerksamkeit liegt auf den süßen Wogen der Lust, die durch mich hindurchjagen. Ehe ich mich's versehe, bewege ich mich rückwärts und spüre nur wenige Schritte später etwas Weiches an meinen Waden. Xav gibt mir einen sanften Schubs und löst so unseren Kuss.

Mit einem kleinen Aufschrei falle ich nach hinten, direkt auf einen der Sitzsäcke, in den ich sofort einsinke.

Xavien beugt sich über mich und stützt sich neben mir ab. Sein Gesicht schwebt nur Zentimeter über meinem. Ich atme schwer.

»So war das nicht geplant«, raunt er und unsere Münder berühren sich erneut. Er beißt mir sanft in die Unterlippe. »Aber du machst mich vollkommen verrückt, Sila.«

Ich schnurre. »Es war vielleicht nicht dein Plan, aber meiner ...«

Er reißt seine Augen weit auf und ich zwinkere ihm zu. Noch bevor ich nach seinem T-Shirt greifen kann, um ihn wieder näher an mich zu ziehen, wechselt sein Gesichtsausdruck von überrascht zu ... angriffslustig?

Ich schlucke schwer. Habe ich seinen Jagdinstinkt geweckt? Das freudige Prickeln zwischen meinen Beinen ist verräterisch. Und seine Hände, die sich frech unter meinen Rock gemogelt haben und dort fast schon auf Hüfthöhe verweilen, tun ihr Übriges.

»Wenn das so ist ...«, sagt er und entfernt sich wieder von mir.

Meine Enttäuschung hält für etwa einen Moment an, denn als er seine Hände über meine Beine streift, merke ich, dass er dabei auch noch mein Höschen festhält. Dann passiert alles schnell. Mein Slip fliegt in einem hohen Bogen über meinen Kopf hinweg, Xav schiebt sanft meine Oberschenkel auseinander und sein heißer Atem landet völlig unerwartet direkt auf meiner pulsierenden Mitte.

Mir bleibt nichts weiter übrig, als diese süße Sünde mit einem tiefen Stöhnen zu empfangen. Verlangend kralle ich mich in seine weichen Haare und er verstärkt seine Liebkosung, was mich dazu bringt, den Kopf in den Nacken zu werfen.

Am Rande nehme ich ein ungewöhnliches Geräusch wahr. Ein Klicken? Stimmen? In meinen Ohren rauscht das kochende Blut.

»Hier ist bestimmt noch Bier im Kühl…«

Als die Worte endlich durch meinen wabernden Verstand kommen, ist es quasi schon zu spät.

»Oh!«, sagt jemand und ich reiße den Kopf so heftig nach vorn, dass ich fast ein Schleudertrauma erleide. Mein Körper reagiert instinktiv und ich presse die Beine heftig zusammen. Xavien, der immer noch unbekümmert am Werkeln gewesen ist, jault laut auf, als ich ihn dazwischen einquetsche. Augenblicklich mache ich sie wieder breit, um ihn aus der Schnappfalle zu retten. Xav fällt rückwärts auf den Hintern.

»Miss Farooq!«, ruft eine weitere Stimme überrascht und meine Augen huschen panisch zu der zweiten Person, die den Raum betritt.

»Ms Peerce«, japse ich und presse die Schenkel panisch wieder zusammen.

Dann gleitet ihr Blick auf den Boden.

»Xavien«, stellt sie mit einem nüchternen Tonfall fest. »Casanova wie eh und je.«

Er dreht sich um und zieht schuldbewusst die Schulter an. »Auch schön dich zu sehen, Rachel.«

Mein Gesicht glüht und das Herz hämmert so laut, dass nicht mal die gedämmten Wände das abpuffern könnten. Die Art, wie sie miteinander sprechen. In meinen Gedanken setzt sich automatisch ein Puzzle zusammen.

Xavien hat meine verdammte Lieblingsdozentin gevögelt!

❄

Ein Tag vor Weihnachten

So sonnig und heiß die Sommer in Utah sind, so schneereich und kalt sind die Winter. Als sich das Jahr dem Ende zubewegt, ist Prescott Hills unter einer schönen weißen Decke begraben. Und das ist auch die Zeit, in der meine Eltern komplett durchdrehen und alles dekorieren, was nicht niet- und nagelfest ist.

Niran und ich haben es irgendwie geschafft, dem Trubel im Hause Farooq zu entkommen, und finden Zuflucht im *Blackbird*. Die Bar ist um die Feiertage herum immer spärlich besucht und deswegen sind heute nur zwei Mitarbeiter da. Normalerweise halten Milo und Nox die Stellung an solchen Tagen, doch heute treffen wir überraschenderweise auf Xavien.

Seit unserem Konzert-Date bin ich ihm zwar schon einige Male hier über den Weg gelaufen, doch habe ich nie die richtigen Worte gefunden, um wieder an der Leichtigkeit anzuknüpfen, die wir vorher hatten. Und um diesen Umstand zu überspielen, habe ich immer die Gespräche mit den anderen aus unserer Crew vorgeschoben. Ein unglaublich unreifes und beschämendes Verhalten, das ich einfach nicht schönreden kann.

Nachdem uns meine Dozentin in flagranti erwischt hat, war bei mir die Flamme sofort aus. Das Einzige, was ich wollte: so schnell wie möglich weg. Xavien war so umsichtig und zuvorkommend, hat sich weder blöde Witze zur Situation erlaubt, noch den Vorfall herunterspielen wollen. Ihm hat es offenbar gereicht, als ich ihm sagte, wer uns da gestört hatte. Natürlich habe ich ihm angemerkt, wie unangenehm die peinliche Stille war, die wir die gesamte Fahrt über mit Musik aus dem Radio zu übertönen versucht haben. Es ist einfach ein unwürdiges Ende für ein so schönes Date, für das er sich derart ins Zeug gelegt hat. Und daran muss ich immer denken, wenn ich ihn sehe. An das und den überraschten Ausdruck im Gesicht meiner Dozentin, die mir straight zwischen die gespreizten Beine gestarrt hat. Ich habe ihr noch Wochen später nicht in die Augen schauen können, wenn ich ihr in der Uni über den Weg gelaufen bin. Auch dass ich mich in ihren Vorlesungen auf die Plätze ganz hinten verkrochen habe, hat sie kommentarlos gebilligt.

Der Abend schreitet voran und die Bar leert sich. Ich sitze an unserem Stammplatz, Cash und Rhys lümmeln fast schon ineinander verschlungen im Sessel mir gegenüber. Seit sie ihre Beziehung offiziell gemacht haben, gibt es die beiden nur noch im Doppelpack – und es ist nicht so, dass sie vorher viel Zeit ohneeinander verbracht hätten. Die beiden passen einfach zusammen wie Arsch auf Eimer. Und manchmal bin ich schon etwas neidisch auf diese Seelenverwandtschaft, die sie ganz offensichtlich haben.

»Wo ist Niran eigentlich abgeblieben?«, fragt Cash nach einer Weile und stellt ihr leeres Bierglas auf dem Tisch vor sich ab.

»Abgehauen. Er hat mir vor zwanzig Minuten geschrieben, dass ich nicht auf ihn warten und ein Taxi nach Hause nehmen soll.« Ich zucke mit den Achseln. So ist mein Halbbruder nun mal. Wenn er eine Chance auf eine heiße Nacht bekommt, dann sagt er nicht Nein. Und die Emojis, die der Nachricht gefolgt sind, haben eine sehr eindeutige Sprache gesprochen. Eine Aubergine und ein Pfirsich lügen nicht.

»Und wie lange bleibst du noch?« Cash hebt wie geistesabwesend die Hand und krault Rhys am Hals direkt unter seinem Ohr. Auch wenn sich nichts an seiner Mimik ändert, außer dass er die Augen schließt, sieht man ihm an, wie sehr er diese Liebkosung genießt. Vielleicht bringt sie ihn damit ja noch irgendwann zum Schnurren.

»Ich weiß noch nicht«, antworte ich und wippe unschlüssig mit dem Kopf. »Wahrscheinlich peile ich Mitternacht an.«

Cash nickt und schürzt die Lippen. »Okay. Wir machen uns auf jeden Fall gleich auf die Socken. Morgen früh sind wir nämlich mit Elaina und Milo verabredet. Das wird wahrscheinlich das erste wirklich schöne Weihnachten für uns sein.« Ihre Augen leuchten und eine beinah kindliche Vorfreude legt sich auf ihre sonst eher grimmigen Gesichtszüge.

Ich lächle. »Grüß sie ganz lieb von mir, ja?«

Die beiden erheben sich und Cash klopft dreimal auf den Rand des Tisches, bevor sie sich von mir verabschieden und ich allein auf unserem Stammplatz in der Ecke der Bar sitzen bleibe.

Seufzend beuge ich mich vor, stemme beide Ellenbogen auf dem dunklen Holz ab und lege mein Kinn in eine Hand. Mit der anderen greife ich nach dem Trinkhalm und rühre damit meinen Cocktail. Sanft klirren die Eiswürfel im Glas.

Ich lasse meinen Blick umherschweifen. Nur sehr wenige Gäste sind noch anwesend. Nox wischt bereits einige Tische ab und stellt die Stühle auf. Das ist ein klares Zeichen dafür, dass sie bald dichtmachen. Hinter dem Tresen steht Xavien und räumt ein paar abgewaschene Gläser ein. Immer, wenn er sich streckt, um an die oberen Regale über der Theke zu gelangen, blitzt ein schmaler Streifen Haut unter seinem schwarzen Hoodie mit dem *Blackbird*-Logo hervor. Und ich kann nicht anders, als ständig auf seinen Bauch zu starren. Ich erinnere mich noch gut an die heißen, festen Muskeln. An seine forschen Hände, die meine Kurven erkundet haben. Seine fordernden Küsse, die mich schier um den Verstand gebracht haben. Und dieser sündige Mund erst zwischen meinen Beinen …

Mit einem Ruck richte ich mich im Sitzen wieder auf und presse die Schenkel zusammen, als ich das verräterische Kribbeln dazwischen spüre. Ich habe schon eine Weile nicht mehr an Xavien und sein unglaubliches Zungentalent denken müssen. Und ich trauere der einzigen Möglichkeit nach, die mich in diesen Genuss hat bringen können.

Seufzend lege ich wieder das Kinn in die abgestützte Hand und schaue gedankenverloren zu Xavien, der mir nun den Rücken zugewandt hat. Selbst seine Kehrseite ist sexy as fuck. Diese vertane Chance für uns ist unwürdig. Das kann ich so nicht hinnehmen.

Ich gebe mir selbst mental einen Tritt in den Hintern, erhebe mich von meinem Sitzplatz und gehe mit dem halb leeren Getränk zum Tresen.

»Hast du eigentlich häufiger mal was mit Dozentinnen?«, frage ich, stelle das Glas auf die Theke und setze mich auf den Hocker.

Mit einem Stirnrunzeln dreht sich Xavien zu mir herum. »Was meinst du?«

»Ms Peerce.« Ich räuspere mich. »Ich meine ... Rachel.«

Der fragende Ausdruck in seinem Gesicht bleibt. Dann scheint die Erkenntnis zu kicken und seine Lippen teilen sich. »Du denkst, ich hätte was mit Rachel gehabt?«

Ich blinzle perplex. »Hattet ihr nicht?« Ich hätte schwören können ...

Doch Xav schüttelt den Kopf, macht einen großen Schritt auf mich zu und platziert die Hände flach vor mir. »Nein, ich kenne sie, weil sie häufiger mal im Tonstudio unterwegs ist.«

Irritiert lege ich meine Lippen um den Metalltrinkhalm und nehme einen tiefen Schluck vom Cocktail.

»Das Gerücht an der Uni stimmt, sie war tatsächlich mit dem Sänger zusammen«, sagt er und verschränkt die Arme vor der Brust.

Ich verschlucke mich und huste wie wild los. »Niemals!«, presse ich schließlich hervor und Xav zuckt grinsend mit den Schultern. »Das soll angeblich schon Jahre her sein, dann ...«

»... war sie zu dem Zeitpunkt noch Studentin, das ist korrekt. Und es war nur eine kurze Affäre, aber immerhin.«

Meine Augen werden riesig. »Wow«, gebe ich voller Bewunderung von mir und Xav prustet los.

»Du dachtest echt, Rachel und ich ...?«

Ich zucke mit den Achseln. »Wäre das so verwunderlich für *Mr. One Night Stand*?«

»Touché«, gibt er zu und das Lächeln wird milder, fast schon traurig. Ich mag es nicht, wenn er traurig ist.

»Was hast du morgen so Schönes vor?«, frage ich deswegen und seine Belustigung verschwindet gänzlich. Mein Herz rutscht dabei in die Hose. Shit, habe ich etwas Falsches gesagt?

Doch bevor ich meinen Mund öffnen kann, um mich für die forsche Frage zu entschuldigen, oder Xavien überhaupt zu einer Antwort ansetzen kann, erscheint Nox an seiner Seite und schlägt ihm freundschaftlich auf die Schulter.

»Xav macht Inventur«, sagt sie voller Schadenfreude.

Ich schiebe trotzig die Unterlippe vor. »Das ist ganz schön fies, ihn dafür aufzuziehen, dass er an Weihnachten eine so undankbare Aufgabe aufgedrückt bekommt«, sage ich. »Habt ihr einen Beschwerdebriefkasten? Milo kriegt ein gepfeffertes Schreiben von mir.«

Nox schaut mich verdutzt an, dann lacht sie laut los.

Schnaubend verschränke ich die Arme vor der Brust und wechsle einen Blick mit Xavien, der sich aus dieser kleinen Diskussion bisher einfach nur herausgehalten hat, als würde sie ihn gar nicht betreffen.

»Entschuldige«, sagt Nox schließlich und wischt sich eine imaginäre Lachträne von ihrer Wange. »Erst mal: Ich finde es großartig, wie du dich für unseren kleinen Xav hier einsetzt.« Zur Verdeutlichung klopft sie ihm wieder auf die Schulter. »Aber diese *undankbare Aufgabe* hat er sich selbst zuzuschreiben.«

Ich runzle die Stirn. »Was hast du denn angestellt?«

»Nichts«, antwortet er schlicht und ich löse die verschränkten Arme vor der Brust. »Ich habe es von mir aus angeboten.«

»An Weihnachten?«

»An Weihnachten«, bestätigt er nickend und ich öffne vor Überraschung den Mund.

»Ihr zwei Süßen klärt das nun untereinander, ja? Ich mache jetzt Feierabend, gönne mir ein schönes Schaumbad und eine Runde Netflix, bevor es morgen ins volle Weihnachtsprogramm bei Milo geht.« Sie tippt sich mit zwei Fingern gegen die Schläfe und verabschiedet sich in Richtung der Mitarbeiterräume.

Ich wende mich wieder Xav zu, der in der Zwischenzeit seelenruhig dazu übergangen ist, die restlichen Gläser einzuräumen.

»Warum gehst du nicht auch nach Hause und bereitest dich auf den morgigen Tag vor?«, frage ich geradeheraus und beobachte Xavs Rückenpartie.

»Dieselbe Frage könnte ich dir auch stellen«, erwidert er leichthin und ich lege die Unterarme auf der Theke ab.

»Am Abend vor Weihnachten ist bei uns immer die absolute Hölle los. Meine Eltern ballern das gesamte Haus mit Deko zu und beginnen mit den Essensvorbereitungen für den nächsten Tag, denn dann kommt der Rest der Bande aus den umliegenden Ortschaften. Die Familie Farooq ist riesig und es gibt immer so Hotspots, an denen wir uns versammeln. Weihnachten findet bei meinen Eltern statt.« Ich nehme meine Hände zur Hilfe und beginne mit der Aufzählung: »Es kommen dann die Familien der drei Brüder meines Dads, zwei Schwestern und ein Cousin meiner Mutter und vier Geschwister meiner Mom. Alle inklusive Anhang, versteht sich. Das sind ... warte ... fünf, nein, sechs Cousinen, acht Cousins, mein Bruder Niran, meine Schwester Ria, dazu noch eine demente Großmutter väterlicherseits … Verdammt, ich habe mich wieder verzählt.« Ich lasse den Kopf hängen.

»Warte, warte, warte«, sagt Xavien und ich schaue wieder hoch. »Mutter *und* Mom?«

Ich zucke mit den Achseln. »Patchwork-Familie eben. Mom und Dad haben früh geheiratet, vielleicht etwas zu früh, denn sie haben irgendwann gemerkt, dass es doch nicht so gut funktioniert in einer Ehe. Da war ich gerade ganz frisch auf der Welt. Dad hat dann Esha kennengelernt und sie wurde auch wie eine Mutter für mich. Ich mag die Bezeichnung Stiefmutter nicht, denn das klingt durch diese ganzen Märchen immer so negativ. Ich sage lieber, dass ich eine Bonusmutter habe. Niran ist mein drei Jahre jüngerer Halbbruder, wir haben denselben Vater. Und Ria ist streng genommen meine Stiefschwester, denn die kam durch die Ehe meiner Mom mit Rohann dazu, den ich allerdings nicht wirklich als Vater sehe, mehr wie einen guten Freund.«

Xavien starrt mich mit einer Mischung aus Unglauben und Ehrfurcht an. »Das klingt wirklich nach einer großen Familie.«

Ich lächle milde. »Lass mich raten, bei dir ist es nur Vater, Mutter, Kind?«

Und da ist wieder dieser traurige Ausdruck in seinem Gesicht, den ich um jeden Preis vermeiden wollte. Ich sehe eine gewisse Parallele zum Thema Familie. Fuck.

»Nur Bruder, ohne Mutter und Vater«, antwortet er kurz angebunden und wendet sich ab.

Mein Herz bleibt für einen Sekundenbruchteil stehen. O Gott, ich bin mit Anlauf kopfüber ins Fettnäpfchen gesprungen. Super gemacht, Sila. Ganz große Klasse!

»Entschuldige«, sage ich kleinlaut und ziehe den Kopf ein. »Das wusste ich nicht.«

»Es ist kein Thema. Ich habe meine Eltern nie kennengelernt«, sagt er und steht dabei seitlich zu mir. Ich mustere sein Profil, um seine Emotionen zu erkennen. Dann schaut er zu mir und seine Miene ist absolut neutral, als hätte er eine Maske aufgesetzt. Ein Schutzmechanismus, den er wahrscheinlich seit Jahren perfektioniert hat. »Normalerweise feiere ich Weihnachten mit Curtis, aber dieses Jahr verbringt er die Festtage bei seiner Frau im Krankenhaus. Sie ist hochschwanger«, fügt er ob meines entsetzten Gesichtsausdrucks hinzu. »Mit dem Baby ist alles gut. Sie hat nur eine Zervixinsuffizienz und liegt deswegen seit einigen Wochen da. Der errechnete Geburtstermin ist in ein paar Tagen.«

Ich atme erleichtert aus. »Okay. Das erklärt nicht, warum du freiwillig die Inventur machst.«

Xavien dreht sich wieder zu mir und legt den Kopf schief. Dann lächelt er leicht. Traurig. Ich hasse das. »Wenigstens fühle ich mich dann nicht komplett nutzlos.«

Empört schnappe ich nach Luft und klatsche mit der flachen Hand auf den Tresen. »Nutzlos? Ich glaube, ich spinne! Das will ich aus deinem Mund nie wieder hören!«, rufe ich entschieden.

Im Hintergrund höre ich, wie sich der letzte Gast verabschiedet und die Tür hinter ihm zufällt. Doch ich drehe mich nicht um und funkle Xavien weiterhin an.

Sein rechter Mundwinkel zuckt belustigt. »Kannst du deine Standpauke ein bisschen abkürzen? Dann könnte ich gleich mit der Inventur beginnen.« Er deutet mit dem Daumen hinter sich in Richtung Lager.

»Ich helfe dir dabei!«, sage ich entschieden und schnaube.

Seine Augenbrauen heben sich überrascht. »Wobei?«

»Bei der Inventur natürlich.« Ich springe vom Hocker und umrunde den Tresen, um mich vor Xav aufzubauen und ihn fast schon angriffslustig von unten anzustarren.

Nun grinst er und beugt sich vor, sodass seine Lippen neben meinem Ohr schweben. Ich halte sofort die Luft an, mein Herz vollführt einen Salto.

»Ich finde es echt heiß, wenn du so herrisch bist«, raunt er mir zu, richtet sich wieder auf und geht an mir vorbei.

Mit einem wilden Pochen in der Brust bleibe ich für einige Sekunden auf der Stelle stehen und sammle mich wieder. Eine Ganzkörpergänsehaut hat mich im Griff und zwischen meinen Schenkeln kribbelt das Verlangen wieder verdächtig. Dann drehe ich mich um und folge Xavien.

Ich weiß nur nicht, ob das in meinem derzeitigen Zustand wirklich klug ist. Denn ich bin horny as fuck.

Kapitel Drei

Xavien

Ich stoße die schwere Metalltür zum Trockenlager auf und drücke auf den Lichtschalter. Surrend und flackernd tauchen die Neonröhren alles in grelles Licht. In dem quadratischen Raum stehen fünf deckenhohe Metallregale, die über und über vollgestopft sind mit, glücklicherweise beschrifteten, Kisten. Außerdem finden hier Putzmittel, Servietten, Strohhalme, Rührstäbchen und zig andere Dinge ihren Platz. Man kommt sich vor wie in einem unterirdischen Warenhaus. Der vertraute, leicht muffige Geruch steigt mir in die Nase. Hier wird nur selten staubgewischt und unsere Reinigungsfee Rosie erbarmt sich lediglich beim regelmäßigen Frühjahrsputz im Keller feucht durchzuwischen.

Links neben der Tür befindet sich eine alte Kommode aus sprödem Eichenholz mit Kratzern und angeschlagenen Ecken. Nox hatte das gute Stück mal von einem Antikmöbelmarkt mitgenommen, weil sie dieses als *vintage chic* empfand. Und Milo hat beim Anblick von Nox' Errungenschaft kurzerhand beschlossen, das Ding in den Keller zu verfrachten.

»Wow, als würde man den Raum der Wünsche betreten«, sagt Sila staunend, während ich aus einer Schublade das Klemmbrett mit der Inventurliste krame.

»Und das kommt ausgerechnet von der Inkarnation aus Harry Potter und Hermine Granger?«, spotte ich und bekomme dafür postwendend einen bösen Blick. Vermutlich hätte sie nur zu gern etwas nach mir geworfen, aber in ihrer unmittelbaren Nähe stehen lediglich Kanister mit Putzmittel, die mich bei einer möglichen Kollision wahrscheinlich ausgeknockt hätten.

»Also.« Sie klatscht in die Hände und lässt ihren Blick über das Sammelsurium schweifen. »Wie kann ich dir behilflich sein?«

Sie glaubt doch nicht wirklich, dass ich sie hier in staubigen Kartons kramen lasse.

»Du wirst dich hier hinsetzen«, sage ich und deute auf die Kommode, »und die Inventurliste führen.«

Sila nimmt das Klemmbrett an sich, das ich ihr entgegenstrecke, und legt den Kopf schief.

»Denn, um in diesem Spinnenparadies zu wühlen, hast du definitiv die falsche Kleidung an.«

Verwirrt blickt sie an sich herab und ich kann mich nicht davon abhalten, es ihr gleichzutun. Die beige hochtaillierte Hose, dazu eine gepunktete, fast durchsichtige Bluse über dem schwarzen Spaghettiträger-Top passen perfekt zu ihrem Style. Es hilft dem Verlangen, das in meinem Inneren brodelt, kein bisschen, wenn ich mir ständig vorstelle, wie sie nackt aussehen würde. Ich sollte das ganz dringend in den Griff bekommen.

Unter ziemlicher Anstrengung reiße ich meine Augen von ihr los und räuspere mich. »Wollen wir?«, frage ich und laufe zum ersten Regal.

Silas Lippen verziehen sich zu einem leichten Lächeln, als sie meinem Befehl folgt, es sich auf dem Möbelstück bequem macht und die Beine überkreuzt. Ob sie im Bett auch so gehorsam ist? *Bei Gott, Xav!* Das sind die falschen Gedanken.

Ich schüttle kaum merklich den Kopf. Das wird eine lange Nacht.

Dank Silas Konsequenz und Disziplin ist das erste Regal innerhalb einer Stunde gezählt und aufgeräumt. Sie lässt keinen Raum für Blödeleien, auch wenn ich ihr mit meinen schlechten Witzen oftmals ein Grinsen entlocken kann. Kaum zu glauben, aber sie sieht sogar noch hübscher aus, wenn sie lächelt. Es ist wirklich eine Schande, dass meine Chance bei ihr versaut wurde.

Ächzend hieve ich den Karton mit den Sektkühlern ins oberste Regal und wische mir den Schweiß von der Stirn.

»Was ist los, Moore, geht dir schon die Puste aus?«, stichelt Sila von ihrer gemütlichen Position aus.

Ich drehe meinen Kopf zu ihr. In ihren Augen blitzt pure Provokation und ich kann nicht anders, als mir auf die Zunge zu beißen, um nichts zu erwidern. Sie macht das mit Absicht. Hundertprozentig. Aber was sie kann ...

Ohne den Blick zu lösen, gehe ich ein paar Schritte und bleibe eine Armlänge von ihr entfernt stehen. »Ich muss gestehen, das ganze Aufräumen und Schleppen hilft nicht gerade dabei, dass es hier drin kühler wird«, sage ich und zupfe am Saum meines Hoodies. »Im Gegenteil.«

Silas Aufmerksamkeit springt von meinem Gesicht zu meinen Händen und wieder zurück. Vermutlich fragt sie sich gerade, ob auf diesen schlechten Spruch Taten folgen. Vielleicht sollte ich es wirklich dabei belassen, aber die Art, wie sie mit der Zunge ihre glänzenden Lippen befeuchtet, stellt die wildesten Dinge mit mir an.

Langsam, viel langsamer, als es nötig gewesen wäre, ziehe ich mir den Hoodie über den Kopf und spüre kühle Luft an meinem Bauch, als das T-Shirt darunter hochrutscht. Silas ruhiges, tiefes Atmen ist alles, was ich hören muss, um zu wissen, was in ihr vorgeht. Behutsam lege ich den Pullover neben ihr auf die Kommode und richte den Sitz meines Shirts. Sila umklammert den Stift in ihrer Hand etwas zu fest, um unbedarft zu wirken.

»Geht es dir jetzt besser?«, fragt sie schmunzelnd, doch in ihrer Stimme vibriert ein verheißungsvoller Unterton.

Ich nicke geistesabwesend, weil das Verlangen, sie zu küssen, mich mit einer Wucht heimsucht, die mir sämtliche Konzentration raubt. Was ich alles dafür geben würde, um noch eine Chance bei ihr zu bekommen. Ein Mal die Uhr zurückdrehen, bis kurz vor den Moment als unser erstes Date so glorios den Bach runtergegangen ist.

»Dann sollten wir jetzt weitermachen«, sagt sie leise und klimpert mit den Wimpern.

Ich versuche, den Anflug von Enttäuschung zu verbergen, drehe mich träge um und gehe die nächste Reihe an. Obwohl ich die unnötige Schicht Stoff losgeworden bin, ist mir fast unerträglich warm. Ausgerechnet jetzt denke ich an den Zeitpunkt zurück, als im Aufenthaltsraum die Tür ins Schloss gefallen ist. Ich stehe auf Frauen, die die Initiative ergreifen. Die Leidenschaft mit der Sila mich geküsst hat, hat mich seit diesem Tag mehr als nur eine Nacht lang wachgehalten. Ihr Geschmack auf meinen Lippen ist eine so präsente Erinnerung, dass mir nichts anderes übrig bleibt, als schwer zu schlucken. Und nach allem, was sie mir heute anvertraut hat, fühle ich mich noch stärker zu ihr hingezogen. Sila sprüht geradezu vor Lebensfreude. Ich habe während ihrer Erzählung deutlich gemerkt, wie wichtig ihr der Trubel ist. Die Vorstellung, in welchem chaotischen, aber liebevollen Umfeld sie lebt, setzt widersprüchliche Gefühle in mir frei. Ich bin mir sicher, dass unter anderem all die Erlebnisse mit ihrer Patchwork-Familie sie zu dem Menschen gemacht haben, der mich heute so anzieht. Doch fast zeitgleich schleicht sich ein anderes, ätzendes Gift ein. Neid.

Mit einem leichten Kopfschütteln versuche ich diesen Gedanken zu vertreiben und schiebe auf dem oberen Regalbrett mehrere Flaschen Spülmittel zur Seite. Dummerweise fällt dabei eine so ungeschickt um, dass sie einen Dominoeffekt auslöst und zwei weitere Flaschen umkippen, eine davon direkt in meine Arme. Es dürfte für Außenstehende wahrscheinlich ziemlich bescheuert aussehen, wie ich wild fuchtelnd versuche sie aufzufangen und dabei so fest zusammendrücke, dass der Deckel abspringt. Silas glockenhelles Lachen hallt durch den Raum. Schnaufend stelle ich die Flasche wieder ins Regal und schaue an mir herab. Gut die Hälfte des Inhalts hat sich auf meinem weißen T-Shirt verteilt und läuft langsam nach unten. Ein künstlicher, fruchtiger Duft steigt mir in die Nase.

»Steht dir, Moore«, ruft Sila und presst sich kurz darauf den Stift gegen die Lippen, um ihr Grinsen zu verbergen. Ein Bestreben, das ihr sichtlich misslingt. »Jetzt siehst du aus wie ein Kind, das in eine Pfütze gefallen ist.«

»Hat dir schon mal jemand gesagt, dass du keine Hilfe bist?«, frage ich und hebe eine Augenbraue in die Höhe.

»O ja, ich höre das öfter«, erwidert sie und legt das Klemmbrett beiseite, um von der Kommode zu springen. »Aber du hast Glück. Ich habe heute einen guten Tag und bin bereit, dir zu helfen.« Mit wenigen Schritten ist sie bei mir und schnappt sich eine Rolle Papiertücher vom Schrank. Das belustigte Lächeln ziert immer noch ihr Gesicht, während sie ein paar Blätter abreißt und damit vorsichtig über mein verschandeltes Oberteil tupft.

Wir sind nur eine halbe Armlänge voneinander entfernt. So nah, dass ich das schimmernde Make-up auf ihren Lidern erkenne. Sila berührt mich kaum und doch verspannt sich mein Bauch bei dieser Annäherung.

»Ich glaube, dein T-Shirt ist ein Fall für die Waschmaschine. Das kriege ich so nicht sauber«, sagt sie plötzlich und klimpert mit den tiefschwarzen Wimpern.

Ich schnalze mit der Zunge und nicke langsam. Warum zum Teufel funktionieren ihre unschuldigen Aussagen so verdammt gut? Ich weiß, wie Frauen sich verhalten, wenn sie nur spielen, aber nicht bis zum Äußersten gehen wollen. In meiner glorreichen Laufbahn als *Mr. One Night Stand* habe ich es oft genug erlebt. Aber Sila spielt nicht. Sie sendet, zugegebenermaßen nicht gerade subtile, Hinweise darauf, dass sie mir nahe sein will.

»Oben im Mitarbeiterraum steht eine Waschmaschine«, erwidere ich und mache einen kleinen Schritt auf sie zu.

Hochkonzentriert versucht sie weiterhin, mein Kleidungsstück zu retten. »Aber um es zu waschen, musst du es ausziehen«, erklärt sie und schaut zu mir hoch. Ihr gespielt naiver Bambi-Blick treibt mich in den Wahnsinn und sorgt dafür, dass ich hart werde.

Wir sind allein im Lager. Niemand, der uns stören könnte, da es nach Mitternacht und das *Blackbird* verlassen ist. Nur wir beide. Und ich spüre, dass sie mich genauso sehr will, wie ich sie. Wenn Sila mir so bereitwillig eine zweite Chance gibt, dann werde ich den Teufel tun und sie ablehnen. Stattdessen greife ich nach dem Saum und ziehe es mir über den Kopf.

»Kommt es dir eigentlich auch so vor, als wären wir in einem schlechten Porno gefangen?«, witzle ich und platziere eine Hand oberhalb ihres Kopfes. Uns trennen mittlerweile nur noch wenige Zentimeter und die Hitze im Raum wird unerträglich.

»Schlecht? Nein«, antwortet sie und mir bleibt das Lachen im Hals stecken, als sie mit der Zunge ihre Lippen befeuchtet.

Das hier ist kein Witz. Fast wie in Zeitlupe hebe ich meine zweite Hand und lege sie neben die andere. Sila ist nun gefangen zwischen mir und dem Regal. In ihrem Blick glänzt etwas Verheißungsvolles und Unberechenbares.

»Xav?«

»Hm?« Mein Fokus springt zwischen ihren Augen und ihrem Mund hin und her. Ich kann nicht sagen, was mich gerade mehr anzieht.

»Ich finde es *wirklich* schade, dass unser Date so geendet hat«, sagt sie und legt zart eine glühende Hand auf meine nackte Brust. So muss sich der Schock eines Defibrillators anfühlen.

»Ich auch«, erwidere ich leise. »Vor allem habe ich nicht einmal die Chance gehabt, dich zum Höhepunkt zu bringen.« Und das ist mehr als nur bedauerlich.

Silas Hand rutscht langsam über meine Brust zu meinem Bauch. Ich atme tief durch und sehne ihre Berührung auf meinem Körper herbei.

»Dito«, wispert Sila und in meinem Kopf brennt die letzte Sicherung durch, die mich noch davon abgehalten hat, sie einfach zu packen und das zu beenden, was uns an unserem gemeinsamen Abend verwehrt geblieben ist.

Mein Mund landet auf ihrem. Die prickelnden Funken, die das Trockenlager nach und nach gefüllt haben, werden nun zu kleinen Blitzen, die mich mitten in den Brustkorb treffen. Sila zu küssen, fühlt sich noch genauso himmlisch an, wie ich es in Erinnerung habe. Sie schlingt die Arme um meinen Hals und zieht mich näher zu sich, genauso begierig wie ich. Ohne Zurückhaltung, ohne Zweifel. Ein zartes Seufzen vibriert auf ihren Lippen.

Ich löse meine Hände vom Regalbrett, streiche über ihre Seite, immer tiefer bis ich bei ihren Schenkeln ankomme. Ohne die leidenschaftliche Berührung unserer Münder zu unterbrechen, hebe ich Sila mit einem Ruck nach oben, sodass sie ihre Beine um meine Mitte schlingt, um Halt zu finden. Ihre zierliche Gestalt fühlt sich so perfekt an. Ich presse sie sanft gegen den Rahmen des Regals, während ihre heißen Handflächen mir über Schultern und Rücken fahren und mich zu verbrennen drohen. Mein Schwanz presst sich schmerzhaft gegen die Jeans. Das letzte Mal, dass mich ein

Kuss so angeturnt hat, war vor Monaten auf dem Privatkonzert einer Band. Die Hauptdarstellerin war dieselbe.

»Hast du nicht was von Mitarbeiterraum erzählt?«, fragt Sila in einer kurzen Atempause. »Klingt ein bisschen bequemer als der Keller, findest du nicht auch?« *Da kann es jemand ja kaum erwarten …*

Vorsichtig stelle ich Sila wieder auf den Boden, greife nach ihrer Hand und ziehe sie aus dem Lager, die Treppe nach oben. Die Zeit der lockeren Sprüche ist vorbei. Ich träume seit unserer ersten Begegnung davon, sie ganz für mich allein zu haben. Ohne Angst haben zu müssen, unterbrochen zu werden wie bei unserem ersten Date. Jede Faser meines Körpers verzehrt sich nach ihr. Es ist schon fast lächerlich, wie aufgeregt ich bin, als die Tür ins Schloss fällt und ich Sila bestimmend in Richtung Waschmaschine dränge. Mit einer forschen Handbewegung fliegt der halb volle Kanister mit Flüssigwaschmittel, der darauf steht, zu Boden. Er interessiert mich nicht. Mich interessiert rein gar nichts mehr, abgesehen von der wunderschönen Frau in meinen Armen.

Das Glänzen in Silas Augen ist eine stumme Aufforderung. Meine Hände landen auf ihrer Hüfte und mit einem beherzten Ruck setze ich sie auf die nun freie Fläche. Hungrig auf einen weiteren Kuss beuge ich mich vor, doch sie hat andere Pläne und lehnt sich zurück. Quälend langsam öffnen ihre filigranen Finger die Knöpfe ihrer Bluse. Jeden einzeln, sodass ich gezwungen bin, das ungeduldige Knurren zu unterdrücken. Allerdings haben ihre bedachten Bewegungen auch etwas seltsam Hypnotisierendes. Mein Blick wandert von ihren Augen über ihren zarten Hals und das Dekolleté. Sie schlüpft aus den Ärmeln. Das schwarze Top darunter schmiegt sich wie eine zweite Haut an ihre Brüste. Mein Denken verabschiedet sich.

Ich greife wie auf Autopilot nach Silas Gürtel, öffne die Schnalle und den Verschluss der Hose, während ich zarte

Küsse auf ihre Schulter und ihr Schlüsselbein hauche. Hilfsbereit hebt sie ihr Becken, damit ich sie von dem lästigen Kleidungsstück befreien kann. Dieses Mal kann Rachel uns nicht unterbrechen.

Mein Mund wandert zu Silas perfekten Rundungen, findet durch den Stoff ihren Nippel und saugt daran. Mit einem süßen Seufzen zuckt sie unter mir zusammen. Die Art, wie sie auf meine Berührungen reagiert, schießt mir direkt in die Lenden. Ich hake die Finger in den Bund ihres Höschens und platziere meine Lippen direkt an ihrem Ohr.

»Dein Geschmack verfolgt mich bis in meine Träume. Ich kann es kaum erwarten, meine Erinnerung aufzufrischen«, raune ich und befreie sie von ihrem Slip.

»Gott, Xavien«, haucht sie und schließt flatternd die Lider. Die toughe Sila, glühend wie eine kleine Flamme und begierig auf mehr, während ich sie zu mir und damit Richtung Kante ziehe.

Ungeduldig öffnen sich ihre Beine. Und nur einen Wimpernschlag später landet mein Mund auf ihrer wartenden Mitte. Leidenschaftliches Keuchen hallt durch den Raum, als Sila ihre Finger in meinen Haaren vergräbt. Ich liebe die Geräusche, die sie von sich gibt, und wie mein Name immer wieder über ihre Lippen rollt. Es ist das perfekte Mantra, während meine Zunge sie verwöhnt und ihre Perle neckt.

Silas Atem wird hektischer, als ich sanft zwei Finger in ihre Pussy gleiten lasse. Sie ist so bereit für mich, dass mein Schwanz allein von der Art, wie sich ihre Muskeln um mich zusammenziehen, bettelt, sie endlich zu ficken. Aber ich lasse mir Zeit, obwohl meine Ungeduld mich quält. Ich spiele mit ihr, obwohl die Sehnsucht mich fast zerreißt. Eben weil sie kein dahergelaufener One-Night-Stand ist. Sie ist viel mehr als jede Frau, mit der ich jemals etwas hatte. Und das soll sie auch spüren.

Obwohl alles in mir pulsiert, treibe ich Sila immer weiter, genieße jedes Zittern ihres zierlichen Körpers, bis sie mit einem langgezogenen Stöhnen zum Höhepunkt kommt. Ihre Augen sind geschlossen, als ich mich wieder erhebe und mich endlich meiner Jeans samt Boxershorts entledige. Glücklicherweise befinden sich in meinem Spind noch Kondome.

»Ich verstehe es nicht«, haucht Sila atemlos und zieht sich ihr Top über den Kopf. Ihre wohlgeformten Brüste sind genauso perfekt wie der Rest von ihr, und wie gemacht für meine Hände. »Wieso heißt du *Mr. One Night Stand*? Wie kann man denn davon je genug bekommen?«

Ich lache leise und bin in wenigen Schritten wieder bei ihr, streife das Kondom über meine Härte und beobachte fasziniert, wie sie sich angetan auf die Unterlippe beißt. Gibt es einen verführerischeren Anblick als diesen?

»Wie wäre es, wenn ich dir etwas anderes gebe, worüber du dir den Kopf zerbrechen kannst?«, raune ich, greife sanft in ihre wilden Locken und verteile zarte Küsse auf ihrem Hals, bis sie genießerisch schnurrt. In ihren Augen glüht ungezügeltes Verlangen.

Sie schlingt ein Bein um meine Hüfte und zieht mich ungeduldig näher. »Ich bitte darum«, erwidert sie keck und seufzt tief, als ich mit der Zunge über die Stelle fahre, an der ihre Halsschlagader pocht. Das Blut in ihrem Kreislauf scheint genauso schnell zu rauschen, wie es bei mir der Fall ist.

Stück für Stück versinke ich in ihrer Mitte, bis ich vollkommen Besitz von ihr ergriffen habe. Silas Augen rollen in ihren Höhlen zurück und ich weiß genau, was sie fühlt. Wir passen perfekt zusammen. Wie zwei Puzzleteile, die es endlich geschafft haben, ihr dazugehöriges Gegenstück zu finden.

Ich greife nach ihrer Taille, ziehe mich langsam zurück, nur um dann wieder tief in sie zu stoßen. Die Art, wie Sila ihre

Nägel in meinen Schultern vergräbt, sagt mir alles, was ich wissen muss. Sie braucht keinen schnellen Fick, sondern jemanden, der sie zum Schmelzen bringt und dafür sorgt, dass all die überwältigenden Emotionen sie vollkommen einnehmen.

Meine Lippen finden ihre zu einem Kuss, der mich verbrennt. Ich habe mir so oft ausgemalt, wie es wäre, wenn ich Sila für mich allein hätte, dass ich es nicht mehr zählen kann. Und kein einziger Traum, nicht eine Fantasie, kommt an die Realität heran.

Ihr heißer Atem versengt meine Haut. Fast kommt es mir so vor, als würde sich unser beider Herzschlag synchronisieren. Die Bewegung meines Beckens wird ruckartiger und hektischer. Silas Hände fahren meinen Rücken nach bis zu meinem Hintern, ziehen mich noch näher. Sie bekommt nicht genug und mir geht es genauso. Unser Keuchen und ihr fast unverständlicher Ansporn erfüllen den Raum. Ich löse meinen Griff von ihrer Taille und reize stattdessen ihre Perle, die um Aufmerksamkeit bettelt. Ein tiefes Stöhnen später fällt Sila zitternd über die Klippe, direkt in ihren zweiten Orgasmus in dieser Nacht. Ich umfasse ihr Gesicht und schlucke die Geräusche, die allein mir gewidmet sind. Ein paar harte Stöße und ich folge Sila ins selige Nirwana.

Meine hellen Strähnen fallen mir in die Stirn, als ich den Kopf an ihre Halsbeuge lege und nach dringend benötigtem Sauerstoff schnappe. Mein Körper ist im Ausnahmezustand und kann nicht priorisieren, welche Funktion gerade die wichtigste ist.

»Es ist eine Schande«, wispert Sila immer noch atemlos, »dass ich das nicht schon bei unserem ersten Date erleben durfte.«

Leise lachend löse ich mich von ihr, um das Kondom im Abfalleimer zu entsorgen. In meinen Venen kribbelt immer noch ein Cocktail aus Dutzenden Gefühlen, die sich wild miteinander vermischen und mir ein dämliches Grinsen ins Gesicht zaubern.

»Besser spät als nie«, sage ich salopp und hebe ihre Klamotten vom Boden auf, um sie ihr zu reichen.

Ein paar Minuten später sind wir wieder angezogen. Sila sieht aus, als hätte man sie aus einem Light-Academia-Moodboard kopiert. Elegant und selbstbewusst. Man könnte fast nicht auf die Idee kommen, wie leidenschaftlich sie sich mir soeben hingegeben hat.

»Du glaubst jetzt aber nicht, dass wir fertig sind, oder?«, sagt sie und meine Augen weiten sich überrascht.

»Zweite Runde?«, frage ich und nähere mich ihr bis auf wenige Zentimeter. »Miss Farooq, Sie sind ja unersättlich.«

Lachend platziert Sila ihre Hand auf meiner Brust. »So gern ich mich auch die ganze Nacht mit dir vergnügen würde, Xav. Wir haben noch eine Inventur, die beendet werden will.«

Ich blinzle perplex. Ist das ihr Ernst? Ausgerechnet jetzt denkt sie an Arbeit und an die pflichtbewusste Erledigung meiner Aufgabe? Am liebsten hätte ich gelacht, doch ich belasse es bei einem Schmunzeln. Sila ist eben Sila. Einzigartig durch und durch.

Als ich nach zwei weiteren Stunden das *Blackbird* abschließe, legt sich die Müdigkeit wie Blei auf mein Nervensystem. Ich bin kein untrainierter oder gar unsportlicher Mensch, aber so eine Inventur ist anstrengender als jeder Besuch im Gym. Besonders wenn man sich zwischendurch noch einer anderen Form der körperlichen Betätigung widmet.

»Vielen Dank für deine Hilfe. Ohne dich hätte es sicher nur halb so viel Spaß gemacht«, sage ich und zwinkere Sila zu, aber sie scheint mit den Gedanken ganz woanders zu sein. Bestimmt ist auch sie müde.

»Darf ich dir etwas vorschlagen? Versprich mir, dass du nicht sofort ablehnst«, sagt sie und presst unsicher die Lippen aufeinander.

»Mh, wir hatten immer noch keine zweite Runde«, verkünde ich meine Vermutung, doch Sila schüttelt mit einem niedlichen Kichern den Kopf.

»Nein, du Hengst. Das meinte ich nicht«, erwidert sie und tritt näher an mich heran. »Ich möchte dich fragen, ob du später zum Weihnachtsfest zu mir nach Hause kommen möchtest.«

Erstaunt schaue ich in ihr Gesicht. Sie scheint völlig überzeugt von ihrem Vorschlag, aber ...

»Jetzt, wo wir Sex hatten, bekommst du Mitleid mit mir?«, witzle ich und schlucke den bitteren Geschmack auf meiner Zunge hinunter.

»Du solltest mich besser kennen, Moore!« Sila kneift die Augen zusammen und boxt mir leicht gegen die Brust. Ich verstehe die Intention, die sie hat, und Mitleid ist auch sicher das falsche Wort, um zu beschreiben, warum sie ausgerechnet jetzt eine Einladung ausspricht. Sie macht einen weiteren Schritt auf mich zu und legt beide Hände auf meine Brust. »Aber wenn es darum geht, dass man dieses Fest mit den Menschen feiert, die man besonders mag ... dann hätte ich dich gerne dabei.«

Mein Herz schwillt an und beschleunigt seine Schlagfrequenz. Sanft lege ich meine Hand auf ihre. Ihre Gefühle beruhen auf Gegenseitigkeit. Ohne große Worte versteht sie, dass es mir nie ausschließlich darum ging, sie ins Bett – oder in unserem Fall auf die Waschmaschine – zu bekommen. Sila fasziniert mich. Sie ist selbstbewusst und in ihrer Meinung unumstößlich. Außerdem ist sie ehrlich. Und sie würde mich nicht fragen, wenn es ihr nicht wirklich am Herzen liegen würde.

»Ich weiß nicht, Sila. Niemand ist gern das fünfte Rad am Wagen«, sage ich dennoch und verziehe das Gesicht.

»Das bist du auch nicht. So viele Menschen, wie später kommen werden, wird unser Haus eher einem Reifenlager gleichen«, sagt sie und bringt mich damit tatsächlich zum Lachen. »Außerdem, wenn es dir zu viel wird, dann können wir in mein Zimmer gehen und ich raube zur Abwechslung dir den Verstand.« Sie klimpert verführerisch mit den Wimpern. Wow, das ist eine Vorstellung, die ich mir eigentlich nicht entgehen lassen möchte.

»Okay«, seufze ich. »Überredet.«

❄

Christmas Day

Mit großen Augen starre ich das schicke Stadthaus an. Offensichtlich knallen ihre Eltern nicht nur das Innere ihres Zuhauses mit Deko zu, wie Sila erzählt hat, sondern auch den Außenbereich. Jedenfalls leuchtet die Fassade wie ein Baustrahler bei der Menge an aufgehängten Lichterketten. Bei genauerer Betrachtung erkenne ich kleine Eiszapfen, die wild blinkend dafür sorgen, dass mir in kürzester Zeit die Augen schmerzen.

Ich steige die wenigen Stufen nach oben und betätige zaghaft die Türklingel. Es ist lächerlich, dass meine Handflächen schwitzen, bei so etwas Banalem wie einem Familienessen. Nur ist es nicht banal. Nicht für mich.

Ich stehe in einem dunkelroten Hemd unter der dicken Winterjacke und einer Flasche Wein in der Hand auf der Veranda eines Hauses, das allein durch die dumpfe Geräuschkulisse meinen Magen rumoren lässt. Ich bin auf die Minute pünktlich. Im Inneren des Hauses vibrieren Stimmengewirr und lautes Lachen, als wären alle von Silas unüberschaubar großer Familie bereits anwesend. Ob es wirklich so eine gute Idee war, ihre Einladung anzunehmen?

Bevor weitere Zweifel in mir hochkochen können, öffnet sich schwungvoll die Tür. Eine Frau mittleren Alters mit dunklerem Teint und seidig glatten schwarzen Haaren steht vor mir und wischt sich gerade die Hände an ihrer geblümten Schürze ab. Ein strahlendes Lächeln liegt auf ihren Lippen und lässt sie, zusammen mit den kleinen Fältchen um Augen und Mund herum, wahnsinnig sympathisch wirken.

»Oh, wie schön! Du musst Xavien sein. Ich bin Esha, Silas Stiefmutter«, begrüßt sie mich fröhlich. Immerhin hat Sila mich angekündigt. Andernfalls hätte ich keine Ahnung, wie ich mich vorstellen sollte.

»Vielen Dank, dass ich Ihr Gast sein darf, Mrs Farooq«, erwidere ich höflich und reiche ihr die Flasche.

»Ach, wie lieb von dir. Das wäre doch nicht nötig gewesen«, sagt sie begeistert und betrachtet das Etikett mit strahlenden Augen. »Und lass uns bitte beim Vornamen bleiben. Bei all den Mr und Mrs Farooqs da drin kommst du sonst nicht weit«, erklärt sie und lacht mädchenhaft.

Ich kann nicht anders, als ihre Herzlichkeit zu erwidern. Sie ist ansteckend.

»Komm schnell rein! Da draußen ist es wirklich alles andere als gemütlich. Du kannst deine Jacke einfach hier dazulegen.« Sie macht einen Schritt zur Seite und deutet auf einen Hocker, auf dem sich wie bei einem Jenga-Spiel rund ein Dutzend Kleidungsstücke türmen.

Der breite Flur gleicht der Pforte zum Winter-Wunderland. Jedes freie Stücke Wand und Fläche wurde mit weihnachtlicher Deko versehen. Aus jedem Winkel sieht man Schneeflocken, Weihnachtsmänner, glitzernde Sterne und geschmückte Zweige. Ich will mir nicht einmal vorstellen, wie lange das alles gedauert hat.

»Ich stelle den Wein eben kalt«, verkündet Esha und tätschelt liebevoll die Flasche, bevor sie sich in Richtung einer offen stehenden Doppeltür dreht. »Sila, Liebling! Xavien ist da«, ruft sie und spätestens jetzt dürfte auch der Letzte wissen, dass ein Außenstehender die heiligen Hallen der Familie Farooq betreten hat. Hoffentlich sind alle so nett wie Esha.

Doch die Sorge und das Grummeln im Magen verschwinden schlagartig, als Sila in meinem Blickfeld auftaucht. Das samtige dunkelgrüne Kleid schmiegt sich perfekt an ihre Kurven und sorgt dafür, dass ich es ihr am liebsten sofort ausziehen würde.

»Wie jetzt? Meine Mutter bekommt Wein und ich kriege gar nichts?«, fragt Sila nach einem Blick in die angrenzende Küche. Ihr schockierter Gesichtsausdruck ist richtig niedlich.

»Du könntest so viel mehr haben«, murmle ich unbedacht.

Doch sie hat Ohren wie ein Luchs und schürzt verwegen die Lippen, als sie zu mir kommt. Ehe ich begreife, was sie vorhat, schlingt Sila ihre Arme um meinen Hals und küsst mich. Die Art, wie ihre Lippen meine umspielen, ist alles andere als keusch. Viel eher sorgt es dafür, dass ich den Teil mit dem Verstandrauben vorverlegen möchte.

»Denk daran, was ich dir gesagt habe«, flüstert sie gegen meinen Mund. »Wenn es dir zu viel wird, dann ziehen wir uns zurück.«

Ich weiß nicht so recht, wie ich ihre umsichtigen Worte interpretieren soll. Einerseits bin ich ihr dankbar, dass sie offensichtlich darauf Rücksicht nimmt, dass dieser ganze Trubel eigentlich gar nicht mein Ding ist. Andererseits will ich keine Extrabehandlung. So habe ich mich mein ganzes Leben lang gefühlt. Der Sonderling ohne Familie. Curtis und ich waren schon immer die Außenseiter, auf die ein besonderes Augenmerk gelegt wurde, weil wir eben nicht in diesen vorgefertigten, gesellschaftlich anerkannten Rahmen gepasst haben. Ich habe meinen Frieden damit gemacht.

Nur deswegen hat Silas Einladung keinen Schwall an Wut und Verbitterung ausgelöst.

»Ich komm schon klar«, erwidere ich lächelnd. Nur die Götter wissen, wie oft in meinem Leben ich von diesem Satz schon Gebrauch gemacht habe.

Sila kneift ihre dunkel geschminkten Augen leicht zusammen, scheint darauf aber nichts erwidern zu wollen und zieht mich stattdessen ins Wohnzimmer, wo ich von Familie Farooq herzlich in Empfang genommen werde. Direkt neben dem Durchgang steht Niran, der mich mit einem Handschlag und einer halben Umarmung begrüßt. In seinem Gesicht spiegelt sich Mitleid, das man nicht anders interpretieren kann. Vermutlich, weil ich mich freiwillig dazu entschlossen habe, mich der geballten Energie seiner Halbschwester auszusetzen.

Und tatsächlich bleibt mir keine Zeit, um die ganze Situation, die vielen Menschen und Eindrücke, Gerüche und Klänge zu erfassen, schon befinde ich mich mitten in einer Vorstellungsrunde. Darunter Silas leibliche Mutter Priya, die mindestens genauso herzlich ist wie Esha, ihre Stiefschwester Ria mit den scharlachroten Haaren, ihr leiblicher Vater Bashir sowie ihr Stiefvater Rohann. Ich versuche, mir alle Namen zu den Gesichtern zu merken, aber es ist schier unmöglich. Sila hat nicht übertrieben, als sie gesagt hat, ihre Familie wäre groß. Irgendwann verliere ich einfach den Überblick und bin mehr als dankbar, als Esha alle zu Tisch bittet. Interessant ist jedoch, dass keiner meine Anwesenheit hinterfragt. Sila stellt mich allen lediglich mit meinem Namen vor. Sie fügt keinen erklärenden Zusatz á la ›Der Typ, der mich gestern im Personalraum meiner Stammkneipe auf einer Waschmaschine gefickt hat‹ bei. Ihre Familie braucht offenbar keine Erklärung. Sie begrüßen mich als Teil der Feier, als Teil von Sila. Ein paar machen Witze, stellen interessierte Fragen zu meinem Job oder meinem Studium. Selbst als wir alle zusammen an der reich gedeckten Tafel sitzen und mir von allen Seiten Essen auf den Teller gelegt wird. Die Gerichte sind eine kunterbunte Mischung aus den Heimatländern der Gastgeber, Pakistan und Indien. Es gibt Biryani mit Hähnchen, Linseneintopf, Naan-Brot, Baba Ghanoush und Dutzende Schüsseln mit den unterschiedlichsten Dips, Salaten, geschmortem Fleisch und Gemüse. Ich fühle mich nicht als Außenseiter. Dabei hätte ich alles Geld der Welt darauf gesetzt, dass genau das der Fall sein würde. Nur habe ich nicht mit der Gastfreundschaft und Herzlichkeit gerechnet, die mir diese Menschen entgegenbringen würden. Sila sitzt neben mir und isst lächelnd ihren gedünsteten Heilbutt. So fühlt es sich also an, *normal* zu sein.

»Xavien, Sila hat erzählt, dass du Musikwissenschaften studierst. Das klingt aufregend! Was möchtest du nach dem Abschluss machen?«, fragt Priya mit ehrlichem Interesse in der Stimme, während sie ihr geschmortes Lamm zerschneidet.

»Ich habe mich für ein paar Assistenz-Jobs im Veranstaltungsmanagement beworben. Früher oder später will ich gern in die Organisation von Festivals und Musikevents einsteigen, aber dort sind natürlich Kontakte das A und O«, erkläre ich und nippe an der Ingwerlimonade, die Sila mir als ihre eigene Kreation angepriesen hat.

»Das muss ein ganz schön fordernder Job sein. Ich habe nur ein einziges Mal ein kleines Bratschenkonzert mit der Kirchengemeinde aufgeführt und das allein hat mir schon so ziemlich alle Nerven geraubt«, erzählt sie und lacht hell. »Das dürfte bei solchen riesigen Events ja geradezu eine Mammutaufgabe sein.« Ich bin es gewohnt, dass man meinen Berufswunsch belächelt, Priyas Reaktion ist aber das exakte Gegenteil davon. Ihr würde es niemals einfallen, mir meinen Traum kleinzureden. Da habe ich in meinem Leben schon ganz anderes erfahren müssen.

»Ja, man denkt gar nicht an die vielen Einzelheiten, die

so eine Veranstaltung mit sich bringt. Es braucht ein Konzept und die entsprechende Location. Dann müssen logischerweise die Künstler verpflichtet werden. Dazu benötigt es Budgets und Sponsoren. Gesundheits-, Sicherheits- und Sanitärauflagen müssen erfüllt werden. Side-Programme, Marketing, Merchandise, Genehmigungen, Beleuchtung und Technik. Das ist eine riesige Liste.«

»Ich sehe schon, da hat jemand seine Berufung gefunden«, sagt sie mit einem Zwinkern. »Einem so engagierten und charmanten Mann wie dir wird es sicherlich schnell gelingen, die nötigen Kontakte zu sammeln, um deinen Berufswunsch zu verwirklichen.«

»Hoffentlich«, erwidere ich, sichtlich gerührt über ihren Optimismus.

Eine Stunde später liegen Sila und ich gemeinsam auf der Couch, mein Arm um ihre Hüfte geschlungen, während wir den ulkigen Geschichten ihres Vaters lauschen, der durch seine Arbeit als Antiquitätenhändler einige auf Lager hat. Auch jetzt hinterfragt niemand die Situation und die Nähe, die Sila und ich zueinander haben. Kein einziger skeptischer Blick wandert in unsere Richtung. Auch Niran, der mich durch die vielen Abende im *Blackbird* ziemlich gut kennt, akzeptiert, ohne mit der Wimper zu zucken, dass Sila mich eingeladen hat und sich nun an mich kuschelt, als wäre es das Normalste auf der Welt.

Die Stimmung ist ausgelassen. Es haben sich kleine Grüppchen gebildet, die sich in unterschiedlichen, mir teils fremden Sprachen, miteinander unterhalten. Ria hat eine kitschige Weihnachtsplaylist herausgesucht, die nun über Bluetooth-Lautsprecher die Hintergrundbeschallung liefert. Ich bin Trubel gewohnt. Als Barkeeper und Servicespringer ist es normal, dass es öfter mal stressig zugeht und alle wild durcheinander sprechen. Sich diese Ansammlungen an Geräuschen zu einer Kakophonie verbinden und man gar nicht mehr weiß, wo man zuerst hinhören oder auf welche fuchtelnde Hand man zuerst achten soll. Aber das hier ist anders. Es ist mächtig und einnehmend, so einnehmend, dass ich mir plötzlich bewusst werde, wie warm es in dem weitläufigen Wohnzimmer ist.

»Alles gut, Xav?« Silas Frage könnte nicht passender kommen.

»Ein bisschen frische Luft wäre super«, antworte ich und sie versteht den Wink mit dem Zaunpfahl sofort. Sie greift nach meiner Hand und erhebt sich.

»Xavien und ich sind kurz draußen«, ruft sie in die Runde.

»Zieht euch gut an. Draußen ist es sehr kalt«, sagt Esha und eilt in den Flur.

Perplex bleibe ich stehen und schaue ihr hinterher, bis sie kurze Zeit später mit meiner Jacke, Silas beigem Mantel und einem dicken Wollschal zurückkehrt. Als ich mich bedanke, schenkt mir Esha ein breites Lächeln. Ein warmes Gefühl flutet mein Herz und bringt es zum Flattern. Es ist ungewohnt und macht mich trotzdem auf eine seltsame Art glücklich.

Eine Doppeltür aus Glas führt auf die Terrasse und ich folge Sila, die ein paar Stufen nach unten in den überaus gepflegten Garten geht. Jemand bei den Farooqs hat offenbar einen grünen Daumen. Es gibt einen kleinen, gepflasterten Grillplatz, ansonsten sind überall Büsche, Sträucher und eine sichtlich gepflegte Grünfläche, die unter einer dünnen Schneeschicht liegt.

Wir lassen uns schließlich auf einer verschnörkelten Bank aus Metall nieder.

»Ich bin wirklich beeindruckt, wie gut sich alle verstehen«, sage ich, während Sila ihre E-Zigarette aus der Manteltasche kramt. »Man könnte meinen, dass Patchwork und besonders Weihnachten prädestiniert sind für Streitereien und schlechte Stimmung.« Ich ziehe eine angebrochene Zigarettenschachtel hervor und zünde mir eine an, während der süßliche Rauch des Tabaks mir in die Nase steigt.

»Oh, wir streiten auch«, erklärt Sila und winkt ab. »Aber meistens geht es um solche trivialen Themen wie: Wer macht die beste Gremolata? Oder die Antworten beim Familienduell. Nichts Ernsthaftes.«

Ich schmunzle und ziehe an meiner Zigarette.

»Wir kriegen die ganze Familie nur selten zusammen. Wie das so ist im Leben. Man wohnt in verschiedenen Städten, hat Verpflichtungen und Jobs. Da wäre es doch schade, wenn man die wenige gemeinsame Zeit damit verschwendet, sich über den anderen zu ärgern.«

Ich nicke und stelle mir vor, wie viele solcher Erinnerungen sie bereits sammeln konnte. Dutzende Feiern und Feste, Geburtstage und Hochzeiten, Picknicks, Filmabende und Grillpartys. Es gibt sicher unzählige Fotos und Geschichten davon.

»Vor allem, wenn Dad anfängt, irgendwelche Witze über persische Teppichhändler zu machen. Spätestens dann ist das Eis gebrochen«, erklärt Sila grinsend und zieht an ihrer Zigarette.

»So sieht das also aus«, murmle ich und starre auf den Rasen zu meinen Füßen.

»Was? Effektive Streitvermeidung?«, witzelt Sila und schiebt sich eine dunkelbraune Strähne hinter das Ohr.

»Nein.« Ich schüttle den Kopf und schaue ihr wieder in die Augen. Ohne Zweifel erkennt man die Traurigkeit in meinen. »Eine Familie zu sein.«

Ihr Lächeln verrutscht und der amüsierte Blick wird schlagartig weich. In ihren zarten Gesichtszügen zeichnet sich Mitgefühl ab.

Sie verstaut mit einem Räuspern ihre E-Zigarette wieder in der Manteltasche und dreht sich in meine Richtung. »Bereust du es, meine Einladung angenommen zu haben?«, fragt sie und es schwingt kein bisschen Groll oder Wut in ihrer Stimme, eher Sorge. »Ich wollte wirklich nicht, dass du dich irgendwie schlecht fühlst. Nur hat mich der Gedanke, Weihnachten mit dir zu verbringen, einfach sehr glücklich gemacht. Vielleicht war das egoistisch von mir.«

Ich lasse den Rauch aus meiner Nase entweichen und schüttle vehement den Kopf. An einem Stein, nahe der Umrandung der Sträucher, lösche ich meine Kippe.

»Ach was, du bist doch nicht egoistisch, Sila!«, entgegne ich überzeugt. »Ich habe mich sehr darüber gefreut. Und es ist ja nicht so, als wenn ich mein ganzes Leben allein gewesen wäre. Ich habe ja immer noch Curtis und die weltbesten Kollegen im *Blackbird*, nur ...« Ich unterbreche mich selbst, weil ich nicht weiß, wie ich diesen Satz zu Ende bringen soll.

»... ist es nicht dasselbe?«, vervollständigt sie vorsichtig und ich nicke. So ist es leider. Allerdings will ich ihr unter keinen Umständen ein schlechtes Gewissen machen. Im Gegenteil.

»Ich bin dir wirklich dankbar, dass ich Weihnachten mit deiner Familie feiern darf. Alle sind unglaublich nett und ich fühle mich wohl, ehrlich.«

Sila sieht nicht so aus, als wäre sie sonderlich überzeugt. Sie zieht die Augenbrauen zusammen und betrachtet mich nachdenklich. Zwischen uns bauscht sich dank der Kälte unser Atem zu kleinen Wolken zusammen.

»Zerbrich dir bitte nicht den Kopf, Sila. Du bekommst noch früh genug die Chance, mir den Verstand zu rauben«, necke ich sie mit einem Zwinkern. »Und es macht mich glücklich, einen Einblick zu bekommen, wie das für dich sein muss. Wie du aufgewachsen bist und von wie viel Liebe du umgeben warst und bist.«

Sie hebt langsam die Hand und fährt mit den Fingern durch meine Locken, die wie immer ein heilloses Durcheinander sind. »Es macht dich nicht traurig?«, fragt sie und ich nehme mir ein paar Sekunden Zeit, um darüber nachzudenken, bevor ich ihr eine Antwort gebe.

»Nicht mehr als sonst auch. Ich bin es gewohnt. Mein Leben war nie anders.«

Die Sekunden vergehen, in denen wir uns lediglich ansehen und nichts mehr sagen. Ich kann den Ausdruck in Silas Augen nicht deuten. In ihrem Kopf scheint es ganz schön zu arbeiten.

Irgendwann lehnt sie sich noch ein Stück weiter in meine Richtung und küsst mich. Es ist das absolute Kontrastprogramm zu dem vor einigen Stunden. Die Leidenschaft, die mich zu diesem Zeitpunkt fast dazu getrieben hätte, Sila ohne Vorstellungsrunde und Familienessen in ihr Zimmer zu tragen, um mich dann in ihr zu verlieren, ist etwas anderem gewichen. Langsam und zärtlich bewegen sich ihre Lippen auf meinen. Als würde sie mir nonverbal vermitteln, wie viel es ihr bedeutet, dass ich ihrer Einladung gefolgt bin.

Plötzlich löst sie den Kontakt, gerade als die Endorphine in meinem Körper wieder die Oberhand gewonnen haben, und erhebt sich.

»Komm mit«, fordert sie mich auf und streckt mir die Hand entgegen, um mich von der Bank zu ziehen.

»Wieder rein?«, frage ich neugierig, aber sie schüttelt den Kopf.

»Nein«, antwortet sie und ein wunderschönes, herzliches Lächeln bildet sich auf ihren Lippen. »Unser Ziel wird eine Überraschung. Vertrau mir einfach, Xavien.«

Es mag Sila nicht bewusst sein, aber sie gehört zu einem sehr kleinen Personenkreis, dem ich tatsächlich vertraue.

Kapitel Vier

Sila

[SILA] 7.25 PM

Merry Rhysmas, liebste Cash!

[CASH] 7.36 PM

Hattest du zu viel von eurem berüchtigten Farooqschen Punsch, liebste Sila? PS: Merry X-Mas!

[SILA] 7.37 PM

Neun!

[SILA] 7.37 PM

*Nein

[SILA] 7.37 PM

Vielleicht nur ein bisschen.

[SILA] 7.38 PM

Bist du zu Hause?

[CASH] 7.39 PM

Nein, Rhys und ich waren eben mit Elaina und Milo etwas essen und sind nun bei denen zu Hause. Nox ist ebenfalls da.

[SILA] 7.39 PM

Perfekt. Kann ich dich eben anrufen?

❄

»Wo führst du mich eigentlich hin?«, fragt Xavien, als wir aus dem Taxi steigen, das uns direkt vor einem kleinen Wohnkomplex unweit der Innenstadt von Prescott Hills ausgespuckt hat. Er dreht sich fragend im Kreis.

»Eine Überraschung, sagte ich doch schon!«, antworte ich grinsend und hole die mit Geschenken vollgepackte Tasche, die ich zu Hause schon vorbereitet stehen hatte, aus dem Kofferraum, bevor ich mich vom Taxifahrer verabschiede und er in die Nacht entschwindet. »Wir spielen den Weihnachtsmann«, sage ich und gehe zu der Hausnummer, die mir Cash am Telefon durchgegeben hat. Ich habe sie angerufen, als Xav zwischendurch mit meinem Vater und drei meiner Onkel auf der Terrasse geraucht hat.

Die Eingangstür ist nicht abgeschlossen, sodass wir den Hausflur betreten können. Sofort wird der Bewegungssensor aktiv und schaltet das Licht an. Xavien folgt mir dicht auf den Fersen. Mit einem Blick über meine Schulter vergewissere ich mich, dass er nicht auf die Klingelschilder schaut und sich so vielleicht die Überraschung verdirbt.

»Wir müssen in den zweiten Stock«, sage ich und gehe sogleich zur Treppe.

»Wann werden in eurer Familie eigentlich die Geschenke ausgetauscht?«, fragt er, während wir die Stufen erklimmen.

»Gar nicht«, antworte ich. »Wir haben diese Tradition vor einigen Jahren abgeschafft, als es einmal komplett eskaliert ist. Es gab so viele Geschenke, dass man am Ende den Weihnachtsbaum nicht mehr gesehen hat. Seitdem werden nur die Kinder beschenkt und das auch nur zu Hause. Du glaubst nicht, wie leicht das Leben dadurch geworden ist, wenn man nicht mehr darüber nachdenken muss, was man der dreizehnjährigen Cousine, die man höchstens zweimal im Jahr zu Gesicht bekommt, schenken kann. Ich weiß nicht, was bei den Jugendlichen gerade *in* ist. Ich weiß nicht mal, was in meiner Altersklasse gerade *in* ist. Ich bin froh, wenn ich Studium und Freunde unter einen Hut bekomme und zwischendurch noch eine beliebte Serie bingen kann, um up to date zu sein.«

Xavien lacht und seine wunderschöne Stimme hallt in den leeren Fluren wider. »Du sprichst mir erschreckend ehrlich aus der Seele, Sila Farooq.«

Ich grinse ihn an.

»Mein Bruder und ich schenken uns eigentlich jedes Jahr das Gleiche: Gutscheine«, erzählt er, während wir die letzten Stufen hinaufsteigen.

Meine Augenbrauen ziehen sich skeptisch zusammen.

»Ich weiß, das klingt total lahm«, sagt er und interpretiert damit meinen Gesichtsausdruck genau richtig. »Der Clou ist, dass wir immer nach dem witzigsten oder ausgefallensten Motiv suchen. Dem Gewinner wird dann ein Bier spendiert.«

»Wer ist Richter?«

»Curtis' Frau May. Die jetzt ja im Krankenhaus liegt und die ich voraussichtlich übermorgen besuchen darf.«

Wir bleiben auf der obersten Treppenstufe stehen und ich schnaufe leicht. »Welches Motiv hast du für dieses Jahr geholt?«

Ein schelmisches Grinsen ziert seine wunderschönen Lippen. »Ich habe eine Windel genommen und eine Karte mit einem Kackhaufenmotiv reingelegt.«

Mir entfährt ein lautes Lachen. »Kreativ!«

Xavien schaut sich derweil um. »Verrätst du mir jetzt, wo wir sind?«

»Bei unserer zweiten Familie.«

Er blinzelt mich verwirrt an und folgt mit dem Blick

meinem Fingerzeig zu einem Klingelschild, auf dem die Namen ›Evans‹ und ›Purcell‹ stehen.

»Familie sind nicht nur die Menschen, die mit uns blutsverwandt sind«, sage ich und mache ein paar Schritte in Richtung der Tür. »Familie kann man sich auch aussuchen.«

Xavien schluckt sichtlich schwer und sieht so aus, als würde er noch etwas sagen wollen, sich aber wieder besinnen. Stattdessen räuspert er sich kurz und zeigt auf die Tasche in meiner Hand. »Und du hast für alle Geschenke dabei?«

Ich nicke. »Ich wollte sie eh alle besuchen, allerdings erst morgen«, antworte ich und zucke mit den Schultern. »Ich habe nur kein Geschenk für dich, aber …« Ich greife in die Tasche und klebe eine der kleinen Schleifen von einem Geschenk ab, ehe ich sie mir an den Kopf halte. Mein Herz hämmert dabei wie wild. »*Ich* kann dein Geschenk sein.«

Xaviens Blick wird schlagartig dunkler und ich halte die Luft an, als er plötzlich einen Schritt nach vorn macht und seine Hände an meine Taille legt.

»Ich würde dich mit Vergnügen auspacken«, wispert er an meinem Ohr und eine Gänsehaut rieselt mein Rückgrat hinab.

»*Mr. One Night Stand* will eine Wiederholung?«, frage ich leise und seine Lippen schweben über meinen.

»Nein«, sagt er und mein Herz setzt für einen Moment aus, bis er weiterspricht. »Ich will sie alle.«

Und dann küsst er mich so stürmisch und leidenschaftlich, dass mein Körper innerhalb eines Sekundenbruchteils lichterloh in Flammen steht.

Die Tasche mit den Geschenken fällt geräuschvoll zu Boden, doch das ist mir egal. Alles, was zählt, ist dieser Moment mit Xavien. Er ist einnehmend. Er ist pur.

Ein lautes Geräusch lässt uns beide ruckartig auseinanderfahren.

»Ich wusste doch, ich habe jemanden im Flur gehört!«, höre ich Cash triumphierend sagen.

Xav und ich wenden uns zeitgleich in ihre Richtung. Ein wissendes Grinsen liegt auf ihren Zügen.

»Willkommen, willkommen«, sagt sie, macht einen Schritt zur Seite und weist uns mit einer Hand hinein.

Mein Gesicht ist garantiert puterrot, als ich die Tasche mit den Geschenken aufhebe und Xavien folge, der mit einem verlegenen Lachen die Wohnung betritt und alle anwesenden Personen begrüßt.

Ich bleibe bei Cash stehen, deren Augenbrauen eindeutig zweideutig wackeln.

»Da gibt es wohl was zu erzählen, hm?«, fragt sie und ich nicke vorsichtig lächelnd. Dann klopft sie mir freundschaftlich auf die Schulter. »Ich komme darauf zurück. Aber erst mal: Merry Xavmas, Schwester.«

Danksagung

An dieser Stelle möchten wir uns ganz herzlich bei allen Autorinnen bedanken, die eine der weihnachtlichen Geschichten zu diesem ganz besonderen Band beigesteuert haben. Danke, dass Ihr unsere Begeisterung geteilt und Euch so wunderbar beteiligt habt. Danke für die tolle Zusammenarbeit mit Euch, die uns dieses Projekt erst ermöglicht hat.

Und natürlich möchten wir uns auch bei Euch bedanken, die Ihr *Sparkling Christmas Nights* gekauft und gelesen habt. Wir hoffen, Euch konnten die Geschichten ebenso verzaubern wie uns!

Frohe Weihnachten!
Euer Federherz Verlag

Ausführliche Triggerwarnung

Das Buch enthält folgende explizite Triggerthemen.
Die Liste hat keinen Anspruch auf Vollständigkeit.

Allgemein:

- Alkoholkonsum, explizite Sprache, Schimpfwörter, Diskriminierung

Zusätzlich:

- A Christmas Fortune: Verlust, Tod, Trauer
- Christmas Nights & Polar Lights: Harter Sex, Spanking
- A Christmas Heartbreak: Unheilbare Krankheit/Parkinson
- A Killer for Christmas: Gewalt, Mord, Blut, Freiheitsentzug
- (K)ein Weihnachten ohne dich: Gewalt, Blut, Sexuelle Nötigung, K.-o.-Tropfen